한
사람의
마을

한
사람의
마을

一　個　人　的　村　莊

신장新疆의 산문

류량청 지음

조은 옮김

글항아리

일러두기
- 원문은 미터법과 리, 자, 척, 장 등의 단위를 혼용했으며 번역도 이에 따랐다.
- 주는 모두 옮긴이의 것이다.

나의 마을에는 그토록 세찬 바람이 분다.
흙먼지 한 톨이 머나먼 별까지 가닿는다.
일 년 사계절은 마을 사람들의 한평생만큼 기나길다.

1부 사람과 가축이 어우러져 사는 마을

的　　　　村　　　　莊

2부　바람 속 대문

3부 이생의 증거

1부

사람과
가축이
어우러져
사는
마을

내가 바꾼 것

젊고 힘이 넘치던 그 시절, 나는 걸핏하면 삽을 메고 마을 바깥 들판으로 나가 할 일 없는 사람처럼 빈둥거렸다. 나는 길을 따라 거닐기를 좋아하지 않았다. 그때 길은 저마다 분명한 목적지가 있었지만, 나는 아무런 목적도 없는 사람인지라 내가 원치 않는 곳으로 길이 나를 데려가는 것이 싫었다. 나는 홀로 들판을 어슬렁거리기를 좋아하는 사람이었다. 눈에 거슬리는 것이 있으면 삽으로 한두 번 파헤쳤다. 그 황야는 누구의 차지도 아니었고, 이름도 없는 수많은 풀이 제멋대로 자라고 있었다. 나 또한 할 만한 가치가 있는 큰일을 찾지 못한 채 되는대로 살아갔다. 젊고 힘이 넘치던 시절에 무겁고 힘겨운 일은 나하고 겨룰 생각 없이 모두 멀찍이 피해 있었다. 나이 들어 기운이 없어지자 차례차례 나를 찾아와 늙어버린 사람을 괴롭혔다. 아무래도 이런 게 바로 운명이지 싶다.

때때로 나하고 아무 상관도 없는 흙더미를 평평하게 만들거나 평지에 애먼 구덩이를 파면서 한낮을 보낸다. 그저 이 좋은 삽이 내 어깨에서 헛되이 녹슬게 하고 싶지 않아서다. 사람만 허송세월하면 됐지 삽에 좋은 집에 거기다 튼튼한 가축들까지 평생을 나와 함께 빈둥거리게 만드는 건 얼마나 양심 없는 일인가. 물론 삽질하다 몇 자루를 망가뜨린 뒤에야 마을의 늙어빠진 사람들이 떠오른다. 무슨 큰일을 하는 걸 본 적이 없는데도 그들은 허리가 굽고 등골이 빠진 모양새가 되어 있다.

몇 년 뒤에 이 황무지를 다시 지날 때면, 내가 했던 일 때문에 땅이 조금 달라진 걸 알아차리리라. 예전에 흙더미에서 자라던 잡초가 내려와 평지의 풀과 한데 자란다. 더는 누가 높고 누가 낮은지 드러나지 않는다. 내가 판 커다란 구덩이에는 검푸른 것이 깊숙이 둥지를 틀고 있다. 그걸 보면서 내 마음에 이는 격동은 아무도 이해하지 못할 것이다—나는 한 무더기 들풀의 배치와 자람새를 바꿔놓았다. 내 삽질 몇 번으로 이 황야의 한 부분에 변화가 일어났다. 여름마다 흙더미에 떨어지던 비는 더 이상 그 흙더미를 찾을 수 없다. 겨울마다 찾아오는 눈송이가 땅에 내려앉는 시간도 조금 늦어졌다—내가 판 구덩이가 하늘과 땅의 거리를 넓혔기 때문에. 이 황야를 달려가는 나귀가 보기에 이까짓 변화는 아무것도 아닐 테다. 오줌 한번 멋대로 갈기면 큼직한 구덩이가 하나 생겨나니까. 하지만 이곳에서 대대로 살아가는 작은 벌레에게는 천지개벽이나 마찬가지일 것이다. 평생토록 채 몇 미터 움직이지 못하는 벌레도 있다. 그의 영토에서 아무렇게나 퍼낸 흙 한 삽 때문에 그는 영원토록 길을 잃고 헤맬 수도 있다.

이따금 나는 어느 집 옥수수밭에 기어들어가 반나절을 쪼그리고 있다가 나온다. 가을이 되면 평범한 옥수수밭에서 옥수수 한두 포기가 군계일학처럼 우뚝 솟아 있다. 내가 이뤄낸 업적이다. 나는 그 집 사람들을 위해 옥수수 몇 근을 불려주었다. 언젠가 내가 그 집에 물건을 빌리러 갔는데 마침 점심때라면, 나는 주인 아낙이 내온 죽

한 그릇과 옥수수전병 반 조각을 덥석 받을 것이다.

나는 가만히 있지 못하는 사람이다만, 어떤 한 가지 일을 하느라 정신없이 바쁠 일은 영원토록 없을 것이다. 마을 사람들 말마따나 나는 '게으른 놈팽이'다. 그들은 한 해 한 해 부지런히 일해서 집을 고쳐 짓고 농기구와 옷가지를 늘린다. 나는 내내 이 모양일 테고, 그들은 내가 무엇을 바꿔놓았는지 알지 못할 것이다.

한번은 모래 등성이를 지나다가 몸이 기운 채로 자라는 호양나무 한 그루를 보았다. 줄기가 사발만큼 굵은 걸 보니 이미 5~6년을 비스듬한 몸으로 살아온 듯했다. 나는 새끼줄을 찾아 옆에 있는 느릅나무에 묶고 안간힘을 써서 호양나무를 곧추세웠다. 이 일을 해내고는 자리를 떴다. 2년 뒤에 다시 와보니 기울었던 나무가 곧게 자라는 모습이 한눈에 들어왔다. 아주 꼿꼿하고 튼실해 보였다. 그런데 이 나무를 당겨 펴준 느릅나무가 기울어 있었다. 나는 두 나무의 자람새를 바꾸었고, 이제는 누구도 이들을 바꿔놓을 수 없다.

나는 나무에 앉은 참새 떼를 다른 나무로 몰아내고 도랑에 흐르는 물을 다른 도랑으로 끌어들였다. 나는 내 모든 행동이 예사롭지 않고 보람차다 믿는다. 나는 평범한 사람이다. 이다지도 작고 외진 마을에 살면서 하는 일 없이 평생을 빈둥거릴 팔자다. 나는 나 자신에게 쓸데없는 일을 찾아줘야 한다. 그래야 살아갈 이유가 생긴다.

소 엉덩이를 삽으로 툭 치니까 맨 뒤에 있던 그 녀석이 펄쩍펄쩍 뛰어 무리의 맨 앞까지 단숨에 치고 나왔다. 마침맞게 소를 사려는 사람이 있어 이 소를 골라갔다. 삽으로 맞은 한 대는 소에게 운명이었다. 나는 짝짓기를 하려는 검은 수양을 내몰고 초조하게 날뛰는 하얀 수양을 붙여주었다. 나로서는 손 한번 까딱하면 되는, 수고랄 것도 없는 일이었다. 양의 앞날은 완전히 달라졌다. 원래대로라면 검은 새끼 양을 낳을 어미 양은 이 일로 하얀 새끼 양을 낳게 될 테다. 검은 수양은 나를 미워할 것이 틀림없지만 뭐 상관없다. 나를 미워하는 양과 나에게 고마워하는 양이 양치기의 외침 속에서 흙먼지를 자욱이 일으키며 모래언덕을 넘어갔다.

양치기의 외침과 함께 양 떼가 돌아왔을 때는 어느덧 또 다른 황혼이었다. 그때 나는 다른 모래언덕에 서서 지는 해를 눈으로 배웅하고 있었다. 그날의 해를 내가 떠나보내는 줄은 아무도 모른다. 저물녘마다 모래언덕에 홀로 서서 해에게 손 흔들어 작별 인사를 하는 그 사람이 바로 나다. 나 아니면 이런 일을 누가 하겠나. 손님이 돌아갈 때면 마을 어귀까지 바래다주는 사람이 있다. 그런데 온종일 우리를 환히 비춰준 해가 돌아갈 때는 배웅하는 사람이 아무도 없다. 사람들이 하지 않는 일이 곧 내 일이다. 나는 해가 멀리 떠나는 모습을 내내 지켜본다. 지평선으로 떨어지는 새빨간 얼굴 반쪽이 아쉬운 듯 나를 바라볼 때, 이 마을에 해가 알아보는 사람은 오직 나뿐임을 깨닫는다. 내일 아침 일찍 마을 동쪽 끝에 홀로 서서 떠오르는 해를 맞이하며 손 흔드는 사람 또한 나일 테니까.

내 나이 쉰이 되면, 나로 말미암아 지금 이 모습으로 바뀐 크고 작은 사물들을 생생히 보면서 자랑스럽고 뿌듯한 마음이 들 것이다. 일생이라는 긴 시간 동안 나는 때로는 일부러, 때로는 무심코 그것들을 바꿔놓았다. 본디 검은 것은 하얗게, 동쪽으로 가려던 것은 서쪽으로 가게끔…… 이 모든 사정을 분명히 아는 이는 오직 나뿐이지만.

내가 길가에 던져둔 그 나무가 무엇을 가로막고 있는지는 아무도 모른다. 그것은 거기에 대충 가로놓여 있다. 그것은 장애물이기도 하고, 한동안은 둑 노릇도 했으며, 또 운명을 암시하는 지침처럼 보이기도 한다. 날마다 마을 사람 몇몇이 그 나무에 걸터앉아 오후 내내 한담을 나눈다. 가축 몇 마리가 나무에 묶여 하룻밤 동안 돌아다닐 수 없는 신세가 되기도 한다. 이 나무 덕분에 사람들은 한자리에 모여앉아 내일이나 내년의 일을 한가로이 의논한다. 그러고 나면 다음 날 누군가는 농기구를 메고 난량포南梁坡에 올라가고, 누군가는 빠른 말을 타고 후자胡家 호수로 향한다……. 그날 오후 이전에는 다들 무얼 해야 좋을지 몰랐다. 그 나무가 없었다면 삶은 다른 모습으로 흘러갔을지도 모른다. 집에 있는 걸상에 앉아서 의논한 결과와 길가에 있는 나무에 앉아서 의논한 결과는 틀림없이 딴판일 것이다.

세월이 흘러 눈앞의 모든 일이 결말 지어질 때, 시간은 나를 바꿔놓았고 마을의 모든 것을 바꿔놓았다. 늙은 세대는 다들 황혼 속에 앉아서 속절없는 세월을, 변화무쌍한 세상사를 한탄한다. 나 때문에 바뀐 무언가가 있다는 사실은 아무도 모른다. 시간이 이 작은 마을을 흘러갈 때, 나는 시간을 도와 달라져야 할 모든 것을 달라지게 만들었다. 늙으면 나는 이렇게 말하리라. 나는 시간 속을 살다 늙은 거라고.

달아난 말

나는 말과 오랫동안 붙어다닌 적이 없다. 말을 타고 이 마을에서 저 마을로 가본 간단한 경험조차 없다. 기껏해야 거대한 말 떼 사이로 나귀를 끌고 지나가거나, 사람을 태운 말이 흙먼지를 일으키며 내 곁을 질풍같이 지나쳐가는 모습을 소 등에 앉아 지켜본 것뿐이다.

나는 긴요한 일이 없는 사람이라 빠른 말에 올라 채찍질해 달릴 필요가 없다. 나에게 딱 어울리는 것은 소와 나귀의 기질이다—슬렁슬렁. 그때는 긴요한 일이란 내 삶에 닥치지 않은 머나먼 일이었기에 나도 굳이 서두르지 않았다. 가려는 곳은 영원히 그 자리에서 꼼짝 않고 기다리고 있었으니까. 내가 며칠 또는 몇 년쯤 늦는다고 해서 사라질 리 없으니. 해야 할 일은 며칠쯤 일찍 하든 늦게 하든 하기만 하면 되는 거고, 심지어 안 한다 해도 별일 아니었으니. 그때는 아직 내 인생에서 한가로운 시기였다. 많은 일이 코앞까지 닥치지 않았다. 어떤 일은 내가 몇 발 늦는 바람에 다른 사람이 해버려 나는 시작할 필요조차 없었다. 어떤 것은 조금 늦는 바람에 내 것이 아니게 되었지만 역시 상관없었다. 세월이 흐른 뒤에 다시 보면, 빠른 말을 타고 질주하던 사람과 소 등에 앉아 어슬렁어슬렁 길을 가던 사람이 똑같이 굼뜬 노인이 되어 마을로 돌아온다. 그들이 노쇠해지는 속도는 똑같다. 시간은 누가 빨리 달리든 느릿느릿 가든 상관하지 않는다.

그러나 말 그림자가 자꾸만 내 곁에서 어른거리고, 말발굽 소리가 1년 내내 마을 밖 흙길을 울린다. 도무지 피할 길이 없다. 유치한 생각마저 든다. 말이 저렇게 빨리 달리면 당연히 어디든 나보다 먼저 닿겠어. 말 탄 사람은 지금 내가 가려는 곳에 일찌감치 가서 한바탕 노닐었겠어. 말을 타지 않으면 내가 평생 가는 길에는 앞서간 말 발자국과 황금빛 말똥이 잔뜩 널려 있겠어.

나중에 걸어서 수많은 말을 따라잡고 앞지른 뒤에야 이런 생각을 접었다—일찍이 먼지구름을 뭉게뭉게 일으키며 나를 지나쳐간 말들 가운데 나보다 멀리 간 말은 끝내 없었기에. 내가 계속해서 앞으로 나아갈 때 말들은 어느새 뼈 무더기가 되어 길가에 쌓여 있었다. 말을 타던 사람은 달아나버렸다. 말의 뼈 곁에는 뼈와 똑같이 앙상한 호양나무 줄기뿐, 사람의 뼈는 한 조각도 보이지 않았다. 그는 어떻게든 스스로 묻힐 방법을 찾았을 것이다. 황토에 깊숙이 묻히든, 멀리 풀숲에 묻히든, 군중 속에 묻히든.

마을에서 멀리 떨어진 길에서 말뼈 무더기를 맞닥뜨리곤 한다. 도대체 어떤 심각한 일이 닥쳤기에 말이 그토록 강건한 몸으로도 견디지 못한 걸까, 그토록 날래고 힘찬 발굽으로도 달아나지 못한 걸까. 그토록 우람하고 기운찬 생명이 우리 곁에 쓰러져 백골 더미를 남기다니. 우리의 이 작고 초라한 생명은 아직 살아 있는데, 우리는 훨씬 더 멀리 나아갈 수 있는데.

말 한 마리가 지쳐 쓰러지는 것은 말을 타는 사람 때문도 아니요, 말이 1년 내내 바삐 달리고 고생했기 때문도 아니라고 나는 믿는다.

말의 일생에서 이런 일은 시시하고 하찮은 것이리라.

말에게는 틀림없이 말 자신의 일이 있을 테다.

고작 수레나 끌고 사람이나 태우고 다니려고 세상에 나오지는 않았을 테다.

마을 사람 한싼韓三이 해준 이야기다. 친척에게 밀 종자를 가져다주러 말수레를 몰고 사먼쯔沙門子에 가는 길이었다. 수레가 진창에 빠졌는데 죽어라 당겨도 끌어낼 수가 없었다. 한싼은 어쩔 수 없이 도움을 청하러 마을로 돌아갔다. 그런데 사람과 말을 데리고 와보니, 자기 말은 이미 수레를 끌고 어디론가 가버려 흔적도 없었다. 한싼은 사먼쯔로 쫓아갔지만 자루 몇 개를 실은 말수레가 한낮에 마을을 지나 서쪽으로 가는 걸 봤다는 얘기만 들었다.

한싼은 다시 서쪽으로 수십 킬로미터를 쫓아가 쉬투虛土 마을에 이르렀다. 오후에 말수레 한 대가 마을을 빙 돌아 북북쪽으로 가는 걸 봤다는 사람이 있었다.

한싼은 더는 뒤쫓지 않기로 했다. 그 일을 겪고 한싼은 말을 목표가 없는 놈으로 단정 지었다. 그저 제 하고픈 대로 나아갈 뿐이라고, 사람보다 제 일이 더 중요해 사람이 파종하려고 기다리든 말든 종자를 실은 수레를 끌고 끝도 없이 가버리는 놈이라고. 한싼은 삶의 목표가 있는 사람이었다. 가기로 한 곳에 가고, 하기로 한 일을 하는 사람. 말수레 한 대를 무한정 쫓아가지는 않을 사람이었다.

이야기를 마치자 한싼은 자기 일을 하러 바삐 떠났다. 그 뒤로 오랫동안 한싼 대신 내가 그 달아나버린 말수레를 생각했다. 대체 어디로 갔을까. 멀리서 오는 사람마다 붙잡고 물어봐도 다들 고개를 저었다. 어떤 이는 그런 말수레가 정말 있다면 당장 쫓아가야지 공짜 물건을 그냥 보내진 않겠다고 했다.

아무래도 그 말은 이미 길에서 벗어나 제 목적지를 찾아간 듯했다. 그래도 길에서 말을 찾아내고 싶다는 생각이 머릿속을 떠나지 않았다.

말이 수레와 마구에서 벗어날 수는 없을 터. 마구는 말가죽으로 만들어졌고, 가죽은 뼈와 살보다 튼튼하고 오래간다. 말은 마구가 썩을 때까지 버티지 못한다.

수레에 실린 밀 종자는 진즉에 파종 시기가 지났다. 비를 맞을 때마다 싹을 틔우거나 곰팡이가 슬었을 것이다. 바퀴와 끌채도 수명이 다해 나날이 썩어갈 것이다. 오직 말만이 멈추지 않을 것이다.

그 녀석이 달아나버린 유일한 말이었다. 우리는 그를 따라잡지 못했다. 그건 우리가 이르지 못한 어느 머나먼 곳에 말이 뼈를 버렸다는 뜻이다. 말이 달아나려 했다면 무언가 말을 뒤쫓는 것이 있었음이 틀림없다. 우리 눈에는 보이지 않는 것, 말의 숙명과도 같은 철천지원수. 말은 그에게서 달아날 수 없었다.

생각나는 말이 또 한 마리 있다. 어느 집 초막에 묶여 있는 말이었다. 내 눈에 띄었을 때 그 말은 이미 볼품없이 늙어 숨이 간당간당했다. 초막에 매인 채 늙어간 것이 아니라 늙고 나서 초막에 매인 것이 틀림없었다. 사람은 늘 불안을 자초한다. 말이 늙어서 아무 데도 못 간다는 걸 뻔히 알면서도 여전히 묶어놓는다. 그렇게 말을 최후의 고비에 꼼짝달싹도 못 하게끔, 운명과의 승부를 포기하게끔 만들고 만다.

풀을 한 움큼 뜯어 말의 입가에 대주었지만 말은 힐끔 보더니 고개를 돌렸다. 말은 이미 풀 한 입조차 씹을 수 없었다. 오랜 세월을 뚫고 지나며 말은 끝내 쇠약해지고 암울해졌다. 한때 수백 근을 지고 수십 리를 달려도 땀도 흘리지 않고 헐떡이지도 않던 말이건만 이제는 풀 한 입조차 씹지 못했다.

"밀 한 포대를 짊어지지 못하는 날이 오고야 말지. 늙어서 뼈를 씹지 못하는 날이 누구한테나 오는 법이야."

아버지가 나에게 했던 훈계가 떠올랐다.

말도 들으라는 얘기였나보다.

늙어서 걷지 못하게 되면 말은 아마 세상의 많은 곡절을 깨닫고 세상의 많은 길을 가는 법을 알게 되리라. 그런데 평생의 경험을 다른 말에게 전수할 방법이 없다. 말이 늙으면 사람이나 마찬가지 아닐까. 한평생 딱히 큰일을 못 이루고, 실수만 잔뜩 저지르고, 그래서 자신의 실수를 더없이 귀히 여기며 다른 말들이 조금이나마 교훈을 얻기를 바라지 않을까. 그러나 힘이 뻗치는 젊은 말들은 늙은 말에게 공손히 가르침을 청할 줄 모른다. 그들은 남아도는 정력과 시간을 잘못된 길에 쓰고 만다. 늙은 말 또한 이런 식으로 늙어오지 않았을까?

말과 사람은 같은 일을 하면서 한평생 살아가곤 한다. 긴긴 세월 함께 일하며 말과 사람은 동시에 늙고 약해진다. 노인이 말을 끌고 마을을 가로질러 집으로 돌아가는 모습을 자주 본다. 사람은 늙어서 말을 못 타고, 말도 늙어서 사람을 못 태우지 싶다. 사람과 말이 앞서거니 뒤서거니 오후의 어스름한 시간 속을 걸어간다.

기나긴 일생을 살아가며 사람도 말도 똑같이 힘겹게 일했다. 사람은 말을 부려 수레를 끌게 하고 길을 재촉했다. 말도 사람을 부려 물과 여물을 마련하게 하고 마구간 똥을 치우게 했다. 병든 말을 데리고 수의사를 찾아가는 사람을 보면 꼭 자기 아버지를 돌보듯 헌신적이다. 사람의 일생에 쌓인 일은 말의 일생에도 똑같이 쌓인다. 사람은 말이 한평생 자기 일을 도운 줄 알 뿐, 자기도 말을 도와 한평생 수고한 사실은 알지 못한다. 다만 끝까지 살아보면 사람은 늙은 말의 고기를 먹고 가죽을 팔 수 있다. 말은 사람에게 이렇게 못 한다.

어느 겨울밤이었다. 마을 사람 몇 명과 마을에서 멀리 떨어진 들판에서 말 떼 옆에 둘러앉아 늙은 말의 뼈를 우려냈다. 우리는 술을 마시면서 모닥불에 끊임없이 땔감을 넣었다. 그러면서 말이 늙을수록 뼈가 잘 우러난다고 생각했다. 주위에서 우리보다 더 많은 말이 가만히 우리를 지켜보았다. 불빛이 드넓은 밤하늘을 붉게 물들였다. 어둠 속에 서 있는 말의 눈동자가 파랗게 번뜩였다. 말은 분명 우리를, 사람을 똑똑히 보고 있었다. 그러나 우리는 말이 무슨 생각을 하는지 조금도 알 수 없었다.
말은 사람에게 한마디도 하지 않으니.
우리가 말을 이해하는 유일한 방법이란 끊임없이 말고기를 씹어 삼키고, 말젖을 들이켜 뱃속에 넣고, 말가죽을 발에 꿰는 것이다. 오랜 시간 이러다보면 몸속에서 말 한 마리가 어렴풋이 달리고 있다. 야릇한 격정이 우리를 들쑤셔 말처럼 들뜨고 조바심이 난다. 그러다 결국 말고기가 준 체력과 격정으로 사람의 일도 좀 하고, 사람의 야성과 푸넘도 얼마간 쏟아낸다.

마음으로 이해할 수 없는 것을 우리는 이렇게 위장으로 소화해 낸다.

그래도 우리는 말을 제대로 모른다.

어느 해엔가 나는 들판에 마른풀 더미를 쌓아올리고 바람 속에 서 있었다. 더 머나먼 바람 속에 어마어마한 말 떼가 돌덩이처럼 꼼짝 않고 서 있었다. 말들은 나를 보지 않았다. 머리를 남쪽으로 향하고 내가 볼 수 없는 먼 곳을 바라보고 있었다. 풀이나 베는 나 같은 존재에게는 아예 관심이 없었다.

나는 일손을 멈추고 부러운 눈초리로 오래도록 말 떼를 지켜보았다. 갑자기 몸속에서 전에 없던 격정이 솟구쳤다. 울부짖고 싶고, 달리고 싶고, 낫을 팽개치고 싶고, 두 손으로 땅을 짚고 기뻐 날뛰며 말 떼 속으로 뛰어들고 싶고, 고개를 쳐들어 말의 눈에 비친 내일과 먼 곳을 보고 싶었다. 내 목구멍에 숨어 있는 천 마리 말이 포효하고, 내 팔다리에서 꿈틀거리는 만 마리 발굽이 내달리는 것을 느꼈다. 하지만 나는 고개를 떨구고 슬그머니 한숨을 내쉴 뿐이었다.

나는 말을 한 마리도 길러본 적이 없다. 마을의 몇몇 사람처럼 말을 기르지 않으면서 남의 말을 몰래 타고 싶어하지도 않는다. 그들은 밤에 어둠을 틈타 남의 말을 끌고 나와 밤새 멀리 가서 볼일을 보고, 날이 밝기 전에 원래대로 마구간에 묶어놓는다. 이튿날 말 주인이 급한 볼일이 있어 말에 오르지만 말은 달리기를 한사코 거부한다. 말은 간밤에 벌어진 일을 주인에게 알리지 않는다. 말은 자기가 얼마나 멀리 달릴 수 있는지 잘 알고, 누구와 달렸든 간에 평생 갈 길을 다 달리고 나면 더는 달리지 않는다. 사람이 아무리 채찍을 휘둘러봐야 소용없다.

말은 본디 누구의 소유도 아니다.

말이 사람 가랑이 밑에서 오랫동안 달렸다고 그 말을 자기 것으로 생각해선 안 된다. 말이 보기에 사람은 그저 등에 실린 물건일 뿐이다. 어쩌면 말은 진즉부터 사람을 자기 몸의 한 부위로 여기고 있을지도 모른다. 등에 높이 달려 자신을 위해 길을 보고 고삐를 당기고, 이따금 내려와 자신에게 풀을 먹이고 빗질을 해주고 발굽도 고쳐주는 부위. 짝짓기할 때 자신을 도와 생식기를 받쳐주는 부위. 말은 감각과 천성에 전적으로 의지한다. 옆에서 지켜보던 사람이 안달이 나서 말을 도와주러 나선다. 말이 힘을 쓰자 일이 성사된다. 사람은 옆에서 말 대신 바보처럼 헤죽거린다.

사실 말은 애초에 사람이 필요 없다. 사람의 가장 커다란 결점은 자기 습관으로 다른 것도 자꾸만 재려든다는 것. 자신에게 익숙한 것이 말한테도 필요하다고 굳게 믿는다. 하지만 사람은 말의 흥을 깨는 쓸데없는 참견쟁이일 뿐이다.

어쩌면 말을 타고 질주해보지 않은 것이 못내 아쉬워질지도 모르겠다. 세월이 흘러 마침내 무언가가 등 뒤에서 슬금슬금 나를 따라잡았다. 모두 엄청난 것이지만 젊을 때는 대수롭게 여기지도, 마음 졸이지도 않았다. 어느 날 돌아보니 어느새 그것들이 지척에 와 있다. 그제야 나는 지난 세월 쉬지 않고 달린 말과 말 탄 사람을 이해한다. 말은 사람에게 채찍질당해 달리는 것이 아니다, 결코 아니다. 말은 스스로 달아나는 거다. 말은 태어나자마자 달아나기 시작한다. 사람은 그저 말의 속도를 빌려 자기 운명의 액운에서 벗어나려는 거다.

그런데 사람과 말이 달아나는 방향이 실제로 같을까. 사람의 탈출로가 말에게는 죽음의 길인지도 모른다. 말은 살지만 사람은 이미 죽음에 접어들었을 수도 있다.

여하튼 나는 말을 타고 달려본 적이 없다. 나는 내 속도를 지킨다. 사람들이 어떤 곳으로 우르르 질주하는 동안 나는 버려진 것처럼 멀찍이 뒤처져 있다. 사람들이 말머리를 돌려 반대 방향으로 질주할 때에도 여전히 나는 저 멀리 그들 앞에서 여전히 어슬렁어슬렁 걷고 있다. 나는 바로 이런 사람이다. 나는 말을 타지 않는다.

개의 한평생

개가 늙을 때까지 살기란 정말 쉽지 않다. 너무 대단해도 안 되고 너무 나약해도 안 된다. 사람 속마음을 몰라도 안 되고 잘 알아도 안 된다. 아무튼 자칫하면 가죽이 벗겨져 삶은 고깃덩이가 되고 만다. 개는 집과 마당을 지키면서도 자기 자신은 지키지 못할 때가 많다.

노년에 이르면 개의 목숨은 그런대로 안전해진다. 늙은 개의 식견은 천하를 두루 돌아본 사람도 깜짝 놀랄 정도이지만, 개가 무슨 경험 덕에 살아남은 것은 아니다. 개는 젊어서 얻은 약간의 명성으로 늙어서까지 가만히 앉아 편히 사는 사람과는 다르다. 개가 늙으면 가죽을 벗기려는 사람도 없고, 병약한 몸에 관심을 보이는 사람은 더더욱 없다. 이때의 개는 산전수전 다 겪은 노인과 같다. 세상은 개를 어찌 할 방법이 없어 그냥 손 놓고 시간과 운명에 맡긴다.

개는 자신을 묶은 목줄이 썩을 때까지 견뎠다. 끊어내려 발버둥치지 않고 그렇게 고생에서 벗어났다. 역시 늘그막에 접어든 주인은 이 개가 이제 어디에도 갈 수 없다는 걸 알기에 내버려둔다. 개는 비틀비틀 마당을 나서서 사방을 둘러본다. 그때 그 마을이 맞는지 헷갈린다. 개는 왕년에 뼈다귀를 찾아냈던 모래언덕과 골짜기를 돌아다니고, 왕년에 암캐와 사랑을 나눴던 풀이 무성한 강기슭을 돌아본다. 왕년에 자기가 물었던 사람과 마주치자 양심에 찔리는지 멀찍이 피한다. 사실 사람의 상처는 진즉에 다 나았고 아픔도 잊은 지 오래다. '개가 문다고 똑같이 물면 쓰나'라는 속담처럼, 생각이 있는 사람이라면 개하고 실랑이하지 않는다. 개와 서로 물고 뜯고 해봤자 개털 한입 뜯는 것 말고 무슨 이득이 있나. 개한테 물린 사람은 대개 개 주인에게 앙심을 품지만, 주인은 모든 책임을 개에게 떠넘긴다. 개는 언제나 모든 것을 감내할 준비가 되어 있어야 한다.

시골에서는 집집마다 문 앞에 개를 묶어놓는다. 목적은 분명하다 —집을 지켜라. 사람의 문이 개한테 장악당해 꼭 개의 집 같다. 손님은 개를 찾아온 것이 아니건만 먼저 개와 한바탕 겨뤄야 한다. 마침내 주인을 만나면, 올 때의 마음이 절반은 사라졌고 하려던 말도 절반은 잊었다. 개의 그림자가 내내 눈앞에서 어른거리고, 묻고 답하는 중에도 개 짖는 소리가 들려 놀란 가슴이 진정되지 않는다. 주인은 여유작작하게 앉아 손님이 온 뜻을 살핀다. 사람에게 오기에 앞서 개를 거치는 셈이다.

노련한 주인은 개 짖는 소리가 들리면 서둘러 나오지 않고 문틈으로 밖을 살핀다. 돈을 빌리러 오거나 빚을 받으러 오거나 원수를 갚으러 온 사람처럼 만나기 싫은 사람이면 못 들은 척한다. 개는 자연스레 더 신이 나서 손님에게 덤벼든다. 손님은 마당을 향해 두어 번 소리쳐보다가, 개보다 목청을 높이기도 민망해 그만둔다. 대문을 퍽퍽 걷어차며 "개새끼" 욕을 하고 가버린다.

꼭 만나야 하는 귀한 손님이면 주인은 한달음에 뛰쳐나와 개를 쫓으며 "이놈의 개가 눈이 삐었나" 야단을 친다. 무안해진 개는 알아서 물러난다. 한발만 늦었다가는 몽둥이세례를 당한다. 얻어맞고 욕먹는 일은 개에게 일상이다. 주인이 잘못 알고 혼낸다고 개가 토라져 사람을 물지 않고 대충대충 하면 그 개의 수명은 길지 못할 것이다.

소임을 다하는 훌륭한 개는 어떤 외부인하고도 친해져선 안 된다. 개의 눈에는 주인 말고는 모든 얼굴이 낯설고 위험해 보여야 한다. 이웃집 개와 왕래하는 것은 더더욱 안 될 일이다. 짝짓기를 해야 하면 개 주인끼리 알아서 상의해 암캐와 수캐를 데려오고 옆에서 감독한다. 일만 치르면 바로 끝이다. 개들은 절대로 서로 미련을 두고 감정을 내비쳐서는 안 된다. 그랬다간 주인이 질투할 것이다. 사람이 키우는 개는 사랑과 충성을 오로지 사람에게 바쳐야지 다른 개한테 내줘선 안 된다.

개의 일생은 꿈결처럼 종잡을 수 없다. 개가 어떤 사명을 띠고 세상에 왔는지는 아무도 모른다.

사람이 잠들면 마을은 개의 세상이 된다. 종일 떠들어대던 사람은 이제 할 말이 없다. 땅도 사람도 지친 이때, 개가 떨쳐 일어난다. 밤하늘에 울려 퍼진 개의 목소리는 가깝고 먼 마을들을 서로 이어준다. 그것은 사람의 것이 아닌 다른 종류의 목소리, 아득히 떠다니는 신비로운 목소리다. 초목이 우거진 들판 위에서, 휘영청 밝은 달빛 아래서 곤히 잠든 사람들의 몸은 듣는 자다. 흙담과 흙담의 그림자는 듣는 자다. 길은 듣는 자다. 까마득한 옛날의 개 짖는 소리는 공기 중에 녹아들어 어느새 정적의 일부가 되었다.

개들이 컹컹 짖어대는 밤에도 침묵을 지키는 늙은 개 한 마리가 꼭 있다. 그는 까만 밤의 일부분이다. 늙을 때까지 한 마을을 어슬렁거리는 그는 마을의 일부분이다. 더는 물어뜯을 사람이 없기에 그는 사람의 일부분이기도 하다. 드디어 이 개는 깊은 단잠에 빠질 수 있다. 사람이 오랫동안 가지 않은 외진 길, 오랜 세월 버려진 황폐한 뜰을 어슬렁거리는 개의 눈 속에는 사람들의 옛일과 옛 모습이 가득하다.

남은 일

1. 남은 일

모두 돌아갔다. 나 홀로 들판에 남아 밀 낟가리를 지킨다. 한 달은 있어야 한다. 그들은 마을에서 바쁜 일을 끝내고 손이 비면 타작하러 돌아올 것이다. 들판에서 마을까지는 한나절이 넘게 걸린다. 하루 안에 왔다 갔다 할 수 없다는 뜻이다. 이틀은 잡아야 하는 여정으로, 기어이 하루에 오가려 했다가는 아마 어디까지 왔는지도 모르는데 갑자기 날이 저물 것이다. 그러면 남은 길을 가기란 정말 힘들어진다. 나머지 시커먼 길을 끝까지 가고픈 사람이 누가 있겠나. 안 그런가.

시급하던 밀 수확이 끝났다. 똑같은 노동이 다른 곳에서 또 시작되겠구나, 이런 생각이 든다. 마을 주변에는 경작지가 여러 군데 있으니 말이다. 그들은 나에게 한 달은 충분히 먹을 국수와 쌀을 남겨주고 갔다. 기름도 작은 병으로 반병 남겨놓았는데 두 끼니 요리하면 없어질 성싶다. 나에게 일을 맡긴 사람이 떠나면서 한마디 덧붙였다. 하늘이나 보면서 빈둥대지 말고, 남은 일이 있는지 스스로 찾아서 해.

이튿날, 그루터기가 남은 밭을 한 바퀴 돌아보니 끝내지 않은 일이 잔뜩 보인다. 밀도 다 안 베고 밀단도 다 끌어내지 않았다. 그러나 밀 수확을 마치자 사람들은 모두 돌아가버렸다.

밀밭 남쪽에 큼직한 밀 다발이 팽개쳐져 있다. 밀단을 나르던 사람이 일부러 빠뜨린 것이 틀림없다. 서쪽 가장자리에는 밀 반 이랑이 가지런히 서 있다. 밀을 베고 마지막 한두 번 낫질을 안 하고 남겨놓아 저기서 저렇게 보기 싫게 서 있는 거다. 사람은 막바지에 이르면 인내심과 힘이 한 가닥도 안 남는가보다.

밀 반 이랑을 남겨놓은 그 사람이 마지막으로 밭을 떠난 것이 틀림없다. 그날 오후 뉘엿거리는 햇빛 속에서, 베이지 않은 반 이랑의 밀이 그를 줄곧 지켜보았을 것이다. 밀밭 저편으로 걸어간 그가 쪼그리거나 서 있는 사람들 틈에 끼어들어 더는 알아볼 수 없을 때까지.

밀밭이 어찌나 넓은지 모른다. 한쪽 끝에서 다른 쪽 끝이 보이지 않을 정도다. 한 사람당 이랑 하나씩 맡아서 고개도 들지 않고 앞으로 나아가며 계속 밀을 벤다. 하늘이 차츰 어두워지고 주위에서 낫질 소리가 들리지 않자 그가 고개를 든다. 다른 사람들은 진즉에 다 베고 밀밭을 떠났고, 그의 이랑만 외로이 남아 있다. 조급해진 그는 허리를 구부리고 맹렬히 낫질을 한다. 그러다 또 손 놓고 멍하니 있다. 밭에는 아무도 없다. 일을 끝내든 말든 상관할 사람이 없다. 자기가 일을 안 해도, 일을 다 해도 아무도 모른다. 이 일을 점검하는 사람도 돌아갔다. 맥이 탁 풀린다. 그는 밀 그루터기에 털퍼덕 주저앉아 잠깐 넋 놓고 있다. 쳇, 관두자.

나는 일을 남겨놓은 그 사람을 찾아낼 수 있을 것 같다.

누군지 알 만하다.

그러나 나는 그에게 돌아오라고, 남은 밀을 마저 베라고 소리쳐 부를 수가 없다. 이 일은 이미 끝났고, 더 급한 일이 다른 곳에서 시작되었다. 남은 일은 더 이상 중요하지 않다.

그 뒤로 며칠 동안 나는 홀로 텅 빈 밀밭을 이리저리 돌아다니며 사람들이 남겨놓은 많은 일을 한다. 거창한 일들을 마무리하는 사람은 따로 있구나 싶다. 그는 사람들 뒤에 멀찍이 떨어져 그들이 다 했다고 여기는 일을 마저 한다. 수많은 일이 이런 식이다. 시작한 사람은 잔뜩 있지만 막판에 이르면 어느 한 사람 몫이 되고 만다.

2. 마을 사람들에게서 멀리 벗어나

내 일과는 이러하다. 아침에 일어나 밀 낟가리를 훑어본다. 커다란 더미 다섯 개가 한 줄로 놓여 있다. 한낮에는 그냥 내버려둬도 된다. 오후가 되면 해가 기울기 전에 다시 한번 들판을 쭉 둘러보며 수상쩍은 것이 다가오지는 않는지 확인한다.

이 드넓은 황야에는 많은 것이 숨어 있다. 사람 하나와 낟가리 다섯 개도 들판에 몸을 숨긴 자다. 누구에게도 들키길 원치 않는다. 여기서는 나무마저 웅크린 채 자란다. 몸통이 여러 번 휘면서 기어가듯 가지를 뻗는다. 백양나무처럼 고개를 꼿꼿이 쳐들고 우쭐거리며 자라는 식물은 황야에서 본 적이 없다. 이곳에는 만물의 머리를 짓누르고 나를 억누르는 무언가가 있다.

서쪽 황야에서 검은 그림자가 자꾸자꾸 커지는 것을 감지한 오후가 여러 번 있었다. 그게 뭔지는 뚜렷이 보이지 않았다. 그 자리에 덩그러니 웅크린 그것 때문에 나는 며칠이나 밤잠을 설쳤다. 주위에 있는 무언가가 점점 작아지다 끝내 사라진다면 전혀 신경 쓸 필요 없다. 그런데 주변에서 무언가가 느닷없이 커지기 시작해 거대하게 변한다면 놀라고 겁먹을 수밖에 없다.

아침에 날이 밝자마자 일어나서 보니 그 검은 그림자가 더 커져 있었다. 밀 낟가리를 돌아보니 하룻밤 사이에 상당히 작아진 것 같았다. 아무래도 걱정스러워 삽을 메고 조심조심 밀밭을 가로질러 갔다. 한참을 가서야 그것이 제대로 보였다. 그것은 한 그루 나무였다. 말라 죽은 오래된 호양나무인데 갑자기 가지와 잎이 무성하게 돋아 있었다. 나무 주위를 한 바퀴 돌아보았다. 간밤에 새로 돋은 나뭇잎이 잔뜩 있었다. 나는 그 나무의 가지와 잎이 한 사람의 마을에서 여전히 자라고 있음을, 더욱 왕성하게 자랄 것임을 실감할 수 있었다. 이 노목은 땅속 깊이 뿌리를 내려 가문 여름을 견뎠을 테고, 뿌리 하나가 갑자기 풍부한 물을 만났을 것이다. 보아하니 틀림없이 이런 상황이다.

나무 한 그루가 튼튼하고 무성하게 자랄 수 있는 곳이라면 사람 하나도 그렇게 살아갈 수 있다. 돌아오면서 나는 그곳을 남몰래 기억해두었다. 그때 어렴풋이 깨닫기 시작했다. 그동안 나 자신을 식물처럼 멋대로 자라게 놔두었구나. 팔뚝은 너무 가늘고 다리도 변변치 않고 담력마저 약하고. 자라야 할 것이 참으로 많구나. 아무래도 나는 오랫동안 자라기를 잊고 있었던 듯했다.

남은 일을 차근차근 마쳐가는데 알 수 없는 공허감이 초막을 뒤덮기 시작했다. 일을 다 끝내자 낫과 삽을 한쪽에 던져놓았다. 쓸쓸함이 한 가지 일이 되었다. 외로움과 두려움이 중대한 일이 되었다.

처음으로 내가 혼자임을 느꼈다. 그것들이 무리 지어, 연결되어, 더미를 이루어 나에게로 향하고 있었다. 나의 무리는 수십 리 떨어진 황사량黃沙梁 마을에 있었다. 지금 이 순간, 나의 마을 사람들은 나를 도울 수 없었다. 나의 벗과 친지는 나를 도울 수 없었다.

나의 외로움과 두려움은 마을에서 딸려온 것이었다.

군중 속에 있든 황야에 있든, 사람은 끝내는 외로움과 두려움을 홀로 마주하게 된다. 그것은 그 사람 혼자만의 것이다.

벌레 한 마리, 풀 한 포기가 거대한 무리 속에서 자신의 즐거움과 괴로움을 쓸쓸히 마주하는 것과 마찬가지다. 다른 풀, 다른 벌레는 알지 못한다.

나무 한 그루가 말라 죽어간다. 그것은 잎도 꽃도 없는 고사목의 시기에, 삶보다 더 기나긴 시기에 앞당겨 들어섰다. 다른 나무들은 아직 가지도 잎도 무성한 채 살아 있다. 햇살은 푸르른 잎새에도 내려앉고 말라 죽은 나무에도 내려앉는다. 햇빛 속에서 한 그루 고사목이 어떻게 자라고 있는지 우리 눈에는 보이지 않는다. 땅속 깊이 묻힌 그의 뿌리는 어디론가 뻗어가고 있다. 죽음 이후의 일은 우리가 알 수 없다.

한 사람이 죽으면 우리는 그를 어딘가에 놓아둔다—땅속에.

우리는 무덤 곁에서 살아간다. 살다 살다보면 뭔가 어색한 느낌이 든다. 이 길은 누가 남긴 것인가. 이 일은 누가 해냈던가. 이 말은 누구 입에서 나왔던가. 그녀를 사랑했던 자는 누구였던가.

나는 마을 사람 틈에서 수십 년을 살면서 겪을 만한 일은 다 겪었다. 계속 머문다 해도 어떤 새로운 일도 없을 것이다. 남은 수십 년은 꽃과 풀 사이에서 보내고 싶다. 새와 벌레와 물과 흙 사이에서 보내고 싶다. 그렇게 살아도 괜찮을지는 모르겠다. 아마도 마을 사람들이 나를 소리쳐 부를 것이다. 장가를 들라고, 자식을 낳으라고. 밭을 갈라고, 이듬해 수확할 밀을 심으라고. 그들은 내가 빈둥거리는 꼴을 못 본다. 그들이 반드시 해야 하는 일은 나도 반드시 해야 한다. 내 마음속에서 이런 일들은 이미 끝났다는 사실을 그들이 알 턱이 없다.

나에게 할 일이 남아 있다면, 그것은 한 포기 풀의 일, 한 마리 벌레의 일, 한 조각 구름의 일이다.

나는 들판에서 열흘쯤 더 머물거나 더 길어질지도 모른다. 때마침 마을 사람들에게서 멀리 벗어났으니 나 자신의 일을 좀 하련다.

3. 바람이 사람을 구부린다

밤새 바람이 세차게 불었다. 한밤중에 바람 소리에 깨어났다. 초막과 밀 낟가리 위에서 바람이 질러대는 무시무시한 괴성이 마치 후련하게 내지르지 못하는 여인의 울부짖음 같았다. 황야에 불쑥 튀어나온 초막과 낟가리가 바람의 다리를 걸고 바람의 옷깃을 붙들고 바람의 머리채를 휘감으며 바람이 앞선 바람을 따라잡지 못하게 막았다. 바람은 찢어발기고 울부짖었다. 온 천지에 바람의 고함이 가득했다.

초막 밖으로 고개를 내밀어보았다. 어둠 속에서 무언가가 바닥을 구르다가 삽시간에 사라졌다. 밀단이 바람에 휩쓸려간 것이었다. 얼마나 날아갔는지도 알 수 없고, 그저 사라지는 밀단을 지켜볼 뿐이었다. 나는 밀단 하나보다 얼마 크지도 않다. 함부로 나갔다간 나 자신이 사라질 지경이다. 바람은 마을 쪽으로 불어가고 있다. 중간에 방향을 틀지 않는다면 밀단은 바람을 타고 차례차례 마을로 돌아갈 것이다. 아침에 일어난 마을 사람들은 돌아온 가축처럼 담장 아래 웅크린 밀단을 보게 될 것이다.

해마다 거센 바람이 몇 번이고 마을을 지나간다. 바람은 사람을 구부리고, 구부러진 나무를 곧추세운다. 사람과 초목은 바람이 휘몰아치는 갖가지 방향에 따라 기울어질 수밖에 없다. 할 수 있는 일이라고는 바람을 맞고 나서 몸을 바로세우는 것뿐이다. 온갖 바람을 맞아 이리저리 비틀려 기이하게 변한 나무가 있다. 풍파를 겪은 나무의 몸통을 보면 남풍이 어디를 구부렸는지, 북풍이 어디를 밀어냈는지 대략 알 수 있다. 그래도 끝끝내 나무는 땅에 단단히, 우뚝 서 있다. 남풍에도 북풍에도 동요되지 않는다.

우리 마을 주위에는 이런 큰 나무가 몇 그루 있고, 마을에는 이런 사람이 몇 명 있다. 나는 너무 어리고 뿌리도 깊지 않고 몸뚱이도 튼튼하지 않아 세찬 바람에 날아갈까 걱정스럽다. 풀 한 포기, 잎새 하나처럼 바람 따라 천리만리 날아가 어느 낯선 땅에 떨어지면 어쩌나. 좋든 싫든 원하든 원치 않든, 바람은 나를 팽개쳐두고 사라져버릴 텐데. 바람을 찾아가 따질 수도 없다. 바람이 불면 온 세상이 바람으로 가득 차고, 바람이 멈추면 남는 것은 공기뿐이다. 하늘도 대지도 아무 일 없는 양 시치미를 뗀다. 바뀐 것은 오직 내 운명뿐, 영문도 모른 채 다른 곳에 떨어져 있다. 반대 방향으로 다른 바람이 불어 되돌려주기를 기다리는 수밖에 없다. 몇 년을 기다려도 나를 날릴 만한 큰 바람이 불지 않을 수도 있다. 바람에 날려가길 기다리는 동안 나는 원치 않아도 자랄 수밖에 없고, 몹시 무거워지고 말 것이다.

작년에 동풍 속에서 목격한 장면이다. 오래전에 바람에 날려갔던 우리 집 느릅나무의 잎새 하나가 멀리서 다시 날려왔다. 나뭇잎은 허공에서 공중제비를 몇 번 하더니 창턱으로 나풀나풀 내려앉았다. 그 바람은 수레가 급히 멈추듯 우리 마을에 때마침 멈추었다. 하늘에서 이것저것 잔뜩 떨어져 내렸다. 글씨가 있는 종잇조각과 없는 종잇조각, 헝겊, 머리카락과 터럭, 가장 많은 것은 나뭇잎이었다. 나는 이리저리 떨어지는 온갖 물건 가운데 우리 집 느릅나무 잎새를 알아보았다. 얼른 붙잡아 손바닥에 펼쳐놓았다. 가장자리가 좀 상하고 원래 그늘졌던 면이 햇볕에 허옇게 바래 있었다. 그동안 어디서 어떤 햇볕을 쬐었던 걸까. 다른 면에는 황갈색 점토가 붙어 있었다. 얼마나 멀리까지 날아갔다가 또 다른 바람에 실려온 것인지, 내가 가본 적 없는 곳을 얼마나 많이 지나왔는지 나는 알 길이 없다. 느릅나무 잎새는 그렇게 바람에 나부끼며 돌아왔다. 이런 잎새는 극히 드물다.

바람은 공기가 달리는 것이다. 바람이 한바탕 지나가면 원래 그곳에 있던 공기도 모조리 달려가 사라지고 만다. 어떤 냄새는 더는 맡을 수 없고, 어떤 물건은 더는 볼 수 없게 된다. 어제 골목 어느 집에서 볶던 고기 냄새. 어제 누군가 독차지한 여인의 향기. 오후에 나무에 널어놓고 걷지 않은 천. 아침에 몇 마디 적어 창턱에 올려놓은 종이. 바람은 한 마을에서 오래오래 숙성된 공기, 한 마을의 사람들이 들이쉬고 내쉬며 특별한 냄새를 갖게 된 공기를 다른 머나먼 곳으로 통째로 실어 나른다.

한바탕 바람이 불고 나면 낯선 구름 몇 점이 마을 위에 멈추곤 한다. 별스럽고 생생한 모양과 색깔이 무얼 뜻하는지는 알 수가 없다.

바람이 불지 않는 동안 그 구름들은 우리가 좋아하든 싫어하든 우리 머리 위에서 꼼짝 않고 버틴다. 눈에 익은 구름은 바람을 타고 달려가 한 조각도 보이지 않는다.

바람이 가버린 뒤로 사람들은 바빠지기 시작했다. 하늘을 볼 틈이 좀처럼 나지 않았다. 이따금 하늘을 보면서 구름이 눈에 익자 우리는 그것을 우리 마을 구름이라고 여기며 날이 더우면 해를 가려주길, 땅이 마르면 비를 내려주길 기대했다. 아니나 다를까, 땅이 말라붙었다. 한두 달 동안 물이 없어 농작물이 시들시들해졌다. 마을 사람들의 애타는 기대 속에서 머리 위에 있는 구름 몇 점이 정말로 비의 기운을 살짝 내비쳤다. 눈처럼 하얗던 구름이 연회색이 되었다가 시커멓게 변했다. 곧 비가 내리겠거니 기대하는데 갑자기 북풍이 휘이잉 불어왔다. 비를 잔뜩 머금은 구름은 허둥대다가 쏜살같이 마을을 떠나더니, 황량하고 인적 없는 남쪽 언덕으로 가서 거기다 밤새 주룩주룩 비를 뿌렸다.

우리는 텅 비어버린 맑은 하늘을 올려다보며 말 안 듣고 제멋대로 구는 구름에게 욕을 퍼부었다. 이튿날 마을 사람이 모두 모여 회의를 열고, 엄중한 결정을 내렸다. 앞으로 어디서 와서 어디로 가는 구름이든 우리 마을 위에 멈추는 것을 불허하고 멀리멀리 쫓아버리기로. 우리는 다시는 하늘에게 물을 기대하지 않기로 하고, 사막을 관통하는 긴 수로를 팔 계획을 세웠다.

그해 촌장은 후무胡木였다. 너무 어렸던 나는 내내 고개를 움츠린 채 기회가 찾아오길 기다렸다.

각양각색 바람이 마을을 지나갔다. 지붕을 덮은 흙이 몇 번이나 바람에 날려 벗겨졌는지 그 집에 사는 사람도 정확히 기억하지 못했다. 동쪽 벽, 서쪽 벽, 남쪽 벽, 북쪽 벽은 바람에 헐어가면서도 집집마다 지켜주려는 듯 온갖 방향에서 몰아치는 바람을 막아냈다. 몇몇 사람은 사라졌지만 그보다 더 많은 사람이 마을에 남아 있었다. 무엇이 그들을 붙잡아둔 걸까.

무엇이 나를 붙잡는 걸까.

무엇이 바람에 날려가는 밀단을 붙잡는 걸까.

곡식이 바람에 깡그리 날아가버린다면, 바람이 그친 뒤에는 마을 사람 모두 머나먼 타향으로 떠나고 텅 빈 마을만 남는 것은 아닐까.

이른 아침에 반 리 밖에서 바람에 날려간 밀단을 발견했다. 방울가시鈴鐺刺* 몇 그루에 막혀 있었다.

밭 가장자리에서 무리 지어 자라는 방울가시가 우리가 가는 길을 얼마나 막았는지, 우리의 손과 옷자락을 얼마나 찢어놓았는지 모른다. 우리의 곡괭이에 뿌리째 뽑혀 무더기로 쌓였다가 한꺼번에 불태워진 방울가시 또한 수없이 많았다. 그러나 이듬해가 되면 방울가시는 그 자리에 또다시 나타났다.

우리는 방울가시가 대지에서 어떤 쓸모로 자라나는지 잘 모른다. 방울가시는 온몸에 돋은 자잘한 가시로 자신을 먹으려는 입, 꺾으려는 손, 짓밟으려는 발굽을 막아낸다. 그러고는 유유히 가시를 세워 하늘을 찌르고 구름을 찌르고 공기와 바람을 찌른다. 지금 방울가시는 바람에 실려 멀리 달아나려는 우리의 밀단을 끌어안아 못 가게

---

* 네이멍구 서북부, 신장, 간쑤 등지에 분포하는 가시 관목.

막았다. 난생처음 방울가시에게 진심으로 고마운 마음이 들었다.

어쩌면 우리 주변에 있는 수많은 존재가 우리 삶의 일부분이자 생명의 일부분이며, 결정적인 순간에 우리를 붙잡아두는지도 모른다. 풀 한 포기, 나무 한 그루, 구름 한 조각, 벌레 한 마리…… 그들은 바쁜 우리 대신 땅속에 뿌리를 내리고, 허공에서 걸음을 멈추고, 바람 속에서 나직이 노래를 부른다…….

풀 한 포기의 죽음은 곧 사람의 죽음이다.

나무 한 그루의 요절은 곧 사람의 요절이다.

벌레 한 마리의 노래는 곧 사람의 노래다.

4. 삽은 좋은 물건이다

집을 나서는 내 어깨에는 보통 삽이 걸쳐져 있다. 삽은 이 세상이 나에게 내미는 외로운 손이기에 꽉 움켜쥐어야 한다.

삽은 좋은 물건이다.

밖에서 걷다 지쳐 잠시 눕고 싶을 때, 삽질 몇 번이면 평평한 침대가 생긴다. 손 가는 김에 흙 두어 삽으로 쓸 만한 베개도 만든다. 내가 잠든 동안 삽은 여느 나무나 고사목과는 달리 황야에 꼿꼿이 꽂혀 있다. 나를 찾으려면 멀리 보이는 삽 한 자루를 찾으면 된다. 야생 나귀나 들소가 질주해와도 멀찌감치부터 삽을 피해 돌아가기 때문에 나를 밟을 일이 없다. 넘어가기 힘든 비탈과 마주칠 때 구멍을 뚫고 지나갈 수는 없어도 길을 막은 덤불을 만나면 삽으로 쓸어버릴 수 있다. 덤불은 삽에게 왜 당했는지 도무지 영문을 모르겠지만 말이다. 잘못된 곳에 자라서 내 길을 막은 죄다. 내 삽은 덤불의 1년 치

삶을 가차 없이 끊어버렸다. 내가 길을 잘못 들어 가시덤불이 사는 황무지에 이른 거라는 생각은 해본 적도 없다. 어쨌든 이듬해에 그 덤불은 그 자리에서 새로이 자라날 것이다. 그만큼 높이, 그만큼 많은 가지를 뻗어 내가 삽으로 열어놓은 길을 틀어막을 것이다. 몇 년 뒤에 이 길에 다시 온다면 여전히 그 덤불에 가로막힐 것이다. 나무는 한자리에서 한번 당하면 다음번에는 그 자리를 피하는 사람과는 다르다. 나무에게 삶이란 오직 위를 향하는 한길뿐이다. 나는 이리저리 걷다가 자꾸자꾸 멀어져 다시는 이 자리에 발길이 닿지 못할 수도 있다.

황야에서 수많은 동물과 마주친다. 정수리에 뾰족한 뿔이 솟은 녀석, 날카로운 이를 드러낸 녀석, 온몸에 가시가 돋은 녀석, 높이 날거나 세차게 발길질하는 녀석, 어깨에 삽을 멘 나. 우리는 서로를 건드리지 않는다.

늑대를 만난 적도 있다. 거의 마주 보다시피 했다. 우리는 20미터쯤 떨어진 곳에서 동시에 멈췄다. 늑대도 나도 상황을 퍼뜩 감지했다. 고개를 숙인 채 바삐 길을 가던 두 적대적 동물이 문득 고개를 들어보니 이미 얼굴을 마주한 터라 에돌아가기란 불가능했다. 늑대가 나를 위아래로 훑어보았다. 나는 늑대를 머리끝부터 꼬리 끝까지 살펴보았다. 비렁뱅이처럼 초라한 늑대였다. 가을 풀처럼 누리끼리한 털이 마구 헝클어져 있는데 가시덤불을 갓 헤치고 나왔는지 등에 털 한 줌이 뭉텅 비어 있었다. 배도 움푹 꺼지고, 꼭 해골처럼 앙상한 몰골이었다.

아무래도 사는 꼴이 변변치 못하지 싶었다.

그런 생각을 하노라니 되레 우월감이 살짝 느껴졌다. 늑대의 눈을 다시 들여다보니 구걸하는 것처럼 가련해 보였다. 너 좀 먹자, 내가 너 좀 먹자. 며칠째 아무것도 못 먹었단 말이다.

늑대가 밀을 먹는다면 몇 단 던져줄 텐데. 밥을 먹는다면 한 끼 차려줄 텐데. 그런데 늑대는 반드시 고기를 먹어야 한다. 내 다리 살, 내 가슴 살, 내 팔뚝 살, 내 얼굴 살. 늑대의 천성적인 고독 속에서 내가 목도한 것은 유일한 음식을 선택해야 하는 고독이었다.

녀석이 암컷인지 수컷인지는 분간할 수 없었다. 녀석의 뒷가랑이 사이로 고개를 들이밀 엄두는 나지 않았다. 목덜미를 뜯길까 겁이 났다.

늑대 눈에 비친 나는 어떤 모습일까. 늑대는 나를 머리끝부터 발끝까지, 대단히 진지한 눈길로, 꼬박 30분을 훑어보다가 결국 씩씩거리며 돌아섰다. 늑대의 눈에서 한 가닥 실망의 빛을 본 것만 같았다. 한 생명이 다른 생명에게 느낀 실망이랄까. 이 실망의 뜻을 완전히 이해할 수는 없었다. 나는 늑대가 모래언덕을 넘어 사라질 때까지 줄곧 지켜보았다. 안도의 한숨을 내쉰 다음 어깨에서 삽을 내리는데, 삽을 쥔 손이 땀에 흠뻑 젖어 있었다.

아마 그 늑대는 삽을 멘 사람을 한 번도 못 봤을 것이다. 내 어깨에 삐죽 솟은 이 낯선 물건 때문에 감히 입을 벌리지 못했을 것이다. 늑대는 나를 포기했다. 현명한 처사였다. 그러지 않았다면 내 삽날이 늑대 피로 물들었을 테니. 나도 보고 싶지 않은 장면이었다.

나에게는 늑대의 고독이 없다. 나의 고독은 황야에 있지 않고 군중 속에 있다. 사람이 해낸 일이 이곳에 있다면 도움받을 데 없는 무력한 처지라 해도 나는 외롭지도 두렵지도 않다. 질주하는 맹수 무리가 황야에 나타난 밀밭과 밭두렁에 우뚝 솟은 커다란 낟가리를 보면 더럭 겁을 먹을 것이다. 그러면 낟가리 옆에 삽을 들고 서 있는 나를 얕잡아보지도 못할 것이다. 사람이 경작하는 땅과 사람이 심은 작물을 밟는 들짐승은 맹수가 출몰하는 숲으로 들어가는 사람과 똑같은 두려움을 느낀다.

사람이 해낸 일이 땅에 놓여 있다.

사람은 수많은 큰일을 해치웠다. 작은 일들은 좀 남아 있다. 사람이 할 수 있는 일은 역시 이만치다.

남겨진 그 외로운 늑대는 사람의 일일까, 아닐까. 머지않아 사람이 그 늑대와 마주친다면 없애버릴 수도 있고 살려둘 수도 있다.

나는 아직 할 일이 꽤 있다. 남들이 하지 않고 남겨둔 일—그게 내 일이다. 모든 일을 마무리하면 나는 삽을 빈터에 꽂아두고 멀리 떠나련다.

그동안 수많은 일을 하느라 날이 닳아 무뎌진 삽 한 자루를 땅에 꽂아두고.

누가 마지막으로 마주하게 될 일일까.

5. 들토끼의 길

오전에 들토끼의 길을 따라 서쪽으로 반 시간쯤 걸어갔다. 들토끼가 어떻게 사는지 보고 싶었다. 들토끼의 길은 내 한쪽 발이 간신히 들어갈 만큼 좁았다. 맞은편에서 토끼가 오면 나는 옆으로 비켜서서 길을 내줄 수밖에 없었다. 하지만 한 마리도 보이지 않았다. 보아하니 토끼가 여러 해를 지나다닌 길인 듯싶었다. 주먹 하나 깊이만큼 패여 있고 검은콩처럼 생긴 크고 작은 똥이 널려 있었다. 들토끼는 자기 길에 똥을 뿌리기를 좋아한다. 아마 걸으면서도 뛰면서도 똥을 눌 수 있을 것이다. 사람처럼 숨을 곳을 찾아 한참을 쭈그리고 있는 일은 없다. 토끼는 그런 사소한 일 때문에 발걸음을 멈추지 않는다. 들토끼의 일은 아마 사람의 일보다 적지 않으리라. 그들은 태어나자마자 뛴다. 풀 한 입을 위해, 목숨을 위해 조그만 발굽 네 개로 뛰어다닌다. 그렇게 뛰어다닌 결과, 액운에서 달아난 토끼는 얼마나 될까.

바삐 뛰어다니던 토끼가 오전에 자기가 눈 똥을 보면, 여태 길에서 모락모락 김을 내뿜는 똥을 보면 재미있어하지 않을까.

보금자리 주변의 풀은 먹지 않는 토끼가 풀 한 입을 위해 밤새 달려갔다가 돌아왔는데, 자기 집 주변에 난 풀을 다른 토끼와 산양이 말끔히 먹어치웠다면. 그걸 보면서 토끼는 어떤 기분이 들까.

토끼의 길은 조그만 것들을 조심스레 에돌아간다. 풀 한 포기, 잘린 나무, 흙덩이 같은 것이 토끼의 길을 굽이지게 한다. 때때로 토끼의 길이 거의 붙어 있는 가시나무 두 그루 사이를 지나면 나는 빙 둘러 가는 수밖에 없다. 사실 나는 들토끼가 사는 모습을 볼 방법이 없다. 토끼는 사람 눈에 띌까 두려워 아주 멀찍이 숨어 있다. 사람 눈에 띄었다 하면 죽을 수도 있으니까 말이다. 어쩌면 나의 출현에 놀라 벌써 달아났을 수도 있다. 어쨌든 나는 들토끼는 한 마리도 보지 못한 채 빽빽한 방울가시 옆에 이르렀다. 한참을 궁리해봤지만 지나갈 방법이 아예 없었다. 나는 쭈그리고 앉아 가시덤불 속을 들여다보았다. 들토끼의 길은 덤불의 뿌리 부근을 이리저리 휘돌다가 사라졌다.

돌아오는 길에 좁디좁은 토끼의 길에 깊숙이 찍힌 커다란 발자국

한 줄을 보니 갑자기 웃음이 났다. 나는 나의 큰길을 놔두고 이 작은 동물의 길로 달려들어 이리저리 돌아다녔다. 남의 길을 밟아 망가뜨렸다. 들토끼가 몇 년을 왔다 갔다 해야 내 깊은 발자국 하나가 평평해질까. 어쩌면 들토끼는 화가 나서 이 길을 버릴지도 모른다. 더 화가 났다면 이 풀밭을 버리고 모래언덕을 넘어 머나먼 다른 풀밭으로 이사 갈 수도 있다. 사람이 덩칫값도 못 하고 무슨 짓을 한 거냐는 소리를 들어도 싸다.

며칠 뒤, 일부러 그 길을 보러 갔더니 작은 발자국이 새로 나 있었다. 들토끼는 이 길을 버리지 않은 모양이었다. 다만 깊이 박힌 내 발자국이 들토끼의 길을 더 울퉁불퉁하게 만들어놓은 것이 오래오래 미안했다.

6. 소가 일을 마치길 기다리다

밀 수확이 끝나가던 그날 오후, 서른 마리쯤 되는 소 떼가 밭으로 몰려왔다. 밀을 다 벤 사람부터 밀밭 저편에서 잇따라 돌아왔다. 라오마老馬와 내가 초막에서 나왔다. 라오마는 한 손에는 칼, 한 손에는 새끼줄을 들고 있었다. 나는 뒷짐을 지고 라오마를 따라갔다. 나는 라오마의 일손을 돕고 있었다.

우리는 오전 내내 이 소 떼를 기다렸다.

아침에 우리에게 일을 맡긴 사람이 말했다. 소 떼가 곧 올 테니 칼을 갈아놓고 기다리게. 콧등에 하얀 자국이 있는 검은 수소를 잡으면 돼. 고기가 연해서 빨리 익을 거야.

그런데 소 떼가 오지 않아서 우리는 오전 내내 빈둥거렸다.

도살당할 검은 수소는 젊고 하얀 암소의 몸에 올라타고 있었다. 우리가 다가갔을 때 수소는 막 기어올랐고 암소는 못 이기는 체 몇 번 발버둥을 쳤다. 암소는 민망한 듯 고개를 돌리다가 펑퍼짐한 허연 엉덩이를 우리에게 불쑥 들이밀었다.

"곧 죽을 놈이 그 일을 해야겠나." 새끼줄을 들고 소를 묶으러 가는 라오마를 내가 막아섰다.

"급할 거 없잖아요. 담배 한 대 피우고 잡아도 늦지 않아요." 내가 말했다. 우리는 풀밭에 앉아 담배를 말았다. 그리고 담배를 피우면서 소의 일을 지켜보았다.

우리는 소가 제 할 일을 마칠 때까지 기다렸다.

그렇다고 모든 할 일을 끝낼 때까지 기다릴 수는 없었다. 칼은 잘 갈아놨고, 물은 끓기 시작하고, 고기 먹을 사람들이 초막 밖에 앉아 기다리고 있었다. 소 잡는 일은 우리에게 맡겨진 일이었다. 더는 미룰 수 없었다.

모든 과정에서 나는 거의 도움이 되지 않았다. 라오마는 노련한 도살자라서 모든 일을 순조롭게 해나갔다. 먼저 새끼줄로 소의 앞발 하나와 뒷발 하나를 교차시켜 힘껏 잡아당기자 소가 픽 쓰러졌다. 마치 담벼락이 쓰러지는 것 같았다.

이어 소의 네 발을 단단히 묶었다. 라오마는 소의 목덜미를 가볍게 쓸면서 칼 댈 곳을 찾았다. 라오마가 목을 만지자 소는 편안히 눈을 감았다. 칼이 잽싸게 목을 찔렀다. 소는 끽소리도 내지 않고 발버둥 한번 치지 않았다.

모락모락 김이 나는 소고기를 토막토막 썰어 초막 저쪽으로 날랐다. 내장과 발굽, 머리는 풀밭에 던졌다. 필요 없는 것이었다.

소의 뒷다리를 썰다가 라오마가 물컹한 것을 나에게 건넸다.

"받아, 쓸 만해. 삶아 먹으면 기운이 뻗쳐."

보니까 소의 거시기였다. 나는 라오마에게 도로 던졌다.

"나이 드신 형님이 드셔야죠. 난 필요 없어요."

라오마는 나를 힐끗 보더니 칼끝으로 그것을 들어 내장과 함께 던져놓았다. 우리에게 필요한 것은 고기뿐이었다. 소의 순수한 눈빛, 소의 울음소리, 소의 달음박질과 움직임, 흥분과 격정, 그리고 방금 전까지 삶을 즐긴 소의 음경은 모두 잡것 취급을 받아 팽개쳐졌다.

커다란 솥에서 익은 소 한 마리의 고기는 많은 사람의 저녁밥이 되었다. 열흘이 넘도록 풀만 먹다가 드디어 맛보는 고기였다. 소 한 마리의 살은 사람들이 내일 밀을 베는 힘이 되고, 수확을 마치고 집으로 돌아가는 힘이 된다.

소뼈를 갉아먹는데 라오마가 던져놓은 그 물건이 또 눈에 들어왔다. 라오마 말이 맞다. 나는 정말 그걸 삶아 먹어야 할 것 같다. 앞으로 내 삶에는 젊은 수소의 힘이 정말로 필요할지도 모른다. 앞으로 무슨 일을 하든 나는 그 황혼녘에 잡은 소의 힘을 쓰고, 소가 미처 쓰지 못한 힘으로 이생에 남겨진 일을 할지도 모른다.

7. 꽃 한 송이에 미소 짓다

뒤돌아보니 내 뒤에 있는 풀이 모조리 꽃망울을 터뜨렸다. 누가 우스개라도 해서 너른 들판의 풀을 모두 웃게 만든 것 같았다.

나는 비탈에 누워 생각에 잠겨 있었다. 이런 생각이랄까—한 사람의 머릿속에 든 희한한 생각이 우스워서, 풀이 산들바람 속에서 허리가 끊어져라 웃고 있다. 너털웃음을 터뜨리는 풀도 있고, 입술을 반쯤 가리고 웃음을 참으려 안간힘쓰는 풀도 있다. 내 곁에 꽃 두 송이가 있다. 한 송이는 나를 보면서 얇은 분홍빛 꽃잎을 펼치는데 웃음소리가 귓가에 들리는 것만 같다. 다른 한 송이는 고개를 돌려 얼굴을 가렸지만 웃음을 감추진 못한다. 나도 참지 못하고 웃기 시작한다. 빙그레 미소 짓다가 하하하 웃음을 터뜨린다.

황야에서 혼자 소리 내어 웃어보기는 그때가 처음이었다.

그다음에는 밀밭 남쪽에 있는 풀 속에서 자다가 웃었다. 나는 이 한 조각 푸르른 풀밭이 너무나 좋았다. 더없이 짙푸른 빛깔이 누렇게 시든 주변 들판과 선명한 대비를 이루었다.

내 생각에는 한 달 전쯤, 밀밭에 물 대는 사람이 끝까지 지켜보지 않고 그냥 놔두고 자러 갔지 싶다. 그 바람에 물이 넘쳐 밭두렁을 넘어가 이 마른 도랑으로 흘러든 거다. 그러자 오랫동안 시들어 있던 들풀이 드디어 살길을 찾았다. 그런 푸르름이 오랜 세월에 걸쳐 조금씩 쌓였다. 내 눈빛 속에 깃든 허기와 갈증처럼 말이다. 나는 소처럼 달려들어 마음껏 뜯어 먹지는 못한다. 그러나 나는 푸르른 풀 속에 파묻혀 잠들 수 있다. 내가 좋아하는 것과 함께 잠을 자고 꿈을 꾸고, 이거면 충분하다.

누렇게 시든 들판에서 반평생을 바삐 일하는 한 사람에게 마침내 초목이 푸르른 한 해가 찾아왔다. 한 조각 푸르름이긴 해도 말이다. 초목도 내가 두각을 나타내는 그날까지 기다려줄까.

간단히 잎사귀 몇 장을 틔우고 가지 몇 개를 뻗고 작은 꽃 몇 송이를 피우는 이들은, 지금껏 높고 굵게 자란 적도 무성해진 적도 없는 이들 풀과 나무는 해마다 내 웃음기 없는 얼굴과 기운 없는 걸음걸이 속에서 무얼 볼까. 그저 침체밖에 못 보는 건 아닐까.

나는 너무 진지하게 살고 있다. 딱딱하게 굳은 내 얼굴은 어느덧 살아간다는 일에 무감각해졌는지 꽃을 보고 미소 짓는 것도, 새순을 보며 설레고 기뻐하는 것도 다 잊었다. 어렵사리 피어난 꽃 한 송이, 모처럼 돋아난 잎새 하나가 황야에서 내 미소를 만나면, 이 작디작은 생명에게 그것은 환영과 격려가 되어줄지도 모른다. 향기롭고 푸르른 풀이 내 인생에 아직 오지 않은 아름다운 앞날을 펼쳐 보이듯 말이다.

그 뒤로 나는 황야의 일원이 된 것 같았다. 드넓은 황야에 진정으로 들어가기란 쉽지 않다. 황야는 탁 트여 있어서 그 거대한 문으로 애써 들어가도 자칫하면 어느새 밖으로 나와 외부인이 되어 있다. 황야의 세세한 부분은 영원토록 꽁꽁 닫혀 있다.

풀 한 포기, 물 한 방울, 벌레 한 마리로 들어가는 길이 더 멀 수도 있다. 풀 한 포기를 이해하려면 그저 풀을 입에 넣고 몇 번 씹어 맛보는 것으로는 안 된다. 구덩이를 파고 스스로를 심어 물을 좀 뿌리고 반나절을 멍하니 서 있어보자. 다리가 저리고 허리가 아플 것이다. 그렇지만 풀과 나무가 흙 속에서 자라는 것도 이와 같은 상황이라고 단정하진 못한다. 사람은 초목처럼 깊이 뻗은 뿌리가 없으니 땅속 깊은 곳의 사정을 알 길이 없다. 사람은 암흑천지에 있는 것처럼 자기 자신의 일에 파묻혀 있다. 그 일을 하나하나 끝마치고 잘해내면 사람은 조금씩 밖으로 모습을 드러낸다.

내가 풀과 나무의 몸에서 얻은 것은 사람의 몇몇 이치일 뿐 초목의 이치라고는 할 수 없다. 나는 내가 초목을 이해한 줄 알지만 실은 나 자신을 이해했을 뿐이다. 초목에 대해서는 통 모른다.

8. 벌레 세 마리

다리 여덟 개 달린 작은 벌레 한 마리가 내 손가락을 타고 기어오른다. 너무나 느릿느릿하다. 가다 쉬다 가다 쉬다, 작은 발 여덟 개가 밟고 가는 자리가 간질간질하다. 잠시 멈춘 벌레는 바늘 끝만 한 머리를 쳐들고 앞을 내다본다. 그러고 다시 간다. 지켜보는 나는 우습다. 벌레가 내다본 앞에는 길도 없는데, 그래도 간다. 조금만 더 가면 손톱이다. 손톱은 미끄러울 텐데, 손톱 끝은 벼랑이라 막지 않으면 분명 곤두박질칠 텐데. 이 작디작은 벌레의 근시안적이고 맹목적인 행동에 웃음이 난다. 벌레는 어느새 내 손톱을 지나 손톱 끝에 이르더니 고개를 수그린다. 떨어지지 않는다. 그대로 손가락 아래쪽으로 내려가 손바닥으로 느릿느릿 기어간다.

이번에는 내 안목을 부끄러워해야 할 차례다. 나는 손가락 밑에 있는 길은 보지 못했다. 손바닥으로 향하는 길이 있었다.

사람의 독선은 사람을 이만치에서 멈추게 한다.

벌레는 어디까지 갈 수 있을까. 나는 그저 작은 벌레가 한평생 수백 미터도 못 간다는 것, 이 강기슭 풀밭을 벗어날 수 없다는 사실만 알 뿐이다. 벌레가 대체 어디로 기어가는지는 알 수가 없다.

언젠가 쇠똥구리가 자기 몸보다 몇 배나 큰 똥덩이를 굴리며 비탈을 오르는 모습을 본 적이 있다. 쇠똥구리는 머리를 땅에 대고 뒷다리 두 개로 똥덩이를 힘껏 밀어올린다. 힘은 잔뜩 쓰는데 움직임은 미미하다. 게다가 쇠똥구리가 조금만 힘을 빼면 똥덩이가 도로 굴러내릴 성싶다. 초조해진 나는 손을 뻗어 돕고 싶어진다. 그런데 쇠똥구리가 저걸 어디로 가져가려는 걸까. 주위를 둘러보아도 어디가 쇠똥구리 집인지 알 수가 없다. 왼쪽에 있는 저 풀 아래일까, 오른쪽에 있는 흙덩어리 몇 개 사이일까. 알기만 하면 손을 뻗어 쇠똥구리에게는 너무나 무거운 저 똥덩이를 가뿐히 집어 그의 집에 놓아줄 텐데. 쇠똥구리가 똥덩이를 굴리기 전에 길은 잘 봐둔 걸까. 한참을 살펴보아도 이 방향으로는 나아갈 만한 곳이 없다. 이 작은 비탈을 올라가면 평지가 나왔다가 다시 더 큰 비탈이 나오는데 온통 풀로 뒤덮여 있다. 공중으로 나르거나 쇠똥구리가 풀을 없애 길을 열지 않는다면 똥덩이가 지나갈 방법이 없다.

어쩌면 내가 너무 순진한 생각을 하는지도, 쇠똥구리는 똥덩이를 어디로 굴릴지 아예 생각이 없는지도 모른다. 그냥 놀고 있을 수도 있다. 뒷다리로 똥을 밀어 비탈 꼭대기에 올리고 나면 쇠똥구리는 반대편으로 돌아서서 앞다리 두 개로 똥덩이를 힘껏 밀어버리고, 데굴데굴 굴러떨어지는 똥덩이가 얼마나 멀리까지 가는지 보면서 뒷다리가 센지 앞다리가 센지 판단하려는 것인지도 모른다. 누가 알랴. 아무튼 상황을 제대로 모르는 나는 참견을 말자. 나는 이미 교훈을 얻었다.

그때 개미 한 마리가 눈에 띄었다. 개미는 자기 몸보다 적어도 스무 배는 커 보이는 말라붙은 벌레를 짊어지고 가다가 흙더미에 가로막혔다. 그러자 벌레를 내려놓고 흙더미에 올라가더니 입으로 벌레를 물어 끌어올리려 했다. 몇 번을 시도해도 실패하자 개미는 도로 내려가 벌레 밑으로 파고들었다. 마침내 벌레를 머리에 이고 일어나더니 비틀비틀 정상을 향해 오르기 시작했다. 하지만 도중에 굴러떨어져 하늘을 보고 벌러덩 눕고 말았다. 후다닥 일어난 개미는 대뜸 자세를 바꿔 쇠똥구리처럼 머리를 땅에 대고 뒷다리로 벌레를 들어올렸다. 결과는 마찬가지였다. 그래도 개미는 잠시도 쉬지 않았다. 점점 더 빠르게 움직였고, 그럴수록 효과는 점점 더 떨어졌다.

짐작건대 이 개미는 마른 벌레를 지고 개미굴로 서둘러 돌아가는 듯싶었다. 굴속에서 의지가지없는 수많은 개미가 이 벌레를 애타게 기다릴 텐데. 내가 도울 수 있다면 얼마나 좋을까. 아니면 다른 개미가 도와주면 훨씬 수월하지 않을까. 마침 근처에 빈둥거리는 개미 한 마리가 보였다. 나는 그 개미를 잡아서 흙더미에 올려놓았다. 그 녀석이 위에 서서 끌어주고 아래쪽에서 이 녀석이 죽을힘을 다해 밀어올리면 서로 밀고 끌고 하면서 올라가겠거니 싶었다.

그러나 그 개미는 도울 마음이 없었다. 내가 흙더미에 올려놓자마자 펄쩍 뛰어내려 달아났다. 나는 다시 녀석을 붙잡아 이번에는 바쁜 개미 옆에 내려놓았다. 억지로 도우라고 하니 화가 났겠지. 일단 개미 둘이서 의논하게 하는 게 좋겠다. 이 개미가 그 개미한테 도와달라 하니까 그 개미는 바쁘다, 시간 없다 한다. 이 개미는 공짜로 도와달라는 거 아니다, 다리 하나 주겠다 한다. 그 개미는 싫다, 두 개 달라 한다. 하나 반 어때, 이 개미가 에누리를 해본다.

또 잘못 생각했다. 벌레 옮기느라 바쁜 개미가 기척을 느끼고 뒤를 돌아보더니, 그 개미에게 다짜고짜 달려들어 공격한다. 그 개미는 바닥에 쓰러졌다 냉큼 일어나 허둥지둥 달아난다. 어떻게 싸웠는지는 제대로 못 봤다만, 둘이 엉겨붙어 먼저 입으로 물어뜯고, 이어 이 개미가 앞발을 휘둘러 그 개미 얼굴을 갈기자 그 개미가 쓰러진 듯하다.

이 개미는 숨도 돌리지 않고 돌아서서 다시 벌레를 옮기기 시작한다. 정말로 다급해진 나는 손을 뻗어 벌레와 개미까지 함께 흙더미로 던진다. 하늘에서 내려온 도움에 개미가 틀림없이 고마워하리라 생각하면서. 그런데 웬걸, 개미는 화를 내며 벌레를 물더니 원래 자리에 옮겨놓으려고 안간힘을 쓴다.

내가 또 잘못했다. 개미는 자기가 벌레를 흙더미로 올릴 수 있나 없나 시험하는 중인데 나는 집으로 가져가려는 줄 안 거다. 허허, 내가 무슨 수로 벌레를 개미집으로 옮겨준다고.

몽땅 아닐지도. 내 커다란 머리로는 개미의 작은 머릿속 일을 아예 알 길이 없다.

9. 쥐는 마땅히 풍성한 수확을 거두어야 한다

오후 내내 쥐구멍을 관찰했다. 나는 쥐구멍에서 20미터쯤 떨어진 삘기 무더기 아래 앉아 있었다. 여기까지가 쥐가 접근을 허락한 가장 가까운 거리다. 반걸음만 더 가도 쥐는 허둥지둥 굴속으로 달아나 아무것도 볼 수 없게 된다.

둔덕 하나에 쥐구멍 일고여덟 개가 뚫려 있다. 쥐는 왜 이런 지형을 골랐을까. 굴이 몇 차례 물에 잠기는 바람에 높직한 곳에 집이 있어야 한다는 사실을 깨달은 걸까. 그런데 이 높이는 어떻게 정한 걸까. 드넓은 지역에서 지세의 높고 낮음을 쥐의 좁은 식견으로 어떻게 판단했을까. 둔덕 하나를 택한 쥐는 둔덕 꼭대기에 올라 멀리 내다보며 스스로 높은 곳에 있다고 여기지만, 이 조그만 둔덕이 커다란 구덩이 속에 있는 줄은 모른다. 이런 우스꽝스러운 근시안적 행태는 쥐는커녕 사람도 피할 길이 없다.

아무튼 이 굴은 확실히 높은 곳에 지어졌다. 내 시야에 들어오는 사방 수십 리 안에서 여기가 가장 좋은 지형이다. 아무리 큰 홍수가 나도 위태롭지 않다.

벌집 같은 이 굴에 쥐 백여 마리가 산다. 모든 구멍으로 쥐가 들락날락거린다. 밀겨와 찌꺼기를 밖으로 나르기도 하고, 밀 이삭과 밀알을 안으로 나르기도 한다. 그 분주한 광경을 보면 진정한 수확자는 쥐들이지 싶다.

삽을 메고 지나갈 때마다 쥐구멍을 파헤치고 싶은 생각이 치밀어오른다. 도대체 밀이 얼마나 저장되어 있는 걸까. 아무래도 손댈 수는 없다.

쥐의 굴은 상중하 3층으로 되어 있다. 밭에서 날라온 이삭은 일단 맨 위층에 저장한다. 가운데 층은 가공하는 작업장이다. 한 알 한 알 껍질을 까서 겨와 찌꺼기는 밖으로 옮긴다. 깨끗이 깐 통통한 밀알은 수직으로 뚫린 구멍을 거쳐 맨 아래층 저장고로 떨어진다.

모든 일이 엄격한 분업을 거친다. 이런 분업과 내부 관리가 어떻게 이루어지는지는 모르겠다. 바삐 일하는 쥐들 가운데 누가 왕일까, 역시 모르겠다. 오후 내내 지켜봤지만 뒷짐 지고 어슬렁거리는 쥐는 한 마리도 없었다.

언젠가 밀밭에서 운송 수단으로 쓰인 작은 쥐를 본 적이 있다. 그 쥐는 하늘을 보고 누워 네 발로 이삭 두 개를 꼭 끌어안고, 다른 큰 쥐가 그 쥐의 꼬리를 물어 수레처럼 끌고 갔다. 내가 다가가자 큰 쥐는 작은 쥐를 놓고 부리나케 달아났고, 작은 쥐는 영문을 모른 채 이삭을 안고 그대로 누워 있다가 내가 톡 차자 그제야 벌떡 일어나 이삭을 버리고 달아났다. 등에 난 털이 벗겨져 벌겠다. 삐뚤삐뚤 달아나는데 많이 아파 보였다.

그전에 밭머리에서 등에 털이 없는 죽은 쥐 몇 마리를 본 적이 있었다. 서로 뒤엉켜 싸우다 죽은 줄 알았는데 이제야 영문을 알았다.

밀밭에서 바삐 뛰어다니는 쥐들을 종종 본다. 그들은 내 발걸음을 멈춰 세운다. 그들을 보면서 나는 바삐 일하는 커다란 쥐인 나 자신을 돌아본다. 온종일 그리 분주한 게 무슨 의미일까 생각해본다. 쥐의 깊고 깊은 굴에 들어가 손님 같은 태도로 창고에 가득 쌓인 깨끗한 밀알을 훑어보는 일은 나에게는 평생 없을 듯싶다.

쥐는 이렇게 풍성한 수확을 거두어야 마땅하다. 이곳은 쥐의 땅이기도 하다.

우리가 개간하기 전, 이 황무지에는 고두자와 황해쑥이 무성했고 곳곳에 쥐구멍이 있었다. 쥐는 풀 씨앗과 풀줄기를 먹으며 풍요롭고 편안한 나날을 보냈다. 우리는 잡초와 관목을 태우고 쥐구멍을 부수고 땅을 갈아엎고 밀을 심었다. 그러면서 쥐를 모조리 땅에 묻어버렸다고 여겼다. 그런데 밀을 베러 왔을 때 들판 가득한 쥐구멍과 우리보다 앞서 바삐 밀 수확을 시작하는 쥐 떼를 발견했다. 풀씨가 없어지자 쥐들은 밀알밖에 먹을 것이 없었다. 우리가 곡식이라 부르는 딱딱한 밀알이 쥐의 입맛에 맞을까. 그걸 먹고 뱃속이 편안할까.

바삐 움직이는 이들 수확자를 보면 풍작의 기쁨은 사람만의 것이
아니라 만물의 것임이 느껴진다.

우리에게 경사스러운 날에 쥐가 흐느끼고 새가 슬피 운다면, 우리
의 기쁨은 얼마나 쓸쓸하고 거북할까.

주변에서 우리와 다른 종이 밀 풍작을 축하하고 있다. 그들의 웃
음소리를 들을 수는 없지만 느낄 수는 있다.

쥐들은 마을 사람들과 똑같이 봄을 기다리고 기나긴 여름을 기다
린다. 그들의 기대는 헛되지 않다. 우리의 기대도 헛되지 않다. 쥐들
은 고작 이삭 하나를 끌고 낟알 두 개를 들 수 있는 작은 발로 우리
의 풍요로운 수확을 조금 떼어간다. 그걸로 쥐들은 좋은 시절을 보낼
수 있다. 해마다 그만큼만 잃는다면 우리도 행복하고 단란하게―배
불리 먹으며 지낼 수 있다.

10. 고독한 목소리

사람에게 깊은 적의를 품은 새가 있다. 이름은 모르는 종이다. 그
들은 소 등에 서서 벌레를 잡아먹고 양 몸뚱이에서 폴짝거리다가 사
람을 보면 멀리 날아간다.

또 사람 머리에 똥을 싸며 괴롭히길 좋아한다.

그들은 무리 지어 사람 머리 위를 날면서 듣기 좋게 지저귄다. 사
람이 그 소리에 취해 있는데 난데없이 새똥이 머리에 후드득 떨어진
다. 영문을 몰라 고개를 쳐들면 무슨 일인지 똑똑히 보기도 전에 입
이나 코로 또 새똥이 잔뜩 떨어진다. 사람이 화가 나서 흙덩이를 주
워 냅다 던지면 새는 싹 자취를 감춘다.

사람과 친해지려 하고 사람에게 말 걸기를 좋아하는 새도 있다.

그날 나는 삽을 메고 밭두렁에 서 있었다. 새 한 마리가 날아와 내 삽자루에 내려앉았다. 돌아보니 아주 커다란 잿빛 새였다. 손만 뻗으면 붙잡을 듯싶었다. 하지만 나는 손을 뻗지 않았다. 잿빛 새는 단단히 자리를 잡은 채 내 귀에 새의 말로 몇 마디 건넸다. 간절한 목소리로 어떤 사건을, 어떤 이치를 이야기하듯 한마디 또 한마디 말을 이었다. 나는 꼼짝도 않고 열심히 들었다. 잿빛 새는 30분간 쉬지 않고 소리쳐 말하다가 마침내 목이 쉬어서 날아갔다.

그 뒤 며칠간 다른 곳에서도 그 새를 보았다. 여전히 혼자였다. 새는 흙덩이에 내려앉거나 고사목 가지에 서서 쉼 없이 소리쳤다. 목소리가 더 쉬었을 뿐 나에게 했던 그 새의 말이었다.

들판을 떠난 뒤로는 그 잿빛 새와 같은 종류 새를 보지 못했다. 어쩌면 그 새 한 마리만 남았는지도 모른다. 둥지가 없어진 그는 자기 말을 알아듣는 생명체를 찾고 싶었는지도 모른다. 나를 찾아낸 그는 한동안 내 귓가에 구성진 새의 말을 잔뜩 들려주었다. 그러나 나는 그저 밭가는 농부일 뿐 하늘을 날아본 적도, 높은 나뭇가지에 서본 적도 없다. 새가 뭐라고 하는지 내가 어찌 알아들겠나.

그 새는 끝내 지음知音을 찾았을까. 그 외로운 새의 말소리를 들어본 한 사람은 도리어 그 뒤로 아무 말 없이 잠잠했다. 세월이 흐른 뒤, 그의 목소리에 그런 외로운 소리가 배어났다.

11. 가장 커다란 일

나는 들판에서 한 달을 머물렀다(마을에서는 이미 수십 년을 살았다). 한 달이 지나자 마을에서 사람들이 와서 밀을 타작하고 밀짚을 밭가에 버렸다. 우리가 밭을 떠나면, 일이 끝났든 안 끝났든 더 이상 우리 일이 아니다.

쥐는 창고가 꽉 차면 새로운 곳을 골라 새로운 구멍을 판다. 초막 옆 아니면 짚단 밑일 성싶다. 초막 자리는 지대가 높고 건조해서 사람이 집을 짓기도, 쥐가 굴을 파기도 알맞은 곳이다. 짚단 아래는 겉으로 드러나지 않고 안전하다. 밀짚에 이삭과 밀알도 꽤 남아 있다. 쥐 몇 세대가 충분히 먹을 양이다.

새들은 초막 위에 둥지를 튼다. 튀어나온 목재는 하얀 새똥으로 뒤덮인다.

들꿩은 문틈으로 들어와 우리가 자던 멍석에 알을 몇 개 낳고 깃털을 어지러이 남겨놓는다.

이런 일은 모두 이듬해에 오는 사람들에게 남겨진 골칫거리다. 이듬해가 되면 모든 일이 새로이 시작된다. 남은 일은 한쪽으로 치워진다.

이듬해에 우리가 오지 않는다면. 그 이듬해에도 오지 않는다면.

우리가 영원히 떠난 거라면. 들판의 초막에서, 마을에서, 가깝고 먼 도시에서 영원히 떠난 거라면. 사람의 일이 끝난 거라면, 또는 사람이 끝내지 못한 온갖 일이 있는데 사람이 없다면. 다시는 나타나지 않는다면.

그렇다면 우리가 끝마친 일은 이 세상에 남겨질 것이다─가장 커다란 일로.

강철로 세운 텅 빈 도시, 벽돌과 기와로 지은 마을은 말할 것도 없다. 우리가 대지에 버려둔 평범한 흙집 하나도 그들이 오랜 세월에 걸쳐 정리해야 하는 일이다.

사람이 삽으로 평평하게 만들고 단단히 다진 마당에 풀이 무성해지는 데는 5년쯤 걸린다. 풀뿌리는 죽지 않고 내내 땅속에서 칩거하며 땅 위의 동정을 몰래 살핀다. 마당을 왔다 갔다 하는 사람의 발걸음이 가벼웠다 묵직했다, 느렸다 빨랐다 한다. 그렇게 한 해 한 해 흘러가던 어느 날, 다시는 발소리가 들려오지 않는다. 풀뿌리는 시험 삼아 흙을 뚫고 땅 위로 올라가본다. 싹 하나, 잎 두 개를 틔워 바람을 맞으며 한철을 탐색한다. 자신들을 쓸어낼 삽질도 짓밟을 발도 더 이상 없겠다는 확신이 들면, 풀은 하나씩 하나씩 흙을 뚫고 고개를 내민다. 일찍이 그들의 땅이었던 이곳에서 옛 모습이라고는 조금도 찾아볼 수 없다. 게다가 괴상한 흙집 하나가 불쑥 솟아 있다.

풀은 갈라진 틈을 통해 밖으로, 지붕 위로 자라난다.

지붕을 떠받친 대들보에서는 좀벌레 몇 마리가 조용히 큰일을 하고 있다. 그들은 칠팔십 년간 이 대들보를 좀먹어 속을 비울 작정이다. 그러면 지붕이 풀썩 내려앉으리라.

비바람도 한편에서 일하는 중이다. 바람은 40년을 불어 낡은 문짝에 칠해져 있던 붉은 칠을 날려버리고, 비는 80년을 내려 벽에 발라져 있던 진흙을 씻어낸다.

벽의 두꺼운 아랫부분에서는 땅강아지와 개미 같은 벌레들이 흙을 한 알 한 알 밖으로 옮긴다. 그리고 그 속에 둥지를 튼다. 벽 속에서 큰 녀석이 죽고 작은 녀석이 새로 태어난다. 이번 일을 하는 과정은 너무나도 길어서 누구도 온전히 겪어내지 못한다. 천팔백 년은 걸려야 벽이 완전히 무너진다. 일찍이 흙 속에서 일어나 높이 솟아오른 이 흙은 결국 무너져 흙으로 돌아간다.

그러나 이 흙집의 흔적을 말끔히 없애 평평하게 만들기란 불가능에 가깝다.

바람이 아무리 끊임없이 세차게 불어도 밭이랑 하나를 평평하게 만드는 데 백 년이 걸린다. 사람이 쓰다 버린 낡은 도자기 그릇 하나는 흙 속에서 삼천 년을 있어도 무늬가 그대로다. 땅에 박힌 철근 하나는 영원히 땅을 찌르며 아프게 할 것이다. 그것을 사라지게 만들 수 있는 존재는 없다시피 하다.

시간 말고는.

시간 자체도 무한하지는 않다.

이른바 영원하다는 것은, 한 가지 사물을 소멸시키는 시간이 끝났다는 것이다. 그 사물은 여전히 존재한다.

시간은 더 이상 시간이 없다.

나귀에 정통한 사람

내 나귀를 사방으로 찾아다닌다. 이놈의 짐승이 딱 써야 할 때 자취를 감춘다. 나귀 우리가 텅 비어 있다. 행방을 추적해보니―문 앞 흙길에 매화전자梅花篆字* 모양 발굽 자국이 한 줄 남아 있다. 나귀가 내게 남긴 쪽지다. 따라가보니 까만 나귀 똥이 몇 알 떨어져 있다. 이건 날짜와 서명이다. 한 알 주워서 냄새를 맡아본다. 틀림없는 내 나귀다. 요즘 그 녀석은 걸핏하면 마을 서쪽으로 달려간다. 또 어느 집 암나귀와 사랑에 빠진 거다. 나귀와 나귀는 서로 어떻게 알게 되는 걸까, 늘 아리송했다. 나귀는 이름도 성도 없고 생김새도 비슷하다. 유일하게 분간할 수 있는 것은 성별뿐이다. 가랑이 사이를 들여다보면 확실하다.

　사람은 한창 파종하느라 분주할 때이고, 나귀도 발정하는 결정적인 시기다. 대단히 중요한 두 가지 일이 겹쳤다. 사람이 나귀를 부릴 때 나귀도 자기 일에 바쁘다. 나귀에게는 수레 끌고 밭 가는 일보다 더 피로한 일이다. 땅은 사람에게 1년에 단 한 번 파종을 허락한다. 이 시기를 놓치면 뭘 뿌려도 헛일이다. 암나귀도 1년에 단 한 번 수

---

* 전서체에 매화를 절묘하게 조화시킨 중국 서예 형식.

나귀를 받아준다. 발정기가 끝나면 수나귀가 아무리 치근대도 실없는 것이다.

나는 나귀가 되어본 적 없으니 요즘 나귀가 무슨 생각을 하는지 알 수가 없다. 나귀도 사람이 되어본 적 없다. 우리는 고삐의 양쪽 끄트머리에 매인 두 마리 짐승이다. 누가 누구를 이끈다고 할 수 없다. 발자국과 발굽 자국이 늘 함께 걷는 듯 보여도 마지막에는 같이 가지 못한다. 나귀는 쉼 없이 일하는 내 삶을 날마다 목격하고, 나는 고생스러운 나귀의 나날을 날마다 목도한다. 우리는 서로의 삶을 방관하는 동시에 서로의 삶에 개입한다. 나귀가 살이 찌면 나는 나귀보다 더 기쁘다. 내 농사가 잘 안 되면 나귀는 나보다 더 풀이 죽는다. 나귀가 험한 비탈을 오르거나 수렁에 빠질 때 나는 일말의 망설임도 없이 밧줄을 어깨에 걸고 네 발로 기면서 나귀가 된다.

내가 요리하는 기름 냄새가 나귀 우리로 흘러들 때, 나귀 우리의 똥오줌 냄새도 문틈으로 새어든다.

내 삶에는 나귀 한 마리, 개 한 마리, 얼룩무늬 토종닭 떼, 매애매애 우는 수염 난 염소 몇 마리, 그리고 아름다운 아내와 사랑스러운 딸아이가 들어와 있다. 널찍한 마당과 집 한 채가 우리를 둘러싸고 있다. 더 많은 생명이 이 집을 찾는다. 나무에 내려앉은 새, 처마 밑에 둥지를 튼 제비, 겨울밤에 살금살금 찾아오는 산토끼…… 내 생명은 이 수많은 짐승으로 토막토막 나뉜다. 각각의 동물 몸에서 내 모습이 조금씩 보인다. 나는 자꾸만 가벼워져 존재하지 않게 되고, 눈에 보이는 것은 이 짐승들뿐이다. 그들이 뿔뿔이 흩어질 때 내 몸의 어떤 부분도 그들을 따라간다. 그들이 돌아오지 않거나 늦게 돌아오는 바람에 잠을 이루지 못한 적도 있다. 내 세월은 가축들의 우리가 되었다.

먹이고 부리는 것부터 도살하는 것까지, 내 삶이 곧 그들의 삶이다. 나는 그들을 세월로 기르고, 그들은 나를 뼈와 살로 기른다.

그들과 내가 완전히 다른 시대에 놓인 느낌이다. 사회변혁은 그들과 아무 관련이 없다. 그들은 변혁에 참여하지 않고 자신을 바꿀 생각도 없다. 사람은 나날이 똑똑해지지만 그들은 여전히 본래의 우직하고 성실한 모습을 고수하며 진화조차 거부한다. 그들의 육체와 영혼은 모두 태고에 머물러 있다. 사람이 모든 것을 버리고 현대에 진입할 때, 그들은 세속의 명성에 아랑곳없이 묵묵히 우리를 돕고 우리와 함께하며 가장 소박한 성품을 지킨다. 우리는 그들을 기를 수밖에 없다. 마찬가지로 그들을 도살할 수밖에 없다. 우리의 영혼은 그들을 거부하지만 우리의 위장은 그들이 없으면 안 된다.

말하자면 우리는 그들과 똑같이 우직한 후손만 빼놓고 가축의 모든 것을 남김없이 받아들였다. 우리는 가축에게 아무것도 남기지 않지만, 가축은 우리에게 겨울을 버틸 고기를 남기고 오랫동안 해지지 않는 가죽옷을 남긴다. 또 영원히 설명할 수 없는 알쏭달쏭한 사유를 남긴다.

언젠가 소변을 보는데 나귀가 내 가랑이에 달린 것을 한쪽 눈으로 보고 있었다. 깔보고 비웃는 빛이 역력했다. 갑자기 수치심과 열등감이 느껴졌다. 남자들로 가득한 목욕탕에서 씻을 때, 건강검진을 하느라 알몸으로 줄을 설 때, 일고여덟 명이 함께 지내는 남자 기숙사에서 서열을 정할 때, 그 밖에 다른 어떤 상황에서도 나는 열등감을 느낀 적이 없다. 오히려 자부심과 자신감을 느꼈달까. 그런데 나귀에 비하면 나는 처절하게 열등했다. 나귀 앞에서 나는 그야말로 덜 자란 어린애였다. 우리는 옷을 입어 몸을 가리는 은밀한 행동을 문명적이라고 말한다. 사실은 우리의 물건이 너무 작고 볼품없어 꺼내놓을 수가 없는 거다. 옆에 있는 나귀에게 나는 상대도 안 된다. 나귀가 사는 모습을 보라, 얼마나 소탈하고 거리낌 없이 벗고 다니는가. 사람은 옷으로 치부를 가린다. 나귀는 가릴 데가 없다. 모든 부위가 더없이 훌륭하다. 치부가 없다. 신발도 양말도 신을 필요 없는 정교하고 아름다운 발굽, 둥그런 등줄기와 엉덩이, 특히 두 다리 사이의 굵고 튼튼하고 자유자재로 늘어나는 그것은 검지만 지저분하지 않고 방탕하지만 저속하지 않다.

나귀와 비교가 안 되니 우리는 몸 바깥에 공을 들일 수밖에 없다. 집을 화려하고 웅장하게 꾸미고 침대를 부드럽고 포근하게 만든다. 그래도 무성한 풀에서 자는 나귀보다 편안하지 않다. 아무리 차려입고 치장해도 나귀의 털만 못하다. 나귀의 털은 자연스럽고 아름다운 데다가 진짜배기다.

과묵한 나귀이지만 가끔가다 소리를 지르면 온 천지는 물론 귀신까지 기겁한다. 내 목소리에서 하필 모자란 부분이 바로 흥분한 나귀 소리다. 내가 세간의 주목을 오래도록 받지 못한 이유다. 나귀가 글을 읽을 줄 안다면 내 시와 산문을 신문 잡지에 실을 필요도 없다는 생각을 종종 한다. 다 써서 나귀에게 건네고 나귀의 격앙된, 그 어떤 확성기보다도 드높은 소리로 낭독하게 하면 된다. 세상을 뒤흔들 거다. 나는 평생 소리 없는 일을 해왔다. 소리 없이 글을 쓰고 소리 없이 발표했다. 나는 지금껏 나의 언어를 소리 내 읽은 적이 없고 독자도 그럴 것이다. 수어手語보다도 고요한 언어랄까. 그렇기에 나의 글쓰기 생애는 흑백의 꿈처럼 야릇하고 괴괴하고 비현실적이 되었다. 언젠가 내 목소리에서 나귀 울음이 터져나오기를 갈망한다. 한두 마디 우렁찬 울음소리를 위해 10년을 침묵해야 할지라도 기꺼이 받아들일 것이다.

꽤나 길고 견디기 힘든 겨울밤, 따뜻한 침실에 앉아 뜨거운 차를 마시며 책을 읽노라면 이따금 차가운 우리에 있을 나귀가 생각난다. 나귀는 무엇을 보고 누구와 이야기할까.

그 괴짜 녀석은 차갑고 기나긴 밤마다 두 눈을 살며시 감고 중요한 일을 하나하나 곰곰이 생각할 것만 같다. 그 어떤 철학도 현학도 정치경제학도 초월한, 대단히 심원하고 의미심장한 생각을 할 것이다. 날이 밝으면 나는 나귀에게 일을 시키고 수레를 끌게 한다. 수레를 끄는 이가 현자이자 성자라는 사실은 까맣게 모른 채. 수천 년 세상사의 변화무쌍함을 깨닫고도 나귀는 오늘을 살아갈 뿐 내일을 모르는 평범한 우리에게 기꺼이 끌려다니고 부림을 당한다. 다행히 우리는 이런 걸 모르지만, 알면 또 어쩌겠나. 안다고 해서 나귀를 집으로 청해 들이겠나. 우리가 나귀가 되어 기꺼이 수레를 끌고 춥고 어두운 마구간에서 살겠나.

나는 나귀에 정통한 사람이다. 심지어 나귀의 본성에 통달하면 인간 본성에도 통달한다고 생각한다. 한 가지 이치를 깨달으면 다른 이치도 자연히 통하는 법이다. 나귀 편에 서서 사람을 생각해도 무방하다. 그리고 다시 사람 편으로 돌아서서 나귀를 생각한다. 이 두 가지 일을 함께 놓고 한참을 생각하면 한 가지 일로 변한다. 나귀 일도 사람 일, 사람 일도 나귀 일이 된다. 실제 생활에서도 종종 사람과 가축이 뒤섞여 분간하기 힘들다.

나귀가 발정하는 경사스러운 날에는 차라리 내가 더 힘들여 일하지 내 나귀를 기진맥진하게 만드는 건 안 될 일이다. 암나귀 앞에서 망신당하게 할 수는 없다. 마을 사람들의 평가에 따르면, 장 씨네 수 나귀는 수완이 없어 가장 작은 암나귀 몸에도 올라가지 못한다. 리 씨네 나귀는 물건이 서긴 하지만 기력이 없고, 왕 씨네 나귀는 분별 없이 함부로 씨를 뿌리고 다닌다. 우리 류 씨네 나귀가 그런 형편없 는 평가를 받는 것은 절대 용납할 수 없다. 내 나귀를 칭찬하는 소 리를 들으면 나는 내가 칭찬받은 양 남몰래 뛸 듯이 기뻐한다. 나귀 가 원기가 없을까 걱정스러워 아껴 먹는 도정한 알곡을 나귀 먹이에 섞어 준다. 아내와 나는 며칠 밤을 외로이 보내도 별 문제 없다. 사람 은 사시사철 친밀하게 지낼 수 있기에 하룻밤에 연연하지 않는다. 나 귀가 할 일은 체면과 관계가 있다. 나귀는 나를 대표해 온 마을 남 녀 앞에서 영웅다운 위세를 뽐내는 거다. 나귀가 제대로 못하면 마 을 사람들은 그 집 남자가 틀렸다고 말한다. 마을에서 뭐가 잘못되 면 다 남자를 탓한다. 밭에서 싹이 안 나면 남자가 수완이 없어서다. 박이 열리지 않으면 남자가 재간이 없어서다. 암양이 새끼를 낳지 않 는 것조차 숫양 탓이 아니다. 다행히도 내 나귀는 해마다 영예롭게 내 체면을 세워준다. 이 얼마나 인간 본성에 통달한 나귀인가. 한나 절 동안 풍류를 즐기고 돌아와 땀에 젖어 있어도 잠깐 쉬지도 않고 곧바로 헛간에서 수레를 끌고 나와 내 일을 돕는다. 나귀의 편안함 과 만족감이 고삐를 통해 내 몸에 전해진다. 고삐는 나귀와 나 사이 의 충실한 도선導線이다. 나의 벅찬 마음과 흥분, 형언할 수 없는 감정 도 고삐를 통해 나귀에게 전해진다. 고삐 저쪽의 생명은 행복하고 아 득하고 의뭉스럽고, 도무지 손이 닿지 않는다. 암나귀 일고여덟 마리 를 상대하고도 그의 몸에는 나보다 훨씬 많은 힘이 남아 있다. 때로는 시기심에 이런 생각이 든다. 나귀의 그 물건은 본래 내 것인데 나귀 몸에 잘못 난 것인지도 모른다. 아니면 내 욕망이 나귀의 것인지도. 내 초라하고 허약한 몸은 그토록 강렬하고 커다란 욕망을 짊어지고 있건만, 더없이 강건하고 웅대한 그 생명은 오히려 유유자적하다. 크고 튼튼한 기관은 나귀 몸에 있고, 빈약한 내 몸에는 헛된 영웅심만 남아 괜스레 뒤척이고 소란을 피우고 용을 쓴다.

나귀가 자기 물건을 나에게 거저 줄 리 없다. 나도 내가 가진 모든 것을 나귀에게 내주진 않을 테다. 좋은 사람이 되는 것은 내 염원이요, 순한 나귀가 되는 것은 나귀의 본분이다. 순하고 좋은 것과는 상관없이, 나는 따라지 인생을 살아가면서 나귀처럼 남에게 부림을 당하고, 내가 하고픈 일과 살고픈 집과 사랑하고픈 사람은 물론 하고픈 말까지 포기해야 한다. 일단 채찍이 남의 손에 쥐어지면 나는 가장 먼저 나귀를 떠올릴 것이다. 살아남기 위해 무릎 꿇기보다는 기어서라도 앞으로 나아가며, 보잘것없는 삶일지라도 나귀처럼 자유로이 풍류를 즐기며 한껏 들떠 살자. 또한 절대 목소리를 낮추거나 굽실거리지 말고, 격앙된 울부짖음으로 부산스러운 사람 소리를 억누르자. 필요하다면 '당겨도 끌려가지 않고 때리면 오히려 뒷걸음치는' 고집도 좀 배워야 한다. 나귀든 사람이든 두려움을 모르는 반항 정신은 언제나 필요하다.

나귀가 사람에게 하는 반항은 눈에 잘 띄지 않는다. 나귀는 달아나지도 않고 화를 내지도 웃지도 않는다(나귀가 웃으면 어떤 모습일까). 우리는 나귀가 우리에게 반항하고 우리를 거부하고 우리를 해치는 지점을 알아보지 못한다. 나귀가 보기에 우리의 일생에는 승리라고 할 만한 것이 없으며 당연히 유감스러울 것도 없다. 우리 삶이 남들만 못하다 싶을 때 곁에 있는 나귀를 보면 한결 나아지리라. 나귀는 우리 삶의 균형을 잡아준다. 나귀는 가볍지도 무겁지도 않은 저울추다. 삶이 나귀만도 못하다고 여긴다면 나귀도 방법이 없다. 나귀는 자신을 비교하지 않는다. 우리가 나귀를 비교 대상으로 삼는다면 그건 나귀를 다른 사람으로 여기거나 우리 자신을 나귀로 여기는 것이다. 나귀는 우리와 세상 사이의 믿음직한 계수係數이며 참조물이다. 우리가 나귀 등에서 세상을 바라볼 때, 세상은 나귀 가랑이 밑에서 우리를 쳐다본다.

그런고로 비천한 사람은 가축을 곁에 두어야 안심하고 살아갈 수 있다. 그런고로 고귀한 사람은 가축을 기르는 대신 비천한 사람들을 발밑에 둔다.

세상은 그 어떤 사람 앞에서도 강대하지만, 나귀 앞에서는 그렇지 않다. 나귀는 세상을 인정하지 않고 오로지 나귀 우리만 믿는다. 나귀는 사람을 통해 세상과 관계를 살짝 맺고, 사람은 다른 사람을 통해 세상과 어울린다. 누구도 혼자서는 감히 세상을 직면하지 못한다. 그러나 나귀는 감히 그렇게 한다. 나귀의 우렁찬 울부짖음은 세상을 향한 강력한 경고다.

오후 내내 나귀를 찾아 헤매다 돌아오니 나귀는 오후 내내 나를 기다렸다는 듯이 마당에 떡하니 서 있다. 나귀가 나를 노려보고, 나도 나귀를 노려본다. 하늘이 갑자기 어두워진다. 어둠이 나귀와 나 사이의 형체 없는 거리를 메우자 나귀는 한층 더 검어진다. 내가 돌아서서 집으로 들어가자 나귀도 돌아서서 우리로 들어간다. 이번에

는 우리가 길을 잘못 들지 않았다는 사실이 의아하게 느껴진다. 밤이
아무리 캄캄해도 밤하늘은 맑기만 하다.

펑쓰

몇 년간 나는 펑쓰馮四라는 사람을 주의 깊게 지켜보았다.

나는 할 일이 별로 없다. 그래서 가축을 꽤나 자세히 관찰하는 것 말고도 몇몇 주변 사람을 유심히 살핀다. 그들의 잡담과 말다툼, 수확과 여자 이야기를 듣고, 어쩌다 심드렁하니 한두 마디 끼어들기도 한다. 나와 다른 연령대의 사람들을 보면 내가 그 나이에 이르렀을 때 무슨 재미로 살지 명확히 보인다. 한 사람이 세상에 나오는 순간, 이 마을에는 그의 온 미래가 빤히 펼쳐져 있다. 그가 열다섯이나 스무 살일 때에는 서른 살, 쉰 살, 일흔 살인 사람들이 그의 모든 미래를 펼쳐 보인다. 그가 여든이 되면 마흔 살, 스무 살, 열 살짜리들이 또 그의 모든 과거를 재현한다. 그는 다른 모습으로 살 수 없다—그들보다 나을 수도 처질 수도 없다. 아무리 초라하게 산다 해도 펑쓰 정도다. 집에는 벽뿐이요, 내내 홀몸이다. 평생을 씨 뿌리는 농부로 살면서 자신에게는 씨를 남기지 않았다. 아무리 지위가 높아진다 해도 마馬 촌장 정도다. 고대광실에 살면서 소와 양과 말을 잔뜩 기르고, 고개를 빳빳이 들고 가슴을 쫙 펴고 마을을 걸으면 멀리서 누군가 부랴부랴 달려와 인사를 건넨다. 열네 살에 나는 마을 어귀에 사는 마구이馬貴를 부러워했다. 마구이는 아침마다 새색시와 함께 한껏

신이 나서 밭에 나갔고, 저녁이면 나란히 돌아와 저녁을 먹고 잤다. 그 무렵 나는 마구이 나이가 되어 밤마다 아내와 꼭 껴안고 자면 얼마나 황홀할까 상상하곤 했다. 서른이 되기 전에 나는 마구이 아내보다 백배 천배는 고운 아내를 맞이했다. 그 뒤로 나는 어느 누구도 부러워하지 않았다. 나는 이 마을에서 남들과 똑같이 사는 것도 나쁘지 않은 삶이라 여긴다. 한 사람이 황사랑 마을에 환생해 수십 년을 살다 죽는다. 얼마나 단순하고 순수한 삶인가. 이보다 더 적절한 삶의 방식이 또 있을까.

어느 날 내가 이 마을 사람들과 다르게 살고 있다면 나는 다른 동물로 변한 것이 틀림없다. 오랜 세월 마을 사람들을 유심히 관찰한 것은 공부이자 깊은 사색이었다. 나는 내 일생에서 몇 구간의 긴 세월을 빠뜨리고 살게 될까 두렵다. 예컨대 어느 해에 다들 풍작을 만났는데 나는 자질구레한 일 때문에 멀리 떠나 있다거나, 내 생활에서 코를 파거나 눈을 뒤집거나 입을 삐죽이는 사소하면서도 재미난 몸짓을 소홀히 한다거나. 이렇게 되면 내 일생은 여기저기 이가 빠진 불완전한 모습일 것이다. 큰일을 이뤄낸 많은 사람이 한두 가지 평범한 일을 못 해봤거나 못 해냈다는 사실을 임종 직전에야 알아차리고 아쉬워하곤 한다. 평범함에 다가가려면 기나긴 일생 동안 꾸준히 노력해야 한다. 더 많은 시간을 나처럼 길 하나 또는 무성한 풀밭 또는 소 몇 마리를 사이에 두고 마을 사람과 어울릴 수 있어야 한다. 나는 그들의 모든 것을 똑똑히 보고 싶지만, 내가 그들의 일평생을 훔쳐본다는 걸 들켜서는 안 된다.

한 사람의 일생은 끝나면 그냥 끝이다. 이웃으로서, 친지로서, 고향 사람으로서 우리는 잊지 못할 흑백사진 몇 장을 가슴속에 남겨둔다. 그리고 이따금 자신에게나 다른 사람에게 꺼내 보여줄 것이다. 한 사람이 죽으면 그가 살았던 일생은 이야기가 된다.

한 마을 사람의 일생이 끝을 맺으면 완전무결한 시대 하나도 흘러 간다. 마을 밖에 무덤이 하나 새로 생기는 것 말고도 해를 거듭하며 역사의 한 토막을 드러내 보인다. 앞 세대가 부릴 때 생긴 결점을 그 대로 지닌 늙은 가축 몇 마리는 다음 세대에게 욕먹고 얻어맞을 때 면 지난날의 호시절을 아련하게 떠올린다. 산 사람 눈에 한 마을의 백 년이란 초목이 백 번 나고 시들고, 밭을 백 번 갈고, 씨를 백 번 뿌리고, 작물을 백 번 거두는 것이다. 이렇게 간단하다.

사실 사람의 일생도 농작물 한 포기와 같다. 무르익고 나면 죽는 다. 한 세대 또 한 세대가 시간 속에서 무르익는 모습은 광대하고 아 득하고 끝이 없어 보인다. 마지막 수확자는 누구일까? 모든 생명이 황폐해지는 광경을 목도하는 자 ―그 외로운 수확자는 끝없는 시간 의 황금빛 심연 속에서 낫을 휘두르는 농부와 같다.

그 농부가 나일 리는 없다. 나는 그저 황사량 마을의 한 사람일 뿐이다. 나는 펑쓰와 주변 사람의 일생조차 처음부터 끝까지 볼 수 없다. 내가 가진 것도 고작 한평생뿐이고, 펑쓰의 연극이 끝날 때면 내 일생도 거의 끝나 있을 테니. 누구도 누구의 비밀을 가져가지 못 한다. 펑쓰와 나는 조만간 이 광야에서 한 줌의 먼지가 되리라. 살아 있을 때는 이 마을에서 걷고 뛰고 소리치다가, 죽으면 실려 나가 모래 언덕에 묻히리라. 세월이 흐르면 다시 흙먼지가 되어 바람에 실려 마 을로 날아들리라. 지붕에, 나무 꼭대기에, 짚가리에 내려앉으리라. 누 군가의 솥과 그릇에 내려앉아 양념과 음식이 되리라.

그렇다면 펑쓰를 평생 관찰한 것이 아무 의미 없을 수도 있다.

그날 아침, 펑쓰는 삽을 메고 밭을 갈러 나갔다. 밭을 갈아 옥수수 따위를 심을 생각이었다. 그러면 가을에 할 일이 생긴다. 남들이 곡식을 거두어 수레에 실어올 때 그 역시 수레를 끌고 나가 뭐가 됐든 실어올 수 있다. 수많은 가을에 그는 그저 방관자였다. 팔짱을 낀 채 다른 사람의 풍성한 수확을 지켜보며 멀리서 곡식 내음만 맡고 있었다.

그동안 펑쓰가 어떻게 생계를 꾸렸는지는 아무도 모른다. 그의 굴뚝에서 피어오르는 연기 한 줄기 본 적 없고, 생필품을 마련하느라 바쁜 모습도 본 적 없다. 그의 곤궁한 일생이 마을 사람들의 풍요로운 일생 틈에 끼어 있는 것처럼 그의 황량한 밭 몇 뙈기도 다른 사람의 풍성한 밀밭 사이에 한 줄로 기다랗게 끼어 있었다. 이따금 이웃 남자가 씨를 뿌리다가 실수로 펑쓰의 밭으로 넘어간 씨앗이 자라서 여물기도 했다. 펑쓰는 씨를 뿌린 적도 없고 자기 밭에서 해마다 야생 작물 몇 포기가 드문드문 자라는 줄도 몰랐다. 펑쓰는 늘 밖으로 쏘다니지만 지금껏 황사량을 나선 적은 한 번도 없을 것이다. 세상 이치대로라면 펑쓰처럼 자식도 부양할 가족도 없는 사람은 세상을 두루 떠돌겠지만, 펑쓰는 고집스레 황사량을 지켰다. 그는 무엇에 연연하는 걸까. 내 기억에 펑쓰의 유일한 관심사는 한두 해마다 촌장을 찾아가 호적부에 자기 이름이 있나 없나 확인하는 것이었다. 자기가 황사량 사람인지 아닌지에 대단히 신경이 쓰이는 모양이었다. 낡은 호적부에 자기 이름이 완전한 필획으로 엎드려 있는 모습을 보면 펑쓰는 마음 놓고 살아갔다. 언젠가 펑쓰가 홀연히 사라졌던 적이 있다. 겨울잠을 자는 뱀처럼 한동안 모습이 보이지 않았지만 죽었는지 다른 데 가서 살고 있는지 확실히 아는 사람이 없었다. 펑쓰는 마을 사람들과 '숨바꼭질' 놀이를 하듯 어딘가에 숨은 채 자신을 찾아내주기를 바랐다. 일단 아주 깊은 곳에 꼭꼭 숨어들었지만 사람들이 못 찾을까 걱정스러워 일부러 꼬리를 드러냈다. 그런데 마을 사람들이 그를 상대할 시간이 어디 있나. 이 마을에서 어른이라면 저마다 자기 일을 하느라 바쁘다. 지루해진 펑쓰는 어느 날 갑자기 담벼락 뒤에서 튀어나와 잔뜩 골을 내며 마을 한복판 큰길을 건너갔다. 사실 나는 펑쓰가 애초에 누군가와 장난치려고 했던 것이 아니라고 생각한다. 그는 진지한 사람이다, 어떤 일도 진지하게 해본 적이 없지만.

펑쓰가 그의 작고 낡은 흙집으로 돌아오자 나는 그의 지붕에 솟은 굵고 높은 굴뚝만 멍하니 바라볼 뿐이었다. 꼭 대포 같지 않나. 한 해가 가고 또 가도록 하늘 깊숙이 자리 잡은 어느 거대한 목표를 겨냥한 채 가만히 보고만 있다. 한 발도 쏘지 않는다. 이로 미루어보건대 펑쓰의 밤은 퍽이나 기이하고 신비롭다. 도무지 짐작이 가지 않는다. 그는 여인이 없다. 자기 자신하고도 밤이면 밤마다 동틀 녘까지 잘 잔다. 나는 며칠 밤을 몰래 창문 밑에 가봤지만 아무 소리도 듣지 못했다. 집 안은 쥐죽은 듯 조용했다. 펑쓰가 그의 생애에서 어떤 일들에 직면해 있는지, 곤히 자는지 말없이 깨어 있는지 당최 알 수가 없었다.

내가 펑쓰를 훔쳐보는 동안, 오랜 세월 나를 몰래 관찰한 눈도 수없이 많을 것이다. 마을에 오는 모든 사람은 당연히 의심을 받는다. 새로 태어났든 중간에 왔든, 어떤 놈인지 알아야 사람들은 마음 놓고 그와 함께 한 마을에서 살아간다. 아주 정상적인 일이다. 더군다나 자기 삶을 진실하게 살고픈 사람이라면 다른 사람의 일생은 연극으로 여길 수밖에 없다.

삽을 메고 밭을 갈러 나간 펑쓰는 얼마 못 가 장우張五를 만났다. 장우는 전반생을 타지에서 보낸 사람이라 펑쓰가 보기에 그는 후반생만 있는 사람이었다. 펑쓰는 이런 사람과 교류하는 것이 줄곧 불편했다. 사막처럼 광활한 장우의 일생에서 펑쓰가 본 것은 드문드문 자라는 서너 그루 나무뿐이었다. "보이지 않는 세월은 두려운 법이야." 펑쓰는 자칫 남의 삶 속에 빠져 다시 떠오르지 못할까 늘 근심했다.

장우는 마침 나귀 다섯 마리를 끌고 나왔다. 다른 곳에 가서 팔 작정이었다.

"나귀도 다른 곳에서 살면서 견문을 넓혀야지." 장우가 진지하게 말했다.

"나귀는 황사량 풀을 먹는 데 익숙해. 다른 데 가면 낯설어서 겁먹을 텐데." 펑쓰가 말했다.

"괜찮아. 나귀는 어딜 가든 수레를 끌고, 어딜 가든 똑같이 힘을 쓴다고."

"다르지. 어떤 곳은 길이 평탄하고 어떤 곳은 길이 험해. 나귀가 적응하려면 몇 년은 걸린다고."

이야기를 나누면서 펑쓰는 검은 암나귀 한 마리의 촉촉이 부푼 음부를 주의 깊게 보았다. 경험상 펑쓰는 발정기가 온 젊은 암나귀라고 단정했다. 나머지 네 마리도 모두 젊고 아름답고 털에서 윤기가 흘렀다. 가랑이를 들여다보지 않아도 암나귀가 확실했다. 암나귀 다섯 마리가 한꺼번에 팔려나가면 황사량 마을에 얼마나 커다란 손실인가. 나귀 다섯 마리가 할 일을 이제 마을 사람이 나눠서 해야 할 텐데, 어쩌면 몇몇 사람만 짊어질 수도 있다. 나귀가 남긴 일을 이어받은 사람은 바쁘고 고생스러울 것이다 ─ 나귀처럼. 게다가 한꺼번에 암나귀 다섯 마리를 팔면, 가뜩이나 암나귀가 모자란 황사량이 얼마나 손실을 입을지 짐작도 안 된다. 남자로서 펑쓰는 먼저 황사량 수나귀들의 앞날을 생각했다. 독신으로 살아보지 않은 사람은 이에 생각이 미치지 않는다. 펑쓰는 나귀가 어떤 이상과 목표를 품고 살아가는지 모른다. 다년간의 관찰에 따르면, 수나귀는 발정기에 암나귀와 관계를 몇 번 못 가지면 1년 내내 맥이 빠져 있다. 단박에 삶의 재미를 잃은 양 아무리 좋은 여물을 씹어도 맛이 없다. 성질이 고약해져 일부러 수레를 도랑에 처박고 날이 저물어도 우리에 들어가지 않는다. 때로는 경찰봉처럼 굵고 검은 자신의 물건을 기세등등하게 쳐들고 사람을 위협하기도 한다. 암나귀와 관계를 못 가진 것이 전부 사람 탓이라는 태도다. 그렇다면 펑쓰는 한평생 장가도 못 가고 혼자 산다고 누구를 탓할까? 나귀를 탓한다. 장가든 남자를 탓한다. 짐작건대 펑쓰가 나귀를 정말로 부러워하는 계절이 몇 번 있었다. 심지어 당장이라도 수나귀가 되어 수년간 쌓아온 격정을 마을의 암나귀에게 하나하나 발산하고픈 갈망을 품을 지경이었다. 우리는 녹초가 되거나 늙어서 힘이 빠지면 소나 나귀가 되어 눈앞에 잔뜩 쌓인 일거리를 거뜬히 해냈으면 싶다. 어느 시절에는 우리가 가축이 되어야만 사람 같지 않은 나날을 겨우겨우 버텨낼 수 있다. 이것이 마을 사람들의 단순하지만 복잡한 일생이다. 이로부터 추측하자면, 나귀를 걱정하면서 펑쓰는 역시 자기 자신을 더 많이 생각하고 있었다. 이제 그는 암나귀 다섯 마리를 마을에 남겨두기로 결심했다. 황사량에 암나귀가 없으면 수나귀로서 무슨 커다란 낙이 있겠나, 그는 생각했다.

"장우, 암나귀가 필요한 곳이 있어. 암나귀라곤 한 마리도 없고 전부 수나귀뿐인 마을이야. 날만 저물면 수나귀가 밤새 울부짖는데 벌써 몇 년째라 마을 사람이 잠도 잘 못 잔다더라. 처음에는 귀신 장난인 줄 알았는데 최근에 어느 세심한 사람이(역시 총각) 근본 이유를 알아냈지. 암나귀가 없어서 수나귀가 안절부절못하는 게 아니겠어. 요즘 그 마을 사람들이 암나귀를 사려고 여기저기 알아보고 있다던데, 내가 잘 아는 사람이 바로 그 마을에 있거든. 그저께도 나한테 암나귀 몇 마리 찾아달라고 부탁하더라. 그런데 딱 자네를 만났군. 이 나귀들을 얼른 데려가면 좋은 값에 팔 수 있을 거야."

"그거 정말 잘됐네, 어느 마을인가?"

"묻지 말고 그냥 따라오라고."

그들의 그림자는 세 집을 돌아 서쪽 모래언덕으로 향하더니 이내 자취를 감췄다.

여러 해 동안 나는 황사량에서 대단히 모순된 마음으로 살아왔다. 나는 완전한 농부가 아니다. 농사는 나에게 평생의 일이 분명 아니다. 삼사 년이 될지, 일이십 년이 될지는 몰라도 조만간 나는 괭이를 팽개칠 것이다. 그러나 나는 이 마을 사람들이 한평생 경작한 땅을 반드시 지켜내야 한다. 나는 최후의 수확을 보고 싶다—한 마을 사람들이 평생 거둔 손익을. 내가 궁벽지고 황량한 황사량에 다시 태어난 것은, 그것도 이렇게 서둘러 온 것은, 한 마을 사람들의 기나긴 인생이라는 쓸쓸한 연극을 처음부터 끝까지 다 보기 위해서다. 나는 유일한 방관자이며 그들보다 아득히 먼 곳에 앉아 있다. 이따금 마을을 지나가면서 삶의 몇몇 장면을 보고 흥분해서 감흥을 마구 토로하는 사람과 비교할 때, 내가 보는 것은 세월의 긴 구간이다. 길을 향한 창문, 부서진 담벼락에 생긴 구멍, 오래된 나무에 난 구멍과 함께 내 눈은 백 년 뒤에도 일어날 영원한 일을 꼼짝도 하지 않고 지켜본다. 황혼 속에서 일을 마친 사람들을, 문 두드리는 소리를, 흙먼지 속에서 돌아오는 소와 말과 양을…… 사람이든 사물이든 이런 시선에서 벗어나기란 쉽지 않다. 지켜보는 시선 속에서 새로운 것이 쉬지 않고 자라고, 이치를 깨닫는다. 몇 년 안에 어느 담벼락이나 나무가 또 세상을 보는 새로운 눈 하나를 뜰 것이다.

날이 저물어갈 무렵 펑쓰와 장우의 발자국과 나귀 다섯 마리의 발굽 자국이 마을로 들어섰다. 나간 만큼 돌아왔으니 이날 하루 황사량은 아무런 손실도 보지 않았다. 펑쓰는 이야기를 하나 엮었다. 장우와 나귀 다섯 마리 모두 온종일 그의 이야기 속에 있었다. 그들은 존재하지 않는 마을로, 혹은 진짜 있긴 하지만 암나귀를 필요로 하지 않는 마을로 향했다. 길이 확실히 있었고, 햇빛이 실제로 사람 얼굴과 나귀 등을 비추었다. 넘기 힘든 모래언덕 몇 개와 지나기 힘든 수렁 몇 개는 분명 사람의 기운을 빼놓고 잊지 못할 기억을 남겼다. 그러나 길을 가는 목적은 허무했다. 아니, 아예 목적이 없었다. 장우와 다섯 나귀의 하루가 이렇게 허비되리라는 사실을 깨닫는 순간, 펑쓰 자신의 하루도 갑자기 비현실적이 되었다. 펑쓰도 똑같이 종일의 시간을 보냈다. 이야기 하나를 엮었더니 오히려 자신이 이야기 속에서 벗어날 수 없었다. 수확이 있는 사람과 없는 사람이 나란히 가을로 접어들듯, 바쁜 사람과 한가한 사람이 마을에서 똑같은 길이의 하루를 보내듯 말이다. 시간이 지나면 모든 것이 무의미해질지도 모른다.

　펑쓰의 하루는 이렇게 지나갔다. 날이 저물자 펑쓰는 온종일 메고 다니던 삽을 다시 한구석에 놓았다. 이 작은 농가 안은 펑쓰가 있든 없든 어두침침하다. 바닥에 놓인 탁자는 영원히 어떤 방향으로 어슬렁어슬렁 걸어가고, 벽에 걸린 낫은 영원히 가을날의 밀을 거두고, 지붕에 거꾸로 매달린 호미는 영원히 밭의 잡초를 매고, 구석에 비스듬히 서 있는 삽은 영원히 어둡고 깊은 구덩이를 파고…… 이는 눈에 보이지 않는 노동이다. 우리 눈에 보이는 모습이란 고작 이런 것이다. 삽날이 나날이 얇아지고 짧아지고, 삽자루가 해마다 가늘어지고. 한가로이 놓고 있는 이들 농기구를 무언가가 끝없이 스쳐 지나며 닳아 없어지게 하는 것만 같다.

　황사량에서는 조금만 세심히 살피면 다음 두 가지 광경이 눈에 들어온다. 생계를 꾸리는 사람은 바삐 일하며 하루를 보내고—날이 저문다. 게으른 사람은 슬렁슬렁하다가 하루가 그를 지나가고—날이 저문다. 하루는 어느 한 사람을 위해 저물고 밝아오지 않는다. 펑쓰의 하루가 흘러가면 마을 사람의 하루도 흘러간다. 누가 더 실속 있는 하루를 보냈는지 누가 알까. 아무튼 이런 하루가 수없이 지나가면 펑쓰의 일생은 끝을 맺는다. 황사량에 펑쓰라는 사람은 다시는 없다. 그는 아침저녁으로 어울리던 마을 사람들을 내버려두고 떠난다. 우리는 그를 땅에 묻고 그의 좋은 점을 되뇐다. 우리는 모두 죽음을 좋은 일로 여긴다. 우리는 아직 죽을 자격이 없어서 살고 있는 거다.

　이 세상을 한 바퀴 돌면서 아무것도 이루지 못한 펑쓰는 아무런 원망도 듣지 않고 한 생명으로서 일생을 완수했다. 일생이라는 방대하고 기나긴 공정에 비하면 어떤 사업도 하찮고 의미 없어 보인다. 우리가 너무 작고 약하다보니 큰 사업을 일으켜 세월을 막아보려는 거다. 해마다 밭을 갈아 농사짓는 까닭이 정말 배가 고파서일까. 배고픔이란 무엇일까. 우리가 삽을 메지 않는다면 칼, 총, 아니면 붓을 들어야 한다. 우리 손에는 늘 무언가가 들려 있어야 한다, 도구든 무기든. 우리 몸은 늘 어떤 자세를 취해야 한다, 일이든 경쟁이든 싸움이든. 그때마다 나는 우리가 어둠 속에서 어떤 세력과 겨루고 있음을 깨닫고 경악한다. 이 호미질은 잡초 몇 포기 없애려는 것이 아니다. 이 삽질도 흙 한 덩이 파헤치려는 것이 아니다. 우리의 한평생은 이런 식으로 정리되고 만다. 적수는 누구란 말인가.

펑쓰는 맨주먹으로 인생에 맞서온 사람이다. 장대하고 유구한 삶이 정면으로 다가오자 그 역시 초조하고 당황스러웠다. 그러나 그는 끝내 마음을 가라앉혔다. 황량한 모래언덕 옆에 나지막한 흙집을 짓고, 하루하루 다가오는 일생의 모든 날을 맞이하고 또 하나씩 하나씩 떠나보냈다.

지금 그는 떠났지만 멀리 가진 않았다. 지금도 때때로 그의 소식을 듣는다. 나도 머지않아 떠난다. 나는 할 일이 많지 않다. 살아가는 사람들을 관찰하거나 한결같이 마음껏 뛰노는 동물들을 지켜본다. 조만간 나도 땅 한 뙈기를 황폐하게 버려두고, 집 하나를 비우고, 어쩌면 몇몇 친지를 울게 하겠지. 펑쓰와 마찬가지로 나는 내 한평생을 완성해가고 있다. 펑쓰가 먼저 마무리했다. 내 평생의 벽은 아직 다 쌓지 못해서 햇볕과 바람이 스며든다.

사람과 가축이 어우러져 사는 마을

황사량에서 나귀로 살아가는 것도 나쁘지 않겠다는 생각이 이따금 든다. 어려서 도살당하지만 않으면 말이다. 수레를 끌고, 풀을 뜯고, 흥분하면 소리치고 평소에는 침묵하고, 나귀의 본성을 품고, 눈앞에 닥친 일을 생각하고. 게으름 피우지만 않으면 평생 채찍질당할 일도 몇 번 없다. 더군다나 지금은 기계가 많아져서 나귀가 사람보다 한가롭다. 종일 마을을 들락거리며 시시덕거리고 즐거이 뛰논다. 그러나 일 없이 한가한 것은 나귀에게 가장 위험한 일이다. 나귀로서는 다행스럽게도 이런 생각을 안 한다. '하루하루 즐겁게 산다'는 말은 사람보다 나귀에게 훨씬 잘 어울리지 싶다.

작은 벌레가 되는 건 어떨까. 황사량의 봄꽃과 가을풀 틈에서 아무 근심 걱정 없이 폴짝거리다 짧고 즐거운 인생을 마친다. 기나긴 세월, 장구한 세상에서 어느 한 해의 광경밖에 못 보았다 해도 아쉬움은 없다. 여러 해라도 다 똑같다. 밀은 푸르다가 누레지고 누렇다가 푸르러진다. 변화하는 것은 그저 사람의 심경일 뿐이다.

개가 되는 건 어떨까?

아니면 한 그루 나무는 어떨까. 마을 앞에서 살든 뒤에서 살든 꽃을 피우지 않고 곧게 자라지 않으면 도끼 맞을 일은 없다. 한 해 한 해 살아가다가 떨어진 잎은 뿌리로 돌아가 겹겹이 쌓이고, 마지막에는 자신이 평생 떨어뜨린 낙엽 속에 묻힌다. 삶과 죽음이 하나의 경지다.

이렇게 보면 황사량에서 사람으로 사는 것은 오히려 지극히 평범한 일이다. 사람이라고 기고만장하거나 개라고 의기소침할 일이 전혀 아니다. 황사량에서는 모든 사람이 유명인이고 모든 사람이 무명씨다. 가축도 똑같다. 이렇게 작은 마을에서 누가 누구를 모를 수가 있나. 사람이든 가축이든 누가 누구와 관계가 없을 수가 있나.

장싼張三의 개가 너 리쓰李四를 모른다고? 그 개는 단지 너의 이름을 부르지 못할 뿐이다—개가 짖는 소리 가운데 너를 부르는 한마디가 있는데 네가 못 알아듣는 거다. 너는 나귀 한 마리를 이해할 생각이 전혀 없고, 나귀를 만났을 때 고개 들어 인사를 건넬 리는 더욱 없다. 그러나 그 나귀는 줄곧 너를 생각하고 있다. 그해에 나귀는 네 밭머리에서 풀을 뜯다가 너에게 삽으로 얻어맞았다. 네가 얼마나 호되게 후려쳤는지, 너 때문에 그 체면을 중시하는 나귀는 그예 죽은 뒤에 온전한 가죽을 남길 수 없게 됐다. 나귀는 여러 해 동안 줄곧 너를 걷어찰 틈을 엿봐왔다. 길가 진흙탕에서 오전 내내 꿀꿀거리는 돼지 두 마리도 있다. 그들이 너희 집의 일을 이러쿵저러쿵 논하지 않는다고 장담할 수 있나? 밤마다 너희 집 창문 아래 누워 있는 돼지가 어찌 너희 집 일을 모르겠는가?

황사량에 대해 말하자면, 사실 너는 마을 위를 선회하는 매보다 황사량을 널리 보지 못하고, 늙은 말보다 황사량의 길에 익숙하지 않다. 사람과 가축이 수천 년을 어울려 살다보면, 공통언어는 끝내 찾지 못한다 해도 마주 앉아 사이좋게 이야기 나누는 날이 언젠가 온다. 가축은 분명 사람에게 할 말이 상당히 많을 테다. 특히 사람 사이의 시시비비는 가축이 사람보다 똑똑히 가릴 수 있을 거다. 그러나 사람은 '말 잘 들어라' 말고는 가축에게 하고픈 말이 전혀 없으리라.

사람과 가축이 작은 마을에 함께 산다. 사람이 태어날 때 가축도 태어나고, 날이 저물어 사람이 집으로 돌아가면 가축도 우리로 돌아간다. 굽이진 흙길을 가는 자는 가축을 따라 걷는 사람 아니면 사람을 따라 걷는 가축이다.

사람 발에서 피어오른 흙먼지가 가축에게 떨어진다.

가축 발에서 피어오른 흙먼지가 사람에게 떨어진다.

집도 축사도 똑같은 흙집이고 벽과 벽, 창과 창이 나란히 있다. 사람이 자칫 축사에 들어가기도 하고, 가축이 짐짓 헷갈린 척 사람 집에 들어가기도 한다. 겉보기에는 친척이나 이웃 비슷하지만 그런 상황은 전혀 아니며, 오래 살다보니 같은 종의 동물로 여길 수밖에 없게 된 거다.

예컨대 네 허리에는 늘 바닥나지 않는 소의 힘이 깃들어 있다. 다리를 쩍 벌리고 건들건들 걷는 네 걸음걸이는 딱 수소다. 네 목소리에서는 개 짖는 소리나 닭 우는 소리가 종종 나온다. 남들이 너를 '말라깽이 개'라고 부르는 것은 네가 마른 말이나 마른 노새처럼 보이지는 않기 때문이다. 수년간 너는 말 반 마리의 힘으로 여인과 살아가고 사랑했다. 너의 여인은 늙은 새가 되었지만 변함없이 너에게 살포시 기댄다.

몇 년 전 어느 겨울, 너는 말 한 마리가 어두운 구석에서 너를 노려본다고 느꼈다. 말이 평생 가축으로 살아온 것을 후회하며 사람을 탐구하기 시작한 건 아닐까, 너는 좀 두려워진다. 그때의 네 고독감과 무력감은 말에게 똑똑히 보인다. 주위 사람들은 네가 근심 걱정 없는 여름벌레처럼, 죽음을 모른 채 즐거이 사는 나귀나 돼지처럼 늘 유쾌하다고 여기지만…….

사실 이들 살아 있는 생물은 모두 사람의 영혼에서 뛰쳐나온 것이다. 그들은 멀리 떠나지 않고 언제나 사람 곁에 머물며 사람으로 하여금 그들의 모습에서 사람 자신을 똑똑히 보게끔 한다.

한편 사람의 영혼 속에는 몸을 숨긴 용이나 웅크린 호랑이처럼 세상을 놀라게 하는 거대한 짐승 무리도 갇혀 있다. 그들은 개처럼 사슬을 물어뜯고 사람 마음속에 있는 집과 마당에서 뛰쳐나온 적이 없다. 어쩌다 뛰쳐나온다 해도 사람은 그들을 미친개 취급을 하면서 두들겨패서 없애버릴 것이다.

사람 마음속에서 살아가는 생물은 필시 거대한 이무기와 맹금일 것이다.

사람 곁에서 살아남은 생물은 온순한 동물밖에 없다.

사람은 그들을 가축이라 부르는데, 그들이 사람을 뭐라고 부르는지는 알 수 없다.

벌레와 함께 자다

풀 속에서 잠든 사이에 내 몸은 수많은 벌레의 포근한 보금자리가 되었다. 각양각색 작은 동물이 내 소매와 옷깃과 바짓가랑이 속으로 파고들어 내 몸을 이리저리 기어다닌다. 때때로 내 살갗을 한두 입 물어뜯으면 조그만 배가 발개지고 통통해진다. 배불리 먹고 실컷 놀다가 은밀한 곳을 찾아 곤히 잠든다.

내 몸에서 이런 일이 일어나는지 나는 전혀 몰랐다. 그날 나는 오후 내내 삽으로 땅을 갈아엎어 배고프고 피곤했다. 원래 밭머리에 잠깐 누웠다가 돌아갈 요량이었다. 마을까지 먼 길을 가야 하는데 일하면서 깜빡하고 집에 돌아갈 힘을 남겨놓지 않은 거다. 마침 여름이라 들판에 벌레 소리, 개구리 소리, 곡물이 자라는 소리가 뒤엉켜 거대한 자장가처럼 들렸다. 나는 머리를 땅에 대자마자 단잠에 빠져들었다. 날이 언제 저물었는지 까맣게 모른 채, 달이 뜨고 지는 것도 전혀 알아차리지 못한 채. 깨어나보니 어느새 새로운 아침이었다. 곁에서 형형색색 벌레가 기어다니고 있었다. 그들은 나보다 먼저 깨어나 자기 일을 했다. 이 부지런한 작은 생명들은 자기들이 다녀갔다는 사실을 증명하려는 듯 내 몸에 간질간질한 빨간 뾰루지를 가득 남겨놓았다. 벌레들도 나처럼 단잠을 잤겠지. 내 바지 속이 편안한지 몇몇 녀석은 나올 생각조차 없었다. 가려움이 견딜 만했다면 바지를 벗어 녀석들을 내보내지 않았을 것이다. 이 작은 벌레들에게 내 몸은 얼마나 광활한 벌판일까. 내가 지금 이 대지 한구석에 엎드려 있는 것처럼 말이다. 대지는 가렵고 불편하다고 나를 붙잡아 팽개치는 법이 없다. 곤히 잠든 대지는 얼마나 너그러운가. 대지의 품에서 나는 벌레보다 그리 크지 않다. 우리는 세상에 이토록 많은 벌레가 있다는 걸 알고, 그들에게 일일이 이름을 붙이고 분류한다. 그러나 벌레는 우리를 알까? 이 작은 벌레들이 류량청이라는 커다란 벌레가 세상에 있다는 사실을 알까? 어떤 벌레들은 아침에 태어나 저녁에 죽고, 어떤 벌레는 몇 달 또는 며칠이라는 짧은 생을 살다 간다. 무얼 할 틈도 없이 총총히 떠난다. 집을 짓고 문화예술을 창조할 시간이 없다. 자신이나 남을 위해 생각할 겨를이 없다. 간결하기 그지없는 생이라 즐거움만 남아 있다. 똑똑하고 커다란 생명인 우리는 기나긴 세월 동안 고통과 번뇌를 찾아 헤맨다. 세상의 시끌벅적한 소리를 질리도록 듣다가 들판에 누워 벌레 소리를 듣는 것은 얼마나 크나큰 행복인가. 대지의 음악회는 영원히 끝나지 않는다. 그러나 이 영원한 소리의 음표 하나하나가 얼마나 다급하고 짤막한지 그 누가 알까.

들판에서 잠든 덕에 수많은 벌레가 나를 알게 됐다. 그들은 단박에 내가 좋아졌는지 내 피와 살의 맛을 찬양해 마지않았다. 몇몇 벌레는 내가 깊이 잠든 사이에 내 얼굴을 몇 바퀴 돌아본 것이 틀림없다. 분명 내 생김새를 익혔으리라. 지금은 내 몸에 파수꾼 몇 마리만 남겨놓고 나머지는 이 강기슭 풀밭을 바삐 돌아다니며 동지들을 끌어들이고 있다. 나를 발견했다는 소식을 마주치는 모든 동족에게 퍼뜨린다. 심지어 사방팔방에서 수천수만 마리 벌레가 나에게 몰려드는 느낌이다. 수십 년을 품어온, 세상에 이름을 떨치고픈 소망이 비로소 이루어지려나 싶어 피가 끓어오른다. 가련한 작은 벌레들아, 나는 너희 가운데 누구를 알까, 너희와 어떻게 일일이 악수를 나눠야 할까. 너희 등은 사인을 해주기엔 너무 좁고, 너희 목소리는 너무나 미미해 없다시피 한데. 너희에게 내가 무슨 말을 할 수 있을까?

수천수만 마리 작은 벌레가 물밀 듯이 몰려들 때, 나는 이미 세상 한구석으로 돌아와 아무도 모르게 묵묵히 한 가지 일을 하고 있다. 내 이름을 아는 사람은 몇 명 없고 내가 아는 사람도 몇 명 없다. 누가 죽고 누가 아직 살아 있는지 알지 못한다. 해마다 들려오는 벌레 울음소리에서 작은 벌레의 영원함이 느껴진다. 나는 어떤가, 이 세상에서 마지막 수십 년을 견뎌내고 있다. 누런 흙을 마주한 채, 아무 소리도 없이.

얼마나 살아야 집이라 할까

나는 한곳에서 오래 사는 것이 좋다―구체적으로 말하면, 한 마을의 한 집에서. 집만 튼튼하다면 나는 한평생 옮겨가지 않고 그 집에서 살 테다. 평생 같은 문으로 들어가고, 같은 침대에서 자고, 같은 지붕 아래서 추위와 더위를 피하련다. 집이 망가지면, 내 나이 마흔이나 쉰 살쯤 들보가 썩고 벽이 갈라지면 나는 기꺼이 집을 허물고 그 자리에 새집을 지으련다.

집 한 채보다 내가 오래 산다니 뜻밖이면서도 다행스럽다. 사람이 한곳에서 오래 살다보면 언젠가 이런 느낌이 들 것이다. 주변에 있는 많은 생명과 사물이 자신만큼 오래 못 산다는 사실을 깨닫는다. 어느 날 나무에서 참새가 뚝 떨어지지만 늙어 죽었는지 병들어 죽었는지 알 수 없다. 어느 날 나무가 베어져 가구나 땔감이 된다. 여러 해를 함께해온 소는 어느 가을에 결국 걸음을 떼지 못할 만큼 늙어 있다. 헤아려보면 소는 우리보다 나이가 많지 않다. 막내 아이 또래지만 어쩔 수 없이 소를 잡거나 팔아야 한다.

웬만하면 나는 잡는 쪽을 택한다. 헤어지기 섭섭하고, 내가 부리던 늙은 가축이 다른 사람에게 팔려가 부림을 당하는 모습을 차마 못 보겠다. 나는 소가죽을 벽에 못 박아 잘 말려서 가죽 채찍과 가죽 물품을 만든다. 뼈와 고기는 솥에 푹 삶아 한 끼 한 끼 먹어치운다. 이렇게 해야 좀 편안하다. 소 한 마리를 완전히 잃은 것이 아니라, 소의 어느 부분이 여전히 내 삶에서 작용하고 나는 소를 계속 부리는 느낌이다. 가죽 물품이 언젠가 해지고 찢어질지라도, 팽팽하던 가죽 채찍이 헐거워져 한쪽에 팽개쳐질지라도. 이런 일은 모두 매우 정상적인 상황이다.

영원불변하리라 여겼던 것들조차 내가 수십 년을 살고 나자 이미 여러 번 변고를 겪어 알아볼 수 없게 되어 있다. 하지만 나는 여전히 살아 있다. 노쇠하는 기미는 살짝 있지만 늙어 죽으려면 아직 멀었다.

초창기에 집 뒤에 길을 닦을 때, 나는 이 길이 천추에 남을 업적이며 자자손손 그 길을 걸을 줄 알았다. 길은 세상 무엇보다도 영원할 줄 알았다. 바닥에 평평히 누워 있겠다, 부러지지도 바람에 날리지도 않겠다, 아무리 무거운 것도 다 견뎌낼 수 있으니 말이다.

어느 해엔가 쇳덩이를 가득 실은 커다란 트럭 한 대가 마을로 들어왔다. 길을 잘못 들어 유턴해서 나가려는 모양인데 마을 한가운데 큰길이 너무 좁아서 돌 수가 없었다. 기사가 나를 찾아와 우리 집 뒤쪽 길로 지나가도 되느냐고 공손하게 물었다. 나는 괜찮다고, 마음 놓고 가라고 했다. 사실 내가 닦은 길이 얼마나 튼튼한지 시험하고 싶었다. 트럭이 떠나자 길에는 얕은 바큇자국 두 줄만 남아 있었다. 나는 더더욱 안심했고, 남몰래 이런 생각을 했다. 나중에 황금 한 트럭이 생겨도 이 길을 거쳐 집으로 실어올 수 있겠구나.

그런데 1년 뒤에 비가 퍼붓자 길이 많이 유실되고 남은 길도 빗물에 젖어 걷지 못할 만큼 물러졌다. 비가 그치고 길을 보수할 때는 이 길이 영원하리라는 생각은 사라진 뒤였다. 내가 길보다 더 오래 살지 싶었다. 예전에 나는 늘 생이 너무 짧다고 여기며 장기적인 사업 몇 가지를 급히 벌여 세상에 남기려 했다. 지금은 오히려 세상에 오래 남는 것은 내가 될 성싶고, 다른 것은 모두 눈앞을 스쳐가는 연기처럼 느껴진다.

어린 가축을 길들일 때면 엉겁결에 이렇게 꾸짖곤 한다. 이 짐승아, 네 할아버지는 얼마나 말 잘 듣고 얼마나 열심히 일했는데. 그러고 나서 퍼뜩 깨닫는다. 또 세월이 흘렀구나. 함께했던 가축과 농기구가 몇 번이나 사라졌지만 나는 여전히 젊고 기운차고 자신감 넘치게 오래전에 했던 옛일을 거뜬히 해낸다. 오래전의 마을이 또다시 머릿속에 떠오른다.

지금 오래전 일을 나만큼 행복하게 추억할 수 있는 이가 누가 있을까. 세 살짜리 수말, 한 살 반짜리 암퇘지, 그리고 길가 방풍림에서 고작 세 번의 여름을 겪은 백양나무, 그들이 수십 년 전에 마을에서 일어난 그 일들을 어찌 알까. 그들은 마을에 너무 늦게 왔기에 아쉬워하며 살아갈 수밖에 없다. 세상을 본 적 없는 앳된 눈으로 눈앞에 보이는 것을 보고 귓가에 들리는 것을 듣지만, 마을의 역사는 아무것도 모른다. 이 담장을 누가 쌓았는지, 이 도랑을 누가 팠는지 영원히 모른다. 가장 먼저 강을 건너가 그 너른 황무지를 개간한 이가 누구인지, 일찍이 어둠을 틈타 대규모 말 떼를 마을에서 몰아낸 이가 누구인지, 동트기 전에 바지를 추어올리며 담을 넘어 슬그머니 집에 돌아온 이는 누구인지…… 이 모든 것은, 그대로 보전된 긴 구간의 세월과 함께 나에게 소중히 간직된다. 나 혼자만의 것이 된다. 내가 말하지 않으면 아무도 그 속으로 다시 들어가지 못한다.

물론 한 사람이 오래 살수록 번거로운 일도 많아진다. 사람들이 천년만년 남아 있는 담장이나 돌벽에 글자를 새기고 이름을 남겨 영원토록 공유하듯, 마을의 숱한 생명도 내 몸에 흔적을 남기기를 좋아한다. 그들은 내가 불멸의 물건, 어찌해도 죽지 않는 물건이라고 굳게 믿는다. 내 허리에는 지금도 암소의 발굽 자국이 반쯤 남아 있다. 그 암소는 나를 등에서 떨어뜨리고 내 맨 허리에 발굽을 들이댔다. 밟고 나서도 얼른 발을 떼지 않고 내 몸 깊숙이 자국을 새겼다고 여기고서야 천천히 발을 들었다. 내 다리에는 개 여러 마리의 검자줏빛 이빨 자국이 깊이 박혀 있다. 수캐에게 물린 자국도 있고 암캐에게 물린 자국도 있다. 문화재나 유적지에 이름을 남기는 사람처럼 움직임이 은밀하고 민첩해 당최 막을 수가 없다. 내 얼굴과 몸 거의 모든 곳에 모기 물린 자국이 있다. 어떤 것은 선명하고 어떤 것은 흐릿하다. 몇몇은 며칠이면 사라졌지만 많은 자국이 내 몸에 영원히 남았다. 그리고 내 마음속에는 몸에 남은 흔적보다 훨씬 많은 것이 남아 있다.

나는 일찍이 나와 함께 살았던 수많은 생명의 귀중한 흔적을 짊어지고 있다. 내가 깊고도 단단히 살아가고 있음을 느끼지만 조금도 피로하지 않다. 한밤중에 허리가 아프면 오래전에 세상을 떠난 그 암소가, 나를 밟았던 암소의 털빛과 무늬가 떠오른다. 길을 걷다가 다리가 피곤하면 나를 물어 상처를 낸 그 검둥개가 떠오른다. 개의 가죽은 내 구들에 깔려 몇 년을 내 이부자리로 쓰이고 있다. 나는 마을 역사를 기록한 살아 있는 매개체가 되었다. 내 몸 아무 데나 건드려도 생생한 이야기 한 자락이 깃들어 있다.

한 마을에서 오래 산 사람은 시간이 자신의 몸에서 느리게 흘러가는 느낌이 든다. 다른 사물의 몸에서는 유수처럼 흘러 사라진다. 이는 그가 어느덧 한 고장의 시간과 친해졌다는 뜻이다. 물과 땅, 햇빛과 공기 모두 그를 잘 안다. 그가 성실하고 분수를 지키는 사람임을, 수십 년을 더 살아도 해를 끼치지 않을 것임을 잘 안다. 곳곳을 쏘다니며 곳곳의 세월이 자신을 뒤쫓게 만드는 사람이나 사물과는 다르다. 때로는 그들도 우연히 시간을 피해 젊고 편안하게 살았으리라. 세월은 일단 그들을 따라잡으면 매섭게 보복한다. 그들 몸에서 단번에 수십 년을 빼간다. 마을을 떠나 세상을 누빈 수많은 사람이 결국 돌아오지 못하고 타지에서 죽었다는 사실이 이를 증명한다. 그들은 돌아올 시간이 없었다.

평소에 나 역시 이렇게 자문한다. 내가 한곳에서 너무 오래 산 것은 아닐까. 땅이 이미 나를 성가셔하는 것은 아닐까. 내 발길을 거부할 정도는 아니라 해도 길이 내 발자국에 일찌감치 싫증난 것은 아닐까. 사실 나는 길을 걷지 않은 지 여러 해였다. 어디를 갈 때면 그냥 직진해서 물이나 풀 속을 지나갔다. 오랜 세월을 혼자 걷다보면 이른바 길이란 것은 일종의 장식물에 지나지 않으며, 대지를 무턱대고 쏘다니는 사람들에게 주어진 장난감이라는 사실을 알게 된다. 길은 지금껏 늘 진정한 목적에서 벗어났다. 못 믿겠으면 언제나 바삐 길을 걷는 사람에게 가서 물어보라, 귀착점을 찾았냐고. 찾지 못했을 거다. 찾았다면 그들이 끝없이 길에서 어슬렁거릴 리가 없다.

그런데 나는, 너무 일찍 귀착점을 찾은 건 아닐까. 오랜 세월 같은 집에 살고, 같은 문을 열고, 같은 창을 닫고, 같은 여인과 자고. 다른 삶의 방식, 다른 느낌이 있지 않을까. 몸을 움직여 인생의 다른 일을 마주하고 살아봐야 하지 않을까. 이 집처럼 한참을 남향으로 서 있다보면 앞 벽이 햇볕에 허옇게 바래고 벗겨진다. 이제 뒤집어 줄곧 음습하던 뒷벽이 몇 년간 햇볕을 쪠게끔 해야 하지 않을까.

이런 생각을 하노라니 저도 모르게 마을을 한 바퀴 돌아보게 된다. 과연 마음에 드는 곳이 한 곳 있다. 지대도 높고 지반도 널찍하다. 그리하여 바로 착수해 몇 달을 들여 새집을 짓는다. 낡은 집은 어쩐다. 훌륭한 도리 하나, 온전한 흙덩이 하나까지 뜯어낼 수는 없다 해도 허무는 것이 최선이다. 오랜 세월 살아온 보금자리인 만큼 아무래도 정이 들었다. 아무리 비싸게 판다 해도 남에게 빼앗기는 듯한 불쾌감이 있다. 담도 싹 허물어버리는 게 가장 좋다. 부서진 담벼락이 남아 있으면 다른 사람이 천연의 변소로 삼을 가능성이 있다. 양과 돼지의 우리로 쓸지도 모르고, 심지어 거기 숨어 못된 짓을 할 수도 있다. 내 명예가 실추되는 일이다.

물론 낡은 가구는 하나도 남김없이 새집으로 가져온다. 땔나무와 풀도 모조리 새 마당으로 가져온다. 큰 나무는 베어서, 작은 나무는 뿌리째 옮겨온다. 길은 가져올 방법이 없지만 남이 걷도록 남겨둘 수는 없다. 큼직한 구덩이를 두 개 파놓는다. 남이 닦은 길을 편히 걷고, 남을 이용하면서 자기는 조금의 힘도 보태려 하지 않는 이들이 있다. 이기적인 사람들을 더 이기적으로 만들 수는 없다.

그저 집을 마을 서쪽 끝에서 남쪽 끝으로 옮기는 거다. 내가 움직일 수 있는지 시험해보고 싶다. 이런 말이 있지 않나. 나무를 옮기면 죽고 사람을 옮기면 살아난다. 그런데 나무도 늙은 나무를 옮기면 죽지만 어린 나무는 좋은 자리로 옮기면 더욱 무럭무럭 자란다. 나는 이 자리에서 산 지 오래라 이미 늙은 나무일 텐데, 뿌리도 맥도 다 여기 박혀 있어 자칫 잘못 옮겼다가 죽을까 걱정도 된다. 먼저 이 마을 안에서 움직여보고, 괜찮으면 더 멀리 옮겨볼 셈이다.

그런데 골치 아픈 일이 생긴다. 새집으로 이사하고 나서 몇 년이나, 일을 마치면 나도 모르게 옛집으로 가는 거다. 널브러진 흙무더기를 보고야 퍼뜩 정신이 든다. 가축들은 하루가 멀다 하고 오후마다 무너진 낡은 우리로 돌아가 옹기종기 모여 있다. 내 모든 꿈도 옛집에 있다. 때때로 한밤중에 깨면 남쪽 벽에 문이 있다고 여긴다. 용변을 보러 나가면 변소가 여전히 서쪽 모퉁이에 있는 줄 안다.

얼마나 살아야 새집이 집으로 여겨질까. 새로운 곳을 인정하게 될 때면 사람은 이미 늙었을지도 모른다. 아니, 늙어서도 새로운 곳을 진정한 집으로 여기지 못할지도 모른다. 한 사람의 마음속에 있는 집이란 그저 내 소유의 집 한 채가 아니다. 그 집에서 오래도록 살아온 삶이다. 작고 낡은 집일지라도, 가난하기 그지없는 생활일지라도, 집 구석구석에 가득 쌓인 황금처럼 진귀한 이야기는 나와 우리 가족만이 공유하고 향유할 수 있다. 그 누구도 들여다볼 수 없다. 이 집에 들어서는 순간 딱 느낀다. 집에 왔구나. 고향을 떠나고 한참 만에 온다 해도, 환생해서 온다 해도 이 집으로 돌아오는 길은 결코 잊지 못할 것이다.

화창한 날에 뒷짐 지고 마을 밖 들판을 거니는 노인들을 자주 본다. 그들은 농작물이 잘 자라는지만 보는 것이 아니라 묏자리도 봐두는 거다. 모두 한 마을의 한 집에서 살다가 늙었고, 죽을 날이 머지않은 걸 알고 집에서 멀지 않은 곳에 묏자리를 고르는 행복한 사람이다. 이승을 떠나도 그리 멀리 가는 것이 아니다. 무덤과 지붕이 밤낮으로 마주 보고, 주변 밭을 걷는 자식들 발소리가 느껴지고, 사람

말소리와 닭 울고 개 짖는 소리도 끊임없이 들려온다. 이런 죽음에는 일말의 슬픔도 없다. 그저 이사 한 번 하는 거다. 떠들썩한 마을을 떠나 조용한 곳을 찾아 머무는 거다. 스스로 좋은 자리를 골라놨고, 관은 몇 년 전에 자식들에게 분부해 잘 만들어놓았다. 나무도 모양도 빛깔도 다 본인 뜻대로 정한지라 거슬리고 불만족스러운 부분이 전혀 없다.

다만 유일하게 아쉬운 것은 이 낡은 집이다. 아직 충분히 못 산 것만 같다. 친지들도 이렇게 말한다. 일찍 가면 안 되지. 사실 그는 너무너무 오래 살았다. 발밑의 땅도 머리 위 하늘도 늙어버릴 만큼. 그러나 그는 자신이 '조금도 깨닫지 못한다'는 사실을 조금도 깨닫지 못한다. 운명이 거듭 재촉하지 않는다면 그는 어리석은 척 이 집에서 지내고, 이 문을 드나들고, 이 구들에서 잠을 자며 계속 살아가리라.

나는 이 마을을 떠나지 않았다는 사실이, 시간과 정력을 다른 땅에 헛되이 쏟지 않았다는 사실이 내내 기뻤다. 젊은 날, 혈기왕성한 시절에 숱한 유혹이 나를 먼 땅으로 떠나보내려 했지만 나는 스스로를 붙잡았다. 내가 제대로 성공한 한 가지 일은 이곳 하늘 아래서 나를 사라지지 않게 했다는 거다. 나는 아직도 원래의 자리에 살고 있다. 새집을 짓고 이사한다는 것은 행동에 옮기지 않은 꿈일 뿐이다. 내가 어찌 쉽게 이사를 할까. 우리 집 지붕 위 하늘은 오래도록 밥 짓는 연기에 물들어 다른 곳 하늘과는 사뭇 다르다. 먼 곳에 있어서 마을도 집도 보이지 않아도 우리 집 지붕 위 그 하늘은 한눈에 알아본다. 그것은 덧대놓은 한 조각 헝겊 같고 한 폭의 그림 같다. 다른 곳 하늘이 아무리 변화무쌍해도 그 하늘은 늘 맑고 평온하게 높은 곳에 착 붙어 있고, 집은 그 아래에 편안하게 내려앉아 있다. 집 주위에 자리 잡은 공기는 내가 몇 년을 들이쉬고 내쉬는 동안 완전히 나 자신의 숨결이 되어 내 냄새와 내 체온을 품고 있다. 마당에서 우물을 파다보니 3미터 깊이까지 내려갔다. 두꺼운 토양층 아래 황갈색 모래가 나타났고 고운 모래 틈으로 물이 천천히 배어나왔다. 서쪽 담 모퉁이에서는 내 오줌이 해를 거듭할수록 지각 깊숙이 스며들어 거기 있는 바위는 이미 부식되어 색이 변했다. 보라, 내 생명은 위로는 높은 하늘을 떠받치고 아래로는 깊은 땅속에 이른다. 이 모든 것이 내가 한 곳에서 오래오래 살아온 결과다. 그러니 어찌 이곳을 떠나겠나.

마을 동쪽 사람과 마을 서쪽 사람

일반적으로 남방 사람과 북방 사람의 외모와 기질은 차이가 분명히 드러난다. 그런데 마을 동쪽에 사는 사람과 서쪽에 사는 사람이 어떻게 다른지 아는 사람은 거의 없다. 마을은 세상에서 가장 작은 지역이다. 평범한 마을은 백여 가구에 인구는 천 명 미만, 마을의 동서 폭은 수백 미터에 지나지 않는다. 저쪽에서 기침을 하면 이쪽에서 똑똑히 들린다. 이런 좁디좁은 땅에도 동쪽 사람과 서쪽 사람이 다르다니, 우습게 들릴 것이다.

동쪽 끝에 사는 사람은 아침 첫 햇살에 눈을 뜬다. 하루의 첫 번째 햇빛으로 신선하고 깨끗하고 생기가 넘친다. 아침밥을 짓는 아낙과 농기구를 손질하는 사내는 새벽빛에 흠뻑 잠겨 있다. 이 신선하고 맛좋은 '햇살 아침밥'은 어느 곳에 살든 마음대로 누릴 수 있는 것이 아니다. 풀이 가축을 먹여 살리듯 햇빛은 사람을 먹여 살린다. 빛의 질과 양은 사람의 마음과 앞날이 얼마나 밝을지 정하는 결정적 요소다. 지붕을 하나하나 넘어 서쪽 끝에 이른 햇빛은 이미 너무 많은 연기와 사람 소리, 닭과 개 소리에 물들어 속된 것이 되어 있다.

아침에는 마을 동쪽의 집과 나무와 연기와 사람과 가축의 그림자가 마을 서쪽을 겹겹이 짓누른다. 아침 그림자는 가물가물한 꿈결이다. 몽환과 현실이 아스라하게 자리를 바꾼다. 이런 그림자 속에서 자란 사람은 우울하고 의심이 많고 망상이 심하다. 오후에는 거꾸로 마을 서쪽의 그림자가 마을 동쪽을 내리누른다. 오후의 그림자는 피로이며, 온종일 부지런히 일하고 난 보람과 아쉬움이며, 일찌감치 찾아온 밤이다. 이런 그림자 속에서 저녁을 먹는 사람은 삶의 자족과 간난을 곱씹는다. 일찍 성숙해지고 일찍 사랑에 빠지고 일찍 성공을 거둔다.

동쪽에 사는 사내가 아침 해를 마주하고 세차게 갈기는 오줌은 2장 높이로 3미터를 뻗어나간다. 밤새 참은 묵은 오줌이다. 한밤중이나 동트기 전에 나오지 않은 것은 이른 아침 햇볕을 쬐기 위해서다. 오줌 누는 일은 이 부끄럼 타는 녀석이 이따금 나와 바람을 쐬고 햇빛을 보기에 딱 알맞은 구실이다.

물은 동쪽으로 흐른다. 같은 수로에서 서쪽 사람이 빨래한 물로 동쪽 사람도 빨래를 한다. 백 미터를 흐르면 물이 절로 맑아진다지만, 백 미터 밖 물은 확실히 예전 그 물이 아니다. 바람은 서쪽으로 분다. 마을 동쪽의 먼지는 마을 서쪽으로, 마을 서쪽의 먼지는 더 서쪽에 있는 다른 마을 동쪽 끝으로 날아간다.

동쪽 사람이 해가 완전히 떨어졌다고 여길 때 해는 서쪽 집 뒤편에서 뉘엿거리고 있다. 낮은 흙집 몇 채로도 충분히 사람들 눈이 가려진다. 서쪽 사람이 해가 아직 안 떴다고 여길 때 동쪽 사람은 이미 아침 햇살을 흠뻑 마셨듯이 말이다. 서쪽 사람의 저녁은 길고 밤은 비교적 짧다. 동쪽 사람은 새벽이 일찍 찾아오기에 낮이 그만큼 길다. 앞뒤를 헤아려보면 결국 똑같다. 일찍 깬 사람이 일찍 잠든다. 하지만 지극히 미미한 오차가 사람들에게 눈에 띄지 않는 영향을 미친다.

날이 가고 해가 가는 동안 햇빛을 그만큼 일찍 쪼인 사람은 일찍 자고 일찍 일어난다. 밭에 먼저 나가 아무도 없는 고요함 속에서 그만큼 더 일한다.

다른 사람은 언제나 지는 해를 마지막으로 보고, 마을로 돌아오는 사람들과 우리로 들어오는 가축들을 끝까지 지켜본다. 그다음 대문을 잘 닫는다. 하루가 진정으로 끝났다는 사실을 아는 사람은 그 하나뿐이다. 그는 마지막으로 밥그릇을 들고, 마지막으로 불을 켜고, 마지막으로 불을 끈다. 마을 사람 절반이 드르렁드르렁 코를 골 때 나머지 절반은 깨어 있다.

이 두 부류의 사람은 서로 다른 두 시대를 살아가는 듯하다. 그들의 기질과 품성을 들여다보면 역시 같은 것보다 다른 것이 훨씬 많을 터이다.

사람은 초목이 아니지만 집은 사람들을 단단히 묶어두는 뿌리다. 동서남북 바삐 쏘다닌다 해도 대부분 시간은 역시 집에서 보낸다. 집의 위치란 사람의 일생에 얼마나 중요한가. 소금기 많은 모래밭에 집이 있다면 그의 발바닥은 한평생 축축할 것이다. 모래언덕에 집이 있다면 바람이 불든 그쳤든 실눈을 뜨고 지내야 한다. 서로 다른 삶의 방향은 서로 다른 사람을 만든다. 몇 걸음 밖에 또 다른 음양이 있다. 마을 사람들은 이런 이치를 일찌감치 깨우쳤다. 그래서 그들은 삶이 순조롭지 않은 느낌이 들면 집을 옮길 방법을 찾는다. 집이 다른 것보다 옮기기가 더 쉽다. 나무는 옮기면 죽고, 사람은 옮기면 산다지 않나.

황사량

1. 나는 이 마을이 얼마나 큰지 모른다

이 마을이 얼마나 큰지 도무지 모르겠다. 나는 마을의 한 모퉁이에 산다. 이 마을에 대체 몇 명이 사는지도 모른다. 어슴푸레 동이 트면 사람들은 마을 밖으로 일하러 나간다. 하나둘씩 떠나는데 누가 어디 가서 일하는지도 모르고, 누가 무슨 일을 하면서 일생 중 하루를 써버리는지도 잘 모른다. 마을은 끝없이 펼쳐진 황무지와 경작지로 둘러싸여 있고, 경작지와 황무지 끝에는 또 다른 마을과 황무지가 있다. 사람의 행선지는 대부분 그의 생 안에 있으며 어딜 가도 그 일생에서 벗어나지 않는다.

일생 중 어느 하루, 사람은 농작물과 풀 속에 파묻혀 묵묵히 괭이를 휘두른다. 바람이 불어 풀이 낮아지면 정수리 하나가 나타나고, 그의 허리가 쑤시면 기침 소리가 두어 번 난다.

또 다른 어느 하루, 사람이 없다. 남겨진 수많은 아침에 솟아오른 해는 텅 빈 집을 비춘다.

2. 아침 사람

아침 사람은 꿈에서 하나씩 하나씩 돌아온 그림자처럼 대단히 비현실적이고 흐리멍덩하다. 꿈에서 돌아오면 일을 한다.

오래 해서 습관처럼 익숙한 일이다. 생각이나 의식이 필요 없다. 눈 감고도 척척 해낸다. 어딘가 잘못하더라도 별일 없다. 삽날이 이렇게나 널찍하고 괭이자루가 이렇게나 긴데, 삐뚤빼뚤 파헤치고 갈아엎어도 다 밭 안이다. 길은 사람을 줄곧 밭으로 이끈다. 밭에 닿으면 길은 없어지고 농기구와 사람만 남는다. 사람이 손바닥에 침을 뱉으면 그림자가 바로 움직이기 시작한다. 한 동작 한 동작 그렇게 온 힘을 다해, 그렇게 성실히 꾸준히 일한다. 같은 자세로, 같은 규정에 따라 백 년간 변치 않는 동작을 연습하는 것만 같다. 그런데 연습을 하고 나면 뭘 하라는 건가. 밭 바깥에 보이지 않는 무대라도 있는 모양이다. 사람의 일생은 희망도 휴식도 없는 연습과 준비에 지나지 않는 듯하다.

한 차례 노동은 또 다른 노동을 한 차례 불러오고, 사람들 한 무리가 다른 한 무리를 대신한다. 같은 땅을 갈아엎고 덮기를 되풀이하고, 같은 작물이 푸르러지고 누레지기를 되풀이한다. 노동―이는 지웠다 다시 하기를 영원히 반복해야 하는 숙제로 영원히 눈앞에 놓여 있다. 땅은 일꾼을 억지로 붙잡아놓고 그의 후손에게까지 대대손손 강요한다. 살아서는 이 밭에서 일하고 죽어서는 이 흙을 비옥하게 하라고.

수많은 아침, 들판에서 괭이질하는 어슴푸레한 모습을 목격한다. 그들은 실로 허무에 가깝다. 아무 소리도 내지 않고, 그들을 깨우는 다른 소리도 없다. 그들은 진짜 일꾼이다. 어둠 속에서 일어나 삽을 메고 밭에 가서 일하는 일꾼 무리다.

나는 그들이 사람이라는 사실을 믿을 수 없다.

그들은 그림자다. 그리고 더 길고 짙은 그림자를 대지에 드리운다.

그들은 사람에게서 돌아온 하나하나의 육신이다. 일을 하러 돌아온 육신이다.

그들은 깨어나지 않았다.

3. 아침보다 이른 한 시간

아침보다 한 시간 이른 시각, 새벽달이 뜬 마을 가장자리. 드문드문 별이 뜬 지붕에서 닭이 덜 된 병아리가 꼬끼오, 꼬끼오 당돌하게 운다. 사람은 몽롱한 채 일어나 바지를 챙겨 입고 삽을 더듬어 밭에 나간다.

그날 새벽 이후로 사람은 다시는 이 병아리의 울음소리를 듣지 못한다. 병아리는 그때부터 기개가 꺾여 세상에 나서지 못한다. 평생 암탉 앞에서 고개를 들지 못한다. 이 덜 자란 수탉은 목청을 가다듬더니 시간도 안 되었는데 서둘러 울고 말았다. 지금 그는 어둠 속에 어색하게 선 채 뭇 닭의 조롱과 책망을 듣고 있다. 그것은 또 다른 형태의 닭 울음소리, 음침하고 번잡한 소리다. 어느 아침에 닭 떼가 일제히 울었지만 이렇게 망쳐진 노래가 되고 말았다.

사람과는 관계없는 일이다.

사람은 닭 때문에 깨어나지 않는다. 닭이 울든 말든 그건 닭의 일이다. 동이 트든 말든 그건 하늘의 일이다. 사람 마음에는 자기 자신의 아침이 있어서 때가 되면 알아서 일어난다.

대지가 온통 캄캄할 때, 한 사람의 마음속 하늘이 가만히 밝아온다. 그는 일어나서 농기구를 들고 사방에서 코 고는 소리가 울리는 마을을 가로질러 밭으로 간다. 그리고 남몰래 한 가지 일을 시작한다. 유난히 밝은 그의 마음 덕에 햇빛도 달빛도 등불도 필요 없이 할 일이 앞에 또렷이 놓여 있다. 평생의 업을 똑똑히 아는 사람은 언제나 뭇 사람을 뒤덮은 어둠 속에서 홀로 움직인다. 날이 밝아 사람들이 깨어나면 세상의 어떤 부분에 변화가 생겨나 있다. 땅 한 뙈기가 갈아엎어지고, 마을에 새로 쌓은 흙담이 우뚝 솟아 있고, 마당에 땔나무가 쌓여 있고…… 그런데 일을 한 사람은 보이지 않는다. 다른 일을 하러 갔을 수도 있고, 자러 갔을 수도 있다. 그의 하루는 일찍 밝아오고 일찍 저문다. 원래는 또렷이 보이던 일들이 점점 보이지 않게 된다. 자신이 다 해냈을 수도 있고, 일이 슬그머니 모습을 감추었을 수도 있다. 그는 자신에게 속한 일이 지금의 생에 머지않아 다시 나타나리라는 사실을 알고 있다.

우리가 햇빛 쏟아지는 들판에서 괭이와 낫을 휘두를 때, 많은 사람이 여태 아득한 꿈속에서 농사보다 더 휘황찬란하고 더 가뿐하고 더 터무니없는 일을 하고 있다. 그들의 꿈속에서 우리는 영문도 모른 채 하나하나 죽어 없어진다. 넓디넓은 대지는 그들 차지요, 우리의 아름다운 집과 아내와 딸, 돈과 식량까지 그들 차지다. 꿈속에서 이런 결말을 만들어낸 그들은 대낮에 우리와 마주치면 음흉한 꿍꿍이를 품고 수상쩍은 기색을 내비친다. 우리가 곤히 잘 때 우리가 모르는 일을 소리 없이 하는 사람 또한 잔뜩 있다. 어느 날 아침에 눈을 떠보니 마을이 딴판이 되어 있다. 일찍 일어난 사람들이 길을 다르게 바꾸고, 집을 허물고 새집을 짓고, 곤히 잠든 우리를 한쪽에 치워놓았다. 촌장까지 새로 뽑아서 땅을 다시 나눴다. 또 가구를 옮기듯 잠든 우리 몸을 다른 집 다른 침대로 옮겨놓았다. 우리가 깨어나도 믿지 못하게끔, 눈앞의 현실을 꿈으로 착각해 어질어질하고 들썽들썽한 채 남은 나날을 뒤섞어버리게끔 말이다.

잠이 들 때마다 인생의 모험을 한차례 겪는달까.

마을은 세월 속을 떠다니는 커다란 배다. 우리가 잠들면 다른 사람이 키를 잡는다. 그들은 통나무나 밀 포대를 나르듯 우리를 또 다른 하루로 실어 나른다. 얼마나 어두컴컴한 항해인지 모른다. 우리의 처자식, 소, 집과 가구가 모두 커다란 배 한 척에 실려 같은 달빛 아래서 서로 모른 채 아무렇게나 잠들어 있다. 뭍에 이르자 그들은 우리의 생명 중 하룻밤을 운임으로 떼어가고, 우리 집 벽에서 진흙을 좀 벗겨내고, 아내의 얼굴에서 아름다움을 조금 빼앗아간다…… 우리는 늘 무의식중에 우리 생의 어느 날들에 이르고, 그날들은 우리에게서 하루하루 떠나간다.

4. 낮 동안 마을이 쑥쑥 자란다

낮 동안 텅 빈 마을을 지키는 이는 노인과 개뿐이다. 햇빛이 나무 꼭대기와 지붕을 종종걸음으로 지나간다. 흙길은 하늘을 보면서 사람과 가축이 낸 깊고 얕은 발자국을 말린다.

울긋불긋 닭들은 일찌감치 하루 일을 마쳤다. 울기도 다 울었고, 알도 다 낳았다. 이제 남은 하루를 어떻게 보내야 할지 몰라 그늘진 곳에 멍하니 서 있다.

수나귀는 검은 경찰봉을 찬 경찰처럼 마을 동쪽에서 서쪽까지 한 가로이 순찰한다. 경찰봉을 자꾸 쳐들어보지만 허공을 휘젓는 것 말고는 딱히 할 일이 없다.

피둥피둥 살찐 벼락부자 같은 돼지들은 부서진 담장 밑과 진흙탕에 삼삼오오 모여 서로 엉덩이를 치고 목덜미를 물어가며, 방귀를 뿡뿡 뀌고 꿀꿀거리며 부자가 된 사연을 떠들어댄다.

개는 개처럼 생긴 구름을 쫓아 모래언덕을 미친 듯이 질주한다. 한 조각 구름 아래 있는 황사량 역시 시간의 뜬구름 한 조각이다. 구름을 흩어버리는 바람은 세월 속에 숨어 있다.

흙담에 기대앉아 조는 노인의 고개가 꾸벅꾸벅 떨어진다. 완고하던 이 남자는 세월 속에서 고분고분해져 운명을 받아들인다.

낮 동안 마을은 꿈속 같다. 사람들은 모두 밭에 나가고 텅 빈 마을만 남는다. 누군가를 찾으려 해도 대문이 잠기거나 열려 있는 텅 빈 집밖에 찾지 못할 것이다. 한 사람의 집은 시간 속에 방치된다. 나무는 조용히 서 있고, 담장은 소리 없이 갈라지고, 새는 지붕에 살포시 내려앉았다가 다시 날아간다. 사람이 없어도 햇빛은 모든 마당을 공평하게 비춘다. 아무도 없는 집이라고 빛을 덜 주지는 않는다.

누군가의 이름을 소리쳐 부르면 개가 나온다. 개 한 마리가 여러 마리 개를 끌어들인다. 순식간에 온 마을 개가 다 같이 짖어댄다. 개는 단결을 아주 잘하는 동물이다. 한 마리 개의 일은 모든 개의 일이다. 개가 사람에게 덤빌 때 다른 개가 냉담하게 방관하는 모습은 본 적이 없다. 너무 멀리 있거나 마당에 묶여 달려올 수 없는 개라도 동료가 짖는 소리를 들으면 멀리서 컹컹컹 호응하며 기세를 돋운다.

여기저기 밭에 흩어져 있는 사람들은 개 짖는 소리에 무심코 고개를 들어 마을을 바라본다. 사람보다 키 큰 농작물과 풀이 시야를 가린다. 사람은 속으로 중얼거린다. 마을에 누가 왔군. 그러고는 다시 고개를 숙이고 제 할 일을 한다. 개가 두어 번 짖는다고 괭이를 팽개 치고 무슨 일인지 알아보러 마을로 달려가는 이는 아무도 없다. 사 람들은 마음 푹 놓고 한 마을을 한낮의 벌판에 내버려둔다. 그러나 밤에는 땔나무 한 단도 집 밖에 함부로 놔두지 않는다. 그들이 믿는 것은 낮뿐이다. 낮에는 집 앞뒤에 선 나무들이 햇살 아래 조용히 잎 을 키우고, 가축들은 나무 그늘에서 더위를 식힌다. 햇볕을 흠뻑 쬔 두꺼운 흙담은 저녁까지 온기를 유지한다. 낮 동안 집은 계속 자라난 다. 사람들은 멀찍이 물러서서 마을에 풀이 무성해지도록 가만히 놓 아둔다.

누군가가 찾아온 그 사람은 지금 마을 주변 어느 밭에서 소리 소 문 없이 자기 일을 하고 있다. 그는 늙지도 젊지도 않고, 언제 어느 때 만나든 변함없는 모습이다. 삶과 죽음, 성하고 쇠함은 그저 초목 과 농작물의 일일 뿐 그와는 아무 상관도 없는 것만 같다. 그의 삽은 빠르지도 느리지도 않고, 삽자루는 가늘지도 굵지도 않고, 움직임은 급하지도 느긋하지도 않다. 그는 누가 자신을 찾는다는 사실을 모른 다. 알았다면 아무리 사소한 일로 찾아왔다 해도 어디에도 가지 않 고 집에서 기다렸을 것이다. 이렇게 외진 마을에 사는 그를 찾아오는 사람은 평생 몇 명 없다.

그는 생에서 또 하나의 평범한 하루를 보내고 있다. 눈앞에 펼쳐 진 일은 어제와 똑같이 많고, 똑같이 무겁고, 또 똑같이 거뜬하다. 삶 이란 이런 거다. 오랜 세월을 산다고 해서 좋아지지 않는다. 농사일은 더더욱 그렇다. 하나를 해치웠다고 하나가 줄지 않는다. 일이란 끝마칠 수가 없다. 그저 천천히 해나가면서 자신의 일생을 써 없애는 것이다. 일은 좋은 동반자이며 특히 농사일이 그렇다. 해마다 똑같은 수와 똑같은 길이의 계절이 있다. 어느 해의 일이 우리를 짓누르고 숨통을 조일지 걱정할 필요가 없다. 또 어느 해에 일이 없어 한가롭기를 기대할 수도 없다. 일은 평생에 걸쳐 고르게 할당되어 있다. 생의 어느 시기에 일을 무더기로 잔뜩 쌓아두고 싶은 게 아니라면 말이다. 젊을 때 이러는 사람이 많다. 팔을 쭉 뻗어 몇 년 뒤에 할 일까지 어느 한 해에 몽땅 그러모은다. 젊고 기운찬 그들은 1년이면 평생의 일을 다 해낼 수 있을 줄 안다. 하지만 사실이 증명하듯 그들은 늙어서까지 바쁘고 쉴 틈이 없다.

일이란 사람이 하니까 생기는 것이다.

어떤 일은 하지 않으면 그냥 없어진다.

하기 시작하면 평생에 걸쳐 해도 끝이 없다.

이 이치를 깨우친 사람은 지금 하늘을 쳐다보며 다른 밭의 잡초 속에 누워 있다. 그는 평생 아무도 자신을 찾아오지 않을 것이며 자신을 찾아낼 사람은 더더욱 없다는 걸 안다. 그는 이 세상에서 고작 수십 년을 살고, 수십 년이 지나면 무엇에도 아랑곳없이 떠나버린다. 그는 너무 많은 일을 끌어안고 싶지도, 너무 많은 사정에 말려들고 싶지도, 너무 많은 사람과 사귀고 싶지도 않다. 그의 괭이는 바닥에 널브러져 있다. 누군가 찾으려는 그 사람처럼 그 역시 옥수수밭을 갖고 있고, 밭에는 김매기를 끝내지 못한 풀도 있다. 그러나 그는 조급하지 않다. 풀은 천천히 자라고, 그는 십 년 또는 수십 년의 시간을 들여 천천히 김을 맬 것이다. 풀이 아주 작을 때 그는 온종일 땅바닥에 누운 채 생각했다. 풀이 높이 자랄 때까지 기다렸다 김을 매자. 풀이 한번 자라나는 게 어디 그리 쉬운 일인가, 며칠 더 자라게 놔두자. 바람 속에 머리를 깊숙이 들이밀게끔, 꽃이 있는 녀석은 몇 송이 피우게끔, 꽃이 없는 녀석은 잎을 몇 장 틔우게끔. 그러고 나서 김을 매도 늦지 않는다. 그러나 풀이 옥수수보다 높이 자라자 그는 아예 김맬 생각을 접는다. 어차피 농작물이 못 자랄 바에야 풀이나 많이 거둬가는 것도 나쁘지 않아.

아침마다 그는 사람들과 함께 괭이를 메고 마을을 나선다. 그가 그날 뭘 하는지는 아무도 모른다. 날이 저물면 그는 일을 마친 사람들 틈에 섞여 마을로 돌아온다. 사실 그가 1년 내내 집 안에서 잠만 자도 아무도 신경 안 쓴다. 그러나 그는 그러지 않는다. 그는 풀 속에 가만히 누워 곡물이 자라는 소리를 듣고, 사람과 가축이 움직이는 소리를 듣는다. 사람 소리가 잠잠해지면 여기저기서 수많은 사물의 소리가 들려온다. 그것들이 한데 어우러져 대지의 소리, 하늘의 소리가 된다. 황야에서 한 해, 두 해 조용히 귀를 기울이다보면 단단히 버릇이 들어 한마디도 하기 싫고 한 발짝도 떼기 싫어진다. 그는 대지의 화음에 자신의 목소리는 보탤 필요도 없음을 깨닫는다. 그러나 그와 똑같이 귀를 기울이는 자는 영원토록 모자라다.

5. 일은 쓸쓸하고 황량하다

일하는 사람은 이름을 집에 두고 나간다.

일에는 이름이 필요 없다.

그것은 다른 사람과 멀리 떨어진 한 사람의 고독한 노동이다. 다른 마을 사람들과 멀리 떨어진 한 마을 사람들의 노동이다.

동행하는 늙은 소는 사람의 이름을 소리쳐 부를 수 없다. 소는 기껏해야 다른 가축에게 하듯이 사람에게도 음메, 할 뿐이다. 손에 든 삽은 차츰 약해지는 사람의 힘을 느낄 뿐이다. 사람이 물을 댄 밀밭은 그의 이름을 기억하지 못하고, 6월의 뙤약볕 아래서 천천히 고개를 드는 밀 이삭은 그를 바라보지 않을 것이며, 온 땅에서 마디를 만들어내는 소리 가운데 그를 위해 울리고 그를 부르는 소리는 단 하나도 없다. 황혼녘에 사람이 소를 몰고 지나가는 비탈에는 어느 이름 모를 풀이 피운 꽃들이 소리 없이 지고 있다. 풀은 사람을 위해 꽃잎을 내고 떨어뜨리지 않는다. 오랜 세월 사람은 자신과 아무 상관도 없는 꽃이 피고 지는 모습을 수없이 보았다. 그는 조용히 그 곁을 지났고, 꽃들은 그를 알지 못했다.

일은 쓸쓸하고 황량하다. 사방으로 번지는 풀처럼, 동으로 서로 부는 바람처럼, 바람에 흩날리는 지푸라기와 먼지처럼, 발자국이 한 줄만 난 길처럼…… 한 사람의 일생 속에서, 한 마을 사람들의 일생 속에서 일은 쓸쓸하고 황량하다.

눈에 띄지 않게 일하는 사람은 황야의 일부가 된다.

사람의 우울은 풀 한 포기와 새 한 마리의 우울이다. 이름이 없다. 사람의 즐거움은 돼지 한 마리와 벌레 한 마리의 즐거움이다. 이름이 없다. 가을에 거둔 곡식은 이름을 따라 누군가의 집으로 가는 것이 아니다. 곡식은 눈먼 무리다. 일의 길을 따라 일하는 자의 마음속으로 돌아간다.

때로는 일하지 않은 사람의 손으로 잘못 가기도 한다.

이름은 사람의 주소가 아니다. 사람은 이름 없이도 늙을 때까지 살 수 있다. 사람이 가축에게 이름을 지어주는 이유는 그래야 부리기 쉽기 때문이다. 이름이 붙은 가축은 평생 고생할 팔자다.

사람은 모든 갈대를 갈대라 부르고 모든 양을 양이라 부른다. 그들은 각각의 이름이 없다. 각각의 이름은 그들의 마음속에 있다. 사람은 몰라도 된다.

류얼劉二*이라는 풀 한 포기가 풀이 무성한 드넓은 들판에서 자란다고 상상해보자. 그는 이름을 위해 기어이 바람과 물과 싸우고 햇빛을 빼앗으며 무리에서 돋보인다. 역시 이름을 위해 자아도취에 빠지고 무리에서 고립된다. 그러나 구경꾼인 사람은 들판에 부는 바람 소리 속에서 어느 풀 한 포기가 내는 소리를 결코 분간할 수 없다.

일도 마찬가지다.

내가 거둔 곡식도, 그가 거둔 곡식도 가을이 되면 모두 수레에 실려 커다란 창고로 들어간다. 곡식을 먹을 때 이건 장싼네 밀알, 저건 왕우王五네 옥수수라고 생각하는 사람은 아무도 없다.

한 사람이 남모르는 곳에서 자기 일을 처리한다. 한 마을의 사람들이 남모르는 곳에서 저마다의 일을 처리한다. 이는 드넓은 벌판에서의 일이다.

풀처럼 곡식도 보기에는 한 포기씩 따로따로 자란다. 저마다 뿌리와 줄기와 잎이 있고, 저마다의 자람새와 모양새가 있다. 그러나 바람 한번 불면 모조리 쓰러지고, 가뭄이 들면 모조리 누렇게 시들고, 봄이 오면 하룻밤 사이에 다 같이 푸르러진다.

이는 누구 한 사람의 일이 아니다. 한 사람은 그저 자기 주변에 있는 자기 몫의 일을 하는 일꾼이다. 마음속으로 자신이 한 일을 알면

---

* '류 씨네 둘째'라는 뜻으로 류량청이 마을에서 불리던 이름이다.

되는 거다.

그가 해낸 일을 다른 사람은 찾아내지 못한다. 그는 그것을 해서 없애버린 것이다.

이름은 어떤 실용성도 없는 가재도구이면서도 사람의 일생에 번드르르하게 장식되어 있다. 한 마을 사람들의 이름은 고철 더미처럼 쩔그렁 바닥에 팽개쳐졌다.

평생 한두 번도 불리지 않는 이름, 몇 년 못 부르고 황급히 버린 이름, 아무도 그리워하지 않는 이름, 스스로 더럽혔다 도로 반짝반짝 닦은 이름, 외양간처럼 거칠고 지저분한 이름…… 지금 그 어떤 이름도 뛰쳐나가지 못한 채 모조리 마을에 버려져 있다.

해가 뉘엿뉘엿 기울어갈 때 이름은 황야를 향해 사람을 소리쳐 부른다. 가장 미미한 바람보다도 가벼운 소리지만 사람의 마음속에 곧장 가닿는다. 모든 사람이 저마다 자기 이름을 듣는다. 각각의 이름이 갈 곳은 단 한 곳뿐이다.

이름이 불린 사람은 흙에서 느릿느릿 몸을 일으킨다. 남자와 여자와 뼈만 남은 사람은 자기 이름을 듣자 일을 내려놓고 집으로 돌아간다. 황량한 하루를 보낸 사람들이 집으로 돌아가는 이 시각, 머지 않아 닿을 소박한 흙집이 이 일꾼들에게 이름과 성이 있게 한다.

이름 없는 사람은 여전히 끝없는 일에 파묻힐 것이다. 이름 없는 사람은 풀과 같아서 계절이 하나하나 지날수록 황량해진다.

6. 한 마을을 인식하기

황사량을, 어쩌면 나는 깊이 들여다보지도 완전히 꿰뚫어보지도 못했을 것이다. 내 일생은 나를 제한하고, 오랫동안 궁벽한 시골에서 지낸 고루한 생활은 내 일생을 제한했다.

하지만 제한을 받지 않는 이가 누가 있을까. 천하를 누비는 박식한 이들도 황사량까지는 다다른 적이 없을 테다. 그들은 세상 모든 심오한 이치를 꿰고 있지만 이 마을의 길은 모른다.

내 모든 학식은 한 마을에 대한 식견이다. 나는 황사량에서 태어나 수십 년을 자라 어른이 되었고, 늙어 죽는 곳도 이 마을일 것이다. 죽은 뒤에도 마을 근처에 묻히지 싶다. 이는 내가 죽든 살든 이 땅에 속할 운명이라는 뜻이다. 이 땅에 있는 몇몇 집을 왔다 갔다 지나다니고, 고개를 숙였다 들었다 하면서 그 사람들을 볼 팔자다. 도무지 책장이 넘어가지 않는 무미건조한 교과서를 억지로 기억하고 외워서 머릿속과 영혼 속에 새기는 것처럼 단조롭기 그지없는 생활이다. 황량함이라는 유일한 읽을거리 말고는 어디에도 눈 둘 곳이 없다.

나는 마을에 오래 살아서 이 마을의 많은 비밀을 손아귀에 쥐고 있다. 예컨대 왕 씨 집에서 장아찌를 몇 항아리 담그고 나귀를 몇 마리 기르는지, 리 씨 집 헛간에 밀이 몇 단 남아 있고 상자 속에 돈이 얼마나 있는지 따위다. 밤에 마을을 걸을 때면 땅의 진동을 통해 어느 집 부부가 사랑을 나누는지, 어느 집 남자가 땅에 말뚝을 박고 벽에 못을 박는지 알 수 있다. 소와 말의 발소리는 1년 반이면 분간한다. 그런데 어둠 속에서 앞서거니 뒤서거니 걸어오는 두 사람은 네 발 달린 나귀로 착각하기 십상이다. 한 마을을 진정으로 알기란 쉽지 않다. 한 마을에 오래오래, 한평생 잠복해 있어야 한다. 그 마을의 풀과 나무와 사물과 일 하나하나에 온 정신을 집중해야 한다. 이렇게 해야 혹 늙어 있을 때 가장 기본적인 몇몇 가지나마 겨우겨우 알게 된다. 마을 한 바퀴 어슬렁거리고 가버리는 사람은 운이 좋아야 기껏 쇠똥이나 밟을 뿐이다. 그것 말고 그들이 뭘 더 얻겠나.

그 계절들 속에서 유유히 익어가는 밀은 누군가를 위해 익는 것이 결코 아니다. 밀을 거두어 돌아온다고 해서 우리가 수확자는 결코 아니다. 1년에 한 번이라도 밀이 집에 가기를 잊으면 우리는 몇 년씩 궁핍한 길을 걸어야 한다. 그 세월 속에서 늙어버린 사람은 늘 한 가지 일에 밝다. 별 뜻 없는 한 가지 일로 그의 한평생을 써버릴 수 있다. 생각해보라, 그런 일들이 얼마나 대단한 걸까. 내가 말하지 않는다면 사람들은 어떤 큰일이 사람의 세월과 경험을 소진한다고 여길 것이다. 실은 보잘것없어 보이는 일들 때문임을 제대로 아는 사람은 하나도 없다.

이 마을에 오래 살았어도 내가 보는 것은 그저 마을의 아침 하나, 점심 하나, 저녁 하나일 뿐이다. 그다음은 아무것도 모른다.

봄의 걸음걸이

처음 그 벌레를 발견했을 때, 벌레가 누워서 하늘을 바라보며 햇볕을 쬐는 줄 알았다. 마침 나도 걷다가 지쳤을 때라 벌레 옆에 앉아 쉬었다. 실은 나도 하늘을 쳐다보며 벌레와 나란히 눕고 싶었다. 나는 삽을 땅에 꽂았다. 해가 딱 정수리 위에 있었다. 봄이 막 시작되어 땅은 대부분 벌거벗은 채였다. 수많은 것이 아직 나오지 않았다. 드문드문 고개를 내민 풀이 있긴 하지만 절반은 여전히 씨앗 상태로 묻혀 있었다. 작은 벌레들도 절반쯤은 긴 겨울잠에서 깨어났다. 이것이 바로 봄이 걸어오는 속도다. 거의 모든 생명이 아직 뭔가 남겨놓은 상태다. 그들은 한꺼번에 쏟아져 나오지 않는다. 이른 봄의 해가 아무리 뜨거워도 그들은 적당히 더디게 움직인다. 꽃샘추위가 꼭 있기 때문이다. 추위가 한바탕 밀려와 먼저 나온 파릇한 싹을 죽일 때, 아직 움트지 않은 풀씨와 아직 깨어나지 않은 벌레들이 살아남아 대지에 다시금 생기를 불어넣는다.

봄이면 나는 일찌감치 마을을 나서곤 한다. 앞서가는 발이 눈을 녹이고, 뒤따르는 발은 김이 모락모락 피어오르는 황무지를 밟는다. 나는 삽과 밧줄을 메고 다닌다. 눈 녹은 황야에서 수많은 사물이 모습을 드러낸다. 마른 나뭇등걸, 흙 속에 반쯤 묻힌 부지깽이…… 갑자기 이불이 들춰진 것처럼 대지는 이들을 미처 감추지 못한다. 풀이 높이 자라려면 아직 시간이 걸린다. 그래도 낮은 하루하루 길어진다. 나는 조금 더 멀리 가도 된다. 강굽이를 돌아들어 그 기울어진 느릅나무 밑에 가서 잔가지를 하나 꺾어본다. 단면의 연녹색을 보면 나무가 얼마나 생기 있는지 또 얼마나 왕성하게 한 해를 살아갈지 알 수 있다. 해마다 봄이면 나는 가장 먼저 이 느릅나무를 찾아와 여기저기 살펴본다. 그는 나의 나무다. 가로로 곧게 뻗어 우리 집 지붕을 똑바로 가리키는 가지에서 잔가지 두 개가 줄어 있다. 겨울에 누군가 꺾어 가서 바구니를 만든 걸까. 지난가을에 나무에 올라가 놀 때 그 잔가지가 바구니 손잡이로 안성맞춤이라고 여겼지만 아까워서 꺾지 않았다. 좀 더 길어지고 굵어지면 삽자루로도 쓸 만하겠는데, 나는 생각했다. 하지만 잔가지는 더 이상 자라지 못했다.

나무 한 그루나 쭉 뻗은 가지 하나는 감추려야 감출 수가 없다. 나 한 사람을 위해 은밀하게 자라게 할 수가 없다. 수박 한 개는 숨겨보았다. 그것은 나만을 위해 혼자 자라고 익었다.

그 수박을 발견했을 때는 이미 줄기가 1미터쯤 자라 있었다. 넝쿨을 잡아당겨보니 뿌리 쪽에 주먹만 한 수박 하나, 끄트머리에 손가락만 한 수박 두 개가 달려 있었다. 작년 가을에 땔나무하러 온 사람이 여기서 수박을 먹고 씨를 뱉었을 거다. 마침 이 자리에 뿌리째 파내진 위성류*가 있어서 흙이 푸슬푸슬하고 비옥하고, 파낸 자리에 작은 웅덩이가 남아서 수박이 자라기 시작했을 거다.

---

* 사막에 많이 서식하는 낙엽 교목으로 가늘고 작은 가지가 버드나무처럼 늘어져 자란다. 홍류紅柳라고도 부른다.

그 무렵 비가 충분히 내려서 황야에서 갖가지 야생 곡물이 자라는 모습이 흔히 보였다. 소 뱃속에서 소화되지 않고 나온 옥수수알, 새가 날아가다 부리에서 떨어뜨린 밀알과 유채씨, 쥐구멍이 무너져 땅에 파묻힌 쌀알과 해바라기씨…… 봄이 오면 다들 싹을 틔우고 자라기 시작한다. 하지만 쭉쭉 자라기 전에 가축과 들짐승에게 먹히고 만다.

이 수박도 조만간 땔나무하러 온 사람이나 지나가는 동물 눈에 띌 터였다. 그들은 수박이 잘 익을 때까지 기다리지 않고 홀랑 먹어버릴 것이다. 황야의 수박 넝쿨과 두 번씩이나 마주칠 수 없다는 사실은 누구나 안다. 시간이 남아돌아 그 수박 곁에 초막을 짓고 익을 때까지 지켜보지 않는다면 말이다. 나는 정말 그렇게 하고 싶었다. 나는 들판의 초막에서 지내며 몇 달씩 밀단을 지킨 적이 있고, 어른 대신 수박밭을 지키기도 했다. 황야에 초막을 세우고 혼자 수박이 자라는 모습을 지켜봤던 그 일은 몇 년이 지나고도 내 머릿속에 남아 있었다. 이번에는 그럴 수가 없었다. 나는 다른 방법을 생각해냈다. 그 수박 아래 구덩이를 파서 수박을 걸쳐놓고, 막대기와 풀잎과 흙으로 조심스레 덮어두었다. 작은 수박 두 개가 달린 줄기는 더 자라지 못하게 꺾어버렸다. 이러면 누군가 본다 해도 한눈에 쓸모없는 수박 넝쿨이라는 걸 알아차리고 신경 쓰지 않을 것이다.

그 뒤로 한 달 남짓 동안 세 번을 보러 왔다. 사람과 동물이 다녀간 것이 분명했다. 넝쿨 옆에 새로운 발자국이 나 있었다. 하나는 둥그런 소 발자국인데 내가 파놓은 구덩이를 거의 밟을 뻔했다. 사람도 넝쿨 옆에 한참을 서 있다 갔는지 깊은 발자국 두 개를 남겨놓았다. 그는 자기 눈을 믿지 못하고 쭈그려 앉아 수박 잎을 헤집어보았을 거다. 이렇게 굵은 줄기에서 어째 수박이 안 열렸담.

또 며칠이 지났다. 대략 그 수박이 익을 때가 된 듯했다. 넓은 밭에 이미 첫 번째 수박 모종을 심었다. 나는 아침 일찍 자루를 챙겨 들고 몰래 마을을 빠져나왔다. 손을 살짝 떨면서 구덩이를 덮은 흙과 풀잎, 막대를 헤쳐보자—정말 깜짝 놀랐다. 커다란 수박 하나가 구덩이를 꽉 채우고 있었다. 끄집어내보니까 거의 네모였다. 내가 판 구덩이가 너무 좁고 네모져서 수박이 이런 억울한 모양으로 자란 거다.

수박을 메고 돌아오자 식구들은 나보다 더 놀라고 또 즐거워했다. 다들 이 괴상한 물건이 수박이란 사실을 믿지 못했다. 어쩌다 이런 모양으로 자랐을까.

강굽이에서 북쪽으로 삼사 리쯤 떨어진 저지대 황야에 또 다른 커다란 느릅나무가 웅크리고 있다. 그를 찾아가면서 나는 실낱같은 환상을 품고 요행을 바란다. 올해는 살아나겠지.

그 나무는 작년 봄에 새순을 틔우지 않았다. 여름에 수레를 몰고 지나칠 때도 잎이 하나도 나 있지 않았다. 나는 나무가 헷갈린 거라고, 봄에 새순을 내고 잎을 키우는 일을 잊은 거라고 여겼다. 나무가 이 나이 되도록 늙으면 이렇다. 한동안 죽은 듯 산 듯 지낸다. 때때로 우리는 그 나무가 완전히 죽었다고 여기지만, 2년쯤 지나면 메마르고 갈라진 몸에서 어린 가지 몇 개와 파릇한 잎새 몇 장이 다시 돋아난다. 그는 생사에 연연하지 않는다. 그는 이미 충분히 굵게 자랐다. 두세 개만 남고 잘려나갔지만 충분히 많은 가지를 뻗었다. 그는 더 이상 무얼 가리키지 않는다. 그가 가리키던 푸르른 땅은 모두 황폐해졌다. 황야에 서 있는 커다란 나무는 각각의 가지로 각각의 길을 가리킨다. 삶의 길이 있고 죽음의 길이 있다. 나무를 볼 줄 아는 이는 굵은 가지가 가리키는 방향을 보면서 수원水源과 사람 사는 곳을 찾을 수 있다.

이 땅에는 이미 많은 것이 줄어 있다. 나무, 가축, 들짐승, 사람, 풀밭, 어느 하나라도 줄면 나는 금세 알아차린다. 어떤 것은 더는 줄어들 수 없다는 사실도 알고 있다.

해마다 봄이면 내가 일찍 마을을 나서게 만드는 것들이 있다. 외로운 느릅나무 몇 그루, 저지대의 푸르른 풀, 그리고 머리 위를 날아가는 새들이 지저귀는 소리. 새들은 한 나무에서 멀리 있는 다른 나무로 날아간다. 날다가 피곤하면 땅바닥에 내려앉아 헐떡거린다…… 그들이 없다면 나는 사시사철 집 안에 틀어박혀 있을 것이다. 사방 벽에 둘러싸여, 문과 창문은 꽉꽉 닫아건 채. 주위 모든 사람을 싫어하리라. 나 자신도 미워하리라.

이 마을에서 사람은 몇 명 더 줄어도 되고 떠나도 된다. 그러나 나무는 더 줄면 안 된다. 새소리 벌레 소리도 사라져선 안 된다.

봄이면 나처럼 일찌감치 마을을 나서는 사람이 많다. 몇몇은 삽을 메고 자기 밭을 보러 간다. 아직 진흙탕이지만, 옥수수 그루터기도 묶여 있지만. 추수할 때 수레가 지나가라고 평평하게 만든 도랑과 밭둑도 그대로이지만 말이다. 딱히 볼 것은 없지만 그래도 한 바퀴 둘러본다.

몇몇은 땔나무 한 단을 지고 돌아온다. 또 몇몇은, 대개 나처럼 딱히 할 일이 없는 사람인데, 그저 아지랑이 피어오르는 들판을 걷고 싶어 나간다. 겨우내 얼음과 눈으로 뒤덮였던 땅이 모습을 드러내 드디어 부드러운 흙을 밟을 수 있다. 극소수는 이런 날씨에도 집에 웅크리고 있다. 봄에 나오지 않는 사람은 대부분 집에서 병을 앓고 있다. 병도 일종의 생명인지라 따사로운 봄 햇살에 깨어난다. 병이 확 일어나면 마을에 죽은 사람이 생긴다. 그때 가장 먼저 마을을 나서서 삽을 휘둘러 흙을 파헤치는 사람은 땅을 갈아 씨를 뿌리려는 것이 아니다. 무덤을 파고 있다. 이런 해에는 적자가 날 수밖에 없다. 미처 씨를 뿌리기 전에 한 사람을 땅에 묻었으니 말이다.

나는 이른 봄에 해를 마주하며 걷기를 좋아한다. 아침 댓바람부터 동쪽으로 십여 리를 걸어갔다가 오후에 서쪽으로 어슬렁어슬렁 돌아온다. 어깨에는 삽 한 자루, 밧줄 한 뭉치가 그대로 있다. 이따금 땔나무가 보태지지만 기껏해야 두세 개다. 커다란 땔나무 다발을 어깨에 짊어지고 등이 굽은 채 황야에서 돌아오는 일은 거의 없다. 가장 멀리 나갔던 사람은 가장 적은 물건을 지고 돌아오는 법이다.

나는 온몸으로 햇살을 받기를 좋아할 뿐이다. 이른 아침, 막 밥을 먹은 불룩한 배에 햇볕을 쬐면 곡식이 몸속에서 다시 무럭무럭 자라는 느낌이다. 특히 뜨거운 햇볕이 가랑이 사이를 뚫고 지날 때, 나는 다리를 최대한 벌리고 걸으며 그곳에 더 많은 햇살을 받으려 애쓴다. 그러면서 '햇살이 두루 비춘다'는 말을 비로소 체감한다. 햇살은 내 머리와 어깨를 비추고, 천천히 자라는 내 음낭도 비춘다.

그러고 보니 봄에 풀을 뜯는 소는 엉덩이를 해 쪽으로 향하기를 좋아한다. 나귀와 말도 마찬가지다. 개는 앉아서 햇볕 쬐기를 좋아한다. 쥐와 고양이도 뒷다리를 벌리고 바닥에 앉아 햇볕 쬐기를 좋아한다. 그들처럼 나도 햇살이 축축한 음부를 두루 비춰줄 때 느껴지는 들뜨면서도 편안한 기운을 즐긴다.

1년 내내 기어다니느라 배에 햇볕을 못 쬐는 작은 딱정벌레가 이 순간 하늘을 보며 벌러덩 누워 있는 편안함을 나는 똑같이 체감할 수 있다. 기어다니는 동물이 축축한 배에 햇볕을 쬐고픈 마음이 들면 그는 일어서기 시작하고, 마침내 지혜로운 동물이 된다. 누워서 하늘을 보는 것은 직립 동물만이 누리는 고유한 자세다. 보통 기어다니는 동물은 죽을 때만 하늘을 보며 벌렁 눕는다.

이런 생각에 빠져 있다가, 문득 그 딱정벌레가 하늘을 향해 발을 뻗는 움직임이 좀 뻣뻣해진 걸 알아차렸다. 고통스러운 경련 같기도 했다. 곧 죽으려는 걸까. 나는 딱정벌레 옆에 누워 있었다. 그는 내 머리 옆에 있었다. 내가 모로 누워 작은 막대기로 밀자 딱정벌레가 몸을 바로 했다. 매끈한 등껍질에 햇빛이 반사되었다. 딱정벌레는 재빨리 몸을 뒤집어 도로 하늘을 보며 누웠다.

아무래도 곧 죽지 싶었다. 무엇에 해를 입은 것인지는 알 수 없었다. 이 황야에 있는 벌레는 대개 두 가지 방식으로 죽는다. 미친 듯이 달리는 큰 동물의 발굽 아래서 죽거나, 천적의 입속에서 죽거나. 또 하나가 있다면―늙어 죽는 것일 텐데 나도 확실히는 알 수 없다. 작은 동물 가운데 내가 잘 아는 녀석은 늙은 모기뿐이다. 다른 작은 벌레의 죽음은 너무나 미미해서 제대로 볼 수가 없다. 땅에서 바삐 돌아다니는 벌레들을 보면서 나는 누가 늙고 누가 젊은지 알아볼 수 없다. 내 눈에는 다 똑같아 보인다.

늙은 모기는 사람에게 날아올 때 아주 큰 소리로 윙윙거린다. 나는 모습도 불안정하다. 한쪽 날개는 힘차고 한쪽 날개는 약해 보인다. 살갗에 내려앉을 때도 다리가 뻣뻣해서 쉽게 들킨다. 손바닥에 맞아 죽는 일이 다반사다.

한번은 풀 더미에 누워 생각에 잠겨 있는데 늙은 모기 한 마리가 나에게 날아왔다. 자기가 윙윙거리는 소리에 자기가 어지러운 듯 모기는 나를 몇 바퀴 돌고 나서야 내 팔뚝에 내려앉았다. 자리를 잡고도 얼른 피를 빨지 않고, 동정을 살피는 건지 숨이 차서 그런 건지 고개를 쳐들었다. 그렇게 우물쭈물하면서 이미 내 솜털 한두 가닥을 건드렸다. 밤이었으면 바로 손바닥으로 때렸을 거다. 이번에는 때리기도 귀찮았다. 내 손은 머나먼 곳에서 상상 속의 아름다운 일을 하고 있었다. 차마 손을 뺄 수 없었다. 하물며 이미 죽음을 두려워하지 않는 늙은 모기를 기어이 사지로 보낼 필요가 뭐가 있나. 또 손을 휘젓는 데에도 혈기를 좀 쓰게 되지 않나. 피 좀 빨게 하고 얼른 보내는 편이 낫지 않겠나.

모기가 마침내 굳건히 섰다. 작은 흡혈관이 좀 무뎌졌는지, 한번 찔러 들어가지 않자 모기는 다시 고개를 들었다가 세차게 찔렀다. 미미하게 따끔했다. 봤기에 느낀 거다. 내 몸은 이런 작디작은 아픔은 마음까지 전달하지 않는다. 모기는 내가 아픔을 못 느끼는 범위에서 선혈을 빨아먹는다. 그것은 잃어도 되는 것이다. 모기의 작은 배가 점점 빨개지는 걸 보니까 내 살갗이 조금 가려워진다. 나는 무심코 손을 들어 휘저어본다. 모기는 보지 못하고 계속 피를 빨아 배 절반을 빨갛게 채운다. 이제 보낼 때다. 반밖에 배가 안 찼어도 어쩔 수 없다. 나머지는 다른 사람 몸에 가서 빨아먹어라. 제아무리 게걸스레 먹어도 한 사람에게서 배불리 먹진 못한다. 그건 너무 위험하다. 그러나 모기는 겁도 없이 최대한 피를 빨아들였다. 내가 팔을 움직여도 모기는 날갯짓을 해서 몸을 안정시키고는 아랑곳없이 피를 빨았다. 정말로 짜증이 나서 모기를 때려죽이고 싶어졌다. 또 한편으로는 모기 몸에 내 피가 가득 차 있으니 죽이기 아깝기도 했다.

배불리 먹어 조그만 배가 빨갛게 부풀자 모기는 관을 뽑고 관에 묻은 핏자국을 내 솜털에 닦는 것처럼 머리를 흔들었다. 그러고 발을 굴러 날아올랐다. 두 뼘이나 날아갔을까, 모기는 이내 땅바닥에 곤두박질쳤다.

이 욕심쟁이 녀석은 죽어라 피를 빨면서 자기가 늙은 모기임을 잊고 말았다. 그의 날개는 배에 꽉 찬 피를 감당할 수 없었다. 녀석은 땅에 처박혀 즉사했다.

벌러덩 자빠진 모기의 가늘고 긴 다리가 몇 번 흔들렸다. 나는 모기가 다시 일어나 날아오르려고 허우적거리는 줄 알았다. 아니었다. 모기의 다리는 바람에 흔들리고 있었다.

나는 움직이는 듯 보이는 몇몇 생명체가 실은 이미 죽었다는 걸 안다. 바람은 끊임없이 그들을 다른 곳으로 날려 보냈다가 또 되돌려 보낸다.

이 딱정벌레는 바로 죽지 않았다. 그는 한참을 발버둥질했다. 나는 고개를 돌려 멀리 있는 황야와 황야 너머 사막을 바라보다가 고개를 되돌렸다. 딱정벌레는 여전히 발버둥쳤지만 점점 힘이 빠지고 있었다. 그가 그렇게 허공으로 발을 뻗을 때, 나는 하늘에서 한 줄기 길을 본 듯했다. 시간과 한낮의 하늘은 허공으로 뻗은 딱정벌레의 작고 가느다란 다리에 의해 이렇게 조금씩 조금씩 서쪽으로 옮겨졌다.

이윽고 딱정벌레는 움직임을 멈췄다. 막대기로 톡톡 건드려봤지만 반응이 없었다.

나는 고개를 돌려 다른 생각을 하기 시작했다. 그만 일어나서 가야겠지. 작은 벌레 한 마리가 죽었다고 슬퍼하진 않을 테다. 내 가장 작은 슬픔도 이 벌레 한 마리의 죽음보다 크다. 내 가장 가벼운 통증이 모기 한 마리에게 물린 통증을 넘어서는 것처럼.

나는 그저 벌레 한 마리가 숨을 거두는 시간을 참을성 있게 지켜본 것뿐이다. 영원히 그치지 않는 생명의 소음 속에서 나는 작은 벌레 한 마리의 죽음으로 말미암아 적막해진 이 땅을 보았다. 다른 벌레가 울고 있다. 다른 새가 날고 있다. 대지가 한 토막 한 토막 선연히 소생할 때, 작은 벌레 한 마리의 온 감각 속에 있는 대지는 어둠에 잠긴다.

그르친 일

나는 젊을 때 많은 잘못을 했지만 지금 생각해보면 전부 내 탓이라 할 수는 없다. 그때는 온 마을 사람이 다 젊었고, 마을 안팎의 나무는 높이 자라지 않았고 가축도 늙지 않았다. 사람이건 가축이건 걸핏하면 잘못을 저지르고 길을 잘못 들고 풀을 잘못 먹었다. 특히 사람은 바른 일을 하려는 욕망보다 잘못된 일을 하고픈 욕망이 강한지 종종 고의인 듯 실수인 듯 일을 그르쳤다. 그러나 바른 일을 성실히 한다고 꼭 일이 제대로 되는 것도 아니다.

어느 해 봄날, 나는 소 한 마리를 끌고 마을 동쪽에서 길을 나섰다. 나는 큰 소리로 가축을 몰며 마을 한복판의 진창이 된 큰길을 건넜다. 이런 식으로 마을 사람들에게 알리고 싶었던 거다. 나 나갑니다. 그러지 않으면, 오래도록 나를 못 보면 마을 사람들은 내가 죽은 줄 알고 내 집을 허물고 내 땅을 나눠 가질지도 모른다. 다 있을 수 있는 일이다. 나는 소 등에 자루 두 개를 싣고, 잔뜩 신난 얼굴로 소를 몰았다. 굶주림 때문에 다른 곳으로 달아난다는 사실을 감추고 자루에 금을 가득 담아 곧 돌아온다고 여기게 하려 애썼다. 이러면 마을 사람들은 나를 염려하며 기다릴 것이다.

사실 그해 봄에 나는 마을 동쪽에 있는 사먼쯔라는 마을에 밀 씨앗을 얻으러 가는 것이었다. 윗사람들이 사먼쯔에 일가친척이 산다고 했던 말이 어렴풋이 생각나는데 이름은 기억을 못하고 있었다. 그런데 바로 그때 류볜劉扁이라는 이름이 퍼뜩 떠올랐다. 항렬은 알 수 없었다. 그거야 가서 불러보면 된다. 가장 항렬이 높은 큰할아버지부터 불러보는 거다. 어쨌든 부탁하는 거니까 몸을 낮추자. 겸손하게 굴자. 살아온 날을 세지 말라는 말도 있지 않은가. 사실 지난해 작황이 나쁘지 않았다. 굵은 곡식, 자잘한 곡식 합쳐서 십여 포대나 거두었다. 예년 습관대로 하자면 일단 씨앗을 충분히 남기고 나머지가 양식이 된다. 씨앗은 절대로 먹으면 안 된다.

그런데 양식을 많이 거두자 나는 정신이 나갔다. 다 먹지 못할 만큼 충분하다고 잘못 생각했다. 먹고 남은 것을 씨앗으로 삼아도 충분할 줄 알았다. 먹다보니 자루가 바닥날 줄은 미처 몰랐다. 봄에 씨앗이 없는 기분, 느껴보았는가.

잘못한 사람은 또 다른 잘못으로 손실을 만회하려 들기 마련이다. 이렇게 잘못에 잘못을 거듭하다보면 어느새 짚가리처럼 높이높이 쌓인다. 그러던 어느 날, 모든 잘못이 갑자기 잘한 일로 바뀌면서 이 사람은 대풍작을 거둔다.

내가 잘못한 일 대다수가 이런 결과를 낳았다. 이번 일도 예외는 아니었다.

몇 달 뒤, 마을 사람들은 마을 서쪽에서 빈손으로 터덜터덜 돌아오는 나를 보았다. 먼지투성이 얼굴에 누더기 차림이었다.

"저 녀석이 소를 팔았군."

"앞으로 자기가 소 대신 일해야겠어."

마을 사람들이 이러쿵저러쿵하는 얘기를 듣자 정신이 번쩍 들었다. 나는 어마어마한 잘못을 저질렀다. 소를 잃은 것이다. 그러나 마을 사람들은 내가 소를 판 줄 안다. 봐라, 다들 실수를 저지르는 이 마을에서 사는 게 얼마나 재미난지. 게다가 온 마을 사람이 나 때문에 똑같은 실수를 했다. 그 실수가 뭔지 똑똑히 아는 사람은 나뿐이지만 굳이 지적하지 않는다. 그들이 내가 소를 판 줄 안다면, 내 허리춤에 돈이 가득하다 믿고 나를 부자로 여겨 나에게 마음 놓고 물건을 빌려주고 돈을 빌려줄 테니.

이 잘못으로 나는 반평생을 남몰래 흐뭇해했다. 지금도 종종 그 일을 떠올리며 우쭐거린다. 사람이 몇 가지 잘못을 하기란 어렵지 않지만, 평생토록 올바른 일은 안 하고 잘못만 하기란 쉽지 않다. 잘못된 김에 계속 잘못하면서 평생을 사는 것도 나쁘지 않은 인생이리라. 남이 잘못할 권리를 박탈할 권리가 누구에게 있나. 특히 한 마을 사람이 모조리 잘못에 빠져들 때는 한쪽에 앉아 가만히 지켜볼 수밖에 없다.

그해에 마을 사람들은 후 촌장의 지휘에 따라 사막을 가로지르는 100킬로미터 길이의 수로를 건설했다. 호수 물을 끌어다 관개수로 쓸 작정이었다. 온 마을 사람이 2년간 밤낮없이 매달린 끝에 마침내 거대한 수로가 완성되었다. 그런데 호수가 말라버렸다. 수로를 따라 밀려오는 것은 모래와 먼지였다. 이 결말을 나는 일찌감치 예상했지만 잠자코 있었다. 어차피 내 말을 듣는 사람은 아무도 없을 테니까. 그때 나는 촌장이 아니라서 내 의지대로 다른 사람을 변화시킬 수 없었다. 하물며 그때는 온 마을 사람이 젊었던지라 이 실수를 안 했다

해도 또 다른 실수를 했을 것이다. 그때는 잘못을 저지르기 좋은 시기였다. 잘못해도 되는 기회를 누가 놓치고 싶겠나.

나처럼 똑똑한 사람이 나서서 이 마을을 이끌어야 한다는 걸 알면서도 나는 늑장을 부리며 나서지 않았다. 몇몇 바보가 마을을 들볶는 모습을 빤히 보면서 그냥 내버려두었다. 똑똑한 자와 어리석은 자 모두 자기 생을 살아가고 있는데 남에게 간섭할 필요가 뭐가 있겠나. 똑똑한 사람에게 지혜와 재주를 마음껏 발휘하게 해준다면 바보에게도 자신의 어리석음을 맘껏 펼칠 환경을 만들어주어야 한다. 그래야 공평하다.

흙길 하나

마을마다 바깥세상과 이어지는 울퉁불퉁한 길이 하나씩 있다. 나머지 길들은 마을 자신에게만 통한다.

마을은 저마다 고독하다.

사람들은 길이 뻗은 대로 걸어가 가려는 곳에 다다른다. 아무리 걸어도 어디에도 닿지 못하기도 한다. 사람의 행선지는 닭, 나귀, 염소의 행선지이기도 하다. 마을의 흙길에는 개척자가 없으며, 마지막까지 가는 자가 행복한 자이다. 누구도 마지막에 이르지 못하기도 한다.

세대를 거듭하며 수많은 생명이 길 위에서 닳아 없어지고 나서야 얄팍한 진창 한 층이 만들어진다. 사람의 그림자는 눈 깜짝할 새에 사라진다. 사람의 생은 너무 짧아 쥐지도 못하는 연필과 같다. 언제나 끝까지 갈 수 있는 그런 길은 사람의 한평생을 너무나 좁다랗게, 특정한 것으로 바꿔버린다.

그 길에 들어서면 우리가 어떤 곳에 이를지 바로 알게 된다―그곳은 우리를 평생토록 기다리고 있다. 우리가 오든 말든 아랑곳없이.

어느 날 아침에 길가 나무가 푸르러진 모습을 보고, 어느 날 아침에 누런 잎새를 떨어뜨리는 모습을 본다. 또 고개를 들지 않은 어느 날 아침에―계절의 무게를 느낀다.

사람이 사방을 바삐 돌아다닐 때 계절은 마을을 지나간다.

계절은 길을 걸어서 오지 않는다.

길 위의 생명은 언제나 계절이 오기를 기다리려 하지만.

그 길은 그토록 우물쭈물하면서 구불구불 뻗어 애를 태운다. 끝까지 닿아도 아직도 멀었다고 느껴진다. 그 길은 영원히 곧게 뻗어가지 않을 것이다. 곧아지면 한 구간이 목적지 밖으로 나가고 만다. 그 구간은 교대할 곳이 없다.

누구도 길 한 구간을 없앨 수 없다. 누구도 하나의 길에 있는 생명을 다른 길로 내몰 수 없다.

큰길에서 멀리 떨어진 시골 오솔길은 또 다른 흐름을 만든다.

목적이 명확한 시골길들은 사람의 막연한 삶을 합리적으로 바꿔놓는다. 그 길들은 더더욱 실제적이고 멀지 않은 목적지로 향해 있다. 날마다 걷다보면 더는 멀리 갈 시간도 없다.

그 길들의 귀착점은 우리를 실망시킬지도 모른다.

그 길들이 통하는 곳은 외양간, 마구간, 외딴집, 밭, 웅덩이, 밀 타작장, 초라한 변소…….

――이리저리 가지를 뻗은 이들 흙길은 다른 이에게 속하지 않은 저마다의 열매를 맺은 것이다.

다른 곳으로 이어졌다면 우리는 더욱더 실망했을 것이 틀림없다.

다른 사람의 마을

나는 펑푸구이(馮富貴)라는 사람이 있나 묻고 다녔다. 마을 끝에서 시작해 집집마다 물어보며 다른 쪽 끝까지 갔다가 또다시 물으며 돌아왔다. 펑푸구이를 아는 사람은 없었다. 날이 저물고 있어 살짝 초조했다. 이 집들과 사람들이 금세 어둠 속에 숨어버릴 것만 같았다.

이 마을을 처음 봤을 때는 한낮이었다. 햇살은 마침내 비춰줄 가치가 있는 사람을 찾았다는 듯 나를 놔주지 않았다. 나를 환히 비추며 따라다녔다. 황야에 널리 퍼진 뺑대쑥은 몇 년을 살아났다 시들었다 하고 있었다. 죽은 것도 산 것도 아닌 생기 없는 모습을 보아하니 시간은 진즉 이 땅에 실망했다. 사방을 둘러봤지만 당최 끝이 보이지 않았다. 저 앞에 희미하게 마을 하나가 보일 뿐인데—역시 사람이 살지 않는 무너진 집들일 수도 있다. 전에 그런 일을 겪어봤다. 먼 길을 걸어 어느 마을에 이르렀더니 온통 폐허였다. 사람은 온데간데없었다.

한번은 아무도 살지 않는 황폐한 마을을 정리해서 혼자 살고 싶어졌다. 원래 다른 마을로 가려던 것인데 도중에 한 노인의 길 안내를 잘못 알아들었다. 그가 지팡이로 쓰는 느릅나무 막대기로 앞을 가리키자 나는 뒤도 돌아보지 않고 이틀을 내리 걸었다. 마을에 다다르고 보니 언제 버려졌는지도 모를 텅 빈 마을이었다. 공기 중에 썩은 나무 냄새가 풍겼다. 나는 생각했다. 어쨌든 도착했구나, 내가 가려던 마을이든 아니든 이제 다른 곳에 갈 기운도 없어. 나는 반년을 들여 무너진 벽을 하나하나 세우고, 망가진 문과 창문을 고치고, 흙덩이와 썩은 나무로 막힌 크고 작은 길을 뚫었다. 멀지 않은 곳에서 물을 끌어와 마을 주변 밭에 일일이 물을 댔다.

모든 걸 잘 정리하자마자 가을이 왔다. 멀리 떠났던 사람들이 하나둘씩 돌아오더니 저마다 열쇠를 꺼내 곧장 자기 집으로 들어갔다. 마을에 일어난 모든 일을 보며 놀라거나 이상스러워하는 사람은 아무도 없었다. 그들은 잠깐 나갔다 돌아온 것처럼 내가 깨끗이 치워놓은 집에서 유유히 각자의 생활을 시작했다. 나는 부서진 양 우리에 숨어 이 모든 장면을 지켜보다가, 집 반 칸도 내가 차지할 수 없다는 확신이 들자 바람이 거세고 달빛도 없는 어느 밤에 도둑처럼 슬그머니 도망쳐 나왔다. 그다음부터는 가려는 마을을 꼭 유심히 살펴본다. 밥 짓는 연기가 피어오르는 모습을 보고서야 마음 놓고 그곳으로 향한다.

그때 이 마을은 멀리서 보니 밥 짓는 연기가 높이 올라오고 있었다. 꼬리를 치켜들고 주인을 기다리는 개처럼 보였다. 사람 소리는 들리지 않았다. 두 발 달린 커다란 무언가가 내 앞에 황야를 가로지르는 깊은 바퀴자국 두 줄을 남겨놓았고, 나는 그중 한 줄을 따라 걸어갔다. 등 뒤로는 더 이상 마을이 보이지 않았다. 내 발자국에서 피어오른 작은 먼지들이 천천히 내려앉았다. 예전에 했던 일들, 이제는 의미를 잃어가는 일들처럼.

반 시간 전, 맞은편에서 말을 타고 오는 세 사람이 내 곁을 지나칠 때 이런 생각이 들었다. 내가 걷는 길에 내 발자국은 남지 않겠구나. 말 세 마리의 편자 박은 발굽 열두 개가 지나가는데 제대로 찍히지도 않은 내 발자국이 운이 좋아야 몇 개나 남겠나. 하루 이틀 뒤에 또 양 떼나 커다란 수레 몇 대가 지나가면 내 종적은 완전히 사라질 것이다. 내 발자국은 소 발굽이 찍은 자국보다 더 깊거나 더 오래 대지에 남아 있지 못한다. 나는 내가 걸었던 길에서 금세, 완전히 자취를 감출 것이다. 수십 리를 걷고 나면 아무도 나를 찾지 못할 것이다.

"그럼 마얼추馬二球는요? 마얼추 집은 어딥니까?"

나는 일고여덟 명의 이름을 돌려가며 몇 번이고 물었다. 처음에 그들은 마을에 그런 사람이 없다고 딱 잘라 대답했다. 그러고는 백 리 밖 마을을 가리키며 거기 가서 물어보라고 했다. 사람을 잘 내모는 마을이군, 나는 생각했다. 수십 년간, 심지어 수백 년간 그들은 나를 내쫓듯 마을을 찾아온 낯선 사람에게 백 리 밖을 가리켰겠지—멀리 멀리 그들을 내몰았겠지. 그리하여 이 마을은 쓸쓸하고 궁벽해진 것이다.

마을에는 길이 하나뿐이고, 길가에 집들이 어지러이 늘어서 있었다.

내가 다시 한번 묻자 눈에 띄게 동요하는 사람이 있었다.

"펑푸구이? 왠지 그런 사람이 있는 것 같은데."

"헛소리는, 수십 가구가 사는 동네인데 누가 있고 없는지 어찌 알아."

"나도 왠지 낯익은 이름이야. 들으면 들을수록 익숙해."

금세 날이 저물었다. 앞서 똑똑히 보이던 것들이 밤빛에 다시 흐릿해지더니 집과 사람이 눈앞에서 하나하나 사라졌다. 나는 어둠 속에

서서 이 문 저 문 어지러이 닫히는 소리를 들었고, 이어 문 열리는 소리를 한 번 들었다. 어둠 속에서 사람들이 모여 이 일을 놓고 이러쿵저러쿵 의논하기 시작했다. 그 말들이 공기 중에 시커먼 파동을 일으켰다.

생각건대 그들은 내가 마을을 잘못 찾아왔다는 사실을 모르고 있었다. 아니면 그들 자신이 남의 마을에 잘못 살고 있는 것이었다.

나는 이 마을에서 하룻밤을 묵어가고 싶었지만 아는 사람이 하나도 없었다.

내가 평생 지나친 마을 가운데, 대낮에 지난 마을들은 마을의 모양새, 사람과 가축의 생김새까지 눈에 선하다. 지금도 내게 찬물 한 그릇을 건넨 아낙을 또렷이 기억한다. 검은빛이 감도는 누런 얼굴, 풀잎이 몇 개 붙은 헝클어진 머리, 깨끗이 씻은 적이 없어 거칠어진 두 손과 이가 하나 빠진 커다란 백자 그릇. 멀찍이 걸어가는 나를 눈으로 묵묵히 배웅해준 검은 암소는 여태껏 고맙다. 우리는 좁은 시골길에서 마주쳤다. 나를 본 암소는 예의 바르게 길을 비켜주며 고개를 돌리더니 온화한 눈빛으로 멀어지는 나를 지켜보았다. 그것은 그의 길이었다. 나는 남의 마을과 남의 땅을 지나고 있었고, 내가 받은 융숭한 대우에 평생 고마움을 느꼈다.

그 농부들은 특히 고맙게 생각하고 있다. 그들은 양식을 덜 거둘지언정 그들의 귀한 땅에 잇따라 길을 내면서 이 떠돌이를 지나가게 했다. 다른 사람이 마을에 머무는 게 두려워서 그러진 않았으리라 믿는다. 그 땅은 남의 땅이었다. 땅 주인이 곡식을 잔뜩 심어 지나가지 못하게 해도 별수 없는 노릇이었다. 어느 여름에 길을 가다가 옥수수밭에 가로막혔다. 옥수수가 빽빽이, 끝도 없이 자라고 있었다. 몇 번을 왔다 갔다 해봐도 지나갈 길을 찾지 못했다. 밭 주인은 아마 이렇게 생각했을 것이다. 이렇게 멀리까지 누가 올 리가 없어. 그러니 길을 내지 않아도 돼. 지나갈 방법이 없었던 나는 어쩔 수 없이 밭 옆에 초막을 하나 세우고 여름 내내 머물기로 했다. 밭 주인이 옥수수를 거두고 밭이 비면 그때 지나갈 작정이었다. 어차피 나는 긴요한 일이 없었다.

기다리다보니 어느새 나는 옥수수 지키는 사람이 되어 있었다. 누구로부터 지키는지는 몰라도 말이다. 나는 옥수수가 하루하루 여무는 모습을 지켜보았다. 마침내 온 밭이 황금빛으로 물들었지만, 거두러 오는 사람이 없었다. 첫눈이 내려도 오지 않았다. 나는 차츰 초조해졌다. 누가 이렇게 옥수수를 대지에 한가득 팽개쳐놓고 상관도 안 한단 말인가, 말도 안 된다. 봄에 너무 한가했던 누군가가 쟁기와 파종기로 끝도 없이 옥수수를 심었나보다. 더 중요한 일이 생기는 바람에 몸을 뺄 수 없어 자기가 심은 옥수수는 잊고 말았나보다. 이렇게 짐작할 뿐이었다. 많은 사람에게 이런 버릇이 있다. 심을 때는 일할 시간이 많다는 듯 신이 나서 사방에 씨를 뿌린다. 뿌리고 나면 돌볼 기운이 없어 제멋대로 자라거나 풀에게 잠식되도록 내버려둔다. 아니면 아예 버리고 떠나버린다, 이 거대하고 꼴 보기 싫은 농작물을 대지에 팽개친 채.

나는 큼직하고 높직한 곡식 창고를 짓고 눈에 파묻힌 옥수수를 모조리 거두어 창고에 들이며 겨울을 보냈다. 어디로 가려던 것인지는 잊은 지 오래였다. 눈이 내가 온 길과 갈 길을 다 묻어버렸다. 나는 창고 문을 꼭꼭 닫고 나서 멋대로 한 방향을 골라 다시 떠돌기 시작했다. 나중에 이곳을 지나는 사람은 황무지에 우뚝 솟은 거대한 옥수수 창고를 보고 깜짝 놀라며 기뻐하겠지. 내가 한 일인 줄 알까 모르겠다만.

그곳에서 멀리멀리 떠났어도, 그 일로부터 오랜 세월이 흘렀어도, 뒤돌아볼 때마다 옥수수로 가득 찬 창고가 황야에 우뚝 솟아 있는 모습이 보였다. 나는 그것을 그 머나먼 땅을 지나는 모든 사람에게 남겨주었다. 나는 다시는 돌아갈 수 없다는 걸 아니까.

마을에 막 들어서려 할 때였다. 길옆에서 커다란 묘지가 나타났다. 세어보면 무덤이 수천 개는 있었을 것이다. 어떤 것들은 새로 만든 무덤인지 새 흙이 덮여 있고 썩었지만 화환도 남아 있었다. 어떤 것들은 봉분이 무너지고 묘비도 쓰러져 있었다. 나는 여기 묻힌 모든 이는 내가 가려는 이 마을에서 최근 백 년간 죽은 사람들이라는 결론을 내렸다. 나는 발걸음을 멈추고 오줌을 눴다. 무덤을 등지는 것이 예의였다. 오줌은 땅바닥에 닿자마자 사라지고 촬촬 물소리만 공기 중에 남았다.

이 지역에는 오랫동안 비가 내리지 않았군.

나는 혼잣말을 했다. 천년을 비가 오지 않았다 해도 오줌 한 줄기로 해결될 문제는 아니었다. 나는 바지를 추스르고 무덤 하나에 주저앉았다. 피곤했다. 내 엉덩이 아래 있는 이 사람은 오래전에 피로를 모르게 되었을지도 모른다. 그가 피로해 죽었든 늙어 죽었든, 그는 일찌감치 편안한 휴식에 들어갔다. 나는 묘비에 씌어 있는 글자를 들여다보았다.

펑푸구이의 묘
모년 모월 모일에 태어나
모년 모월 모일에 잠들다

이 황야에서 처음으로 글자를 보자 나는 미칠 듯이 기뻤다. 수첩을 꺼내 이름을 적고, 몇몇 무덤을 더 둘러보면서 다른 몇몇 사람의 이름을 적었다. 그때는 그 이름들을 어디다 쓸지 아무 생각 없었다. 그런데 나중에 마을에 들어서서 묵을 곳을 찾지 못하자 내가 적어놓은 이름들이 퍼뜩 생각났다.

묘지는 마을보다 수십 배는 넓어 보였다. 지금 마을에 사는 사람보다 죽은 사람이 훨씬 많다는 뜻이다. 이곳은 묘비 하나에 무덤 하나씩 줄줄이 늘어선 또 다른 마을이었다. 산 사람은 죽은 사람을 위해 큰 수고를 하고 많은 돈을 썼다. 묘비만 봐도 훌륭하니 무덤 속에 있는 관과 부장품은 말할 것도 없었다. 힘껏 차보니 단단한 것이 전부 좋은 석재였다. 묘비를 모으면 크고 좋은 집을 충분히 짓겠다 싶었다. 예전에 묘비 네 개로 개집을 둘러준 적이 있다. 비문이 안쪽으로 가게끔 사방 벽을 세우고, 한 귀퉁이에 문을 남기고 나뭇가지와 잡초로 지붕을 얹으니 훌륭한 개집이 되었다. 묘비는 황폐해진 묘지에서 파낸 것이었다. 몇 년을 방치되어 반쯤 삐져나온 관도 있고 망자의 두개골도 곳곳에 보였다. 그 묘비에 적혀 있던 네 사람의 이름을 여태 기억한다. 기이하게도 내가 황사량을 떠나고 몇 년 뒤, 우연히 그 묘비 네 개에 적힌 이름과 정확히 이름이 같은 네 사람을 만났다. 우리는 금세 벗이 되었다. 어느 해에 그들을 황사량에 데려왔다. 우리 집은 오래 사람이 살지 않아 다 쓰러져가고 있었다. 담장이 여기저기 무너지고 자물쇠도 녹슬어 열쇠가 들어가지 않아서 간신히 열었다.

개집 지붕을 들어보니 내 개는 개집에서 늙어 죽고 백골 한 무더기를 남겨놓았다. 개는 죽을 때까지 이 보금자리, 이 마당을 떠나지 않았다. 개 역시 한평생을 살았다. 지금 이 백골 더미 주위에서 일어나는 모든 일은 개의 추억이 아닐까. 백골 더미의 추억 속에서 떠돌다 돌아온 나는 네 친구를 데리고 왔다. 하나는 키가 크고 셋은 키가 작았다.

오후 햇살이 내리비치는 황폐해진 마당에서, 옛일 속에서 또 다른 옛일을 추억하며, 다섯 사람이 어느 오후에 이렇게 존재했다. 이 존재의 시간 중에 나는 심원한 영향을 끼치는 일을 하는데—개집을 열어 네 친구에게 오래전에 묘비에 새겨진 그들의 이름과 생졸 날짜를 보여주자 그들은 경악했다. 그들의 표정에서 그날 오후의 햇빛이 삽시간에 사라졌다. 나중에 그들은 각자의 묘비를 메고 돌아갔다.

그들이 말했다. 기념으로 삼고 싶어.

내가 말했다. 필요하면 가져가, 친구들.

그 시절 나에게는 내 마을이, 내 땅과 집이 있었지만 나는 그것들을 제대로 지키지 못했다. 이제 모두 남의 것이 되었다.

개 짖는 소리가 들릴 때 나는 이미 묘지를 빠져나와 있었다. 이 마을이 나를 하룻밤 묵어가게 해줄까 몰라, 나는 생각했다. 그냥 잠만 자고 갈 텐데. 마을 여인과 자겠다는 것도, 깨끗한 구들에서 자겠다는 것도 아닌데. 어느 담장 아래 풀 한 다발을 깔고 흙 반 덩어리로 된 베개만 있으면 되는데, 이렇게 간단한 요구를 거절하진 않겠지. 그들이 나를 못 믿으면 어쩌나. 내가 한밤중에 그들의 소를 끌고 가고 그들의 여인을 데려가고 그들의 식량을 지고 갈까 두려워하면 어쩌나. 마을에서 자고 가는 낯선 사람은 마을 사람들을 불안하게 만드는 법이다.

한밤중에 어느 마을에 들어선 적이 있다. 달빛이 집과 나무를 환히 비추는 광경이 마치 꿈속에 펼쳐진 대낮 같았다. 깨끗이 수확을 마친 밭을 지나자 길가에 죽 쌓아놓은 짚가리가 보였다. 이 마을은 모든 일을 끝낸 듯했다. 파종과 수확이 다 끝났고 나는 다 놓쳤다. 제때 왔다 해도 끼어들지 못했으리라. 자기들이 하기에도 충분하지 않은 그 일을 나에게 내주었을 리가 없다. 자기들 일에 끼어들게 하느니 차라리 돈 몇 푼을 쥐여주었을 것이다.

마을은 쥐 죽은 듯 고요했다. 나는 마을 한복판 흙길을 가만가만 걸어갔다. 달빛 아래 집집마다 문 앞에 황금빛 곡식이 수북이 쌓여 있었다. 대문은 활짝 열려 있었다. 나무 아래 매인 소도 사람처럼 코를 골며 자고 있었다. 이 순간, 마을에 내가 아니라 도둑이 들어온 것이고 그가 소를 수레에 매어 마을의 모든 수확물을 훔쳐가도 마을 사람들은 깨어나지 않을 것이다. 사람이 한번 잠들면 마을은 그의 것이 아니다. 곁에 있는 여인도 아이도 그의 것이 아니다. 나는 어느 집 마당으로 살금살금 들어갔다. 곡식이 마당을 거의 꽉 채우고 사람이 지나다닐 작은 길 하나만 남겨져 있었다. 나는 잘 곳을 찾을 셈이었지만 전혀 졸리지 않았다. 이 집에는 방이 대여섯 칸 있었다. 나는 잠기지 않은 문 하나를 밀고 들어갔다. 부엌이었다. 밥상에 남은 음식 반 접시가 있고 한 입 베어 먹은 찐빵도 있었다. 마침 배가 고파서 자리에 앉아 싹 먹어치웠다. 배가 차지 않았다. 솥뚜껑을 열어

보니 물이 반쯤 차 있고 더러운 그릇들이 담겨 있었다. 부엌을 나와 다른 문을 밀어보는데 안에서 뭐가 버티고 있는지 움직이지 않았다. 문 옆에 커다란 창문이 활짝 열려 있기에 고개를 들이밀어보았다. 달빛을 빌어 안을 살펴보니 사람들이 머리를 바깥쪽으로 향한 채 구들에 누워 자고 있었다. 오른쪽 끝에 남자부터 시작해 여자와 아이들이 바싹 붙어 잠들어 있었다. 하나같이 단잠에 취해 있었다. 정말이지 나도 창문을 넘어 들어가 옷을 벗고 그 커다란 구들에서 자고 싶었다. 그 남자 옆에서 아무렇게나, 아니면 그 여인 옆에 눕고 싶었다. 이불 귀퉁이만 덮어도 만족할 터였다. 이튿날 아침 그들과 함께 깨어나 함께 아침을 먹어도 그들은 밤중에 한 사람이 늘었다고 놀라지 않을 것이다. 나 역시 밤에 여인의 품에 잘못 안겨 여인의 손길에 온몸을 맡겼어도 개의치 않을 것이다. 나는 그러지 않았다. 왔던 길 그대로 살그머니 마을로 나가서 짚가리에 잠깐 누웠다가 날이 밝기도 전에 멀리 떠났다. 나는 지금도 그 마을의 이름을 모른다. 내 마음속에 그 마을은 맑디맑은 달빛 아래 영원토록 곤히 잠들어 있다. 그곳은 내 마음속 고향이다.

개 한 마리가 짖자 온 마을 개가 모여들었다. 낯선 사람을 오랜만에 봤는지 입이 근질근질한 모양이었다. 숱하게 본 광경이었다. 그럴 때면 보이지도 들리지도 않는 체하고 갈 길을 가면 된다. 감히 덤벼드는 개는 한 마리도 없을 거라고 보증한다.

개 짖는 소리에 이어 마을 사람들의 냉담한 얼굴이 하나씩 하나씩 문 앞에 나타났다. 역시 많이 본 표정이었다. 나는 생각했다. 그들이 나를 마을에 머물지 못하게 하면 그 묘지로 돌아가 밤을 보내자.

봉분을 베고 자는 것도 편안할 테니까. 너희가 나를 내몰아도 너희 조상들은 나를 머물게 해줄 거다.

내가 조금 늦게 왔다. 그들의 삶은 끝나 있었다. 길가에 묻힌 남자들, 여자들, 아이들―그들은 살아 있는 마을 사람들보다 더 나을까, 더 각박할까. 어차피 그들은 생에서 계획한 일을 완수했고, 할 말을 다 했고, 사랑을 마쳤고, 미움도 끝냈다. 이제 그들은 영원한 방관자가 되어 있다. 무덤을 통해 지붕을, 묘비를 통해 밥 짓는 연기를 밤낮없이 지켜본다. 마을 사람이 제아무리 좋은 일을 하든 나쁜 일을 하든 끼어들지 않고, 손뼉을 치지도 발을 구르지도 않는다…… 이 적막한 관중은, 그 어떤 소리도 두 번 다시 내지 않는 이들은 이렇게 금세 잊히고 만다.

일고여덟 명의 이름을 들고 밤빛 속에 쥐 죽은 듯 서 있었다. 나는 그대들을 모르지만 이 마을이 한때 그대들의 것이었음은 안다. 오랫동안 경작한 토지를 남겨두고, 단장한 새집을 비워두고, 장만한 지 얼마 안 된 농기구를 남겨두고, 모든 재산을 남겨두고…… 그대들은 떠났다. 지금 그대들을 아는 자는 아무도 없다. 아무도 그대들을 알지 못하고, 그들은 싸움 한번 없이 모든 것을 차지했다. 그들, 후손들은 울부짖으며 그대들을 떠나보냈고, 모든 슬픔을 그대들에게 딸려보냈다. 남은 재산과 즐거움은 그들이 누린다.

이곳은 이미 다른 사람의 마을이다.

어느 날 그대들이 아득한 하늘길에서 돌아온다면, 집과 마당은 여전히 그대들을 받아들일까. 그들은 그대들이 들어와 살게끔 집을 비워줄까. 땅과 농기구와 길을 내줄까.

그들은 자신들이 줄곧 다른 사람의 마을을 빌려 살았음을 인정할까.

나는 시커먼 모습으로 잠깐 서 있다가 시커먼 모습으로 마을을 나섰다. 더는 나에게 신경 쓰는 사람도 없고 말소리도 들리지 않았다. 수많은 사람이 잠 못 이룬 밤이었을 것이다. 그러나 모두들 소리 없이 자고 있을 것이다. 모두들 동틀 때까지 어떻게든 견딜 것이다. 날이 밝으면 많은 일이 분명해지니까.

어떤 정적 같은 것이 나를 건드리는 바람에 고개를 번쩍 들었다. 마을 주변의 들판에 사람들이 새까맣게 서 있었다. 친숙하면서도 낯설고, 친밀하면서도 격세가 느껴지는 그들은—조상들이었다. 저마다 얼굴빛이 창백하고 지쳐 보였다. 그들은 마을로 들어갈 날을 기다리고 있었다. 그들의 땅과 집은 다른 사람이 차지했다. 그들은 마을 밖에서 거지처럼 묵묵히, 공손히 기다리고 있었다. 하룻밤 또 하룻밤을 기다리고 있었다.

마을 사람들을 방해하지 않은 채.

나도 그들을 방해하지 않았다. 희미한 별빛이 나를 비춰주는 틈을 타서 얼른 자리를 떴다. 동틀 무렵이면 또 다른 마을로 들어서고 있을지도 모른다고 생각하면서.

차디찬 바람이 지독하게 불다

그 시절 그 자리에 눈이 내려도 나는 더 이상 상관하지 않는다. 눈보다 더 중요한 일이 내 삶에 내리기 시작했다. 서른 살의 나는 다가오는 겨울에 무심해 보이지만, 또 한바탕 눈이 내려 마을과 들판을 소리 없이 덮기를 고대하며 눈 내리는 소리에 줄곧 귀를 기울이고 있다.

나는 집 안에 조용히 앉아 있다. 난로에서 찐빵 몇 조각이 구워지고, 난로 옆 걸상에 장아찌 한 접시가 놓여 있다. 집 안은 어두침침하다. 세월이 흐른 뒤에도 이렇게 눈 내리는 날의 내 모습을 기억할 것이다. 나는 난로 곁에서 장아찌와 찐빵을 먹으며 어떤 사람들과 어떤 일들을 넋이 나갈 만큼 골똘히 생각하고 있다. 난로 속에서 장작이 타닥타닥거리고, 빨갛게 타오르는 난롯불에 손과 얼굴이 익을 지경이지만 등줄기는 여전히 싸늘하다. 보이지 않는 문틈으로 겨울바람이 들어온다. 겨울이 또 한 차례 마을을 찾아오고 우리 집을 찾아왔다. 추위를 두려워하는 물건을 하나하나 집에 들여놓고, 창문을 바르고 지난겨울에 썼던 커튼을 걸었지만 여전히 차가운 바람이 들어온다. 바람은 벽에 난 모든 미세한 틈을 나보다 잘 안다.

바로 전날, 나는 큰 눈이 내리겠다고 예감했던 모양이다. 나는 보름치 장작을 쪼개 창턱 아래 가지런히 쌓아놓았다. 마당도 깨끗이 쓸었다. 오랜만에 찾아오는 귀한 손님을 맞이하느라 생활 속의 몇몇 일을 한쪽으로 쓸어내듯 무심결에 눈이 내려앉을 깨끗한 장소를 마련했다. 오후에는 마을을 나서서 밭을 한 바퀴 돌았다. 밭에 가득한, 베지 못한 해바라기 줄기는 겨우내 눈 속에 서 있을 것이다. 미처 끝내지 못한 한두 가지 일을 겨우내 방치할 수밖에 없다는 사실을 매년 눈이 내리기 전에야 알아차린다. 겨울이면 한 해의 일을 내려놓고 나처럼 시린 손으로 자신의 일생을 처음부터 끝까지 어루만지는 사람이 얼마나 있을까.

집 안이 더 어둑해져서 눈이 보이지는 않는다. 그래도 나는 눈이 내린다는 사실을, 온 세상을 뒤덮고 있다는 사실을 알고 있다. 지붕과 땔나무 더미에 내려앉고, 깨끗이 쓸어낸 마당에 내려앉고, 멀고 가까운 길 위에 내려앉고. 나는 눈이 그치면 다시 나갈 작정이다. 이제 나는 예전 같지 않다. 그때는 첫눈을 맞이할 때마다 알 수 없는 흥분에 들뜨곤 했다. 처마 밑에 서서 한참을 지켜보거나, 눈에게 세상에 나 같은 사람이 있음을 알려주려는 듯 맨머리로 함박눈 속으로 뛰어들었다. 추위가 내 펄떡이는 젊은 생명을 진즉부터 노려보고 있다는 사실은 까맣게 몰랐다.

숱한 겨울을 보내고서야 눈을 피할 수 없다는 사실을 차츰 깨달았다. 집 안에 웅크리고 있든 멀리 다른 곳의 겨울 속에 있든, 펄펄 흩날리는 눈은 내가 겪고 있는 세월의 한 토막에 내려앉을 것이다. 한 사람의 세월이 황야처럼 활짝 열리면 그는 더 이상 자신을 잘 돌볼 방법이 없다.

지금처럼 나는 난로에 바싹 붙어 앉아 나 자신을 뜨겁게 달구려 애썼다. 내 뼈 하나가 바깥의 겨울바람에 드러나 은근히 아팠다. 오래전에 얼어서 못쓰게 된 뼈였다. 소의 뼈를 줍듯이 그 뼈를 주워 난 롯가에서 데울 수는 없었다. 그때 동트기 전의 눈길 위에서 그 뼈는 꽁꽁 얼어붙어 영원히 망가졌다.

열네 살이던 그해 겨울, 나는 소달구지를 몰고 사막으로 땔나무를 베러 갔다. 그 시절에는 온 마을 사람이 사막에서 자라는 싹사울나무를 땔감으로 쓰면서 따뜻하게 겨울을 났다. 그런데 끊임없이 베어오다보니 나무가 있는 곳이 점점 멀어졌고, 땔나무 한 수레를 해오는 데 하루 낮 하고도 반밤이 걸리기도 했다. 땔나무하러 갈 때마다 어머니는 한밤중에 일어나 밥을 든든히 차리고 물과 찐빵을 싼 다음 나를 깨웠다. 이따금 아버지도 일어나서 나를 도와 달구지를 준비했다. 추위에 대한 내 인식은 땔나무를 베러 가던 그 밤들에서 시작되었다.

소달구지가 마을을 벗어나자 사방팔방에서 추위가 몰려들어 내가 집에서 가져온 조금의 온기를 송두리째 빼앗아갔다. 내 온몸에 남은 것은 추위뿐이었다.

그날 밤이 여느 밤보다 더 추운 밤은 아니었다.

다만 그날은 소달구지를 몰고 사막으로 들어서는 사람이 나 하나뿐이었다. 전에는 마을을 나서면 여기저기 눈길에서 다른 소달구지 소리가 들렸고, 사람이 소를 부리는 소리도 어렴풋이 들렸다. 얼른 길을 재촉하면 땔나무하러 가는 소달구지 한 대 또는 여러 대를 따라잡아 납빛 겨울밤을 천천히 걸어가는 긴 줄이 생겼다. 그런 밤이면 아무리 추위도 춥지 않았다. 겨울바람이 여러 사람에게 불어닥치기 때문이었다. 우리 마을과 이웃 마을, 아는 사람과 모르는 사람의 소달구지 여러 대가 이 밤길에서 추위를 막아냈다.

그런데 이번에는 차디찬 바람이 밤새 나 한 사람한테만 불어닥쳤다. 추위가 다른 것은 몽땅 치워버린 것만 같았다. 지금은 모든 추위가 나만 상대하고 있었다.

나는 양가죽 외투를 꼭꼭 여미고 달구지에 꼼짝도 않고 엎드려 있었다. 더 많은 추위에게 들킬까봐 소리쳐 소를 몰지도 못했다. 그날 밤부터 나는 온기를 감추는 법을 배웠다. 매서운 칼바람 속에서 얼마 있지도 않은 내 몸의 온기는 나조차 찾지 못할 만큼 깊숙한 곳으로 한발 한발 물러났다. 나는 깊숙이 숨어든 그 온기를 이후 몇 년간의 사랑과 삶에 알뜰하게 썼다. 친지들은 내가 아주 차가운 사람이라고 말하지만, 천만의 말씀. 나는 조금밖에 없는 내 온기를 모조리 그들에게 내주었다.

세월이 흐르자 내가 뜨거울 만큼 따뜻하다고 여겼던, 지금껏 추위가 침입한 적 없다고 여겼던 마음속 깊은 곳에서 차가운 바람이 엄습했다. 아무리 두꺼운 솜옷도 소용없다는 걸 나는 그제야 깨달았다. 삶 자체에 겨울이 있으며, 겨울은 이미 닥쳤다.

동이 트자 소달구지가 드디어 땔나무가 있는 곳에 이르렀다. 한쪽 다리가 얼어버려 아무 감각도 없었다. 나는 다른 다리로 수레에서 뛰어내려보고, 땔나무를 지팡이 삼아 움직여보고, 또 불을 피워 잠깐 쬐어보았다. 간신히 걸을 수 있었지만 다리의 뼈 하나가 쑤시기 시작했다. 지금껏 한 번도 겪어보지 못한 고통이었다. 바늘이 뼈를 꿰뚫고 골수까지 파고드는 듯했다. 이 통증은 겨우내 그리고 여름의 음산한 날에도 이어졌다.

해가 기울 무렵에 땔나무 반 수레를 싣고 집으로 돌아오자 아버지가 대뜸 물었다. 어째 요것뿐이냐, 이틀도 못 때겠다. 나는 아무 말도 하지 않았다. 식구들에게 다리가 얼어 못쓰게 됐다는 말도 하지 않았다.

금세 따뜻해질 줄 알았다.

그 겨울이 조금만 더 짧았더라면, 집 안의 난로가 조금만 더 활활 타올랐더라면, 내가 이 다리를 조금만 더 심각하게 여겼더라면, 어쩌면 나는 따뜻해졌을 것이다. 이젠 다 틀렸다. 수많은 계절이 지났고, 오늘 밤의 나는 아무리 난로에 다가앉아도 그 머나먼 겨울의 나를 따뜻하게 해줄 수 없다. 학교 가는 길에 얼음 구멍에 빠져 온몸이 얼어붙은 채 집으로 뛰어가던 나, 귀를 감싸 쥔 채 꽁꽁 언 발을 동동 구르며 문밖에서 애타게 기다리던 나…… 그들을 이 따뜻한 난롯가로 다시는 불러들일 수 없다. 나는 올겨울을 맞이하려고 땔감을 잔뜩 마련했다. 이제 서른 살이니 틀림없이 겨울을 잘 날 것이다.

하지만 주위에는 나처럼 겨울을 보낼 수 없는 사람이 분명히 있다. 그들은 붙들리고 말았다. 겨울은 해를 거듭할수록 사람을 시리게 만든다. 처음에는 다리 하나, 뼈 하나, 표정 하나, 심경 하나…… 그러고 나서는 인생을 통째로.

어느 추운 아침이었다. 온몸에 서리를 맞은 행인을 집으로 들여 뜨거운 차 한 잔을 따라주었다. 나이 지긋한 노인인데 몸에 겨울 추위를 잔뜩 지니고 있었다. 그가 내 난롯가에 앉으니 난롯불이 삽시간에 창백해졌다. 나는 그의 이름을 묻지 않고 난롯가 한쪽에 앉아 있었다. 맞은편에서 노인의 한기가 밀려와 뼛속까지 스며들었다.

그는 한마디도 꺼내지 않았다. 나는 그의 말이 얼어붙었다고 생각했다. 한참 지나야 녹을 거라고.

그는 반 시간쯤 앉아 있다가 일어나 나에게 고개를 끄덕이고 문을 열고 나갔다. 나는 그가 따뜻해졌으리라 여겼다.

　이튿날 오후, 마을 서쪽에 얼어 죽은 사람이 있다는 얘기를 전해 들었다. 달려가보니 그 노인이 길가에 누워 있었다. 얼굴 절반이 눈에 파묻힌 채.

　그때 얼어 죽은 사람을 처음 보았다.

　그가 죽었다는 사실이 믿기지 않았다. 그의 생명에는 분명 약간의 온기가 숨어 있었을 것이다. 우리가 보지 못했을 뿐이다. 우리는 한 사람의 마지막 미약한 몸부림을 보지 못하고, 외침과 신음을 듣지 못했다.

　우리는 그가 죽었다고 여겼다. 완전히 얼어붙었다고.

　그가 무슨 수로 자기 몸에 조금의 온기나마 붙잡아두었겠나. 무엇으로 붙잡아두었겠나. 구멍이 숭숭 뚫려 솜이 드러난 낡아빠진 옷으로? 밑창 다 닳고 한쪽 옆구리가 떨어져 나간 신발 두 짝으로? 게다가 뼈에 사무치는 추위가 얼마나 많은 겨울 동안 쌓이고 쌓였을까.

　한 사람의 일생에 내리는 눈을 우리가 전부 보지는 못한다. 사람은 저마다의 삶 속에서 고독하게 겨울을 난다. 우리는 누군가를 도울 수 없다. 나의 작은 난롯불은 평생을 가난하게 살았던 그 사람에게는 너무나도 보잘것없었다. 그의 추위는 너무나도 거대했다.

　강 건너 마을에 고모가 살았다. 예전에 우리 형제는 겨울마다 얼어붙은 강을 건너 고모를 만나러 갔다. 헤어질 때마다 고모는 이렇게 말했다. 날 따뜻해지면 엄마 모시고 와라, 수다나 떨게.

　늙어서 병치레가 잦아진 고모는 겨울을 못 날까 늘 걱정이었다. 날이 추워지면 집에서 한 발짝도 나서지 않고 낮은 흙집에 포근히 안겨 난로를 끌어안고 봄을 기다렸다.

사람은 늙으면 봄이 오기를 그토록 갈망한다. 봄이 와도 자신은 새순 하나도, 꽃잎 반쪽도 내지 않으면서 말이다. 봄은 그저 대지에, 다른 이의 삶에 찾아올 뿐이다. 그래도 그는 봄을 간절히 기다리고 추위를 두려워한다.

나는 고모가 한 말을 잊지 않고 어머니에게 여러 번 전했다. 어머니는 나를 힐끗 보기만 했을 뿐 할 일을 하느라 분주했다. 어머니는 혼자만 겨울을 나는 게 아니었다. 덜 자란 자식 대여섯이 있어서 그들을 돌보며, 한 아이도 추위에 떨지 않게 돌보며 겨울을 나야 했다. 어머니도 고모처럼 봄을 고대하고 있었다.

……날이 풀리자 어머니는 우리를 데리고 강을 건너 고모를 만나러 갔다. 고모도 겨우내 웅크리고 있던 흙집에서 나와 마당에서 따뜻한 햇볕을 쬐면서 우리와 웃으며 수다를 떨었지만…… 해를 거듭할수록 우리는 이 봄을 기다리지 않게 됐다. 고모가 했던 "날 따뜻해지면"이라는 말 속의 '날'이 도통 따뜻해지지 않는다는 듯이.

그로부터 몇 년이 지난 겨울에 고모가 돌아가셨다. 설을 쇠러 집에 돌아왔던 정월 초나흘로 기억한다. 어머니를 모시고 녹아가는 큰길을 따라 집으로 향하고 있었다. 그 길에서 어머니가 나에게 고모의 부음을 알렸다. "고모가 돌아가셨어."

죽음과 아무런 상관도 없는 얘기를 하는 듯 너무나 담담한 말투였다.

"어떻게 돌아가셨어요?" 내 말투는 더 담담했지 싶다.

어머니는 직접적인 대답은 하지 않았다. 이렇게만 말했을 뿐이다. "네 형하고 아우가 가서 장례식을 도왔어."

그 뒤로 한참 동안 아무 말도 없었다. 우리는 조용히 걷기만 했다. 문 앞에 이르자 어머니가 말했다. "날이 따뜻해졌네."

나는 고개를 들어 어머니를 바라보았다. 어머니 몸에서 열기가 퍼져나왔다. 걸어서 그랬을지도 모르지만 날이 정말 따뜻해져 있었다. 어머니에게 이번 겨울은 이미 지나간 셈이었다.

"날 따뜻해지면 와서 수다나 떨자." 고모가 했던 말이 또 생각났다. 이번 봄은 더 이상 고모의 것이 아니었다. 고모는 숱한 겨울을 견뎌냈지만 역시 겨울에 붙잡히고 말았다. 그러고 보니 할머니도 몇 년 전 겨울에 돌아가셨다. 어머니는 살아 계시다. 이 세상에서 우리 가족은 나날이 줄어들 것이다. 나는 스스로에게 말했다. 날이 춥든 덥든 자주 와서 어머니 곁에 앉아 있자.

어머니는 당신의 일곱 자식을 고생스레 키워내셨다. 어머니는 늙으셨다. 이제 우리 일곱은 다 컸으니 어머니를 위해 추위를 조금이나마 막아드릴 수 있을 것이다. 자식들이 집에 돌아올 때마다 어머니는 한껏 신이 나고 분위기도 순식간에 떠들썩해졌다.

그러나 어머니의 희끗한 귀밑머리를 보며 나는 어느새 어머니 혼자만의 겨울이 찾아왔다는 사실을 감지했다. 눈은 물러가지 않으려 하고 서리는 녹지 않으려 했다—봄이 오든 말든, 자식들의 효심과 온기가 아무리 극진하다 한들.

30년이라는 인생의 거리를 두고, 나는 어머니가 홀로 겨울을 나는 혹독한 추위를 느끼고 있었다. 내 힘으로는 어쩔 수 없는 일이었다.

눈발이 점점 굵어진다. 날은 새까맣게 저물었다.

나는 난로에 바짝 붙어 기나긴 일생의 한순간을 뜨겁게 달구고 있다. 이 순간 말고는, 내 나머지 세월과 내 친지들의 세월은 바깥에 퍼붓는 폭설 속에서 차디찬 바람에 완전히 휩쓸려 먼 곳에 가 있다는 걸 나는 잘 알고 있다.

들판의 밀

여러 해 동안 우리는 들판의 밀을 거두지 못했다. 어느 해에는 쥐가 먼저 손을 댔다. 마을 사람들이 수레를 끌고 낫을 들고 들판으로 갔을 때는 머리 없는 텅 빈 줄기만 가득할 뿐 이삭은 하나도 보이지 않았다. 언젠가는 2년간 밀 이삭이 누렇게 익었을 때 세찬 바람이 불어 밀알이 우수수 떨어졌다. 수북이 깔린 낟알에 땅바닥이 금빛 찬란해지고, 낫질을 하려 할 때 이삭은 날아갈 만큼 가벼워져 있었다.

대략 어느 달에 밀이 누렇게 익을지는 알지만, 딱 집어 어느 날에 익는다고는 아무도 정확히 말을 못 한다. 해마다 기후가 다르고 파종 시기도 며칠씩 이르거나 늦기 때문이다. 사람의 기억 때문이기도 하다. 수년간의 이번 달이 뒤섞여 사람은 과거의 지난 세월 속으로 돌아간 듯한 나날을 보낸다. 그러다보면 지난 일이 또다시 눈앞에 고스란히 나타난다. 뭔가 이상한 느낌이 든다. 또 이상한 게 아무것도 없는 듯도 싶다. 밀은 곧 익을 것이다, 해마다 한 번씩 익는 법이니. 작년과 재작년에 베인 밀들이 어둠 속에서 다시 일어나 이번 달 속으로 한발 한발 걸어 들어오듯이 말이다.

그때 한창 옥수수가 사람 키만큼 자라고 목화와 콩도 무릎을 덮을 만큼 자라면서 마을은 크고 작은 농작물에 둘러싸였다. 길에까지 풀과 양곡이 자라났다.

한동안 길을 지나가는 사람이 없으면 길에 떨어진 밀알이, 옥수수알이, 풀씨가…… 한바탕 내린 비에 금세 싹을 틔워 자라기 시작한다. 길에 있는 흙은 매우 비옥하다. 가축이 다니면서 똥오줌을 누고, 흔들리는 소달구지에서 거름과 풀이 떨어지고, 사람 몸에서 때가 떨어진다. 무릇 길을 지나다니거나 실어 날라지는 것이라면 길에 뭔가를 흘리기 마련이다. 봄에 씨를 뿌리고 나면 한동안 길이 비곤 한다. 어떤 길은 오직 밭 하나로만 통하기 때문에 그 밭의 일을 다 하고 나면 길 가는 사람이 없어진다. 한두 달 뒤에 사람이 다시 밭으로 바삐 향할 때면 길에 밀, 옥수수, 콩 같은 작물이 가득 자라 있다. 작은 열매가 달린 수박 넝쿨까지 있다. 온 길이 초록빛 용이 되어 사람이 가려는 그곳까지 굽이굽이 뻗어 있다. 사람은 길 끝에 한동안 멍하니 서서 길을 바라보며 생각한다. 자루의 작은 구멍과 수레의 미세한 틈에서 이토록 많은 씨앗이 새어나왔단 말인가. 사람은 차마 그것들을 무자비하게 밟고 가지 못한다. 어쩔 수 없이 길섶을 따라 새로운 길을 걸어간다.

그 무렵 밀 익는 향기가 바람에 실려온다. 먼저 마을 서쪽 사람들이 냄새를 맡는다. 밀이 곧 익겠네. 아, 밀이 익었구나. 망치로 낫을 내리치려던 대장장이 왕 씨는 허공에서 손을 멈추고 잠시 멍해 있다. 밀 향기가 그의 풀무를 스쳐 지나다가 일순간 익어버린다. 갓 구운 밀떡을 한 입 베어문 느낌이다. 광주리를 짜던 장우는 느릅나무 가지를 엮던 손을 갑자기 멈추고 하늘을 올려다본다. 밀이 다 익었구나, 촌장한테 얼른 알려야겠다. 밀을 벨 인력을 배치하라고.

양똥을 수레에 싣던 한싼은 쇠스랑을 내던지고 마을 동쪽으로 걸음을 재촉한다. 풋풋한 밀 내음이 짙은 양똥 냄새를 밀어내고 콧구멍으로 파고든다. 두 걸음째 내딛을 때 벌써 바람은 마을의 모든 지붕을 넘어 밀 내음을 동쪽 끝으로 날려 보낸다. 온 마을 사람이 밀 내음을 맡는다.

촌장은 한 사람을 말 태워 들판으로 보낸다. 그가 밀이 얼마나 누레졌는지, 어느 날 베어야 좋을지 알아오면 그에 따라 일손을 배치한다.

어느 해에 사람들이 밀 내음을 맡으며 들판으로 향했다. 온 마을 인력 백오십여 명에 커다란 수레 십수 대까지, 기세가 아주 대단했다. 꼬박 하루를 걸어 날이 저물고야 들판에 다다른 사람들은 밤새 밭머리에 천막을 치고 부뚜막을 만들고 움집을 팠다. 사람도 말도 지칠 대로 지쳤다. 이튿날 아침 일찍 일어나보니 밀은 아직 푸르고 까끄라기가 살짝 누레졌을 뿐이었다.

잘 익은 밀 내음이 여전히 공기 중에 가득했다. 어느 밀밭이 익었단 말인가. 누군가는 수레에, 누군가는 천막 꼭대기에 올라서서 사방을 둘러보았다. 어딘가에서 분명 밀이 무르익었다. 그 밀밭이 어디 있는지는 아무도 몰랐다. 작년과 재작년 바람을 타고 멀리 날아갔던 밀 내음이 반대로 불어오는 바람에 실려 돌아온 것처럼 친근하고 익숙한 냄새였다.

사람들은 그 자리에 머물며 밀이 누렇게 익기를 기다렸다.

며칠만 있으면 벨 수 있을 것이다. 절기가 되었는데 밀이 누레지지 않는 것은 순리가 아니다. 기껏해야 닷새 안에 익을 텐데, 돌아가면 엉덩이도 제대로 못 붙이고 다시 와야 한다.

사람들은 닷새를 기다렸다. 그러나 밀은 여전히 누레지지 않았다.

사흘째에 햇볕이 쨍쨍히 내리쬐며 밀 이삭이 누렇게 익기를 재촉했지만 날이 저물기 전에 한바탕 비가 내렸다. 하룻밤 지나니 밀은 처음 왔을 때와 똑같이 도로 푸르러져버렸다.

엿새째 아침나절, 날카롭던 낫에 녹이 슬기 시작하고 가져온 양곡과 기름도 바닥나려 했다. 사람들은 움집을 허물고 식량과 솥과 부뚜막을 수레에 도로 실었다. 그날은 건조하고 무더웠다. 하늘에 구름한 점 없어 햇볕이 모든 잎새에 내리쬐었다. 사람 백오십여 명과 수레 십수 대가 호호탕탕 돌아갔다. 그들이 떠나가는 그림자 속에서 밀은 잽싸게 황금빛으로 무르익었다.

촌장 마췌馬馱도 밀 내음을 맡았다. 이 절기마다 촌장 마췌는 노심초사한다. 바람이 조금만 불어도 코를 내밀고 온 힘을 다해 숨을 들이마신다.

어느 해인가, 같은 달의 이른 아침에 나무가 살랑살랑 흔들리고 큰길을 지나는 소 몇 마리의 발끝에서 피어오른 흙이 동쪽으로 유유히 흩날렸다. 소들도 동쪽으로 걸어가고 있었지만 흙먼지는 소들보다 훨씬 앞서 멀리멀리 날아갔다. 촌장 마췌는 길가에 서서 바람 속에 코를 들이밀고 숨을 두 번 들이마시고, 또 두 번 들이마셨다.

어딘가에서 불이 났는데. 밥 짓는 연기 냄새와는 달라.

촌장 마췌는 얼른 지붕에 올라가 까치발을 들고 서쪽을 바라보았다. 이른 아침의 밥 짓는 연기가 수풀처럼 시야를 가로막았다. 연기는 모두 동쪽으로 기울어 있었다. 이 마을 연기가 이토록 빽빽하다니, 그래서 멀리 내다보기 힘들구나. 촌장 마췌는 처음으로 느꼈다.

지붕에서 내려간 촌장 마췌는 부랴부랴 마을 서쪽으로 향했다. 거름 더미에 올라 서쪽을 바라보면서 한참 동안 냄새를 들이마셨다. 멀리서 나는 불꽃 냄새였다. 냄새는 하늘과 황야를 지나며 옅어지고 낡아지고 들풀과 먼지와 구름 냄새도 뱄다. 마을 서쪽 황무지를 개간한 밀밭을 지나며 밀알이 여물 때 마구 풍기는 짙은 냄새도 달라붙어 있는 듯했다.

멀리서 뭔가 불타버렸군. 촌장 마췌가 속으로 중얼거렸다.

그날 이후로 촌장 마췌는 꿈에서 늘 큰불을 보았다. 불길이 활활 타오르고 사방이 불타며 연기가 자욱했다. 어디서 난 불인지는 알 수 없었다. 촌장 마췌는 들판의 밀이 어느 날 불타버릴까 줄곧 걱정스러웠다. 밀은 무르익으면 스스로 불살라질 수 있다. 때로는 먼 곳에 있는 불씨 한 알, 심지어 별똥별 한 조각도 7월의 밀에 불을 붙일 수 있다.

촌장 마췌는 이런 걱정을 남에게 알리지 않았다. 아직 일어나지 않은 큰불을 내내 혼자 두려워할 뿐이었다.

들판에 불이 난 적이 한 번 있다. 촌장 마췌가 태어나기 훨씬 전 일이었다. 마을에 왕 씨네(어쩌면 류 씨네) 소가 일하기 싫다고 들판으로 달아났다. 왼쪽 어깨 가죽이 벗겨진 소는 한가해지면 가죽이 아물기를 바라며 봄철 밭갈이가 끝날 때까지 이를 악물고 버텼다. 그러나 상처가 곪아 고름이 계속 흘러나오고 파리 떼가 내려앉아 구더기가 생겼다. 이어 밭 관리하랴 사이갈이하랴 퇴비 실어 나르랴, 소는 어깨가 너무너무 아팠지만 움직이지 않고 서 있으면 채찍이 날아왔다. 더는 견딜 수가 없어 소는 어느 날 밤 기어이 고삐를 풀고 달아났다. 발굽 자국을 뒤쫓던 사람의 눈앞에 드넓은 벌판이 펼쳐졌다. 사람은 끝없이 우거진 잡초와 관목 속에서 한참을 헤매다 길을 잃을 뻔했다. 사람이 나무에 올라가 고래고래 소리를 질렀지만 소는 끝끝내 나타나지 않았다.

가을에 사람은 또다시 들판에 나가보았다. 황금빛 초목 사이에 소 발자국과 똥이 보였다. 소가 여태 그 속에 있다는 뜻이었다. 한참을 찾아다녔지만 들판이 너무 넓고 풀이 너무 무성해 소는 그림자도 보이지 않았다. 사람은 풀밭 저쪽 끝으로 달려가 불을 질러 소를 나오게 하려 했다. 불은 사흘 밤낮을 타올랐고, 바람을 타고 마을로 날아간 재가 지붕과 마당을 뒤덮었다.

그렇다면 소는 나왔을까, 안 나왔을까. 오랜 시간이 흐르다보면 윗세대의 수많은 이야기가 이렇게 반 토막이 나고 만다. 이야기를 이어가려면 멋대로 꾸며내야 한다. 하지만 살아가는 중에도 재미있는 일이 자꾸자꾸 생겨나는 통에 실제 사람과 실제 사건 이야기도 다 하기 힘들다. 허튼 얘기를 꾸며낼 틈이 누가 있겠나. 지금까지 세월이 흘러오며 이야기는 자꾸자꾸 많아지는데, 그중 절반은 마을에 버려져 아무도 거들떠보지 않는다. 나 또한 돌이켜보기 귀찮다. 내 일만 이야기해도 반평생은 걸릴 텐데 남의 얘기까지 할 시간이 어디 있나.

그해에 밀이 익었나 보러 나간 사람은 류위무劉楡木*였다. 그 어떤

---

*榆木는 느릅나무라는 뜻으로 멍청하고 답답한 사람을 욕하는 말이기도 하다.

일도 하지 않는 이 작자는 시커먼 윗도리를 걸치고 등 굽은 새처럼 무너진 담벼락에 종일 쭈그려 앉아 있었다. 어느 날은 두 손으로 턱을 받치고 종일 서쪽을 바라보고, 어느 날은 엉덩이를 남쪽으로 향하고 오후 내내 쭈그리고 있었다. 우리는 그가 뭘 보는지 도통 알 수가 없었다. 도대체 뭐가 보일까.

사람이 아무 일도 하지 않고 아침부터 저녁까지 한 지점만 바라보며 평생을 보낸다면 뭔가 성과를 거두기 마련이다. 그러나 우리는 류위무가 무슨 성과를 얻었다고 믿고 싶지 않았다.

그는 게으름뱅이다. 우리보다 더 많은 일을 알 턱이 없다. 우리는 그렇게 생각했다.

예전에 류위무는 오래된 마구간 담벼락에 쭈그려 앉기를 좋아했다. 담이 높직하고 두꺼워서 거기 앉으면 어디든 잘 보였다. 나중에 그 담이 무너졌다. 듣자 하니 류위무가 종일 빈둥대며 거기 쭈그리고 있는 게 꼴 보기 싫은 가족들이 화가 나서 담을 부숴버렸다고. 그러자 류위무는 큰길 가까이 있는 반쯤 무너진 양 우리 담벼락에 쪼그려 앉았다. 그 담은 좀 낮고 얇막했지만 내내 멀쩡히 서 있었다.

누구도 류위무를 부릴 수 없었다. 그는 자기 집에서 해마다 양식을 얼마나 거두고 밭을 얼마나 경작하는지 전혀 관심이 없었다. 끼니 때가 되면 담에서 뛰어내려 엉덩이에 묻은 흙을 툭툭 털고 제때 집으로 돌아갔다. 그는 굴뚝에서 피어오르는 연기만 봐도 집에서 무슨 음식을 하고 언제 다 되는지 알 수 있다고 한다.

어느 집에서 급한 일이 생겨 도와달라고 하면 류위무는 고개를 저으며 한 마디 내뱉을 뿐이었다. "내 알 바 아닌데." 그는 남의 일에는 일말의 관심도 없었다.

촌장 마췌도 류위무에게 뭘 시킬 생각은 하지도 않았다. 그런데 거름 더미에서 내려와 누구를 들판에 보낼까 생각하며 고개를 돌렸을 때, 담장에 쭈그려 앉은 류위무가 눈에 들어왔다.

"류위무, 일거리를 주마. 들판에 가서 밀이 익었나 보고 와."

"밀이 익든 말든 내 알 바 아닌데." 류위무는 고개를 저으며 촌장 말을 무시했다.

류위무를 한참 노려보다가 자리를 뜨려던 촌장 마췌가 갑자기 고개를 홱 돌렸다.

"말 한 마리 내주마. 말을 그 담장이라고 생각하고, 가면서 봐. 그럼 거기 앉아서 보는 거나 똑같잖아. 밀이 익었는지 안 익었는지 보고 돌아와서 말해주기만 하면 돼."

그해에 마을에서는 또 밀 수확을 못 했다. 며칠 늦는 바람에 밀은 밭에서 누렇게 말라붙고 말았다.

밀을 보러 갔던 류위무는 들판에 아예 가지도 않았다. 말을 타고 마을 서쪽으로 나가서 마을을 빙 둘러 동쪽 끝으로 돌아가며 어물쩍 눈속임을 하더니 사완진沙灣鎭*으로 달려가버렸다.

사실 그는 사완진에 아무 볼일도 없었다. 들판에 가서 밀을 보는 것이 더 재미없다고 생각했을 뿐이다. 거기 볼 게 뭐가 있담, 손가락으로 헤아려보면 익었는지 안 익었는지 알 텐데. 절기가 되면 밀은 익기 마련이다. 때가 되기 전에 가봤자 밀은 푸르를 것이다. 류위무는 오랫동안 밭일에 신경을 안 써서 밭이 이미 절기를 지키지 않는다는

---

* 진鎭은 성省 아래인 현縣에 속하는 중국의 농촌 행정구역으로 향鄕보다 인구가 많고 규모가 크다.

사실을 몰랐다. 해가 제멋대로 어지러이 도는 것처럼 익어야 할 때 익지 않고 익지 않아야 할 때 익어버리는 일이 부지기수였다. 그러나 이러거나 저러거나 류위무가 알 바 아니었다.

날이 저물 무렵 류위무는 처음처럼 슬그머니 마을 서쪽 끝으로 돌아갔다. 비틀비틀 마을로 들어가 촌장 마췌에게 "아직 일러, 열흘은 있어야 익을 거야" 하고는 촌장이 더 캐물을 새도 없이 휙 돌아서서 집으로 가버렸다.

사실 류위무는 사완진까지도 가지 않았다. 사완진은 들판보다 더 먼 곳이라 거기까지 갔다가 돌아오면 다음 날 아침이었다. 그는 담장에서 웅크리고 바라볼 때 시선이 닿던 곳까지만 가서, 거기서 또 앞을 한참 동안 바라보다가 말머리를 돌려 돌아왔다.

이 두 시선이 이어지면 족히 60킬로미터는 되겠는데. 마을에서 가장 긴 시선이겠군. 류위무는 생각했다.

촌장 마췌는 류위무의 말을 완전히 믿지 않았다. 종일 담장에 쭈그린 채 몸뚱이 절반은 허공에 걸려 있는 작자가 통 미덥지 않았다. 촌장 마췌는 열흘까지 못 기다리고 이레드레가 지나자 인마를 이끌고 들판으로 갔다. 역시나 며칠 늦었다. 밀알은 거의 땅에 떨어져 새로운 밀이 자라게끔 싹을 틔울 준비를 하고 있었다.

그러자 사람들은 촌장 마췌를 탓했다. 밀밭을 보고 오는 일처럼 중요한 일을 게으름뱅이 류위무에게 맡기는 게 말이 되나. 촌장 마췌는 변명했다. 벌겋게 달아오른 쇠를 두드려 낫을 만들려는 대장장이 왕 씨에게 망치를 내던지고 들판에 가라고 해야겠나. 물을 끌어와 옥수수밭에 물을 대는 절름발이 한 씨에게 물꼬를 막고 밀을 보러 가라고 할 수도 없고. 마을 일을 다 팽개치고 촌장인 내가 직접 밀을 보러 가는 것은 더더욱 안 될 일 아닌가. 하물며 그게 무슨 어려운 일이라고, 손은 물론 다리도 머리도 쓰지 않는 일 아닌가. 그저 눈만 써서 밀이 누레졌는지 아닌지 보면 된다. 류위무는 턱을 받치고 바보처럼 그저 보는 걸 좋아하지 않나. 보는 것이야말로 그의 특기 아닌가.

아무튼 그해에 들판에서 했던 일은 또다시 헛수고가 되었다. 류위무는 아무 일 없던 것처럼 그 담장에 쭈그리고 있었다. 또 다른 어느 해에 우리는 진창길을 지나 봄 파종을 나가면서 그의 눈길 아래로 지나갔다. 가을에 옥수수를 싣고 돌아오면서는 그의 엉덩이 뒤를 지나왔다. 우리는 그치를 상대하기도 귀찮았다. 그에게 말을 건넬 기분이 아니었다. 그 또한 우리를 거들떠보지도 않았다. 어느덧 우리는 그를 쓸모없는 느릅나무 옹이로 여기고 있었다.

이렇게 몇 년, 또 몇 년이 흘렀지만 달라진 것은 아무것도 없었다. 우리는 여전히 봄에 바쁘고 가을에 바쁘고 여름에도 한가롭지 않았다. 류위무도 여전히 등 굽은 새처럼 부서진 담벼락에 쪼그리고 있었다. 다만 머리와 수염이 허옇게 세고 흐트러지고, 옷은 더 낡고 더러워졌다. 고개를 숙여 우리 자신을 살펴봐도 류위무보다 딱히 나은 데는 없었다. 때때로 나는 이런 생각이 들기도 했다. 류위무가 일을 안 한다고 해서 우리와 다른 사람 취급하는 것, 그게 옳은 일일까.

본디 우리는 사람이 할 일이 없으면 황폐해진다고 여긴다. 몇 년 전만 해도 우리는 류위무의 이번 생은 망했다고, 아무짝에도 쓸모없다고 말했다. 이런 말을 하는 우리 눈앞에 류위무가 목덜미까지 잡초에 파묻히는 장면이 선히 그려졌다. 류위무는 자나 깨나 잡초 속을 쏘다니고 있었다. 한 해를 그러고 나서 이듬해에도 여전히 잡초가 무성하고, 그 이듬해에도 류위무는 목까지 잡초에 파묻혀 있었다. 그 작자는 결국 잡초에 먹혀버릴 거야. 우리는 말했다.

훗날 우리는 잡초가 류위무의 목덜미는커녕 발뒤꿈치에조차 미치지 못했음을 알아차렸다. 류위무는 담장에 웅크리고 있었다. 오히려 바쁜 우리가 잡초 속에서 밤낮없이 양식을 구하고 있었다. 우리는 땅을 황폐하게 두지 않으면 우리의 한평생도 황폐해질 일이 없는 줄 안다. 이제 와서 보면, 사람의 생에서 자라는 잡초는 호미로 없앨 수 있는 게 아니다. 마음속에서 몇 년을 키워온 것들은 온 들판에 무성한 잡초와 다를 바 없다. 그것이 누렇게 시들 때는 어느 것이 잎을 몇 장 더 내고 열매를 몇 알 더 맺었는지는 그리 중요하지 않다.

마음자리야말로 가장 머나먼 황무지다. 그곳을 한평생 잘 가꾸는 사람은 몹시 드물다.

그 뒤로는 들판에 밀을 심었는지 안 심었는지 기억이 흐릿하다. 아마 들판을 몇 년 묵혔지 싶다. 마을의 일이 갑자기 늘어났다. 누군가는 자라고 누군가는 늙어가며 어수선해지는 통에 먼 곳까지 신경 쓸 겨를이 없었다.

또 몇 년이 흐르자 어느 집이 들판으로 이사 갔다. "마을에서 사는 게 지긋지긋하대." 누군가 이렇게 말했다. 나는 그 집 사람들이 지긋지긋할 때는 어떤 모습이고 아닐 때는 어떤 모습인지 기억나지 않았다. 그들의 집은 마을 동쪽 끝에 있어서 북서풍이 불어오면 온 마을의 흙과 풀잎이 그 집 마당으로 날아갔다. 소가 일으킨 흙, 개와 사람이 일으킨 흙, 쥐가 굴을 파낸 흙이 몽땅 그 집 사람들에게 내려앉았다.

사람과 가축이 방귀를 꿔면 하나도 빠짐없이 바람에 실려 그 집 사람들 콧구멍으로 흘러들었다.

그러자 그들은 화가 나서 들판으로 이사했다. 바람이 불어가는 곳이었다.

그 사람들 성이 뭐였는지는 까맣게 잊었다. 우리가 일으킨 흙먼지가 모조리 그 집 마당에 떨어졌다는 사실도 전혀 몰랐다. 우리는 바람이 불어가는 곳에 살아서 바람이 불 때 발을 살며시 디딜 줄 몰랐다. 그 집이 이사 가자 뭔가 깨달은 듯도 싶었지만 지금은 또 거의 잊었다. 세월이 한참 지나고 나면 수많은 일이 뼈대만 남는다. 게다가 바람도 수없이 불었다. 바람이 불어가는 들판에 사는 그 집 방귀 냄새를 맡은 마을 사람은 한 명도 없었다. 눈앞이 흐려지라고 그 집 가축이 일부러 일으킨 모래 먼지를 본 사람도 없었다.

그 뒤로 또 몇몇 집이 들판으로 이사 가서 작은 마을을 이루었다. 마을 이름은 예후디野戶地였다.

그러자 우리가 사는 마을은 농사지을 들판이 없어졌다.

농사지을 들판이 없던 그때도 밀 익는 내음이 변함없이 바람에 실려왔다. 냄새에 홀린 사람들은 종종 참지 못하고 들판 쪽을 한참 동안 바라보았다. 촌장 마춰는 여전히 뭔가 타는 듯한 짙은 냄새를 맡았다. 그는 여전히 마을 서쪽 끝 거름 더미에 올라가 한참을 내다보았다. 등 뒤의 무너진 담에는 류위무가 여전히 등 굽은 새처럼 쭈그리고 있었다.

촌장 마췌가 조금만 더 먼 곳에서, 서쪽이나 북쪽의 모래언덕에서 마을을 바라보았다면 꿈에서 보던 그 큰불을 보았을 것이다. 사실 불은 줄곧 마을 안에서 타고 있었다. 촌장 마췌는 멀리 나가서 마을을 바라본 적이 한 번도 없었다.

마을 사람들도 자신들이 내내 불타고 있다는 사실을 알지 못했다.

이 마을 사람들의 불길은 밤이면 지붕 위로 몇 장丈이나 치솟았다. 그들의 연기는 한 줄기 한 줄기 마을 위로 피어올라 바람에 흩어지고 그들의 재는 황야와 마당에 내려앉았다.

그들은 불이 꺼져도 그 사실을 알지 못했다.

나는 훗날 마을을 떠났기 때문에 멀리서 이 마을 사람들의 불길을 볼 수 있었다. 그 불길은 사그라지는 것보다 더 고요하게 불타올랐다. 나는 불더미에서 뛰쳐나온 마른 장작개비처럼 다행스럽기도 하고 쓸쓸하기도 한 기분으로 먼 곳에 서 있었다. 한 무더기 장작이 천천히 불타 사라지는 모습을 한 개비 장작이 지켜보고 있었다. 그 장작개비는 외로이 썩어가다 다른 곳의 모래땅에 묻힐 것이다. 기껏 그 정도다.

한 사람의 마을

나는 풀을 베러 나간다. 상당히 오래 걸릴 듯하여 열쇠를 문 앞 흙벽돌 밑에 놔두고 간다. 외부인을 헷갈리게 하려고 벽돌을 네 개 놓는다. 동쪽에 하나, 서쪽에 하나, 남쪽과 북쪽에도 하나씩. 어느 해엔가 네가 돌아와 벽돌을 치워보면 비가 내릴 때마다 흠뻑 젖어 열쇠는 잔뜩 녹슬어 있겠지. 그걸 보면서 너는 집을 얼마나 오래 떠나 있었는지 퍼뜩 깨닫겠지. 또 어느 해에는 벽돌 밑이 텅 비어 있을지도. 그러면 너는 대문을 두드리며 내 이름을 소리쳐 부르겠지. 그때 마을에 남은 집은 이미 얼마 없다. 곳곳이 빈집이고 곳곳이 경작할 사람 없는 황무지다. 너는 외부인처럼 담장에 기어올라 우리가 오랫동안 살았던 낡은 마당을 바라보며 눈물을 줄줄 흘리겠지.

제弟, 내가 얼마나 떠나 있을지는 분명히 말할 수 없지만, 살다보면 다른 곳에 가기 마련이다. 일찍이 나는 평생을 황사량에서 너를 기다릴 작정이었다. 그런데 너도 알다시피 나는 그런 참을성이 없다. 작은 일 하나에 이끌려 돌아올 수 없는 먼 곳으로 가버릴 수도 있다. 지난 수십 년 동안 마을 사람들은 사소한 일을 하겠다고 하나하나 마을을 떠나 자취를 감췄다. 여러 해가 지난 뒤에 누군가 사라진 사람들에 대해 물어보면 돌아오는 대답은 예전과 다름없다.

그 남자는 풀 베러 갔어.

그 여자는 물 대러 갔지.

사람들은 풀 베고 물 대는 그런 일을 너무 대수롭지 않게 여긴다. 집을 나서면서 아무 준비도 없다. 먼 길을 떠날 때처럼 집 안 모든 것을 잘 정리해놓지 않는다. 한 가지 생각에 정신이 팔려 식구들에게 인사도 안 하고 낫이나 삽을 들고 나간다. 그러고는 온종일 돌아오지 않거나 한두 해가 지나도록 소식이 없을 때가 왕왕 있다. 많은 사람이 이런 식으로 먼 곳에 남겨졌다. 그들은 이런 일거리를 너무 하찮게 보고 서너 번이면 그럭저럭 해낼 거라고 여긴다. 사실은 사소한 일 하나가 사람의 평생을 소진할 수도 있고, 떨어지는 나뭇잎 하나가 사람의 평생을 덮어버릴 수도 있다. 우리가 보지 못하는 구석구석에서, 우리가 찾지 못하는 그 사람들이, 이런저런 사소한 일 한두 가지를 마주하며 알게 모르게 한평생을 흘려보낸다. 고개 들어 하늘을 쳐다볼 겨를도 없는데 한 사람을 영원토록 그리워하는 것은 말해 무엇할까.

나도 결국은 똑같다. 낡고 텅 빈 집 한 채와 녹슨 열쇠 하나만 남겨둘 뿐—너에게 친숙한, 세월을 모르는 이런 물건들이 황사량에 남아 돌아올 기약 없는 너를 기다린다. 나는 풀을 베러 나간다. 너도 알다시피 나에겐 좋은 낫이 있다.

오래전 어느 오후, 마을에 바람이 세차게 휘몰아쳤다. 나는 하루 종일 돌아오지 않는 아버지를 내다보려고 지붕에 올라갔다. 키가 너무 작아서 지붕의 시커먼 굴뚝까지 올라가 까치발로 서서 먼 곳을 내다보았다. 그때 내 눈에 보이는 것이라곤 마을 사방으로 펼쳐진 광활한 풀밭뿐이었다. 꼭꼭 닫지 않은 마을의 문과 창문이 바람에 자꾸만 덜그럭거릴 뿐 사람은 그림자도 보이지 않았다. 온 천지에 바람 소리가 가득해 무서워서 내려올 수도 없었다.

어머니는 아버지가 동이 트자마자 삽을 들고 나갔다고 했다. 아버지는 날마다 그맘때 집을 나섰다. 지금도 우리는 아버지가 어느 밭을 경작했는지 모른다. 아버지의 삽이 금방금방 못쓰게 되었다는 사실만 기억한다. 삽자루를 바꿀 때면 아버지는 늘 담장 아래 그 돌판에 앉아서 거친 새 삽자루를 신중하고 세심하게 갈고 또 갈았다. 이따금 고개를 들어 놀고 있는 우리를 바라보기도 하고, 나에게 물을 떠 오거나 공구를 가져오라고 시키기도 했다. 우리는 아직 어려서 아버지의 일생에 쌓인 그 일들을 아버지가 언제 다 마칠지 알지 못했다. 아버지를 어느 밭에 영원토록 남겨둘 어떤 일이 있다는 사실은 더더욱 알지 못했다.

요 몇 년간 나는 아버지가 멀리 가지 않았다는 느낌이 들었다. 마을 근처 어느 밭에서, 어느 무성한 풀밭에서 소리 없이 삽을 휘두르고 있는 것만 같았다. 아버지는 시간도 잊고 집과 자식들도 잊고 피로마저 잊은 채 일하고 있었다. 몇 년이 흐르고 황야를 어슬렁거리던 어느 날, 풀밭 깊숙한 곳에서 가지런히 가꿔진 너른 경작지가 눈에 들어왔다. 나는 한눈에 아버지가 한 일이라는 걸 알아보았다. 나는 달려가 바닥에 엎드려 소리쳤다. 아버지, 아버지…… 내 목소리는 또 다른 나에게로 이어지며 황야 끝까지 전해졌다. 일어나보니 아버지의 그 삽이 땅에 꽂혀 있었다. 자루는 다 썩어버렸다. 보아하니 아버지는 이미 일을 끝냈고, 집으로 돌아가는 길 위에 있었다. 나도 집에 돌아가서 봐야만 했다. 내가 몇 년을 떠돌아다녔는지는 기억할 수 없지만, 내 몸은 방향도 없고 목적도 없이 주야장천 황야를 떠돌면서도 피로한 줄을 몰랐다. 아버지가 경작한 이 허허한 땅이 나를 가로막지 않았다면, 아버지가 땅에 꽂은 삽이 나를 일깨우지 않았다면 나는 끝도 없이 떠돌고 있으리라.

제, 그때 집에는 너만 남아 있었다. 내 형제들 모두 어디로 갔는지 알 수 없었다. 그들도 아버지처럼 어느 날 아침에 삽을 메고 나갔다가 다시는 돌아오지 않았다. 도무지 찾을 길이 없었다. 황사량 부근에 여러 마을이 새로 생겼는데, 어쩌면 내 형제들은 성명을 숨기고 다른 마을에 살고 있는지도 모른다. 어떤 이들은 자신의 일생을 보물처럼 남들이 볼 수 없는 깊숙하고 외진 곳에 숨기고 싶어한다.

셋째 남동생이 했던 말을 기억한다. 사람의 인생이란 너무나 가련해. 남에게 보여서 뭐 하겠어. 셋째는 아버지가 실종되고 얼마 안 되어 이런 말을 했다. 그때 셋째가 조만간 자기 인생을 숨기리라는 예감이 들었다. 하지만 내 형제들이 모조리 이렇게 쩨쩨하게 자기 인생을 황야에 숨길 줄은 미처 몰랐다.

열쇠를 문 앞 흙벽돌로 눌러놓고 너에게 표시를 남겼지만, 멀리 가다보니 마음이 편치 않다. 생각해보라, 참견쟁이 돼지가 열쇠를 한쪽으로 치우거나 심지어 입에 넣고 몇 번 씹어 구부리고 납작하게 만들 수도 있다. 어슬렁거리던 소가 발굽으로 흙 속에 밀어넣을 수도 있다. 가장 걱정스러운 일은 놀던 아이가 열쇠를 주워 멀리멀리 가져가서 자신의 어린 시절과 함께 한 귀퉁이에 팽개쳐놓는 것이다. 몇 년 뒤에 심보가 못돼먹은 누군가 열쇠를 줍는다면, 그는 틀림없이 집집마다 시험해볼 것이다. 아무도 없는 어느 날, 마을 끝에서부터 한 집 한 집 쑤셔볼 것이다. 특히나 열린 적이 없는 자물쇠는 열쇠를 찔러넣을 때 뻑뻑한 저항이 느껴져 더더욱 재미있다. 아예 안 들어가는데도 그는 억지로 몇 번 쑤셔본다. 좋은 열쇠는 이렇게 실없이 닳고 가늘어지고 짧아져 쓸모없는 물건이 된다.

그에게 난자당한 자물쇠 구멍은 깊어지고 넓어져 헐거워진다. 이 역방향 마모를 겪으며 본디 친밀하기 그지없던 물건이 나날이 소원해진다. 사랑도 마찬가지다. 요 몇 년간 나는 너에게 한발 한발 깊숙이 파고들어 너를 그윽하고 부드럽게 만들었다. 나는 내가 닿을 수 없는 머나먼 곳을 창조하고 바닥을 알 수 없는 깊은 우물을 팠다. 이 기나긴 과정에서 나는 자꾸만 짧아지고 가늘어지고 작아졌다. 사랑의 거리는 그렇게 생겨났다.

희미한 아침 햇살이 창문으로 스며든다. 너는 일어나 앉아 너의 배를 누르는 내 다리를 살짝 밀쳐낸다.

네가 말한다. 그 땅이 모조리 황폐해졌어.

어느 땅? 나는 비몽사몽 묻는다.

이어 괭이와 삽이 쨜그랑 부딪치는 소리, 문 여는 소리가 들린다.

나는 깨어났지만 어느 날 아침인지 모른다. 마당은 말끔히 쓸려 있고, 땔나무는 가지런히 쌓여 있고, 빨랫줄에는 깨끗해진 어느 겨울의 두꺼운 솜옷이 햇볕에 말라간다. 너는 보이지 않는다.

마을에 여전히 바람이 거세게 휘몰아친다. 나는 지붕에 올라서서 휘청거리며 사방을 둘러본다. 바람이 텅 빈 문과 창문을 관통하며 휘이휘이 귀신 소리를 낸다. 벌써 몇 해째일까, 지붕에 올라갈 때마다 이런 생각을 한다. 언젠가 꼭 낫을 들고 나가서 마을 주변 풀을 다 베어버릴 테야. 적어도 풀 사이로 좁은 길이라도 하나 내고 말 테야. 아버지가 실종되고 5년이 지난 어느 날, 지붕에 올라간 나는 마을 서쪽 모래 도랑에서 풀 한 무더기가 흔들리는 모습을 보았다. 아버지가 아닐까 하는 생각이 퍼뜩 들었다. 나는 어머니가 했던 말을 기억하고 있었다. 네 아버지는 삽을 들고 잡초 속을 헤집길 좋아했어. 수시로 풀숲을 갈아엎어 밭을 만들고 마구잡이로 씨를 뿌리고는 팽개쳐뒀지. 점심 먹을 때 어머니가 또 말했다. 지붕에 올라가서 내다볼 때 어디서 풀 무더기가 움직이면 분명 네 아버지야.

나는 모래언덕을 넘어 빽빽한 풀숲을 뚫고 들어갔다. 풀은 내 머리보다 높이 자라 있었다. 풀이 저마다 나를 한쪽으로 밀치는 느낌이 들었고, 나는 하나하나 헤치고 나아갈 수밖에 없었다. 결국 내가 찾아낸 것은 나귀 한 마리였다. 몇 년 전에 왕우네 집에서 잃어버린 나귀로, 그때 왕우네는 이 나귀 때문에 사방 수백 리를 시끄럽게 했다. 거의 모든 길에 왕우네 친척이 지키고 섰고 마을 모든 집이 의심을 받았다. 그런데 나귀가 왕우 집에서 멀지 않은 잡초 무더기 틈에 숨어 있을 줄이야. 나귀는 몇 년 동안 몇 발짝 움직이지도 않았다. 입 닿는 곳이 풀이라 누워서 고개만 이리저리 돌리면 배불리 먹을 수 있으니 나귀에게 이 얼마나 호시절인가. 당연히 마을로 돌아가 고생하고 싶지 않았을 거다. 그러나 왕우네 상황은 말이 아니었다. 본디 나귀가 하던 일을 사람들이 나눠 맡았다. 몇 년 사이에 왕우는 허리가 나귀 등처럼 휘었다. 나는 좋은 마음으로 나귀를 끌고 왕우네 집으로 갔다. 왕우 어머니가 나귀를 보더니 나귀 목을 끌어안고 한참을 울었다. 나귀도 감동받았는지 힝힝대기 시작했다. 충분히 울고 나자 왕우 어머니는 돌아서서 질퍼덕한 눈으로 나를 노려보며 말했다. 아버지가 나가신 지 몇 년이나 됐지.

5년 됐어요. 내가 말했다.

딱이네. 왕우 어머니가 손뼉을 짝 치면서 말했다.

우리 집 나귀도 딱 5년 전에 잃어버렸어. 네 아버지가 우리 나귀를 끌고 가서 5년간 부려먹은 거네. 실컷 부려먹고 늙으니까 돌려보낸 거야. 말해봐, 내 말 맞지.

제, 우리가 경작한 땅을 기억한다. 마을에서 아주 멀리 떨어져 있던 그곳 말이다. 어느 봄날 아침, 말수레를 몰고 나간 우리는 모래언덕 뒤로 돌아 하얀 안개가 자욱한 풀밭으로 들어섰고, 말은 투레질을 하고 있었다. 나는 밀 씨앗이 가득 든 자루에 올라갔고 너는 내 옆에 누워 있었다. 네 입술을 스치고 내 눈가를 스치던 세찬 바람을 나는 또렷이 기억한다. 먼 산골짜기에서 풍겨오는 익숙한 향기만 코에 스며들 뿐 아무것도 보이지 않았다. 수레가 갑자기 뒤흔들렸다. 들썩들썩, 오르락내리락, 덜컹덜컹. 나는 시간을 잊고 길을 잊었다. 수레가 굽이를 몇 번이나 돌았는지, 언덕을 몇 개나 넘었는지, 도랑을 몇 개나 건넜는지 알 수 없었다. 나중에 수레가 멈추자 나는 고개를 들었다. 눈앞에 나타난 것은 끝도 없이 펼쳐진 황야였다.

제, 나는 지금껏 그날이 꿈인 줄 알았다. 그 들판의 방향도 위치도 떠올릴 수 없었다. 우리는 곁에 있는 일을 하고, 집 앞뒤에 아담한 밭을 가꾸었다. 계절이 여러 차례 지나면서 우리가 끝없이 너른 땅에 밀을 심었다는 사실은 다 잊은 것만 같았다. 농기구와 씨앗을 내리면서 보니 자루 하나가 다 새서 길바닥에 씨를 뿌렸던 일만 희미하게 떠오를 뿐이었다.

나중에 다시 돌아갈 때는 길에 밀이 빽빽이 자라나 있었다. 우리가 길에 흘린 밀 씨앗이 비를 맞고 싹을 틔워 길을 따라 굽이굽이 우리 집 앞까지 자라 있었다. 우리는 내내 밀을 수확하며 갔다. 제, 내가 도무지 믿지 못하던 경험 한 토막을 너는 진실로 여겼다. 너는 나를 등진 채 몰래 길을 기억했다. 그날 아침, 나는 몽롱한 상태로 네 얘기를 들었다. 그 땅에 풀이 무성해졌어. 나는 네가 그 밀밭 얘기를 하는 줄은 전혀 몰랐다. 지금 너는, 끝없이 펼쳐진 그 밀밭 속으로 걸어 들어간 것이 틀림없다.

개는 내가 데리고 간다. 나는 네가 돌아오는 날을 알 수가 없다. 집에 남겨두면 개는 그리움으로 끝없는 추억에 잠길 것이다. 나와 20년을 함께한 개는 한 사람이 완전히 딴사람이 되어버리는 변화를 목도했다. 20년 세월은 청년을 장년으로 바꿔놓고 계속해서 노쇠하게 만든다. 해가 갈수록 개는 자신의 충성심이 자꾸만 의심스러워진다. 개의 눈에 비친 사람 일생의 여러 시기는 곧 다른 얼굴을 가진 여러 사람이다. 개가 충심으로 따르던 그 사람의 얼굴은 세월이 흐르며 차츰 사라진다. 그 대신 다른 얼굴과 다른 마음을 가진 한 사람이 여전히 이 집에 살면서 이 밭을 가꾼다. 개는 이 상전벽해를 영원토록 이해할 수 없다. 사람을 평생 따라다니는 충견은 자신의 감각 속에서 이미 주인을 몇 번씩 바꾸었다. 개는 사람의 일생에서 어느 시기의 어느 얼굴이 진정 자신의 주인인지 분간할 수 없다.

집에 남겨진 개는, 밖을 떠도는 너처럼 나에게 가장 불안하고 걱정스러운 일이다.

주인 없는 개, 구차해진 개는 뼈와 가죽만 남은 채 골목을 헤맨다. 집집마다 구걸하러 다니며 세상의 환대와 냉대를 고루 겪은 개는 결국 세상 물정에 밝아져 굽실거리게 된다. 마음속에는 원망도 가득, 감사도 가득이다. 상한 찐빵 쪼가리를 준 사람에게 감사하고, 흙덩이를 던져 쫓지 않은 사람에게 감사하고, 쓰레기에 음식 찌꺼기를 섞어서 버린 가족에게 감사한다. 감사는 끝내 개의 본성을 사라지게 만든다. 개의 마음에서 조금의 원한마저 사라져버리고, 원한이 있다 해도 으르렁거리거나 짖어대지 않는다. 어슬렁어슬렁 한 바퀴 돌고 텅 빈 보금자리로 돌아간 개는 어떤 물건을 보면서 그 사람을 떠올린다. 주인의 그림자는 개의 머릿속에서 차츰 허상으로, 현실이 아닌 꿈으로 기억된다.

가장 중요한 것은 따로 있다. 네가 늦게 돌아오면 개는 제집에서 늙어 죽는다. 네 개의 자식이나 후손이 집 지키는 모습은 보지도 못한다. 그들은 주인 없는 순전한 들개 무리로 너의 집을 개집으로 여겨 너를 들어오지도 못하게 한다.

집을 잃기란 참으로 쉽다. 사람이 떠나면 집은 곧 빈집이 된다. 집 안의 공기나 간신히 발이 묶여 있지, 다리 달린 가구는 너를 기다릴 리 없다. 바퀴 달린 수레도 너를 기다릴 리 없다. 네가 문을 잠그면 사방이 다 길이 되어 모든 것이 떠나버린다. 문에 칠한 붉은 페인트는 얼룩덜룩 바랜 길을 따라서, 대들보는 울퉁불퉁 썩은 길을 따라서, 진흙벽은 울룩불룩 바람에 깎인 길을 따라서, 상자 속 돈과 수표는 누리끼리 폐기되는 길을 따라서…… 끝도 없이 가버린다.

잡초가 허리까지 올라온 풀밭에서 고개를 들어보니 우리 집 굴뚝에서 파르스름한 연기가 자꾸만 피어오른다. 나는 네가 돌아왔음을 직감한다. 어떻게 이런 일이, 이렇게나 세월이 흘렀는데, 이토록 오랜 세월이 흘렀는데, 너 없이 지내는 데 익숙해져가고 있는데.

나는 낫을 내던지고 집으로 달려간다.

바깥에서 일하던 사람이 자기 집에서 밥 짓는 연기가 피어올라 하늘과 땅을 이어주는 모습을 보면, 자손이 끊임없이 이어지는 그런 느낌이 절로 일어난다. 밥 짓는 연기는 집의 뿌리다. 대지 깊숙한 곳에서 살아가는 사람들은, 하늘을 끊임없이 파고드는 연기에 의지해 아득하고 낯선 바깥세상과 어떤 신비로운 연결을 유지한다.

연기가 모락모락 피어오르는 순간, 한 집이 살아난다. 한 마을이 일시에 생기를 띤다.

구름 한 점 없이 텅 빈 하늘에 오로지 우리 집 연기만 높이 오르고 넓게 퍼지며 해를 가린다. 나는 연기의 그림자 속을 달려간다. 집이 점점 가까워진다.

대문을 밀어젖힌다. 낯선 남자가 아궁이에 장작을 넣고 있는 광경에 얼떨떨해진다. 잠깐 집을 비웠다고 남에게 점거당하다니. 나는 몽둥이를 쥐고 웅크린 남자의 뒷모습을 향해 걸어간다.

발소리를 듣고 남자가 천천히 몸을 돌린다.

누구 찾소? 그가 묻는다.

그러는 당신은 누굴 찾아왔소? 내가 묻는다.

아무도 안 찾아왔소. 말하면서 그는 또 아궁이에 장작을 밀어넣는다. 솥에 반쯤 찬 물은 이미 부글부글 끓으며 김을 뿜고 있다.

그 남자는 다른 마을로 가는 길이었다. 우리 대문을 지나다가 흙벽돌을 밟아 부수는 바람에 내가 너에게 남긴 열쇠를 보게 됐다. 그는 조심스레 주워 녹과 먼지를 말끔히 닦아내고 일단 주머니에 넣는다. 몇 발짝 가던 그가 다시 돌아온다. 나는 너에게 문 다섯 개를 열수 있는 열쇠 다섯 개를 남겼다. 우리 집에서 잠글 수 있는 곳은 모두 잠가두었다.

그는 굵고 짧은 놋쇠 열쇠를 골라 자물쇠 구멍에 몇 번 쑤셔보지만 들어가지 않는다. 다시 가늘고 긴 열쇠를 골라 구멍에 찔러넣자 끝까지 쑥 들어가지만 열쇠가 반쯤 밖에 나와 있다. 그는 억지로 비틀어 열쇠를 빼낸다. 세 번째 열쇠를 넣으니 자물쇠가 열린다. 그는 마당을 한 바퀴 돌아보고 나서 하나씩 하나씩 문을 열어본다.

먼저 나지막하고 널찍한 침실로 들어간다. 방 대부분을 차지하는, 길이가 수십 미터나 되는 구들을 보고 그는 흠칫 놀란다. 이렇게 커다란 온돌은 난생처음 본다. 그는 생각한다. 이 집 남자는 우람하고 기운이 넘치나보군. 이리 커다란 구들을 만들다니, 자식을 수십 명 낳아 키울 셈이었어. 이런 야심 찬 남자는 대개 기골이 장대하고 또 뭐든지 잘하는 좋은 아내를 얻는다. 이런 천혜의 조건들을 갖추었으니 그는 콩과 팥을 심듯 커다란 구들 저쪽 끝부터 1척 간격으로 아들을 심고, 다시 꽃꽂이하듯 1척 간격으로 딸을 심을 것이다. 이는 수십 년에 걸친 고된 노동이다. 씨앗의 질과 양이 보증되어야 할뿐더러 꼬부라진 박과 터진 대추가 나와서도 안 된다. 쉽지 않은 일이다. 아무리 능력 있는 남자라도 커다란 구들 저쪽 끝까지 심고 나면 늙어서 아무것도 못한다. 허리가 굽고 다리를 절어 구들에서 내려갈 힘조차 없다. 이 커다란 구들에 가지런히 솟아난 자식들은 어느 날 아침, 창문으로 들어오는 햇살을 가린 채 바닥에 농작물처럼 촘촘히 서 있다.

그는 생각한다. 이 집 남자는 젊고 힘이 넘칠 때 자만한 나머지 평생의 정력과 시간을 너무 후하게 계산한 것이 틀림없어. 그러니 이다지도 거대한 구들을 만들었지. 스스로를 너무 믿었군. 세월이 흐른 지금, 반쪽짜리 아들조차 나오지 않은 것이 틀림없다. 커다란 구들은 황폐하기만 하다. 자라는 것이라곤 햇빛을 못 봐 비실비실한 잡초뿐이다. 동쪽 모퉁이에만 누레진 삿자리와 지저분한 담요 반쪽이 깔려 있고, 그 위에 꽃무늬 솜이불이 아무렇게나 쌓여 있다.

무엇이 이 남자의 원대한 꿈을 가로막고 깨부쉈을까? 그로서는 알 길이 없다.

그는 금이 잔뜩 간 탁자를 손가락으로 쓸어본다. 아주 또렷한 자국이 남는다. 먼지가 동전 두께만큼 쌓여 있다. 떠돌이인 그는 아무래도 한곳에서 마음 놓고 오랫동안 한 가지 일을 겪어본 적이 없을 것이다. 어린나무 한 그루가 커다랗게 자라는 모습을 오랜 세월 지켜본 나하고는 다르다. 나는 새집이 낡은 집이 될 때까지 한 집을 지켰다. 젊어서부터 정신이 흐리멍덩한 노년까지 한 사람을 그리워했다. 그는 이런 경험이 없는지라 먼지가 동전만큼 두껍게 쌓이기까지 몇 년이 걸리는지 모른다.

그는 돌아서서 농기구가 어지러이 널려 있는 헛간을 가로질러 간다. 각양각색 농기구가 벽에 걸리고 들보에 매달리고 바닥에 쌓여 있다. 난생처음 보는 별스럽게 생긴 물건도 있는데 당최 용도를 알 수가 없다.

제, 어떤 일은 오직 내 눈에만 보인다. 그 일들은 내 일생에 사소하거나 웅대하게 배치되어 있다. 이렇듯 각기 다른 일을 하고자 나는 각기 다른 전용 농기구를 만들었다. 나는 단순한 삽 한 자루로 평생 이런저런 일을 할 수 있는 아버지와는 다르다. 어떤 일은 내 노동을 통해 영원히 사라지거나, 아니면 다른 일로 변해 세월 속에서 기다리고 있다. 내가 묻어버린 물건들이 후세 사람에게 발굴되면 그런 노동이 또다시 돌아오거나 새롭게 시작된다. 내가 황야에서 마른풀을 베어 쌓아두면 세월이 흐른 뒤에 누군가 수레에 실어 마을로 가져올 것이다. 이런 장구한 물건을 지나가는 나그네가 어찌 훤히 꿰뚫어볼까. 그는 경탄할 뿐이다. 이 집 남자의 두 손은 얼마나 굳센 걸까. 자신을 위해 이토록 복잡한 농기구를 헛간 가득 마련하다니, 대체 얼마나 많은 일을 하고 얼마나 큰 사업을 벌이려는 걸까. 이 농기구 가운데 어느 것이 실제로 쓰였을까.

다른 문을 열자 곡물 썩는 퀴퀴한 냄새가 코를 찌른다. 이 창고에는 지붕 가까운 곳에 작디작은 통풍구 두 개만이 있을 뿐이다. 창문이 없고 빛이 들지 않아 어두침침하다. 한복판에 난데없는 벽이 우뚝 서 있고 벽 중간에는 시커먼 구멍이 뚫려 있다. 그는 구멍에 머리를 넣어 나머지 반쪽을 들여다본다. 한참이 지나서야 시커멓게 쌓인 곡식이 똑똑히 보인다. 그는 손을 뻗어 곡식 한 줌을 움켜쥐고 마당으로 나간다. 햇빛 아래서 한참을 살펴보고, 또 킁킁거리며 냄새를 맡아본다.

먹어도 괜찮을까. 그는 생각한다.

먹어도 되는 거라면, 이 창고 반을 채운 식량이면 혼자 1년은 족히 먹을 수 있다.

그는 마당을 한 바퀴 돌면서 땔감을 주워 부뚜막 옆에 가져다놓는다. 그는 여기 머물기로 마음먹는다. 이렇게 큰 집을 마냥 비워놓다니 너무 아깝지 않나. 원래 다른 마을에 가려던 것이지만 그 마을이 어디인지 정확히 알지도 못한다. 한 마을에 다다를 때마다 다른 마을이 그 앞에 또 어렴풋이 나타나는 바람에 그는 끝없이 앞으로 걸어가는 수밖에 없었다. 몇 해를 걸었는지도 알 수 없다. 그는 집도 잊고 돌아가는 길도 잊고 피로마저 잊었다.

때마침 정오다. 따사로운 햇빛이 마을을 비추고, 두세 명의 그림자가 이야기를 나누며 마을 한복판의 텅 빈 큰길을 지나간다.

그는 생각한다. 밥부터 하자. 그는 몇 년 만에 처음으로 배고픔을 느낀다.

바로 이때 내가 집으로 달려온다.

나는 크나큰 실수를 저질렀다. 제, 내가 낫을 팽개치고 달려왔을 때는 오후가 다 되어 있었다. 지나가던 사람이 내 낫과 싱싱한 풀 다발을 주워가는 바람에 그 뒤로 여러 해 동안 그자를 뒤쫓았다. 시끌벅적하거나 고요한 마을을 하나하나 지나고, 녹음이 우거지거나 황량한 땅을 하나하나 지나며 길 가는 모든 일꾼의 손에 들린 농기구를 살폈다. 나는 많은 일을 내던졌다. 심지어 집도 잊고 너마저 잊은 채……

제, 너는 넷째를 모른다. 네가 우리 집에 왔을 때 넷째는 실종된 지 몇 년째였다. 집에 남은 사람은 어머니와 지금껏 이름도 모르는 어린 남동생 둘뿐이었다. 동생들은 나보다 한참 어리고 나에게서 늘 멀리 떨어져 있었다―나하고는 오랜 세월 떨어진 머나먼 곳에서 각자 따로 노는 것처럼. 나를 둘째 형이라고 부르지도 않았다. 어쩌면 부르긴 불렀는데 너무 멀리서 불러 내가 제대로 못 들었는지도 모른다. 동생들은 언제나 같은 담장 밑에서 놀았다. 넘겨다보면 벽에 드리워진 두 개의 그림자 같았다. 사실 그들은 그림자였다. 그저 어머니의 세상 속에서만 살고 있었다. 아버지가 떠나자 아무도 그들을 세상으로 데려오지 않았다. 나는 나에게 형제자매가 얼마나 있는지 통 모른다. 아무튼 많다. 내세의 형제도 미래의 형제도 셀 수 없이 많다. 내 아버지의 성숙한 정자 하나하나, 내 어머니의 옹골진 난자 하나하나가 모두 나의 형제자매였다. 그들은 모두 다른 곳으로 흘러가버렸다, 내가 황사량에서 떠도는 것처럼.

세월이 흘러 이 황야를 어슬렁거릴 때, 나는 하나의 정자 또는 하나의 난자로 변했다. 맹목적이고 무지했다. 뚜렷한 행선지가 없었다. 나는 너를 찾아냈고, 그러자 여러 해 동안 평온하고 따뜻한 귀착점이 생겼다. 나는 밤낮으로 너를 사랑하고, 너를 통해 내 어머니에게 돌아가기를 갈망했다. 아버지가 실종된 뒤로 나는 어머니의 외롭고 쓸쓸한 반평생을 목도했다.

나는 영원히 막다른 골목을 걷고 있는 걸까. 들어섰다 나갔다 또 들어서면서. 너는 내가 길을 잃게 만들었다. 오랫동안 이 황사량이라는 마을을 나서지 못하게 만들었다.

제, 너는 내 어머니를 끝까지 잘 보지 않고 어머니가 내 이름 모를 두 동생을 데리고 멀리멀리 떠나게 했다. 나에게 길을 가르쳐달라, 뒤쫓아갈 수 있도록.

오후에 내가 삽을 메고 돌아온 바로 그때, 대문이 활짝 열려 있다.

나는 네 이름을 소리쳐 부르고 어머니를 소리쳐 부른다. 마당은 고요할 뿐 아무 대답도 없다. 맞은편 담벼락에 내 두 형제의 그림자도 보이지 않는다. 지난날 이 무렵 그들은 한창 신나게 놀았고, 담벼락에 드리운 그림자도 가장 또렷하고 사실적이었다.

나는 문을 하나씩 하나씩 열어젖힌다. 오랫동안 사람이 살지 않은 집만 같다. 내 기억에 나는 고작 하루를 나갔다 왔을 뿐이다. 아침에 집을 나서려 할 때 너는 부뚜막에 있는 그릇을 치우고 어머니는 작은 빗자루로 마당을 쓸고 있었다. 저렇게 큰 마당을 저 작은 빗자루로 언제 다 쓸까. 나는 이런 생각이 들어 너에게 어머니를 도우라 했고 너는 그러마 했다. 한창 낙엽이 질 때였다. 문을 나서는데 어머니가 쓸고 지나간 곳에 나뭇잎이 우수수 떨어졌다.

밭에서 일하면서도 무시로 마을을 바라보았다. 정오가 가까워질 때 우리 집 굴뚝에 연기가 피어오르다 사라졌다. 나는 밭두렁을 베개 삼아 한잠 잤는데, 그동안 수십 년이 흘러간 걸까. 마당을 나서서 어머니와 너를 찾아보지만, 마을은 텅 비어 있다. 단 한 사람도 보이지 않는다.

집집마다 문을 두드려본다. 거의 모든 집의 대문이 잠기지 않은 채 그냥 닫혀만 있거나 반쯤 열려 있다. 사람이 금방 나갔는데 멀리 가진 않은 것처럼, 이웃집에 가서 물건을 빌리거나 집 뒤에서 오줌을 누고 바로 돌아올 것처럼 문도 안 잠그고 창문도 안 닫은 상태다. 하지만 마당의 퇴락한 풍경은 이 집에 이미 오랫동안 사람이 살지 않았음을 알려준다. 나는 몇몇 친숙한 이름을 소리쳐 부른다. 세 번째 소리칠 때 마당 흙담 한 토막이 와르르 무너진다. 집으로 돌아온 나는 부뚜막에서 음식을 만드는 너를, 탁자에 놓인 볶음요리 두 접시를 본다.

일 다 끝났어? 네가 묻는 소리가 들린다.

무슨 일? 내 마음속에는 이 말이 떠오르지만 입으로는 다른 말을 한다. 방금 어디 갔었어?

밥하고 있잖아.

그런데 내가 돌아왔을 때 왜 널 못 봤지.

왔었어? 언제?

방금.

방금? 너는 말하면서 볶음 한 접시를 또 탁자에 놓는다.

어머니는?

방금 가셨어. 식사하러는 안 오시겠대. 어머니 식사량이 어마어마해. 여러 사람 몫을 드시고도 계속 배고파서. 어머니 말씀으로는 네 형제들 먹이느라 어머니 본인은 오랫동안 드실 필요가 없었대. 북서풍만 들이마셔도 배가 부르셨대.

네가 가리킨 길로 쫓아가던 나는 몇 발짝 가다 말고 돌아온다.

그럼 마을 사람들은 다 어디 갔지?

다 있는데.

어디 있어?

다들 자기 할 일을 하고 있겠지. 네가 어디에 갔었나 생각해봐. 그럼 남들이 가는 곳도 알겠지.

너는 말하면서 국 한 그릇을 탁자에 놓는다. 푸르스름한 국물에 하얀 뼈가 몇 개 들어 있다. 보니까 다른 접시에 있는 음식도 썩은 고기와 묵은 나물로 몇 계절 전에 거둔 것인지 케케묵은 흑회색을 띠고 있다. 갓 볶아냈는데도 온기가 전혀 없다. 몇 년을 상에 놔둔 단

체급식 같다. 다시 너를 보니 많이 늙고 약해진 것 같다. 소매 몇 군데가 썩어 문드러지고 구리 팔찌도 녹슬어 있다. 아주 오랫동안 이 식사를 준비하고 있는 듯한 모습이다. 화덕에서 타오르는 것은 오래전의 그 불이고, 접시에 담긴 것은 오래전의 고기와 채소이며, 내 위장에서 꿈틀거리는 것도 오래전의 배고픔이다.

제, 내 기억에 나는 겨우 하루 나갔다 왔을 뿐이다.

서른 살 가을에 생각했다. 더는 이렇게 어리벙벙하게 살아선 안 되겠다고. 나는 멈춰 서서 반평생을 진지하게 돌이켜보고 곱씹어보았다. 예순 살까지 산다면 앞으로 나아가는 데 30년을 썼고, 돌아오는 데 쓸 30년이 남아 있다. 이렇게 하면 한평생을 딱 맞게 쓸 수 있다.

그때부터 나는 잡고 있던 모든 일을 멈추었다. 헛간의 묵은 곡식을 먹고 우물의 오래된 물을 마시고, 어떤 낯선 사람도 알고 지내려 하지 않고, 마을과 집안의 모든 일에 관여하지 않았다. 유일한 바깥일은, 기억나지 않는 일이 있을 때 나를 잘 아는 몇몇 사람을 찾아가 옛일을 이야기하는 것뿐이었다.

그해 가을에는 집집마다 대풍작을 맞아 다들 정신없이 바빴다. 헛간이 꽉 차고, 자루도 다 쓰고, 마당이건 지붕이건 큰길이건 곳곳에 양식이 그득 쌓였다. 사람들은 오랜만에 찾아온 풍작에 기쁘면서도 얼떨떨해 아무도 나하고 쓸데없는 옛일 얘기를 하려 들지 않았다. 그들은 올해의 일을 하고, 올해의 옥수수를 손에 쥐고, 기쁨 가득한 눈으로 내년을 내다보았다. 그들은 말했다. 아아, 이런 풍년이 몇 년만 더 이어지면 평생 먹을 양식을 거둘 수 있겠다. 남은 세월은 아무 일도 안 하고 집에서 편안히 살겠네. 한 해 한 해 그려나가다보니 풍년이 저마다의 생의 끝까지 뻗어간다. 이런 바람대로라면, 내가 보기에 그들이 집에서 아무것도 하지 않고 행복을 누릴 시간은 아예 남아 있지 않다. 올해의 수확을 몇 입 먹을 겨를도 없이 이듬해에 더 큰 풍작이 바로 이어지고, 대풍작이 줄지어 몰려들면 사람들은 수확하느라 바쁘고 경축하느라 바빠서 맛난 밥 한 끼 먹을 틈도 없다. 한 마을 사람들의 일생은 이렇게 빈틈이라고는 조금도 없이 끝나버린다.

내가 일찌감치 수레를 세워서 다행이다. 제, 나를 이해하는 이는 오직 너뿐이었다. 지난날을 증명해줄 낡은 농기구와 집기, 오래된 계산서, 헐어빠진 신발과 모자를 찾아 온 집과 온 마당을 뒤질 때, 너는 아무 내색도 없이 나를 도왔다. 한편으로는 마당 가득 쌓인 곡식을 정리하고 한편으로는 네 옛날 옷과 장신구를 찾아내 걸쳐보았다. 예전의 눈빛과 미소로 나를 바라보고, 나에게 했던 말을 하고, 나에게 했던 행동을 되풀이했다. 제, 나는 전날 밤 일부터 돌이켜보기 시작했다. 나는 대문을 잘 버텨놓고 나뭇단으로 담벼락 틈새를 막았다. 아직 어둠이 깃들지도 않았는데, 잠자리에 들 시간도 아닌데 너는 일찌감치 나를 구들로 올라오라고 소리쳐 불렀다. 내가 나다니지 못하도록, 뒷집 한싼과 흰소리나 잡담을 늘어놓으며 기회를 엿봐 그의 담배 한 대를 얻어 피우는 일이 없도록. 한싼은 흥이 나서 뻐기고 싶을 때면 커다란 담배 종이를 한 장 건네고 담배를 한 줌 가득 주면서 길고 굵은 담배를 말게 해주었다. 이 자그마한 이득을 나는 너에게 말한 적이 없다. 말한다고 네가 나 혼자 신나게 나가 놀게 할 리 없으니. 나는 날이 밝자마자 날이 어두워지길, 일찌감치 구들에 올라가길 고대하는 네 마음을 알아차렸다. 그때 너는 얼마나 미친 듯이 나에게 연연했던가. 세월이 흘러 맞이한 그 밤들, 내가 한가로이 담배 피우러 나가고 싶어할 때 한쌴은 이미 마을에 없었다. 말끔히 단장해놓았던 그의 창문과 문은 기괴한 검은 구멍들로 변해 바람이 불 때마다 우우 괴성을 질렀다.

구들 가장자리에 앉아 옷을 벗을 때 마을 사람들의 분주한 소리, 개와 가축 소리가 들려왔다. 내가 바쁘면 다른 사람들의 바쁜 기척이 똑똑히 들리지 않는데, 그때 나는 바쁘지 않고 다른 일로 바쁘려 했다. 너는 내 몸이 피곤해서 본연의 일을 못할까봐 일찌감치 쉬게 했다.

그날 밤부터 회상해보니, 서른 살의 그날 밤부터 나는 그들을— 한 마을 사람들을 등진 채 원래의 방향으로 돌아갔고, 예전에 일어 났던 일을 마주했다. 꺼졌던 기름 등잔불이 다시 켜지자 주황색 불빛이 다시 이 방을, 이 수십 미터 길이의 거대한 구들을 아득하게 비추었다. 우리는 구들 한쪽 끝에서 잤고 다른 쪽 끝에는 옥수수가 가득 쌓여 있었다. 모두 갓 수확한 신선한 옥수수였다. 밤에 내가 졸면 너는 잡히는 대로 굵고 긴 옥수수를 쥐고 나를 흔들어 깨웠다. 너는 손에 쥔 옥수수로 내 입술을 쓸어올렸다. 너는 나를 깨우는 법을 알았다. 밖에서 바람이 불기 시작했다. 나는 바람이 마당의 마른 잎을 멀리멀리 실어가는 소리를 듣고, 이어 머나먼 곳의 나뭇잎을 우리 지붕과 마당으로 실어오는 소리를 들었다. 너는 내가 등불을 끄지 못하게 했다. 불이 켜져 있을 때 내 마음이 얼마나 쓰린지 너는 모른다. 집에 있는 등유는 작은 병 하나뿐이었다. 나는 큰 통을 여럿 마련해 헛간 벽에 나란히 붙여놓았다. 젊을 때는 어둠 속에서 더듬거리며 등유를 아끼고, 나이 들어 눈이 침침해지면 등유를 충분히 마련해 주변에 수많은 등불을 밝힐 셈이었다. 시력이 차츰 약해지면 사람은 가지고 있는 많은 등잔으로 제대로 보이지 않는 곳을 하나하나 밝힌다. 이것이 얼마나 커다란 보상인지 모른다. 이런 보상은 하늘에서 뚝 떨어지는 것이 아니다. 기나긴 생을 살아가며 하나하나 스스로 쌓아가야 한다. 너는 내가 조급하다고 탓했지만, 나는 그럴 수밖에 없었다. 불 켜진 채 등유가 조금씩 소진되면 나 자신이 힘이 빠지는 느낌이 들어 얼른 불을 끄고 자고 싶은 생각뿐이었다.

마을 어귀에 서서 한참을 살펴본다. 달빛 아래 황사량은 마치 꿈속의 대낮 같다. 은회색 투명한 공기 속에서 모든 것이 본모습을 드러낸다. 나무는 내가 떠난 뒤로 더 자라지 않은 것처럼 그 높이 그대로다. 집은 그대로 나지막한데 안에 사는 사람이 내가 아는 그 마을 사람인지는 알 수 없다. 한밤의 까만 길을 걸어가는데 정신이 흐리터분하다. 황사량을 떠난 지 얼마나 되는지 또렷이 기억나지 않는다. 한바탕 꿈을 꾸다 몽롱하게 깨어나보니, 내가 오랫동안 살아온 한 마을이 달빛 속에 잠겨 있다.

밤이 이슥해지기 전부터 나는 길을 잘못 들었을까봐 내내 걱정하고 있었다. 내 기억에 옛길은 모래언덕 꼭대기에서 서쪽으로 구불구불 이어지다가 도랑을 휘돌고는 마을로 곧게 뻗어 있었다.

누가 길을 북쪽으로 반 리나 옮긴 거야. 내가 혼잣말을 한다.

농사짓느라 길을 한쪽으로 밀어내는 사람도 있다. 지나가는 사람은 그의 밭을 빙 둘러 가야 한다. 어느 해엔가 사막을 지나 후자 호수에 갈 때였다. 길이 잘 뻗어 있고 길가에 들풀과 관목이 무성했다. 며칠 뒤에 돌아오는데 누군가 사막을 개간해 물을 끌어다 곡식을 심어놓았다. 한나절이나 걸려 우회하면서 이런 생각을 했다. 이 농부가 욕심쟁이라 땅끝까지 농사를 지었다면 나는 이쪽 타향에 영원히 격리되었겠군.

이 황야에는 농사짓는 사람도 없다. 길이 실수로 모래언덕에서 미끄러졌거나, 밧줄처럼 해마다 조금씩 북풍에 떠밀려 이쪽으로 온 것만 같다.

그런데 나는 또 다른 정경을 떠올린다. 폭설이 내린 뒤, 드넓은 황야가 온통 하얗게 뒤덮여 있다. 눈이 모든 경계와 표지를 흐릿하게 덮어버렸다. 가장 먼저 집을 나선 사람은 길이 어디 있는지 정확히 모르지만 꼭 가야만 하는지라 대략 방향을 잡아 눈을 밟고 걸어간다. 나중에 길을 나선 사람과 수레와 말은 아무 생각 없이 그 발자국을 따라간다. 이렇게 눈이 내릴 때마다 길은 원래 궤적을 벗어나 왼쪽으로 치우치거나 오른쪽으로 치우친다. 겨우내 진짜 길을 밟은 발은 몇 개 없다. 봄이 오고— 눈이 녹고 나서야 사람들은 깜짝 놀란다. 길이 한쪽으로 쏠렸잖아. 그러나 잘못을 바로잡아 원래의 길을 가는 사람은 아무도 없다. 어차피 어떻게 가든 가게 되는 곳이니, 목적지는 틀릴 리 없으니.

그 당시 갓 결혼한 나는 마을에 무슨 일이 일어나는지도 모른 채 밤새 네 곁에 있었다. 형제들은 모두 나하고 멀리 떨어져 있었고 밤에는 지붕과 마당에서 잤다. 어머니는 나에게 아무 일도 못 하게 하면서 끼니때마다 달걀을 먹었다.

네 처가 얼른 아기를 가져야지.

어머니는 하루빨리 우리 집에 한 사람이 오기를 바랐다. 날마다 떠나는 사람이 있고, 많은 사람이 사라졌으니.

나는 어머니 말씀을 가장 잘 들었다. 아버지가 떠나자 어머니 말씀은 우리 집안에서 유일한 어른의 목소리가 되었다. 어머니는 온화하고 평온하게 이 가정을 감쌌고, 우리는 어머니 말씀대로 따르기도 하고, 앞에서는 말을 듣고 뒤에서는 자기 생각대로 일하기도 했다. 말을 듣든 안 듣든, 우리에겐 이 목소리가―먼 조상으로부터 쭉 이어져 내려오는 육친의 목소리가 없어서는 안 된다. 아버지 어머니, 당신들의 목소리는 결국 자식들의 목소리가 되어 세대와 세대의 골짜기에서 오랫동안 울려퍼질 거예요. 우리가 젊은 시절 아무리 말을 안 듣고 어머니 당부와 아버지 분부를 거역했다 해도요. 결국 우리는 아버지 어머니의 목소리 속으로 돌아가 당신들의 말씨로 우리 스스로는 완전히 새롭다고 여기는 인생을 표현하고, 당신들 이야기 속에 있었던 모든 일을 하고 있어요.

제, 너도 네 어머니 말씀대로 순순히 내 아내가 되었다. 너는 오래 전부터 나를 좋아해 나와 결혼하고 싶어했다. 네 어머니가 동의하자 그 소원은 네 어머니의 소원이 되었다. 너는 말 잘 듣는 좋은 딸이다. 어머니의 뜻에 따라 네가 원하는 것을 했다. 나도 똑같다. 나는 20여 년의 힘을 쌓고 20여 년의 칼을 갈고 20여 년의 그리움을 모았다. 지금 나는 드디어 너와 한 구들에서 자고 한 이부자리에 눕는다. 문득 이게 다 어머니가 마련한 일임을 깨닫는다. 어머니가 말하기 전에 나는 밤에 몰래 너를 생각했을 뿐인데, 어머니가 말하고 나자 곧 어머니의 바람대로 움직였다.

내 나이 열여섯에 어머니는 나에게 황무지를 개간하라고 했다. 이렇게 익숙한 땅을 놔두고 황무지가 웬 말이람. 나는 속으로 중얼거렸지만 아무튼 갔다. 그곳은 쑥이 듬성듬성 자라는 허연 땅이었다. 보아하니 삽질 한 번 괭이질 한 번 안 겪어본 듯했다. 이게 바로 처녀지 아닌가, 개간하려면 꽤 힘이 들 텐데. 그렇다고 남들이 개간한 땅만 갈아엎고 있을 수는 없다. 남자에게는 개간할 처녀지가 좀 있어야 하는 법이다. 삽질 몇 번 했는데 땅이 어찌나 딱딱한지 아무리 애를 써도 삽이 들어가지 않았다. 어머니, 내가 너무 힘이 없는 걸까요, 황무지를 개간할 나이가 안 됐을까요. 네 아버지는 열세 살부터 황무지에서 삽질, 괭이질을 했는데. 풀이 죽은 나는 땅바닥에 주저앉아 한참 동안 단단하기 그지없는 미개척지를 바라보았다. 한낮이 다 되었기에 나는 삽을 메고 집으로 돌아왔다.

어머니가 시킨 일을 나는 피한 적이 없어요. 지금 안 해도 어차피 나중에 해야 될 테니.

어머니, 나는 어머니가 그때 개간하라던 황무지를 여태 마주하고 있어요. 그때처럼 그렇게 어쩔 줄 몰라 하면서.

아침 먹을 때 나는 내내 고개를 숙인 채 너를 쳐다보지 못했고, 내 형제들도 쳐다보지 못했다. 그들은 뭔가 대답을 원하는 듯 눈이 빠져라 나를 보고 있었다. 오직 어머니만 너에게서 무언가 알아차렸다. 내 얼굴에는 그때 황무지에서 돌아왔을 때의 그 표정이 떠올라 있었다.

제, 나는 어머니가 너를 불러 나지막이 뭔가 묻는 모습을 보았다. 너는 발개진 얼굴로 이따금 고개를 젓거나 끄덕였다. 아침 햇살이 마당을 따스하게 비추고, 나는 온몸이 근질거리고 열이 올라 안절부절 못했다. 형제들은 밥그릇과 젓가락을 내려놓고 밭에 가려고 농기구를 챙겼다. 한 명이 내가 담벼락에 세워둔 삽을 일부러 건드려 쓰러뜨렸다. 나는 일어나서 삽을 세우러 갔다. 나는 낫을 잘 쓰는 사람이지만 그들은 내가 삽을 쓰게끔 했다.

나는 땅에 구멍을 파려 했다.

구덩이를 파고.

깊은 우물을 파고.

나는 어떤 것이 삽자루처럼 굵고 딱딱해지기 시작한다는 생각을 하고 있었다. 고개를 돌려보니 어머니가 네 귓가에 대고 몇 마디 은밀한 말을 건네고 있었다.

어머니가 너에게 한 그 말을 너는 끝내 나에게 알려주지 않았다. 어머니는 나에게는 그렇게 비밀스럽게 무슨 말을 한 적이 없다. 자식이 많아서 그중 하나에게만 어떤 말을 할 수가 없었고, 어머니가 하는 모든 말은 모든 자식에게 하는 말이었다. 어머니는 너를 통해 은밀한 한마디를 나에게 몰래 전하려 했던 것이 틀림없다. 그러나 너는 나에게 한 글자도 흘리지 않고 숨겼다. 제, 네가 알까 모르겠다. 여러 해 동안 나는 밤이면 밤마다 너의 몸을 뒤지고 또 뒤졌다. 한 곳도 은밀히 놔두지 않고 모든 곳에 들어가려 했다. 어머니가 한 말이 네 몸 어딘가에 숨겨져 있다고 상상하며 그걸 찾아내려 했다. 그때부터 나는 너의 입술에 입맞춤하지 않았다. 내 모든 열정은 다른 데로 향했다. 그것들을 감동시키고 싶었고─감동시킬 수 있었다. 너의 입술이 말해주지 않았기에 나는 너의 손가락과 눈동자에게 묻고, 너의 배꼽에게 묻고, 너의 머리카락과 발뒤꿈치에게 물었다. 그들은 말할 수 있었다. 너의 입이 말하지 않는 것, 설명할 수 없는 것을 그들은 생생하고 아름답게 표현할 수 있었다.

마을에서 갑자기 신음 소리가 울려퍼진다. 남자와 여자가 함께 있을 때 나는 그런 소리다. 길가로 뚫린 그 시커먼 창문에서 흘러나오는 소리에 공기가 축축이 젖어든다.

내 기억에 예전에는 마을에 이런 소리가 없었다. 그때의 밤은 얼마나 고요했는지 모른다. 어른들은 아무 소리 없이 관계를 갖고 아이들은 아무 소리 없이 꿈을 꿨다. 끊임없이 사라지는 사람들 때문에 남아 있는 사람들은 아이를 낳아야 한다는 절박감을 느꼈다.

오랜 세월 동안 마을의 남자와 여자가 얼굴과 얼굴을 마주하고, 눈과 눈을 마주치고, 입과 입을 맞추고, 마음과 마음으로 그 일을 했지만 모두 칠흑같이 어두운 암흑천지에서였다. 창문과 문틈으로 별빛과 달빛이 스며들었지만 어슴푸레하고 흐릿하기만 했다. 멋모르고 그냥 구들에 아이들이 생겼구나, 느낄 뿐이었다. 예쁘고 잘생겨도 좋고, 못생겼지만 속이 꽉 차도 괜찮았다. 다 똑같은 방식으로 생겨났다. 먼저 남녀 한 쌍이 어두운 구들에서 서로를 더듬고, 그다음 정자 하나와 난자 하나가 더 어두운 모체 속에서 서로를 찾았다. 한 사람의 잉태부터 출생에 이르는 과정은 이토록 무모하고 맹목적이었다.

씨앗부터 잘 가려내는 농사와는 완전히 다른 일이었다. 농사는 콩 심은 데 콩 나고 팥 심은 데 팥 난다. 그런데 대를 잇는 일은 마음대로 되지 않는다. 각양각색 씨앗을 뿌리지만 품질이 어떤지 알 수가 없다. 실하든 쭉정이든 병들었든 수많은 씨앗 가운데 오직 최후의 하나만이 싹을 틔우고 열매를 맺는다. 반드시 최고라고는 할 수 없다.

제, 내가 너에게 준 것은 모두 쭉정이였단 말인가. 모두 오래 묵어 썩어가는 씨앗이었단 말인가. 여러 해 동안 나는 계절을 가리지 않고 씨를 뿌렸다. 작은 밭에 그토록 많은 씨를 뿌렸는데 하나도 싹이 나지 않았다. 배고픈 네가 내 모든 씨앗을 양식으로 먹어버린 걸까, 아니면 그 밭에서는 향기로운 풀만 자라는 걸까. 제, 너는 그날 밤 내가 낫을 들고 구들에 오른 걸, 낫을 꼭 움켜쥐고 있었던 걸 기억할까. 너는 의심스러운 눈초리로 나를 보고 있었다. 나는 꿈속으로 낫을 가져가려 했다. 꿈속에서 너의 그 밭을 보고 싶었다. 나는 그 밭의 모든 풀을 베어버리려 했다. 내 씨앗이 싹을 틔우고 곡식이 자라게끔 말이다.

어느 가을날 오후, 마침내 어느 집 창턱에서 내 낫을 찾아낸다. 다 닳아서 구부러진 고철이 되어 있다.

보아하니 가축을 기르는 집 같다. 집 앞뒤에 여기저기 들판에서 베어온 마른풀이 쌓여 있다. 내가 잃어버린 풀단은 이 높이 쌓인 풀더미 가운데 끼어 있음이 틀림없다. 헤집을 수 있다면 나는 내 풀단을 한눈에 알아볼 텐데. 내가 풀을 묶는 방식은 어느 누구와도 다르다. 다발마다 나만 알아볼 수 있는 표시를 남긴다. 나는 내가 다루는 모든 것에 남몰래 내 흔적을 남겼고, 심지어 신발 밑창에도 내 이름을 나타내는 글자 하나를 새겼다. 그러면 내가 가는 곳마다 이 글자가 새겨졌다. 중요한 곳에는 일부러 발자국을 깊이 찍었다. 이러는 까닭은 그저 몇 년 뒤에 이 황야로 돌아왔을 때 내가 살아온 흔적을 뚜렷이 보고파서였다. 아주 일찍부터 나는 이 황야로 돌아오게 되리라고, 황사량에 와서 살게 되리라고, 나 혼자가 아니라 큰 무리일 것이라고 예감했다. 그때 나는 옛 세상의 안내자로서 삽을 메고 여기저기 가리키며 거대한 군중 앞을 걸어갈 거라고. 내가 걸었던 온갖 길을 걷게끔, 내가 겪었던 모든 일을 겪게끔 그들을 이끌 거라고. 그 일에서 나보다 뛰어난 사람은 그들 중 아무도 없을 거라고.

집 앞뒤를 한 바퀴 돌아보았지만 가축은 한 마리도 보이지 않는다. 사람도 뭘 하러 나갔는지 문과 창문이 활짝 열려 있다. 물을 마시고 싶지만 물독은 말라 있고, 마당 한가운데 서 있는 느릅나무도 오래전에 말라죽었는지 나뭇가지에 부서진 초롱 하나만 높직이 걸려 있다. 두 사람 키를 합친 높이다. 짐작건대 나무가 아주 작을 때 이 집 사람들이 초롱을 나뭇가지에 매달고 나무 밑에 앉아 밤마다 어떤 일을 했을 것이다. 훗날 나무가 자라면서 초롱도 덩달아 높이 올라갔을 것이다. 누구도 손이 닿지 않는 높이라서 기름이 다 닳자 초롱불은 저절로 꺼졌을 것이다. 이 집 사람은 하던 일을 다 끝냈을까, 못 끝냈을까.

말라죽은 나무 밑에는 바퀴가 하나 남은 망가진 말수레가 서 있다. 말 한 마리의 뼈가 수레 끌채 한가운데 고스란히 쌓여 있다. 보아하니 말은 수레에 매인 채 죽은 것이었다. 정교한 가죽 마구가 여전히 말뼈에 걸쳐져 있다. 이 뼈 무더기는 기울어진 말 머리를 잡아맨 가죽 고삐로 나무줄기에 매여 있는데, 아주 바짝 매인 걸 보니 마부가 말과 수레를 나무에 매어놓고 다른 일을 하러 갔다가 결국 돌아오지 않은 듯—아니면 나처럼 너무 늦게 온 듯하다. 그동안 느릅나무는 자라고 또 자라고…….

나는 삐걱대는 나무 의자에 앉아 내 낫을 사랑스레 쓰다듬어준다. 애처롭기 그지없다. 어떤 작자가 내 낫을 이 모양으로 부렸단 말인가. 그는 내 낫으로 본디 내가 했어야 할 일들을 다 해냈다. 그가 이 낫을 못 찾았다면 내 풀도 이 집의 풀 더미처럼 높이 쌓였을 것이다. 좋은 낫 한 자루가 남의 손에서 온갖 일을 겪어 구부러진 고철이 되었고, 낫이 한 일은 다른 사람의 일이 되었다. 나는 곰곰이 생각에 잠긴다. 얼마나 많은 일을 해야 낫 하나가 닳아 못쓰게 될까. 그 일들을 끝내는 데 얼마나 오랜 시간이 걸렸을까. 생각에 잠겨 있던 나는 대경실색한다. 이 집 사람들은 진즉에 이 세상 사람이 아니었던 것이다.

도대체 세월이 얼마나 흐른 걸까. 어쩌면 내 일생도 일찌감치 끝났는지 모른다. 그런데도 나는 전혀 깨닫지 못한 채 한도 끝도 없이 세상을 떠돌아다니는지도 모른다. 일찍이 내가 하지 말았어야 할 일을 하면서, 일찍이 나에게 속하지 않은 길을 걸으며.

육친이 하나둘 떠나고 마을 사람들도 모두 다른 곳으로 이사 가자 내 주변은 고요하고 쓸쓸해졌다. 멀리서도 가까이서도 이야기 소리 하나 없고 발소리 하나 들리지 않는다. 나는 한 사람의 마을을 들락날락거린다. 아무도 나에게 저녁 종을 울려 일이 끝났다고 일러주지 않는다. 어두워졌으니 쉬어야지. 아무도 내게 알려주지 않는다. 그 밭은 더 이상 갈 필요 없어, 파종도 수확도 다 끝났어. 그 마당은 이제 안 쓸어도 돼, 더는 먼지도 날리지 않고 잎도 떨어지지 않을 거야. 아무도 내게 암시하지 않는다. 제라는 그 여인, 그리워할 것 없어. 그녀의 목소리와 얼굴, 그녀의 청춘, 모조리 바람에 흩날려버렸어. 그만 끝내자, 세상에는 일어나기를 기다리는 또 다른 일들이 있으니.

2부

바람
속
대문

바람 속 대문

나는 어느 길목에 소달구지가 서 있는지, 어느 저지대에 베어가지 않는 풀이 있는지 다 안다. 황혼녘에는 저녁 해가 마을 위를 한 뼘씩 한 뼘씩 움직여간다. 나는 저녁 해가 어느 담장을 가장 오래 비추는지 안다. 수많은 오후에 마을 밖 들판에서 저녁 해를 지켜보았다. 가지런히 늘어선 높고 낮은 흙담을 미끄러져가던 해는 그 비스듬히 금이 가고 진흙이 벗겨진 높은 흙담에 머문다. 마찬가지로 나는 그 흙담에 기대앉아 햇볕을 쬐는, 이 세상에서의 마지막 시간인 기나긴 만년을 보내는 노인을 안다. 그 노인은 우리 할머니다. 할머니는 언제나 날이 저물기 전부터 그 담장 아래서 나를 기다리면서 내가 길을 잃고 어둠 속을 헤맬까 걱정한다. 하지만 나는 어느 땅부터 땅거미가 깔리는지, 밤에 어느 별 아래가 좀 더 밝은지 일찌감치 알아냈다. 날이 완전히 저물고 나서도 가장 늦게 컴컴해지는 곳은 바로 마을이다. 아무리 늦어도 나는 집으로 돌아갈 수 있다. 나는 대문이 잠겨 있지 않다는 걸 안다. 바람이 불 때면 대문은 열리고 닫히기를 되풀이한다. 나는 문밖에 서서 바람이 문을 열어주기를 기다린다. 내가 들어서면 바람은 재빨리 대문을 닫아준다.

밥 짓는 연기는 마을의 뿌리다

그 시절 동풍이 불어오면 우리 집 느릅나무 잎새 하나와 리李 씨네
버드나무 잎새 하나가 허공에서 만나곤 했다. 두 잎새는 얼굴을 맞
대거나 등을 부딪치면서, 연인이나 형제처럼 바람 속에서 춤을 추며
멀리멀리 날아갔다. 잎새들은 내 아버지와 리 씨가 원수지간이라는
걸 알지 못했다. 내 머리 위에서 즐거이 나부낄 때면 고작 내 팔뚝
높이만큼 떨어져 있을 뿐이라 나뭇가지로 쳐서 바닥에 떨어뜨릴 수
있었다. 나는 그러지 않았다. 그들은 나무를 떠나 마을을 떠나 온 세
상을 떠돌았다. 나는 지붕에 올라서서 온갖 것이 하늘을 가득 메운
채 동쪽으로 날아가는 모습을 지켜보았다. 가을이 또 한 차례 찾아
와도 내 머리는 우두커니 있을 뿐 또 다른 머리와 허공에서 마주치
는 일은 없었다.

새벽에 동풍이 불어올 때는 공기가 눅눅하다. 밥 짓는 연기는 지
붕에 바짝 엎드려 서쪽으로 날아간다. 이른 아침에는 장작이 눅진하
고 피어오르는 연기도 검고 걸쭉하다. 모래 도랑을 따라 새로 온 사
람들이 터를 잡은 곳에서는 장톈張天네 검은 연기 한 줄기가 가장 먼
저 마을을 빠져나가고 왕즈허王志和네 노란 연기 한 줄기가 뒤를 잇는

다. 쑥을 태우면 노란 연기, 밀짚과 옥수수대를 태우면 까만 연기가 난다. 위성류는 자줏빛 연기, 싹사울나무는 파란 연기, 느릅나무 가지는 남빛 연기…… 마을 위로 보통 일곱 빛깔 연기가 피어오른다.

토박이가 살고 있는 이쪽에서는 먼저 한쏸네, 한라오얼韓老二네, 장 챵張椿네, 추라오얼邱老二네 밥 짓는 연기가 줄줄이 마을을 떠난다. 길 동쪽에서는 우리 집 연기가 한쏸네 연기를 천천히 뒤따르고, 한위안 궈韓元國네 연기가 추라오얼네 연기를 천천히 뒤따르고, 펑치馮七네 연 기가 장챵네 연기를 천천히 뒤따른다.

우리 굴뚝과 한쏸네 굴뚝은 몇 미터 엇갈려 있어서 두 줄기 연기 가 좀처럼 만나지 않는다. 언제나 나란히 따로 가고, 멀어진다 해도 서로 아랑곳하지 않는다. 한위안궈와 추라오얼네 굴뚝은 똑바로 마 주 보고 있어서 바람이 똑바로 불면 추라오얼네 연기가 큰길을 건너 한위안궈네 연기를 따라가거나 한위안궈네 연기가 큰길을 건너 추라 오얼네 연기를 따라간다. 그러면서 두 연기는 단단히 얽힌 한 덩어리 가 되어 멀리멀리 날아간다.

예전에 두 집이 잘 지낼 때 누군가 이런 말을 했다. 저것 좀 봐, 저 두 집은 얼마나 사이가 좋으면 연기까지 서로 부둥켜안고 있담. 나중 에 두 집 사이에 갈등이 생겼지만 연기는 변함없이 서로 엉켜 있었 다. 성격이 불같은 한위안궈는 자기 아이들이 추라오얼네 아이들과 놀지 못하게 했고, 자기 집 연기가 원수네 연기와 얽히는 것은 더더 욱 싫어했다. 못마땅하게 지켜보던 그는 뒷벽에 세워놨던 굴뚝을 옆 벽으로 옮겼다. 그런데 나중에 우리 집이 이사 가기 2년 전, 두 집은 또 더없이 사이가 좋아졌다. 이 집에서 좋은 음식을 하면 길 건너 저 집을 소리쳐 부르고, 저 집에서 맛난 음식을 하면 이 집에 가져다주었다. 두 집 아이들도 나이에 따라 형이니 아우니 하며 어울려 지냈다. 다만 두 집의 연기는 다시는 함께 가지 못했다.

어지러운 바람이 한바탕 불면 온 마을 연기가 헝클어진 머리처럼 뒤엉키고 만다. 밀짚 연기는 부드럽고, 싹사울나무 연기는 단단하고, 쑥 연기는 가장 독하다. 어느 집 연기는 바람 속에서 똑바로 설 수 있고 어느 집 연기는 바람에 엎어지는데, 이는 불 지피는 땔감과 관련이 있다.

밥 짓는 연기는 마을의 머리카락이야. 어릴 때 나는 이렇게 비유했다. 좀 더 자라자 나는 연기가 마을의 뿌리임을 깨달았다. 모락모락 피어오르다 멀리멀리 흩날리는 한 줄기 한 줄기 연기 속에서, 나는 높고 머나먼 곳에서 연기에 빨려들어 돌아오는 무언가를 보았다. 집집마다 날아든 그것은 솥으로, 솥 안의 밥으로, 그릇으로, 저마다의 입으로 가닥가닥 흘러들었다.

여름날 아침에 나는 초막 지붕에서 몸을 일으킨다. 그리고 잇따라 피어오르는 연기 위에 서서, 낫처럼 생긴 마을에서 피어오르는 연기가 공중에서 거대한 낫이 되는 모습을 지켜본다. 그 낫의 날이 서쪽을 향해 천천히 그러나 힘차게 나아가면 수백 포기 가을 작물이 가지런히 쓰러진다.

새가 울다

한밤중에 새가 우는 소리를 들은 적이 있다.

나는 외양간 지붕의 풀 더미에서 잔다. 여름 내내 외양간 지붕에 마른풀을 쌓아올리자 풀 더미가 집 지붕과 나무 꼭대기보다 더 높아졌다. 이 풀은 소와 양의 겨울 양식이다. 겨우내 외양간 지붕의 풀은 하루하루 줄어든다. 봄이 오고 풀싹이 처음 돋아나면 소와 양은 우리에서 나와 들판에 돋은 파릇파릇한 풀을 쫓아다닌다. 지붕 위 마른풀은 거의 바닥나서 굵거나 가늘거나 곧거나 휜 들보와 기둥이 모습을 드러낸다. 그때 지붕에 올라가 자칫 발을 헛디디면 외양간으로 떨어지고 만다.

늦여름에서 초가을 사이의 무더운 밤, 초막 꼭대기는 무척이나 시원한 곳이다. 밤하늘에서 산들산들 불어오는 바람이 풀 더미 꼭대기를 살랑살랑 흔든다. 이 계절의 바람은 하늘 높은 곳에서 불기 때문에 구름은 이리저리 떠다니지만 나뭇잎은 흔들리지 않는다.

그런 밤이면 나는 집 안에서 자는 일이 거의 없다. 때로는 밭머리에 풀을 깔고 누워 옥수수를 지켜본다. 때로는 마당에 있는 소달구지에 요를 편다. 내 옆에는 새로 거둔 옥수수와 면화가 쌓여 있다. 대개는 풀 더미에 누워 이런저런 일을 생각하다 잠이 든다. 어느 날 아침인지는 모르겠는데, 눈 떠보니 집에 무슨 일인가 일어나 있었다. 닭 한 마리가 없어지고, 누레진 나뭇잎 두 개가 창턱에 떨어져 있고, 마당에 쌓아놓은 옥수수 몇 개가 모자라 보이는데 또 하나도 줄지 않은 것 같기도 했다. 아무 일도 없는 건지 모든 것이 평소와 똑같았다. 식구들은 밥을 먹고, 마당을 치우고, 수레를 준비하고, 농기구를 메고 밭에 가고…… 날이 저물자 나는 또 풀 더미에 기어올라 이것저것 생각하다 잠이 들었다.

그날 밤, 나는 새소리에 깨어난 것이 아니었다. 그냥 그때 마침 잠이 깼다.

날이 좀 서늘했다. 나는 풀을 더 끌어다 덮었다.

그때 새 한 마리가 울었다.

"꾸액."

새는 그렇게 한 번 울었다. 그리고 조금 뒤에 또 한 번 울었다. 그 것은 아주 커다란 새였고, 굵고 탁하지만 마음을 파고드는 소리를 냈다. 외할아버지 목소리를 닮은 듯도 싶었다. 잠깐 멈췄다가 새는 꾸액꾸액 두 번을 더 울었다.

온 마을이 고요하고 컴컴한 가운데 오직 새 한 마리만 울고 있었다.

나는 좀 무서웠다. 지금껏 이렇게 커다란 새소리는 들어본 적이 없었다.

새 우는 소리는 서너 집 떨어진 마을 남쪽에서 들려왔다. 그곳에는 커다란 느릅나무 한 그루와 아담한 백양나무 한 그루가 있었다. 나는 그쪽으로 고개를 돌렸다. 시커먼 우듬지가 꼭 평평한 땅 한 조각이 솟아오른 것처럼 보였다. 그 위로 사람이 걸어다녀도 될 성싶었다.

얼마 뒤, 갑자기 서쪽 아주 가까이에서 새소리가 들렸다. 우리 집을 비스듬히 마주 보는 한싼네 지붕에서 난 것 같았다. 새가 울면 온 마을에 새소리가 울려 퍼지고, 울지 않으면 어떤 소리도 없고 공기조차 움직이지 않았다.

일곱 번째 울음소리를 듣자 나는 풀 더미에서 가만히 기어 내려갔다. 그 소리를 또다시 들을 엄두가 나지 않았다. 울음소리 하나하나가 내 몸에 와서 박힌 것만 같고, 온몸의 살과 뼈가 그 소리에 놀라 깨어난 것만 같았다. 무엇보다도 새가 날아와 풀 더미에 내려앉을까 봐 겁이 났다. 새가 정말 여기 와서 앉으면 나는 어쩐담. 온몸이 마른 풀에 파묻혀 있어 새는 나를 못 볼 텐데, 내 머리를 밟고 서서 울기라도 하면 나는 겁에 질려 그대로 얼어붙고 말 거다.

나는 풀 더미에서 스르르 미끄러져 외양간 가장자리까지 가서는 튀어나온 서까래를 부여잡고 내려왔다. 풀 더미 꼭대기에서 일어나 앉은 그 순간, 눈에 들어온 우리 집 지붕이 갑자기 너무나 아득하고 너무나 낯설게 느껴졌더랬다. 내 시선 아래로 까맣게 펼쳐진 광경이, 굴뚝과 지붕에 가로놓인 통나무들이 꿈속의 한 장면처럼 어슴푸레했다.

이것이 나의 집이란 말인가. 내가 반드시 기억해야 하는 얼굴―언젠가 내가 새처럼 날아서 돌아오면 한눈에 알아볼, 하늘을 올려다보는 우리 집의 얼굴이란 말인가. 지금 이 시각, 저 지붕 밑 커다란 구들에서 곤히 잠든 이는 나의 새아버지, 어머니, 형, 남동생 셋과 어린 여동생 둘이다. 어깨에 어깨를 맞대고 다 같이 잠들어 있다. 나만이 홀로 높은 곳에서 이 까만 집을 내려다본다.

외양간 앞마당을 지나는데 기둥에 묶인 소가 나를 힐끔 보았다. 소는 분명 새소리를 들었겠지. 못 들었을지도, 그냥 눈을 뜨고 자는 것일지도 모른다. 소의 눈앞을 지나가는 순간, 소의 눈동자가 반짝 빛났다. 머나먼 하늘의 작은 별빛 같았다. 나는 벽을 더듬으며 문가까지 갔다. 문을 미는데 안쪽에서 버텨놔서 밀리지 않았다. 다시 한번 힘껏 밀자 문을 버티고 있던 막대기가 뒤로 미끄러지면서 문이 열리고 틈이 생겼다. 나는 안으로 손을 뻗어 막대기를 치우고, 몸을 틀어 집으로 들어가 다시 막대기로 문을 버텨놓았다.

안에 들어서자 아무것도 보이지 않았지만 나는 모든 걸 똑똑히 알고 있었다. 물독과 구들 옆에 있는 아궁이를 살금살금 돌아갔다. 벗어놓은 신발 한 짝조차 밟지 않았다. 구들 가장자리를 더듬어 가면서 벽에 붙은 탁자를 지나 구들 가장 안쪽까지 갔다. 나는 옷을 벗고 서쪽 구석 자리에서 살그머니 잠들었다.

그때였다. 새가 또 울었다. 집 앞 나무 위에 있는지 울음소리가 창을 뚫고 들어와 온 집 안을 후려쳤다. 나는 얼른 고개를 파묻었다.

놀라서 깨는 사람은 아무도 없었다.

그 뒤로는 다시 울지 않은 걸 보니 날아간 모양이었다. 나는 한참이 지나서야 얼굴에 뒤집어쓴 이불을 젖혔다. 집 안이 갑자기 환해져 있었다. 달이 떠올라 달빛이 창문으로 비스듬히 비쳐든 것이었다. 모로 눕자 구들에 한 줄로 누운 식구들 머리가 똑똑히 보였다. 옆으로 눕거나 바로 누워 다들 단잠에 빠져 있었다.

그들이 낯설게 느껴지면서 갑자기 외로움과 두려움이 밀려들었다.

이튿날 점심때 내가 말했다. 어젯밤에 어떤 새가 아주 크게 울었어. 외할아버지 목소리만큼 컸어. 얼마나 놀랐는지 몰라. 식구들이 일제히 나를 바라보았다. 다들 음식을 씹느라 바쁠 뿐 아무 말도 없었다. 어머니만 이렇게 말했다. 너 또 꿈꿨구나. 꿈 아니에요, 확실히 들었어요, 모두 여덟 번을 울었어요. 그러고는 날아가버렸어요. 나는 이렇게 말하는 대신 그냥 그릇을 든 채 우두커니 앉아 있었다.

그날 밤 새소리를 들은 사람이 또 있을까.

그건 그냥 새 울음소리일 뿐이야. 나는 생각했다. 새가 잠이 안 와서 그랬는지도 몰라. 혼자 까만 하늘을 유유히 날다가 황사량 하늘에 이르러 몇 번 울었던 거야.

그 새는 고독감과 적막감을 불러냈다. 나는 아무 말도 하지 않았다.

더 많은 새가 더 많은 장소에서 쉴 새 없이 지저귄다. 나무에서, 지붕에서, 하늘 아래서. 그렇게 끊임없이 울어도 새소리를 듣는 사람은 거의 없다. 새가 울 때 누군가는 잠에 빠져 있고, 누군가는 그 자리에 없고, 누군가는 사람 말을 듣고 있고…… 잠시 멈추고 새 한 마리의 울음소리를 온 마음으로 귀 기울여 듣는 사람은 몹시 드물다. 사람은 새가 뭐라고 하는지 알아듣지 못한다.

그해 가을, 새들이 하늘에 새까맣게 모여들었다. 수천 마리인지 수만 마리인지 알 수 없었다. 새들의 그림자가 햇빛을 가려 마을이 온통 어둠에 휩싸였다. 새똥이 사람 얼굴과 몸에, 나무와 지붕에 빗발치듯 떨어졌다. 곳곳에 희끗한 얼룩이 생겼다. 무슨 일이 나겠구나 싶어 다들 당황했다. 사람들이 잔뜩 모여들어 이런저런 추측을 했다. 나중에는 혼자 집에 있기 무서워 온 마을 사람이 한자리에 모여 있었다. 새는 하늘에서 멋대로 울고, 사람은 땅에서 맘대로 떠들고. 누구도 누구의 말을 알아듣지 못했다. 거의 모든 새가 울어대는데 저마다 목청을 높여 혼돈의 도가니였다. 뭔가 의논하거나 결정하는 분위기는 아니고, 패싸움을 하듯 난리통이었다. 다들 한순간도 입을 다물지 않아 한 마리의 목소리는 들을 수가 없었다. 사람은 정반대였다. 한 사람이 말을 하면 다른 사람들은 그가 새들이 모여든 이유를 안다고 여겨 모두들 입 다물고 귀를 기울였다. 흙덩이에 올라선 그 사람이 하늘에서 갓 내려온 것처럼 손을 휘젓자 다른 사람들은 더더욱 조용해졌다. 그가 목청을 가다듬고 말을 하기 시작했다. 새소리에 섞여든 그의 말은 그래도 처음엔 사람 소리 같더니, 얼마 뒤에는 새소리 같아졌다. 쿠릉, 소리와 함께 다른 사람들도 새처럼 저마다 목소리를 내며 와글와글 떠들기 시작했다. 사람 소리 새소리가 천지간에 뒤섞였다.

한 시간쯤 이러고 나서야 새 떼가 흩어지고 햇빛이 다시 마을을 비추었다. 사람들이 하늘을 올려다보는데 새가 한 마리도 없었다. 어디로 흩어졌는지 하늘이 텅 비었다. 한참을 그렇게 보고 있을 때, 서쪽 하늘에서 새 한 마리가 쓸쓸히 날아오더니 방금 새 떼가 선회하던 곳을 몇 바퀴 돌고 몇 번 울고는 다시 서쪽으로 날아가버렸다.

아무래도 모임에 지각한 녀석이지 싶었다.

또 언젠가는 까마귀 떼가 마을 동쪽에 모여 회의를 했다. 적어도 수천 마리는 되어 보였다. 대다수는 길가 느릅나무에 내려앉았고, 나무에 못 앉은 녀석들은 맨땅과 밭두둑과 길에 새까맣게 내려앉았다. 까마귀가 회의를 열면 마을에서 누가 죽는다는 뜻이다. 어느 집 사람이 죽을지는 알 수 없다. 사람들이 마을 동쪽으로 몰려든 바람에 마을 서쪽은 텅 비었다. 사람과 까마귀의 거리는 기껏해야 길 하나 폭이었다. 저쪽에는 까마귀가 나무와 땅을 새까맣게 채우고, 이쪽에는 사람이 도랑과 길에 시커멓게 몰려 있었다. 까마귀는 까악까악 시끄럽게 울어댔고 사람은 교양 있는 방청객처럼 입을 꾹 다물고 있었다. 까마귀 모임에서 자기 집에 관한 비밀스러운 말이라도 나올까 귀를 쫑긋 세운 모습이었다.

왕잔王占만이 군중 속에서 빠져나와 나뭇가지를 들고 까마귀 떼에게 소리를 지르며 다가갔다. 오래된 느릅나무 옆은 그의 밀밭이었다. 그는 까마귀가 밀을 짓밟을까 걱정스러웠다. 그가 나뭇가지를 휘두르며 "악악" 고함치는 소리가 꼭 다른 까마귀가 우는 소리 같았다. 왕잔이 거의 까마귀 떼 앞까지 다가섰지만 까마귀는 단 한 마리도 날아오르지 않고 본체만체했다. 겁먹은 왕잔은 나뭇가지를 든 채 한참을 우두커니 서 있다가 돌아서서 군중 속으로 냅다 뛰어왔다.

바로 그때였다. 뚜둑, 느릅나무의 마른 가지 하나가 무게를 못 버티고 부러지는 통에 수백 마리 까마귀가 일제히 곤두박질쳤다. 몇몇 똘똘한 녀석은 떨어지다 말고 공중으로 날아올랐지만 바닥에 떨어지거나 공중에서 서로 부딪치는 까마귀가 훨씬 많았다. 그 광경을 보며 사람들이 떠들썩하게 웃어댔다. 한 마리는 날개가 부러졌다. 까마귀 떼가 모두 날아간 뒤에도 그 녀석은 나무 밑에 외로이 서서 하늘과 사람들을 번갈아 쳐다보았다.

온 마을 사람이 그 까마귀를 둘러쌌다.

그해에 마을에는 죽은 사람이 없었다. 그 느릅나무가 죽었다. 까마귀가 날아간 뒤에 나무는 벌거숭이가 되었다. 모든 잎이 까마귀에게 짓밟혀 떨어지고 말았다. 이듬해 봄에도 잎은 다시 돋아나지 않았다.

"그날 밤에 새 우는 소리 들었어? 엄청 커다란 새가 여덟 번 울었는데."

나는 그 뒤로 오랫동안 그날 밤 새소리를 들은 사람을 찾아다녔다. 마을 남쪽에 사는 왕청리王成禮와 멍얼孟二에게 물었다. 한싼에게도 물었다. 일곱 번째 새소리는 한싼네 지붕에서 들려왔기에 그가 틀림없이 들었어야 했다. 나는 생각했다. 황사량에서 정말 그 소리를 들은 사람이 아무도 없다면, 그 새는 나 혼자만 들으라고 운 거야.

그날 밤 새소리를 들은 사람은 끝내 찾지 못했다. 이후 몇 년은 나 자신이 자라느라 바빠서 새가 울었던 일은 기억에서 희미해졌다. 새는 어린 시절 겪었던 수많은 일처럼 멀리멀리 밀려났다. 그러나 마흔이 되어갈 무렵 어쩐 일인지 그 새 울음소리가 문득 생각났다. 때때로 나도 모르게 입을 벌려 소리를 내보기도 했다. 그 새소리를 내려던 것인데 또 새소리가 아니었다는 느낌이 들었다. 아마 내 기억이 잘못됐을 거다. 그건 그냥 꿈이었을 거다. 그날 밤은 아예 없었던 거다. 풀 더미에서 홀로 잠든 나도 없고, 그 몇 번의 새소리도 없었던 거다. 어쩌면 그것은 외할아버지 목소리였는지도 모른다. 할아버지가 외로워서 밤에 몇 번 소리쳤던 거다. 내가 아주 어릴 때, 외할아버지의 굵고 커다란 목소리가 높은 곳에서 내려오곤 했다. 그러면 나는 깜짝 놀라 고개를 들고 할아버지의 널찍한 가슴과 수염 가득한 턱을 올려다보았다. 할아버지는 나에게 사탕 하나를 찔러주기도 하고, 다른 곳에 가서 놀라고 호통을 치며 우리를 내쫓기도 했다. 외할아버지는 엄청 깔끔한 성격이었다. 우리가 집을 더럽힐까봐 안절부절못하다가 우리가 떠나면 곧바로 빗자루를 들고 바닥을 쓸었다.

이제 이 모든 일에는 아무런 증거도 없다. 그 외양간은 없어졌다. 나무 꼭대기보다 높던 풀 더미는 소가 다 먹어치웠고 외양간 벽은 다 무너졌다. 한 사람을 높이 올려주던 그것들은 진즉에 사라졌다. 그 하늘은 텅 비었다. 그 높이에서 그가 겪었던 모든 일을 겪는 사람은 다시는 없다.

숨바꼭질

나는 언제 그들을 떠났을까―나보다 몇 살 많은 그 무리를 떠나 혼자 놀기 시작한 게 언제일까. 마치 손 하나가 나를 그 무리에서 억지로 끌어내는 바람에 그 뒤로 다시는 돌아가지 않게 된 것만 같다.

밤에 풀 더미에 누우면 아이들이 여기저기서 소리치는 소리가 들렸다. 누구 목소리인지 다 알아들을 수 있었다. 잠깐 잠잠하다가 또 한바탕 시끌시끌해졌고, 그러면 마을의 개가 짖고 나귀가 울기 시작했다. 마을 주위는 컴컴하고 괴괴한 황야와 사막이었다. 아이들의 거침없는 함성에 어둠 속에서 마을로 향하던 무언가가 멀리서 걸음을 멈추었다. 그게 뭔지는 나도 모른다. 늑대 한 마리일까, 밤을 틈타 이동하는 야생 나귀 떼일까, 쥐 일가족일까. 모두 아닐 수도 있다. 아무튼 그것들은 멈춰 섰다. 그런데 소리를 듣고 마을에 몰래 숨어든 또 다른 무언가가 있었고, 그것들은 소리 소문 없이 담장 그림자나 흙먼지 속에 녹아들어 마을의 일부가 되었다.

어른들은 일찌감치 잠들어 있었다. 잠들지 못한 사람들도 가만히 누워 있었다. 어른들은 밤에 함부로 소리치는 일이 거의 없었다. 날이 저물면 아이들을 불러들여 잠자리로 보냈다. "시끄러워서 나귀가 깨잖아. 나귀가 잠을 못 자면 내일 어떻게 수레를 끌고 일을 하니."

어른들은 아이들이 밤중에 떠드는 일이 마을에 무슨 쓸모가 있는지 알지 못했다.

그때는 나도 몰랐다.

세월이 흘러 어느 기나긴 밤이었다. 어둠 속에 누워 있는데 사방이 고요했다. 개 짖는 소리도 나귀 우는 소리도 들리지 않고 사람 소리도 전혀 없었다. 끝없는 어둠에 홀로 짓눌린 나는 아무 소리도 못 낸 채 숨죽이고 있었다. 날이 다시는 밝지 않을 것처럼 숨결마저 시커메졌다. 내가 질식하는 모습을, 나는 눈을 부릅뜬 채 절망적으로 지켜보고 있었다. 그때였다. 멀리서 아이들 함성이 울리더니 점점 가까워지고, 자꾸자꾸 가까워졌다.

아이들은 숨바꼭질을 하고 있다. 역시 그 무리다. 이따금 흙장난 하던 꼬맹이들 가운데 몇몇이 와서 두어 번 끼어들어보지만, 안 되겠다 싶은지 도로 가서 오줌 진흙을 갖고 논다. 숨바꼭질은 아무나 할 수 있는 놀이가 아니다. 똘똘해야 한다. "숨었니?" "숨었다." 소리쳐서 바보 몇 명을 속여 넘겨야 한다. 날이 캄캄해지면 혼자 어둠 속을 더듬어 집에 돌아가야 한다. 때로는 몇 명만 남겨둔 채 어른들 무리로 들어가 다시는 돌아오지 않기도 한다.

아이들은 밤마다 밖에서 놀고, 밤마다 밤늦게까지 논다. 어떤 아이는 놀다가 몸이 기울어지며 스르르 잠들어버린다. 아무도 부르지 않으면 별빛과 달그림자 속에 밤새 쓰러져 있다. 때로는 한밤중에 먹이를 찾아다니는 돼지 소리에 깨어나 비몽사몽 남의 집에 들이닥치기도 한다. 도둑은 자정이 지나서야 마을에 들어와 물건을 훔쳐간다. 들토끼는 동트기 얼마 전에야 조심스레 경작지에 들어가 푸성귀 몇

장 뜯어 먹고 똥 한 무더기를 남긴다. 놀다 지쳐 집에 가기 귀찮아져 무작정 풀 더미에 드러누워 자는 아이도 있다. 한밤중에 볼일을 보러 나온 사람이 쪼그려 앉다가 담벼락 그림자 속에 누워 잠꼬대하는 누군가를 보기도 한다. 아무리 밤이 깊어도 개는 오줌 누는 주인을 맞으러 나오고, 주인의 오줌을 보고 자기도 다리를 쳐들고 오줌 줄기를 뿌린다. 바깥에서 자는 어른도 최소 두 명은 있다. 한 사람은 강굽이에서 수박을 지키는 한라오다韓老大, 또 한 사람은 밀 작업장을 지키는 리라오얼李老二이다. 아이들 떠드는 소리가 잦아들면 두 어른이 깨어난다. 한 사람은 원두막에 앉아 있고 한 사람은 곡식 더미에 누워 있다. 둘 다 개를 데리고 다닌다. 무슨 기척이 들리면 사람은 고함을 지르고 개는 컹컹 짖어댄다. 쫓아가지는 않는다. 그들의 임무는 물건을 지키는 것이다. 마을 전체에서 이 두 가지만 사람이 지켜본다. 아이들이 흩어지고 나면 많은 것이 밤 속에 팽개쳐진다. 흙담은 밤새 그늘 속에 서 있고, 쌩쌩 불어오는 바람이 그의 몸에서 한 톨 한 톨 흙을 긁어낸다. 외양간 지붕에 쌓인 짚가리 한 토막이 슬그머니 부러진다. 바닥에 누워 있는 통나무는 한쪽은 까맣고 한쪽은 하얀 모습이 달빛에 갈라진 생과 사의 만남의 자리 같다. 삽 한 자루는 담장에 기대서 있고, 밧줄 한 가닥은 나무에 매달려 있고, 그 길은 마을을 가로질러 시커멓게 사라져간다.

오랜 세월이 흐른 뒤에야 나는 이 마을이 무엇을 잃어버렸는지 알게 되리라. 언제나 떠들썩하던 그 밤들. 어느 날 밤, 아이들은 다시는 나를 찾지 못했다.

"거름 더미 뒤는 찾아봤지. 말구유 아래도 들여다봐."

"빨리 나와라. 다 봤다. 안 나오면 흙뭉치 던진다."

오래 숨어 있을 수 있는 사람은 아무도 없다. 우리는 숨을 만한 곳을 다 안다. 누가 어디에 잘 숨는지 다 안다. 여러 해를 놓고 여러 무리와 놀아봐서 숨는 방법과 숨는 장소는 더 이상 비밀이 아니다.

처음에 아이들은 나무에 올라가 숨곤 했다. 마을 안팎에 자리 잡은 커다란 느릅나무들은 가지도 잎도 무성했다. 커다란 나무 한 그루는 나무 위에만 열댓 아이를 숨길 수 있고 나무 구멍에도 숨길 수 있었다. 그런데 나무 위는 새의 집이었다. 사람이 올라가면 새가 쩍쩍거리는 바람에 금세 들켰다. 풀숲도 사람을 숨기지 못했다. 쪼그리고 앉으면 벌레가 울음을 뚝 그쳤다. 밤의 들판은 벌레 소리가 끊이지 않으며 온갖 벌레 소리가 뒤섞여 있었다. "벌레 소리가 1장丈 두께구나." 벌레가 많은 해에 아버지가 한 말이었다. "벌레 소리가 종잇장처럼 얇아." 벌레가 적을 때는 이렇게 말했다. 아버지는 넘쳐나는 벌레 소리를 들으며 밭에 벌레가 얼마나 여러 종류가 있는지, 어느 벌레가 많고 어느 벌레가 적은지 가려낼 수 있었다. 어느 벌레가 한 마리도 남김없이 이 땅을 떠났는지, 영원히 돌아오지 않는지도.

나는 아버지에게 벌레 소리 듣는 법을 가르쳐달라 하지 않았다. 아버지와 밤 들판을 수없이 다니며 스스로 알아냈다.

풀숲에 있는 사람을 찾기란 참으로 쉽다. 가만히 웅크리고 어디서 벌레 소리가 안 나는지 들어보면 된다. 그 안에 반드시 사람이 숨어 있다.

웅크려 있을 때는 숨을 멈추어야 한다. 바람을 일으키면 안 된다. 웅크린 나를 공기가 눈치채지 못하게끔 해야 한다. 나처럼 다른 존재들도 모두 귀 기울여 듣고 있다. 이 들판에는 듣고 있는 귀가 무수히 많다. 갑자기 큰 소리가 울리면 모든 귀가 쫑긋 선다. 어떤 것이 아무 소리 없이 잠잠해져도 다들 겁먹고 경계한다. 어떤 것이 숨을 죽일 때 그것은 죽은 것이 아니라 귀를 기울이기 시작한 것이다. 그것은 무얼 들으려 할까. 목표물은 누구일까. 그때 다른 듣는 것들은 더욱 조심스레 침묵하며 그 어떤 소리도 내지 않는다.

들을 때 귀와 몸은 최대한 땅에 가까이하되 땅에 닿아서는 안 된다. 똑같이 숨을 참아야 한다. 한번 내쉬자마자 다른 것들이 나를 느끼고 만다. 들이쉬는 소리는 나 자신에게 영향을 끼친다. 다른 것들이 내 숨소리 한 가닥도 듣지 못할 만큼 숨죽이고 있어야 내가 그것들을 똑똑히 들을 수 있다.

아버지도 이런 식으로 귀를 기울이는지는 모를 일이었다. 아버지가 나에게 가르쳐준 특별한 재간은 거의 없었다. 어쩌면 아버지가 보기에 이 정도는 재간이라 할 수도 없는, 한 번 보면 누구나 할 수 있는 일이었는지도.

그날 저물녘에 아버지와 나는 굽이진 강기슭으로 잃어버린 양을 찾으러 갔다. 햇빛이 조금 남아 있어서 공기 중에 먼지와 안개와 노을빛이 자욱했다. 노랗고 빨간, 걸쭉한 공기를 들이마시면 배가 불러오는 기분이었다.

강기슭 풀이 내 키보다 높이 자라 있었다. 아버지는 정수리만 보였다. 나는 깡충깡충 뛰어야 풀 위로 머리를 내밀 수 있었다.

나무에 올라가서 찾아보자. 아버지가 말했다. 우리는 10분쯤 걸어 커다란 느릅나무 밑에 이르렀다.

어디 풀이 움직이나 봐라. 아버지가 나무 밑에서 소리쳤다.

강가에 있는 풀이 몽땅 움직여요. 내가 말했다.

그럼 내려와라.

아버지는 나무 밑에 앉아 담배를 피우고 나는 그 옆에 서 있었다.

바람 한 점 없는데 왜 풀이 다 움직이는 것 같죠? 내가 물었다.

사람과 가축이 온종일 풀을 휘저어놓았잖니. 그래서 풀이 여태 못 쉬고 있는 거란다. 아버지가 말했다.

아버지는 어두워지기를 기다리고 있었다. 늦게까지 일한 사람과 가축이 집에 돌아갈 때를, 들판이 쉴 때를 기다리는 것이었다. 다들 돌아가고 나면 땅속에서 촘촘한 벌레 소리가 물처럼 배어난다. 배어날수록 소리는 점점 짙어지고 점점 깊어진다.

한라오얼이 떠나자 땅에 아무도 남지 않았다. 한라오얼은 늘 맨 마지막까지 일한다. 오늘도 그는 땔나무 다발 아니면 풀 한 단을 짊어지고 돌아갈 것이다. 오른쪽 어깨에 멨을 거다. 오른쪽 발걸음에서는 무거운 소리가, 왼쪽 발걸음에서는 가벼운 소리가 나니까.

아버지는 입을 열지 않았지만 나는 아버지가 마음속으로 이렇게 말하는 소리를 들었다.

그때 나는 대지에서 들려오는, 어수선하고 다급하고 피곤한 소리만을 감지할 수 있었다. 마지막 한 줄기 석양이 지면에서 뽑혀나가는 소리는 밧줄 한 가닥이 땅에 떨어지는 소리처럼 연약하고 기운 없다. 닭이 울고 나귀가 울고 사람과 가축이 움직이고 파리가 윙윙대고 메뚜기가 팔딱이는, 모든 것이 힘이 넘치는 아침과는 다르다. 나는 그 시절 이미 하늘과 땅의 수많은 소리를 들을 수 있었지만 세세히 분간하지는 못했다.

어느새 하늘이 완전히 깜깜해졌다. 깨진 은 조각 같은 별 몇 개가 하늘가 먼 곳에 팽개쳐져 있었다. 우리는 느릅나무 곁을 떠나 10여 분을 걸어갔다. 한 걸음 내디딜 때마다 벌레 소리 절반이 발에 밟혀 사라졌다. 뒤돌아보니 그 느릅나무가 어둠 속에 시커멓게 서 있었다. 가로로 쭉 뻗은 그 가지는 마을을 가리키는 팔처럼 보였다. 느릅나무의 모든 잎사귀가, 모든 뿌리가 듣고 있었다. 느릅나무는 모든 걸 들었고 모든 걸 알았다. 봐, 바로 그 집 사람들이야. 나무는 누구에게 보라고 하는 걸까. 나는 흠칫 겁이 났다. 걸음이 빨라졌다.

저 나뭇가지가 줄곧 우리 집을 가리키고 있어요. 조금 아까 나무 위에서 아버지에게 이 얘기를 할 뻔했다. 말은 하고 싶은데 무슨 까닭인지 목소리가 나오지 않았다.

앞서가던 아버지가 걸음을 멈추더니 천천히 쭈그려 앉았다. 나도 이삼 미터 뒤에서 천천히 쪼그려 앉았다. 발에 밟혀 사라졌던 벌레 소리가 금세 곁에서 울리기 시작하더니 물처럼 머리 위까지 차올랐다. 5분쯤 지나자 아버지가 일어서기에 나도 따라 일어섰다.

저쪽에 있구나, 북서쪽 모퉁이에. 아버지가 손가락으로 가리켰다.

나는 문득 그 커다란 느릅나무가 생각나서 또다시 뒤를 돌아보았다.

동쪽 풀밭에서 뭔가 움직이고 있어요. 내가 말했다.

소야. 숨소리가 거칠고 묵직한 거 못 들었냐. 아버지가 눈을 부릅 뜨며 말했다.

나는 아이들이 내 목소리를 들었으면 했다. 아이들이 나를 찾아내 길 간절히 바랐다. 처음에는 가만히 숨죽인 채 아이들이 이리저리 뛰어다니는 소리에 귀를 기울였다.

"팡터우方頭, 나와라. 다 봤어."

"한쓰와韓四娃도 찾았다. 펑바오쯔馮寶子가 저쪽으로 뛰어가는 것도 봤고. 분명 마구간에 숨었어. 이제 류얼만 남았다."

말소리와 발소리가 점점 멀어지더니 마을 동쪽 끝으로 가버렸다. 나는 일부러 소리를 좀 내고 밖으로 기어나가 몇 번 깡충거리기까지 하면서 아이들을 꾀어내려 했다. 소용없었다. 다들 너무 멀리 가버렸다.

"장작가리 뒤 좀 찾아봐."

"지붕 위는."

"채소 움 좀 들여다봐."

아이들 함성이 희미해지자 나는 원래대로 마른풀 속으로 숨어들었다. 동쪽에서 못 찾으면 도로 뛰어와 찾겠지 싶어 꼭꼭 숨어 있었다.

나는 쉽게 들키지 않는다. 나는 아무 소리 없이 숨어 있을 수 있다. 심장 뛰는 소리도 손으로 가릴 수 있다. 어쩌다 실수로 흘러나오는 작은 소리도 붙잡아 손바닥으로 눌러 죽일 수 있다.

일고여덟 명이 다른 일고여덟 명을 찾는다. 많을 때는 이삼십 명이 새까맣게 몰려다니기도 한다. 나는 각각의 그림자를 다 가려낼 수 있다. 정수리 위에 달빛이 있고 아이들이 저마다 자기 그림자 속에 서 있을 때면 아이들의 이마와 코끝에 내려앉은 달빛이 이따금씩 흔들린다. 나는 각각의 발소리를 가려낼 수 있다. 발마다 땅을 딛는 소리가 제각각이다. 나는 아이들이 어둠 속에서 돌아볼 때 목 돌아가는 소리를 들을 수 있다. 달빛이 동쪽으로 기울면 그림자들이 수백 미터 길이로 늘어난다. 나는 멀리서 땅에 비친 그림자를 보면서 누구의 머리고 누구의 몸인지 가려낼 수 있다. 아이들이 달빛을 마주하며 걸어가면 그림자는 코와 입이 위로 향하게 하늘을 보며 누워 있고, 웅크리고 앉으면 그림자의 머리에 습기 같은 무언가가 흐릿하게 살살 떠다니는 모습이 보인다. 그것은 말의 그림자다. 사람이 하는 말에도 그림자가 있다. 조금 더 조용해지면 나는 그 말 그림자의 내용도 알아낼 수 있다.

나는 허리를 구부리고 무리를 뒤따른다. 때로는 소리 없이 섞여들어 아이들이 사방으로 나를 찾아다니는 모습을 지켜보기도 한다.

"류얼만 못 찾았어. 뒤쪽을 찾아보자. 풀 위를 밟고 가."

한번은 길에 난 바큇자국에 누워 몸에 풀 한 다발을 덮고 있었다. 아이들은 몇 번을 왔다 갔다 하면서도 나를 찾아내지 못했다.

"누가 풀을 길에 떨어트렸지." 한 아이가 와서 걷어차며 말했다.

"가자, 외양간을 찾아보자." 다른 아이가 소리쳤다.

한쪽 발이 내 귓가를 밟고 지나갔다. 장쓰張四의 발이었다. 장쓰는 걸을 때 늘 발뒤꿈치부터 땅을 딛는다.

"방금 좀 이상하지 않았어? 낮에 풀 나르는 사람이 없었는데 길에 왜 풀이 떨어져 있지."

"소리 내지 말고 살금살금 가서 풀을 밟아봐. 류얼 귀신을 밟아버려."

아이들이 돌아왔을 때 나는 어느새 뒤에서 따라가고 있었다. 나는 걸으면서 아무 소리도 내지 않는다. 마음속에서 소리 없이 퍼덕이는 날개 한 쌍을 느끼며 발을 내디디면 마음이 날아오르며 땅에서 멀찍이 떠오른다. 나는 아이들이 찾았던 곳에 숨는다. 아이들의 뒷모습 속에 숨는다. 뒤돌아보는 순간 나는 사라진다. 나는 사람의 왼쪽 눈과 오른쪽 눈 사이에 사각지대가 있다는 걸 안다. 아이 하나의 실루엣을 딱 숨겨주는데 특히 밤에는 더 많은 것을 숨길 수 있다.

언젠가는 빨랫줄에 두 다리를 걸치고 허공에 거꾸로 매달려 있었다. 빨랫줄에는 원래 어른 바지가 널려 있었다.

"꼭꼭 숨었니. 찾는다."

아이들이 소리치며 마당을 빠져나갔다. 나는 다른 틈으로 들어와서 빨랫줄에 있던 바지를 내리고 나 자신을 널었다.

한참이 지나자 아이들이 돌아왔다. 말소리가 먼저 오고, 이어 거꾸로 선 그림자들이 흔들리며 마당으로 들어왔다. 밤빛은 안개 낀 것처럼 흐릿한 잿빛이었다. 누군가 손을 쳐들어 빨랫줄을 몇 번 잡아당기자 나는 앞뒤로 흔들리기 시작했다. 누군가의 등이 눈앞에서 거뭇하게 나타났다가 멀어지기를 되풀이했다.

밤이 또 한층 캄캄해지자 아이들은 마당에 선 채 한동안 아무 말도 하지 않았다. 졸다가 다들 선잠이 든 모양이었다. 또 한참이 지나자 누군가 밖으로 나갔고, 다른 아이들도 따라 나가 마당이 텅 비었다. 아이들 발소리가 큰길에서 흩어지며 점점 멀어졌다. 마치 꽃 한 송이가 밤에 피어났다 지는 것 같았다. 그때였다. 빗방울이 조금씩 떨어지기 시작했다. 한두 방울이 콧구멍에 들어오더니 목구멍으로 곧장 떨어졌다. 나는 여전히 쉬지 않고 흔들리고 있었다. 내 몸에 약하게 떨어지는 빗방울이 꼭 살금살금 움직이는 작은 모기 떼 같았다. 깜빡하고 바지를 안 걷으면 이렇게 캄캄한 밤에 천천히 비에 젖어들겠구나 싶었다. 이대로 잠들 것 같아서 다리를 쭉 뻗어 빨랫줄에서 떨어졌다. 일어나서 흙을 툭툭 털고 무료히 집으로 돌아갔다.

이번에도 마찬가지로 재미가 없었다. 밤이 이슥하도록 숨어 있었지만 아무도 나를 찾으러 오지 않을 것이다. 온 마을이 쥐 죽은 듯 고요했다. 마을이 아무 소리도 내지 않는 걸 느낀 나는 얼른 숨을 죽였다. 나는 마을이 어떤 하나의 존재로 변했음을 감지했다. 그것은 갑자기 멈춰서 천천히 웅크리고 땅바닥에 귀를 가져다 댔다. 그것은 귀 기울여 듣기 시작했고, 무언가를 들었다. 어떤 것이 마을 쪽으로 조금씩 움직이고 있었다. 소리는 아주 작고 아주 멀리 있었다. 마을 앞까지 오려면 몇 해가 걸릴 터라 마을은 조금도 놀라지 않았다. 가만히 듣고만 있었다. 마을 사람과 가축에게 자기가 들은 바를 알리지도 않았다. 마을은 자기가 일어나서 떠날 때를 알고 있었다. 어쩌면 그 소리가 다다를 때면 나, 우리 그리고 이 마을은 이미 이곳을 떠나 멀리멀리, 아무도 찾지 못하는 곳까지 가버렸을지도 모른다. 마을이 정말로 그런 소리를 들은 것인지는 알 수 없지만 말이다. 마을이 무슨 소리를 듣고 있든, 나를 듣게 하고 싶진 않았다. 마을은 아무 소리도 내지 않았다. 나 역시 어떤 소리도 내지 않았다. 마을은 존재하지 않는 것처럼 고요했다. 나 역시 존재하지 않았다. 남은 것은 너른 황야뿐이었지만 그 역시 아무 소리도 내지 않았다.

그렇게 얼마나 대치하고 있었을까. 마을이 못 버티고 먼저 포기했다. 나귀 한 마리가 울고, 이어 또 한 마리가 울고, 또 몇 마리가 울기 시작했다. 마을은 입 여러 개를 쩌억 벌리고 울부짖는 나귀 떼 같은 소리를 냈다.

나는 안도의 한숨을 내쉬었다. 마을이 조금만 더 버텼으면 내가 먼저 들켰을 거다. 어느덧 동틀 무렵이라 나는 이미 햇빛이 머나먼 대지의 나뭇잎과 흙먼지를 스윽 뚫고 마을로 곧장 달려오는 소리를 들었다. 새벽빛이 나타나면 누구도 숨어 있을 수 없다. 가장 먼저 들키는 자는 나다. 햇빛은 마을 동쪽의 큰 수로 옆 마른풀 속에 웅크린 나부터 비출 테니까.

마른풀 속에서 일어나는 순간, 나는 훌쩍 자라 있음을 느꼈다. 이름 모를 동물처럼 나는 덤불 속에서 쓸쓸히 자랐고, 더는 나를 숨길 곳이 없었다.

나는 수로를 건너뛰고 왕뎬네 집을 돌아서 어른처럼 빠르고 묵직한 발걸음으로 마을 한복판 큰길에 들어섰다. 마을은 마을 자신의 시끄러운 나귀 소리에 뒤덮여 나를 들을 수 없었다. 내가 집으로 향한다는 사실을, 그리고 다시는 숨바꼭질하는 아이들 틈으로 돌아가지 않으리라는 사실을 아는 이는 오직 나뿐이었다.

바람은 모든 삶을 바꿔놓는다

겨울날 소는 눈밭에 서서 밤을 보낸다. 한두 마리든 수십 마리든 모두 머리를 서쪽으로 향하고 있다. 바람이 소의 머리를 스치면 뿔 끝에서 '촥촥' 소리가 난다. 머리, 목, 등줄기를 지나 뒷다리에 이른 바람은 어느덧 뼈를 에는 한기 대신 조금의 온기를 머금고 있다. 그 바람이 뒷가랑이 사이를 맴돈다. 사람이 양손으로 귀를 막듯이 소는 온몸을 써서 몸의 한 부분을 추위로부터 보호한다.

가을날의 발정기라면, 소는 광야에 서서 엉덩이를 동쪽으로 향한다. 바람이 우우 소리를 내며 소의 벌어진 음부를 지나가면, 바람 속으로 들이민 수소의 코에 먼 곳에 있는 암소의 숨결이 느껴진다. 바람에 실려온 암소의 음메 소리도 들린다. 그러면 수소는 곧바로 내달린다. 아무리 머나먼 곳일지라도, 아무리 많은 진창길이 있다 해도 수소는 음낭을 이리저리 흔들며 달려간다. 갑자기 살아난 시계 같은 소를 보며 나는 1년에 한 번뿐인 소의 그 행복한 시간이 또다시 찾아왔음을 알아차린다.

그 무렵이면 바람이 불어가는 대로 기울어지는 아버지의 입을 보게 된다. 아버지는 입을 꼭 다물지 못하기 때문에 바람에 한쪽 뺨이 부풀어 음식을 한 입 머금은 모양새가 된다. 아버지는 한 손으로는 일을 하고 한 손으로는 모자를 누른다. 우리는 소를 외양간에 넣고 풀단을 나무로 눌러놓는 아버지의 또 하나의 손이다. 바람이 불면 나는 모자를 벗어 땅에 내려놓고 흙덩이로 눌러놓는다. 아버지는 아무리 거센 바람이 불어도 모자를 벗지 않는다. 아버지는 바람이 자기 머리에 함부로 불어닥치지 못하게 한다. 햇빛도 함부로 내리쬐지 못하게 한다. 아버지는 사시사철 모자를 쓴다. 겨울에는 검은 양가죽 모자, 여름에는 파란 천 모자. 머리를 어찌나 애지중지하는지 아버지는 아침에 세수할 때 머리도 같이 감고, 잘 말리고 나서 단정히 모자를 쓰고는 낮 동안 절대 벗지 않는다. 사람들은 아버지와 농을 하면서 다른 곳은 다 건드려도 되지만 머리는 절대 금지다. 머리를 건드리면 아버지는 버럭 화를 낸다. 아버지는 온몸으로 머리를 보호한다. 우리는 아직 자라는 중이라 몸의 어느 부위를 특별히 중시해야 하는지 몰랐다. 성장이란 자기 자신은 알 수 없는 비밀스러운 과정이다 보니 우리는 우리 자신이 어떤 모습으로 성장했는지 잘 몰랐다. 몸의 어느 부분은 쑥 자랐고, 어느 부분은 그 자리에 가만히 넋 놓고 있었다. 삶이란 바람과 같다. 우리는 한 사람에게 불어닥치는 바람이 언제 그치는지 알지 못한다. 한 사람의 삶 속에서 바람이 나무를 몇 그루나 휘어놓고 담장을 얼마나 쓰러뜨렸는지 알지 못한다.

내 눈에는 마을을 지나가는 바람이 차례차례 달라지는 모습이 보일 뿐이다. 담장에 난 구멍을 꿰뚫는 바람, 길을 허둥지둥 지나가는 바람, 소의 가랑이 사이를 달려가는 바람에는 저마다의 모양이 있다.
바람 속에서 다리를 벌리고 펄쩍 뛰어오르면, 달리는 개에 올라탄 것처럼 바람을 타고 훌쩍 몇 미터를 가다가 떨어진다. 어른들은 아이

들이 이 놀이를 못 하게 한다. "바람 불면 다리를 꽉 조여라." 어른들은 늘 이런 말로 겁을 준다. 아이들이 이렇게 놀기 시작하면 끝이 없다. 펄쩍 뛰어올랐다 떨어지고 또 펄쩍 뛰어올랐다 떨어지면서 등 뒤에서 점점 멀어지는 마을도, 자꾸만 어두워지는 하늘빛도 까맣게 잊는다. 바람을 타고 달려가던 아이들은 갑자기 날 수 있다는 생각이 들고, 날 수 있다고 여기는 순간 날개가 돋아난다. 한 번 몸을 솟구치면 몇 리를 움직이고, 한 번 날개를 펼치면 수백 리를 움직인다. 광야는 사람의 평생의 질주와 비행을 담을 수 있다. 사람은 가장 먼 곳, 자신의 막바지까지 나아간다. 그래도 광야는 끝이 없다. 집에 갈 때가 됐구나 깨달았을 때 집은 그림자도 보이지 않는다. 뒤를 돌아보면 온통 맞바람이거나 바람이 이미 멈춰 있다. 사람은 갑자기 나는 법을 잊고 땅에 발을 딛는다. 그리고 한 걸음에 반 자씩, 하루에 고작 수십 리를 움직인다. 천리만리 밖에서 길을 잃은 사람이 자기 집 굴뚝에서 바람에 실려온 가느다란 연기 한 줄기를 알아본다면 그것을 잡아끌며 곧장 집으로 돌아갈 터이다. 한 걸음 한 걸음 내딛어 집으로 돌아가며 사람은 어른으로 자란다. 집을 나설 때는 아이였는데 돌아오니 어느덧 노인이 되어 있다. 바람은 모든 이의 삶을 바꿔놓는다. 바람이 모두의 삶을 바꿔놓는다는 사실을 아는 이는 아무도 없다. 우리는 자라고, 늙고, 그다음 죽는다. 그래도 마을을 지나가는 바람은 멈추지 않는다.

하늘 끝 큰불

그날 밤도 나는 변함없이 잠을 이루지 못한다. 한겨울 밤빛이 집 안으로 밀려드는데 춥고도 두렵다. 나는 조심스레 불을 끈다. 그 불은 마을을 밝히던 마지막 등불이다. 황야 깊숙이 자리 잡은 황사량 마을에서 지금 깨어 있는 사람은 나뿐이고, 나는 나를 드러내서는 안 된다. 개조차 짖지 않는다. 마을의 수십 가구는 겁먹은 작은 짐승 무리 같다. 눈 덮인 황야에서 촘촘히 다가붙어 하나의 보금자리를 이룬 사실을 들킬까봐 두려움에 떠는 모양새다. 그들은 무엇을 두려워할까. 나지막한 흙담으로 무엇을 막으려 할까, 무엇을 막을 수 있을까.

창턱에 엎드려 마을 뒤쪽에 멀찍이 떠오른 몇 안 되는 별을 바라본다. 외롭고 추워 보인다. 하늘은 눈밭에 거의 붙을 만큼 낮다. 우리 집 소를 매어놓은 말뚝이 밤하늘을 똑바로 찌르고 있지 않았다면 나는 멀리 있는 어슴푸레하고 커다란 검은 그림자를 보지 못했을 것이다. 쑥 무더기인 걸 알지만 어쩌면 풀이 아닐 수도 있다. 낮에 그들은 풀인 척한다. 무리 지어 황야에 서 있거나 마을 길가에 더북더북 웅크리고 풀인 체 시치미를 뗀다. 밤이 오면 그들은 험상궂은 도깨비로 변한다. 특히 바람 부는 밤이면 그 검은 그림자는 귀신에 씐 듯 울부짖으며 죽어라 마을을 덮친다. 끝없이 넓은 곳까지 그들의 소리에 뒤덮이고, 마을은 그 속에서 부들부들 떨고 있다. 이 시각, 모든 사람은 바람이 불지 않는 아득한 꿈속에 가 있다.

황야에 버려진 이 마을을 아는 이는 아무도 없다. 마을의 유일한 길은 폭설에 파묻혀 있고, 마을에서 유일하게 깨어 있는 자는 나—열두 살 아이 하나뿐이다. 밤이 이슥해져 인기척이 사라질 때마다 나는 어떤 존재가 황야를 가로질러 이 외로운 마을로 몰려오는 소리를 듣는다. 그 소리는 하루하루 가까워진다. 뭔지는 모르지만 아무튼 어마어마한 무리가, 인류보다도 많은 거대한 무리가 천지를 뒤덮고 있다.

아주 어릴 때 나는 대지에서 일어나는 한 가지 일을 알게 됐다. 아버지가 알려준 것이었다. 사람들은 모두 미래라는 곳을 향해 정신없이 달린다. 맨 앞에서 달리는 것은 번화한 대도시, 바짝 뒤쫓는 것은 크고 작은 도시, 그 뒤로는 마을이 성깃성깃 따라간다. 황사량은 너무 작아서 성큼성큼 걷지도 못하고 꽁무니에 처져 있다. 모두를 위해 후방을 엄호하는 중책이 자연스레 이 작은 마을로 넘어왔지만 마을 사람들은 이 사실을 전혀 모른다.

남쪽을 향하고 북쪽을 등진 마을 사람들의 집은 황야 저편에서 해마다 불어오는 찬바람을 가로막는다. 사람들은 마을 뒤에 있는 황량함을 막아내고, 길게 뻗은 밭두렁은 들풀이 머나먼 도시를 침입하지 못하게 막아낸다. 마을 사람들은 자신들이 종사하는 노동의 참뜻을 전혀 모른다.

날이 저물면 그들은 나만 놔둔 채 이불을 뒤집어쓰고 깊은 잠에 빠져든다. 나는 도무지 잠을 못 이루고 밤새 마을을 홀로 지킨다. 그들이 깨어났을 때 하늘은 여느 때처럼 평안히 밝아오고, 닭이 울고

개가 짖고, 나귀는 또 들떠서 시시덕거리기 시작한다. 새로운 날이 찾아왔고, 지나갈 수 있는 것은 다 지나갔다. 오직 나만이 기진맥진 해 사람들이 깨어나기 직전에 녹아떨어지지만, 긴긴밤 동안 내가 무얼 하고 무얼 보고 마을 사람들을 위해 무얼 막아냈는지는 아무도 모른다.

그날 밤, 바람이 불었을 수도 있고 마을이 스스로 움직였을 수도 있다. 지붕에서 촥촥 소리가 울리기 시작했다. 그것은 하늘의 소리였다. 온 하늘이 낡은 천처럼 북북 찢어지고 있었다. 마을 밖 마른나무 숲이 하늘을 갈가리 찢으면 광야는 하늘을 도로 하나로 꿰맸다. 그런데 처마 끝에 걸려 도무지 떼어낼 수 없는 너덜거리는 것들이 슬그머니 마을에 영향을 미쳤다. 마을이 어느 방향으로 움직여 가는지는 알 수 없었다. 어제로 되돌아가는 걸까, 아니면 겨울의 다른 곳으로 향하는 걸까. 어쨌든 그날 밤 마을은 잠든 사람들을 데리고 황야를 바삐 뛰어다녔고, 한 발짝 내딛을 때마다 더욱더 황량해졌다.

내가 생각해낸 유일한 방법은 마을 사람들을 깨우는 것이었다. 뛰쳐나가 고함을 지르고, 단단히 잠근 문과 꼭꼭 닫은 창문을 하나하나 두드려 잠든 사람들을 모조리 깨우고 싶었다. 그러나 감히 나갈 수가 없었다. 그 소리는 점점 또렷해지고 점점 가까워졌다. 온 세상에 나 한 사람만 남은 기분이었다. 숱한 밤, 나는 이 조그만 창가에 엎드려 어두컴컴하고 끝없는 황야를 바라보았고, 내가 맨 뒤에 있는 한 사람이라는 사실을 절감했다.

나는 밤마다 황야를 건너 어렴풋이 다가오는 낯선 소리에 귀를 기울였다. 그러면서 깊은 생각에 잠겼다. 그들은 까마득한 시대의 실패자 무리, 우리에게 버림받은 무리다. 광막한 시간의 들판에서 그들은 다시 강대해지기 시작했다. 그들은 세월을 따라 뒤쫓아왔다. 세월은 우리의 길이다. 우리는 시간 속에서 길을 잃을까 두려워 기원, 연, 월, 일을 창조했고, 이런 인위적인 표식은 우리에게 명확한 방향과 발자취를 남겼다.

맨 뒤에 처져 있는 황사량 마을―고작 수십 가구뿐인 이 작은 마을은 남녀노소 다 합쳐도 백 명도 안 되며, 무기라고는 삽과 낫과 괭이뿐이고, 방어 진지라고는 가느다란 수로 몇 개와 밭두렁 몇 개와 허물어져가는 흙담뿐이다. 이걸로 대체 무얼 막아낼까. 사람들은 미래로 질주하고 미래에 희망을 건다. 더 공허한 미래에서 우리는 정말로 과거에 저항할 수 있는 어떤 강대한 힘을 얻을 수 있다.

밤이 이슥해지자 나는 갑자기 쑥 자란 느낌이었다. 어쩌면 마을이 희미하고 미미해진 것인지도 모른다. 나는 일어나서 성냥갑을 들고 쑥이 더북더북한 황무지로 달려갔다. 내 발소리가 하도 커서 그들의 소리를 억누른 걸까, 내 귀에 들리는 것은 저벅저벅 앞으로 나아가는 내 발소리뿐이었다. 눈 위에 가로세로 발자국이 가득 찍혔다가 이내 사라졌다. 나는 쪼그린 채 쑥 무더기에 다가갔다. 성냥 세 개비를 그어도 불이 붙지 않았다. 손도 마음도 바들바들 떨리고 있었다. 네 개비째에 마침내 불이 붙자 나는 돌아서서 내달렸다. 기다란 내 그림자가 내 앞에서 달리고 있었고, 달릴수록 자꾸자꾸 커졌다. 마지막에 그림자는 담벼락을 타고 하늘로 쏜살같이 달려가버렸다.

뒤돌아섰다. 내 뒤로 불바다가 펼쳐져 온 마을을 환히 비추고 있었다. 나는 생각했다. 이제 마을 사람이 다 깨어나 고함을 지르며 모여들겠지. 개와 나귀는 말할 것도 없고, 온 마을 닭도 날이 밝은 줄 알고 일제히 울어대겠지.

나는 눈밭에 멍하니 선 채 활활 타오르며 자꾸만 커지는 불길을 지켜보았다. 용처럼 거대한 불길이 남에서 북으로 세차게 꿈틀거렸다. 모든 것을 집어삼킬 기세였다. 그렇게 얼마나 서 있었을까, 마침내 불이 꺼졌다. 검게 그을린 황야는 다시 묵직한 밤빛에 뒤덮였다. 마을은 여전히 고요하기만 했다. 아무도 깨지 않았다. 개 한 마리 짖지 않고 닭 한 마리 울지 않았다.

누구의 그림자일까

그 시절 나는 가을 오후에 잠자리 잡기를 좋아했다. 잠자리는 서쪽으로 향한 흙담에 꼼짝 않고 엎드려 있었다. 어디서 그렇게 많고 많은 잠자리가 날아왔는지 도무지 알 수가 없었다. 여름에 잠자리는 몇 마리밖에 눈에 띄지 않았고, 풀숲과 경작지를 홀로 날아다니다가 눈 깜짝할 새에 자취를 감추곤 했다. 가을에 사람들이 들판의 곡식을 싹 거두고 풀도 다 베어버리자 내려앉을 곳이 없어진 잠자리가 마을로 모여들었는지도 모른다. 오후가 되면 거의 모든 집의 서향 담장이 잠자리로 뒤덮여 있다. 저녁 해가 잠자리의 얇고 투명한 날개와 길고 가느다란 각양각색 꼬리를 비춘다. 담장을 따라 살금살금 다가가 손으로 덮으면 잠자리가 잡힌다. 잡혀도 딱히 발버둥 치지도 않고, 한 마리가 잡혀도 다른 잠자리들은 그 자리에 가만히 엎드려 있다. 할 수 있다면 사다리를 타고 담벼락에 내려앉은 잠자리를 몽땅 잡아도 한 마리도 날아가지 않을 것이다. 아무래도 잠자리들은 지금 이 시각의 햇빛에 단단히 홀렸나보다. 날갯짓 한 번이면 이 따사로운 시간이 휙 지나갈까봐 몹시 걱정스러운가보다. 이리저리 날아다닌 끝에 잠자리가 다다른 곳은 저녁 햇빛이 내려앉은 흙담이다. 이리저리 바삐 뛰어다닌 끝에 사람이 늘그막에 이른 곳은 황혼에 잠긴 부서진 담장 아래다.

잠자리 잡기는 아이들 놀이일 뿐, 어른이 되고 노인이 된 사람들은 담장에 기대앉아 잡담을 나누거나 꾸벅꾸벅 존다. 머리 위의 담장은 잠자리로 뒤덮여 있다. 누레진 낡은 모자챙에 엎드린 잠자리는 정성들여 수놓은 무늬 같다. 사람은 이따금 고개를 들어 힐끗 보고는 다시 졸거나 잡담을 나눈다. 이제 코끝에 내려앉은 모기조차 때려잡기 귀찮다. 저녁 해가 짧아져서 움직임 하나도 못 끝내고 숨 한 번도 못 들이쉴 정도다. 금세 사라질 실낱같은 저녁 햇빛 속에서 사람도, 잠자리와 모기도 그런 데에 신경 쓸 겨를이 없다.

똑같은 황혼 속, 서쪽 들판에서 키가 껑충한 남자가 삽을 메고 휘적휘적 걸어온다. 그의 등에 잠자리가 가득 내려앉아 햇볕을 쬐고 있지만 그는 모른다. 옷과 모자는 햇볕에 누렇게 바랬다. 뒤통수도 햇볕에 살짝 달궈졌다. 그는 서쪽 큰 비탈에서 내려오는데 그림자가 그를 앞서간다. 기나긴 그림자는 벌써 집에 닿았다. 마당에서 밥을 짓는 아내는 남편 그림자가 활짝 열린 대문 안으로 뻗어 들어오는 장면을 본다. 모자를 쓴 머리가 앞장서서 들어온다. 이어 목이, 구부린 한쪽 팔과 어깨에 둘러멘 삽 한 자루가 뒤를 따른다. 아내가 아이에게 세숫물을 떠오라고 소리친다. "아버지 그림자가 집에 들어왔네. 얼른 저녁 먹을 준비하자."

아이가 물 받은 세숫대야를 땅바닥에 내려놓고 대문으로 달려간다. 아버지는 아직도 먼 들판에서 홀로 휘적휘적 걷고 있다. 그의 그림자는 수로의 물줄기처럼 집으로 유유히 흘러든다.

그것은 누군가의 아버지다.

누군가의 어머니가 서쪽으로 문이 난 마당에서 저녁밥을 짓는다. 누군가는 문 앞에 서서 밖을 내다본다. 그들을 본 누군가가…… 바람 속에서 나뭇잎이 멈추듯, 먼지 속에서 흙 한 알이 멈추듯 망연히 멈춰 선다―그는 그 마당을 알아보고, 그림자 끝에 삽을 걸고 돌아오는 사람을 알아보고, 부뚜막에 놓인 빈 그릇 여덟 개와 그릇 가장자리의 빠진 이와 잔금을 알아보고, 가마솥에서 향기로운 냄새를 풍기는 저녁밥을 알아보고, 담장에 기대앉아 담배를 피우는 형과 담장 옆으로 나무토막을 옮기는 셋째와 넷째 남동생을 알아보고, 탁자를 닦고 젓가락 여덟 쌍을 차례차례 놓는 누이동생 메이즈梅子를 알아보고, 어머니 뒷섶을 잡고 따라다니며 밥 먹으라고 소리치는 막냇누이 옌쯔燕子를 알아본다…….

그는 감격스레 그곳에 머무른다.

그때의 햇살과 바람

서풍이 마을에 들어오면 먼저 한싼네 양 우리와 집 지붕을 울린다. 양 우리를 지나 지붕에 쌓인 통나무 더미를 가르면서 바람은 또 다른 소리가 된다. 바람이 앞서거니 뒤서거니 찾아올 때 나는 한쪽 귀로만 듣고 한쪽 귀는 베개로 막는다. 소리 하나를 남겨두고 싶을 때 새는 구멍을 막듯이 한쪽 귀를 틀어막는 거다. 아무것도 붙잡아두고 싶지 않을 때는 바람 속으로 고개를 뻗어 한 귀로 듣고 한 귀로 흘려보낸다.

'촤락촤락' 찢어지는 소리가 들리면 바람은 이미 한싼네 마당을 지나고 큰길을 건너 우리 집 방풍림에 들이닥친 거다. 그 찢어지는 소리는 한싼네 소를 묶어놓는 말뚝이 내는 거다. 그 말뚝은 밤하늘을 찌르고 바람을 갈라 커다란 틈을 낸다. 천 하나가 북 찢겨 두 조각이 되듯 바람 하나가 실제로 둘로 갈라진다. 바람의 틈이 길 때는 수천수만 리에 이른다. 낮에 바람의 틈을 보려면 바람에 이리 휘고 저리 휘는 나무 끝을 보면 된다. 그중에서 꼼짝도 않고 꼿꼿이 서 있는 가지가 한두 개 있다. 바로 바람이 없는 틈새에 서 있는 가지다.

하늘 가득 휘몰아치는 거센 바람에는 수많은 틈새가 있다. 잇따라 휘몰아치는 바람이 틈새로 빠뜨린 무언가가 대지에 늘 남아 있다. 그것들은 세월이 흘러도 맨 처음 모습을 그대로 간직한다. 내가 알기로는 맞바람 속을 걸으면서도 바람의 틈새를 찾아 하나도 힘들이지 않고 가는 사람이 있다. 이 틈새를 아는 말도 몇 마리 있다. 우리 집에도 이 틈새에 자리 잡고 끊임없이 불어오는 바람을 피하는 물건이 몇 가지 있다. 망치, 맷돌, 대들보에 매달린 광주리와 보따리. 우리는 자랐고 아버지는 늙었지만 그것들은 언제나 본디 모습 그대로다.

예전에 마을을 찾아온 동풍이 가장 먼저 불어닥치는 곳은 우리 집 땔나무 더미와 동쪽 벽이었다. 그 벽은 일찌감치 진흙이 벗겨지고 해마다 얇아지고 있다. 나중에 리 씨 일가가 동쪽에 집을 짓자 봄이 오면 바람이 리 씨네 지붕부터 넘어 우리 마당으로 불어들었다. 아침 햇살마저 그 집부터 비추고 그다음에 우리 집을 비추게 됐다.

원래 해는 이른 아침에 우리 집 동쪽 벽을 곧장 비추고, 땔나무 더미와 외양간을 비추고, 나무 아래 겹겹이 쌓인 낙엽을 비추었다. 그 땔나무는 언제나 바싹 말라 있었고, 외양간 지붕에 쌓아놓은 풀도 눅눅해져 썩은 적이 없었다. 땔나무 더미 밑바닥도 늘 보송보송했다. 첫 번째 아침 햇살이 바닥에 붙다시피 수평으로 지나가며 맨 밑에 있는 오래된 땔나무를 딱 비춰줬기 때문이다.

리 씨네 집이 우리 집에 오는 첫 번째 햇빛을 가로막자 우리는 줄 곧 그 집에 화가 나 있었다. 애당초 아버지가 동쪽 땅을 차지한 까닭은 다른 집이 우리 집에 비치는 첫 번째 햇살을 가리지 못하게 하려는 것이었다.

사실 리 씨네 집은 두 칸짜리 낮은 집만 덩그러니 있을 뿐이라 햇빛을 많이 막지는 않았다. 땔나무 더미도 나지막해서 아침에 문을 열면 우리는 여전히 좁다랗게 뻗은 농지와 그 너머로 펼쳐진 광활한 황야를 한눈에 볼 수 있었다. 우리가 이사 갈 때까지 리 씨네는 마당을 제대로 만들지 않았고 땔나무 더미도 볼품없었다. 그래도 우리는 리 씨네 집에 화가 났다. 두 칸짜리 낮은 집의 그림자라 해도 우리에게 영향을 끼쳤다. 밤에 비가 오고 나서 아침나절에 해가 들면 마당의 다른 곳은 모두 금세 말랐지만 리 씨네 집 그림자 속은 온통 질퍽거려 오후가 되어야 다닐 수 있었다. 봄에 눈이 녹을 때에도 그곳의 눈이 가장 늦게 녹고 그곳의 풀이 가장 늦게 싹을 틔웠다.

가장 큰 영향을 받은 것은 백양나무 몇 그루였다. 갑자기 기운 없어 보이더니 여러 해가 지나도 여전히 비실비실한 채 키만 훌쩍 자랐다. 그 나무들과 같은 해에 심은 다른 나무 몇 그루와 서쪽 방풍림의 나무들은 모두 서까래감이었다. 우리는 백양나무가 굵어지면 집을 더 지을 요량이었다. 여동생과 남동생이 잇따라 태어나 커다란 구들이 비좁아지는 통에 나는 날이 더우면 집 안에서 자는 것이 내키지 않았다. 그런데 그 나무들은 도통 굵어지지 않았다. 아버지가 말했다. 그늘 때문이야. 이 말을 하는 아버지의 몸 반쪽도 이 씨네 집 그림자 속에 있었다. 형은 머리만 햇빛 속에 있고, 나머지 형제들은 다 그늘 속에 있었다.

얼른 햇빛 아래로 가. 형이 외치는 소리가 들렸다. 그늘 때문에 우리도 저 나무들처럼 비실비실하게 자라겠어.

그때는 집을 지으려면 나무 심는 일부터 시작해야 했다. 보통 나무는 5년 자라면 서까래로 쓸 만하고 15년 자라면 도리로 쓸 수 있다. 나무가 거의 자랐다 싶으면 흙덩이를 쌓고 문과 창문을 만들기 시작한다. 벽을 둘러놓고 나무가 서까래와 도리로 쓸 만큼 자라면 지붕을 덮는다. 그런데 이런 상황도 생긴다. 나무가 자랐는데 베기 아까워지거나 집 짓는 일을 까맣게 잊은 거다. 마당에는 이런저런 이유로 쓸모를 잃은 나무 한두 그루가 꼭 있다. 계속 자라다보면 나무 그늘이 마당 대부분을 뒤덮고, 속은 비고 온몸에 옹이가 가득하고 가장귀마다 새둥지가 달려 있다. 이런 나무는 이미 평범한 나무가 아니다. 우리 문 앞, 집 뒤, 서쪽 담 모퉁이에 이런 커다란 나무가 한 그루씩 자라고 있다. 우리는 목재가 모자라도 그 나무들을 벨 생각은 하지도 않는다.

이웃집 때문에 그늘 속에서 살게 된 그 나무 몇 그루가 우리의 집 짓는 계획을 영원히 늦추고 말았다. 우리는 그 나무들을 2년 더 기다렸다. 그사이에 변화가 생겼다. 우리는 황사량에서 살기 싫어졌고 다른 곳으로 옮겨가고 싶어졌다. 원래 계획했던 수많은 일이 갑작스레 중단되고 말았다.

함께 사는 집

쥐 일가족 때문에 고양이 네다섯 마리를 잇따라 기른 적이 있다. 모두 맨 처음에 키운 검은 암고양이의 자손이었다. 내가 보기에 고양이와 쥐는 진즉에 협정을 맺었다. 고양이를 기르는 동안 우리 집에 사는 쥐가 늘어나진 않았지만 완전히 박멸된 적도 없다. 고양이가 고의로 쥐에게 살길을 터준 거다. 쥐는 밤마다 고양이에게 쥐 두 마리를 바쳐 배를 채워준다. 고양이가 배가 부르면 쥐에게 평화가 온다. 온 집에서 소란을 피우고 고양이 눈앞을 지나가도 고양이는 본체만체한다.

우리는 고양이와 쥐의 이런 속임수를 일찌감치 간파했다. 그러나 고양이를 벌줄 방법은 없었다. 고양이는 얻어맞겠다 싶으면 얼른 내빼서 네댓새를 돌아오지 않는다. 사람이 찾으러 가야 한다. 때로는 남의 집에서 발견되고 이미 주인을 몰라보기도 한다. 아무리 대우가 나빠도 남의 집으로 달려가는 법이 없는 개하고는 다르다.

우리는 고양이가 알아서 쥐들을 잡으라고 몇 년을 내버려뒀지 고양이를 때린 적은 거의 없다. 우리는 고양이가 서서히 이 집을 자기 집으로 여기고 우리 물건을 자기 물건으로 여겨 지킬 줄 알았다. 우리는 모든 가축이 이 마당을 집으로 삼아 우리와 화목하게 살아가길 바랐다. 때때로 2년 기른 돼지를 잡고 3년 기른 양을 팔아야 하지만, 그건 어쩔 수 없는 일이다.

그 검은 새끼돼지는 오자마자 우리 집에 불만이 많았다. 어머니가 돼지를 뒷벽 아래 묶어놓았는데, 주의하지 않으면 돼지는 바로 벽 밑에 구덩이를 팠다. 집을 무너뜨릴 기세로 씩씩거리면서 말이다. 외부인이 우리 집 뒷벽에 구덩이를 판다면 목숨 걸고 막아야 한다. 하지만 새끼돼지는 참아주는 수밖에 없었다. 그럴 때마다 어머니는 손가락만큼 작고 가느다란 나뭇가지로 돼지 콧등을 톡톡 때린 다음 돼지 면전에서 구덩이를 메우고 단단히 다졌다. 마지막에는 나뭇가지를 들고 으름장을 놓았다. 한 번만 더 팠다간 죽을 줄 알아.

누런 암소도 처음 왔을 때는 늘 집에 있는 물건을 망가뜨렸다. 아버지가 추라오얼한테서 사왔을 때 소는 겨우 한 살 반이었다. 아버지는 소가 마음에 들었지만 소는 아버지가 마음에 들지 않았고 우리 집에 오기도 싫었다. 끌어당기면 힘껏 물러서서 고개를 흔들고 발굽으로 흙을 파헤치며 아버지에게 시위했다. 겨우겨우 끌고 와서 여물통에 묶어놓자 소는 발길질을 하고 소리를 지르며 혼자 있는 대로 성질을 부렸다. 뿔로 담장을 들이받아 기울여놓고 엉덩이로 여물통을 뒤집었다. 하얀 어미 양 한 마리를 걷어차서 유산까지 시켰다. 그래도 아버지는 절대로 채찍을 쓰지 않았다. 아버지는 채찍 자국 하나 없이 반지르르한 소의 털가죽을 애지중지했다. 우리도 소의 고집이 마음에 들어 풀을 가져다주고 물을 먹이며 소에게 장난을 쳤다. 소가 화를 내면 잽싸게 피했다. 우리는 기다릴 시간이 얼마든지 있었다. 한 달, 두 달. 한 해, 두 해. 우리는 소가 우리 모두를 좋은 사람으로 여길 때까지, 이 집을 자기 집으로 여길 때까지 기다렸다. 아무리 힘이 넘쳐도 담벼락과 여물통을 들이받지 않을 때까지, 우리 집의 모든 물건을 아낄 때까지, 새끼 양이 배 밑으로 파고들거나 닭이 발굽 옆에서 벌레를 파먹고 때로는 등에 올라가 풀씨를 쪼아 먹어도 그냥 놔둘 때까지.

소는 집안의 큰 가축이다. 우리는 소 한 마리를 길들이는 것이 우리 집에 얼마나 의미 있는 일인지 잘 안다. 집에 사람이 없을 때 위험을 느끼면 가축들은 소에게 달려간다. 양은 소 엉덩이 뒤에 숨고 닭은 양의 배 밑으로 파고든다. 개는 앞장서서 컹컹 짖어댄다. 개 뒤에는 소가 눈을 부릅뜨고 날카로운 뿔을 휘두르며 벽처럼 버티고 서 있다. 침입자가 들개든 늑대든 악의를 품은 낯선 사람이든 목적을 이루지 못한다.

이 마당에서 우리는 수많은 생면부지 동물을 친밀한 가족으로 삼았다. 우리는 원래 쥐도 이 집을 자기 집으로 여겨 배가 고프면 다른 집에 가서 식량을 훔쳐다 우리 집으로 가져와 먹기를 바랐다. 그렇게는 되지 않았다.

몇 번의 여름이 지나자 이 마당은 우리가 처음 왔을 때보다 더욱 마당다워졌다. 외양간 옆에 양 우리를 새로 짓고 양 우리 지붕에 닭장을 두었다. 돼지우리는 동북쪽 모퉁이에 나무뿌리를 쌓아 만들고, 소와 양의 거처와는 채소 움과 땔나무 더미로 막아놓았다. 우리가 일부러 갈라놓은 것이었다. 소와 양은 돼지를 싫어한다. 똥 냄새가 너무 구린 데다가 돼지는 진흙탕에서 뒹굴기를 좋아해 몸이 지저분하다. 소와 양은 얼마나 깔끔을 떠는지 모른다. 낮에 돼지가 꿀꿀거리며 소와 양 사이를 지나갈 때 소와 양이 돼지를 싫어하는 내색은 안 했지만, 양과 돼지가 싸우는 모습은 더더욱 보지 못했지만 그래도 우리는 그들을 분리했다. 첫째, 마당 동북쪽 모퉁이는 황무지를 향하고 있어 튼튼한 담장이 필요했다. 둘째, 우리의 잠재의식 속에서 그 모퉁이는 누군가 주둔해 지켜야 했다. 아무래도 돼지가 적임자였다.

　몇 번인지는 정확히 기억나지 않지만, 아무튼 몇 번의 여름이 지나자 어머니, 형, 나, 동생들 그리고 우리가 이 집에 오고 나서 산 가축들까지 모두 말은 안 해도 이 마당을 좋아했다. 우리는 손수 마당에 많은 것을 더했다. 양 우리 말고도 동쪽에 작은 딴채 두 칸을 더 지었다. 하나는 돼지 먹이를 삶는 곳, 하나는 농기구와 사료를 보관하는 곳이었다. 마당 담장도 거의 새로 쌓다시피 했다. 우리가 왔을 때는 울타리 여기저기가 부서지고 곳곳에 크고 작은 구멍이 뚫려 있었다. 첫해 겨울, 눈에 찍힌 발자국으로 우리는 산토끼와 여우 그리고 알 수 없는 동물이 마당에 들어왔다는 사실을 알았다. 개집은 헐고 다시 짓고 또 헐고 하면서 세 번을 지었다. 첫 번째 개집은 마당 가장 안쪽 채마밭 근처 느릅나무 밑에 있었다. 여기는 개가 사람에게 덤벼들기 불편하고 대문에서 너무 멀었다. 개가 짖으며 마당을 달려갈 때면 닭이 놀라서 사방으로 푸드덕거렸다. 두 번째 개집은 대문 옆으로 옮겨 문둔테에 바짝 붙였는데, 입구가 대문을 향해 있다보니 외부인이 감히 다가와 문을 두드리지 못하고 볼일이 있으면 길에 서서 목청껏 소리쳐야 했다. 세 번째 개집은 다시 몇 미터 안으로 옮겼다.
　이런 소소한 일은 모두 우리 형제들이 했다. 큰일은 새아버지가 우리를 데리고 같이 했다. 새아버지는 일찍이 마을에서 조장을 지낸 적이 있어서 도움을 청하러 오는 사람들은 존경의 뜻을 담아 새아버지를 '팡 조장'이라고 불렀고, 대부분은 '팡라오얼方老二'이라고 불렀다.

우리는 새아버지와 일하면서 껄끄러울 때가 많았다. 그때 우리는 이 마당의 과거를 하나도 몰랐고 구석구석에서 무슨 일이 있었는지도 알지 못했다. "그 통나무 건드리지 마라." 새아버지가 큰소리로 우리를 저지했다. 우리는 이 구부러진 느릅나무를 담 쪽으로 옮겨 나무를 한 줄로 심을 자리를 만들고 싶었다. "거기는 흙을 파면 안 된다." "그 말뚝은 움직이지 마라." 우리는 그것들에 많은 일이 숨겨져 있다는 걸 어렴풋이 느꼈다. 우리는 마당 모든 곳에 손을 뻗어 우리에게 속하지 않은 지난 일을 지우고 싶어 마음이 급했고, 무심코 그것들을 헤집어 오래전에 가라앉은 먼지를 도로 마당 가득 퍼뜨렸다. 그것들을 옮기는 일은 새아버지의 기억을 옮기는 일이었다. 우리는 그의 지난 일을 들쑤셔놓았다. 새아버지는 잔뜩 화가 났다. 화가 나면 새아버지는 씩씩거리면서 담장 아래 쭈그리고 담배를 피우며 우리를 노려보았다. 그 따가운 눈초리를 맞으며 우리는 조심스러우면서도 부지런히 하나하나 일을 끝냈다, 우리가 생각하고 바라는 대로.

가축들은 우리보다 앞서 모든 것에 적응했다. 그들은 문을 다 파악했다. 길을 향한 대문, 동쪽 샛문, 텃밭 문, 저마다의 우리 문, 들어가도 되는 문과 안 되는 문을 다 알았다. 멀리 나갔다가 돌아올 줄 알고 문으로 드나들 줄 알았다. 담장 사이에 틈새가 있어도 함부로 드나들지 않았다. 오직 야생가축(우리는 다른 집의 가축을 이렇게 불렀다)만이 담장에 난 틈새로 뛰어들어와 여물을 훔쳐 먹었다. 몇 번의 여름이 지나자(나는 겨울은 다 잊고, 더운 날은 모두 여름으로 여긴다) 가축들은 이미 마당에서 어떤 것을 밟으면 안 되는지 알고,

광주리와 대야와 바닥에 빼놓은 덜 마른 흙덩이와 비스듬히 누운 농기구는 조심스레 돌아가야 한다는 걸 알고, 저마다 먹을 풀과 저마다 들어갈 우리를 알았다. 처음 왔을 때처럼 서로 옥신각신 다투지 않았다. 가을이 되자 마당에 콩, 사탕무, 옥수수가 가득 쌓였다. 그걸 보면서 양은 매애매애, 돼지는 꿀꿀거릴 뿐 가까이 가지 않았다. 그건 사람의 음식이며 한 입 먹었다간 콧등을 한 대 얻어맞는다는 걸 잘 알았다. 사람이 방심한 틈을 타서 어느 간 큰 녀석이 옥수수를 물면 즉각 개가 달려왔다. 개는 옥수수를 빼앗아 원래대로 곡식 더미에 가져다놓았다.

어느 날 밤, 우리는 개 짖는 소리에 잠이 깼다. 누군가 대문을 힘껏 부딪어 쾅쾅 소리가 났다. 아버지가 등불을 들고 나가고 나는 몽둥이를 들고 뒤따랐다. 문을 향해 몇 번 소리쳤지만 대답이 없었다. 아버지가 대문을 열고 등불을 쳐들자, 사흘 전에 모래 도랑 근처 장톈의 집으로 팔려간 검은 어미 양이 문밖에 서서 눈물을 흘리고 있었다.

개 두 마리

아버지가 잡털이 섞인 검둥개를 내다 버린 적이 있다. 아버지는 그 개를 좋아하지 않았다. 사납지 않고 소심해서 다른 집 개한테 덤비지도 못하고, 늘 등에서 털이 빠진 채 피를 뚝뚝 흘리고 한쪽 다리를 절며 울상이 되어 달려오는 꼴이 영 못마땅했다. 마당에 낯선 사람이 들어와도 달려들어 물지 못하고 개집 입구 앞에서 두어 번 왈왈거리며 서 있을 뿐이었다. 사람이 흙덩이를 주워 들거나 나뭇가지를 쳐들면 개는 낑낑대며 제집으로 숨어들어 코빼기도 내밀지 못했다.

이런 개가, 자기 자신도 지키지 못하는 개가 어찌 집을 지키랴.

어느 날 아버지는 50킬로미터 떨어진 류후디柳湖地에 가죽을 팔러 가면서 개를 자루에 집어넣고 입구를 묶어 수레에 던졌다. 아버지는 가죽 서른일곱 장을 자루에 담아갔는데 서른여덟 장 값을 받았다. 개도 한 장으로 쳐서 산 채로 가죽가게 주인에게 판 것이다.

돌아온 아버지는 조그만 누렁개를 물색해 집으로 데려왔다. 우리는 통통하지만 날래고 활기찬 이 개를 무척 좋아했다. 아버지는 개를 안고 집에 오자마자 귀를 세모꼴로 잘라 늑대 귀처럼 꼿꼿이 서게 만들었다. 그렇지 않으면 귀가 늘어져 소리를 잘 못 듣게 되었다.

한 달쯤 지나자 우리는 검둥개를 거의 잊었다. 어느 날 저녁을 먹는데 검둥개가 불쑥 대문 앞에 나타났다. 피골이 상접한 몰골이었다. 검둥개는 안으로 들어오지 않고 문을 향해 애처롭게 울부짖었다. 우리가 몇 번이나 부르고서야 들어온 개는 아버지 다리 사이로 파고들어 두 앞발로 아버지 발을 끌어안고 쉬지 않고 우어우어 짖었다. 듣기 괴로운 소리였다. 어머니가 수제비 한 사발을 개 밥그릇에 부어주었다. 개는 하도 굶어서 똑바로 서지도 못했다.

이때부터 우리 집에는 개 두 마리가 살았다. 누렁개가 좀 자라자 검둥개를 괴롭히기 시작했다. 둘이 밥그릇을 함께 쓰는데 밥 먹을 때 검둥개는 늘 누렁개에게 양보했다. 나중에 누렁개는 횡포를 부리며 검둥개를 물어뜯고 밥을 독차지했다. 검둥개는 주눅이 들어 한쪽에서 있다가 누렁개가 자리를 뜨면 남은 찌꺼기를 먹고 밥그릇을 싹싹 핥았다. 하나뿐인 개집을 누렁개가 차지하는 바람에 검둥개는 밤마다 짚가리에서 잤다. 낯선 사람이 오면 언제나 누렁개가 나가서 덤비니 검둥개는 할 일이 없었다. 한번은 마당에 들개가 들어와 누렁개와 물어뜯으며 싸우기에 검둥개가 도와주러 다가갔다. 그런데 웬걸, 누렁개는 들개를 놔두고 돌아서서 검둥개를 물었다. 검둥개가 낑낑거리며 달아나자 누렁개는 다시 들개와 죽어라 싸운 끝에 들개를 마당에서 몰아냈다.

나중에 우리는 담장 옆 느릅나무 밑에 검둥개의 집을 따로 만들어주었다. 밥을 줄 때도 깨진 삽날에 담아 따로 주었다. 그때부터 검둥개는 좀처럼 제집을 나서지 않았다. 때때로 우리는 검둥개를 며칠씩이나 잊고 지내기도 했다. 밤에는 누렁개가 짖는 소리만 들렸다. 검둥개는 어느덧 소리를 내지 않았다. 이렇게 2년, 어쩌면 3년이 흐른 뒤에 검둥개가 죽었다. 제집에서 죽었다. 아버지는 개가 늙어 죽었다고 했다. 그때 나는 어떻게 죽는 것이 늙어 죽는 것인지 몰랐다. 내 생각에 검둥개는 굶어 죽었거나 쓸쓸해서 죽은 듯했다. 검둥개는 좀 처럼 밖으로 나오지 않았고, 우리는 바쁠 때면 밥 주는 일을 깜빡 잊 기도 했다.

지금까지도 나는 그 검둥개의 늘그막 심경을 온전히 느낄 길이 없 다. 검둥개의 죽음에는, 특히 죽기 전 2년간의 삶에는 말로 표현할 수 없는 낯섦이 서려 있었다. 나는 생각했다. 내가 늙어갈 때면 늙는다 는 게 어떤 일인지 천천히 알게 되겠지. 늙은 개의 삶에 조금 더 다가 갈 수 있겠지. 죽음에 임박해 우연히 맞은 어느 황혼녘, 검둥개가 우 리와 함께 담장 아래서 마지막 햇볕을 쬐었던 것처럼. 검둥개가 가운 데 눕고 우리는 개를 사이에 두고 담장에 기대앉아 있었다. 개와 똑 같은 햇빛을 즐긴 우리도 마지막에는 개와 똑같은 노쇠와 죽음을 차 례차례 받아들여야 하리라. 어쨌든지 간에 내가 진정 알고픈 일은 알 수 없을지도 모른다. 그의 눈에, 우리 곁에서 자라고 늙어 죽은 검 둥개의 눈에 우리 가족의 삶은 어떤 정경이었을까, 우리의 이런 삶이 재미있어 보였을까.

영원토록 똑같은 황혼

날마다 이맘때, 마지막 한 줄기 저녁 햇살이 문간에 비칠 때 나는 집으로 돌아온다. 소달구지와 양 떼를 몰면서, 땔나무를 짊어지고. 부모님과 동생들은 모두 마당에 있고 누렁개와 얼룩 닭도 아직 보금자리에 돌아가지 않았다. 모든 것이 한결같은 황혼녘이다. 국수, 배추, 찐빵, 늘 똑같이 간단한 저녁밥이 고단한 하루를 보낸 식구들을 한자리에 모은다. 나는 언제나 저녁밥 시간에 댈 수 있다. 우리 식구는 늘 늦게까지 밥을 먹는다. 아버지는 등받이 의자에 기대앉고, 어머니는 작은 걸상에 앉고, 자식들은 흙덩이와 나무토막에 쪼그려 앉고, 빈 그릇은 아직 치워지지 않은 채 바닥에 놓여 있다. 온 가족이 조용히 기다리고 있다. 점점 어두워져 누가 누구인지 분간할 수 없어도 조용히 기다린다. 등잔은 집 안에 있는데 불을 밝히러 가는 사람은 아무도 없다. 입을 여는 사람도 아무도 없다.

또 다른 황혼녘, 저녁 해는 먼 곳에 있고 먹구름에 가려 문간을 비추지 못한다. 하늘은 나직하고 묵직하다. 마당은 바람에 휩싸여 있다. 큼지막한 나뭇가지와 잎새가 공중에 휘날린다. 대문이 덜그럭덜그럭 소리를 내며 열리고 닫힌다. 대문을 받치는 막대기는 바닥에 쓰러져 있다. 마당에 식구들이 미동도 없이 앉아 있다. 날이 곧 저물려고 한다. 저물고 있다. 우리는 그 시간을 기다리고, 그 시간이 와도 여전히 어둠 속에서 기다리고 있다. 식구 한 사람을 기다리는 듯하다. 온 식구가 다 있는 것 같은데, 한 사람이 아직 안 온 것도 같다. 누가 돌아오지 않았을까. 바람이 우우 울부짖는다. 머리 위에서 커다란 나뭇가지와 잎새가 쉴 새 없이 날아다닌다.

바람이 그에게 문을 열어주고, 문을 닫아준다.

오래전에 모두 함께 있을 때부터 우리는 기다리기 시작했다. 그때부터 우리는 이미 알고 있었나보다. 훗날 우리를 기다려주는 이는, 영원토록 똑같은 황혼 속에서 변함없이 꼼짝 않고 앉아 있는 우리 자신이라는 것을.

마지막 고양이

우리 집 마지막 고양이도 새까만 고양이로 앞서 키우던 몇 마리와 별반 다르지 않은 생김새였다. 다만 더 게을렀다. 반찬과 찐빵까지 훔쳐 먹는 녀석인데 쥐 잡는 일은 말해 무엇하랴. 온 식구가 그 녀석을 싫어했다. 어릴 때는 늘 사람 품에 뛰어들어 쓰다듬어달라고 해서 누이동생 옌쯔가 온종일 안고 다니며 같이 놀았다. 그 녀석은 동생의 몇 안 되는 장난감 가운데 하나였다. 집을 꾸밀 때 장난감 삼아 고양이를 어느 자리에 배치하면 그 녀석은 조금도 움직이지 않은 채 눈으로만 동생을 따라다녔다. 그러다 다른 곳에 배치하면 역시 순순히 그 자리에 누워 있었다.

누이동생이 자라서 놀이에 흥미를 잃자 검은 고양이도 말 안 듣는 고양이로 변했다. 때때로 누군가의 품으로 훌쩍 뛰어오르면 금세 밀쳐졌고, 바닥에서 발을 가로막으면 적당한 강도로 한 대 맞았다. 우리는 고양이에게 인내심을 잃은 듯했는데, 그때 마침 우리 집은 몇 가지 걱정거리를 떠안고 있었다. 무슨 일인지는 기억나지 않는다. 아무튼 살기가 힘들어 우리는 몸으로도 마음으로도 가축을 잘 돌보지 못했다. 우리는 중계소가 된 것 같았다. 삶이 우리에게 좀 더 잘 해주면 우리도 주변에 사랑과 관심을 그만큼 더 주었다. 양식을 저장하듯 마음속에 사랑과 선의를 알뜰하게 모아서 그런 게 없을 때에도 내줄 수 있어야 했는데 그러지 못했다. 그 시절 내내 우리는 양식을 충분히 쌓아두지 못했다. 가난이 너무나도 길었다.

검은 고양이는 집에 있으면 심심하니 늘 밖으로 나갔다. 담장을 뛰어다니기도 하고 새를 잡겠다고 나무에 오르기도 했지만 한 마리도 잡는 법이 없었다. 사냥 자세가 어쩌나 진지한지 보고 있자면 웃음이 났다. 녀석은 나무줄기에 몸을 착 붙이고 더없이 느릿느릿, 살금살금 기어올랐다. 숨조차 쉬지 않았다. 그러나 아무리 조용하고 민첩하게 다가가도 1미터 앞에서 새는 푸드덕 날아올랐다. 검은 고양이는 하늘만 한참 바라보다 마지못해 나무에서 뛰어내렸다.

나중에는 집에도 잘 들어오지 않았다. 우리는 그 녀석이 밖에서 뭘 하고 다니는지 알 길이 없었다. 마을 몇몇 집에서 밤사이 닭이 없어졌는데, 우리 집 검은 고양이가 먹는 모습을 누군가 보고 우리 집으로 찾으러 왔다.

집에 안 온 지 몇 달째야. 옛날 옛적에 들고양이가 됐다고. 아버지가 말했다.

들고양이라도 이 집 고양이잖아. 이런 식으로 발뺌하기야? 다음에 눈에 띄면 죽도록 패주겠어. 그 사람은 씩씩거리며 가버렸다.

우리 집 닭은 한 마리도 없어지지 않았다. 검은 고양이도 다시는 나타나지 않아서 우리는 고양이가 맞아 죽었다고 여겼다.

또다시 몇 달이 흘렀다. 추수를 막 끝낸 어느 날 밤이었다. 지붕에서 고양이 울음소리가 끊임없이 들려왔다. 지붕에서 이리저리 뛰어다니는 소리도 들렸다. 나는 옷을 걸치고 나가서 소리쳐 불러보았다.

검은 고양이가 처마에 서서 고개를 내밀더니 나를 보며 계속 울었다. 무슨 일인지는 몰라도 고양이는 나에게 뭔가 다급하게 알리려 하고 있었다. 고양이를 내려오게 하려고 여러 번 소리쳤지만 고양이는 내려오지 않고 나를 향해 울어대기만 했다. 그러고 있으니 좀 추워져서 그만 자려고 집으로 들어갔다.

이불 속으로 파고들었는데 고양이 우는 소리가 또 한바탕 들려왔다. 목이 다 쉬어 있었다. 이어 지붕 밟는 소리가 나고 집 옆에 쌓아둔 짚가리로 뛰어내리는 소리가 나더니, 더는 아무 소리도 들려오지 않았다.

이듬해, 역시 가을이었다. 나는 남쪽 비탈에 있는 밭에서 옥수수 줄기를 베고 있었다. 옥수수는 십여 일 전에 다 땄는데 작년보다 두 수레나 적었다. 우리는 좀 화가 나서 옥수수 줄기를 남쪽 비탈에 보름이나 팽개쳐둔 채 신경 쓰지 않았다.

다른 집은 진즉에 옥수수 줄기를 베어와 짚가리 위에 쌓아놓았다. 밭에도 이미 가축을 풀어놓기 시작했다. 우리도 옥수수 줄기를 괴롭힐 이유가 없지 싶었다. 그들은 이미 말라 죽었다. 옥수수를 다 딴 줄기들이 누더기를 입은 빈털터리 거지처럼 가을바람 속에 늘어서 있었다.

수확량이 많든 적든 가을 들판에는 알 수 없는 슬픔이 깃들어 있다. 마치 세월이 흐른 뒤의 자신을, 시든 몸으로 오들오들 떨면서 가을바람 속에 서 있는 자신을 보는 것만 같다. 수많은 가을 수확을 거치고 나면 사람은 자신의 마지막 작물이 된다.

무언가가 옥수숫잎을 흔들며 옥수수밭을 쏜살같이 달려갔다. 여우 아니면 개 같았다. 나는 몸을 일으켜 낫을 들고 그 녀석이 근처를 지나가기를 기다렸다.

4, 5미터 앞 옥수수밭에서 그 녀석이 훌쩍 뛰어올랐다. 검은 고양이였다. 내가 소리쳐 부르자 고양이가 멈춰 서서 나를 돌아보았다. 우리 집 그 검은 고양이였다. 녀석도 나를 알아보았다. 돌아서서 두어 걸음 다가오던 녀석이 멈칫거렸다. 나는 고양이를 가까이 오게 하려고 또 불렀다. 녀석은 야옹야옹 울면서 나를 보고만 있었다. 나는 말 수레로 가서 보따리에서 찐빵을 꺼내 한 조각 뜯어 던져주었다. 녀석은 본능적으로 달려들어 두 앞발로 찐빵 조각을 움켜쥐고 조금씩 뜯어 먹었다. 그러다가 또 고개를 들고 나를 쳐다보았다. 내가 부르면서 두 발짝 다가가자 녀석은 자기를 잡으려 한다고 짐작했는지 경계하면서 세 발짝 물러섰다. 내가 다시 다가가면 녀석은 또 물러났다. 서너 발짝 거리까지 다가섰을 때였다. 검은 고양이가 돌연 사나운 표정으로 두어 번 날카롭게 울더니 돌아서서 옥수수밭으로 뛰어들었다.

그제야 나는 내 손에 낫이 들려 있다는 걸 알아차렸다. 아까 검은 고양이는 나를 믿지 않는 듯 줄곧 내 손을 쳐다보고 있었다. 고양이가 옥수수밭으로 다시 뛰어드는 순간, 녀석이 한쪽 다리를 저는 모습을 보았다. 사람한테 맞은 것이 틀림없었다. 이번 만남으로 녀석은 우리에게 품었던 마지막 한 가닥 믿음마저 잃고 말았다. 그 뒤로 검은 고양이는 죽을 때까지 들고양이가 되어 이 마을에서 점점 멀어졌다. 녀석은 자기가 마을에서 저지른 일을 안다. 마을 사람들이 가만 놔둘 리가 없다.

개를 쫓다

내가 밥을 먹고 컸지 개한테 겁먹으면서 컸냐.

어른들끼리 싸우는 장면을 구경할 때면 늘 듣는 말이다. 위협당하는 쪽은 젖 먹던 힘까지 쥐어짜 이렇게 말한다. 사실 이 마을에서 개 때문에 겁먹지 않고 자란 사람이 누가 있을까.

어릴 적에 나는 개와 마주칠 때마다 겁에 질려 달아났다. 하지만 사람이 어찌 개보다 빠르겠나. 몇 발짝 못 가서 따라잡히고, 발뒤꿈치를 물려 으악, 하면서 바닥에 쓰러졌다. 사람이 울면 개는 입을 다물고 더 이상 물지 않았다. 아이가 울음을 터뜨리면 어른이 즉시 몽둥이를 들고 쫓아온다는 걸 알기에 개는 얼른 적당한 방향을 잡아 달아났다.

개한테 여러 차례 물리면서 나는 차츰 개를 무서워하지 않게 됐다. 어느 날 드디어, 개가 물어뜯겠다고 달려오는데 나는 돌아서서 달아나는 대신 잔뜩 성난 얼굴로 노려보며 가만히 기다렸다. 개가 다가와 물려는 순간, 흙덩이로 퍽 내리쳤다. 개는 처참한 비명을 지르며 몸을 구부린 채 달아났다.

열두 살부터는 온 동네 개들을 쫓아다니며 때렸다. 예전에 개한테 물린 상처가 다리와 팔에 적어도 십여 군데는 남아 있었다. 나는 개한테 화가 났다. 내가 자라지 않은 틈을 타 이렇게 물어뜯다니. 그래서 조금 자라자 곧 복수를 시작했다. 나는 왼손에는 막대기, 오른손에는 흙덩이를 들고 온종일 마을을 돌아다니다가 개를 보면 냅다 쫓아갔다. 누구네 집 개든, 나를 물었든 안 물었든 상관없었다. 개를 따라잡으면 허리와 다리를 노렸다. 개는 머리와 목은 무쇠처럼 단단하지만 허리는 숟가락으로 한 대만 맞아도 못 견딘다. 그래서 머리와 목은 때려봤자 소용없다. 다리를 하나 분지르면 다시는 사람을 못 문다. 물기 전에 도망칠 생각부터 하는데, 자기가 뛰지 못한다는 사실을 깨달으면 순해진다. 물론 개 허리에 몽둥이를 휘두르면 개는 불구가 될 거다. 개는 허리가 가늘고 앞다리 뒷다리 사이가 멀다. 멀찍이 떨어진 커다란 벽 두 개에 걸쳐진 가느다란 도리 같은데 튼튼할 리가 있나.

개를 따라잡지 못하면 흙덩이를 던진다. 흙덩이에 한번 맞아본 개는 나중에는 던진 사람을 보기만 해도 멀찍이 숨어버린다. 몸을 수그리는 시늉만 해도 개는 꽁무니가 빠져라 달아난다. 개는 사람을 알아본다. 나에게 쫓기고 맞아본 개는 몇 년이 지나도 나를 보면 감히 짖지 못하고 멀리서 꼬리를 흔든다. 개를 쫓는 일은 오래전에 그만두고 손에 흙덩이도 몽둥이도 없는데 말이다. 나는 이미 어른이었다. 그런데도 개에게 한 번 물리긴 했다.

왕둬王多네 검둥개였다. 그 개는 평소에는 나를 보면 아주 살갑게 굴었다. 그날도 멀리서부터 꼬리를 흔들며 비위를 맞추듯 다가와서는 나지막이 낑낑거리는 꼴이 애처롭기 그지없었다. 신경 쓰지 않고 내 갈 길을 가는데, 발 주위에서 윙, 소리가 나더니 뒤에 있던 다리를 깊이 물렸다. 돌아섰을 때 개는 이미 달아나고 없었다. 이 한 방으로 나는 보름 동안 왼쪽 다리를 절었다. 상처가 아물면 검둥개를 찾아 앙갚음할까 했지만, 이제 그러기도 귀찮았다. 그 개도 왕년에 나에게 한 대 맞은 적이 있으니 비긴 셈이다.

한번은 동쪽 자반커우闆板口 마을에서 개 떼에게 둘러싸였다. 그 마을 사람들은 포위를 풀어주기는커녕 옆에 서서 개를 응원했다. 나는 딱히 겁나지는 않았지만 손에 가느다란 버드나무 가지뿐이라 쩔 쩔매고 있었다. 앞에 있는 개를 쫓아가 때리면 뒤에서 달려들고, 양옆에서도 개들이 사납게 짖어댔다. 나를 나눠 먹겠다는 기세였다. 나는 좀 더 냉정하게 생각했다. 내 입에는 방금 버리려다 아까워서 만 담배 반 개비가 물려 있었다. 나는 담배를 손가락에 끼고 있다가, 맨 앞의 커다란 수캐가 맹렬히 달려드는 순간 탁 튕겼다. 빨갛게 달아오른 담배꽁초가 개 입속으로 들어갔다. 수캐는 끄아악 비명을 지르더니 귀신에 홀린 듯 돌아서서 마구 달아났다. 어리둥절해 있던 다른 개들도 수캐를 따라 미친 듯이 달리기 시작했다. 아마 내가 수캐의 입에 고기 한 점 넣어준 줄 알고 나눠 먹으러 쫓아갔을 거다.

개가 모조리 가버리자 나는 나의 마을을 향해 쏜살같이 달렸다. 모래언덕을 넘고 모래 도랑을 건너뛰고 드넓은 아마밭을 가로질러 마을로 뛰어들려는 순간, 등 뒤에서 개 짖는 소리가 요란하게 울렸다. 그 개들이 상황을 파악하고 복수하러 온 것이다. 모래 도랑에서 우르르 쏟아져나온 개들이 강기슭 풀밭을 질주해오고 있었다. 나는 곧장 마을로 파고들어 담벼락 뒤에 숨었다. 떠들썩한 구경거리가 생기겠구나 싶었다. 이어지는 일은 두 마을 개들끼리의 일이니까 말이다.

두 집 개미

겨울이면 일정한 간격으로—대략 보름마다 개미가 먹이를 찾으러 나온다. 개미들은 길게 줄지어 벽에 붙은 구들 가장자리를 따라 기어간다. 나아가기도 하고 돌아오기도 하면서 바삐 움직이는데, 새까맣고 반지르르한 여름 개미와 달리 누리끼리하고 칙칙하다. 사람에게 밟혀 죽을까 걱정스러운지 바닥에서 함부로 돌아다니는 일은 거의 없다. 한두 마리만 뛰쳐나오는 일도 드물다.

우리 집에는 개미굴이 두 개 있다. 한 굴에 사는 개미는 작고 까만 개미로 부엌 부뚜막 옆 땅속에 산다. 다른 굴에 사는 개미는 큼지막한 누런 개미로 구들 가장자리에 있는 동쪽 벽 밑에 산다. 개미는 추위를 많이 타서 따뜻한 곳에 굴을 판다. 구들과 아궁이 근처라 밥을 지으면 개미굴도 뭉근히 데워진다.

개미는 대개 날이 밝아야 먹이를 찾아 나선다. 그즈음 어머니는 벌써 일어나서 꺼진 아궁이에 불을 지피고 있다. 집 안에 연기가 자욱하다. 우리는 다들 이불 속에서 고개만 내밀고 있다. 몇몇은 눈을 커다랗게 뜨고 천장을 바라본다. 몇몇은 눈을 반쯤 감고 있다. 잠은 벌써 깼다. 그렇다고 일어나려는 사람은 아무도 없다. 겨우내 할 일이 없다보니 그냥 자고 싶을 때까지 잔다. 아궁이에서 피어오르는 불빛과 창문으로 비쳐드는 눈부신 햇빛에 집이 다시 훈훈해지고 나서야 누군가 일어나 않는다면, 이불에 기댄 채 넋 놓고 있다.

개미가 굴에서 나오면 어머니는 개미구멍 옆에 밀기울을 한 줌 뿌린다. 수확이 좋은 해에는 두 줌을 뿌린다. 어느 해엔가 우리는 겨울 양식을 충분히 비축하지 못했다. 밀기울조차 가축에게 못 먹이고 남겨뒀다가 양식이 모자랄 때 간을 해서 우리가 먹었다. 그해 겨울에 개미가 다섯 번 나왔다. 그때마다 어머니는 밀기울을 조금씩 구멍 근처에 뿌렸다. 마지막 한 번은 어머니도 개미 먹으라고 주기가 아까웠다. 집에 남은 식량이라곤 아버지가 입구를 꽁꽁 묶어놓은 곡식 반 포대뿐이었다. 봄에 밭일하러 갈 때 먹으려고 남겨놓은 것이었다. 우리는 온종일 감자옹심이로 허기를 채웠다. 한번은 날이 밝자 개미가 굴에서 나왔다. 백여 마리가 벽을 따라 돌고 또 돌더니, 날이 저물 무렵 감자 껍질 몇 조각을 끌고 구멍으로 들어갔다.

개미는 밀기울을 발견하면 우르르 몰려와 끌어당기고 짊어지고 몇 개씩 쳐들어가며 구멍으로 나른다. 멀리 가 있는 개미도 소리쳐 부른다. 벽을 타던 개미가 껑충 뛰어내린다. 잠깐 사이에 개미와 밀기울이 말끔히 사라진다. 개미는 먹을 것이 생기면 구멍을 꼭꼭 틀어막고 오랫동안 사람을 방해하지 않는다.

개미굴은 보통 벽 바깥쪽에서 집 안으로 이어져 있다. 날이 더워지면 개미는 모조리 밖으로 나가 먹이를 찾기 때문에 집 안에서는 거의 볼 수 없다.

나는 바늘 끝마냥 조그맣고 반나절을 움직여도 몇 자 못 가는 검은 개미를 좋아한다. 아침에 집을 나서기 전에 뒷벽 아래서 앞 벽을 향해 기어가는 검은 개미 한 마리를 보았다. 오후에 와서 보니 여태 반밖에 못 왔다. 그래도 개미는 여유롭게 움직이며 조금도 서두르지 않았다. 아무래도 개미는 대장정 계획을 세운 모양이었다. 밤이 되자 아까보다 조금 앞선 지점에서 묵어가더니, 이튿날 해가 그리 높지 않을 때 앞 벽에 이르렀다. 그리고 날이 저물기 전에 어렵사리 문턱을 넘어 부엌을 지나 침실 입구까지 갔다. 그다음 날에는 침실로 들어갔는데 침실 문턱을 넘느라 몹시 애를 먹었다. 먼저 흙을 쌓은 두 단을 기어오르고 다시 한 뼘 높이 나무 문턱을 넘어야 하는데 우리가 일어나기 전에 넘어가려면 서둘러야 했다. 부엌에는 창문이 없고 천창도 너무 답답해서 낮에도 입구가 어두침침했다. 우리가 걸어 다니면서 개미를 밟지 않는다는 보장이 없었다. 침실은 부엌보다 훨씬 컸다. 높은 벽 쪽에서 창문을 지나 나지막한 동쪽 벽 아래까지 오는 길은 개미에게는 적어도 이틀이 걸리는 여정이었다. 닷새째에 개미는 비로소 동쪽 벽에서 구들 가장자리를 따라 우리 집에 있는 유일한 궤짝을 지났다. 이 구간은 밤에 걷는 것이 최선이었다. 저쪽은 몸집이 큰 누런 개미의 영역이라 몹시 위험했다. 구들의 동쪽 끝에서 서쪽 끝까지 돌아가는 데에도 이틀이 걸리는데 역시 밤에 가는 편이 안전했다. 개미가 구들 가장자리를 따라 코를 고는 아버지 머리, 어머니 머리, 남동생 취안와權娃의 머리와 여동생 옌쯔의 머리를 지나 내 머리로 기어올랐을 때는 또 다른 밤이었다. 이런 식으로 작은 개미가 우리 집을 한 바퀴 도는 데에 대략 열흘이 걸렸다. 자기 집으로 돌아갔을 때 그 개미의 세상은 이미 여러 차례 변하지 않았을까. 늙은 개미는 죽고, 어린 개미가 태어나고. 다른 개미들은 여전히 그 개미를 알아보려나.

검은 개미는 사람을 물지 않는다. 이따금 사람 몸에 기어오르는데 한참이 지나야 간지러운 느낌이 살짝 든다. 누런 개미도 사람을 물지 않지만 그 녀석들은 영 못마땅하다. 누런 개미들은 사방팔방 정신없이 기어다니는 데다가 속도도 엄청 빨라서 보고 있으면 괜스레 불안해진다. 가지런히 줄지어 나와서 곧바로 목적지로 향하는 검은 개미와는 다르다. 누런 개미도 줄은 서지만 대열이 어수선하다. 우두머리의 엄격한 통제가 없고 저마다 자기 생각이 있는 듯하다.

어느 해 봄, 이 누런 개미 떼를 몰아내고 싶어졌다. 나는 기막힌 방법을 생각해냈다. 이미 개미가 집 안쪽 구멍을 막고 벽 바깥쪽 구멍을 열어 바깥에서 활동할 때였다. 나는 밀기울 반 대야를 가져와 우리 집 동쪽 벽 아래 개미구멍에서부터 조금씩 뿌려나갔다. 땅바닥에 뿌린 밀기울은 가느다란 노란 실처럼 방풍림과 땔나무 더미를 에돌고, 키 작은 풀이 자라는 평지를 지나고, 구덩이를 하나 건너(리 씨네 집을 지을 때 파낸 것이었다) 리 씨 집 서쪽 벽 아래로 곧장 뻗어나갔다. 나는 절반쯤 남은 밀기울을 그 집 벽 아래 몽땅 쏟고 흙을한 줌 뿌려 덮었다. 그러고는 도로 우리 집으로 달려와 개미들의 동정을 살폈다.

구멍 근처에서 한가로이 노닐던 누런 개미 한 마리가 가장 먼저 밀기울을 발견했다. 그 녀석은 밀기울 하나를 물어 나르다 팽개쳐놓더니 또 다른 것을 물었다. 밀기울이 엄청나게 많다는 사실을 알아차린 개미는 냉큼 돌아서서 구멍으로 달려갔다. 개미가 구멍에서 잠깐 멈추는 모습이 보였다. 마치 구멍 속에 고개를 들이밀고 고함을 지르는 것 같았다. 안에서 아무도 듣지 못했는지 개미는 곧장 구멍으로 들어갔다. 그리고 2초도 안 되어 어마어마한 개미 떼가 누런 물줄기처럼 쏟아져나왔다.

　구멍에서 나온 개미들은 일부는 근처에 있는 밀기울을 구멍으로 바삐 옮기고, 일부는 내가 뿌린 줄을 따라 달려갔다. 선봉이 한 마리 있는데 엄청난 속도로 나아가면서 구간마다 밀기울 한 알을 물어 앞에 던지고 또 물어 또 던졌다. 보아하니 뒤에 오는 개미들에게 표시를 남기는 듯했다. 나는 그 개미를 따라 방풍림, 땔나무, 풀밭을 지나고 구덩이를 넘어 리 씨네 서쪽 벽에 이르렀다. 그곳에 밀기울이 잔뜩 있는 것을 보자 개미는 광분했다. 앞다리 두 개를 높이 쳐들고 껑충껑충 뛰는데, 나는 들을 수 없어도 뭐라고 외치는 것이 틀림없었다. 개미는 그토록 먼 길을 오고도 조금도 지친 기색 없이 밀기울 더미를 획획 돌더니 꼭대기로 기어올랐다. 올라가다가 밀기울을 잘못 밟아 곤두박질치기도 했다. 그래도 개미는 금세 몸을 뒤집어 이쪽으로 몇 발, 저쪽으로 몇 발 뛰어다녔다. 이 밀기울 더미가 얼마나 큰지 팔을 뻗어 재보는 모양새였다.

　모든 일을 끝내자 개미는 밀기울 더미에서 구르다시피 내려와 길을 따라 쏜살같이 되돌아갔다. 얼마 못 가 뒤에 오던 개미 두 마리와 마주쳤다. 보자마자 서로 머리를 맞대더니 한 마리는 곧장 몸을 돌려 급히 되돌아가고 다른 한 마리는 밀기울 더미를 향해 달려갔다. 되돌아가는 개미가 땔나무 더미를 막 돌았을 때 줄을 따라 쉬지 않고 쫓아오는 개미 떼를 만났지만 돌아가는 개미는 그대로 나는 듯이 달려갔다. 밀기울 더미를 처음 발견한 개미는 어디로 갔는지 보이지 않았다. 나는 우리 집 개미굴로 돌아왔다. 아까보다 더 굵은 누런 물줄기가 구멍에서 쏟아져나와 내가 뿌린 노란 밀기울 줄을 따라 리 씨네 벽으로 기세등등하게 흘러들고 있었다.

나는 돌아서서 삽을 가지러 집으로 들어갔다. 이제 개미굴에 있던 개미들이 거의 다 나왔겠거니 싶었다. 어느덧 개미 대부분이 땔나무를 돌아 리 씨네 벽에 다가가 있었다. 나는 과감하게 움직였다. 개미가 돌아오는 길에 길이 1미터, 폭 20센티미터쯤 되는 깊은 고랑을 팠다. 다 팠을 때, 밀기울을 입에 문 개미 떼가 커다란 구덩이를 건너오고 있었다. 우르르 밀려오던 개미들은 고랑으로 길이 끊긴 것을 보고 우왕좌왕하기 시작했다. 몇 마리는 뛰어넘으려다가 고랑으로 떨어졌고, 한참 만에 간신히 일어나 기어오르려 했지만 밀기울을 물고는 벽을 타고 올라올 수 없었다. 그건 불가능했다. 내가 판 고랑은 바닥은 넓고 위는 좁았다. 개미는 얼마 오르지 못하고 도로 떨어졌다.

건너편에서 뒤늦게 쫓아온 소규모 무리가 고랑 가장자리로 몰려들었다. 두 무리의 개미는 고랑을 사이에 두고 서로 손을 흔들며 깡충거렸다.

무슨 일이야.

어떻게 된 거지.

개미들이 외치는 소리가 귀에 들리는 듯했다.

내가 알기로 개미는 영리한 동물이다. 한동안 혼란에 빠졌어도 스스로 냉정을 되찾고 눈앞에 닥친 번거로운 일을 잘 처리할 것이다. 개미들은 똑똑하니까 밀기울 더미 아래 굴을 하나 더 파서 새집을 짓고 밀기울을 저장할 커다란 창고를 만들 생각을 할 것이다. 돌아갈 길은 이미 끊겼고 집도 머니까 집에 갈 시간에 새집을 짓는 편이 나을 것이다. 우리 마을 몇몇 집이 들판에서 수확한 곡식을 집까지 가져오기 귀찮아 거기다 집 한 칸을 짓고 살면서 곡식을 먹어치웠듯이 말이다. 리 씨네 벽 밑의 땅은 그리 단단하지 않으니 굴을 파기 힘들지는 않을 것이다.

개미가 이렇게만 해준다면, 내 계획은 성공이다.

내 생각대로 움직이기로 의논을 마친 것인지, 벌써 몇몇 개미가 밀기울을 물고 리 씨네 벽으로 되돌아가고 있었다. 나도 모르는 새에 날이 저물어 있었다. 누런 개미들과 반나절을 보낸 것이다. 이미 땅바닥에 있는 개미가 똑똑히 보이지 않았다. 게다가 리 씨네 둘째가 아까부터 의심스러운 눈으로 계속 이쪽을 보고 있었다. 내가 뭘 하는지는 모를 테다. 그러나 좋은 일을 할 리 없다는 사실은 알 테다. 나는 기침을 두어 번 하고 아무 일 아닌 척하면서 풀을 걷어차고 땔나무 더미를 돌아 마당으로 돌아왔다.

이튿날 아침 댓바람부터 나가보았다. 그 밀기울 더미는 깡그리 사라져 있었다. 단 한 알도 보이지 않았다. 리 씨네 벽에서부터 텅 빈 개미 길이 뻗어 있었다. 길은 커다란 구덩이를 지나고 내가 판 고랑 가장자리를 따라 북쪽으로 1미터 남짓 나아가 고랑이 끝나는 지점까지 뻗어갔다가, 맞은편에서 돌아와 다시 풀밭을 지나고 땔나무와 방풍림을 지나 우리 벽 아래 뚫린 개미구멍으로 곧장 이어져 있었다.

개미는 한 마리도 보이지 않았다.

나의 나무

마을 주위에 커다란 느릅나무가 몇 그루 남아 있다. 나무들은 멀찍이 떨어진 채 서로를 바라보며 쓸쓸히 서 있다. 모두 몸이 굽어 있다. 쭉쭉 뻗은 나무는 일찌감치 사람이 싹 베어갔다.

남쪽 비탈로 가는 길에 커다란 느릅나무 두 그루를 지난다. 전에는 길이 곧았는데 느릅나무 아래로 지나가게끔 두 번 구부러지면서 몇 리가 늘었다. 그래도 길 가는 사람은 즐겁다. 여름에 사람들은 느릅나무 밑에 앉아 더위를 식힌다. 앉아 있다보면 차츰 몸이 기울어지며 잠이 든다. 나무줄기에 붉은 개미가 잔뜩 기어다니고 가지와 잎에는 검은 거미가 매달려 있다. 우듬지에는 큼직하고 거친 도자기 대접처럼 하늘을 향한 새둥지가 네다섯 또는 일고여덟 개까지 있다. 이따금 시끄러운 새소리에 깨어나보면 뱀이 새알을 훔쳐 먹으러 나무에 오르고 있다. 새는 어찌 할 방법이 없어 그저 요란하게 울어댈 뿐이다. 울어봤자 소용없다, 뱀은 계속 기어올라 둥지에 고개를 들이민다. 사실 새도 궁리하면 대처 방법이 있을 텐데, 수십 미터 높이까지 날아올라 궁둥이를 뱀 머리에 조준하고 알을 낳아 떨어뜨리면 머리를 맞은 뱀은 기절할 텐데.

어떤 나뭇가지에는 울긋불긋한 헝겊 조각이나 끈이 묶여 있다. 사람이 해놓은 표시다. 그 나뭇가지는 자기 것이며, 가지가 굵어져 목재로 쓸 수 있을 때 베어가겠다는 뜻이다. 그러나 그때가 되기 전에 잘리는 일도 왕왕 있다.

마을에서는 오래전에 이 나무들을 베면 안 된다는 규칙을 정했다. 그러나 가지를 베면 안 된다는 규칙은 없었다. 죽은 나무를 베지 말라는 규칙도 없었다. 사람은 어떤 나무를 베겠다고 마음먹으면 먼저 나무를 괴롭혀 죽일 방법을 궁리한다. 나무를 괴롭히는 방법은 잔뜩 있다. 나뭇가지를 몽땅 잘라버리는 것이 한 가지 방법이다. 도끼질로 벌거벗겨진 나무는 살아갈 체면을 잃는다.

나무도 살아남을 대책을 여러모로 마련한다. 나는 비스듬히 뻗은, 하나 남은 가지에 드문드문 달린 초록 잎새 몇 개에 의지해 여름을 난 커다란 느릅나무를 본 적이 있다. 뿌리 쪽이 파헤쳐져 다리 많은 괴수처럼 모래언덕에 서서 해마다 새잎을 내는 호양나무도 보았다. 바람에 쓰러져 바닥에 누운 채 오랜 세월 살아온 대추나무도 보았다. 나는 나무가 왜 억울하게 살아가야 하는지는 모른다. 더 이상 못 살겠다 싶으면 나무가 곧 죽는다는 것은 안다. 죽는 것은 나무가 살아가는 마지막 방식이다.

나는 동쪽 강굽이에 있는 그 커다란 느릅나무를 찾아가서 놀곤 했다. 헝겊이나 끈을 매놓지는 않았어도 그것은 나의 나무였다. 나무 줄기 중간쯤에 수평으로 뻗은 가지 하나가 마을을 똑바로 가리키고 있었다. 그때 나는 강기슭에 소를 풀어놓고 나무에 올라가 놀았다. 한낮이 되자 배불리 풀을 뜯은 소가 나무 밑에 누워 되새김을 했다. 나는 나무껍질에 얼굴을 바싹 대고 그 가로로 뻗은 가지가 가리키는 곳을 따라 시선을 던졌다. 우리 집 지붕의 굴뚝과 모락모락 피어오르는 연기가 보였다.

그 뒤로 이곳에 소를 풀어놓을 때마다 그 가지에 올라가 내다보았다. 낮 동안 우리 집 굴뚝은 죽은 나무 그루터기처럼 쓸쓸히 서 있다. 집에 아무도 없고 대문은 바깥에서 채워져 있다. 정오가 되면 굴뚝에서 잠시 연기가 올라온다. 식구들이 거의 다 집으로 돌아와 마당이 시끌시끌해지는 시간이다. 닭과 돼지가 밥 달라고 아우성치고, 개도 사람 주위를 맴돌며 솥과 그릇을 빤히 쳐다본다. 연기가 멎으면 식구들이 밥을 먹기 시작한다. 물 주전자와 찐빵을 갖고 나온 나는 날이 저물고서야 소를 몰고 집으로 돌아간다.

밤에도 그 나무가 자주 보였다. 눈을 감기만 하면 나타났다. 나무는 시커멓고 괴괴한 모양으로 강기슭에 서서 한 팔로 우리 집을 똑바로 가리켰다. 봐, 바로 그 집이야, 지붕에 통나무를 쌓아놓은 그 집. 나무는 누구에게 보라고 가리키는 걸까. 누가 줄곧 우리 집을 지켜보고, 무엇을 보았을까. 나는 혼자 겁에 질려 있었다.

그 나뭇가지는 나중에 장원張耘 가족에게 잘려 그 집 양 우리 위에 있다가, 굵은 쪽은 남쪽을 향하고 가는 쪽은 북쪽을 향하는 서까래가 되었다. 그들이 그 가지를 벨 때 나는 강기슭 아마밭에서 풀을 베고 있었다. 쿵쿵, 나무 베는 소리가 들리자 나는 낫을 든 채 밭두둑에 올라섰다. 그 나무 아래 소달구지가 있고 달구지에 사람 하나가 서 있는 모습이 보였다. 나무에 도끼를 휘두르는 사람은 잘 보이지 않았다.

달려가고 싶었지만 발이 떨어지지 않았다. 나는 한 그루 나무처럼 그 자리에 우두커니 서 있었다.

그 나무인 나는(나는 이미 그 나무였다), 서쪽으로 뻗은 내 가지가 잘려나가는 모습을 보며 고통스러운 비명을 지르고 온몸을 부들부들 떨어야 했다. 그 가지가 땅에 떨어져 수레에 실려 가는 모습을 절망스럽게 지켜봐야 했다.

그때부터 나는 해마다 나무에 생긴 그 가슴 아픈 흉터로 서쪽 마을을 바라보아야 했다.

끊임없이 눈물을 흘려야 했다.

나는 다시는 서쪽으로 뻗은 가지를 가질 수 없었다. 그 가지는 오랜 세월 동안 어느 집의 굴뚝을 똑바로 가리켰고, 그 굴뚝은 밤마다 하늘의 별 하나를 똑바로 가리켰다. 그 집의 사내아이는 밤마다 자기가 마을 위에서 깃털처럼 나뭇잎처럼 나부끼는 꿈을 꾸었다. 때때로 길을 잃고 그 나무에 내려앉으면, 나무는 서쪽으로 뻗은 나뭇가지로 아이에게 그의 집 지붕을, 그 까만 굴뚝을 가리켜 보였다.

나무는 수많은 일을 기억한다

한곳에서 얼마나 살았는지 기억나지 않으면, 담 모퉁이나 집 뒤쪽에 있는 나무 몇 그루 가운데 아무거나 하나 골라 톱으로 켜보면 된다. 나무의 나이테를 세어보면 얼마나 살았는지 대략 알 수 있다.

나무는 아주 많은 일을 기억한다.

나무 말고 다른 것들도 기억은 하지만 당최 믿음이 가지 않는다. 예컨대 길은 사람 발자국을 없애버리기도 하고 갈라져서 엉뚱한 곳으로 이끌기도 한다. 사람 자신도 수많은 사람과 수많은 일을 잊어버린다. 정말로 싹 잊었다면, 사람은 누구한테 가서 물어보면 될까.

바람에게 물어볼까.

바람은 그해 가을에 자신을 따라 멀리 떠나버린 그 사람을 좀처럼 기억하지 못한다. 자기가 하늘 높이 날려버린 붉은 두건이 어디에 떨어지든 신경 쓰지 않는다. 바람이 머무는 곳마다 무언가가 우수수 떨어져 내린다. 우리가 잃어버리고 찾지 못한 것들은 대개 바람이 자리를 옮겨놓았다. 어떤 것들은 몇 년 뒤에 반대 방향으로 부는 또 다른 바람에 실려오는데, 전혀 다른 모습이 되어 한바탕 꿈을 꾼 듯 담장 아래 누워 있다. 어떤 것들은 정신없이 몰아치는 세찬 바람에 휘날려 마을을 벗어난다. 그렇게 자꾸자꾸 멀어져 다시는 돌아오지 못한다.

나무는 제멋대로 쏘다니는 일이 없다. 수십 년, 수백 년 전 느릅나무가 그 자리에 그대로 서 있다. 우리는 떠났다가 다시 돌아온다. 담이 무너질까, 바람에 지붕이 뒤집힐까, 사람과 가축이 길을 잃고 흩어질까 걱정스러워 우리는 커다란 나무 아래 집을 두고 앞뒤에 나무를 많이 심어 빨리빨리 키우려 한다.

나무는 하늘을 향해 부는 바람이다. 그 바람은 너무나도 천천히 분다. 가지와 잎새가 북적북적하면서 하늘로 치솟는 모습이, 다들 길을 나서서 갖가지 소리를 내는 모습이 보인다. 사람의 일생에서는 마지막에 이른 바람이 끝내 멈추는 모습이 보인다. 바삐 내달리던 말수레처럼 바퀴가 빠지고, 차체가 부서지고, 짐이 굴러 떨어지고, 마지막에는 흙먼지 속에 곤두박질친 말마저 목을 길게 뽑고 거친 숨을 몰아쉬다가 죽고 만다. 마부가 어디 있는지는 아무도 볼 수 없다.
바람이 이르는 마지막은 공허함이다.

나무가 하늘과 땅 사이에서 무언가를 잃어버렸다.
형, 형은 땅속에서 찾아봐. 나는 하늘에서 찾아볼게.
나무의 뿌리와 가지는 서로 반대쪽으로 향했고, 그들이 헤어진 곳에 우리 가족이 앉아 있었다. 아버지는 나무줄기에 등을 기대고, 어머니는 작은 나무 걸상에 앉고, 자식들은 땅바닥이나 나무토막에 쪼그려 앉았다. 방금 밥을 먹었다. 이제 물 한 사발을 마실 것이다. 물을 다 마시고도 한참을 앉아 있을 것이다. 반쯤 열린 대문 사이로 간간이 오가는 사람과 소가 보인다. 나무뿌리는 땅속에서 뭔가 찾아냈을까. 우리는 날마다 나무를 올려다보지만, 정신없이 바쁜 가지와 잎새는 아무것도 못 찾은 듯하다.

찾아내면 소리쳐 부를 테지, 멀리 가 있는 나무뿌리에게 돌아오라고 소리칠 테지.

아버지, 아버지는 땅속을 찾아보세요. 우리는 땅 위를 찾아볼게요.

우리 집이 한 그루 나무라면, 아버지가 돌아가시고 땅에 묻혔을 때 나는 이렇게 말할 수 있었을 텐데. 그러고는 우리 역시 한 그루 나무처럼 가지와 잎새를 모조리 내뻗어 찾아봤겠지. 아무도 원하지 않아 허공에 남아도는 햇살과 빗방울을, 한가로이 졸고 있는 구름 그리고 새소리와 벌레 소리를 한 움큼 한 움큼 움켜쥐고, 잡아온 것을 한 줌 한 줌 도로 팽개쳤겠지. 내가 찾는 것이 아니야, 아니라고.

하늘을 찾아내고 아버지, 소리쳐 불렀겠지. 물 한 방울과 햇빛 한 가닥을 찾아내고 아버지, 소리쳐 불렀겠지. 우리는 무얼 찾으려 했던 걸까.

세월이 흐른 뒤에야 깨달았다. 우리가 진정 찾으려던 것, 다시는 되찾을 수 없는 것은 지금 이 시각의 모든 삶이었다. 그것은 사라졌고 이제 잊혀가고 있다.

담장 아래 누워 있는 마른 통나무는 지난날 무성하던 가지와 잎새를 까맣게 잊었을까. 떠난 뒤에 나는 훨씬 자잘했던 삶의 장면을 떠올릴 것이다. 오래전 바닥에 떨어져 보이지 않던 바늘을 찾아낼 테고, 어릴 적에 노는 데 정신이 팔려 신경 쓰지 않았던 짤막한 말과 눈초리 하나를 떠올릴 테다. 뒤를 돌아볼 때면 생존에 대한 나의 애정과 인내심은 한층 세세해져 있을 것이다.

내가 잊어버린 것이 있으면, 하도 바빠서 일찍이 머리에 떨어졌던 빗방울 하나, 귓가를 스쳐가는 바람 한 줄기를 흘려버린다면, 마당에 서 있는 그 늙은 느릅나무가 나를 일깨워줄 테다. (그 시절 아버지가 그랬던 것처럼) 커다란 느릅나무에 등을 기대면, 하늘과 땅 사이의 일 가운데 제대로 떠올리지 못할 일이 뭐가 있겠나.

내가 여덟 살 때 어머니가 광주리 하나를 아무 가지에나 대충 매달아놓았는데, 나무가 훌쩍 자라서 어느새 광주리에 손이 닿지 않게 됐다. 열한 살 가을에는 아버지가 밭에서 거둬온 밀 한 다발을 닭이 쪼아 먹지 못하게 나뭇가지 하나에 적당히 걸어놓았다. 이 가지도 밀 다발을 지붕 위 하늘까지 들어올렸다. 그동안 우리는 생활에서 동떨어진 것처럼 그 광주리를 내리고 밀 다발을 빼낼 겨를이 없었다. 그 것들은 해마다 천천히 하늘로 올라갔지만 우리 눈에는 전혀 보이지 않았던 모양이다.

황금빛이던 밀은 어느덧 잿빛이 되었고 이삭은 새들이 다 쪼아 먹었다. 아마 그 광주리에는 말린 홍고추와 옥수수 몇 자루가 있었을 텐데, 가장자리에 새똥이 잔뜩 묻은 걸 보니 안은 텅 비었을 것이다.

뜻밖에도 우리에게는 이토록 풍요로웠던 기나긴 세월이 있었다. 우리는 나무로 하여금 묵직한 밀 다발과 홍고추 광주리를 지붕 위까지 들어올리게 하여 하늘의 새들을 먹일 수 있었다.

"그때 우리는 좋은 걸 하늘에 내던질 만큼 부자였어."

몇 년이 지난 이른 봄, 나무가 아직 잎을 내지 않은 어느 날 오후였다. 우리는 나무 밑에 앉아 멀건 옥수수죽을 마시고 있었다. 밀가루는 한 달 전에 다 먹고 없었다. 옥수수 가루도 얼마 남지 않아서 점심밥은 죽 조금뿐이었다. 다 마시고 나서도 우리는 그릇을 들고 우두커니 앉아 있었다. 덜 먹은 것처럼, 뭘 더 먹어야 하는 것처럼. 하지만 아무것도 없었다. 무슨 생각에 잠긴 듯, 아무 생각도 없는 듯, 온 식구가 텅 빈 머리로 멍하니 앉아 있었다.

그때 형이 고개를 들고 한마디 했다.

우리는 모두 고개를 들었다. 그제야 나뭇가지에 걸린 밀 다발과 다른 가지에 매달린 광주리가 보였다.

그런 일들을 나무마저 잊는다면, 나무는 일찌감치 마른 통나무가 되고 만다.

"돌아와, 그만 찾아. 아무것도 없어."

나무뿌리가 땅속에서 가지와 잎새를 소리쳐 부른다. 그 말을 듣자 그들은 곧 돌아온다. 해마다 먼저 돌아오는 것은 잎새다. 잎이 다 떠나버린 자리에는 가는 이 없는 텅 빈 길처럼 가지가 말라붙어 있다. 가지도 오래 있지는 못한다. 사람은 죽은 나무를 그 자리에 오랫동안 서 있게 놔두지 않는다. 서 있기 피곤해졌을 거라며 나무를 눕히지만 나무는 이미 평평히 눕지도 못한다. 몸이 굽어 있어 허공에 서 있는 쪽이 낫다. 우리는 나무가 굴러가지 못하게 한쪽에 흙덩이를 괴고 가운데도 흙덩이로 막아놓는다. 시간이 흘러 좀 한가해지면 나무뿌리를 파와서 몸통과 함께 놓아둔다. 그들에게 할 말이 있다면, 남은 세월은 길고 길다. 나무 하나를 아무 데나 던져놓으면 수십 년은 그렇게 있다. 그 기간 우리는 나무가 수많은 입을 벌리는 모습을 볼 수 있다. 가까이 다가가면 나무가 입을 벌리는 소리를 들을 수 있다. 나무는 한 번 입을 벌려 한마디 말을 한다. 온몸에 입이 가득해지면 나무는 할 말이 없어진다. 우리가 가서 걷어차고 두들겨보면 텅 빈 소리가 난다. 뿌리든 몸통이든 속에 아무것도 없다. 할 말이 없어졌어도 뿌리와 몸통은 얼굴을 맞대고 있어야 한다. 마당을 정리할 때 건드리지 않는 한, 느릅나무의 옹이 하나도, 구부러진 줄기 한 토막도 움직이지 않는다. 어쩌면 그냥 놔두고 나무를 에돌아갈지도 모른다. 누가 나무에 신경 쓰겠나. 나무의 몸통 밑에는 올가을의 잎새가, 수많은 가을의 잎새가 두껍게 깔려 있다. 나무 곁에는 우리 가족과 가축이 있다. 어쩌면 그들은 이미 다른 가족일지도 모른다.

내가 아는 그 나무

역시 묵직한 소리가, 몇 년 뒤 궂은비가 이어지던 밤에 마을을 뒤흔들었다.

똑같은 소리 때문에 땅이 또 한 차례 뒤흔들렸다.

이어 촘촘한 빗소리 속에서 한 여자가 날카롭게 울부짖는 소리가 들려왔다.

"일어나, 어서. 무슨 일이 났나봐."

어머니 목소리였다. 아버지를 깨우고 있었다. 아버지가 으응, 하는데 울부짖는 소리가 또다시 집 안으로 흘러들었다.

그날 밤 나는 구들에서 잠 못 이룬 사람이 하나 더 있다는 사실을 알아차렸다. 바로 내 어머니였다. 어머니가 왜 한밤중에 깨어 있는지는 알지 못했다. 어머니도 몰랐을 거다, 열두 살짜리 아들이 이 커다란 구들에서 또렷이 깬 채 외롭고 기나긴 밤을 숱하게 보냈다는 걸, 구들에서 나는 모든 소리를 들었다는 걸.

아버지는 한참 뒤치락거리다가 옷을 걸치고 나갔다. 문 닫는 소리, 빗속에서 창문 아래로 걸어가는 철벅철벅 소리가 들렸다.

개가 나와서 두어 번 짖더니 제집으로 도로 들어갔다. 개 짖는 소리도 흠뻑 젖어 있었다. 입에 빗물을 가득 머금은 소리였다.

나는 살그머니 일어나 옷을 입고 어둠 속을 더듬어 구들을 내려가 신발을 찾아 신었다. 한 발짝 내딛는 순간 어머니가 말했다.

"잠 안 자고 뭐 하러 나가."

나는 아무 말 없이 살며시 문을 열고 몸을 비틀어 나갔다.

"얼른 갔다 와라."

어머니의 나직한 외침이 귓속으로 전해질 때 나는 벌써 문밖 창가였다. 처마에서 빗물이 뚝뚝 떨어지고 있었다.

문루 아래 잠깐 서 있는데 빗줄기가 점점 굵어졌다. 길은 깜깜하고 아버지는 이미 보이지 않았다. 갈까 말까 망설이는데 날카로운 비명이 또다시 밤하늘을 갈랐다.

"사람 살려."

나는 비명에 이끌린 것처럼 곧장 빗속으로 뛰어들어 내달리기 시작했다.

사람들은 비를 까맣게 잊고 있었다. 비가 언제 그쳤는지도 알아차리지 못했다. 땅바닥은 온통 진흙탕이 되어 엉망진창이었다.

마을이 서서히 모습을 드러냈다. 처음에는 집과 나무, 이어서 사람. 까만 밤은 물처럼 한 겹씩 땅속으로 스며들었다. 이 과정에 주의를 기울이는 사람은 없었다. 날이 밝았다는 사실을 퍼뜩 깨닫고 휘둥그레진 눈으로 주위를 둘러보던 사람들은 그제야 방금 무너진 집에서 끄집어낸 일가족이 남자건 여자건 실오라기 하나 걸치지 않은 채 흙탕물 속에 서 있는 모습을 알아보았다. 방금 한바탕 지나간 급박한 일에 모든 걸 잊고 있었던 거다.

내가 달려갔을 때 이미 많은 사람이 모여 있는 듯했지만 주룩주룩 쏟아지는 빗줄기 때문에 제대로 보이는 것이 없었다. 한 여자가 쉬지 않고 울부짖는 소리만 들렸다. "안에 다 파묻혀 있어." "다 파묻혔어." 수많은 사람이 무너진 집을 둘러싸고 웅성거리는 기척이 느껴졌다.

"이렇게 오래됐는데, 깔려죽지 않았으면 갇혀 죽었지."

"안에서 아무 소리도 안 나잖아. 죽었을 거야."

"멍청하게 서서 뭐 하는 거야, 얼른 파봐." 다른 여자가 소리쳤다. 그러자 사람들은 퍼뜩 정신이 들었는지 무너진 집으로 우르르 몰려갔다. 아무것도 보이지 않아서 손으로 더듬어 파내고 더듬어 옮겼다. 흙덩이, 서까래, 흙덩이. 누군가 등잔을 가져와 몇 번 불을 밝혀봤지만 비 때문에 다 꺼지고 말았다.

사람들 틈에서 나도 몸을 굽혀 이것저것 더듬다가 서까래에 손이 닿았다. 몇 번 당겼지만 움직이지 않았다. 다시 위쪽을 더듬어보았다. "도리가 있어요, 도리." 내가 소리치자 사람들이 몰려왔다.

날이 밝자 비로소 모든 것이 똑똑히 보였다. 집의 삼면 벽이 무너져 있었다. 앞 벽, 뒷벽, 옆벽 하나. 그 구부러진 느릅나무 도리가 일가족의 목숨을 구했다. 집을 짓눌러 무너뜨린 것도 그 구부러진 도리였다. 그것은 너무 굵고 무거웠다. 천만다행히 집이 무너졌을 때 세 식구는 도리의 굽은 부분 밑에서 자고 있었다. 여자가 먼저 깼는데 몸집이 작아서 흙덩이를 헤치고 서까래 틈으로 빠져나온 것이었다.

"나 그 도리 알아요. 강굽이에서 자라던 느릅나무예요." 그곳을 떠나며 나는 아버지에게 가만히 말했다.

"말도 안 되는 소리." 아버지가 목소리를 낮춰 꾸짖었다. "껍질이

다 벗겨졌는데 네가 그걸 어떻게 알아보냐."

"껍질이 없어도 알아볼 수 있어요. 그 느릅나무예요. 못 믿겠으면 강굽이에 가져가서 그루터기하고 맞춰봐요. 뿌리가 아직 남아 있어요."

"한 번만 더 헛소리 했다간 맞는다." 아버지는 나를 틀어쥐고 물과 진흙을 철벅철벅 밟으며 집으로 돌아왔다.

5년 전 어느 바람 부는 밤이었다. 나는 무언가 대지에 쿵 부딪히는 소리를 들었다. 묵직하고 힘찬 소리에 가슴이 철렁 내려앉았다. 밖에 있는 개는 짖지 않았다. 놀라서 깬 사람도 없었다. 나가보고 싶었지만 좀 무서웠다.

한밤중까지 누워 있는데 무슨 일이 생길 것만 같았다. 아무리 애를 써도 잠을 이룰 수 없었다. 그때 막 불기 시작한 바람은 몹시 허약했다. 다리가 약한 사람이 먼 길을 가는 것처럼 바람이 서쪽 모래언덕을 넘으며 헐떡이는 소리가 들렸다. 바람이 마침내 모래언덕 아래 옥수수밭을 지나 마을로 들어왔을 때는 지푸라기와 나뭇잎도 흔들지 못할 만큼 미약해져 있었다. 멀리 뒤에서 더 강한 바람이 생겨나 하늘가 구름이 뒤집히는 소리, 초목이 이쪽을 향해 허리를 굽히고 고개를 숙이는 소리, 흙먼지가 하늘로 솟구치는 소리가 들렸다. 한참이 지나자 그 거센 바람이 마을에 이르렀다. 바람이 서쪽 광활한 대지에서 씽씽 몰아쳐올 때, 나는 바람이 지나온 황야와 산봉우리와 사막과 크고 작은 마을의 모습을 또렷이 느꼈다. 나는 불어오는 바람 소리 속에서 내가 가본 적 없는 머나먼 세상에 다다랐다.

황사량에서 두 종류의 바람을 보았다. 하나는 땅에서 하늘로 부는 바람이다. 그 바람은 땅에서 생겨나고 땅의 힘을 빌려 위로 날아오른다. 먼저 지붕으로 솟구치고 이어 나무 꼭대기로 올라간다. 그러면 나무는 바람을 내려보내려고 쉬지 않고 몸을 흔든다. 하늘에 새 떼가 있으면 바람은 새의 날개를 밟고 재빨리 위로 올라간다. 그러고는 가장 낮은 구름으로 기어오른다. 구름이 휙 기울었다가 비틀비틀거리는 모습이 보인다. 금세 온 하늘의 구름이 움직이기 시작한다.

바람은 위로 올라가면서 땅의 수많은 물건을 가져간다. 지푸라기, 나뭇잎, 종이, 헝겊, 모자, 머리카락, 먼지, 터럭…… 바람에 딸려 하늘로 올라간 그들은 한참을 떠다니다가 도로 내려앉는다. 바람이 그들을 원하지 않는 걸까, 그들이 더 높이 올라가기 불안한 걸까. 아무튼 끝내는 모두 땅으로 돌아온다. 바람은 텅 빈 곳으로 올라간다. 가장 높은 하늘에는 황사량의 모래 한 알도, 잎새 하나도 없다.

또 다른 바람은 높은 하늘에서 쏟아져 내려온다. 이런 바람에 익숙한 사람은 아무도 없다. 처음에는 하늘에서 구름이 미친 듯이 굴러다닌다. 지붕이 무너지는 것처럼 구름끼리 탕탕 부딪치는 소리가 난다. 땅은 고요하기만 하다. 집에 있는 사람은 안으로 물건을 들이고 밭에 있는 사람은 농기구를 메고 돌아온다. 구름이 우리 마을 위에서 소동을 일으킨다. 때로는 소란을 피우다가 흩어진다. 때로는 점점 낮아져 마을을 짓누르다가 느닷없이 바람을 툭 떨어뜨린다. 그때 철썩, 소리가 나는데 마치 하늘이 땅의 따귀를 갈기는 소리 같다. 집에 있는 사람은 서둘러 창문을 닫고 문을 닫는다. 돌아오는 사람은 다들 몸이 기울어 있다. 굵은 바람 한 줄기를 어깨에 짊어진 듯 비틀거리며 제대로 걷지 못한다.

그 묵직하고 커다란 소리는 땅에서 전해진 소리였다. 공기 중에서 낸 소리는 바람에 실려가 마을까지 닿지 않았다.

그때 거센 바람이 우리 집 대문에 휘몰아쳤다. 덜커덩, 덜커덩 소리가 몇 번 나더니 문을 받친 막대기 부러지는 소리, 아궁이에서 솥 떨어지는 소리, 지붕에서 뭐가 굴러다니는 소리, 외양간 지붕에서 마른풀이 흩날리는 소리, 나뭇잎이 벽에 부딪히는 소리, 대문 두 짝이 열리고 닫히며 날개처럼 격렬히 푸드덕거리는 소리가 들리고…… 나는 이 마당이 날아오르려는 것을 또 한 번 느꼈다. 동시에 땅속에서 불고 있는 더 어둡고 더 거센 바람, 서로 반대 방향으로 향하는 바람을 감지했다.

이튿날 아침, 강굽이에 있는 그 커다란 느릅나무를 누가 베어갔다는 얘기를 들었다. 나는 지붕으로 올라갔다. 보이는 것은 나무 한 그루 없는 텅 빈 강기슭뿐이었다.

오랜 밑바탕

리 씨네 집 앞에는 줄지어 섰다고도 할 수 없는 백양나무 몇 그루뿐이다. 줄기도 가늘고 가지와 잎도 몇 개 없어서 참새조차 내려앉을 생각이 없다. 더 큰 새들은 그 집은 거들떠보지도 않고 곧바로 우리 집으로 날아와 우리 나무에 내려앉는다.

새매, 까치, 부엉이처럼 커다란 새는 대개 마을 밖 들판에 산다. 이따금 마을 위로 날아와 몇 바퀴 돌면서 몇 번 크게 소리친다. 어떤 나무에 내려앉을지 말지 보는 것인데 모두 인가의 나무를 살핀다. 새는 아무 나무에나 앉지 않고 대개 나이 많은 느릅나무를 고른다. 오래된 느릅나무는 대부분이 마을에서 오래 살아온 몇몇 집 마당에 있다. 추라오얼네, 장바오푸張保福네, 왕둬네와 우리 집 나무에는 늘 커다란 새가 앉아 있다. 리 씨네 나무는 이런 복이 없다. 새조차 그 작은 나무 몇 그루 아래 있는 집은 새로 온 사람들이라서 믿음이 안 간다는 사실을 안다.

한 지역에 새로 온 일가족이 무슨 짓을 할지는 다들 알 수가 없다. 새로 온 집에는 쥐조차 감히 들어가지 않는다. 개미는 3년이 지나야 새로 온 집 벽 밑으로 옮겨가고, 다시 3년이 지나야 겨우 그 집 안으로 굴을 판다. 하늘에 있는 새 눈에는 모든 일이 똑똑히 보인다. 마당의 닭, 닭장, 개구멍, 처마 밑 제비집, 처마 위 비둘기. 새는 생각한다. 이렇게 많은 동물이 화목하게 지내는 집이라면 지나가는 새도 마음 놓고 푹 쉬어가게 해주겠지. 큰 새는 큰 나무 꼭대기에서 오래전에 다른 큰 새가 내려앉아 휘어진 가지, 또 다른 큰 새에게 밟혀 상처 난 나무껍질을 본다. 큰 새 때문에 고개가 구부러진 느릅나무는 마지막에 가면 다른 어떤 나무보다도 크고 튼튼하게 자랄 것이다.

우리 집은 황사량에 몇 집 없는 오래된 일가족이다. 우리가 오래 살았다고는 할 수 없지만 새아버지가 이곳에 대대로 살아왔다. 옛집이 낡자 새집으로 이사했는데 새집도 금세 낡았다. 이 황야에서 어느덧 집 두 채가 낡도록 살아온 셈이다. 낡아빠진 신발 두 짝처럼 한 짝은 서쪽 모래언덕에 팽개치고 다른 한 짝은 더 서쪽의 굽이진 강 기슭에 팽개쳤다. 사람들은 살던 집이 낡으면 몇백 미터 앞으로 터를 옮겨 새집을 짓는다. 땅이 하도 넓다보니 옛터에 새집을 지으려는 사람은 아무도 없다. 집이 부서지면 길도 망가지고 우물도 마르고 땅도 울퉁불퉁해지고 사람도 죽어 휑해진다. 아무튼 다 버려도 상관없다. 몇백 미터쯤 나아간 것은 마을이 보기에는 작은 한 발짝 같겠지만, 어느덧 수백 년을 써버린 일이었다.

어떤 것들은 남는다. 어떤 것은 사람의 기억 속에 남고, 더 많은 것은 통나무, 흙덩이, 끌채, 광주리, 자루와 가죽끈에 남는다. 이런 물건은 오래 살아온 집 마당에 빠짐없이 놓여 있다. 새로 온 집에는 기껏해야 새 삽 두 자루에 누가 쓰다 버린 낡은 괭이 한 자루뿐이다. 괭이 날에 생긴 흠은 그 집 사람과 아무 상관도 없다. 괭이 등에 생긴 틈도 그를 모른다. 물건이 낡을 때까지 쓰려면 오랜 시간이 걸린다. 특히나 마당은, 마당이 낡은 괭이 한 자루나 낡은 새끼줄 한 토막을 버리는 것과 마찬가지로 사람을 여러 세대 버리고 나서야 사람이 마당을 내버릴 차례가 온다.

오래 산 집에는 버릴 수 없는 오래된 물건이 수두룩하다.

오래 산 집의 땔나무 더미 밑에는 수십 년 전의 오래된 땔나무나 백 년 전의 구부러진 느릅나무 토막이 있다. 다 썩어서 쓸모가 없다. 이게 바로 '땔나무 밑바탕'이라는 것이다. 이게 있어야 새로 쌓은 땔나무가 눅눅해지지도 않고 썩지도 않는다.

오래 산 집의 곡식 창고에서는 앞선 세대가 먹고 남은 밀가루와 쌀을 파낼 수 있다. 오래 산 집에는 늙은 가축이 몇 마리씩 있다. 이빨이 없고 다리를 절고 느려 터졌지만 채찍질하는 사람은 아무도 없다.

오래 산 집의 양 우리 밑에는 비옥한 흙이 몇 미터 두께로 쌓여 있다. 수십 년, 수백 년 동안 양이 눈 똥오줌이 스며든 흙이라 양 똥보다 훨씬 가치 있지만, 파내지 않고 비옥해지게끔 놔둔다. 최후의 수단이 아니라면 절대 파내지 않는다. 그것은 '오랜 밑바탕'이라는 것이다.

황사량에서 우리는 새아버지의 끄트머리를 이어서 살아갔다. 그것은 우리의 오랜 밑바탕이었다. 동으로 서로 부는 바람 그리고 뜨고 지는 해와 달 속에서 우리는 앞선 세대가 남겨놓은 끄트머리를 본다. 마치 잘려나간 밧줄 끝이 다른 끝을 찾아낸 것처럼 말이다. 우리는 그들이 어둠 속에서 내민 손을 붙잡고, 그들이 땅속에서 내쉬는 숨결을 잇고, 마당 가득한 낡은 물건 속에서 자신의 새로운 일을 찾아낸다. 그들이 삽을 쥐고 쟁기질할 때의 느낌이 천천히, 고스란히 우리 손에 돌아온다. 완전히 새로워진 이 오래된 나날에서 삶이란 거의 온전하게, 끝없이 이어질 수 있음을 우리는 느낀다.

기나긴 꿈

황사량에는 양이 사람보다 서너 배 많다. 소는 사람보다 적어서 사람의 3분의 1쯤 된다. 다리로 따지면 사람 다리와 개 다리는 몇 개 차이가 안 난다. 한 마을에서 어느 동물이 가장 많은지는 오후에 땅바닥에 찍힌 발자국을 보면 확실히 알 수 있다.

보통 집을 나서면 돼지 두 마리와 사람 한 명을 만나고, 나귀 우는 소리 다섯 마디에 사람 소리 한 마디쯤 듣는다. 양 떼를 뚫어져라 보다보면 사람도 하나 보인다. 땔나무와 풀 더미를 네다섯 개쯤 돌다보면 한두 사람이 보인다. 밀짚 더미 뒤에서 부둥켜안은 두 사람을 보았는데 아주 재미난 놀이를 하듯 얼굴과 입을 바싹 맞대고 있었다.

누군가 나에게 모래 도랑 옆 누구네 집 누가 어떻게 생겼냐고 물으면 멈칫해서 제대로 대답을 못 할 것이다. 그런데 그 집 누렁개와 검은 암소 얘기가 나오면 내 머릿속에는 그들의 털색, 사람이나 다른 무엇을 바라보는 눈빛, 걸음걸이와 뛰는 모습, 심지어 앞다리 안쪽에 난 잡털 한 줌과 뒷발굽에 생긴 흠집 하나까지 생생히 떠오를 것이다.

나는 가축과 다른 것들은 너무 많이 기억하고 사람은 아주 적게 기억한다. 사람은 가축과 다른 것들 뒤에 멀찍이 숨어 있다. 사람은 풀을 실은 수레를 따라가고, 반만 남은 담벼락 뒤에 쪼그려 있고, 먼지를 일으키는 소 떼를 뒤따르고, 황금빛 밀밭 저편에 서 있다. 나타났다가는 이내 사라지고 모습도 어슴푸레하다. 닭이나 개처럼 가까이 다가와 자신들을 똑똑히 보여주고 알게 해주는 사람은 매우 드물다.

나무는 높직하니 눈에 잘 띄고, 풀과 농작물은 들판에 널려 있고, 개와 나귀는 소리 높여 외치고 아무 데나 똥오줌을 갈긴다. 사람은 그 틈에서 고개를 숙이고 허리를 구부리고 소리를 낮추고 종종걸음치며 살아간다. 여러 해 동안 나는 왕뎬위안王占元의 고함을 두어 번 들었을 뿐이다. 그는 무슨 애타는 일이 있는지 낮고 쉰 목소리로 한두 번 소리쳤는데, 그 뒤로 다시는 그의 외침을 듣지 못했다. 몇 달 동안 나는 천유건陳有根과 딱 한 번 마주쳤다. 그는 변함없이 근심 가득한 얼굴로 삽을 메고 낫을 들고 허리에 새끼줄을 묶은 채 수로를 따라 내려오더니 눈 깜짝할 새에 부서진 담장 뒤로 사라졌고, 다시는 나타나지 않았다.

무언가를 떠올리다가 우연히 누군가 생각나기도 한다. 이름도 모르겠고 옷차림과 생김새도 흐릿하다만, 황사량 사람으로 북쪽 낮은 흙집에 살며, 뿔이 무딘 하얀 암소를 끌고 밭에 가고, 커다란 틈이 비스듬히 난 낯익은 흙담에 기대앉아 오후를 보냈으며, 내가 아는 잡털이 섞인 검은 수캐를 데리고 다녔다는 사실은 기억난다. 그 개는 우리 집 검은 암캐와 연애한 적이 있다. 우리 집 뒷길에서 개 두 마리가 엉겨 붙어 있었다. 잡털 수캐가 우리 검은 암캐의 주둥이와 목에 입을 맞추고는 혀를 내밀어 엉덩이를 핥았다. 둘이 장난치는 줄 알았는데 조금 있으니 잡털 수캐의 물건이 튀어나와 벌겋게 부풀더니 물방울을 흘렸다. 검은 암캐도 꼬리를 쳐들었다. 나는 둘이 일을 치르려는 것을 알고 얼른 흙덩이를 주워 들고 달려가 수캐를 쫓았다. 나는 잡털이 섞인 개는 싫고 새까만 개가 좋았다. 줄곧 모래 도랑 근처 장씨네 커다란 검둥개와 우리 집 개를 짝지어주려 했지만 두 개는 전생에 원수였는지 만나도 서로 무시할 뿐이었다.

잡털 수캐는 신음하면서 달아나다가 뒤를 돌아보았다. 검은 암캐가 수캐를 쫓아가기에 소리쳐 불렀지만 암캐는 돌아오지 않았다. 개들은 커다란 수로를 따라 사라졌다. 쫓아가봤지만 옥수수밭이 쏴아 쏴아 움직이는 모습밖에 볼 수 없었다. 몇 달 뒤에 검은 암캐가 새끼 여덟 마리를 낳았다. 절반이 잡털이었다. 마음에 안 들어 달이 뜨기도 전에 네 마리를 몰래 데리고 나가 서쪽 자반커우 마을에 보냈다. 강아지가 눈도 뜨기 전이었다. 그들은 자기가 어디서 태어났는지 모르니 커서도 찾아오지 못할 것이다.

개미를 빼면 황사량에는 닭이 가장 많은 셈이다. 천지사방이 닭이다. 집집마다 수십 마리에서 백 마리가 넘는 닭을 친다. 게다가 닭은 끊임없이 알을 낳고, 알은 끊임없이 부화해 닭이 된다.

닭처럼 작은 동물은 정확히 수를 헤아리기 힘들다. 곳곳을 돌아다니고 곳곳을 파고든다. 자기네 닭이 몇 마리라고 정확히 말할 수 있는 이는 아무도 없다. 자기 집 앞 나무에 참새가 몇 마리인지, 집 안에 쥐가 몇 마리인지 알 수 없듯이 말이다.

닭을 세는 방법은 간단하다. 마당에 옥수수알을 한 줌 뿌리고 닭 목소리를 흉내 내 꼬꼬댁거리면 여기저기서 닭들이 앞다투어 달려와 밀치락달치락하면서 쪼아 먹는다.

옥수수알을 한 줄로 길게 뿌리면 닭도 한 줄로 늘어선다. 둘씩 둘씩 세어가다가 18이나 27에 이르면 닭이 이렇게 많았나 싶다. 그때 땔나무 아래서 꼬꼬댁거리며 또 한 마리가 쪼르르 기어나온다.

때로는 아침에는 스물네 마리였는데 오후에는 스물세 마리뿐이다. 또다시 옥수수를 몇 줌 뿌리면 마당에 꼬꼬댁 소리가 가득해진다. 문간에 서서 길을 향해 불러보지만, 목이 아프도록 소리쳐도 한마리는 나타나지 않는다. 다음 날도 그다음 날도 스물세 마리뿐이다. 한 마리를 잃어버렸구나, 벌써 어느 집 솥에 들어갔구나 하는 확신이 든다. 화가 치밀어 아무도 없는 데서 욕을 한다. 어느 짐승이 우리 닭을 먹었나. 먹고 입이 썩어라. 창자가 끊어져라. 그러고는 아무 일 없는 척 뒷짐을 지고 느긋하게 마을을 한 바퀴 돌면서 다른 집 쓰레기 더미를 죽 훑어본다. 닭털 하나, 머리 반 토막, 뼈 몇 개라도 찾아내려고. 불가능한 일이다. 닭을 훔쳐 먹은 사람은 당연히 구덩이를 파서 털을 묻을 줄 안다. 남몰래 깊은 구덩이를 파서 잘 묻은 다음, 발로 단단히 다지고 마른 흙을 뿌리고 풀잎을 덮으면 그 위를 지나가면서도 눈치채지 못한다. 그러던 어느 날, 이웃집 마당에서 흙을 파오려다가 무심결에 닭털 뭉치를 파낸다. 검은 깃털에 흰 솜털이 조금 섞여있는데 왠지 낯이 익다. 갑자기 20년 전 잃어버린, 배에 하얀 털이 조금 나 있던 검은 암탉이 생각난다. 어떻게 저놈을 생각 못 했지. 이웃집 문을 바라보며 20년 전에 그 생각을 못 했던 자신을 탓한다. 지금은 아무 말도 할 수 없다. 두 집은 일가친척이 된 지 오래다. 양가 아들과 딸이 혼인해서 두 집안은 한 집안처럼 사이가 좋다.

닭을 찾으려면 한낮에 느닷없이 들이닥치는 것이 가장 좋다. "왕형, 삼끈 좀 빌려줘요." 그들은 당황한 기색이다. 허둥지둥 솥을 덮고, 그릇을 탁자 밑에 숨기고, 입안에 있는 것을 씹지도 못하고 목구멍으로 삼킨다.

아니면 다정한 척 남의 집 아이를 안고 뽀뽀를 하면서 아이 입에서 닭고기 냄새가 나나 안 나나 맡아본다.

닭 한 마리 잃어버린 일은 한 집안의 중대사가 전혀 아니다. 바람이 나무에서 잎새 하나를 날린 것이나 마찬가지다. 닭 한 마리 때문에 마을을 들쑤시며 이리저리 묻고 따지고 다닌다면, 나중에 소 한 마리를 잃어버리면 온 세상에 소란을 일으키며 다닐 것이다. 그것은 아주아주 작은 일, 한 사람의 마음속에서만 일어날 수 있는 일일 뿐이다.

내 기억에 가장 깊이 남은 닭은 검은 암탉이다. 온몸이 칠흑처럼 새까매서 흑야黑夜라는 이름을 붙여주었다. 그 밤이 정말 칠흑 같은 밤이라면, 별빛 한 점 기대하지 말라. 견디다보면 한 줄기 새벽빛이 비칠 거라는 기대는 더더욱 하지 말라. 그것은 사람을 절망에 빠뜨리는 철저한 암흑이다.

언젠가 흑야가 너무 오랫동안 보이지 않아서 우리는 잃어버렸다고 여겼다. 마을에는 이렇게 완벽하게 새까만 닭이 없었다. 어떤 녀석은 털은 까맣지만 볏이 빨갛고 다리는 흰색이었다. 어떤 녀석은 배와 목 둘레에 하얀 솜털과 빨간 깃털이 섞여 있었다. 어른들은 흑야처럼 새까만 닭을 먹으면 제대로 보양이 되고 앓던 병도 낫는다고 했다. 형이 나더러 나가서 마을을 한 바퀴 둘러보라고, 1년 내내 야위고 누렇게 뜬 약골 몇 명 가운데 갑자기 튼튼해진 사람이 있나 보라고 했다. 있다면 그 사람이 우리 흑야를 훔쳐 먹은 범인이 틀림없다면서.

한 달쯤 지나자 우리는 밭일이 바빠져 꼭두새벽에 나가 밤늦게 돌아와야 했다. 그러다보니 닭을 잃어버린 일은 까맣게 잊었다. 어느 날 아침, 땔나무 더미 아래서 갑자기 흑야가 병아리 떼를 이끌고 꼬꼬댁거리며 나오더니 마당으로 곧장 걸어갔다. 병아리들 모두 부리와 발톱도 분간이 안 갈 만큼 새까만 것이 꼭 조그맣고 동글동글한 먹 같았다.

우리는 흑야의 알을 거두어본 적이 거의 없었다. 흑야의 알 껍질에는 검은 반점이 있었다. 그때 우리 집에는 닭이 서른 마리쯤 있었고 날마다 열댓 개씩 알을 거두었다. 커다란 하얀 닭의 알은 커다랗고 하얬다. 수수닭의 알은 노란빛을 띠고, 둥글둥글한 잿빛 닭의 알은 꼭 탁구공처럼 작고 동그랬다. 알을 거두면 우리는 어느 닭이 알을 낳고 안 낳았는지 바로 알 수 있었다.

열흘이 훌쩍 넘도록 흑야의 알이 없었다. 흑야가 알 낳는 데 문제가 있나 싶었다. 수탉이 검다고 싫어해서 교미를 안 하는 걸까. 때때로 아침에 흑야 궁둥이를 만져보면 알이 있었다. 그런데 오후에는 온데간데없었다. 어머니가 나에게 흑야를 잘 지켜보라고, 우리 집 밥을 먹고 남의 집에 가서 알을 낳는 건 아닌지 보라고 했다. 나는 한나절이 넘도록 흑야 궁둥이를 따라다녔다. 흑야는 마당 밖으로 나가지 않고 다른 닭 무리에 섞이지도 않았다. 성미가 좀 괴팍한 녀석이라 나무뿌리 밑에 있는 벌레 파먹기를 좋아하고 담장 아래서 햇볕을 쬐기도 했다. 그런데 내가 살짝 한눈판 틈에 흑야가 사라졌다. 환한 대낮을 남겨둔 채 까만 밤처럼 사라져버렸다.

나중에 우리는 흑야가 땔나무 더미 밑에 만든 둥지를 발견했다. 깊이가 2미터가 넘었다. 밖에서는 아예 보이지도 않고, 작디작은 틈 하나가 가장 안쪽까지 꼬불꼬불 이어져 있었다. 나는 땔나무 몇 개를 빼내고 남동생을 들여보냈다. 달걀이 잔뜩 있어. 동생이 둥지 속에서 소리쳤다.

어머니가 달걀을 제자리에 놓고 입구도 원래대로 해놓으라고 했다. 달걀에서 이미 붉은 피가 보였기 때문이다. 우리는 또 한 번 흑야의 까만 병아리 한배가 부화하도록 놔두는 수밖에 없었다.

아무래도 흑야는 자기가 낳은 알들이 가엾었던 모양이다. 그래서 감추어두었다가 새까만 병아리로 부화시켰을 것이다. 어머니는 검은 닭을 싫어해서 병아리가 조금 자라자 몽땅 팔아버렸다. 검은 닭이 좋은 값을 받기 때문이기도 하지만, 내 생각에 어머니는 알을 숨기고 몰래 품은 닭이 싫었던 것 같다. 우리 집에서 해마다 병아리를 얼마나 부화시킬지 결정하는 이는 어머니였다. 그때가 다가오면 대부분 어미 닭이 앞다투어 둥지를 차지하고 하루 종일 둥지에 앉아 있다. 둥지를 차지하지 못한 닭은 풀 더미에 둥지를 틀고 자기가 낳은 알 몇 개를 필사적으로 품고 있다. 사람을 보면 쫓아가서 쪼아대고 때로는 푸드덕 날아올라 눈을 쪼기도 한다. 한번 둥지에 앉은 닭은 더이상 알을 낳지 않는다. 그러면 어머니는 우리더러 둥지에 앉은 닭을 붙잡아 닭 머리를 찬물에 담그라고 한다. 닭이 둥지에 앉는 이유는 잠이 안 깨서 그런 거라며, 어미 닭은 매년 이맘때 기나긴 꿈을 꾸는데 무슨 꿈인지는 아무도 모른다면서. 우리는 닭을 깨우는 법을 안다. 닭 머리를 찬물 대야에 몇 번 담그면 닭은 확 깨어나 머리를 흔들고 눈을 크게 뜬다. 사람이 잠에서 깰 때와 똑같다.

암탉이 둥지에 자리 잡기 한 달 전, 어머니는 알을 고르기 시작한다. 어느 닭의 알을 고를 것이냐, 결정권은 어머니에게 있다. 어머니가 좋아하는 하얀 닭, 수수닭, 꽁지가 검은 누런 닭의 알이 가장 많이 뽑힌다. 어머니가 좋아하지 않는 몸집이 둥글둥글한 누런 닭과 잿빛 닭의 알은 한두 개만 고르는데 때가 되면 역시나 어머니가 좋아하지 않는 잿빛 병아리와 동글동글한 노란 병아리가 나온다.

어느 닭이든 자기 알이 병아리가 되기를 바라지 사람에게 먹히기를 바라지 않는다. 닭도 사람하고 똑같아. 어머니가 말했다. 가장 보기 싫은 잿빛 꽁지 닭이라 해도 자신의 못난 꽁지가 대대손손 이어지길 바란다.

어머니는 그때 이미 우리 일곱 자녀를 낳아 키우고 있었다. 어머니가 알을 낳았다면 틀림없이 커다란 광주리 여러 개를 채웠을 것이다. 그 알들 가운데 우리 몇몇만 부화에 성공했다. 우리보다 더 많은, 태어나지 않은 동생들이 어디로 갔는지는 모른다. 어쩌면 또 다른 출구로 나갔을지도 모르지만 우리는 기다리지 않았다.

네가 땅집地窩子*에서 태어난 그날, 네 형이 멀찍이 바깥에 서서 내내 기다렸단다. 어머니가 말했다. 네 형은 진즉부터 동생이 필요하다고 난리였어, 혼자는 너무 외롭다고. 첫째란 다 그래. 저 혼자 먼저 태어나고 너희는 아직 오지 않고, 기다리는 수밖에 없지.

네 형과 너 사이에 하나가 더 있었어. 그 녀석도 남자였는데 붙잡아두지 못했단다. 어머니가 말했다.

셋째 남동생이 태어난 날, 형과 나의 크고 작은 그림자가 문밖에서 기다리고 있었다. 점심밥을 먹고 저물녘까지 기다리자 셋째가 태어났다.

라오황취老黃渠 마을의 땅집에서 우리는 남동생 하나와 여동생 하

---

* 땅을 파서 공간을 만들고 간단하게 지붕을 얹은 거처.

나를 더 기다렸다. 나머지 남동생과 여동생은 황사량에서 태어났다. 마지막 남동생이 태어날 때 우리는 이미 육남매였다. 여섯이 마당에 차례대로 서서 한나절을 기다리다가 방에서 아기 울음소리가 나자 우르르 몰려가서 아기를 보았다. 또 남자 아기였다. 어머니가 말했다. 이번이 끝이야, 더는 없다. 어머니를 바라보면서 우리는 어머니가 뭔가 숨기고 있다고 느꼈다. 더 있어야 하는데, 아직 충분하지 않은데. 나는 늘 나에게 많고 많은 동생이 생길 줄 알았고, 동생들이 머나먼 곳에서 하나 또 하나 줄지어 오는 모습을 보았다. 우리는 마당에 서서 기다렸다. 우리는 나무를 많이 심으며 동생들을 기다리고, 가축을 많이 기르며 동생들을 기다리고, 곡식을 많이 가꾸며 동생들을 기다렸다(해마다 우리는 더 많이 심고 더 많이 수확해야 한다고 생각하고 있었다. 한 사람이 더 생길지도 모르니까 말이다).

하지만 어머니는 이렇게 말했다. 더는 없다.

라오황취 마을의 땅집

땅집 입구에 커다란 느릅나무 다섯 그루가 자라고 있었다. 두 그루 는 서쪽으로 휘고 한 그루는 북쪽으로 기울고 나머지 두 그루는 동쪽 큰길을 향해 구부러져 있었다. 여름에 길을 가는 사람은 꼭 여기서 걸음을 멈추고 그늘에서 쉬어갔다. 이따금 우리 집을 흘낏 보기도 했다. 우리는 서쪽으로 휜 나무 두 그루의 그늘에 앉아 역시 지나가는 사람을 보고 있었다.

시간이 흐르자 우리는 이 길을 가는 사람들을 알아보게 됐다. 이름은 모르고 어디로 가는지 얼마나 멀리 가는지도 모르지만, 모습은 기억할 수 있었다. 떠났다가 돌아온다는 것은 알았다. 돌아오지 않는 사람도 있었다. 시간이 지나면 우리는 그들을 잊었다.

그늘이 필요하지 않은 봄과 겨울에도 여기까지 오면 보따리를 내려놓고 앉아서 숨을 고르는 사람들이 있었다. 다른 곳보다 이 나무 밑에 공기가 더 많다는 듯이.

아버지가 없던 그해 여름이었다. 어느 날 한낮에 맹인이 길을 걸어왔다. 우리는 멀리서 보따리를 짊어지고 고개를 꼿꼿이 들고 막대기로 이리저리 탐색하며 걸어오는 그를 보았다. 어머니와 형은 땔나무하러 나가고 없었다. 할머니, 나, 셋째와 넷째 남동생이 집을 지켰다.

한 살배기 막냇누이는 할머니 품에 안겨 있었다. 한낮의 땅집은 너무 꿉꿉해서 어쩔 수 없이 밖으로 나왔다. 우리는 느릅나무 그늘에 앉아 꾸벅꾸벅 졸다가, 눈을 뜨고 먼 곳을 지켜보다가 하고 있었다.

할머니가 말했다. 네 아비는 이 마을에 살 생각이 없었어. 마을 한복판에 빈 땅이 있는데도 거기는 안 들어가겠다지 뭐냐. 떠나고 싶을 때 편히 떠나게 길가에 땅집을 파놓은 거야. 발만 내디디면 길이니까.

우리 가족은 간쑤성 진타金塔현 한복판에 살다가 야반도주했다. 저마다 짊어질 수 있는 만큼 가재도구를 짊어지고 몰래 거리를 지나고 어두운 골목골목을 지나 간신히 역까지 갔다.

그곳은 금세 텅 빈 고장이 되어버렸어. 할머니가 말했다. 아침마다 몇 집씩 줄어 있었지. 문은 굳게 잠기고, 마당은 텅 비고. 먹을 양식이 없으니 다들 어쩔 줄 몰라 하다가 대대로 일으킨 가업을 팽개치고 외지로 달아났지. 진타에 살 때 우리는 큰 저택에 살았는데 방이 몇 칸인지 셀 수 없을 정도였단다. 나는 떠나고 싶지 않았지만 네 아비가 신장新疆에 가야만 한다고 한사코 고집을 부렸어. 그런데 여기서 목숨을 잃을 줄이야.

이야기를 하는 할머니 눈에서 눈물이 흘러내렸다. 할머니는 저도 모르게 굽이진 강기슭의 황량한 잡초 사이에 있는 새로 생긴 흙더미로 눈길을 돌렸다. 아버지 무덤이었다. 원래 마을 사람이 죽으면 서쪽 젠량탄礆梁灘에 묻혔다. 라오황취 마을에서 우리의 일가친척이라고는 외할아버지 외할머니뿐이었다. 어머니는 관을 나를 사람을 많이 청할 수가 없었다. 젠량탄은 너무 멀었다. 어렵사리 몇 사람에게 부탁했지만 다들 우물쭈물하면서 서쪽까지 가기를 꺼렸다. 그래서 그냥 나중에 우리 집 맞은편에 있는 굽이진 강기슭에 아버지를 묻었다.

그때는 그 강기슭에 아버지 무덤만 덩그러니 있었는데 1년 반이 지나자 할머니 무덤이 또 생겼다. 한참이 지나자(20년 아니면 22년 뒤에) 고모 무덤이 더해졌다. 그 무렵 강기슭은 이미 커다란 묘지가 되어 있었다. 일찍이 우리, 아버지, 할머니와 함께 라오황취 마을에서 살았던 세대는 대부분 이곳에 묻혔다. 죽은 사람이 갑자기 많아져 멀리 가서 묻기 귀찮아진 것인지, 어느덧 묘지가 마을과 퍽 가까워져 있었다.

그 맹인이 어느새 나무 아래까지 와 있었다. 그는 어떻게 길을 더듬어 가는 것일까. 손에 든 막대기에 눈이라도 달린 걸까. 나무 그늘을 지나려던 그가 문득 걸음을 멈추고 하늘을 올려다보았다. 두 눈에 눈동자가 꽉 차 있었다. 그늘을 느꼈는지 그는 막대기로 동쪽을 몇 번 두드리고 멍하니 서 있었다. 그러다가 획 돌아서서 또 서쪽을 두드렸다.

그의 행동에 겁먹은 우리는 찍소리도 못 내고 다들 할머니 곁에 다가붙어 있었다. 길에는 사람이 없고 마을에도 아무도 보이지 않았다. 오로지 막대기로 땅을 두드리며 나에게 조금씩 다가오는 맹인뿐이었다. 그는 나무줄기를 두드려보고 한 손으로 나무껍질을 어루만지더니 다시 몇 발짝 내딛었다. 우리는 무서워서 심장이 튀어나올 지경이었다. 그가 또 몇 발짝 떼다가 막대기로 우리 다리를 건드렸다. 그러고는 멈춰 서서 마을 쪽에서 나는 소리에 잠시 귀를 기울였다. 마을에서 개 짖는 소리를 들었는지 그는 몸을 살짝 틀고 막대기로 땅을 두드리며 마을 쪽으로 향했다.

훗날 우리는 그 맹인이 마을 위魏 씨네 늙은 아버지라는 사실을 알았다. 위 씨 일가는 만리장성 이남에서 기근을 피해 신장으로 오면서 맹인 아버지를 집에 남겨두고 왔다. 나중에 어디선가 이 주소를 얻은 맹인은 보따리 하나에 막대기 하나만 들고 길을 나섰다. 기차를 타고 신장의 수도로, 또다시 기차를 타고 현성縣城*으로, 현성에서 마차를 타고 향鄕으로, 그다음에는 걸어서, 물어물어, 귀로 방향을 가려내고 황야에서 드문드문 들려오는 개 짖는 소리와 사람 소리를 들으며 한 마을 한 마을 찾아다닌 끝에 그는 드디어 라오황취에 이르렀다.

맹인은 우리 집에서 아무런 기척도 듣지 못했다. 그는 거의 우리의 발끝을 스쳐 지나갔다. 라오황취에서 우리 집은 가장 소리가 작은 집이었다. 우리의 울부짖음에 마을이 놀란 것은 단 두 차례뿐이었다. 아버지가 돌아가셨을 때와 할머니가 돌아가셨을 때. 그 뒤로 우리는 더욱더 고요한 나날을 보내며 새아버지가 말수레를 몰고 온 어느 봄날까지 침묵을 지켰다. 그날 아침 우리는 개 짖는 소리 속에서 지붕을 뜯어내고 썩은 목재 몇 개와 낡은 세간살이를 챙겨 이 마을을 떠났다.

나무뿌리가 자꾸만 벽을 뚫고 땅집으로 들어왔다. 봄에는 벽에 하얀 털뿌리가 한 겹 생겨났다. 그 가느다란 뿌리는 걸핏하면 집 안으로 뻗어들어 며칠 만에 한 뼘씩 자랐다. 아버지는 땅집을 파면서 나무뿌리를 엄청 많이 잘라냈다고 했다. 하나는 사람 허벅지만큼 굵었

---

* 현 정부 소재지.

다고, 가운데 있던 그 구부러진 느릅나무 뿌리였는데 베어내니까 나무가 쉬지 않고 떨었다고 했다.

하도 떨어서 잎이 잔뜩 떨어졌어. 아버지가 말했다.

아마 지난가을의 가랑잎이었을 것이다. 아버지가 땅집을 판 시기는 초봄이라 느릅나무 열매가 꽃잎을 밀어낼 때였다. 가을 나무에는 떨어지기 싫어하는 잎새가 가지에 드문드문 붙어 있다. 가을비에 우수수 떨어지고 겨울바람에 또 몇 잎이 눈밭에 떨어진다. 나머지는 이듬해 새잎이 돋아날 때까지 굳게 버틴다.

나무에는 꼭 묵은 잎새 몇 개가 남아서 이듬해 돋아나는 새잎을 지켜본다. 예전에 봄이 올 때마다 할머니가 이 얘기를 하곤 했다. 나는 할머니가 할 일이 없어 쓸데없는 말을 한다고 여겼다. 봄날의 느릅나무를 올려다보는 사람이라면 다들 이보다 재미난 얘기를 할 수 있으리라.

나중에야 그게 우리 집을 비스듬히 마주 보는 쉬徐 씨네 노부인 얘기라는 걸 깨달았다. 쉬 씨 일가는 이 마을 토박이로 십수 칸이 줄줄이 늘어선 커다란 집에 살았다. 돈과 권세가 있는 집안이었다. 쉬 노부인은 우리 할머니보다 훨씬 젊어 보였는데 벌써 증손자를 안고 있었다. 우리 할머니는 그때 이미 구들에서 내려오지 못했다. 할머니는 우리가 어른이 될 때까지 버티지 못할 것임을, 우리가 혼인하고 자식 낳는 모습을 보지 못할 것임을 알고 있었다.

그 나무뿌리가 또 움직였어. 할머니가 이 말을 할 때 또 봄이 찾아왔다. 지난봄에도 할머니는 이렇게 말했다.

할머니가 말하는 것은 구들 밑을 지나는 굵은 나무뿌리였다. 그

뿌리가 앞으로 뻗어나가자 바닥의 흙이 부슬부슬 올라왔다. 또 다른 굵은 뿌리는 남쪽 벽에 붙어 서쪽으로 뻗어갔다. 그 벽에서도 늘 흙이 떨어졌다.

우리 집 바닥에서 유일하게 단단한 곳이 그 굵은 뿌리라서 언제나 그 위에서 장작을 패거나 물건을 부수었다. 나무뿌리를 한번 내리치면 바깥에 서 있는 느릅나무가 흔들리고 나무에 있던 새가 깜짝 놀라 날아오르고 때로는 나뭇잎도 몇 장 떨어졌다. 바깥에서 세찬 바람이 불면 집 안의 나무뿌리도 같이 움직였다. 뿌리가 잔뜩 힘을 쓰고 있는 것 같았다. 귀를 가져다 대면 온 나무에 휘몰아치는 바람 소리가 휘잉휘잉 들려왔다.

라오황취 마을에서 지낸 몇 년은 땅 밑에서 사는 기분이었다. 고요한 한밤중, 땅 위에서 울리던 발소리가 모두 멈추면 흙 속에서 무언가 움직이는 소리를 들을 수 있었다. 뿌리가 뻗는 소리인지 벌레가 이야기하는 소리인지는 분간할 수 없었다. 한번은 쥐가 굴을 파다가 우리 땅집까지 닿았다. 굴이 벽에 반을 걸쳐 있었다. 자고 일어나보니 벽에 주먹만 한 구멍이 하나 생겨나 있었다. 땅 위에 흙이 없는 걸 보니 집 바깥쪽에서 파 들어온 것이었다. 아마 쥐는 땅속에서 우리 말소리를 듣고 이쪽을 향해 왔을 것이다. 쥐는 사람이 있는 곳에 양식이 있다는 걸 안다. 어쩌면 양식 창고를 지으려고 더 깊숙하고 은밀한 굴을 파다가 난데없이 우리 땅집까지 뚫었는지도.

밤이 이슥해지면 땅속에서 있는 듯 없는 듯한 바스락바스락 소리가 더 많아졌다. 특히 한밤중에 문득 깨어나면 소리들이 가만히 덮쳐오는데 내 머릿속 소리인지 흙 속에서 나는 소리인지 알쏭달쏭했다. 굴을 파는 작은 벌레들은 조심조심 흙을 파던 움직임을 멈추고 귀를 기울인다. 이 근처 땅속에 수많은 동물이 굴을 판다. 작은 벌레는 큰 벌레를 피하느라 주의를 기울인다. 큰 벌레는 더 큰 벌레를 피해야 한다. 우리 식구는 여기서 가장 큰 벌레다. 우리의 말소리, 고함과 울음소리, 냄비와 그릇과 물통 부딪치는 소리에 아마도 수많은 땅굴이 방향을 틀었을 것이다. 또 사람과 함께 살기 좋아하는 작은 생명들은 소리를 듣고 이곳을 찾아왔을 것이다.

바람 불 때 나무뿌리 움직이는 소리가 땅속에서 나는 소리 가운데 가장 큰 소리였다. 이보다 더 큰 소리는 들려오지 않았다. 그런데 땅 위에서 일어나는 일들이 차례차례 우리 집에 충격을 주었다. 아버지가 돌아가셨다. 한두 해 지나자 할머니도 돌아가셨다. 우리는 쥐 일가족처럼 이 마을 땅속에 숨어 있다가 이따금 머리를 내밀어 햇볕을 쬐었다. 마을에도 시끄러운 일이 잇따라 일어났다. 그 즈음 대지에서 벌어진 모든 일이 이 마을에서도 벌어졌다. 무력투쟁이니 삼반三反이니 오반五反이니,* 무슨 무슨 운동이 자꾸만 벌어졌다. 아버지가 돌아가시자 우리는 땅속에서 살다시피 했다. 우리는 이 마을이 무서워졌다. 흙덩이가 공중에서 어지러이 날았다. 눈에 핏발이 선 개들이 곳곳에서 어슬렁거리며 사람의 얼굴과 다리 살점을 노려보았다. 쇠스랑을 든 무리가 고함을 지르며 달려가는가 하면 말 탄 무리가 낫을 휘두르며 돌진해왔다. 간간이 누가 또 죽었다는 사실을 알리는 곡소리가 들렸다. 나무에 가지와 잎이 거의 없었다. 모든 나무에 머리가 없었다. 새가 비명을 지르며 마을 밖으로 날아갔다. 때로는 개가,

* 1950년대에 공산주의 정권을 공고히 하고자 정부에서 펼친 정치운동. 삼반은 공직자의 부정부패·낭비·관료주의에 반대하는 운동, 오반은 자산계급을 겨냥해 뇌물·탈세·부실 공사·국가자산 유용·경제기밀 누설에 반대하는 운동이다.

때로는 사람이 지붕 위를 달려갔다. 우리는 지붕 밑에 쪼그리고 앉아 천장에서 우수수 떨어지는 흙과 삐걱대는 서까래를 지켜보았다.

비가 오면 땅집으로 빗물이 들이붓다시피 흘러들었다. 문밖에 비를 막는 두둑을 쌓았지만 소용없었다. 특히 밤새 큰비가 내리고 난 아침이면 땅 밑은 온통 물바다가 되어 신발과 세숫대야가 이리저리 떠다녔다. 작은 걸상도 둥둥 떠다녔다. 비가 오고 나면 일단 물부터 퍼내야 했다. 우리는 한 대야 한 대야씩 물을 퍼냈다. 땔감이 다 젖어 불을 피울 수 없었다. 구들에 깐 담요와 이불도 다 젖었다.

겨울이면 폭설이 내릴 때마다 문이 막혀버렸다. 천창으로 나가서 입구에 두껍게 쌓인 눈을 치워야 문을 열 수 있었다. 천창을 뚫고 나가는 것은 내 특기였다. 먼저 천창 덮개를 두들겨 열었다. 나는 형 어깨에, 형은 걸상에 서 있었다. 천창 입구에도 눈이 한 자 이상 쌓여 있어서 손으로 눈을 헤쳐야 했다. 형 목덜미에 눈이 떨어지면 형은 소리치면서 몸을 마구 흔들었다. 나는 재빨리 몸을 날려 지붕으로 올라갔다.

커다란 느릅나무 몇 그루의 뿌리 밑에서 팔구 년을 살면서 우리는 나무가 내는 모든 소리를 들었다. 나무뿌리도 우리 집에서 나는 모든 소리를 들었다. 나무가 우리의 비밀을 지켜줄까. 우리는 나무의 일을 아무에게도 말한 적이 없었다. 나무의 숱한 비밀을 알면서도 말이다. 이제 그 커다란 나무는 한 그루도 남지 않았다. 그제야 나는 나무의 이야기를 한 그루씩 한 그루씩 풀어놓기 시작했다.

바람 속에서 나무가 쏴아쏴아 소리를 내면 나는 나무를 의심했다. 나무가 다른 나무에게 우리 집 이야기를 전하고, 다른 나무는 또 다른 나무에게 전하는 것 같았다. 때때로 온 천지에 쏴아쏴아 소리가 울려 퍼지면 그게 다 우리 가족의 자질구레한 이야기 같았다.

우리가 라오황취 마을을 떠나기 전해 가을에 느릅나무 다섯 그루 가운데 두 그루가 잘려나갔다. 큰길 쪽으로 구부러진 그 두 그루였다. 우리 나무가 아니었기에 우리는 아무 말도 할 수 없었다. 우리가 이곳에 자리 잡았을 때 그 나무는 이미 커다란 나무였다.

어머니는 그래도 나가서 막아보았다. 그들은 나무를 몽땅 베어 외양간을 지으려 했다. 어머니가 말했다. 우리한테 두 그루만 남겨줘요. 가진 것 하나 없는데, 우리 애들한테 나무 그늘이라도 남겨줘야지.

그들은 일단 두 그루를 베었다. 사람들이 잔뜩 몰려들었다. 나무 베는 소리를 듣고 마을 사람 절반은 온 듯했다. 어머니는 나무 한 그루를 부둥켜안고 눈물을 흘렸다. 커다란 나무 두 그루가 큰길에 쓰러져 있었다.

가운데 있는 나무를 베려다가 그들이 멈칫했다.

그만 베요, 느릅나무가 이것밖에 안 남았는데.

남겨놔, 아가들이 쉴 그늘은 남겨줘야지.

몰려온 마을 사람들도 입을 열기 시작했다.

20여 년이 지난 청명절이었다. 우리 형제자매 몇 명이 아버지와 할머니 무덤을 찾아가 제사를 지냈다. 마지막으로 마을로 가서 우리가 살던 땅집 터를 찾아봤지만 흔적도 없었다. 라오황취 마을은 어느덧 새로운 마을이 되어 있었다. 집들은 가지런히 늘어서 있고 큰길은 어디로 옮겨졌는지 알 수 없었다. 우리는 그 느릅나무들을 찾아보았다. 나무를 찾아내면 우리 집터도 찾을 수 있을 터였다.

진즉 없어졌지. 마을 사람이 말했다.
없어진 지 수십 년은 됐어.

봄은 어디쯤

많은 일이 끝장난다. 백자 그릇 하나가, 소박한 음식을 담아봤지만 꽉 채워보지는 못한, 작은 잔금 하나 없는 백자 그릇이 부뚜막에 뛰어오른 고양이 발에 산산조각 난다. 양 떼가 봄에 굶어 죽는다. 풀아. 봄은 아직 멀리 있단 말인가. 나무에 사람 하나가 매달려 있고, 바람이 그를 흔들고 있다. 나무에는 흔들릴 만한 가지와 잎이 없다. 죽은 사람에게 불었던 바람이 산 사람에게도 불어온다. 산 사람은 바람 몇 입을 쉬지 않고 들이마시더니 슬픈 탄식을 내뱉는다. 사람들 여러 무리를 지난 바람은 차츰 기운이 빠진다. 바람은 마침내 황야에 있는 마을 사람들의 허파 속으로 사라져 소리도 냄새도 남기지 않는다. 한 사람이 삽을 메고 마을을 나서고, 세 사람이 삽을 메고 마을을 나서고, 다섯 사람이 삽을 메고 마을을 나선다. 저마다 다른 길을 걸어 황야의 구부러진 느릅나무 아래로 향한다. 모두 아홉 명이다. 나무에 매달린 한 사람을 둘러싸고 아홉 사람이 구덩이를 파기 시작한다. 사람 키만큼 깊이 파자 한 사람이 삽을 들어 나무에 매달린 밧줄을 툭 끊고, 매달린 사람은 곧장 구덩이로 떨어져 빳빳이 눕는다. 아홉 사람은 구덩이를 평평하게 메우고 남은 흙에 삽질 몇 번 보태서 조그만 흙무더기를 쌓아올린다.

나는 그 목매달아 죽은 사람을 안다. 삽을 메고 돌아온 아홉 남자를 안다. 그 구부러진 느릅나무를 안다. 그해 봄에 나무는 잎을 틔우지 않은 채 벌거벗고 있다. 한 사람이 어떤 일에 맞닥뜨리면 스스로 목매달아 죽는다. 한 마을 사람들이 어떤 일에 맞닥뜨리면 다들 바삐 움직인다. 바람이 멎으면 나는 땔나무를 주우러 나가고, 돌아와보면 아궁이 불은 이미 꺼져 있고 지난날의 한낮과 오후처럼 다들 아무 말 없이 멍하니 앉아 있다. 나는 무슨 일이 일어났는지 알지 못한다. 이따금 문 앞을 바삐 지나가던 사람이 안을 힐끗 들여다보고는 황급히 고개를 돌린다. 나는 밧줄을 들고 초조하게 셋째와 넷째를 소리쳐 부른다. 동생들은 나와 함께 마을 밖으로 가기로 한다. 바람이 지나가고 나면 황야에 또 땔나무가 잔뜩 나타난다. 모래에 묻힌 나무뿌리와 가지, 반쯤 드러난 그루터기도 있다. 우리는 해마다 황야에서 땔나무를 구해왔다. 갔던 곳에 다시 가면 가지를 주울 수 있다. 황야에서 얼마나 많은 나무가 죽었는지는 알 수 없지만 말이다. 그해 봄, 온 황야에 손톱만 한 파릇함도 없고, 불어오던 바람은 마을에 이르자 뚝 멈춘다. 곡식을 다 먹은 일가족은 밀가루 포대를 세 번을 털었고 부뚜막에는 잎사귀 몇 조각을 띄운 물 반 솥이 끓고 있다. 일고여덟 명이 동쪽을 바라보며 마당에 앉아 바람과 공기를 한 모금 한 모금 들이마신다. 멀지 않은 황야에서는 쥐 일가족이 그늘지고 깊숙한 굴에서 마지막 남은 밀알을 나눈다. 쥐들은 뼈와 가죽만 남은 채로 기나긴 겨울을 끝끝내 견뎌냈다. 마지막 몇 알을 다 먹어치우면 쥐들은 굴에서 나와 온 들판을 헤매며 먹을 것을 찾으러 다닐 것이다. 땅에 떨어졌지만 묻히지 않은 풀씨, 땅에 떨어지지 않은 풀씨, 새가 먹고 남은 풀씨가 모두 쥐의 먹이다.

언젠가 풀 한 포기를 끌어안고 이리저리 흔들어 풀씨 일곱 알을 떨어뜨리는 쥐를 본 적이 있다. 쥐는 풀씨를 한 알 한 알 줍더니 깨끗한 곳을 찾아 작은 무더기로 쌓았다. 그다음 한 알을 입에 물고 두어 번 씹다가 갑자기 멈추고는 먹기 아까운 듯 도로 무더기에 뱉어놓았다. 쥐가 고개를 들어보니 풀씨 두 알이 풀 끄트머리에 붙어 있었다. 힘껏 흔들었지만 떨어지지 않았다. 기진맥진해진 쥐는 주저앉아 한숨 돌리고 나서 풀뿌리 주위를 한 바퀴 쏠았다. 그리고 벌떡 일어나 풀을 밀자 풀이 쓰러졌다. 풀씨 두 알은 마침내 쥐의 양식이 되었다.

봄이 늦게 올수록 대지에서 생기가 사라진다. 황야가 푸르러지느냐 아니냐는 때로는 봄보다 황야의 쥐 일가족에게 달려 있다. 날이 따뜻해지기 전에 쥐들이 들판의 풀씨를 다 먹어치우면 그곳에는 봄이 와도 헛일이다. 사시사철 내리쬐는 햇살도 공허할 뿐이다. 풀아, 풀아. 사람은 육친을 부르듯 초목을 소리쳐 부른다. 어느 좁고 깊은 틈새에 떨어져 쥐도 새도 보지 못한 풀씨 한 알이 마침내 파릇한 싹을 틔운다. 그를 향해 양 떼가 몰려오고, 소 떼가 달려오고, 낫을 든 사람이 뛰어오고…… 봄이 어디쯤 왔나. 그런데 그해 봄, 황야 가득 푸른 풀이 자랐고, 쥐들은 굴에서 나오지 못하고 모두 익사했다. 소의 오줌 줄기에 빠져 죽은 것이었다.

나는 그 소를 안다. 왕뎬위안네 소. 검은 소. 내가 땔나무를 주울 때 그 소는 황야에서 풀을 뜯어 먹곤 했다. 황야를 한 바퀴 돌고도 배는 움푹 꺼지고 등뼈는 칼날처럼 뾰족해 사람이 올라타면 엉덩이를 베일 지경이었다. 나는 땔나무 몇 개를 안고 비탈을 오르다가 돌아오는 소와 마주쳤다. 소가 나를 힐끗 보고 나도 소를 힐끗 보았다. 일고여덟 걸음을 가다가 뒤에서 음메, 소리가 들려 돌아보니 소도 나를 돌아보고 있었다. 가봐야 아무것도 없다고 말하는 듯한 표정이었다.

정말 아무것도 없었다.

내가 땔나무 몇 개를 안고 되돌아왔을 때, 소는 이미 굽이진 강기슭으로 내려가 강물을 잔뜩 들이켜고는 쥐구멍이 가득한 흙더미에 서서 아득한 눈빛으로 먼 곳을 바라보고 있었다.

나도 소 뒤에 서서 같이 내다보았다.

그날 오후를 기억한다. 지금껏 기억하고 있다. 서쪽으로 천천히 기우는 해가 마치 양을 잡는 도살자처럼 내 몸에서 가죽 한 겹을 벗겨 바닥에 팽개쳤고, 나는 아픔을 느끼면서 길게 잡아 늘여지는 내 그림자를 안타깝게 지켜보던 일을 기억한다. 하늘 한 조각이 어스레해졌다. 흙먼지가 자욱했다. 바람이 갑작스레 멎었다. 흙먼지는 내려앉을지 계속 멀리 날아가야 할지 몰라 머뭇거렸다. 나는 막 지면 가까이 내려앉았는데 다시 유유히 흩날리려는 것처럼 아물거리며 서 있었다.

세월이 흐른 뒤에 떠오르는 것은 이런 일이다. 돌아와보니 입구가 온통 축축했다. 물기가 흥건하고, 고개를 들이밀자 안에서 코를 물씬 찌르는 악취가 풍겨왔다. 무슨 일이 일어난 걸까. 입구에 거대한 발굽 자국 몇 개가 깊이 찍혀 있었다. 나는 조그맣게 소리쳐 불러보았다. 안은 캄캄하고 미끄러웠다. 진흙덩이 여러 개가 무너져 내려 통로를 거의 막아버렸다. 나는 소리쳐 부르며 깊숙이 들어갔다. 아무 대답도 없었다. 창고는 텅텅 비고 다른 쪽은 보이지 않았다. 예전에 작업장이던 빈터에는 누런 밀 껍데기 몇 조각이 나뒹굴고 있었다. 나는 엎드려 그 수직 구멍을 내려다보았다. 아무것도 보이지 않았다. 나는 수확 철에 깨끗이 껍질을 깐 밀알을 이 구멍으로 떨어뜨려 창고에 저장했던 일을 기억하고 있었다. 뒤로 물러나 모퉁이를 하나 돌아 아래로 내려가다가 하마터면 미끄러질 뻔했다. 발에 힘을 꽉 주었다. 눈앞에서 흙덩이 여러 개가 굴러떨어졌다. 한참 지나자 끝까지 떨어져 바닥에 닿았는지 구르는 소리가 멈췄다. 나는 조심조심 내려가서 모퉁이 하나를 돌고 하나를 더 돌아 몇 발짝 미끄러져 내려갔다. 그러자 모든 상황이 똑똑히 보였다. 그들은 전부 그곳에 누워 있었다. 수십, 그보다 더 많을 수도 있다. 온몸이 흠뻑 젖어 있고 저마다 입 주위에 밀알이 두 개씩 놓여 있었다. 밀알은 곧 싹이 날 것처럼 부풀어 있었다.

이 일을 나는 어떻게 기억한 걸까, 누구의 눈으로 이 모든 것을 보았던 걸까. 내가 그 쥐 무리 가운데 하나였던 것만 같았다. 일이 터졌을 때 나는 햇볕을 쬐러 나갔던 것이었다. 봄날의 황야에는 먹을 것이 하나도 없었다. 한참을 걸은 끝에 작년의 밀밭에 닿았다. 작년에 우리가 지냈던 밀밭 옆의 집은 이미 폐허가 되어 있었다. 그들은 굴을 파고 밀과 이삭 그리고 깨끗한 밀알을 가져갔다. 우리는 멀찍이 둘러서서 그들이 우리 밀을 가져가는 모습을 보며 발을 동동 구르고 울부짖었다. 몇몇은 살고 싶지 않아 나뭇가지에 목매달아 죽었다. 우리가 남은 밀알을 챙긴 것도 이때였다. 날이 저물어갈 때 우리는 약탈당하고 남은 밀알을 가지고 길게 줄지어 멀리멀리 떠났다. 나는 두 번 다시 그쪽으로 갈 엄두가 나지 않았다. 밀밭에서 황야까지 우리가 남긴 한 줄기 길은 다시는 그쪽으로 가지 않겠다는 기억이었다. 나는 강기슭을 돌아 작은 흙더미에 올라가 까치발을 들고 강 건너를 바라보았다. 한 번도 가본 적 없는 건너편 황야가 마치 또 다른 고향

같았다. 내가 일찍이 그 푸릇한 갈색 흙더미에 서서 이쪽을 오래오래 오래오래 바라본 적이 있던가? 흙더미 옆에서 자라는 잿빛 뺑대쑥 아래서 몇 년을 살았던 걸까?

내가 돌아왔을 때는 모든 것이 끝나 있었다.

그들은 마지막 남은 밀알을 나누고 내 몫으로도 두세 알 분배해 놓았다. 그리고 내 이름을 불렀다. 대답이 없었다. 또 한 번 불렀다. 정적이 흐르고, 모든 소리가 멈춘 채 하나의 목소리를 기다렸다.

세 번째 부름은 없었다. 그들은 내 몫의 밀알은 한쪽에 치워두고 분배를 계속했다. 그들은 입이 엉덩이를 차례차례 향하게끔 하여 서로 바짝 붙어 있었다. 너 내 꼬리를 밟았어. 이따금 누군가 한마디 했다. 분배가 끝나자 저마다 입 주변에 밀알 두 개가 놓여 있었지만 아무도 먹지 않았다. 그들은 앞발을 땅에 대고 엎드려 둥그렇게 모여 서 눈알을 되록거리며 서로를 바라보았다.

나에게 분배된 두 알은 한가운데 외로이 남아 있었다.

그때 천장이 흔들리기 시작하더니 흙이 와르르 쏟아져내렸다. 그들은 감히 움직이지 못하고 원을 그린 채 가장 안쪽으로 다가붙었다. 밖에서 무슨 일이 일어난 걸까―소 한 마리가 흙더미에 서 있었다. 뱃속에 물이 가득했다. 콸콸콸콸, 소는 흙더미 속이 쥐의 집인지 알지 못했다. 소는 봄이 어디쯤 왔나 보느라 고개를 쳐들고 있었다.

사람 하나도 소 뒤에 서서 내다보고 있었다.

십여 일 뒤에 그 소도 죽었다. 파릇한 풀잎 때문에 배가 부풀어 죽고 말았다. 소는 황야에 잠들어 있었다. 얼마나 오래 잤을까, 깨어보니 황야가 온통 파릇파릇한 풀로 뒤덮여 있었다. 꿈속인가 싶어 소는 음메 또 음메 울어보았다. 제 목소리가 들리지 않았다. 사실 소는 이미 소리도 못 낼 만큼 여위고 허약해져 있었다.

고개를 틀어 힘없이 풀을 몇 입 뜯은 소는 갑자기 기운을 차리고 비틀비틀 일어나 풀밭에 입을 들이대고 마구 뜯어 먹었다. 배불리 먹고 나자 강가로 내려가 강물을 벌컥벌컥 들이켰다. 소는 이것이 파릇파릇한 봄의 풀임을, 자라려는 기운을 온몸에 가득 품은 풀임을 잊고 있었다. 이런 풀을 배불리 먹고는 절대 물을 마시면 안 된다. 이런 파릇한 풀은 소의 뱃속에서 한바탕 자라나기 때문에 소는 배가 터져 죽고 만다.

그해 봄, 쇠약해진 소는 수레를 끌고 밭을 갈 기운이 하나도 없었고, 왕뎬위안네는 소를 먹일 여물이 없었다. 그래서 소를 밖으로 내보내 스스로 살길을 찾게 한 것이었다.

소의 사체는 황야에 놓인 채 하루하루 썩어갔다. 내장부터 썩고, 살이 썩고, 마지막으로 가죽이 썩었다. 세월이 흐른 뒤에 황야를 지나가던 나는—새가 되어, 쥐가 되어, 풀잎 한 조각이 되어, 먼지 한 톨이 되어 이곳을 지나던 나는 마디마디 흩어진 굵은 소뼈를 보았다. 머리는 목을 모르고, 뒷다리는 앞다리를 기억 못 하고, 갈비뼈는 등뼈가 어디 있는지 잊은 채였다. 일찍이 뼈들을 한데 이어 생명력을 주던 그것, 뛰고 질주하고 기뻐하고 성내며 맘껏 살아가게 했던 그것은 바람에 흩날린 것처럼 사라져버렸다. 느닷없이 멈춰버렸다.

나는 숱한 죽음을 목도했다. 그들은 스스로를 끝장냈다.

나 자신의 죽음은 아직 보지 못했다. 저 봄의 길을 곧장 걸어가면 내 죽음을 보게 되리라. 아직 멀리 있다. 한참을 걸어야 한다. 그곳에 이르기 전에 더 많은 죽음을 보게 되겠지. 그래도 여전히 죽음이 낯설지도 모른다.

죽음에 점점 다가가면서도 나는 줄곧 한없이 놀랍고 신기할 따름이었다. 맨 처음 사랑에 다가갈 때처럼.

죽음은 나의 마지막 연인이다. 내가 갓 태어났을 때 그녀는 나에게 팔을 활짝 벌려주었다. 마지막에 그녀가 안아주는 것은 내 평생의 즐거움과 행복, 그리고 두려움과 무력감일 것이다.

높은 곳

1. 높은 곳

집이 무척 높은데 나무 사다리도 튼튼하지 않다. 나는 혼자 지붕
에 올라가 물건을 내린다. 모두 쓸모없는 것이다. 쓸모가 없어서 높은
데 놔뒀는데, 그것들을 오랫동안 짊어지고 있느라 집이 금세 무너질
지경이 됐다. 지붕 곳곳에 구멍이 뚫리고 벽에도 크고 작은 금이 잔
뜩 갔다. 나는 물건을 하나씩 하나씩 아래로 던진다. 작은 것부터 시
작해서 큰 것까지. 땅에 떨어지는 소리가 점점 커져 마을에 커다란
메아리가 잇따라 울린다. 압도된 나는 움직이지도 못하고 지붕에 우
두커니 서 있다. 텅 빈 마을에 또다시 바람이 불기 시작한다. 나무에
잎새 하나 없고 하늘에도 아무것도 흩날리지 않는다. 별안간 또 나
혼자 남는다. 사다리가 벽에서 미끄러져 반 토막 길이가 되어 있다.
퍼뜩 겁이 나서 고함을 지르고 싶지만 소리가 나오지 않는다—오래
전에 아버지가 돌아오지 않은 그 밤에 어머니가 지붕에 올라가서 보
라고 했을 때도 이런 느낌이었다. 두 발짝을 떼자 지붕이 삐그덕삐그
덕거린다. 나는 몸을 수그려 구멍으로 집 안을 들여다본다. 식구들
모두 집에 있고, 막 식사를 마친 듯하다. 집 안이 몹시 어두운데도 모

든 것이 보인다. 아버지는 구들에 비스듬히 누워 담배를 피우고, 어머니는 구들 가장자리에 앉아 신발 밑창을 박고 있다. 식탁에 빈 그릇이 가득 쌓여 있는데 식구들은 흩어지지 않고 조용히 둘러앉아 있다. 형, 셋째, 넷째, 메이쯔, 그들 사이에 앉아 있는 내가 보인다. 낡은 노란 모자를 쓴, 작고 야윈, 멍하니 생각에 잠겨 있던 내가 불쑥 고개를 쳐든다. 나는 지붕 구멍에서 내려다보는 내 얼굴을 보고 깜짝 놀란다.

2. 누가 나를 방해했을까

누가 나의 성장을 방해했을까. 어쩌면 그때 나는 더 굵은 가지를 뻗고 더 많은 잎을 틔웠을 수도 있다. 노을 속으로 잠자리가 날아가는 방향대로 쭉 살아갔을 수도 있다. 달아난 말을 따라 머나먼 미지의 세상으로 갔다가 오랜 세월이 흐른 뒤에 뼈와 가죽만 마을로 돌아왔을 수도 있다. 물웅덩이처럼 어느 오후 햇살 속에서 가만히 증발해 한 조각 구름이 되어 마을 위를 떠다니고 있을 수도 있다. 내가 지금껏 여기 있다는 걸 아는 이는 오직 나뿐이다.

오래전에 이 마을 흙길을 어슬렁어슬렁 다니는 데 몰두해 있을 때, 마음속에 감춰놓은 아름다운 장소가 하나 있었다. 이 흙길이 영원토록 그곳에 닿을 수 없다는 걸 알면서도 나는 쉬지 않고 그곳을 향해 걸음을 옮겼다. 소를 방목하러 강기슭 풀밭에 가는 길, 굽이진 강기슭에서 땔나무를 지고 올라오는 길, 아침 일찍 삽을 메고 나갔다가 저녁에 싱싱한 풀 다발을 메고 돌아오는 길, 지붕에 올라가 짚가리를 헤치는 길이 모두 한 방향을 향하고 있었다. 이 자그마한 땅에서 왔다 갔다 하면서 나는 너무 많이 되돌아왔다. 이렇게 쉰 살까지 걸으면 내 목표에 더 가까워지는 걸까, 그때 나에게 대답해주는 사람은 아무도 없었다.

──그때 누군가 등 뒤에서 어이, 고함을 질렀다. 고개를 홱 쳐들자 모든 것이 멈추고, 흩어져 사라져버렸다. 정신을 차리고 다시 걸었지만 이미 목적지를 찾을 수 없었다. 삶은 현실적이고 구체적으로 변했다. 나를 기다리는 것은 내 앞에 영원토록 놓여 있는 뻔한 일이었다. 수레를 몰고, 밀을 거두고, 장작을 패고, 강기슭에 가서 풀을 베고…….

누가 나의 성장을 방해해 지금 이 모양으로 만들었을까.

어쩌면 그런 자는 아무도 없었을지도.

온통 그늘뿐인 마을 골목길을 달려갈 때 나를 뒤쫓은 것은 시커먼 강풍뿐이었다. 나를 마을 동쪽에서 서쪽까지 한가로이 넘놀게 한 것은 나와 똑같이 느럭느럭 움직이는 담담한 시간뿐이었다. 내가 이따금 고개를 드는 것은 단지 구름과 새 떼를 위해서였다. 내 몸속에서 간간이 일어나는 격동은 이 마을의 말과 나귀가, 다른 마을의 말과 나귀가 울부짖는 소리보다도 훨씬 컸다.

3. 내가 받은 가르침

네가 나에게 준 모든 가르침을 나는 천천히 깨우치게 되리라. 이생에서 나는 개집에서 죽은 그 검둥개를 사부님이라고, 알을 숨기기 좋아하는 그 암탉을 스승님이라고 불러야 마땅하다. 그들의 가르침 가운데 지금까지 고작 10분의 1밖에 못 썼다.

한 번 더 태어날 기회가 있다면, 통나무 곁에서 20년을 지켜보게 된다면 나는 세상 모든 이치를 깨우치리라. 이곳에 있는 모든 사물에는 모든 것이 내포되어 있다.

온순하고 성실한 늙은 소는 참고 견디는 법을 가르친다. 고집쟁이 소의 몸에 겹겹이 생긴 채찍 자국은 불순종한 자의 수난과 고통을 일깨워준다. 나무에 앉은 새는 종알거리는 수다쟁이 여인을 길러냈는지도 모른다. 담장 아래 누워 있는 돼지는 게으름뱅이 사내를 가르쳤을 것이다. 들판 가득한 잡초는 해마다 누군가가 심경의 영락을 겪게 한다. 담 모퉁이 흙을 뚫고 나온 작은 풀은 홀로 누군가 한 사람을 가르친다. 하늘에 흘러가는 구름은 누군가의 마음을 이리저리 데려간다. 제멋대로 돌아다니는 바람은 누군가의 성격을 길러낸다. 멀리서 물결치는 모래 능선은 누군가의 포부를 키워낸다. 누군가는 벌레 우는 소리 속에 깨어나고 개 짖는 소리 속에 잠든다. 나뭇잎 하나가 누군가의 생에 내려앉는다. 먼지 한 알이 누군가의 일생을 떠다닌다.

누군가는 황사량의 이후 백 년의 모든 수확을 거둔다. 우리가 걸어갈 앞날에는 텅 빈 세월만 남겨둔 채.

자기 집 풀 더미와 거름 더미에 올라서서 집으로 돌아오는 소와 양을 지켜보던 그 아이는 끝내는 모든 인생과 세상을 보게 된다. 처음부터 높은 곳에 올라가서 세상을 보던 사람들이 마지막에 가서 보는 것은 사람들과 가축들뿐이다.

4. 마을의 머리

어느 것이 하늘 향해 뻗은 너의 손일까—연기일까, 나무일까, 외양간 문 앞에 우뚝 박힌 느릅나무 말뚝일까, 아니면 우리가 발끝으로 무심코 피워올린 먼지 한 톨일까.

어느 것이 영원히 움직이지 않지만 눈 깜짝할 새에 긴 세월을 지나온 너의 그 발일까—집 지을 때 기초로 깐 모래와 자갈일까, 땅속으로 빽빽이 파고든 실뿌리일까, 진창 깊숙이 자국을 남긴 소와 말의 발굽일까. 어쩌면 그는 줄곧 모기 한 마리의 가느다란 다리로 길을 걷는지도 모른다. 개미 한 마리의 발이 그의 발일지도 모른다. 그는 쉬지 않고 걷지만 여전히 그 자리에 그대로 있다.

어느 것이 묵묵히 주시하는 너의 눈일까.

흙먼지 속에서 흔들리는 나귀, 말, 개, 사람과 닭의 머리 가운데 어느 것이 너의 머리일까.

나는 줄곧 우리 집 뒤에 던져둔, 아무도 신경 쓰지 않는 그 느릅나무 토막이 우리 마을 머리라고 느꼈다. 그것은 오랫동안 무언가를 생각하고 있었다. 닭이 거기 올라서서 꼬꼬댁거리고 똥을 싸고, 사람이 거기 앉아서 이야기하고 방귀를 뀌고, 돼지는 그것을 뒤집어 다른 면이 하늘을 향하게 했다. 한 마을의 머리는 먼지 속에 파묻혀 오랫동안 생각에 잠겨 있었다.

또 어느 것이 너의 고고한 영혼일까.

네가 그저 무너져가는 흙집이라면, 나무라면, 가축과 사람이라면, 네가 그저 모래와 염분을 머금은 황량한 땅이라면, 너에게 정말로 별다른 것이 없다면, 나는 어찌하여 이토록 오랜 세월 너를 잊지 못하는 걸까.

나는 왜 기어이 너의 낡은 처마 밑으로 돌아가 바람 소리를 듣고 비를 피하려는 걸까, 너의 무너진 담벼락에 기대앉아 마지막 햇볕을 쬐려는 걸까.

설마 다른 곳의 태양은 나를 비추지 않는단 말인가, 다른 곳의 바람은 내 얼굴과 옷자락에 불어오지 않는단 말인가.

나는 왜 기어코 너의 움푹 팬 옛길에서 늙을 때까지 걸으려는 걸까, 먼지 자욱하고 밀 냄새 가득한 너의 공기 속에서 눈을 감고, 숨 쉬기를 잊으려는 걸까.

아주 어린 시절에 나는 풀 한 포기로부터, 닭 한 마리로부터, 삽 한 자루로부터, 쌀 반 대접으로부터 너를 알기 시작했다. 너의 모든 것을 충분히 알고 나자 나는 다른 무언가를 보고 싶어졌다. 그러자 그들은―소를 매놓은 그 느릅나무 말뚝은 해마다 높은 곳을 가리켜 보이고, 밥 짓는 연기는 날마다 높은 곳을 가리켜 보인다. 모든 초목이 높은 곳을 가리킨다.

내가 고개를 쳐들면 보이는 것은 더 이상 예전의 텅 빈 하늘 끝이 아니다.

한라오얼의 죽음

"너희는 다 잘 살아갈 텐데 나 혼자 죽는구나. 무섭다."

집 안에 사람들이 그득하니 서 있었다. 대부분 한라오얼의 자녀와 친척이었다. 눈을 비비자 구들에 누워 있는 한라오얼이 똑똑히 보였지만 얼굴 반쪽과 정수리뿐이었다. 사람들이 그를 둘러싸고 목을 길게 뽑아 그의 얼굴을 바라보고 있었다.

"사람이 얼마나 많이 죽었는데요. 아저씨, 그 사람들이 아저씨를 기다려요. 죽음은 아저씨 혼자만 겪는 일이 아니에요. 우리도 조만간 죽는다고요."

말하는 이는 펑싼이었다. 어느 집이건 죽음을 앞둔 사람이 있으면 그를 불러온다. 그는 죽기를 원하지 않는 사람을 시원스럽게 죽도록 설득할 수 있다.

"······한푸구이韓富貴, 마다馬大, 대장장이 장씨 다 죽었잖아요. 아저씨, 받아들이세요. 먼저 가서 뒤에 오는 사람들 길안내를 해주셔야죠. 우리도 따라가요, 적어도 일이십 년 안에, 길어봤자 사오십 년 안에 간다고요. 지금 살아 있는 마을 사람들 몽땅 아저씨를 뒤따라갈 거예요."

날이 빠르게 저물고 있었다. 내가 왔을 때는 아직 밝았다. 해는 보이지 않았지만 나는 해가 담장 뒤에 걸려 있다는 걸, 깡충 뛰기만 하면 볼 수 있다는 걸 알고 있었다.

어머니가 나에게 옷 보따리를 안겨주며 얼른 한라오얼 집에 가져다주라고 했다. 새벽에 한라오얼의 아내가 검은 천을 한 뭉치 가져오더니 한라오얼이 죽을 때가 됐다며 어머니한테 수의 바느질을 도와달라고 했다. 우리 집 검은 닭 흑야보다 더 검은 천이었다. 사람이 이렇게 검은 옷을 입으면 완벽한 흑야가 될 터였다.

대문을 들어서자 빨갛게 칠한 커다란 관이 마당에 놓여 있었다. 걸상 두 개가 받치고 있는 관은 마치 손님을 기다리는 수레 같았다. 내가 가져온 수의를 받아든 사람들은 노인이 볼까봐 걱정스러운 듯 다른 방으로 가져갔다. 모두들 공기 중을 떠다니듯 살금살금 움직이고 있었다.

"닷새째 누워 있는데 눈 감을 생각을 안 하네." 한 여인이 나직이 한마디 했다. 나는 고개를 돌렸다. 집 안이 어두워서 서로 얼굴을 알아볼 수 없었지만 아무도 불을 켜지 않았다.

"펑싼, 너 그렇게 많은 사람을 등 떠밀어 보냈지. 솔직히 말해, 다들 어디로 보냈냐." 나가려는데 한라오얼의 힘없는 목소리가 들려왔다.

"다 하늘에서 아저씨를 기다리죠."

"하늘이 저렇게 넓은데 나더러 어딜 가서 찾으란 말이냐. 그 사람들은 어디서 날 찾고."

"하늘에 올라가면 다 알게 돼요. 마음 푹 놓으세요. 먼저 간 사람들이 하늘에 집을 잘 지어놨어요. 아저씨는 본 적 없는 집인데 모든 사람이 들어갈 수 있는 집이에요."

"내가 왜 안 믿겠냐, 펑싼아. 있다면 나한테 보여야 할 것 아니냐. 벌써 한쪽 발은 들여놨는데 어제 오후에도 똑같았어. 아무래도 곧 가겠다 싶어 머리를 깊숙이 들이밀었는데 그냥 깜깜하기만 하더라. 너희가 말하는 그런 게 왜 없냐고. 그래서 얼른 고개를 움츠렸지."

"그건 통로예요, 아저씨. 진짜로 들어간 게 아니라고요. 눈 감았을 때 보인 건 이승의 어둠이에요. 그게 아저씨를 잠깐 방해하니까 버텨야 돼요."

"계속 버텼지, 들어가지 않으려고. 나도 얼마 못 버틸 거 알아. 한평생 마냥 바쁘다가 죽을 때가 됐어. 그런데 준비가 아직 안 됐지 뭐냐."

"준비는 필요 없어요, 아저씨. 갈 때 되면 길이 다 나타나요. 넓고 탁 트인 길이 아저씨가 오기를 기다린다고요."

나는 한라오얼의 고개가 흔들리며 한쪽으로 기우는 모습을 보았다. 고개를 저으려는 모양인데 그러지는 못했다.

"일단 좀 참으세요. 눈은 감겼네." 펑싼이 목소리를 낮춰 말했다. "눈이 단단히 감길 때까지는 울지 마세요. 길 떠난 사람이 다시 울며 불며 돌아오면 안 되니까."

바깥은 온통 깜깜했다. 집 안에서 갑자기 울부짖는 소리가 났다. 밖으로 나오는 그 순간, 나는 사람의 숨이 끊어지는 소리를 들은 듯했다. 그것은 자꾸자꾸 땅으로 꺼져들어 다시는 돌아올 수 없는 한숨 소리 같았다.

사람들은 나하고 관만 마당에 남겨둔 채 우르르 안으로 들어갔다. 길에도 인적이 없었다. 나는 남쪽으로 가는 사람이 있으면 그를 따라서 집으로 돌아가고 싶었다. 혼자 길을 나설 엄두가 나지 않았다. 한라오얼 아저씨를 만날까 두려웠다. 듣자 하니 막 숨을 거둔 사람은 넋이 한동안 하늘로 오르는 길을 찾지 못해 마을 곳곳을 헤매고 다닌다던데.

한참을 우두커니 서 있는데 검은 그림자가 다가왔다. 네 발이 움직이는 소리가 들려 두 사람인 줄 알았는데 가까워지고 보니 한싼네 나귀였다. 나는 나귀 뒤를 따라 길을 나섰다. 조금 걷다보니 뒤에서 누가 쫓아오는 느낌이 들었지만 차마 돌아볼 수가 없었다. 걸음을 빨리해 나귀를 앞지르려 할 때, 나귀가 느닷없이 종종걸음으로 길을 벗어나더니 가시덤불이 가득 펼쳐진 황무지로 들어가버렸다.

별안간 길이 텅 빈 것만 같았다. 뒤에서 들려오던 발소리도 사라지고, 길은 휑하니 넓어지고, 내 발은 허둥지둥 내달리며 점점 땅에서 멀어졌다.

"아저씨, 이제 눈 감고 떠납시다. 갈 때가 되면 노인도 가고 어린아이도 가잖아요."

"저승길은 나이를 안 따져요, 아저씨. 우리도 따라갈 거예요."

펑싼이 흰 종이로 감싼 장대를 높이 쳐들고 관 앞에 섰다. 그의 임무는 망자의 넋을 묘지로 인도하는 것이었다. 하늘은 아직 희뿌연 빛깔이었다. 해가 나오기 전에 반드시 마을을 빠져나가야 했다. 안 그랬다간 망자의 넋이 마을에 남아 사람과 가축을 못살게 군다. 넋은 공기 중을 떠도는 것이 아니라 사람이든 짐승이든 누군가의 몸을 찾아 숙주로 삼는다. 넋이 달라붙은 자는 병이 생기거나 지병이 재발한다. 펑싼이 붉은빛이 감도는 복숭아나무 막대기로 나쁜 기운을 억누르고 망자의 넋을 진정시켰다. 넋은 밤에 어둠을 밟고 하늘로 오르거나 땅으로 내려온다. 날이 밝으면 하늘과 땅은 곧바로 갈라진다.

"대문이 활짝 열렸어요, 아저씨."

"자식 손주 친척, 모두 모였어요. 이웃도 다 왔네요."

"들어올릴게요, 출발합니다."

펑싼이 하는 말은 소리의 고저장단이 잘 어우러져 꼭 시를 읊는 것 같았다. 그의 읊조림에 맞춰 망자의 넋이 하늘로 쭉 올라가는 모습을 본 듯했다. 나는 앞으로 몇 발짝 나아갔다. 등 뒤로는 온통 곡소리였다. 펑싼이 계속 읊조린다면 나도 그 소리를 따라 하늘로든 땅속으로든 흩날리고 말 것이다.

"지나갑시다, 밀 수레 비켜요."

"똥거름 수레 비켜요. 땔감 수레, 소금 수레 비켜요."

"한 사람이 지나가야 합니다."

상여 행렬이 지나치는 집마다 누군가 나와서 행렬에 끼어들었다. 행렬은 갈수록 길어졌다.

"……아저씨랑 싸웠던 왕치王七가 배웅하고 있어요, 라오얼 아저씨."

"아저씨랑 친하던 란화蘭花 아주머니가 담벼락에 기대 울고 있어요, 라오얼 아저씨."

"아저씨, 말뚝에 매어놓은 소가 쳐다보네요."

"아저씨, 닭이 담 모퉁이에 서서 지켜보고 있어요."

"그늘에 왔어요. 나무가 한 그루, 두 그루, 세 그루…… 줄서서 아저씨를 배웅하네요."

"관 속에서 몰래 웃고 계신 건 아니겠죠?"

"우린 아직 죽은 적이 없어서, 죽는 게 어떤 일인지 몰라요."

"아저씨가 앞서가시네. 우리는 뒤따라갈게요."

"삶이든 죽음이든, 한번 다녀오면 우리도 배우겠죠."

"머리가 마을 밖으로 나왔어요, 아저씨."

"발이 지금 마지막 집을 지나가고 있어요."

"아저씨, 우리 숨 좀 돌리고 어깨 좀 바꿔 멜게요."

"굴뚝에서 연기 피어오르네. 저게 하늘로 가는 사다리예요."

"아저씨, 맨 처음에 나오는 가장 힘찬 연기를 타고 올라가셔야 해요."

"겨울옷 여름옷 다 입혀드렸어요."

"빚은 다 갚았고요."

"빌려준 돈도 다 돌아올 거예요."

"아저씨, 여기는 이제 아저씨 일이 없어요. 할 일이 없어요."

"먼저 간 사람들이 저 위에서 기다리네. 얼른 올라가세요, 아저씨. 서두르세요."

더 이상 길이 없었다. 사람들은 비탈로 방향을 틀었다. 쑥이 한창 꽃망울을 터뜨리고 둥골나물의 작은 꽃 몇 송이가 땅바닥에 붙어 피어 있었다. 방울가시는 가을이 되어야 방울 같은 씨앗을 흔들어 퍼뜨린다. 비탈을 오르려는데 꼭대기에 사람이 보였다. 그들은 벌써 구덩이를 파놓고 한쪽에 쌓아둔 흙더미에 앉아 있었다.

사람들이 하늘로 올라간다고 했죠, 한라오얼 아저씨. 아저씨를 속인 거예요. 아저씨는 구덩이에 묻혔어요. 몇 년 뒤에 한라오얼의 무덤을 지나던 나는 그 옆에 앉아 쉬면서 이렇게 중얼거렸다.

그때였다. 누가 듣고 있다는 느낌이 퍼뜩 들었다. 오싹해서 사방을 둘러보니 비탈이 온통 무덤으로 뒤덮여 있고, 내리막 흙길 하나가 마을로 쓸쓸히 이어져 있었다.

나는 자리에서 일어나 흙길을 따라 마을로 내려갔다. 한참 걷다보니 뒤에서 발소리가 들렸다. 한 사람의 발소리였다. 감히 뒤돌아보지 못하고 나도 모르게 걸음을 재촉하는데 뒤에서 여러 명이 쫓아오는지 발소리가 늘어났다. 내 걸음이 다급해지자 뒤따라오는 발소리도 다급해졌다.

뒤를 홱 돌아보았다. 아무것도 없었다. 비탈 꼭대기 묘지로 향하는 쓸쓸한 흙길뿐이었다. 하늘은 맑디맑은데, 그곳에서 내려다보는 익숙한 눈빛들이 줄줄이 내려와 나를 붙잡는 것만 같았다.

방금 들은 소리는 내 발소리의 메아리일 뿐이었다. 내가 한숨을 쉬자 내 숨소리 역시 비탈 꼭대기에서 메아리쳐 돌아왔다. 이미 오래전에 이승을 떠난 다른 사람의 것처럼 들리는 소리였다.

한라오얼의 메아리는, 그토록 많은 말을 하고 그토록 많은 길을 걸은 그의 메아리는 어디로 갔을까. 땅에 묻힌 사람들의 메아리는 어디로 갔을까. 이런 생각을 하다보니 등 뒤에서 내 것이 아닌 발소리가 또다시 느껴졌다. 나는 뒤돌아보지 못한 채 걸음을 재촉했다. 마을 어귀가 보이고, 한라오얼이 마을을 나설 때의 정경이 눈앞에 떠올랐다. 걸음을 빨리해 사람과 가축이 다니는 마을 길 한복판에 다다르자 두려움이 싹 사라졌다. 뒤를 돌아보니 몇몇 마을 사람의 그림자가 소리도 메아리도 없이 조용히 걷고 있었다. 그것들이 마치 방금

나를 따라 마을에 들어온 그 소리들의 고요한 메아리처럼 느껴지면
서 또다시 두려움이 솟구쳤다.

걸어가다 홀로 남다

처음에는 하늘이 그리 어둡지 않았다. 다섯 명의 흐릿한 그림자가 마을 북쪽으로 향하고 있었다. 우리는 숨어 있는 두 사람을 찾으러 가는 길이었다.

하늘에서 거대한 바위 같은 구름 덩어리가 굴러다녔다. 동쪽으로 흘러간 구름 덩어리가 별 하나를 꽉 막고, 조금 뒤에 또 몇 개를 막아버렸다. 몇 발짝 내딛을 때마다 하늘이 한층 어두워졌다.

"난 도랑가 뒤쪽에서 찾아볼게. 너희는 쭉 가."

"차오▪네 외양간에서 무슨 소리가 난 것 같은데. 내가 가볼게."

나는 맨 앞에서 걷고 있었다. 아이들은 나를 앞세워 앞을 똑바로 보면서 걸으라 하고 자기들은 뒤에서 좌우를 살피며 따라왔다.

하늘이 또 한층 어두워져 또렷이 보이는 것이 하나도 없었다. 구름 한 덩이가 하늘에서 떨어져 앞길을 막았다. 방금 그 애들이 이야기할 때 나는 마을 북쪽 끝에서 갈라진 틈새를 보았다. 길이 두 집 사이를 뚫고 나가더니 나무처럼 곁가지를 치며 황야 속으로 사라졌다. 그때 나는 생각했다. 기껏 찾아낸 게 저 틈새라니. 찾든 못 찾든 난 집에 가서 잠이나 자련다.

계속 걷다보니 어느새 나 혼자만 남아 있었다. 등 뒤에서 발소리가 사라졌다. 돌아보니 조금 아까 말을 하던 두 아이는 흔적도 없고, 다른 두 아이도 언제 빠져나갔는지 알 수 없었다. 갑자기 마을에서 움직임과 소리가 싹 사라졌다. 계속 찾을까 집에 가서 잘까 망설이며 우두커니 서 있는데, 난데없이 하늘에서 굉음과 함께 바람이 쏟아져 내리며 온 땅을 뒤흔들었다. 집, 축사, 나무와 짚가리가 암흑 속에서 바람에 날려가더니 순식간에 자취를 감췄다. 모래가 자꾸만 눈을 가리는 통에 방향을 잃은 것 같았다. 바람이 동에서 서로, 남에서 북으로 멋대로 휘몰아치며 혼돈의 도가니가 되고 말았다.

"꽝터우." "한쓰."

나는 몇 번이나 소리쳐 불렀다. 바람에 되돌아온 내 외침이 내 입을 찰싹찰싹 때렸다. 더는 소리칠 엄두가 나지 않았다. 아무것도 보이지 않을 만큼 캄캄해졌다. 심지어 마을도 길도 어디론가 가버린 것만 같았다. 개 짖는 소리와 나귀 우는 소리를 듣고 싶었지만 아무것도 들리지 않았다. 바람 소리 말고는 아무것도 없었다. 바람이 개 입을 틀어막은 모양이었다. 나귀 울음을 나귀 입으로 되돌려 보낸 모양이었다.

우리는 어스름이 깔려올 때 숨바꼭질 놀이를 시작했다. 땅에서는 열댓 아이가 무리 지어 와자지껄 뛰어다녔다. 하늘에서는 구름 덩어리가 하나씩 하나씩 동쪽으로 달려갔다. 우리는 하늘에서 바람이 분다는 걸 다 알고 있었다. 그런 바람은 땅에 내려오는 법이 없었다. 하늘의 일일 뿐 우리 마을하고는 아무 상관도 없었다. 머리 위의 하늘은 높고 머나먼 길과 같았다. 구름과 공기와 먼지를 더 높고 머나먼 곳으로 실어 나르느라 바빴다. 이따금 구름이 찢어져 소나기가 한바탕 쏟아졌지만 금세 멈추었다. 낮이었다면 땅에 있는 개처럼 뛰어다 녔을 구름 그림자가 들판과 지붕을 날쌔게 스쳐 지나갔다. 밤이 되면 하늘은 한층 더 어두워진다. 우리는 하늘이 어떻든 딱히 신경 쓰지 않는다. 하늘은 영원히 우리와 상관없다고 여기면서 놀아야 되면 놀고, 나가야 되면 나간다.

하지만 이번에는 달랐다. 마치 하늘에 놓인 다리가 무너진 듯했다. 모래 먼지를 휘감은 바람이 곧장 곤두박질쳤다. 나는 순식간에 그 바람에 휩싸이고 말았다. 회오리바람의 한복판에 휘말린 듯했다. 나는 전에도 밤길을 자주 다녔고, 아무리 어두워도 마음은 환해서 우리 집이 어디 있는지, 집으로 가는 길이 어디 있는지 다 알았다. 이번에는 바람이 마음속 등불을 꺼버린 것만 같았다. 하늘의 어둠이 마음속까지 와닿았다.

두 손으로 더듬으며 얼마쯤 걸어가는데 저쪽에서 커다란 물건에 부딪친 듯 아주 딱딱한 바람 소리가 들려왔다. 조심스레 움직여가자 흙담 하나가 손에 닿았다. 누구 집 담장인지 몰라서 담장 아래쪽을 더듬으며 반 바퀴를 돌았다. 바람에 열리고 닫히는 작은 나무문이 만져졌다. 안으로 들어서자마자 등 뒤에서 탁, 문 닫히는 소리가 들렸다.

마당을 몇 발짝 걷다보니 껍질이 벗겨진 죽은 나무 한 그루가 만져졌다. 가장자리가 거칠었다. 두어 발짝 나아가니 또 한 그루가 만져지는데 역시 껍질이 하나도 없어 맨송맨송했다. 나는 걸음을 멈추고 어느 집 마당에 껍질 없는 죽은 나무가 두 그루 있었나 곰곰이 떠올려보았다. 눈을 감고 생각하는데 마음속이 어두컴컴했다. 모든 마당의 나무가 다 죽고 껍질이 없었다.

또 몇 발짝 가니까 집이 만져지고 이어 문이 만져졌다. 문 앞에 쪼그리고 한참을 귀 기울여보았다. 안에서 아무 소리도 나지 않았다. 나는 일어서서 문을 두드렸다. 이 집 사람들을 깨워서 길을 잃었다고, 집에 데려다달라고 할 생각이었다. 살짝 두드렸는데 울리는 소리에 더럭 겁이 났다. 한참이 지나서야 다시 손을 뻗었다. 문에 손이 닿는 순간 삐그덕 소리가 나면서 문이 열렸다. 나는 집주인이 열어준 줄 알고 한참을 서 있었다. 아무도 나오지 않는다는 사실이 확실해지자 조그맣게 한마디 해보았다. "누구 없나요." 대답은 없었다.

밖으로 뛰쳐나가다가 또 껍질 없는 죽은 나무를 맞닥뜨렸다. 아까 그 나무가 아니라 다른 나무였는지도 모른다. 그 작은 문은 다시 찾지 못했다. 담벼락을 더듬으며 한 바퀴 돌았지만 누가 문을 막아버린 것만 같았다. 담벼락을 짚고 몇 번이나 깡충거려봐도 꼭대기에 닿지 않았다. 흙덩이 반 토막이 부슬부슬 허물어지더니 땅바닥에 떨어져 가루가 되었다. 다시 더듬어 나아가는데 담벼락에서 커다란 구멍이 만져졌다. 손을 뻗어 몇 번 헤집어보자 모래흙과 함께 끊임없이 들이닥치는 한 줄기 바람이 느껴졌다.

나중에도―다음 날에도, 그 뒤로도 몇 년간 죽은 나무 두 그루가 있는 그 마당을 찾아내지 못했다. 지금까지도 그게 누구 집인지, 어디 있는지 모르고 있다. 어쩌면 어둠 속에서 마을의 다른 무언가에 손이 닿아 내가 모르는 다른 마당으로 들어갔는지도 모른다. 그 일로 말미암아 나는 오랫동안 이런 느낌을 품고 있었다. 내가 너무나 잘 아는 이 마을에 또 다른 삶이 은밀하게 존재할지도 모른다는 느낌을.

계속 걷다보니 한 사람만 남았다. 이 마을의 밤을 걷다보면 누구든 이 한 걸음에 이를 수 있다. 전후좌우에서 갑자기 인기척이 싹 사라진다. 어둠은 혼자만의 것이 된다.

이것은 무수한 놀이의 결말 가운데 하나일 뿐이다. 숨바꼭질 놀이의 마지막은 언제나 한 사람이 모든 사람을 찾아내지 못하는 것으로 마무리된다. 때로는 일고여덟 명이 다른 일곱 명을 찾으러 다닌다. 숨는 쪽은 마을의 은밀한 곳에 꼭꼭 숨어 있다. 그런데 찾는 무리는 슬그머니 집에 돌아가 잠을 잔다. 숨는 쪽은 저녁부터 한밤중까지 숨죽인 채 숨어 있다. 처음에는 들킬까봐 깊숙이 숨어 가만히 있지만, 나중에는 일부러 꼬리를 드러내고 소리를 내며 얼른 들키려 한다. 끝내는 아예 큰길로 달려나가 "나 여기 있다" 하고 소리친다. 마을은 텅 비었고 개조차 응답이 없다. 때로는 숨는 쪽에서 짜고 몰래 집으로 돌아가버리고, 찾는 쪽만 온 마을을 뒤지고 다니기도 한다. 이런 상황도 있다. 숨는 쪽과 찾는 쪽이 다 뺑소니치는 바람에 마을에는 달빛과 바람만 남아 있다.

마을 밖에 있는 옛 마을 터나 더 멀리 있는 굽이진 강기슭에 가서 놀기로 한쪽에서 입을 맞추는 일은 더 흔하다. 늘 한 사람이 앞장선다. 아이들은 좁다란 길에 한 줄로 길게 늘어서서 걸어간다. 먼 곳으로 가는 도중에 사람이 점점 줄어든다. 얼마 뒤에 한 아이가 길가 풀숲에 쪼그리고 앉았다가 없어진다. 얼마 뒤에 또 다른 아이가 옆에 있는 도랑에 엎드렸다가 사라진다. 선두에서 걷던 아이가 뒤에서 기척이 없다는 걸 알아차릴 때는 이미 멀리까지 와 있거나 강기슭 깊숙한 곳에 이르러 있다. 뒤를 돌아보면 한 사람도 없다. 하늘이 갑자기 두 배로 어두워진다.

밤중에는 다들 말만 하고 책임을 지지 않는다.

여러 해, 여러 세대를 거치면서 숨바꼭질은 대가 끊길 수 없는 어떤 암흑의 놀이가 된다. 그것은 원래 많은 사람이 함께 감당했어야 할 어느 순간의 어둠을, 숨바꼭질을 하고 놀아본 개개인의 마음속에 몰아서 남긴다.

그 담장 구멍으로 기어나온 뒤로 나는 다시는 담이나 벽을 만지지 못했다. 날이 또 한층 어두워진 듯했다. 내 기억에 나는 구덩이(아니면 도랑)에 빠졌고, 기어올라와보니 바닥이 그런대로 평평해서 길이겠거니 생각했다. 땅바닥을 더듬어보니 발자국 하나가 만져지는데 깊이가 두 치가 넘었다. 발부리 앞쪽으로 더듬어보니 또 하나가 만져지고, 또 하나가 있었다. 겨울에 눈이 그치고 나서 앞서 집을 나선 사람이 한 줄로 남긴 발자국 말고는 한낮에 이렇게 또렷하게 찍힌 발자국을 본 적이 드물었다. 보통은 사람과 동물의 발자국이 어지러이 뒤섞여 있었다. 사람 발이 소 발굽 자국을 밟거나, 사람 발에 팬 구덩이에 양이 발굽을 디디곤 했다. 나는 이 발자국을 남긴 사람이 어디로 향하는지 알지 못했고 감히 따라갈 수 없었다. 그는 혼자였다. 발자국 한 줄을 남기며 걸어갈 때 그는 분명 많은 일과 멀어져 있었으리라. 일어나서 검은 그림자처럼 무턱대고 한참 걷다보니 다리가 풀에 걸린 느낌이 들었다. 허리를 굽혀 더듬자 시든 풀이 만져지면서 손을 찔렀다. 방울가시였다. 그제야 퍼뜩 정신이 들었다. 어느덧 나는 마을 밖에 와 있었다.

세월이 흐른 뒤에 그 길 잃은 밤을 돌이켜보자 어둠 속의 그 잡초와 방울가시가 떠올랐다. 그들이 팔을 벌려 나를 붙잡은 것이었다. 그들이 없었더라면 나는 세상모른 채 계속 걸어가 황야에서 늑대에게 잡아먹히거나 다른 마을로 들어가 다시는 돌아오지 못했을 것이다.

몇 년 전에 마을에서 아이 두 명이 사라졌다. 둘 다 밤에 없어졌다. 누군가는 늑대에게 잡아먹혔다고 했지만 황야를 샅샅이 뒤져도 뼈 한 조각 찾지 못했다. 다른 마을 사람이 훔쳐간 것이 틀림없었다. 황야 서쪽 사막에 작은 마을 두어 곳이 있는데, 그 마을 물에는 독이 있다고 들었다. 여자가 그 물을 마시면 아이를 못 낳게 되어 남자를 시켜 다른 곳에서 훔쳐온다는 것이었다. 마대를 메고 나온 남자는 날이 저물면 다른 마을에 몰래 섞여든다. 그는 노는 아이 하나를 주시하다가, 사람들이 주의하지 않는 틈에 아이를 마대에 집어넣어 둘러메고 집으로 간다. 이름까지 다 생각해놓았다. 아이는 엄마 아빠를 찾으며 울부짖지만 소용없다. 그 마을은 황사량보다 더 황량하고 외진 곳이라 밥 짓는 연기조차 흘러나오지 않는다. 아무리 목청껏 외쳐도 소리가 전해질 리 없다. 아이가 여덟 살이든 열 살이든 상관없다. 그들은 한 살 아기인 양 젖을 먹이고 품에 안고 입을 맞춘다. 자기들이 지어준 이름을 거듭 부른다. 걸음마를 다시 가르친다. 전에 오른발부터 딛었으면 이제 왼발부터 딛게 한다. 입안의 이를 뽑아 새로 나게 한다. 머리도 빡빡 깎고 다시 기른다. 손톱도 바싹 깎고 다시 기른다. 아이가 완전히 그 마을 사람으로 자랄 때까지. 이전의 생활은 깡그리 잊게 만든다.

얼마나 걸었을까, 또 어느 집이 손에 닿았다. 집이 아닐 수도 있었다. 담벼락이 무진장 길어서 한참을 가도 끝이 없었다. 여기는 어디일까. 마을에는 이렇게 긴 담이 없는데. 어쩌면 한 집을 몇 바퀴나 돌고 있는지도 모른다. 어둠 속에서 담 모퉁이가 느껴지지 않았다. 이 담은 모퉁이가 전부 둥글었다. 낮에 돼지가 모퉁이에 비벼대고, 양이 비벼대고, 소와 말이 비벼대고, 그래서 이 마을에 있는 모퉁이가 다 둥글어진 걸까.

이번에는 작은 창문이 만져졌다. 닫혀 있었다. 손을 뻗으니 나무 창틀 사이로 실낱같은 온기가 느껴졌다. 누구네 집의 작은 창문일까. 잠꼬대 한마디라도 듣고 싶어서 창턱을 붙잡고 한참 동안 서 있었다. 하지만 아무 소리도 없었다.

그로부터 오랜 세월이 지난 어느 날 밤이었다. 나는 잠을 이루지 못하고 있었다. 개가 집 주위를 자꾸만 빙빙 도는 소리가 들렸다. 무얼 하려는 것인지 알 수 없었다. 오래전에 우리가 잃어버린 개가 밤에 돌아온 것처럼 그 개는 문도 창문도 찾지 못한 채 쉬지 않고 돌기만 했다. 일어나서 나가보고 싶었지만 몸을 움직일 수 없었다. 가슴이 무언가에 짓눌려 소리도 낼 수 없었다. 꿈도 꾸지 않는 듯했던 그 집의 조용한 잠이 떠올랐다. 그날 밤, 어쩌면 그들도 잠 못 이루고 뜬 눈으로 구들에 누워 누군가 자기 집을 돌고 또 도는 소리를 듣고 있었을지도.

얼추 자정이 넘은 듯했다. 곧 잠들어버릴 지경일 때, 무언가에 부딪쳤다. 굵은 말뚝이었다. 그전에 개 몸에도 닿았는데 웬일인지 개가 짖지 않았다. 하도 깜깜해서 개조차 감각하지 못했던 걸까.

말뚝에 삼끈 한 줄이 묶여 있었다. 가느다란 그 끈을 따라 더듬어 가니 소 머리에 닿았다. 소는 움직이지 않았고, 코로 내뿜는 숨결은 고르고 완만했다. 삼끈을 더듬어 돌아오니 말뚝의 옹이가 만져졌고, 발을 딛고 위쪽으로 더듬어 올라가니 매끄러운 곁가지가 하나 있고,

가지 밑에 비스듬히 난 도끼 자국은 이미 맨송맨송해져서 손을 찌르지 않는데―이것은 한싼네 소 말뚝이었다. 마음속 등불이 환히 켜진 것처럼 한순간 모든 것이 또렷해졌다. 한싼과 나는 늘 소 말뚝에 매달려 놀았다. 나는 그 곁가지에 매달려 몸을 흔들고 놀기를 가장 좋아했고, 때로는 말뚝에 기어오르거나 누워 있는 소 등에 올라타 말뚝을 부둥켜안기도 했다. 곁가지가 똑바로 가리키는 방향으로 가서 큰길을 건너면 바로 우리 집 마당이었다.

걷고 또 걷다보니 별안간 아무것도 보이지 않고 눈앞에 암흑이 펼쳐졌다. 나는 앞으로 뻗은 길을, 홀연히 사라진 사람과 사물을 떠올리려 애썼다. 그들의 이름을 애타게 소리쳐 부르며 손으로 마구 더듬었다. 양손이 시커메졌다.

조만간 나는 그 완전한 암흑 속으로 걸어 들어갈 것이다. 그것은 나 혼자만의 긴긴밤이다. 언제 갑자기 찾아올지 모른다. 그런 암흑 속에서 나는 다시는 빛을 맞이하지 못할 것이다. 해는 영원히 다른 곳을 비출 것이다.

그때가 되면 나는 소를 묶어놓은 그 느릅나무 말뚝을 다시 한번 떠올릴 것이다. 발을 디딜 수 있는 옹이와 허리춤에 비스듬히 뻗은 곁가지를 떠올릴 것이고, 그것이 가리키는 대로 곧장 집으로 돌아갈 것이다. 대문의 나뭇결과 이음새를 더듬고, 손을 집어넣어 문을 버텨놓은 막대를 치울 것이다. 삽을 더듬고, 벽에 걸린 낫과 밧줄을 더듬고, 부뚜막과 부뚜막에 놓인 그릇을 더듬고, 그릇의 이 빠진 자국과 밥풀 자국을 더듬고, 탁자에 떨어진 쌀 한 톨과 찐빵 부스러기를 더듬을 것이다.

까만 그림자처럼 집으로 돌아왔을 때, 내가 돌아왔다는 걸 아는 사람은 아무도 없었다. 내가 떠났던 것도 아무도 몰랐듯이 말이다. 문은 조용히 열렸다 조용히 닫혔다. 나는 꿈속에 있는 식구들을 살금살금 지나쳐 커다란 구들 귀퉁이에 가만히 누웠다. 그 순간, 그 하늘의 거센 바람이 휘익 마을을 떠나가는 소리가 들렸다. 그 바람에 미친 듯이 흔들리던 나무가 멈추고 하늘까지 휘날렸던 나뭇잎도 떨어질 것이다. 이 마을에서 온 대지 위로 끝없이 흩날리던 흙먼지도 곧 내려앉을 것이다.

옥수수 도둑

내가 달려갔을 때는 땅거미가 깔려오고 바람도 불고 있었다. 사람들
이 무너진 담장에 빽빽이 올라서 있는데 모두 어른이었다. 나는 마을
에 있다가 이쪽에서 와글와글 소리가 나기에 냉큼 달려온 것이었다.
오는 길에 옥수수 도둑을 붙잡아 다리를 분지르고 허물어진 외양간
에 가뒀다는 얘기를 들었다. 시끌시끌하던 소리가 뚝 멈추자 담장에
서 있는 사람들은 대지를 뒤덮은 어둑한 하늘에 달라붙은 그림자처
럼 보였다.

옥수수 도둑은 담 모퉁이에 쭈그리고 있었다. 한쪽 다리를 반쯤
구부리고, 고개는 무릎에 푹 파묻고, 다른 쪽 다리는 바닥에 늘어뜨
린 채 덜덜 떨고 있는 듯했다. 두 손으로 머리를 감싸고 있어 얼굴은
잘 안 보였지만 아무튼 매우 건장한 사람 같았다.

나는 틈새를 찾아내 담장 위로 올라가려 했지만 두어 번 기어오르
다 떨어졌다. 날이 금세 저물어 완전히 캄캄해졌다. 담장에 올라섰던
사람들이 하나둘씩 뛰어내렸다. 지금도 그들이 뛰어내리던 움직임이
기억난다. 몸을 활처럼 구부렸다 쭉 펴더니 꼿꼿한 자세로 떨어졌다.

그들은 몸에서 흙을 툭툭 털고 그 커다란 틈새로 소리도 없이 밖
으로 나갔다. 담장 위에 아무도 없는 걸 보자 나도 얼른 뒤따라 나

갔다.

"류얼, 너는 이 틈새를 지켜라, 옥수수 도둑이 도망 못 가게."

나를 부른 사람은 두쒀와杜鎖娃 아버지였다. 나는 두쒀와하고 자주 어울려 놀았다. 두쒀와네 집은 모래 도랑 근처에 있고 후무네 집과 맞닿아 있었다. 두쒀와 집에서 밥도 한 번 먹었다. 두쒀와 아버지의 말투가 아직도 기억나는데, 아이가 아니라 어른에게 일을 맡기는 말투였다. 나는 엉거주춤 그 자리에 섰다.

내가 가만히 서 있자 그는 두세 발짝 다가오더니 커다란 손으로 내 허리를 잡았다. 그러고는 작은 물건처럼 나를 가뿐히 들어 그 틈새에 집어넣었다.

"이렇게 팔을 뻗어 막고 있어라. 도둑이 도망 못 가게."

그는 내 팔을 쭉 펴서 십자가처럼 거기에 세워놓았다. 그러고는 팔 한쪽이 올라가 보였는지 다른 팔을 살짝 쳐들어 균형을 잡았다.

그들의 발소리가 점점 멀어지더니 마을로 사라졌다.

그 뒤로 며칠간 나는 감히 나가지 못하고 집에 틀어박혀 있었다. 어른들이 밭에 나가면 나는 혼자 마당에서 기다리면서 대문 틈에 얼굴을 들이대고 바깥을 엿보았다. 누군가 다가오면 허둥지둥 숨어들어 도둑처럼 숨죽이고 있었다.

분명 나를 잡으러 와서 못살게 굴 거야. 나는 생각했다. 식구들에게는 이 일을 알리지도 못했다.

나는 옥수수 도둑을 놓아주었다.

사람들이 밥 먹으러 갔다가 곧 돌아올 줄 알았다. 나는 고분고분 그 자리에 서 있었다. 미동도 하지 않았다. 옥수수 도둑은 구석에 쌓아놓은 시커먼 물건처럼 어렴풋이 형체만 보일 뿐이었다. 나는 눈도 깜빡하지 않은 채 그를 주시했다. 방금 불어온 바람이 좀 더 거세진 느낌이었다. 담장에서 흙이 날아와 눈앞이 침침해졌다. 하필이면 딱 바람구멍에 서 있어서 자꾸만 몸이 흔들리고 옷자락이 펄럭였지만 소리는 전혀 들리지 않았다.

이러고 얼마나 있었을까. 달이 노란 얼굴을 담장 위로 내미는데 사람인 줄 알고 기겁을 했다.

옥수수 도둑이 움직이자 달빛이 그의 몸 절반을 또렷이 비추었다. 몸에 꼭 끼던 그의 윗도리가 지금도 기억난다. 소맷부리가 반 뼘쯤 짧고 어깨 쪽은 갈가리 찢어져 있었다. 흙을 한 움큼 뿌린 것처럼 달빛이 그의 몸에 내려앉았다.

그는 먼저 한 손을 내려 바닥에 늘어진 부러진 다리를 어루만졌다. 이어 다른 손으로 담벼락을 짚고 힘겹게 일어섰다.

그의 얼굴은 제대로 보이지 않았다. 질질 끌리는 부러진 다리를 보는 것인지, 땅바닥에 있는 어떤 물건을 보는 것인지 그는 내내 고개를 숙이고 있었다. 숱한 회상 속에서 그는 머리 없는 사람이었다. 그의 머리가 어떤 모습인지 도무지 떠올릴 수 없었다. 얼굴은 깊이 파묻히고 머리카락은 밤빛에 녹아들어 그의 어깨 위에 있는 것은 새까만 하늘뿐이었다.

그는 똑바로 일어서고도 고개를 들지 않고 틈새를 향해 곧장 걸어왔다. 느릿느릿, 그러나 힘차게. 몸을 한쪽으로 기울인 채 멀쩡한 다리로 땅바닥을 쿵쿵 찧으며 걸어왔다. 나는 그 자리에 못 박힌 것만 같았다. 벌린 팔 하나를 내릴 수도, 몸을 돌릴 수도 없었다. 공포에 질린 채 옥수수 도둑이 절뚝절뚝 다가오는 모습을 보고만 있었다. 소리치고 싶었지만 소리가 나오지 않았다. 그가 코앞에 오기 직전, 나는 갑자기 어떤 힘에서 벗어난 것처럼 홱 돌아서서 쏜살같이 내달리기 시작했다. 한참을 달리고 나서야 양팔을 내리는 것도 잊은 채 여태 꼿꼿이 뻗고 있다는 걸 알아차렸다.

나는 어두컴컴한 골목으로 뛰어든 상태였다. 양쪽에 집이 줄줄이 늘어서 있는데 불빛 하나 없었다. 우리 집이 있는 골목은 아니었다. 초조해진 나는 방향을 바꿔 다른 골목으로 달려가려 했다. 그런데 어느새 옥수수 도둑이 상당히 가까워져 있지 않은가. 여전히 고개를 푹 숙이고 몸은 기우뚱한 모습이 더더욱 섬뜩해 보였다.

"옥수수 도둑이 도망쳤다."

"옥수수 도둑이 도망쳤다."

......

나는 소스라치게 놀랐다. 내가 내지른 고함이라는 걸 믿을 수가 없었다. 나는 달리면서 소리쳤다. 그날 밤 사람들은 유난히 일찍, 죽은 듯이 잠들어 있었다. 수없이 소리치느라 목이 다 쉬었지만 한 사람도 깨울 수 없었다. 개 한 마리조차 깨우지 못했다.

옥수수 도둑이 속력을 높이는 듯했다. 한쪽 발로 쿵쿵 찧는 소리가 점점 빨라지고 점점 힘차졌다. 몇 발짝 달아나다 돌아볼 때마다 거리가 좁혀지고 있었다.

그날 밤 내가 다급하게 지나쳤던 그 집들이 지금껏 기억난다. 천위안陳元네 집, 장톈네 집, 후쉐이胡學義네 집…… 대낮에 내가 이 집들을, 문가에 쭈그린 사람과 담장 아래 누운 개와 가축을 얼마나 많이 지나갔던가. 나는 놀며 걸으며 빈둥빈둥 길을 지나다녔다. 불시에 손을 뻗어 길가 버드나무 가지를 꺾고 발을 들어 길에 널린 흙덩이와 나귀 똥을 걷어차곤 했다. 모든 집의 어른과 아이를 알고 모든 마당과 모든 집을 알았다. 그들도 모두 내가 류 씨네 둘째라는 걸 알았다. 천위안네 집에서 팡터우가 부르면 그 집 마당에서 오전 내내 놀곤 했다. 후쉐이네 담장 옆에 앉아서 오후 내내 후샤오메이胡小梅와 공기놀이를 하기도 했다. 후샤오메이는 손가락이 엄청 가늘고 길어서 한 손으로 공깃돌 일곱 개를 잡을 수 있었다. 나는 그 애를 이긴 적이 없지만 그 애와 노는 게 좋았다. 그 집 검둥개도 나를 알아서 나를 보면 다정하게 달려와 등과 목을 쓰다듬어달라고 했다. 밤에 보는 집들은 딴판이었다. 다른 마을에 잘못 왔나 싶었다. 모든 문이 굳게 잠기고, 창문은 시커먼 구멍 같았다. 나는 달리면서 딩수丁樹네와 리이커李一棵네 문을 다급하게 두드렸지만 아무 반응도 없었다. 마지막 한 집만 남아 곧 마을 밖으로 나갈 판이었다. 이미 마을 가의 그 음침한 옥수수밭과 밭 한복판으로 난 작은 길이 보였다. 옥수수밭을 지나고 다시 모래 도랑 하나를 지나면 자반커우 마을이었다. 아무래도 옥수수 도둑은 그 마을 사람 같았다.

나는 초조하고 겁에 질린 채 계속 달렸다. 옥수수 도둑에게 쫓겨 옥수수밭으로 뛰어들고 모래 도랑을 지나 자판커우 마을까지 쭉 내달렸다.

그때였다. 달이 구름 속으로 들어갔다. 등 뒤에서 나는 발소리도 희미해지는 느낌이었다. 나는 몸을 틀어 길가에 있는 땔나무 더미 뒤에 숨었다.

이 땔나무는 전부 위성류로 가지가 아무렇게나 뒤얽혀 있었다. 하나를 잘못 건드리는 바람에 바스락 소리가 났다. 옥수수 도둑이 못

들을 리가 없는 소리였다.

허리를 수그리고 숨을 참으며 몇 분을 기다린 끝에, 땔나무 곁을 지나가는 옥수수 도둑을 보았다. 그가 지나가면서 나를 힐끗 돌아본 것 같았다. 그의 얼굴은 잘 보이지 않았고, 다만 한 줄기 시선이 내 몸에 와닿는 느낌이었다. 찬물 한 대야를 뒤집어쓴 듯 온몸에 소름이 쫙 돋았다. 그가 땔나무 뒤로 와서 나를 찾아낼 줄 알았지만 그런 일은 없었다. 그는 거의 멈추지도 않고 그대로 절뚝거리며 지나가더니 저쪽 옥수수밭으로 사라졌다.

몸을 일으키자 마을이 갑자기 환해졌다. 여러 집 창문에 불이 켜졌다. 여기저기서 문 여는 소리, 말하는 소리가 났다.

"무슨 일이야? 방금 누가 소리쳤지?"

"아이 목소리였는데."

수많은 사람이 길에 나와 서로 묻는 소리가 들려왔다. 나는 또 더럭 겁이 났다. 감히 나가서 설명할 수가 없었다. 나는 땔나무 뒤에 웅크린 채 사람들이 집으로 돌아가기를, 불빛이 다 꺼지기를 기다렸다.

여러 날이 지났지만 아무도 나를 찾으러 오지 않았다. 나는 집에 숨어 있기가 지루해졌다. 나가서 누군가를 찾아 이 일을 분명히 이야기하고 싶었다. 마을에 쉬지 않고 바람이 불었다. 사람들은 모두 바람에 흩날리는 그림자 같았고, 여기저기 찢기고 부서졌다. 그해 가을, 왠지는 몰라도 내가 기억하는 사람들 모두 종잇장처럼 얇아서 바람만 불면 이리저리 흐느적거렸다. 반나절 동안 마을을 어슬렁거렸지만 나를 거들떠보는 사람은 아무도 없었다. 다들 무슨 일인가로 바빠서 저마다 사방팔방 달려가고, 마주쳤다 헤어지고, 헤어질수록 멀어지고, 돌아왔다 다시 나가고, 질서라고는 전혀 없는데 뭘 하려는 것인지 도통 알 수가 없었다. 꾸다 만 꿈처럼 어수선하기만 했다.

어느 날 아침, 두쒸와 아버지가 소를 끌고 밭에 나갈 채비를 하는 모습을 보았다. 나는 일부러 그의 앞으로 돌아가 길가에 서서 그가 지나가기를 기다렸다. 그는 틀림없이 나에게 물어볼 것이다. 나에게 옥수수 도둑을 지키라고 시킨 사람이니까.

두쒸와 아버지는 한 손에 삽을 들고 한 손으로 쇠고삐를 당기며 내 앞까지 와서는 나에게 무심한 눈길을 던졌다. 나는 고개를 수그린 채 그 일을 묻기를 기다렸지만 그는 아무 일도 없었다는 듯 그대로 소를 끌고 지나가버렸다.

나는 급히 뒤쫓아갔다.

"그 도둑이 도망쳤어요." 내가 말했다.

그가 나를 돌아보았다.

"옥수수 도둑 말이에요." 내가 또 소리쳤다.

그는 나를 노려보다가 도로 고개를 돌리고 소리쳐 소를 몰았다. 이어 투덜거리는 소리가 들려왔다.

"옥수수 거둔 지가 언제인데. 옥수수가 어디 있다고 저래."

나는 그 자리에 멍하니 서 있었다.

어쩌면 오랜 세월 동안 있었던 수많은 일이 일어나지 않은 일인지도 모르지만, 나는 그 일들을 겪었다. 내가 아주 어렸을 때 사람들은 늘 내 뒤에서 무언가를 했다. 여덟 살부터 서른다섯 살까지 27년간, 그들에게 다리를 꺾인 그 사람이 꿈에서 내내 나를 뒤쫓았고 나는 그를 떨쳐낼 수 없었다. 어느 꿈에서 나는 그에게서 멀리멀리 벗어났다. 그런데 다른 꿈에서 그에게 또 따라잡혔다. 한쪽 다리는 질질 끌고 다른 다리는 쿵쿵 찧으면서 그는 나를 쫓아왔다. 한 해 한 해 자랄수록 그를 겁내지 않겠지, 나는 생각했다. 다음번 꿈에서 또 만나면 절대 달아나지 않을 거야, 허리에 손을 짚고 떡하니 서서 그가 다가오길 기다릴 거야, 도대체 누군지 봐야겠어, 그 사람 다리를 내가 분지른 것도 아닌데 왜 내가 겁먹고 달아나야 한담. 그러나 나는 끝내 그 다리 부러진 남자만큼 건장하게 자라지 못했다. 여전히 꿈을 꿀 때마다 그에게 쫓겨 달아나고 있었다. 처음에는 마을의 그 어둑한 골목길을 내달렸다. 등 뒤에 절뚝거리는 남자 말고는 아무도 없었다. 불빛 하나 없었다. 나는 공포와 절망에 휩싸인 채 낯익은 검은 집들을 하나하나 지나쳐 달려갔다.

나중에는 황야에 이르렀다. 나는 끝없이 달리고, 다리 부러진 남자는 휘청거리는 통나무처럼 나를 바짝 뒤쫓았다.

더 나중에는 꿈의 배경이 어느 작은 마을의 텅 빈 거리로 옮겨갔다. 나는 거리 한쪽 끝에서 다른 쪽 끝을 향해 달렸다. 양옆의 높은 집들은 모르는 집이라 감히 숨어들지 못하고 그저 죽을힘을 다해 뛰기만 했다.

수없이 달릴 때마다 그 땔나무 더미를 찾아 숨고 싶었다. 무너진 담벼락 뒤나 빈집에 숨으려 해봤지만 언제나 다리 부러진 남자에게 들키고 말았다. 그는 고개도 들지 않으면서 내가 어디로 달아나는지 다 볼 수 있었다. 내 무의식 속에서 나를 구해줄 수 있는 것은 오직 그 땔나무 더미뿐이었지만 도무지 찾을 수가 없었다.

이런 꿈이 우루무치에 갈 때까지 이어졌다. 우루무치에 간 뒤로 다시는 꿈속에서 옥수수 도둑을 만나지 않았다.

나는 내가 이미 그를 떨쳐냈다고 믿었다. 나는 그곳에서 멀리 떠나 있었다. 그는 다리를 절뚝거리니 이렇게 먼 도시까지는 달려오지 못할 것이다. 온다고 해도 나를 찾아내긴 힘들 것이다. 다른 한편으로는 내가 진정으로 어른이 되었다고 느꼈다. 여전히 그 다리 부러진 남자만큼 건장하지는 않지만 그만큼 나이를 먹었고, 게다가 해를 거듭할수록 그의 나이를 훌쩍 넘어설 것이다(꿈속에서 그는 줄곧 그때 그 나이, 마흔몇 살 아니면 쉰 살 같은 모습이었다).

세월이 흐른 어느 오후, 길을 걷고 있는데 한쪽 다리가 갑자기 아파왔다. 별안간 다리가 내 것이 아닌 것, 모르는 것이 되었고 내 몸은 그것을 있는 힘껏 밀어내고 찢어내서 내버리려는 것만 같았다. 나는 몸에서 무슨 일이 일어나는지 알지 못했다. 그러나 조만간 뭔가 잘못되겠다 싶었다. 그토록 많은 길을 달리고 그토록 많은 곳을 걸었으니 진즉에 다리 한쪽이 부러졌어야 했다. 다만 나는 다리가 망가지는 일이 이런 기분인지 몰랐다. 그것은 온몸에 영향을 미쳤다. 제대로 서 있을 수가 없어 주위를 둘러봤지만 길에 아는 사람이 하나도 없었다. 몇 년간 내가 날마다 보아온 거리의 사람들이건만 한 명도 알지 못했다.

전봇대를 짚고 잠시 서 있는데 온몸에 식은땀이 났다. 그 다리는 이미 땅을 딛지 못할 만큼 아팠다. 도움을 청하고 싶어도 누구를 찾아야 한단 말인가. 내가 아는 그 사람들은 멀리 황사량에 있는데 말이다. 나는 한쪽 다리를 질질 끌고 절뚝거리며 돌아가는 수밖에 없었다. 내 앞으로 어른 하나, 아이 하나가 걸어가고 있었다. 그들은 방금 나를 앞질렀다. 아이는 일고여덟 살쯤 되어 보이는데 몇 발짝 걷다가 나를 돌아보곤 했다. 도와주고 싶지만 선뜻 멈추지 못하는 기색이었고, 나를 무서워하는 것 같기도 했다. 내가 걸음을 빨리하면 아이도 걸음이 빨라졌다. 내가 걸음을 늦추면 아이도 걸음을 늦추고 자꾸만 나를 돌아보았다. 이상하다고 느끼면서 계속 걸어가다가 고개를 숙이는 순간, 갑자기 나 자신이 보였다―오래전에 그 옥수수 도둑이 바로 이런 모습으로 나를 뒤쫓고 있었다.

나는 무심결에 고개를 돌렸다. 먼 곳을 바라보았지만 아무것도 보이지 않았다. 거리의 사람들이 새까맣게 흔들리는 모습이 마치 바람 속의 옥수수밭 같았다.

서둘러 몇 발짝 떼는데 또 극심한 고통이 밀려들었다. 건장한 몸 하나가 내 몸속으로 파고들어 내 뼈와 살 틈을 억지로 쑤시고 지나가는 느낌이었다.

그 옥수수 도둑이 여태 나를 쫓아와 부러진 자기 다리를 내게 던져주고 멀쩡한 내 다리로 바꿔간 것이었다.

공기 중에 늘어난 한 사람의 숨결

그해에 탕바唐八라는 사람이 세상에 나왔다. 하늘에 떠올랐던 흙이 밤새 내려앉아 많은 것이 무거워지기 시작했다. 지붕, 밧줄, 소달구지, 등불.

나는 날이 밝기 전에 일찌감치 눈을 떴다. 아버지는 좋은 잠은 긴 밧줄 같아서 칠흑 같은 밤을 완전히 묶을 수 있다고 했다. 그런데 그날 밤 내 잠은 또 토막 나고 말았다.

나는 날이 밝아오는 모습을 또 한 번 지켜보았다. 눈을 크게 뜨자 검은 바람이 눈앞을 천천히 지나가고 이어 하얀 바람이 유유히 불어왔다. 사람을 잠들고 깨어나게 하는 것은 색깔이 다른 두 종류의 바람이다. 누군가에게 들은 말이 떠올랐다. 이 마을에는 모퉁이마다 말한마디가 숨어 있지. 내가 뭔가 느낄 때마다 금세 공기 중에 내 느낌을 완벽하게 표현하는 말 한마디가 떠오른다니까.

그때 공기가 잠깐 미미하게 흔들렸다, 너무나도 경미한 한 번의 흔들림이었다. 새가 날개를 파닥이거나 집 옆 도랑에서 물거품이 터지거나 누군가 꿈속에서 한숨을 쉬는 흔들림과는 달랐다. 공기 중에 갑자기 한 사람의 숨결이 늘어난 느낌이었다. 한 사람이 늘면 이 세상의 공기는 다시 한번 새롭게 분배된다.

꿈속이었다면 이를 알아차리지 못했을 것이다. 내 잠이 조금만 더 길었다면 나는 한 사람의 탄생을 놓칠 뻔했다.

꿈에서 본 사람은 우리의 공기를 호흡하지 않아. 날이 밝기 직전에 꿈에서 깨어났는데 역시나 누군가에게 들은 이 말 한마디가 베갯머리에서 나를 기다리고 있었다.

나는 가만히 누워 있었고, 하늘에서는 흙이 내려앉고 있었다. 나는 다른 한마디를 듣고 싶었다. 많은 것이 무거워졌다. 한참을 누워 있으니 수탉이 울고 나귀가 울고 개가 짖었다. 내가 감지한 한 사람의 탄생에 관해서는 아무 말도 나오지 않았다.

어쩌면 사람이 태어나는 것은 평범하고 사소한 일이라 굳이 한마디 보탤 필요가 없는지도. 닭이 울면 충분할 테다. 나귀가 울고 개도 짖었으니 차고 넘칠 테다.

그런데 그날, 마을에서는 설을 맞이하듯 한 사람의 탄생을 맞이했다. 아침 댓바람부터 마을 남쪽 끝에서 북쪽 끝까지 폭죽 소리가 울렸다. 오줌 누러 나가보니 길가에서 두 사람이 폭죽을 나르고 있었다. 남쪽부터 시작해 나무들을 폭죽으로 줄줄이 이어놓았다. 붉은 밧줄처럼 마을을 가로지른 폭죽은 북쪽 끝까지 이어지고도 한 토막이 남았다. 잇따른 폭죽 소리에 개는 겁을 먹어 제집에서 나오지 못하고, 나무는 부르르 떨면서 나뭇잎을 우수수 떨어뜨렸다.

탕 씨네가 딸 일곱을 낳은 끝에 드디어 아들을 얻었대. 아침 먹을 때 어머니가 말했다. 오늘은 멀리 가지 마라, 맛있는 게 있으니까.

오랫동안 이 마을에서는 이토록 성대하게 한 사람을 맞이한 일이 없었다. 탕 씨네는 양 여덟 마리를 잡고 마당에 커다란 솥 여덟 개를 걸어놓고 점심에 온 마을 사람을 초대해 대접했다. 사람들은 저마다 그릇과 젓가락을 챙겨왔다. 집 안에 앉을 자리가 없어 마당에 서야 했고, 마당이 붐비자 길에도 서고 담에도 쭈그려 앉았다. 개가 사람들 틈을 이리저리 돌아다니며 사람이 뜯고 남은 뼈를 차지했다. 닭은 사람 발치를 맴돌며 입에서 흘리는 반찬 찌꺼기와 밥알을 기다렸다. 날이 저물 때까지 식사가 이어졌다. 솥과 그릇이 보이지 않을 즈음에야 사람들이 하나둘씩 흩어지기 시작했다.

또 몇 년이 지나(13년 아니면 8년 같은데 확실히 기억은 못 하겠다), 역시 동트기 직전의 밤에 그 사람이 조용히 죽었다. 공기가 또 미미하게 흔들렸지만 나는 깨지 않았다. 꿈에서 나는 사막으로 땔나무를 하러 갔다. 눈 덮인 모래언덕이 선명히 보였다. 저 멀리 무수한 모래언덕 너머에 있는 땔나무가, 싹사울나무의 검푸른 가지와 잎이 똑똑히 보였다. 내 소달구지는 순식간에 그곳에 가 있었다.

그때 나는 꿈속에서는 일을 해도 농기구가 닳지 않고, 물건을 잃어버려도 날 밝기 전에 멀쩡히 돌아온다는 걸 잘 알고 있었다. 꿈속에서는 소도 기운이 다하는 법이 없었다. 나는 한 수레씩 한 수레씩 땔나무를 실어 집으로 돌아왔다. 꿈속의 나는 사막에는 땔나무가 많지 않다는 걸, 땔나무가 있는 곳이 점점 멀어져 무수한 모래 더미를 넘어가야 한다는 걸 잘 알았다.

잠에서 깨어난 순간, 입으로 들이마신 공기가 조금 많아졌음을 느꼈다. 동이 트기 시작했다. 나는 자랐고, 더 많은 공기와 더 짙은 햇살이 필요했는데 누군가 제때 그것들을 내게 주었다. 나는 한 사람이 숨을 멈추었음을, 이 세상의 공기가 또 한 번 새로이 분배되었음을 내 꿈속에서 알게 됐다.

내가 조용히 누워 있으니 마을도 조용했다. 조금 있으면 울부짖는 소리가 들리겠거니 생각했다. 그것은 몇 년 전 그 떠들썩했던 경사의 메아리였다. 사람들이 자리를 뜨기도 전에 지나가버린 일처럼 그것은 너무 일찍 되돌아왔다.

이곳에서는 사람이 기침하는 소리, 소가 음메 우는 소리, 개 짖고 벌레 우는 소리마다 멀리서 또렷한 메아리가 돌아온다. 모든 사람과 사물은 저마다 자신의 그림자가 햇빛 아래 천천히 몸을 뻗어 보이지 않는 머나먼 곳까지 길게 뻗어나갔다가 다시 천천히 발뒤꿈치로 돌아오는 모습을 볼 수 있다.

그러나 그날 아침, 들려야 할 그 울음소리는 끝내 들려오지 않았다. 소를 몰고 나갔다가 돌아왔지만 마을은 여느 때와 똑같이 조용했다.

저물녘에 어머니가 알려주었다. 탕 씨네 바보 아들이 어젯밤에 죽었다고, 탕 씨 일가는 아무 소리 없이 조용히 실어가서 묻어주었다고.

류얼이라는 바람

나무가 해를 가리고 담장이 바람을 막는다. 담장은 바람에게 익숙하지 않은 존재다. 담장은 늘 바람의 다리를 걸어 바람이 휘청거리고 비틀거리며 마을을 지나가게 만든다. 대지보다도 나이가 많은 바람이지만 고작 몇십 살짜리 흙담에 걸려 넘어지기 일쑤다.

바람도 걸핏하면 담장을 무너뜨린다.

집을 짓고 담을 쌓고 나면 서둘러 꼭대기에 올라가지 않고 일단 가만 놔둬야 한다. 사람은 멀찍이 떨어져 불어오는 바람을 맞게 놔둔다. 동풍도 서풍도 다 맞고 나서야 사람은 마음 놓고 거리낌 없이 담장 곁에 서 있을 수 있다. 그렇게 세워진 담장 안에서는 오랜 세월 동안 여러 세대가 살아갈 수 있다.

우리가 가장 두려워하는 것은 새로 지은 집과 새로 쌓은 담이다. 새 담벼락에는 뿌리가 없다. 마을에 새로 온 사람들과 마찬가지다. 우리와 똑같이 마을을 돌아다니고 말하고 일해도 사실 그들의 발밑은 불안정하다. 타지에서 온 낯선 사람이라는 것이 한눈에 보인다. 그들은 한 발짝 걷고 길 한 번 보고, 이리저리 두리번거리고, 바람이 불지 않아도 휘청거린다. 이곳에 오래 살아서 발밑에 뿌리가 생긴 우리와는 다르다. 우리의 이 발은 오래전의 그 발이 밟은 자리를 확실하고 견고하게 밟는다. 오래전의 그 발자국은 이미 땅을 2미터나 파고들었다. 우리가 밟아서 평평하게 만든 두둑과 구덩이, 우리가 땅에 떨어뜨린 침과 머리카락―우리가 일찍이 잃어버린 것들이 우리를 땅에 단단히 뿌리 내리게 했다.

흙담도 똑같다. 담장이 땅에 서는 그 순간, 담의 아랫부분이 한 치한 치 땅속으로 파고들기 시작해 담장의 뿌리가 된다. 담장은 해마다 낮아진다. 반 미터 높이의 흙담을 얕보지 말라. 2미터 높이의 태반이 이미 땅에 박힌 것이다. 이때에 이르면 담장은 다시는 쓰러지지 않는다. 개가 펄쩍 뛰어넘고 사람이 훌쩍 넘어간다. 누구나 담장의 머리에 올라설 수 있지만 담장의 깊이에 이를 수 있는 자는 아무도 없다.

오래된 담장은 노인과 같아서 마을에서 자신의 명예와 지위를 누린다. 만약 오래된 담장이 쓰러지려 한다면, 담장이 서쪽으로 분명히 기울어 있다면, 다들 이 담장이 내일까지 서 있지 못할 거라고 말한다. 사람들은 담장에서부터 2미터 떨어진 곳에 검댕으로 선을 하나 그어놓고, 선 밖에 멀찌감치 서서 바라본다. 손을 써서 담장을 넘어뜨리는 이는 없다. 담장이 언제 넘어지느냐는 담장의 일이다.

담장이 줄곧 꼿꼿이 서 있었더니 지겨워져서 한동안 기울어져 있어야겠다, 하는 것일 수도 있지만 아무래도 확실치 않다. 담장이 정말로 쓰러지려 한다 해도 담장의 마지막 몸부림과 고집에 우리는 간섭하지 않는다. 사람이 죽으려 할 때 우리가 옆에서 가만히 지켜보듯이, 죽음이 자신의 시간과 방식에 따라 천천히 찾아오기를 기다리듯이 말이다. 어차피 죽을 사람이니, 하고 떠밀거나 몽둥이로 머리를 내리치는 것은 안 될 일이다.

서쪽으로 기운 담장이 서풍한테 억지로 막으라고 하여 쓰러지지 않고 버티는 모습을 본 적이 있다. 동쪽으로 휜 나무는 동풍이 억지로 나무 꼭대기를 서쪽으로 돌려놓았는데, 그 나무는 몸통이 세 번이나 구부러져 꺾인 끝에 지쳐 죽고 말았다. 서풍과 동풍은 대지에서 기량을 겨룬다. 서풍이 불어와 담장을 무너뜨리고 나무 몇 그루를 휘어놓는다. 동풍이 지나가면서 지붕을 뒤집고 풀 몇 더미를 흐트러뜨린다. 서풍도 동풍도 이 마을을 대수롭지 않게 여긴다. 그건 우리도 마찬가지다. 서풍과 동풍이 다 지나가자 황사량이 이 모양이 되었다. 내가 이 모양이 되었다—모든 나무가 바람이요, 모든 사람이 바람이요, 모든 담장이 바람이요, 모든 개와 모든 개미가 바람이다. 영원토록 불어나가지 않고, 하늘에 닿지 않고, 아무도 겪지 않을 이들 미약한 바람 가운데 류얼이라는 바람이, 어느덧 30여 년을 불어온 바람이 있다.

3부

이생의
증거

오직 고향뿐

너의 단단한 황갈색 토양을, 소금기를 띤 물과 건조하고 따뜻한 공기를 나는 잘 알고 있다. 나는 너의 하늘에 있는 모든 구름과 밤마다 머리 위에 떠 있는 별들을 안다. 너의 너울진 들판에 있는 모든 생명을 알고, 모락모락 피어오르는 저녁연기 속에서 이야기하는 목소리와 소가 음메 우는 소리와 문 열리고 닫히는 소리를 알고…….

황사량에서, 저녁 햇살처럼 사라졌던 내 눈빛은 이튿날 아침이면 또다시 마을을 비춘다. 먼지 사이로 흩어졌던 웃는 얼굴과 목소리는 한 알 한 알의 씨앗이 된다. 사라질 때 나는 해마다 끊임없이 생장하는 너의 윤회 속으로, 최초의 환상과 환희로 가득한 너의 태내로 또다시 돌아간다. 돌아감이라, 만약 두 번째가 있다면, 두 번째가 정말로 있다면 나는 여전히 너의 그곳에서 시작하리라─밀과 옥수수가 또다시 자라나듯이, 사과와 풀씨가 또다시 맺히듯이, 등골나무꽃과 월계화가 또다시 피어나듯이 너는 나를 다시 태어나게 한다.

내 어머니 고향이여, 내가 삶의 저편으로 사라질 때 나는 달리 갈 곳이 없다. 그저 그곳, 너에게로 돌아갈 뿐이다─나에게는 천국이 없다, 오직 고향이 있을 뿐.

한 사람이 돌아오다

마을 한가운데 큰길에 불쑥 나타난 나는 얼떨떨하다. 오랫동안 이 길을 줄곧 오가다가 이 순간 문득 어른이 된 나를, 늙어가는 나 자신을 본 것마냥 망연자실한 모습으로 큰길에 서 있다.

많은 것이 없어져 헐벗은 마을은 아무래도 황사량 같지 않다. 하늘도 뭐가 많이 사라진 듯 텅 비어 있다. 나는 큰길 한쪽을 따라 북쪽으로 걸어간다. 허물어진 낡은 집을 지나가다 걸음을 멈추고 살펴보니 멍자오孟照네 집이다. 그들은 어디로 갔을까. 곧 지려는 해는 아직 집의 반절 높이에 걸려 있다. 이때의 해는 내 또래 사람처럼 마주서서 손을 내밀기에 평화로이 비치는 저녁 해의 손을 다정하게 맞잡을 수 있다. 오래전에 나는 이곳의 햇빛 줄기와 손을 맞잡곤 했다. 나는 하루하루의 해가 어느 갈대 사이에서 떠오르는지, 어느 느릅나무 옆으로 떨어지는지 다 안다.

공기 중에 누런 흙먼지가 자욱하다.

일찍이 한 사람이 일으킨 흙먼지는 그가 돌아오자 천천히 떨어져 그의 발밑과 몸에 내려앉는다. 개는 한 마리도 만나지 못한다. 개 짖는 소리도 들리지 않는다. 사람이 누군가를 부르는 소리도 없다. 마치 갑작스레 멈춰버린 하루 같다. 머리에 흙이 잔뜩 내려앉은 것처럼 머리가 좀 무거워진 느낌이 든다.

무언가 하나라도 나를 맞으러 나와야 하는데. 닭 한 마리, 나귀 한 마리라도. 하지만 아무것도 없다. 그저 흙먼지만 천천히 떨어져 내릴 뿐이다. 마을 밖 황야로 떨어지는 해는 멀리 타향으로 떠나는 것처럼 얼굴을 홱 돌린다. 그에게 외면당한 나는 좀 서글퍼진다. 이런 황혼 속으로 한 사람이 돌아온 것은 먼지 한 톨이 떨어지는 것과 똑같다는 생각이 든다.

내 기억에 이 길은 마을을 쭉 질러 북쪽 황야까지 닿아 있었다. 큰길은 마을을 대칭에 가까운 두 갈래로 갈라놓았다. 모래언덕에 서서 마을을 내려다보면 마치 날개를 펼친 새처럼, 언제든 날아갈 수 있는 새처럼 보였다. 그 시절 나는 밤마다 꿈에서 마을 위를 날았다. 마을의 많은 사람도 꿈속에서 날아다닌다는 걸 알고 있었다. 하늘에서 얼굴을 아래로 향하고 다리를 꼬고 발에 헝겊신을 꿴 그들을 자주 만났다. 신발 밑창에 묻은 진흙과 흙이 또렷이 보였다. 닳고 닳은 옆 창과 끄트머리에 난 구멍으로 튀어나온 엄지발가락도 보였다.

밤이 되면 하늘이 붐비고 땅에는 드문드문 놓인 집만 남았다. 우리는 하늘로 날아오를 때 집을 짊어지고 올라간 적이 없다. 하늘에 집이 없다보니 날아다니던 우리는 원래대로 마을에 내려앉는다. 때때로 집도 집 자신의 꿈속에서 다른 곳으로 날아간다는 걸 나는 안다. 집도 우리와 마찬가지로 우리를 데려가지 않는다. 한 마을 사람들이 모두 꿈속에 있을 때 집은 둥실둥실 날아간다. 사람들은 모두 땅바닥에 누워 있고 별빛이 얼굴에 쏟아져내린다. 한 사람이 퍼뜩 깨어나 집 한 채 없는 황사랑을 놀란 눈으로 바라본다.

나중에 새로 온 사람들이 모래 도랑을 따라 나지막한 집을 짓자 마을은 낫 모양으로 바뀌었다. 길은 여전히 마을을 가로질러 지나갔지만 마을 사람들이 꿈속에서 날 수 있는지는 알 수 없었다. 나는 변함없이 밤마다 별이 총총한 하늘을 둥그렇게 날아다녔고, 아래로는 황량한 들판이 펼쳐져 있었다.

　　어느 집에서 외양간을 길에다 지어놔서 길이 구부러져 있다. 새로 쌓은 외양간 벽이 눈에 띄게 우뚝 솟아 있다. 안에 가축은 보이지 않지만 아주 커다란 외양간이다. 벽에서 튀어나온 서까래는 햇볕과 비를 많이 맞지 않아 아직 하얗고 매끈하다. 외양간을 에돌아가는 구간의 길은 푸슬푸슬한 흙만 가득할 뿐 단단하지 않다. 그 길로 돌아가느라 몇 분을 쓴다. 담 모퉁이를 돌자마자 북쪽으로 뻗은 마을 길이 눈앞에 나타난다. 나는 단번에 모든 것을 알아본다―내 꿈에 숱하게 나타난 바로 그 마을 길이다. 20년이 흘렀는데도 나는 길 양쪽에 늘어선 모든 집을 가리키며 그 집에 사는 모든 사람의 모습을 말할 수 있다. 내 모든 소년 시절과 청년 시절이 여기서 흘러갔다.

　　샤오란小冉의 오토바이는 나를 마을에 던져놓고 곧바로 돌아갔다. 이삼일 뒤에 데리러 오겠다는데 이삼일이 정확히 어느 날이람. 물어보려 했지만 길에는 한 줄기 먼지만 남아 있었다.

　　좀 어질어질했다. 점심에 라오사완老沙灣의 면화 가공 공장에서 술을 꽤 마셨다. 샤오란은 공장 회계였다. 샤오란과 공장장 쩡샤오이曾孝義가 나를 초대해 이 일대에서 유명한 다판지大盤雞와 다판위大盤魚 요리를 대접했다.

공장 밖 알칼리성 모래밭에 작은 식당이 간판도 없이 덩그러니 서 있었다. 머리가 천장에 닿을락 말락 한 나지막한 흙집으로 거머번지르한 쑥 더미에 둘러싸여 있었다. 5년 전, 쩡샤오이는 동향 사람들과 함께 이 황량한 모래톱에 면화 가공 공장을 세웠다. 그는 이 일대에서 유명한 '외팔이'였다. 그의 한쪽 손은 공장을 지을 때 기계에게 먹히고 말았다. 그는 남은 왼손으로 나와 악수를 나누고, 여유작작하게 왼손으로 밥을 먹고 주먹을 휘두르고 술잔을 들었다.

서른 살 안팎이던 십여 년 전, 라오사완은 내가 가장 자주 찾던 곳이었다. 이곳에 이를 때마다 나도 모르게 멈춰 서서 한 발짝도 더 나아가지 못했다. 내 친구 여럿이 이 마을에 살았다. 나는 오토바이를 타고 라오사완까지 수십 킬로미터를 달려와 술을 마시곤 했다. 온종일 마시고 밤이 되면 곤드레만드레 잠이 들고, 이튿날 깨면 또 이어서 마셨다.

술을 마실 때마다 나는 마을 북쪽 모래언덕에 올라가 먼 곳을 내다보았다. 그 모래언덕에 서면 황야 너머로 황사량 마을이 어렴풋이 보였다. 풀 높이만 한 나지막한 흙집의 지붕이 살짝 모습을 드러냈다. 날씨가 좋으면 마을 위로 피어오르는 연기도 보였다. 연기는 시든 풀 몇 가닥처럼 미약하게 흔들리다가 사라졌다. 밥 짓는 연기를 보면 나는 마음이 놓였다. 황사량이 여전히 숨을 쉰다는 뜻이니까. 한 마을이 오랫동안 연기를 올리지 않는다면 그 마을은 죽었을 수도 있다.

나는 죽은 마을을 몇 군데 보았다. 그곳에는 아무것도 없었다. 무너진 담장과 벽 몇 토막뿐인데 바람에 반들반들해져 꼭 뼈다귀 같았다. 어느 부서진 벽에는 여태 굴뚝이 서 있는데 멀리서 보면 벽에 사람이 올라선 모습 같았다. 나는 그 벽 옆에 한참을 서 있었다. 벽에

선 굴뚝은 멀쩡했다. 그 굴뚝에서 다시 연기가 피어오르게끔 불을 붙이고 싶어서 한 바퀴 돌아봤지만 마른풀 한 움큼도 찾지 못했다. 아무것도 없었다. 이 죽은 마을은 황사량 서쪽 황야에 있었다. 이름이 뭔지 아무도 모른다. 황사량에 있을 때 나는 꿈에서 늘 이곳을 봤다. 누군가에게 쫓기다 쫓기다 못해 날아올랐다가 이곳의 무너진 담장에 내려앉기도 했다. 땅에는 두꺼운 녹이 겹겹이 쌓인 것처럼 달빛이 가득 깔려 있었다. 담장에서 뛰어내리면 허리춤까지 달빛에 잠겼다. 이따금 마을에 여러 칸이 줄줄이 이어진 거대한 집이 나타나기도 했다. 무심코 발을 들인 나는 문 하나를 밀고 들어가고 또 문 하나를 밀고 들어갔다. 깊숙이 들어갈수록 무서워졌다. 날아서 도망치려고 팔을 뻗으면 바로 지붕에 닿았다. 지붕의 목재는 나무뿌리처럼 이리저리 마구 뒤얽혀 있었다.

술을 마시고 있는데 몸에 솜뭉치가 잔뜩 붙은 사람들이 들어왔다. 식당에 창문이 없어서 한 명씩 들어올 때마다 바람 속에서 문이 열렸다 닫히듯 작은 식당 안이 한 번씩 깜깜해졌고, 이러기를 일고여덟 번 거듭했다. 그들은 옆 탁자에 둘러앉아 닭 한 접시와 사완터취沙灣特曲 두 병을 주문했다.

올해는 면화 판매가 어떤가? 쩡샤오이가 그들과 친근하게 인사를 나눴다.

아, 괜찮아. 작년보다 좀 나아.

돈은 받았나.

받았지.

그럼 맛있게 들어.

나는 고개를 숙인 채 그들이 나누는 이야기를 들었다. 그들은 모두 나를 주시하고 있었다.

류얼이지. 그중 한 사람이 나직이 한 마디 건넸다.

나 천싼위안陳三元이야. 너희 집 뒤에 살잖아. 들어오자마자 알아봤다. 머리가 좀 빠진 것 말고는 달라진 게 없네.

그가 싱글벙글하며 나를 바라보는데 꼭 오래전에 잃어버린 가축을 도로 찾은 표정이었다. 나는 부인할 수가 없어서 솔직히 인정하고 그들과 한 번씩 술잔을 부딪쳤다. 그리고 적당히 마을 일을 물어보았다.

그들 모두 황사량 사람이었다. 식당에 들어서는 순간 알아봤지만 이름을 잊어버려서 뭐라고 불러야 할지 몰랐다. 예전에 나는 황사량의 모든 것의 이름을 알았고 하나하나 부를 수 있었다. 또 이름 없는 수많은 것에 이름을 붙이고 그들이 대답하건 말건 나 혼자 부르곤 했다. 훗날 나는 거의 모든 이름을 잊었다. 내 기억 속에는 그들 본연의 모습이 생생하게 나타났다. 그들의 이름을 잊어버리자 희한하게도 그들을 더 속속들이 알게 되었다. 그 시절에 나는 이름 없는 무언가를 부를 줄 몰랐고, 그 이름들은 그냥 나 혼자만의 것이었다.

류얼, 우리하고 같이 돌아가보자. 너 황사량에 20년이나 안 왔어. 이사 갔어도 네 고향이잖아.

아버님은 예전부터 종종 말수레를 몰고 들르셔.

형님도 자주 오고.

배불리 먹고 마시고 자리에서 일어나기 전에 황사량 사람들이 내게 말했다.

너희 집은 펑싼이 살면서 다 망가뜨렸어. 문루는 작년 가을에 돼지가 쓰러뜨렸어. 집은 한 칸만 남았다. 다른 두 칸은 일찌감치 무너졌어.

그들이 무심코 던진 몇 마디에 갑자기 가슴이 심하게 조여왔다. 술기운이 머리끝까지 확 뻗쳤다.

샤오란, 황사량에 좀 데려다줘. 우리 집을 보러 가야겠어. 그들이 떠나자 더 이상 술 마실 기분이 나지 않았다. 한쪽 벽이 무너진 것처럼 갑자기 내 몸 어딘가가 망가져버렸다.

황사량에 다가가다

나는 줄곧 돌아갈 기회를 엿보고 있었다. 20년 전, 낡은 가재도구와 땔나무와 통나무를 가득 실은 트랙터에 앉은 나는 아른아른 멀어지는 황사량 마을을 보면서 다시 돌아가리라고 생각했다. 그때 나는 이 작은 마을이 내 인생에 얼마나 커다란 의미가 있는지 전혀 몰랐다. 마을은 진흙을 빚듯 나를 빚어 완성시켰다. 내가 진흙 덩어리처럼 이겨져 빚어질 수 있던 그 시절, 마을은 나를 틀에 던져 넣고 마음대로 주물러 류얼이라는 흙덩이를 만들어냈다. 그때 나에게는 다시 빚어질 수많은 기회가 있었다. 내가 성에 안 차면 마을은 짓이기고 물을 뿌려 나를 새롭게, 또 새롭게 만들 수 있었다. 하지만 나는 한 마을이 한 사람에게만 특별히 많은 시간을 쏠 수 없다는 걸 알고 있었다. 한 사람은 평생의 시간을 마을에 쏟아부을 수 있다 해도 말이다. 이제는 틀렸다. 흙덩이는 이미 딱딱해져 모양이 잡혔다. 나는 다시는 다른 사람이 될 수 없다. 심지어 다른 곳의 사람도 될 수 없다. 훗날 나는 많은 곳에 가봤지만, 다른 땅과 다른 사람들 속에서 여러 해를 살아봤지만 그들은 끝내 나를 바꾸지 못했다. 숱한 인생 목표가 허망하고 막막하게 느껴질 때, 나는 황사량이라는 그 마을에 한발 한발 다가가고 있는 나를 알아차렸다.

내 기억에 우리는 우수수 떨어지는 낙엽 소리를 들으며 황사량 마을을 떠났다. 나뭇잎이 하늘 가득 흩날리고, 트랙터가 일으킨 기다란 먼지는 커다란 깃발처럼 동쪽으로 휘날렸다. 나는 그 바람의 색깔을 기억한다. 온통 황금빛이었다. 그 나무들이 바람에 휘어지던 모습도 기억한다. 해마다 가을바람에 휘어지던 모습과 다를 바 없었다. 가을이면 우리는 한바탕 몰아치는 서풍 속에서 들판에 남은 마지막 곡식을 거두어 돌아오고, 마지막 짚을 베어와서 짚가리를 쌓았다. 첫눈이 내릴 때면 밭일은 모두 끝나고 한 해도 마무리되어갔다. 텅 빈 들판에는 방목하는 가축과 쌓인 눈뿐 사람의 일은 아무것도 없었다.

우리는 이번만큼은 이 들판에서의 일을 완전히, 철저히 갈무리했다. 우리는 수십 년의 생활을 버렸다. 우리가 옮겨갈 그곳의 바람은 우리에게 어떤 모습으로 불어닥칠지 알지 못한 채.

트랙터가 마을 밖으로 나오자마자 누이동생 둘이 울음을 터뜨렸다. 어머니는 아무 소리도 내지 않았다. 나는 짐칸 맨 뒤에서 고개를 마을 쪽으로 향하고 누워 있었다. 흘러내리는 눈물을 참을 수 없어 마른풀 한 줌으로 얼굴을 가리고 있었다.

그것은 우리의 두 번째 이사였다.

세 번째 이사도 분명 있을 터였다. 첫 번째 이사는 부모님이 간쑤에서 기근을 피해 신장으로 이주한 것이었다. 간쑤 진타현에서 신장 우루무치까지, 또 사완현성까지 이어지는 그 기나긴 여정에서 어떤 일이 있었느냐고, 지금껏 나는 어머니에게 물은 적이 없다. 어머니에게 속한 기억은 조만간 나에게 전해지리라 믿기 때문이다.

"라오황취 마을로 간 이듬해에 네가 태어났어, 네 아버지가 판 땅

집에서. 신장에 왔을 때 우리는 네 식구였는데 네가 태어나 하나가 늘었지."

오래전에 어머니에게 이 얘기만 한 번 들었다. 나와는 상관없는 일처럼 들려 무심히 듣고 있었다. 어머니가 하는 말은 어머니 자신의 기억이었다. 그때 내가 눈뜨자마자 본 것, 어머니 뱃속에서 듣고 느낀 모든 것이 어떤 모습인지는 아직도 모른다.

"진타에서는 높은 집에 살았는데, 신장에 오니까 무슨 땅굴 같은 집으로 들어갔지. 음침하고 습하고, 그런 깜깜한 굴에서 어떻게 아이를 낳나 싶더라."

"네가 뱃속에서 움직일 때는 느낌이 좀 이상했어. 얘가 벌써 철이 들었구나, 다 아는구나 싶더라고. 네 형을 낳을 때는 아무것도 못 느꼈거든. 네 동생들을 낳을 때도 그런 느낌은 없었고."

"네 아버지가 네 아명을 지었지, 진장쯔進疆子라고. 신장에 와서 얻은 아들이라는 뜻이야. 나중에 다시 제대로 이름을 지었단다, 밝을 량亮 자를 넣어서."

내 기억에 마을 사람들은 나를 류얼이라고 불렀고 지금도 그렇게 부른다. 라오황취에서 황사량으로 이사한 뒤에도 쭉 그랬다. 우리 형은 류다劉大, 남동생들은 류싼劉三, 류쓰劉四였다. 황사량을 떠나지 않았다면 내가 쉰 살, 예순 살이 됐을 때 사람들은 나를 류라오얼劉老二이라 불렀을 것이다.

버려진 길

강물처럼 마을 사이에 박힌 길이 적어도 반 미터는 가라앉아 있다. 내가 있을 때 길은 지면과 같은 높이에 두 줄기 얕은 바큇자국이 있을 뿐이었다. 우리가 이사 가고 나서 길에 커다랗고 무거운 것들이 지나간 걸까, 지금 길을 뒤덮은 흙은 온통 물컹하다. 사실 한 집, 한 사람의 일생보다 크고 무거운 것이 이곳을 지났을 리는 없다는 사실을 나는 잘 안다.

길을 깔아뭉갠 것은 사람이었다.

길이 사람을 닮게 할 때 사람도 길을 닮게 만든다. 흙은 사람과 가축에게 밟혀 공중으로 올라가고 바람에 날려 먼 곳에 내려앉는다. 사람의 머리와 등줄기에 내려앉기도 한다. 땔나무를 짊어진 사람, 풀을 짊어진 사람, 곡식을 짊어지고 오가는 사람은 자신이 평생 가장 많이 지고 다닌 것이 길의 흙먼지라는 사실을 모른다. 특히 비가 내리면 길의 진흙은 발과 발굽에 달라붙어 그것들이 가는 곳으로 따라간다. 이렇게 길은 걸을수록 깊어진다. 양옆에 있는 것이 보이지 않을 만큼 깊어진다. 사람이 걸어 나오지 못할 만큼 깊어진다. 이 길을 가는 사람은 곧 사라진다.

또 다른 길이 지상에 나타난다. 또 다른 사람과 가축이 오가기 시작한다. 역시 영원토록 멀리까지 가지는 못한다. 1리를 가면 1리를 돌아온다.

마지막에는 역시 길 가는 사람이 보이지 않는다.

버려진 길을 본 적이 있다. 옛 마을 터에 있는 길인데 마을 한복판에 긴 도랑처럼 되어 있었다. 그 속에 쑥이 가득 자라고 있어서 들어가보니 허리까지 파묻혔다. 아버지는 그것이 걷기 나쁜 길이라서 칠팔십 년을 버려져 있었다고 했다. 길이 먼저 망가진 것인지 길가의 집들이 먼저 부서진 것인지는 알 수 없었다. 이제 와서 보니까 사람은 모든 것이 끝장난 뒤에야 어쩔 수 없이 떠나는 것 같기도 하다.

내가 황사량에서 쭉 살아간다면, 나 또한 마을 모든 것이 끝내 퇴락하고 마는 모습을 보게 되리라. 삽날은 무뎌지고, 낫날은 구부러진 고철이 되고, 담장이 무너지고 우물물이 마르고, 문짝과 가구가 좀먹고, 벌레는 늙어 죽고 가축은 간신히 숨 쉴 기운만 남은 모습을.

어쩌면 그런 장면을 보지 못할지도 모른다. 한 마을이 완전히 폐허가 되기 전에 많은 사람이 마을에서 늙어 죽을 것이다. 나도 그중 한 사람이 되겠지. 삽자루가 부러지기 전에 병들어 죽는 사람이 있다. 삼끈 뭉치가 가늘어지기 전에 늙어 죽는 사람이 있다. 황사량에 있을 때 나는 나무 한 그루가 굵게 자라기 전에 다섯 명의 죽음을 겪었다. 그 시절 마을에는 모두 32가구, 211명이 살았다. 나는 열세 살이었다. 좀 더 어렸을지도 모르겠지만 가장 어린 사람은 아니었다. 그때나는 내 쪽을 향해 차례차례 줄지어 선 죽음을 보았다.

누군가의 죽음

20년 동안 이 들판의 곡식을 먹지 않았고, 이 땅의 물을 마시지 않았고, 이 하늘의 공기를 마시지 않았다. 그러니 이곳의 일을 전혀 알수 없었다. 나는 내가 잘 아는 것들을 가져갔고, 이 마을의 모든 것은 내가 떠나는 그 순간에 멈춰 있었다.

——바람이 불어오면 그들의 들판은 홀연히 누레졌다가 다시 푸릇푸릇해졌다. 남겨진 사람들의 뜰과 길에 내려앉은 눈 그리고 개 짖고 나귀 우는 소리 속에는 그것을 감지하고 귀 기울여 듣는 사람이 하나 줄어 있었다. 바람은 텅 빈 채 지나가고 땅에는 풀이 무성해지고. 해가 떨어지고. 해가 떠오르고.

나는 그저 그 뒤로 일어난 두 가지 일밖에 모른다. 누군가 죽고, 누군가 태어나고.

나에게 사람들의 죽음을 알려준 사람은 왕뎬이었다. 그가 말했다. 평푸구이가 죽었어. 장진보張金保도 죽었어. 너희 집 뒤에 살던 절름발이 한 씨도 죽었어, 처마에서 떨어진 흙덩이에 맞아 죽었지.

왕뎬은 단숨에 죽은 사람 여럿을 말해주었다. 내가 물어본 것이 아니었다. 어쩌면 그는 내가 그들을 찾아가지 않게끔 죽은 사람들을 알려줘야 한다고 생각했는지도 모른다.

2년 뒤에 다시 왔을 때는 왕뎬도 죽었다, 마당에 버려진 나무에 걸려 넘어져.

나하고 이야기할 때 왕뎬은 집 옆에서 반쯤 자란 느릅나무 몇 그루를 가지치기하려던 참이었다. 그는 낫을 쥐고 고개를 쳐든 채 어느 가지를 자를지 결정을 못 내리고 한참을 보고만 있었다. 그 사이에 나무가 또 요만큼 자란 것만 같았다.

"들어가서 이야기하지." 그가 정중하게 권했다.

그의 무너져가는 집에 들어갈 엄두가 나지 않았다. 나는 밖에 있자고, 여기가 시원하다고 말했다. 우리는 담장 옆 느릅나무 아래 쪼그려 앉아 이야기를 나누었다. 몇 안 되는 가지와 잎새가 드리운 작은 그늘은 두 사람이 앉기에 충분했다. 왕뎬이 어느 가지를 베고 어느 곁가지를 자르기로 결정을 내린 건지는 알 수 없었다. 아무튼 방금 전에 왕뎬이 손을 놀렸다면 한 사람은 햇볕 아래 앉아 있을 것이다.

왕뎬네 집은 예전보다 훨씬 낮아져 있었다. 벽의 절반이 땅속으로 들어갔다. 집이 수십 년간 한 자리에 서 있으면 땅을 몇 자 가라앉히는구나 싶었다. 사람이 평생 한 곳을 걸으면 땅에 구덩이가 패듯 말이다.

많은 집이 자신의 무게 때문에 한 해 한 해 땅속으로 꺼져든다. 문과 지붕이 하루하루 낮아져 처음에는 사람이 고개를 쳐들고 드나들지만 나중에는 허리를 굽혀야 한다. 많은 사람이 늙어서 허리가 굽고 다리가 휠 때까지 산다. 사람이 곧게 뻗고 싶지 않아서가 아니다. 머리 위 지붕이 짓눌러서 그렇다. 하늘마저 사람을 짓누르기 시작한다.

사람이 무슨 방법이 있겠나, 억울해도 그렇게 살아갈 수밖에.

　나는 외지고 황량한 마을을 숱하게 지났고 쓰러져가는 집도 수없이 보았다. 금방이라도 무너질 것 같던 그 흙집들은 한 해 한 해 버티고 있다. 몇 년 뒤에 다시 가봐도 여전히 그렇게 무너져가는 모습일 것이다. 그저 벽에 금이 몇 개 더 가고 지붕에 구멍이 몇 개 더 뚫려 있을 뿐이다. 그 집 사람들의 삶 또한 버티기 힘든 지경이지만 그렇게 하루하루 이어지고 있다. 집은 여전히 낡아빠진 채 버티고 있다. 사람도 변함없이 그렇게 곤궁하게 살아간다. 아무 일도 일어나지 않는다. 집, 사람, 초목과 가축 모두 절망 속에서 고생스레 견뎌나갈 따름이다.

　왕뎬네 집은 어느덧 수십 년을 힘겹게 버텼다. 우리가 황사량을 떠날 때 이미 다 낡아 위태위태했는데 지금은 한층 심각해진 상태였다. 뒷벽에 사선으로 생긴 커다란 틈은 고양이가 못 들어오게 해진 담요로 막아놓았다. 옆벽은 바깥으로 눈에 띄게 기울어 있었다. 처마는 절반은 축 늘어지고 나머지 절반은 서까래 위로 쳐들려 있었다. 지붕이 이미 심하게 내려앉았다는 뜻이었다. 내가 안으로 들어갈 엄두를 못 낸 것은 집이 갑자기 무너질까 겁이 나서였다.

　집은 어차피 무너지겠지만 아무 이유도 없이 무너지지는 않는다. 집은 무너지더라도 벽과 서까래가 부실하기 때문이라고 여겨지지 않도록 기회를 잡으려 하고 이유를 찾으려 한다. 집이 무너지면 벽은 못 버텨 쓰러지고 서까래도 못 견뎌 부러지지만 말이다. 바람도 이유가 되고, 비도 이유가 된다. 땅강아지와 개미와 좀도 이유가 된다. 그런데 아무래도 이 집은 이런 이유들이 마음에 들지 않는 듯했다. 집은 더 적당한 구실을 기다리고 있었다. 한 사람이 더 들어오면 그때 무너지려 하는지도 모른다. 이 집은 본래 왕뎬네 가족 일곱 명을 담고 있었다. 내가 들어가서 집 안에 한 사람이 더 늘어나고 한 사람이 더 숨을 쉬면서 움직이면 곧 무너질 듯했다.

이 마을의 무언가가 누군가를 기다리며 한 해 한 해 보낸다는 사실을 나는 알고 있다. 담장, 담장 위의 흙덩이, 통나무, 길의 구덩이와 두둑, 겨울과 여름, 양, 연기와 찐빵이……

남들은 평생 수레가 뒤집히는 일 없이 그 길을 걸었는데 왕청王成은 길을 가다 수레가 뒤집혀 다리 한쪽이 끌채에 눌렸다. 안간힘을 쓴 끝에 벗어나자 수레에 실려 있던 땔나무가 모조리 그에게 쏟아졌다. 왼쪽 바퀴는 구덩이에 빠지고 오른쪽 바퀴는 두둑에 걸려 자연스레 뒤집힌 것이었다. 그 구덩이와 두둑은 끝까지 그를 기다렸다. 그것들은 다른 누구도 아닌, 오로지 왕청만을 위해 준비되어 있었다.

담장에 깔려 죽은 천린콴陳林寬은 그때 마흔 살이었다. 그를 짓누른 담장은 황사량에 80년을 서 있었다. 그전에는 마하오馬號의 담장이었는데 높고 튼튼해서 오후마다 마을 노인들이 모여들어 햇볕을 쬐곤 했다. 천린콴은 거기 앉아 햇볕을 쬘 시간도 없었다. 그는 일곱 자녀를 키우는데 맏이는 열다섯 살, 막내는 막 걸음마를 뗐다. 아이들을 먹이고 입히느라 그는 사시사철 바빴다. 그의 가족은 모래 도랑 근처에 있는 낮고 작고 낡은 두 칸짜리 집에 살았다. 그 시절에 나는 언제나 천 씨네 맏이 천자이陳窄와 어울려 놀았다. 천자이의 머리는 아주아주 좁다랗고 길쭉해서 머리가 아니라 꼭 기다란 조롱박 같았다. 태어날 때 머리가 끼어서 그렇게 됐는지도 모른다. 우리는 그를 자이터우窄腦頭*라고 부르며 놀려대곤 했다. 머리가 좁고 길다보니 얼굴에 이목구비가 영 어색하게 배치되어 있었다. 턱은 너무 길고 이마는 너무 허전했다. 눈과 코 사이가 너무 멀어 서로 뚝 떨어져 보였다. 코가 유난히 길다 해도 한복판에 서서 눈썹과 입을 잘 이으면 보기 좋을 수 있다. 그런데 좁고 긴 얼굴에 이상하게 짤막한 코가 달려 있고 콧구멍은 하늘을 향해 있었다. 한참이 걸리긴 했지만 나는 끝내 그 머리에 익숙해졌고, 익숙해지니까 보기 싫지 않았다. 내가 보았던 수많은 머리 가운데 자이터우의 머리는 외따로 솟아 있다. 그 좁고 긴 머리로 훗날 자이터우는 자신을 그런 모습으로 자라게 한 황사량을 어떻게 기억할까. 어쩌면 완전히 다른 모습일지도 모른다. 그 머리가 기억하고 생각하는 사람, 집, 나무와 양, 길은…… 완전히 다를 것이다. 그것은 다른 사람은 아무리 엿봐도 알 수 없는 그만의 황사량일 것이다. 자이터우는 그 기억을 그 좁은 머리에 담아 떠났다.

자이터우 일가는 천린관이 담벼락에 깔려 죽은 그해 가을에 황사량을 떠나 내지의 고향으로 돌아갔다. 황사량에서 태어난 자이터우는 내지의 고향이 어떤 모습인지 알지 못했다. 자이터우는 가기 싫어했지만 그의 어머니는 기어이 가려 했다. 그해 서른일곱 살이던 자이터우 어머니는 일곱 자녀를 이끌고 모래 도랑을 따라 내려왔다. 맏이인 자이터우는 커다란 보따리를 메고, 가장 어린 남동생은 어머니에게 안기고, 다른 형제자매는 저마다 크고 작은 보따리를 안고 있었다. 자이터우의 누이동생은 작은 걸상까지 안고 비틀비틀 불안하게 걸어갔다. 많은 사람이 대문가에 서서 그들을 지켜보았다. 마을 사람

---

* '좁은 머리'라는 뜻이다.

모두 그들이 고향으로 돌아간다는 사실을 알고 있었다. 누군가는 소소한 물건을 건네고 누군가는 몇 마디 덕담을 건넸다. 자이터우 어머니는 내내 울면서 황사량을 떠나갔다. 품에 안긴 남동생도, 걸상을 안고 가는 누이동생도 울고 있었다.

자이터우는 울지 않았다. 열다섯 살인 그 애는 집안의 어른이 되어 있었다. 나도 열다섯 살이었다. 자이터우가 우리 문 앞을 지날 때 나는 담장에 붙어서서 그들을 지켜보았다. 자이터우는 나를 보지 않고 우리 담장 옆에 서 있는 버드나무를 보았다. 뿌리부터 꼭대기까지 쭉 훑어보는데 무슨 뜻인지는 알 수 없었다.

몇 년 뒤에 그 버드나무를 베려다가 문득 자이터우가 떠올랐다. 나는 그때 그가 했던 대로 뿌리부터 꼭대기까지 쭉 훑어보았다. 아버지와 형이 옆에서 다른 나무를 베고 있었다. 나는 이 나무는 내가 베겠다고 말했다. 그러고는 고개를 젖히고 한동안 나무 꼭대기에 눈길을 고정했다.

또다시 고개를 젖혔을 때, 그 자리에는 아무것도 없었다. 하늘은 텅 비어 있었다. 베어 넘어뜨린 버드나무는 큰길에 누워 있었다. 나무 끝이 길 건너 한싼네 담장에 닿을 듯 말 듯했다.

원래 왕덴은 그 느릅나무 몇 그루가 서까래감으로 자랄 때까지 기다려 새집 두 칸을 지을 계획이었다. 그렇게 여러 해 동안 조금씩 모아둔 서까래와 도리가 벌써 수십 개였다. 모두 집 옆에 있는 양 우리 속에 풀로 잘 덮어 감춰놓았다. 그는 진즉부터 집을 지을 생각이었다. 그러나 마을 부자들이 아무도 집을 짓지 않는 바람에 그도 보조를 맞출 수밖에 없었다.

"그들이 다 이사 가면 나는 커다란 집을 지을 거야."

왕뎬은 펑싼처럼 황사량에서 오래 살아야 할 운명이었다. 그는 마을 바깥에 친지가 없었다. 다른 사람들은 어떻게든 이사 갈 생각뿐이었다. 그들은 100킬로미터 밖 사완현성에 돈을 맡기고, 농한기가 되면 부리나케 달려가 여기저기 친구와 친척을 찾아 부탁하며 현성이나 도시 근교로 이사하려 애썼다.

해마다 겨울이면 나갔다 돌아온 사람들이 살기 좋은 곳을 찾았다고 공언하곤 했다. 성 근처인데 조금만 걸으면 성안이라고. 친척이나 친구가 잘 연결해줬다고. 그곳은 자신들을 원한다고, 호적을 내줄 거라고. 이듬해 농작물을 거두고 나면 떠날 거라고 했다.

이듬해 겨울, 그들은 더욱 부러워할 만한 소식을 가지고 돌아왔다. 친구나 친척이 더 좋은 지역에 연결해주었다고, 현성 안이라고, 집도 훌륭하고 대문 앞은 반질반질한 큰길이라는 것이었다. 그들은 농사를 그만두고 내년 가을걷이를 마치는 대로 성에 음식점을 열 생각이라고 했다.

실제로 몇 집이 떠났다. 우리 집, 장젠궈張建國네 집, 리수예李守業네 집, 펑쯔쥔馬志軍네 집이 차례차례 사완현성으로 이사했다.

더 많은 사람은 여전히 해마다 소원을 빌고 있었다.

왕뎬은 황사량을 뜰 생각을 해본 적이 없었다. 황사량을 떠나 어디를 간다는 생각조차 못 해봤다. 그에게 장래가 촉망되는 아들이 있었다면 그도 마을 밖으로 나가 열심히 사람들을 만났을 것이고, 언젠가 이사하게 됐을 수도 있다. 그러나 왕뎬의 아들들은 그와 똑같이 축 처진 채 사시사철 죽어라 마을에 들러붙어 있었다.

심지어 왕뎬은 자기 자식보다 이 느릅나무에 더 큰 기대를 품고 있었다. 자식들은 자신과 마찬가지로 평생 땅을 파서 먹고살 팔자였지만, 나무가 훗날 어떤 모습으로 자라 어떻게 쓰일지는 예측할 수 없었다. 어느 나무는 뿌리부터 꼭대기까지 굽은 곳이 없어 서까래로 쓸 만큼 꼿꼿하다. 그러면 베기가 아까워진다. 몇 년 더 놔둬서 도리로, 대들보로 쓰고 싶어진다. 그러나 나무는 결국 구부러지거나 속이 비어 쓸모없어지고 만다.

왕뎬네 집 뒤에는 구부러진 굵은 나무 하나가 버려져 있었다. 누가 베었는지도 모른 채 땅바닥에 몇 년을 누워 있었다. 그사이에 누군가 쪼개서 땔감으로 쓰려고 도끼질을 몇 번 해봤지만 얕은 자국밖에 낼 수 없었다. 또 톱을 메고 지나가던 누군가는 탁자에 모자란 다리 하나를 만들까 해서 반나절을 가늠해보았다. 그는 구부러진 세 군데를 피해 곧은 부분에 선을 긋고 톱질을 시작했다. 반 자 깊이까지 들어갔는데 옹이에 닿았다. 나무의 옹이는 쇠처럼 단단한데 그것은 피해 갈 수 없는 옹이였다. 그는 한숨을 내쉬고는 톱을 거두어 돌아갔다.

그 뒤로도 수많은 사람이 갖가지 목적으로 그 나무에 다가갔다가는 실망한 채 떠났다. 왕뎬은 자기 집 뒤 빈터에 누워 있는데도 그 나무에 전혀 관심이 없었다. 그는 첫눈에 쓸모없는 나무라고 단정 지었다.

나무 곁을 왔다 갔다 하며 숱하게 가늠해보고도 사람들은 좀처럼 포기가 되지 않았다. 이렇게 커다란 나무라면 어디라도 쓸모가 있어야 했다. 그러나 아무리 살피고 살펴도 당최 쓸데가 없었다.

어느 날 오후, 왕뎬은 그 나무를 끌어안고 죽었다. 처음 발견한 사람은 그가 나무를 안고 자는 줄 알았다고 했다. 나무에 구멍이 몇 개 있는데 왕뎬은 두 다리가 꼬인 채 구멍 하나에 엎어져 있고, 나뭇가지 하나에 이마를 박고 있었다. 피가 철철 흘러나왔다.

왕뎬을 묻은 날 한낮이었다. 그의 세 아들이 도끼 세 자루를 휘둘러 그 나무를 난도질해 조각내버렸다. 마지막으로 기름 한 통을 붓고 불을 붙였다. 나무는 사나흘이나 불타고 나서야 말끔히 사라졌다. 다들 왕뎬이 나무에 걸려 죽은 거라고 하니 아들들은 나무에게 복수할 수밖에 없었다. 사실 나는 왕뎬이 나무 앞을 지나갈 때 기운이 다한 것뿐이라고 생각한다. 나무는 핑계일 뿐이었다.

이 땅에 있는 수많은 존재는 하나의 핑계를 찾고, 하나의 핑계를 기다린다. 모든 것을 끝마칠 커다란 핑계를 말이다.

나는 그것들 사이에서 묵묵히 기다려왔다. 10년, 20년을 기다렸다. 그러다가 일어나서 떠났다. 그 집과 나무는 여전히 기다리고 있다. 그 사람들도 알게 모르게 기다리고 있다. 목청껏 울다가 목이 쉬어버린 그 닭도 기다리고 있다. 처마 밑에 걸린 버들 바구니도 기다리고 있다.

아무도 물어뜯지 않는 그 개도 기다리고 있다. 새끼줄 한 타래도 기다리고 있다.

나는 다른 곳에서 기다리고 있다. 또다시 20년을.

집주인이 돌아왔다

우리가 펑쌴에게 집을 판 것은 잘한 일이라고 본다. 그는 집을 함부로 쓰지 않았다. 문 앞의 황폐해진 채마밭을 보니 오랫동안 아무것도 심지 않은 모양이지만 말이다. 갈대와 쑥이 마당에서 뒤섞여 자라고 있었다. 우리가 떠날 때 조금도 뜯어내지 않아 완전했던 담장은 서쪽 길가에만 한 토막이 외로이 남아 있었다. 동쪽에 있던 외양간은 없어지고, 채소 움은 움푹 팬 구덩이가 되어 있고…… 이 모든 일은 자연스레 일어난 것이지 펑쌴과는 아무 상관도 없었다. 사람이 늙는 것이 주위 사람과 딱히 상관없는 일이듯 말이다. 집을 이렇게 변하게 만든 것은 세월이었다.

그날 오후, 나는 퇴락한 마당에 서서 우리 집의 무너진 담장을 하염없이 바라보았다. 펑쌴은 허리를 구부리고 내 곁에 서 있었다. 마음이 불편한 듯 그가 말했다. 나는 하나도 안 건드렸어. 다 스스로 무너진 거야.

이 집과 마당을 잘 지키지 못하고 이 모양 이 꼴로 쇠락하게 내버려둔 것이 많이 미안한 모양이었다.

"외양간은 비에 젖어 쓰러졌어. 원체 벽이 얇았는데 지붕에 짚가리도 안 올리니 모서리를 눌러주지 못하더라고. 비 맞으면 바로 기초가 약해지잖아."

"언제 쓰러졌는데?" 내가 물었다.

"사오 년 전일걸. 밤이었어. 비가 많이는 안 왔는데 쉬지 않고 내렸거든. 밤새도록. 아침에 일어나보니까 외양간이 무너져 있더라. 삼면 벽이 넘어졌어. 내가 소를 안 키웠기에 망정이지, 키웠으면 깔려 죽었을 거야."

"남은 벽 하나는 작년 가을에 무너졌어. 아무도 안 건드리고 바람도 안 부는데, 멀쩡히 서 있다가 갑자기 쿵 쓰러지더라. 땅에 평평히 누운 게 꼭 사람이 밀어 넘어뜨린 것 같더라니까. 사실 건드린 사람은 아무도 없는데."

"채소 움은 한싼네 소가 밟아서 부숴버렸어. 아마 소 다리도 하나 부러졌지."

평싼은 내 뒤를 바짝 따라다녔다. 저택을 지키던 늙은 세입자가 드디어 기다리던 집주인을 만난 모양새였다. 그는 쭈뼛쭈뼛하면서 이것저것 알려주었다. 자기가 돈 주고 이 집을 샀다는 사실은 까맣게 잊은 듯했다.

평싼이 홀로 우리 옛집에서 한 해 한 해 살아간다는 것은 어떤 느낌일까. 모든 물건이 모두 우리가 오랫동안 쓰던 것이었다. 탁자, 구들, 문과 창문, 들보, 땅의 흙까지. 이 낡은 물건들을 평싼이 얼마나 애지중지하며 오래오래 썼는지 훤히 보였다. 그는 물건에 아무런 덧칠도 하지 않았다. 어떤 물건이 사람 손을 오래도록 거치면 닳아서 어떤 색깔이 나온다. 낡은 나무 탁자 가장자리의 그 색깔이, 오래된 나무 의자 팔걸이의 그 색깔이. 처음에 칠했던 색은 다 벗겨지고 속에 있던 나무가 드러난다. 그 나무는 오랫동안 페인트칠 밑에 숨어 있었다. 예전의 나무와 똑같지는 않아도 익숙하고 좋아하고 잘 아는 것이었다. 오랜 세월을 겪은 나무와 오랜 세월을 겪은 사람은 마침내 서로 이해하고 특별한 관계가 된다. 오랫동안 서로 의지하면서 나무의 어떤 성질이 사람의 손금과 몸속으로 스며들고, 사람의 숨결과 마음도 차츰 나무 속으로 배어든다. 그때가 되면 비로소 이런 말이 마음속에서 우러나온다. 이 물건은 내 것이야.

누군가에게 들은 얘기다. 어느 일가족이 다른 사람의 낡은 집을 사서 조부모 세대가 죽고 손자녀 세대가 그 집에서 태어나도록 20년을 살았다. 그들은 그 집이 자기들 소유라는 사실을 의심한 적이 없었다. 그들은 집에 너무나 익숙했다. 진즉부터 집은 자기들 집이었다.

그런데 20년이 지난 어느 날, 원래 주인의 손자가 누렇게 바랜 종이를 들고 찾아왔다. 그는 안으로 들어와서 한참 동안 종이를 들여다보더니, 자기 할아버지가 서쪽 벽 모퉁이에 뭔가 묻었다고, 그걸 파가겠다고 했다. 그 벽 모퉁이에는 빗자루 하나, 아침에 쓸고 아직 치우지 않은 쓰레기가 쌓여 있었다. 쓰레기 옆에는 물통이 놓여 있었다. 그들은 삽 한 자루를 찾아 그에게 건넸다. 그리고 그가 벽 모퉁이 땅속을 1미터쯤 파헤쳐 금 단지를 꺼내는 모습을 멍하니 지켜보았다.

그가 금 단지를 품에 안고 떠나자 그 집 사람들은 갑자기 불안해져서 집 구석구석을 의심하기 시작했다. 그들은 다른 세 모퉁이를 모두 파헤쳐보았지만 아무것도 나오지 않았다. 다시 집 한가운데 뚫린 천창 아래 바닥에 구덩이를 팠지만 나온 것은 황토뿐이었다. 그들은 벽을 의심하기 시작했고, 마당의 오래된 느릅나무도 의심스럽게 바라보았다. 벽에서 진흙이 벗겨질 때마다 얼굴을 들이대고 틈을 자세히 살펴보았다. 충동적으로 벽을 파헤쳐 속에 도대체 뭐가 감춰져 있나 확인하기도 했다. 느릅나무 줄기에도 커다란 구멍이 세 개나 뚫렸다. 귀중한 물건을 나무줄기에 숨기면 나무는 물건을 숨긴 구멍을 천천히 키우고 구멍 입구에 옹이를 만든다는 얘기를 일찌기 들었기 때문이다. 그 결과 가지 두 개가 일찌감치 잘려나갔고, 나무가 스스로 그 자리를 감쌌다. 어찌나 꽁꽁 감쌌는지 세숫대야 굵기일 때 베어진 자리가 물동이만큼 굵어졌다.

나머지 옹이 속에도 아무것도 없었다. 나무는 아무 이유 없이 옹이를 만든 것인데 수상쩍게 여긴 사람이 깊숙이 구멍을 팠다. 거의 나무 중심부까지 이르렀지만 아무것도 없었다.

이 일가족은 이렇게 안절부절못하며 칠팔 년간 집을 들쑤셨다. 곳곳에 그들이 뚫은 구멍과 파헤친 구덩이가 생겼고, 끝내는 집이 너무 어수선해져 살 수 없을 지경이 되었다. 원래 그들은 낡은 집을 허물고 그 자리에 새집을 지을 생각이었다. 그러나 땅속에 뭐가 묻혀 있을지 몰라 여전히 마음이 놓이지 않았다. 결국 그들은 그 집을 버리고 다른 곳에 터를 잡았다.

오래전에 우리도 집에 구덩이를 하나 판 적이 있다. 바깥채 입구에 아버지가 파놓은 것으로 깊이가 1미터가 넘었다. 낮에는 구덩이에 널빤지 두 개를 덮어놨다가 밤이 되면 치웠다. 아버지는 이런 식으로 도둑을 막을 요량이었다. 밤에 문을 열고 들어오던 도둑은 발을 헛디뎌 구덩이에 빠질 테고, 빠져 죽지는 않아도 가족들이 놀라서 깨어날 것이다.

안타깝게도 우리 집에는 밤에 한 번도 도둑이 들지 않았다. 오히려 아버지가 어느 날 저물녘에 옥수수 반 포대를 짊어지고 들어오다 가 널빤지를 디뎠는데 널빤지가 뚝 부러지고 말았다. 아버지는 곧장 구덩이로 떨어졌고, 옥수수 포대에 깔려 옴짝달싹하지 못했다. 우리 는 가까스로 아버지를 끌어냈다. 아버지는 허리를 삐고 다리도 살짝 다쳐 보름을 구들에 누워 있다가 겨우 일어났다.

이 구덩이가 얼마나 대단한지 마침내 알게 된 것이다. 문을 들어 설 때는 반드시 발밑부터 살펴야 한다. 나는 지금껏 이 버릇을 못 고 쳤다. 누구 집에 들어가든, 아파트든 단층집이든 집에 발을 들일 때 는 꼭 입구에 구덩이가 있나 없나 살핀다.

나중에 우리가 좀 더 자라자 아버지는 구덩이를 메웠다. 아버지는 더 이상 도둑이 두렵지 않았다. 아들이 다섯이었다. 열여덟, 열아홉, 스무 살 된 큰 녀석들과 여덟, 아홉 살짜리 어린 녀석들이 구들에 나 란히 누워 있었다. 도둑에 맞서기에는 아들들이 구덩이보다 쓸모도 있고 강력했다.

우리가 천지민陳吉民에게 집을 팔았더라면, 그는 평싼처럼 이 집이 한 해 한 해 퇴락하게 놔두지 않았을 것이다. 천씨 일가는 쉬는 법이 없는 사람들이었다. 오늘은 마당에 돼지우리를 만들고, 내일은 작은 딴채를 하나 짓고, 모레는 담장에 진흙을 덧바를 것이며 대문을 막 고 새로 문을 낼 터였다. 그렇게 되었다면 이 집은 철저히 망가졌으리 라. 나는 차라리 시간이 집을 폐허로 만들기를 바랐다. 다른 사람이 그의 몸에 손대서 옛 모습을 찾아볼 수 없게 되는 상황은 보고 싶지 않았다. 집에는 집 나름의 수명이 있다. 나는 집이 나와 마찬가지로 끝까지 시간 속을 살다가 평온하게 죽었으면 했다.

우리가 이사 가기 전에 천지민이 여러 번 찾아왔다. 그의 생김새는 다 잊었다. 그 무렵 아버지 어머니는 늘 천지민이라는 사람이 우리 집을 사고 싶어한다는 얘기를 했다. 그래서 이름은 기억하고 있다. 기억 속에 아버지보다 머리 하나쯤 작은 그런 사람이 하나 어른 거리기도 한다. 어느 날 오후에 집에 돌아와보니 아버지가 한 남자를 데리고 우리 집을 구석구석, 한참을 보여주고 있었다. 창고까지 열어 같이 들어가보았다.

원래 창고는 외부인이 들어갈 수 없는 곳이었다. 창고 안에는 우리 집의 모든 양식이 들어 있고 농기구와 가죽 제품 따위도 있었다. 이런 물건은 외부인에게 보여서는 안 되었다. 특히나 양식은 그 집의 가장 큰 비밀이었다. 얼마나 있는지 남이 알게 해서는 절대 안 되었다. 창고에는 천창도 없고 창문도 없었다. 지붕에 가까운 높은 벽에 뚫어놓은 작은 통풍구 두 개뿐이었다. 안은 컴컴해서 아무것도 안 보였다. 우리가 어릴 때는 무서워서 들어가지도 못했다. 문에 커다란 철제 자물쇠가 걸려 있고 열쇠는 어머니에게 있었다. 때때로 어머니가 문을 따고 들어가 한참을 더듬어 옥수수나 보리 한 대접을 들고 나왔다. 창고에는 우리 집 1년 치 양식이 보관되어 있었다. 때로는 몇 년 치 양식이 지붕까지 쌓여 있기도 했다. 양식이 얼마 없는 해도 가끔가다 있었다. 그럴 때면 우리는 아껴 아껴 먹으며 이듬해 밀이 익을 때까지 주린 배로 버텨야 했다.

많든 적든 우리 양식은 굳게 잠긴 창고 안에 시커먼 모습으로 쌓여 있었다. 우리 일가족이 긴긴밤에 시커먼 모습으로 누워 있듯이 말이다. 우리의 잠은 양식과 같아서 다른 사람은 아무도 모른다. 우리가 꿈에서 무얼 봤는지 아무도 모르고, 꿈에서 무얼 안 봤는지도 아무도 모른다. 일가족이 은밀히 잠들어 있을 때, 그들이 단순히 살아 있는 거라고 누가 감히 말할 수 있을까. 베어 쓰러진 나무처럼 구들에 들쭉날쭉 누워 있는 그들이 그저 푹 자고 일어나 다시 일하려는 것이겠나. 이렇게 남모를 깊고 아득한 잠에 빠져 있을 때, 한 사람이 구들에서 벌떡 일어나 옷을 챙겨 입더니 꿈결처럼 둥실 날아오른다. 밖으로 나간 그는 휘영청한 달빛에 대낮처럼 훤해진 마을과 들판을 내려다본다.

아버지와 천지민은 오후 내내 흥정을 했고, 날이 저물고서야 이야기가 끝났다. 다섯 칸짜리 큰 집과 두 칸짜리 딴채에 외양간까지 780위안에 팔기로 했다. 아버지는 800위안을 받아내려고 부지런히 혀를 놀렸지만 실패로 돌아갔다.

저녁에 다 같이 등불 아래서 밥을 먹을 때 아버지가 말했다. 그 천지민이란 작자, 어찌나 꼼꼼한지 우리 지붕에 있는 서까래까지 하나하나 다 세어보더라.

"몇 개래요?" 내가 물었다. 우리는 날마다 지붕 밑에 눕지만 서까래가 몇 개나 되는지는 세어본 적이 없었다.

"여든일곱 개래." 아버지가 말했다.

"창고 것은 못 세었지, 너무 어두워서 제대로 안 보였거든. 내가 스무 개라고 하니까 천지민이 안 믿지 뭐냐. 나와서 처마 밑으로 뻗은 서까래 머리를 세어보는데 열다섯 개더라. 사실 두 개는 가짜야, 집지을 때 눌린 거거든. 창고 안이 잘 안 보여서 천만다행이었지, 다 썩었는데. 제대로 봤으면 이 값을 못 받았을지도 몰라."

가장 생생히 기억나는 것은 아버지와 천지민이 바깥채에서 흥정하던 장면이었다.

"지붕에 있는 저 도리만 해도 100위안이 넘어." 아버지가 말했다. "마을에서 내 대들보를 모르는 사람이 어디 있나. 전에 누가 150위안에 사겠다는데도 안 팔았어. 대들보를 뜯어 팔면 200위안은 받고도 남는다고."

그것은 우리 집 지붕에서 가장 굵고 곧은 나무였다. 집 지을 때 아버지는 그 나무를 반들반들하게 다듬어 지붕을 떠받치는 임무를 맡겼다. 집에 들어오면 바로 눈에 띄는 것이 대들보였다.

확실히 그 나무는 우리 집 체면을 많이 세워주었다. 우리 구들에 앉아 수다를 떠는 사람들 태반이 그 나무를 몇 번이고 칭찬했다. 빙 둘러앉아 담배를 피우며 사람이니 가축이니 이런저런 얘기를 나누다 할 말이 없어지면 누군가 고개를 들어 대들보를 보면서 감탄하곤 했다. 몇 번이나 했던 이런 찬탄이었다.

"정말 곧은 들보야."

"어디에 쓰든 좋은 목재지."

"그럼." "그렇고말고." 다른 사람들도 얼른 몇 마디 거들었다. 그렇게 이야기는 자연스레 그 나무에게로 흘러갔다. 그러면 아버지는 얼굴이 환해지고 허리도 쭉 펴졌다. 아버지는 고개를 처들어 그 자랑스러운 호양나무 들보를 끝에서 끝까지 죽 훑어보고는, 그 나무를 얻은 과정을 한껏 부풀려가며 줄줄이 늘어놓았다. 사람들은 담배를 피우며 이야기를 들었다. 아버지는 매번 다르게 말하고 매번 새로운 내용을 보태기 때문에 사람들은 매번 귀 기울여 듣곤 했다. 구들 저쪽 끝에서 신발 밑창을 깁던 어머니만이 아버지의 허풍을 못 참고 몇 마디 야유를 던졌다.

우리 형제들은 구들 아래나 마당에서 놀았고, 때로는 어른들 등 뒤에 앉아 조용히 이야기를 들으며 오후를 보냈다. 휘영청 밝은 달빛과 어스름한 별빛이 보일 때까지 듣는 날도 있었다.

어머니는 그 남자 어른들을 좋아하지 않았다. 담배를 얻어 피우러 온다는 것이었다. 그들은 담배를 가져온 적이 없었다. 담배가 동하면 아버지를 찾아와 책 이야기를 나누고 수다를 떨곤 했다. 아버지가 말이 많아질수록 그들은 신이 났다. 딱히 할 일도 없어 시간을 때우는 것인데 시간이 길어질수록 담배 몇 대를 더 피울 수 있으니 말이다.

"허풍 떠시네." 천지민은 아버지 말을 믿지 않았다. "이 들보가 보기엔 굵고 곧아도 속이 비었을지 누가 아나. 호양나무가 이렇게 굵게 자라면 다 속이 비어 있다고. 막상 뜯어보면 땔감으로밖에 못 쓴다니까."

"하는 말마다 어처구니가 없구먼. 지금껏 이 대들보가 나쁘다는 소리는 들어본 적이 없네. 속이 비었다고? 어디 들어봐, 비었나 안 비었나."

화가 난 아버지는 밖에서 나무 하나를 가져오더니 대들보를 겨누어 힘껏 쳤다. 공허하고 음침한 꿩음이 울렸다. 다들 깜짝 놀라 얼어붙고 말았다. 이 집은 지금껏 이런 소리를 낸 적이 한 번도 없었다. 대들보에서 흙먼지와 풀 부스러기가 구들과 바닥에 우수수 떨어졌다.

결국 천지민네는 우리 집에 들어와 살 복이 없었다. 어쩌면 이것도 다 연분이지 싶다. 이 집은 노총각 펑싼이 홀로 지키다 한 해 한 해 쓰러져갈 운명이었다.

이튿날 천지민이 계약금을 내러 왔다. 그는 아버지와 내가 집 옆에서 있는 버드나무 한 그루를 베는 모습을 보자 못마땅해했다. "집을 나한테 팔기로 했잖아. 이 나무는 다 내 거라고. 어제 세어봤는데 크고 작은 나무 합쳐서 백여든일곱 그루였어. 집을 넘겨받을 때 한 그루가 비는 건 싫은데."

아버지는 한참 동안 어리둥절해 있다가 정신을 차렸다.

"아니, 그게 무슨 소리야. 집을 팔았지 나무는 안 팔았어. 앞뒤에 있는 나무들 몽땅 베어갈 거야."

"나는 이 나무들이 맘에 들어서 집을 산 거라고. 나무가 없으면 500위안도 못 줘."

두 사람은 옥신각신 다투기 시작했다. 결국 아버지는 화가 나서 천지민에게는 안 팔겠다고, 아무리 돈을 많이 줘도 안 팔겠다고 했다. 천지민도 안 사겠다고, 아무리 싸게 줘도 안 사겠다고 했다.

두 사람은 원수지간이 되었다.

두 달 뒤, 온 가족이 황사량을 떠났다. 노총각 펑싼이 이 커다랗고 휑한 집에 들어왔다. 우리는 550위안에 집 전체를 펑싼에게 팔았고, 쓸 만한 나무는 우리가 모두 베어 가져갔다. 집 앞쪽과 양옆 방풍림에 반쯤 자란 작은 느릅나무 몇 그루만 그대로 두었다. 그것은 펑싼에게 남겨진 것이었다. 우리가 나무를 벨 때 펑싼은 줄곧 옆에서 지켜보았다. 우리는 온종일 나무를 벴다. 우리는 해마다 집 주위에 나무를 심었다. 십수 년을 심어왔다. 우리가 처음 이 집에 들어왔을 때 나무라고는 집 앞뒤로 늘어선 두 줄뿐이었는데 지금은 전후좌우에 녹음이 무성했다.

몇 그루 안 남았을 때 펑싼이 다가와 말했다. "이 몇 그루는 더위를 피하게 나한테 남겨줘. 다 베지 마. 너희가 나중에 황사량에 오면

앉을 그늘은 있어야지."

20여 년이 지난 어느 무더운 가을날, 과연 나는 그때 남겨둔 구부러진 버드나무 아래 서 있었다. 그 나무는 우리가 떠날 때와 크기도 모양도 그대로였다. 이렇게 오랜 세월 동안 하나도 자라지 않은 것만 같았다. 듬성듬성한 가지에 드문드문 잎이 달려 그늘이 별로 없었지만 내가 더위를 피하기에는 충분했다.

저녁 한 끼

평싼은 자물쇠를 풀고 찬장에서 쌀 반 대접을 퍼내 손대중해보더니, 다시 손을 뻗어 한 움큼 더 집어 대접에 담았다.

이것은 평싼과 나의 두 번째 저녁밥이었다. 점심에는 라오후老胡네서 한 끼 얻어먹고, 그 김에 마을 호적 명부를 뒤적여보았다. 라오후는 마을의 회계사인데 호적 명부가 그에게 맡겨져 있다.

나는 아궁이 앞에 쭈그리고 불을 피우고, 평싼은 부뚜막 앞에서 허리를 굽히고 바삐 움직였다. 있는 것이 솥 하나뿐이라 밥부터 짓고, 밥이 다 되면 퍼내고 채소를 볶아야 했다.

평싼은 우리가 이사 간 이듬해에 땅을 모조리 다른 사람에게 소작을 주고 해마다 양곡을 얼마씩 받았다고 했다. 농사짓기가 두렵다는 것이었다.

"남들은 농사지을 때 우박이나 강풍이나 병충해를 걱정하잖아. 나는 그런 걱정은 해본 적이 없어. 내 목숨이 가장 걱정이지." 평싼이 말했다. "세상만사 가운데 가장 알 수 없는 게 내 수명이라니까. 벌레가 농작물을 먹어치워도 조금은 남지. 우박과 강풍으로 농사를 망쳐도 다음 계절에 새로 밭을 갈아 씨를 뿌리면 되고. 그런데 밀이 파릇파릇하고 옥수수 잎이 아직 연할 때 내가 갑자기 죽으면 어쩌나, 그게 가장 겁나. 나는 홀몸이잖아. 어느 날에 이번 계절 양식을 정말로 못 먹게 될지 알 수가 있나. 자식 있는 사람은 애들이 뒷일을 맡아서 해주니 조급할 것 없겠지. 나는 내가 알아서 정리해야 돼."

평싼이 마을에서 하는 유일한 일은 어느 집에서 사람이 죽으면 가서 시신을 수습하고 옷을 갈아입혀주는 일이었다. 이 일은 마을에서 오직 평싼만이 할 수 있었다. 죽음에 임박한 사람에게 좋은 말을 해주기도 했다. 요 몇 년 사이에 마을에는 죽은 사람이 단 한 명뿐이었다. 예전에 평싼은 이 일을 할 때 뭔가 받았지만 나중에는 거저 도와주었다. 남이 뭘 주는 것을 그도 원치 않았다.

"내가 죽으면 적어도 스무 명은 와서 도와주겠지." 평싼이 말했다. "그 사람들 뒷일을 내가 다 해줬는데. 그런데 몇 집은 벌써 이사를 가버렸구먼."

평소에 평싼은 혼자 집 안에 있었다. 나가서 담벼락에 기대앉아 햇볕을 쬐는 일도 좀처럼 없었다.

"내가 지나가면 사람들이 피해." 평싼이 말했다. "다들 나하고 얘기하길 겁내, 내가 늘 곧 죽을 사람하고 얘기한다고. 악수도 안 해. 내 손은 죽은 사람을 하도 만져서 음침하다고 싫어해. 사실 내가 죽는 날이 올 때까진 나도 아쉬운 소리 안 해. 그 사람들 손가락 하나 까딱하게 안 한다고."

아궁이에서 검은 연기가 끊임없이 흘러나왔다. 장작개비로 몇 번 쑤시자 갑자기 재와 연기가 왈칵 뿜어져 나왔다. 우리는 기침을 하고 눈물을 줄줄 흘렸다.

"굴뚝에 재가 가득 꼈거든." 평싼이 콜록거리며 말했다. "몇 년 전만 해도 아궁이 연기가 잘 빠졌어. 올라가서 굴뚝을 쑤실 생각은 하지도 않았지. 그런데 이제 재가 잔뜩 껴도 올라갈 수가 있어야지."

"누구한테 올라가서 뚫어달라고 하지 그랬어. 이렇게 연기가 나는데 뭘 어떻게 해." 내가 말했다. "내가 올라가서 쑤셔볼게. 사다리 있어?"

"에이, 관둬, 쑤실 것 없어. 벌써 몇 년을 그냥 살았는데." 펑싼이 말했다. "이제 지붕이 부실할 텐데. 올라갔다가 구멍이라도 내면 겨울을 어찌 나라고. 서까래하고 도리가 아무리 튼튼해도 평생 같이 갈 순 없는 법이야. 네 아버지가 20년을 살던 집이고, 너희 가족이 와서 또 10년 넘게 살았잖아. 내 집이 된 지도 20년이 넘었어. 헤아려보면 이 집도 수명이 다 됐어."

"너희가 살 때 지붕에 무거운 걸 올려놨을 거고, 사람도 걸핏하면 올라가서 밟았잖아. 봐, 지붕이 이미 내려앉아 휘었어. 나는 이제 뭐 두려운 것도 없어. 이 솥 밑바닥은 한동안 멀쩡할 테니 나하고 끝까지 가겠지. 구들도 문제없고, 문과 창문도 그럭저럭 견딜 만해. 아궁이 연기도 어떻게든 나가긴 나가고. 제일 걱정스러운 게 바로 지붕이야. 몇 년은 어떻게든 버티지 싶은데, 나하고 끝까지 가주면 내가 정말 지붕에 절을 한다."

밥이 차려졌을 때 바깥은 이미 칠흑처럼 새까맸다. 밥과 찬이 궤짝에 놓였다. 펑싼은 구들 가장자리에 걸터앉고 나는 낡은 걸상에 앉았다.

"들어, 진수성찬은 아니지만. 배는 찰 거야."

딱 밥 두 그릇을 했다. 펑싼 그릇을 보니 반은 누룽지였다. 좀 된밥이었다. 우리 사이에는 모락모락 김이 나는 배추볶음 한 접시가 놓여 있었다.

"들어, 어서 들어. 기름진 건 없어도." 펑싼이 쉬지 않고 먹으라고 권했다.

불현듯 오래전의 그 끼니(무수한 끼니)가 떠올랐다. 바로 이 집에서, 구들에 네모진 작은 상을 놓고 온 가족이 둘러앉아 있다. 어머니는 부뚜막 가까이에 앉아 이가 나가서 밥을 가득 담은 적이 없는 사발을 들고 있다. 형은 파란 대접을 들고 구들 가장자리에 앉고, 아버지는 구들 안쪽에 자리 잡고 벽에 기대앉는다. 날마다 똑같은 저녁밥이었지 싶다. 탕면, 찐빵. 셋째가 그릇을 들고 밖으로 나간다. "날이 많이 어둡다, 조심해. 눈에다 밥숟가락 넣지 말고." 어머니가 소리친다. 바람이 불어들어 등잔불 그림자가 자꾸만 흔들린다. 누군가 그릇을 내려놓고 가서 문을 닫는다. 누군가는 바깥채에 밥을 푸러 갔는지 쇠주걱이 솥에 부딪치는 소리가 난다.

언제부터였을까, 식구들은 차츰 자기 그릇을 알아보게 됐다. 누가 그릇을 잘못 들고 있으면 곧장 바꾸자고 소리쳤다. 메이쯔의 그릇은 꽃무늬 법랑 그릇으로 가장자리에 땜질이 되어 있었다. 형이 치약 껍질로 때운 것이었다. 옌쯔도 메이쯔와 똑같은 그릇인데 여기저기 깨진 자국이 있었다. 다들 밥그릇을 깨뜨린 적이 있었고, 여러 번 야단을 맞으면서 점점 제대로 꽉 들게 됐다. 아버지 그릇은 두꺼운 사발이었다. 밥 2킬로그램은 족히 담을 수 있는 크고 묵직한 그릇이었지만 어머니는 늘 반만 담아주었다. 나는 회색 사발을 안고 궤짝 가장자리에 기대곤 했는데—세월이 한참 흐른 뒤에도 여전히 이 궤짝에서 저녁 한 끼를 먹고 있다. 그동안 내 삶이 조금도 앞으로 나아가지

않은 것처럼 말이다. 그것은 이 자리에 멈춰 있었다. 내가 돌아오기
만 하면 고스란히 볼 수 있게끔.

수많은 나무

떠나면서 나는 생각했다. 언제 어느 때 황사량에 다시 나타나든 나는 삽 한 자루를 메고 태연스레 사람들 틈에 섞여들 거라고. 예전과 똑같이 길 가는 사람들과 인사를 나누고, 쓰잘머리 없는 말을 나눌 거라고. 스쳐 지나는 가축들과 눈을 맞추고, 삽을 쳐들어 소 엉덩이를 한 대 치고, 다정한 발길질을 당하면 웃으면서 몇 발짝 달아날 거라고. 내가 있어야 할 곳을 알기에 나는 큰길에서 벗어나 잡초로 뒤덮인 작은 길을 따라 나 자신의 밭으로 간다. 남은 일이 여전히 나를 기다리고 있다는 걸 잘 안다. 반만 갈아엎은 밀 그루밭, 끝까지 쌓지 않은 밭두둑, 다른 일 때문에 지체되어 뚫리지 않은 수로…… 삽 한 번 휘두르면 하다 만 그 일들을 이어서 할 수 있다. 그때의 목소리와 웃음꽃을 잇고, 그때의 정분과 사람들의 왕래를 잇고, 그때의 아침과 저녁, 배고픔과 배부름, 손힘과 발힘을 이을 수 있다.

사실 오랜 세월이 흐르도록 나는 이 마을 곁으로 다가올 수 없었고, 예전의 그 삽을 다시 움켜쥘 수도 없었다.

20년 전에 내가 파헤친 흙 한 삽은 이미 다른 사람이 되돌려놓았다.

이 마을은 밑지는 일을 했다. 마을이 그토록 많은 힘을 써서 나를 먹여 키웠는데, 삽을 메고 호미를 휘두를 수 있는, 일을 시킬 만한 사람이 되자마자 나는 엉덩이를 툭툭 털고 그를 떠나 다른 곳에 가서 열심히 일했다.

이 마을에 좀 미안해해야 하는지도.

그 뒤로 오랫동안 이 들판에 농사짓는 사람이 하나 줄어 있었고, 그 때문에 척박해진 땅도 있었다. 길에 바삐 뛰어다니는 사람이 하나 줄었고, 어떤 흙먼지는 다시는 발끝에서 피어오르지 않았고, 그 때문에 적막해진 목적지도 있었다. 마을에 말하는 사람이 하나 줄었고, 어떤 일은 다시는 말해지지 않았다. 황사량에게 이는 얼마나 커다란 손실인가.

그러나 다른 한편으로는, 마을에 밥 먹는 사람이 하나 줄었고, 숨쉬고 물 마시는 사람이 하나 줄었고, 말썽을 일으키고 잔꾀 부리는 사람이 하나 줄었고, 밤마다 꿈을 꾸고 꿈을 진짜라고 여기는 사람이 하나 줄었다. 그 때문에 마을의 생활이 조용하면서도 풍요로워지지 않았을까.

그 시절, 나는 차마 포기할 수 없는 어떤 일을 다른 사람에게 맡겼다.

우리가 얼마나 까마득한 계획을 세웠던가—담장을 높고도 두껍게 쌓고, 해마다 집 주위 빈 땅에 나무를 심고, 나무줄기가 삽자루 굵기일 때부터 나무의 쓰임새를 정했다.

이 나무는 나중에 훌륭한 서까래가 될 거야.

좋은 도리로 자라겠는데. 줄기가 꼿꼿하고 균형도 잘 맞아.

그때 가서 잘 자라 있으면 몇 년 더 놔두자, 커다란 재목이 되게 말이야. 별로면 후딱 베어내고 자리를 만들어 다른 나무를 심자.

이 나무는 끌채로 삼자. 딱 적당히 굽었네. 조금 더 굵어지면 우리도 새 달구지를 만들자.

아이고, 이 나무는 망했네. 아무짝에도 못 쓰겠어. 심을 때는 그렇게 꼿꼿하더니 어째 자랄수록 윗부분이 휘어지지. 꼭 뭔가 피하려는 것처럼.

날아오는 흙덩이를 피한 걸까? 한번 기울어진 고개는 다시는 똑바로 돌아오지 않는다.

아니면 흙덩이가 날아올지도 모른다고, 이 공간이 안전하지 않다고 느꼈는지도 모른다. 그래서 나무는 어쩔 수 없이 고개를 기울이고 몸을 구부리면서 자라는지도 모른다.

나는 줄곧 새에게 눌려서 굽은 거라고 여겼다. 커다란 새. 나무 꼭대기에 내려앉아 밤새 웅크리고 있는 새.

커다란 새 한 마리.

그 새는 줄곧 우리 집을 지켜보고 있었다.

우리 문과 창문을 보고 있었다. 우리 부뚜막과 솥을 보고 있었다.

그날 밤, 밖으로 나간 사람은 아무도 없었다. 개는 잠들었다. 빨랫줄에 널린 낡은 옷이 귀신 그림자처럼 흔들리고 있었다.

달이 떠올랐는지 마당이 대낮같이 환했다.

수레에 놓아둔 삽의 날이 하얗게 반짝였다.

그때 우리는 모두 꿈을 꾸러 갔다. 꿈에서 고향을 떠나 멀리까지 갔다. 새 한 마리가 우리 집 옆 나무 꼭대기에 꼼짝 않고 앉아서 텅 빈 우리 마당을 밤새 노려보고 있었다.

새가 날아가자 나무는 더 이상 고개를 쳐들 힘이 없었다.

우리가 일찌감치 도와줬어야 했다. 나무토막으로 받치고 묶어서 곧게 세워줬어야 했다. 이제 다 틀렸다.

그 나무들은 끝내 우리가 바라는 만큼 굵게 자라지 못했다.

황사량에서의 생활이 막바지에 이르렀다. 구부러진 버드나무 몇 그루만 운 좋게 살아남고 나머지는 우리가 싹 베어갔다. 황사량에서 그들이 성장하는 것도 여기까지였다. 뿌리가 땅속에 남아 있으니 어쩌면 이듬해에 새순이 몇 개 돋을지도 모른다. 소에게 먹히고 아이에게 꺾이지 않는다면 훗날 굵고 무성한 나무로 자랄지도 모른다. 그러나 그건 다 새 집주인 펑싼의 일이었다. 그는 홀몸으로 아들도 딸도 없었다. 펑싼이 우리처럼 나무들이 크고 굵게 자라기를, 앞으로 쓸모 있는 물건이 되기를 바랄지는 알 수 없었다.

내가 기억하는 나무는 오직 잘 자라서 서까래가 되기를 바랐던 그 나무뿐이다. 베어내서 삽자루를 만들었는데 좀 굵어서 깎아냈다. 5년 남짓 쓰고 부러지자 마당에 던져놓았다. 그러고는 다시는 못 봤다. 위안싱궁元興宮의 땅은 황사량보다 단단했다. 파헤치려면 삽도 힘도 많이 써야 했고, 좋은 것이 아예 자라지 않았다. 아버지는 이 마을에 오자마자 후회했다. 우리는 사막 가장자리에서 척박한 산비탈로 터를 옮겼고, 운 좋게 거기서도 결국 나왔다. 위안싱궁은 현성과 제법 가까운 곳으로 20여 킬로미터 거리였다. 위안싱궁 남쪽의 황량한 산에 자리한 더 외지고 궁벽한 몇몇 마을에 비하면 좋은 곳이었다. 황사량은 그 어떤 곳과도 비교할 수 없는 곳, 가장 외지고 머나먼 곳이었다.

다른 한 그루, 일찍이 우리가 도리로 자라기를 바랐던 그 나무는 위안싱궁에 집을 지을 때 서까래로 쓸까 했지만 너무 가늘었다. 나무껍질을 긁어내자 더 약해 보여서 한쪽에 팽개쳐두었다가 나중에 포도나무 지지대로 썼는데, 바람과 햇볕에 몇 년을 시달리자 표면이 헐고 시커메진 데다가 가운데가 눈에 띄게 휘었다. 아무래도 굵게 자라지 못해 무거운 하중을 버티기엔 확실히 무리였다. 현성으로 이사하면서 그 나무를 버렸던가, 가져왔던가. 나는 어느덧 그 나무를 알아보지 못하게 됐을 것이다. 여러 번 이사하면서 우리 나무는 대부분 집 짓는 데 썼고, 구부러진 몇몇 나무는 지금 현성 부근에 있는 집 마당에 버려진 채 땔나무 더미 옆에 누워 하루하루 썩어가고 있다.

이 마을을 남겨두고

이렇게 일찍 황사량으로 돌아올 생각은 없었다. 좀 더 느지막이 올 작정이었다. 좀 더 느지막이. 황사량에는 너무나도 많고 많은 옛일이 묻혀 있었다. 그것들을 너무 일찍 건드리고 싶지 않았다. 일단 내가 그 집과 땅에 다가가면, 내 발이 그 흙길을 밟으면, 거기서부터 내 평생을 돌이켜보기 시작할 테니까. 나는 지난간 세월 속에 자꾸자꾸 깊이깊이 빠져들 테고, 고개를 돌려 미래의 나날을 바라볼 기회는 다시는 없을 터였다.

라오사완에 온 것은 그저 황사량과 좀 더 가까이에서 희미하게나마 그의 소리를 듣고 그의 숨결을 느낄 수 있기 때문이었다. 나는 그 마을을 나 자신에게 남겨두었다. 이생에서는 그에게 함부로 들어가 휘젓지 않을 작정이었다.

나는 자제하려 했다. 그 길을 밟고 그 문을 밀고 그 창문을 열지 않도록…… 내 감각 속에서 그것들은 고요해졌고, 나무는 자라기를 멈추었고, 흙길에는 내가 떠날 때 남긴 발자국이 그대로 찍혀 있었고, 가축과 사람도 그 시절 그 모습 그대로였다. 걷거나 소리쳐도 그 어떤 소리도 숨결도 없었다. 그 대문은 나 한 사람을 위해 영원히 잠기지 않은 채 닫혀만 있고, 나무 창문은 반쯤 닫혀 있고, 나뭇잎은 뜰에 가득 깔려 있고, 바람은 더 이상 그것들을 날려 보내지 않았다.

어느 가을날 저녁이었다. 나는 황사량 동쪽 황야에 서서 황사량을 지나가는 가을바람에 내 몸을 맡겼다. 강굽이를 돌면 마을로 들어갈 수 있지만 그러지 않았다. 황야에서 내가 잘 아는 오래된 느릅나무를 찾아보았다. 뿌리조차 남아 있지 않았다. 뿌리를 파가고 남겨진 구덩이마저 바람에 평평해졌다. 나는 느릅나무가 서 있던 그 자리에 서서 마른나무 밑동처럼 바람을 맞으며 이미 벌거벗은 그 마을을 바라볼 뿐이었다.

이곳의 바람이 너무나 익숙하게 느껴졌다. 오래전에 바람이 이렇게 불어왔을 때 나는 아직 어린아이였다. 세월이 흘렀지만 나는 여전히 아이처럼 처음의 알 수 없는 놀라움과 서글픔과 기쁨을 품은 채 자꾸자꾸 불어오는 바람에 나를 내맡겼다. 바람은 담장의 진흙을 벗겨내듯 단단하게 자란 내 몸에 휘몰아쳤다. 짚가리를 흐트러뜨리듯 내 머리를 헝클어뜨렸다. 나뭇잎을 흔들듯 내 온몸의 옷자락을 펄럭였다. 아무래도 바람은 나를 꿰뚫고 지나갈 작정인 듯싶었다. 나는 마음을 활짝 열고 뼈마디를 하나하나 풀어 마을을 가로지르려는 그 바람이 나를 씨잉 통과하게 했다. 그 순간 나는 눈앞에 있는 마을과 함께 조용히 늙어가는 또 다른 마을 같았다. 황사량은 나를 보지 못했다. 나는 그의 모든 풀과 나무를, 모든 일과 모든 사물을, 그가 알건 모르건 모든 것을 가져가 간직하고 있었지만 그는 알아차리지 못했다. 그는 곧 아무것도 없는 폐허와 그림자가 될 테지만 개의치 않았다.

거의 마을 앞까지 간 적도 있었다. 사귄 지 얼마 안 된 친구의 차를 타고 모래언덕 아래 샤자반커우下閘板口 마을로 친척을 만나러 가는 그를 따라갔다. 우연한 만남에서 이 친구는 내가 사완현성 사람임을 알자 샤자반커우 마을을 아느냐고 물었다. 친척 아저씨가 샤자반커우에 산다고, 역시 간쑤 사람으로 30년 전 기근을 피해 신장으로 왔다고, 통 소식이 없다가 얼마 전에 연락이 닿았다고 했다. 그는 아저씨를 만나러 갈 생각이었다.

　나는 그 마을을 잘 안다고, 나도 가고 싶던 참이니 같이 가자고 했다.

　내가 황사량 사람이라는 말은 하지 않았다. 그는 내가 사완현성에서 나고 자란 줄로 알고 있었다. 나는 이미 농민 같지 않은 모습이었다. 차가 황야와 들판을 지나 황사량에 점점 가까워지자 마음속에서 어린 시절의 정경이 샘물처럼 솟아났다. 하마터면 몇 번이나 입 밖에 낼 뻔했다. 하지만 이런 커다란 비밀은 갓 사귄 사람에게 할 말이 아니라는 생각이 들었다.

　사람에게 고향은 괜스레 겸연쩍은 곳이며, 또 가장 은밀한 곳이기도 하다. 나는 고향을 등 뒤에 감춘 채 혈혈단신으로 강호를 떠돌며 살았다. 세상 어느 곳이든 다니고 거주하고 생활했다. 그곳들은 나의 마을이 아니기에 발자국은 남기지 않았다.

　나는 황사량에서 자란 나무였다. 내 가지가 어디로 뻗어가도, 울타리와 담을 넘어 다른 곳에서 꽃을 피우고 열매를 맺어도 내 뿌리는 여전히 황사량에 있었다.

　그들은 나를 죽일 수도 없고, 나를 바꿀 방법도 없었다.

　그들은 내 가지를 다듬고 가장귀를 자를 수 있지만, 내 뿌리에는 손댈 수 없었다. 그들의 칼과 도끼는 황사량까지 뻗치지 못했다.

누군가와 내가 서로 아무리 오래 알고 아무리 친분이 깊다 해도 그가 내 고향에 가보지 않은(그곳을 알지 못하는) 한, 마음속 깊은 곳에서 우리는 역시 낯선 사이였다.

우리가 탄 차는 쉴 새 없이 덜컹거리며 아지랑이가 피어오르는 초봄의 들판을 지났다. 샤자반커우 마을에 이른 것은 오후 늦게였다. 이곳은 황사량에서 가장 가까운 마을로 3~4리쯤 떨어져 있었다. 나는 이 마을 사람들이 나를 알아볼까 걱정스러웠다. 내 눈에는 그들 모두 친숙했고, 큰길과 낡은 집도 똑같이 익숙했다. 이름은 부를 수 없다 해도 말이다. 그 시절 나는 매일같이 이 마을을 지나 10리 밖 상자반커우上闸板口 마을에 있는 학교에 갔다. 마을 개들도 다 우리를 알아서 길을 막지도, 쫓아다니며 물지도 않았다.

나는 그 친구를 따라 친척 집에 들어가지는 않았다. 나는 큰길에서 내렸다. 아무도 나를 알아보지 못했다. 마을 한복판을 지나면서 아는 사람 여럿과 맞닥뜨렸지만 그들은 나를 힐끗 보고는 그대로 고개를 숙이고 길을 가거나 할 일을 했다. 하얀 개 한 마리가 튀어나와 내 다리를 거의 물 뻔했다. 내가 쭈그려 앉자 개는 몇 발짝 물러났다. 다시 물려고 나에게 덤벼드는 개를 한 노인이 막았다.

"괜찮아요, 어르신." 내가 말했다.

나는 그 노인을 알고 있었다. 그 시절에 매일같이 그 집 앞을 지나다녔다. 마당이 아주 넓고 안에 늘 사람이 북적이는 부잣집이었다. 나는 대문을 지날 때마다 안을 들여다보았다. 그들이 밖을 내다볼 때도 있었다.

노인장은 내 인사를 본체만체했다. 나를 쓱 훑어보고는 고개를 수그려 하얀 개의 목덜미를 쓰다듬었다.

"황사량에 아직 누가 사나요?" 내가 또 물었다.

"낸들 아나." 노인은 개의 귀에 대고 무슨 말을 하는 것처럼 고개를 들지 않았다.

"왕덴은 아직 있나요?"

"있지. 작년 겨울에 갖옷 입고 문 앞을 지나가는 걸 봤다네. 왕덴도 이제 늙었지." 노인은 여전히 고개를 들지 않았다.

나는 또 황사량 일을 이것저것 물었지만 그는 아무것도 몰랐다.

그 마을에는 사람이 잘 없어. 노인이 말했다. 특히 농번기에는 몇 달씩 사람 소리가 하나도 안 난다니까. 뭐 하느라 바쁜지도 모르겠어.

나는 그 마을을 빠져나왔다. 그리고 마을 뒤 모래언덕에 서서 눈앞에 펼쳐진 황사량 마을을 오래오래오래도록 바라보았다. 황사량은 낡아빠진 물건처럼 황야에 팽개쳐져 있었다. 마침 황혼이 내려앉고 있었다. 넓은 들판에 듬성듬성 흩어져 있던 사람과 가축이 마을을 향해 느릿느릿 움직였다. 하루 일을 마치고 집으로 돌아갈 시간이었다. 연기와 먼지가 마을 위 허공에 드문드문 피어올랐다. 사람 말소리, 개 짖는 소리, 문 여는 소리, 삽과 호미 부딪치는 소리가…… 아득하게 들렸다, 오래전처럼 아득하게.

나도 모르게 눈물이 흘러내렸다. 언젠가 그 마을의 와자한 소리 속에 다시금 내 소리 한두 마디를 더할 수 있을까. 음메 소리 뒤에, 문 두드리는 소리 앞에, 아니면 아이를 부르는 어머니의 소리 사이에……

갑자기 그 속에서 내 소리를 듣고픈 갈망이 치솟았다. 더없이 작디 작은 소리라 해도.

내 소리는 이미 그곳에 없다는 걸 알면서도.

바람만 남다

머나먼 곳에서 불어오는 바람 소리를 듣고 싶고, 나뭇잎과 지푸라기가 담벼락에 부딪치는 소리를 듣고 싶고, 소를 매어놓은 느릅나무 말뚝이 하늘을 푹 찌르는 소리를 듣고 싶다.

아무것도 없다.

공기만이 공허하게 달려갈 뿐이다. 아무것도 훔치지 못한 어둠 속의 도둑처럼.

서쪽 한싼네 마당에는 낡은 담벼락 몇 개만 남아 있고, 동쪽 리씨네 집은 잡초 속에 허물어져 있다. 황야에서 황야로 불어가는 바람이 우리 텅 빈 마당을 가로지른다. 바람이 지나갈 때마다 손가락으로 멍청히 헤아리듯 열리고 닫히기를 되풀이하던 대문은 이제 없다. 바람이 불어올 때마다 잡아뜯기고 또 잡아뜯기며 밤새 울어대던, 외양간 지붕에 높이 쌓여 있던 풀 더미도 이제 없다.

바람이 대문을 여는 특유의 소리가 있었다. 그런데 아버지가 밤중에 나가서 대문을 막대기로 받치면 바람은 또 다른 소리를 냈다. 바람이 막히는 소리였다. 바람은 늦게 돌아온 사람이 집에 못 들어가고 있다는 듯이 문밖에서 소리를 질러댔다. 바람이 외치는 소리에 깨어난 우리는 바람이 대문을 다시 열어젖히는 소리, 바람이 씨잉씨잉거리며 마당을 가득 채우는 소리를 들었다. 문을 버티던 구부러진 막대는 바닥에 털썩 쓰러지고 나서는 찍소리도 내지 않았다. 구부러진 막대라 굴러갈 수가 없었다.

아버지가 한밤중에 마당으로 나가던 모습 그리고 바람이 아버지 옷깃을 스치던 소리가 지금까지도 또렷이 기억난다. 허리를 구부린 아버지는 한 손으로 머리에 얹은 모자를 누르고 한 손으로 옷섶을 여미며 바람이 열어젖힌 대문을 닫으러 나갔을 것이다. 바람 부는 밤이면 우리는 나가기 무섭거나 나가기 싫어서 다들 잠든 척을 했다. 나는 구들에 누워 아버지가 마당을 오가는 소리를, 아버지 발걸음이 바람에 날려 나뭇잎처럼 하나둘씩 멀리멀리 날아가는 소리를 들었다.

그런 밤이면 마음속에 늘 어렴풋한 걱정이 깃들었다. 대문이 활짝 열려 있으면 나는 늘 겁이 났다. 아버지가 바람을 무릅쓰고 대문 밖으로 나갈까봐, 큰길을 건너고 한씬네 마당을 지나 서쪽 황야로 자꾸자꾸 걸어가 다시는 돌아오지 않을까봐.

오래전, 세상을 떠난 친아버지는 바로 이런 깊고 깊은 밤에(머지않아 새벽빛이 밝아올 무렵에) 구들에서 혼자 일어나 앉더니 옷을 챙겨 입고 나갔고, 다시는 돌아오지 않았다. 그때 나는 너무 어려서 아버지가 문을 여닫는 소리도, 창가를 지나는 발소리와 가벼운 기침 소리도 듣지 못했다. 어쩌면 들었는지도 모른다. 분명 들었을 거다. 단지 기억 속에서 그 소리들을 분간해내지 못하는 것인지도 모른다.

그 시절, 바람이 불면 여기저기서 온갖 소리가 들려왔다. 땅속에서는 나무뿌리가 빽빽이 얽혀 대지를 이어주고, 나무뿌리 사이로는 더 촘촘한 풀뿌리가 그물처럼 엮여 있었다. 나뭇잎도 서로서로 이어져 있었다. 바람이 불면 잎새가 움직여 다른 잎새를 건드리고 또 다른 잎새가 또 다른 잎새를 건드리고, 잠깐 사이에 천리만리 밖에 있는 잎새까지 도미노처럼 와르르르 움직였다. 그때는 황사량의 아무 나무뿌리에나 귀를 가져다 대면 머나먼 곳에 있는 다른 나무 밑에서 나는 기척을 들을 수 있었다. 그때는 적당히 하나를 붙잡고 있으면 전부를 알 수 있었다.

이제는 그럴 수 없다. 아무것도 못 한다. 큰 나무는 모조리 베이고 뿌리는 땅속에서 썩어버렸다. 풀은 무더기로 말라 죽었다. 땅은 쩍쩍 갈라져 조각조각 났다. 대지의 기척을 감지하게 해주는 그것들은 모두 사라졌다. 남은 것이라곤 바람뿐인데, 바람에도 이제 아무런 내용이 없다.

눈을 감고 길을 걷다

"저건 누구네 외양간이지. 길까지 덮었는데 아무도 신경 안 쓰네."

눈을 감으면 또다시 그 벽이 보였다. 그것이 나를 가로막았다. 예전에 이 길은 마을을 똑바로 지났다. 그것은 북서풍에게 터준 길이었다. 우리는 감히 붙잡아둘 수 없는 것을 잡아두려 하지 않고 길을 내줘서 빨리 지나가게 했다. 그것은 목소리에게 내준 길이기도 했다. 마을 저쪽 끝에서 외친 소리는 금세 이쪽 끝까지 날아와 누군가 대답했다. 칠팔월이면 풀과 밀단을 나르는 수레가 종일 쉴 새 없이 오가는 바람에 길이 반 자나 더 눌렸다. 황사량을 떠날 때 나는 그 길에 내 눈빛을 남겨두었다. 그 눈빛은 밤마다 내가 모르는 어떤 시각으로 나를, 또 내가 겪은 모든 일을 지켜보았다. 때때로 그것이 바람처럼 어렴풋하게 마을 한복판 큰길을 지나가면, 휘말려 올라가는 흙과 잎새와 함께 소달구지를 몰고 가는 내가 보였다. 나는 고개를 숙이고 먼지를 뒤집어쓴 채 오래전에 실어온 밀을 싣고 북쪽으로 향하고 있었다. 때때로 그 눈빛은 가만가만 달빛을 따라가서는 나에게 은빛이 가득 내려앉은 지붕과 나무 끝을, 나무 그늘 아래 농기구가 널려 있는 마당을, 풀 한 줌을 쥐고 담장 아래 멍하니 앉아 있는 언젠가의 나를 보여주기도 했다. 때때로 그것이 눈을 감으면 나는 완전히 낯선 곳에 와 있었고, 어둠에 휩싸여 보이지 않을 때의 모습을 한 무언가를 보았다.

평싼은 동쪽 벽을 보고 눕고 나는 그의 등을 보고 누웠다. 나는 한참 동안 그의 뒷모습을 물끄러미 바라보았다. 평싼은 허리도 다리도 구부린 채 내가 모르는 곳으로 몰래 향하는 모양새로 누워 있었다. 나도 그를 따라 허리와 다리를 구부렸다.

세월이 흐르면 나는 내 등 뒤에 있는 저 벽에서 지금 이 시간의 정경을 돌이켜보게 될 터이다. 내가 서쪽 벽에 남겨둔 눈빛이 절벽 같은 구들장 반쪽에서 모로 누워 잠든 두 남자를, 허리와 다리를 구부린 채 앞뒤로 누워 있는 두 남자를 나에게 보여줄 것이다. 그때 나는 이미 낡고 바랜 밤빛 속에서 그들이 마지막에 어디로 향하는지 볼 수 있을 것이다.

"이치대로라면 길에다 집을 지을 순 없지." 평싼이 하는 말이 꼭 등줄기가 하는 말 같았다. 그는 나를 등지고 있는데도 그가 한 말은 어둠 속에서 내 쪽으로 돌아섰다.

나는 그 발자국들이 밤에 깨어난다는 걸 알고 있었다. 한라오다韓老大가 옛 마을터에 살 적에, 그 집에서 늘 귀신이 나왔다. 그때 한라오다는 아직 어렸고 그의 할아버지가 가장이었다. 대갓집이라 할 만한 집으로 식구는 스무 명쯤 되었다. 세상 두려울 것 없는, 아무도 건드리지 않는 집안이었다. 그러나 밤만 되면 일가족이 잔뜩 겁을 먹고 동쪽 끄트머리 방 한 칸에 모여 밤새 잠도 못 잤다.

밤에 달이 떴다 하면 그 집 서쪽 끝 꼭대기 방에서 인마가 움직이는 소리가 울리기 시작해 밤새도록 그치지 않았다. 달이 유난히 밝을 때면 그들의 그림자까지 보였다. 이리저리 왔다 갔다, 앞 벽에서 나와 뒷벽으로 들어갔다 다시 뒷벽에서 나오고, 영원히 끝나지 않을 듯한 움직임이었다. 나중에 지관을 청해 집을 보여주고 나서야 이 집이 버려진 길에 지어졌다는 사실을 알았다.

지관의 말을 듣자 한씨 일가는 그 집을 허물고 담장도 동쪽으로 몇 미터 옮겨 차지했던 길을 평평하게 만들었다. 그리고 향을 피우고 종이를 태우고 온 가족이 무릎을 꿇고 연신 절을 하며 길 위의 혼령에게 용서를 빌었다. 그 뒤로는 다시는 귀신이 나타나 소란을 피우지 않았다.

길이 오래되면 그 길을 걸어가 떠나버린 사람도 너무나 많아진다. 그러나 발자국은 가버리지 않는다. 발자국은 사람 몸에서 떨어진 나뭇잎이다. 그것은 사람의 몸을 떠나 시간 속에서 홀로 나부낀다. 나부낄수록 멀어지고 또 잠잠해진다.

그곳에는 버려진 오래된 길이 한 토막 있었다. 흙 속에 파묻힌 밧줄 토막 같아서 우리는 그 길이 어디서 뻗어와서 어디로 뻗어가는지 알지 못했다. 그저 길에 찍힌 발자국들이 달빛 환한 밤에 깨어나고, 겹겹이 찍힌 발자국들이 흙먼지 속에서 나부낀다는 사실만 알았다. 아마도 그 길을 걸어간 많고 많은 사람이 먼 곳에서 지난 일을 추억할 것이다. 아마도 많고 많은 발이 꿈속에서 또다시 그 길을 밟을 것이다.

"한동안 이 마을에 지어진 유일한 새 건물이 바로 저 외양간이야. 반 이상을 길에다 지었지." 펑싼이 말했다. "처음에는 사람들도 화를 냈어. 수십 년을 걸어다닌 큰길에 외양간이 불쑥 튀어나와 있으니 사람도 가축도 걸핏하면 벽에 부딪쳤거든. 너도 알잖아, 일하느라 지친 사람들이 저녁에 일 마치고 돌아올 때 눈 감고 졸면서 걷는 거."

"그런데 얼마 안 가서 사람이건 가축이건 아무도 안 부딪치게 됐어. 맹인도 여기까지 걸어오면 모퉁이를 돌아갈 줄 알게 됐다니까. 넓고 넓은 게 땅인데 누가 누굴 막겠어. 몇 발짝 돌아가면 되는 거 아냐, 사람도 가축도."

"게다가 다들 몇 년 살다 떠날 생각이잖아. 그러니까 적당히 사는 거지. 아무도 신경 안 써. 좀 편하자고 외양간을 길에다 지어놓은 그 집 장싼조차 대수롭게 여기지 않는다니까. 한밤중에 귀신이 나올까 걱정도 안 해. 그런데 남들이 무슨 신경을 쓰겠어."

펑싼이 돌아눕자 나도 따라 돌아누웠다. 지붕 아래 반듯하게 누운 두 사람은 마치 묻혀버린 검은 발자국 두 개 같았다. 펑싼과 내가 나눈 이야기는 발자국에서 뻗어나온 두 다리처럼 밤하늘에 똑바로 꽂혔다. 그것은 높고도 머나먼 곳에서 누군가의 몸통, 팔뚝, 머리, 별빛처럼 아득한 눈과 합쳐졌다. 존재하지 않는 그 거인은 칠흑 같은 밤하늘에서 쓸쓸히 걸음을 옮겼다.

힘들게 일해서 피곤한 사람, 일을 하기 전이라 기운이 충분한 사람 모두 고개를 숙이고 눈을 반쯤 감고 길을 걷는다.

아침 일찍 밭에 나가는 사람들은 꿈결에 몽롱하니 삽을 쥐고 있다. 날은 완전히 밝지 않았고 사람도 반만 깨어 있다. 저녁에 일을 마친 사람들은 지칠 대로 지쳐 있다. 마지막 흙 몇 삽은 꿈결에 파헤친 것만 같다. 밤빛이 밀려들고, 뒤따르는 소도 꾸벅꾸벅 졸고 있다. 몸에 흙먼지가 겹겹이 쌓여 솜이불을 덮은 듯하다.

20년 전, 나는 꾸벅꾸벅 조는 사람들보다 먼저 일을 마치고 집으로 돌아가고, 비몽사몽인 사람들보다 나중에 밭에 나갔다. 그들은 이곳을 샅샅이 꿰고 있었다. 길에 구덩이가 몇 개이고 두둑이 몇 개인지 안 봐도 훤했다. 땅속에서 사람이 모르는 작물이 자라나는 일은 결코 없었다. 기껏해야 해마다 밭에서 나무 몇 그루가 사라지고 풀 무더기 한두 군데가 없어질 뿐이었다. 낯선 사람은 더더욱 드물었다. 한두 해 사이에 마을에 송아지 열댓 마리, 새끼 양 수십 마리, 새끼 돼지 대여섯 마리, 아이 두세 명이 태어나는 것은 딱히 새롭지도 않은 일이었다. 머지않아 그들은 부모와 똑같은 모습으로 자랄 테니까.

황사량에서는 서른이 넘으면 눈을 감고도 살아갈 수 있다. 불안하다면 칠팔 년쯤 지나 눈을 떠보면 된다. 무슨 신기한 일이 있을 턱이 없다. 나무는 몇 년 전에 자라기를 멈추었다. 땅속의 물과 양분이 자꾸만 줄어 한 해 한 해 간신히 생명을 부지할 뿐이다. 집은 또 한 꺼풀 진흙이 벗겨져 있다. 사람은 더 늙고 몇 명은 죽었을 테다. 모두 짐작했던 바이다. 장싼이 외양간으로 길을 덮었듯이 누군가 길에 구덩이를 파놓은 일만 빼고는. 외양간을 돌아가듯이 그 구덩이도 금세 다들 능숙하게 돌아갈 것이다.

"반쯤 눈이 먼 지 몇십 년 됐어. 종일 안개에 한 겹 싸인 것처럼 뭘 봐도 흐릿하다. 치료가 된다는 사람도 있더라. 병원에 가서 안개를 긁어내면 똑똑히 보일 거라나. 내가 그런 데 헛돈 쓰겠어. 멀쩡한 눈이라도 딱히 쓸데가 없는데. 괜히 눈을 낭비하는 거지." 펑싼이 이 말을 할 때 우리는 둘 다 눈을 감고 있었다.

눈을 감으면 나는 바깥에 있는 달빛이 내려앉은 마을을, 모든 지붕과 마당을, 모든 이의 운명을 선명히 볼 수 있다. 평싼의 운명도 워낙 빤하기 때문에 그는 굳이 눈을 부릅뜨고 볼 필요가 없다.

나는 눈을 뜨지 않고도 동이 텄다는 걸 알았다.

동쪽에서 수평으로 비쳐오는 아침 햇살이 동쪽 벽에 닿으면 지붕이 삐거덕 소리를 낸다. 아침 햇살은 무척 강하다. 이 벽은 조만간 아침 햇살에 무너질 듯싶다. 벽에 생긴 커다란 틈은 양털과 솜으로 꽉 막아놓았다. 등불로 비춰봐도 보이지 않는 수많은 작은 틈새가 햇살과 바람 덕에 발견된다. 겨울이 다가올 때는 벽을 뚫고 들어오는 옅은 한기가 일찌감치 느껴지고, 봄날 아침 이불 속에 누워 있으면 첫 번째 햇빛의 가느다란 온기를 즐길 수 있다.

이 아침이 밝아오든 말든 나하고는 이미 상관없는 일이 된 것만 같았다. 나는 단지 아침이 왔다는 걸 알게 됐을 뿐이었다. 낮은 밤보다 한층 가뿐하다. 밤빛이 지붕에 내려앉으면 서까래가 삐거덕거린다. 날이 밝고 안 밝고는 서까래하고도 별 상관없는 일이다. 나무에게 낮이 있다면 분명 나무 자신의 마음속에 있을 것이다. 나무의 마음은 하얗다. 나무의 검은 밤은 우리가 그에게 준 것이다. 우리가 이 집에 살 때 이미 검게 그을리고 또 평싼이 살면서 더 검게 그을린 서까래와 도리는 자신과 상관없는 밤이 또다시 찾아왔음을 알 뿐이다. 밤이 떠나갈 때 서까래는 소리를 내지 않는다. 동쪽에서 수평으로 비치는 아침 햇살은 잡초를 뽑듯 지표면에서 밤을 긁어낸다. 지붕에서도 긁어낸다. 서까래와 도리는 더 이상 소리를 내지 않는다. 그들은 이제 새가 내려앉으면 휘어졌다 새가 날아가면 도로 펴지는 부드러운 나무가 아니다. 지붕의 서까래와 도리는 다시는 그렇게 될 수 없다. 짓눌려 휘어지면 휘어진 채로 있다. 짓눌려 부러지면 우지끈 소리와 함께 무너져 내린다. 다시는 탄성을 되찾지 못한다.

내가 황사량에서 10년을 더 살았다면 나도 눈 감고 걸어다닐 수 있었을 텐데, 아쉽게도 그만큼 머물지 못했다. 내 평생에서 가장 오래 머무른 곳, 그의 모든 사람과 모든 가축을 알고 그의 모든 사물을 잘 알던 마을이건만, 충분히 오래 머물지는 못했다.

나는 꽤 긴 세월을 다른 곳에 버렸다. 다른 곳의 햇볕을 쬐며 나이가 들었다. 사실 나는 이 마을에서 늙을 때까지 살 수 있었다. 동쪽 벽에 생긴 틈새를 거뜬히 견딜 수 있었다. 원래 내 몸에 불어야 할 아침 바람도, 그 틈새로 들어와 내 얼굴을 비춰야 할 가느다란 햇살도 이제 평쌴이 독차지했다. 그런 느낌은 그 한 사람만의 것이 되었다. 일찍이 우리 집이던 그 집에서 평쌴은 우리가 느끼지 못한 많은 것을 느꼈고, 나는 질투가 났다.

아버지

우리가 이 집으로 이사 온 다음 해부터 힘든 일이 조금씩 우리 형제들에게 떠넘겨지기 시작했다. 아버지는 너무 일찍 늙은 티를 냈다. 조금만 무거운 물건을 짊어져도 힘든 기색을 비치며 투덜거리곤 했다. 오십이 코앞인데 아직도 이렇게 힘을 써야 해.

아버지는 하루빨리 담벼락에 기대앉아 한가로이 햇볕을 쬐어야 한다고 느꼈다.

어머니는 아버지가 기운 없는 척한다고 여겼다. 겉보기에 아버지는 몸집이 크고 건장하고, 한쪽 팔 힘이 우리 온몸의 힘보다 훨씬 셌다. 한번은 화가 난 아버지가 한 손으로 셋째를 밀쳐 3미터나 날려보냈다. 나는 아버지가 화내는 모습을 두 번 봤는데 모두 셋째와 넷째한테 화를 냈다. 형과 나는 아버지를 별로 무서워하지 않았고 아버지 말을 순순히 따르지도 않았다. 우리에겐 우리 나름의 생각이 있었다. 우리가 이 집에 오는 순간 아버지는 모든 권력을 어머니에게 넘겼다. 뭘 사고 말고는 다 어머니가 정했다. 아버지는 그저 우리와 함께 아침 일찍 일어나 밤늦게까지 일하는 사람 같았다. 날마다 수레를 몰고 밭에 나가는데 끌채에 앉아 있을 뿐 채찍은 거의 쓰지 않았다. 아버지는 우리가 소에게 채찍을 휘두르며 평지인지 험한 길인지 알지도 못하고 내달리는 꼴을 참고 보지 못했다. 아버지는 몇 번쯤 나에게 수레를 몰게 했다. 앞으로 갈 때는 "타이추", 왼쪽으로 꺾을 때는 "아오", 오른쪽으로 꺾을 때는 "와이", 뒤로 갈 때는 "쉬, 쉬"라고 해야 하는데 나는 당황하면 반대로 말했다. 한번은 왼쪽에 흙덩이가 있어서 "와이" 하고 오른쪽으로 돌게 해야 하는데 거꾸로 "아오" 하고 말았다. 그러자 소가 어리둥절한지 걸음을 딱 멈추고 나를 돌아보았다. 순간 민망해진 나는 "와이, 와이" 하고 연신 소리쳤다.

나 혼자 수레를 몰 때는 이렇게 긴장하는 법이 없었다. 사실 소는 알아서 편한 길로 가고 구덩이가 나오면 알아서 피하기 때문에 괜히 걱정할 필요가 없었다. 소는 수레바퀴가 두둑에 걸리고 구덩이에 빠지면 자기가 얼마나 힘들어지는지 잘 알았다.

우리는 황사량에서 소 세 마리를 오래 부렸다. 첫 번째 소는 검은 암소였는데 우리가 이 집에 왔을 때 이미 적지 않은 나이였다. 걸음걸이가 묵직하고 전혀 성질을 부리지 않는 소였다. 아버지는 소가 여덟 살이라고 했다. 여덟 살이면 나랑 동갑인데, 아직 아이 아닌가. 넷째가 말했다. 그러나 소는 십수 년밖에 못 살기 때문에 여덟 살이면 팔지 도살할지 고민해야 했다. 가장 인상 깊었던 것은 검은 암소의 그 순박한 표정이다. 채찍으로 때려도 소는 별다른 반응이 없었다. 몇 발짝 서두르는 듯싶다가 채찍이 멈추면 이내 느려져 유유자적 걸음을 옮겼다. 아버지는 이 느린 움직임에 이미 적응했다. 우리는 그렇지 않았다. 늦으면 땔나무도 풀도 남들이 다 베어갈까봐 마음이 급했다. 말수레나 소달구지가 우리 곁을 쏜살같이 지나가면 참지 못하고 채찍을 들어 "타이추, 타이추" 하고 소리쳤다. 소용없었다. 채찍으로 소 몸을 내리치면 땅바닥을 치는 것처럼 하얀 흙 줄기만 피어오를 뿐이었다. 검은 암소의 몸에는 가로세로 얽힌 채찍 자국이 가득했다. 우리는 소를 때리면서 조금도 마음 아프지 않았다. 소는 이미 아픈 줄도 모른다고, 채찍 몇 대 더 맞는 것은 장작가리에 장작 몇 개비 더 올리는 거나 마찬가지라고 여겼다. 소가 하는 가장 힘든 일은 땔나무를 실어 나르며 수십 킬로미터를 오가는 것이었다. 오르막길이나 험한 길을 맞닥뜨리면 우리도 소를 도와 수레를 끌었다. 우리가 어깨에 밧줄을 메고 몸을 앞으로 기울이면 소는 각별히 힘을 썼다. 소와 우리는 형제나 마찬가지였다. 아무리 끌어도 움직일 수 없으면 소는 목을 길게 빼고 고개를 저으며 음메 음메 울었다. 그 표정이 꼭 아버지가 무거운 자루를 메고 헐떡거리며 투덜대는 것 같았다. 오십이 코앞인데 아직도 이렇게 힘을 써야 해.

한 해가 지나고서야 내 입에서 간신히 아버지라는 말이 나왔다. 아버지는 화가 나면 끊임없이 투덜투덜거렸다. 우리는 늘 아버지를 화나게 했다. 동쪽으로 가라면 서쪽으로 갔다. 한때 우리는 일부러 아버지에게 반항했고, 아버지는 화가 나서 어머니에게 투덜거렸고, 그러면 어머니도 화가 났다. 이 집에서 우리는 한동안 몹시 불편한 나날을 보냈다. 나중에 우리는 자라면서 차츰 철이 들었고, 아버지도 점점 늙어갔다.

나는 줄곧 아버지를 잘 모른다고 여겼다. 우리와 함께 사는, 우리가 아버지라고 부르는 이 남자에게 형언하기 힘든 거리감을 느꼈다. 아버지는 책 이야기, 옛이야기를 잘했다. 그 긴긴 겨울밤에 어머니는 등잔불 옆에서 신발 밑창을 깁고, 우리는 어둠 속에 둘러앉아 아버지가 들려주는 낯선 이야기를 들으며 아주 멀리서부터 조금씩 밝아오는 하늘을 느꼈다. 아버지가 이 집에서 즐거웠는지, 행복했는지

나는 모른다. 아버지는 우리 가족을 이 집에 들인 것을 후회할까. 지금 아버지는 어머니, 막냇누이 부부와 함께 사완현성에 살고 있다. 아버지는 몇 년 전부터 담배를 즐기고 저녁 반주로 술 두 잔을 들곤 했다. 많이 마신 적이 없고, 아무리 떠들썩한 술자리에서도 두 잔만 마시고 일찌감치 일어났다. 나는 아버지를 만나러 갈 때마다 담배와 술을 가져갔다. 그러면 아버지는 담뱃갑을 열어 한 개비 입에 물고 나에게도 한 개비 건넸다. 오래전에 처음 나에게 담배를 건넬 때도 아버지는 이렇게 어색한 웃음을 띤 채 팔뚝을 반쯤 구부렸다 폈다 또 구부렸고, 나는 어쩔 줄 모르고 있었다. 지금 아버지는 담배를 끊었고 술은 더 줄였다. 이제 아버지에게 무엇을 가져다드려야 할지 알 수가 없다. 집에 돌아올 때마다 나는 아버지 곁에 말없이 앉아 있다. 여전히 딱히 할 말이 없다. 아버지는 이따금 내 근황을 묻는다. 오래전 땔나무 수레를 끌고 돌아온 나에게 아버지가 "소는 잘 매놓았냐?" 한마디 물으면 내가 짧게 대답했듯이. 그리고 또 한동안 침묵이 흐른다.

목수

한밤중에 누군가가 무언가를 두드리는 소리에 잠을 이루지 못했다. 바깥에서 시원한 바람이 불었다 멎었다 하는데 마치 대지가 한숨을 쉬는 것 같았다. 두드리는 소리는 높은 허공으로 펄쩍펄쩍 뛰어올랐다가 다시 바람을 타고 미끄러져 내려와 땅에 묵직하게 꽂혔다.

평쌴은 눕자마자 잠꼬대를 하기 시작했다. 어젯밤에도 했던 내용이었다. 그는 꿈속에서 누군가와 이야기를 나누었다. 그가 한마디 하고, 상대방이 한마디 하고. 꿈속의 상대방이 뭐라고 하는지는 내 귀에 들리지 않으니 평쌴이 하는 말도 온전히 이해할 수 없었다. 한참 동안 말이 없던 평쌴이 뭐라 하다가 뚝 멈추었다. 나는 몸을 일으켜 평쌴 얼굴에 귀를 가져다 댔다. 꿈속에서 평쌴의 말을 끊은 그 사람이 무슨 말을 하는지 듣고 싶었다. 집 안은 환했다. 먼지로 뒤덮인, 신문지를 바른 그 작은 창문은 아직 달빛이 들어오게 허락해주었다.

연이틀 밤, 나는 잠들었다 하면 황야에 누워 있는 느낌이 들었다.

평쌴의 꿈꾸는 몸은 머나먼 곳에 가로누워 있었다. 그와 나 사이에는 몇 년을 자란 무성한 잡초가 띄엄띄엄 놓여 있는 듯했다.

꿈은 평쌴의 몸과 얼마나 멀리 떨어져 있을까.

나 또한 잠들어 있는데, 내 꿈은 평싼의 꿈과 얼마나 멀리 떨어져 있을까.

예전에 우리 가족이 오랫동안 잠을 자던 이 구들에 평싼 혼자서 또 오랜 세월을 누워 있었다. 그가 하루하루 이어간 잠은 우리 가족의 잠이 아니었다. 그러나 그가 밤마다 꿈에서 본 것은 모두 우리의 예전 생활일지도 모를 일이다.

그 시절 그 생활이 모조리, 돌이킬 수 없는 꿈으로 변할 때 내가 때맞춰 돌아온 것이다.

바깥이 꿈속의 대낮처럼 환했다. 바람이 땅에 바짝 붙어 불어서 발등을 스쳐가는 바람이 느껴졌다. 바람에 날린 낙엽은 한두 뼘 높이에서 멈춰 있었다. 바람의 힘이 요만큼인 듯했다.

그 두드리는 소리가 나를 문밖으로 불러냈다. 내가 아는 물건을 두드리는 소리였다. 반드시 나가서 봐야 했다. 열한 살이던 그해에, 어느 목수가 나를 데려가서 기술을 가르치고 싶어했다. 그는 자신의 모든 목공 기술을 전수하겠다고 어머니에게 약속했다. 어머니가 나에게 따라가겠냐고 물었다. 나는 아무 생각이 없어서 잠자코 서 있었다.

뚝딱뚝딱 두드리는 소리 속에서 목수는 내가 잘 아는 나무토막과 막대기를 탁자, 의자, 상자로 바꾸어놓았다.

바닥에 누운 내 까만 그림자가 꼭 불에 타서 눌어붙은 나무토막 같았다. 다른 것들의 그림자는 있는 듯 없는 듯 희미했다. 아마 달빛이 밤마다 벽과 나무에 스며들어 그들의 그림자를 흐릿하게 만들었을 것이다. 나는 이곳에서 20년을 머물렀다. 20년 전에 나를 비춘 이곳의 달빛이 내 몸에 거의 스며들려 했지만, 내가 다른 곳에 있을 때 자란 것들이 달빛을 막았다.

온 마을이 고요한 가운데 오로지 그 소리만 울리고 있었다. 나는 이 마을의 무언가가 다른 무언가를 두드리고 있다는 걸 알아들을 수 있었다. 그때 그 목수와는 다른 소리였다. 그는 외지에서 가져온 도끼로 우리 마을 나무를 팼다. 그 소리에는 가시가 돋쳐 있었다. 모르는 개 두 마리가 서로 지독하게 물어뜯는 것처럼 무자비한 소리였다.

오래전 어느 한낮, 아이들 한 무리가 우리 마당에 모여 외지에서 온 목수가 가구 만드는 모습을 구경했다. 그의 공구는 까마반지르한 나무 상자에 들어 있고 상자는 잠겨 있었다. 그는 공구 하나를 꺼내서 쓰고, 다 쓰면 원래대로 상자에 넣어 잠가놓았다. 다른 사람은 하나도 건드릴 수 없었다.

아이들은 목수가 나무에 구멍을 뚫고 막대기들을 토막토막 잘라 가지런히 놓는 장면을 멍하니 지켜보기만 했다. 한 아이가 생각했다. 대패로 저 널빤지를 평평하게 밀면 얼마나 좋을까. 다른 아이가 생각했다. 저 까만 상자를 열고 이 구부러진 나무에 검은 선을 곧게 그으면 참 좋겠는데.

점심때가 되자 아이들은 어른들이 목수에게 따로 만들어준 하얀 찐빵과 고기볶음을 보고 있었다.

크면 나도 목수가 될 테야. 한 아이가 말했다.

나도 상자를 메고 여기저기 다니면서 사람들한테 가구를 만들어줄래. 다른 아이가 말했다.

우리가 컸을 때까지 나무가 남아 있으려나 몰라. 또 다른 아이가 생각했다.

나는 왜 그 목수를 따라가서 기술을 배우지 않고 책가방을 메고 공부하러 갔을까. 제대로 기억나지 않는다.

그 목수는 떠나기 전에 문밖에서 한참을 기다렸다. 어머니가 나를 집 안으로 끌어당겼다. 나에게 가라고 권했는지 가지 말라고 했는지도 잊었다. 밖에 나가보니 그 목수는 막 떠난 참이었다. 그의 발밑에서 피어오른 흙이 미처 땅에 떨어지지 않았다.

그 아이들 가운데 하나는 훗날 정말로 목수가 되었다. 그는 지금 바로 내 앞에서 또 다른 가구를 두들기고, 그의 주위에는 목재가 어지러이 쌓여 있었다. 등불 하나가 초막 꼭대기에 높이 걸려 불을 밝혔다. 나는 그의 이름을 떠올리지 못한 채 담장 밖 어두컴컴한 곳에서 있었다. 아무튼 그는 틀림없이 그 아이들 가운데 하나이리라. 세월이 흐르면 한 마을에는 어릴 적 꿈을 까맣게 잊은 사람이 수두룩해진다. 묵묵히 꿈을 간직한 한 사람도 틀림없이 있을 테고, 그 세대의 생의 첫 염원은 그 한 사람에 의해 실현된다. 그런 염원이 이미 시대에 뒤떨어진 것이 되었다 해도 말이다.

나는 그를 방해하러 가지 않았다.

그는 도끼를 휘두르며 전심전력으로 일했다. 그의 귀에는 자신이 두드리는 소리가 들리려나. 온 마을이 그 소리 속에서 잠들어 있었다. 짐작건대 그는 오랜 세월을 이렇게 뚝딱뚝딱거렸으리라. 그가 두드리는 소리는 개 짖고 닭 우는 소리처럼 어느덧 마을의 일부가 되었다. 그가 그 나무토막을 도끼로 팰 때 마을의 다른 나무토막이 그 소리를 듣고 있었다. 그 대갈못을 두드릴 때는 그가 일찍이 단단히 박아놨지만 지금은 느슨해진 어느 대갈못이 어느 집 귀퉁이에서 미미하게 떨고 있었다.

나는 지금껏 어떤 일을 그와 같은 수준에 이를 때까지 해본 적이 없다. 나와 나이가 엇비슷한 그 사람 앞에서, 나는 쓸모없는 마른나무처럼 한쪽에 가만히 서 있을 수밖에 없었다.

저지대

그 저지대 풀은 장톈이 말끔히 없애버렸지. 펑쌴이 말해주었다.

　황사량에서 가장 무성한 저지대에는 풀과 나무, 갈대, 쑥, 방울가시, 위성류…… 온갖 식물이 족히 수백 묘畝*는 되는 땅에 빽빽이 엉켜 있었다. 겨울에 우리는 들토끼 한 마리를 쫓아 저지대에 이르렀지만 눈앞에서 토끼 발자국이 촘촘한 가시덤불 뿌리를 두세 바퀴 돌아 사라지는 모습을 보고만 있어야 했다. 사람과 개 모두 밖에 서서 소리치고 짖기만 할 뿐 누구도 감히 들어가지 못했다.

　어느 해 겨울, 후무네 검둥개가 여우를 쫓아 저지대로 들어갔다. 그러고는 나오지 못했다. 밖에 서 있는 사람 귀에 개가 가시덤불 속에서 짖어대는 소리가 들렸다. 오후 내내 들려오던 소리는 결국 사라지고 말았다. 사람은 개가 안에서 죽었다고 여겼다. 이튿날 개가 나타났다. 털이 가시에 긁혀 거의 뽑혀나가고 뱃가죽도 찢어져 벌건 상처가 난 데다가 입이며 코며 눈가며 곳곳에서 피가 흘렀다. 그 검둥개는 저지대에서 죽을 고생을 하고 나온 뒤로 지금껏 회복을 못 했다. 몇 년 뒤에 마을에서 그 개와 마주쳤는데 여전히 헬렐레한 모습

---

* 중국식 토지 면적 단위. 1묘는 666.7제곱미터다.

에 그때까지 배털이 제대로 나지 않았다. 그 녀석은 마을에서 유명한 사나운 개였다. 우리 집 검둥개가 그 녀석과 두 번 싸웠지만 다 졌다. 웬만한 개는 그 녀석을 멀리서 보기만 해도 겁을 먹고 달아났다. 한 마을에서 훌륭한 개가 나는 것은 대단한 사람이 나는 것처럼 흔치 않은 일이다. 여러 해, 여러 세대가 걸리는 일이다. 때로는 몇 세대 동안 뛰어난 존재 하나 없이 사람도 가축도 더없이 평범하게 살아가기도 한다. 마을을 걸으며 마주치는 이라고는 멍청한 사람, 게으른 개, 고개도 못 드는 가축뿐이다. 마을의 역사를 들여다보면 상당 기간이 이런 작황이다. 하지만 바로 이런 형편없는 수확에서 빠진 좋은 것이 조금씩 조금씩 쌓여 커다란 것, 대단한 것이 된다. 한 마을에서 보통 사나운 개는 30년에 두 마리, 대단한 인물은 300년에 한 명꼴로 나온다.

그런데 이 훌륭한 개는 한 번의 시련을 이겨내지 못하고 완전히 망가졌다. 대단한 사람이라고 또 무슨 일을 해내겠나. 나는 아마 이 마을의 평범한 시절에 태어났을 거다. 어릴 적엔 마을에 대단한 사람이 참 많다고 느꼈는데 이제 와서 보니 하나도 없다. 게다가 대단한 개 한 마리마저 없어지고 말았다. 아버지는 사나운 개를 해치우려면 허리를 겨눠 몽둥이로 내려치라고 했다. 허리가 부러지면 개는 끝장이라는 거다. 대단한 사람을 처치하려면, 내 생각엔 이런 수고도 필요 없다. 애당초 누구도 손댈 필요조차 없다. 그를 잊은 채 나무토막처럼 이곳에 내팽개쳐두면, 30년이면 끝장낼 수 있다.

오륙 년 전 가을이었지. 펑싼이 나에게 말했다. 저지대 풀이 여전히 빽빽했어. 사람들이 해마다 가장자리의 방울가시를 자르고 들어

가서 갈대를 베는데도 말이야(안에 사람이 발로 밟아놓은 길이 있어서 소와 양이 풀을 뜯으러 들어갈 수 있었다). 초목이 좀 적어진 건 분명한데, 보기에는 여전히 무성했지. 안에 들토끼도 아직 있었고.

가을에 오랫동안 비가 내리지 않았어. 펑쑨이 말했다. 저지대 풀이 누렇게 시들고 바람 한번 불면 갈대 솜털이 휘날려 곳곳에 떨어졌지. 장톈이 남풍 부는 날을 잡아 저지대 풀을 없애려고 불을 질렀어. 꼬박 하룻밤 하루 낮 동안 불길이 치솟아 온 하늘이 시뻘겋게 달아올랐지.

이어 장톈은 트랙터 두 대를 빌리고 보습 다섯 개를 끼워 며칠 동안 저지대를 갈아엎었다. 그 땅을 갈기란 너무나도 힘들었다. 온갖 풀뿌리가 빽빽이 얽혀 두꺼운 양탄자처럼 되어 있었다. 특히 갈대와 위성류 뿌리가 어찌나 깊고도 단단히 박혔는지 걸핏하면 트랙터가 멈추고 보습이 풀뿌리에 걸려 움직이지 못했다.

땅을 갈아엎고 나서도 풀뿌리가 빽빽이 누워 하늘을 찌르고 있으니 여전히 풀이 가득해 보였다. 장톈은 본래 가을에 땅을 잘 갈아놓고 이듬해 봄에 목화를 심을 요량이었다. 하지만 봄에도 아예 씨를 뿌릴 수가 없었다. 밭이 온통 풀뿌리라 씨앗이 땅에 들어가질 않았다. 날이 더워지자 풀이 또 벌 떼처럼 우르르 솟아났다. 방법이 없어 다시 땅을 갈아엎고 갈퀴로 풀뿌리를 긁어내 밭 가장자리에 쌓아 말린 다음 불태웠다. 밭에 제초제를 세 번이나 뿌리고, 물을 댈 때 물꼬에 생석회를 넣어 풀뿌리를 깡그리 죽였다. 3년째 봄이 되자 더는 풀이 자라지 않았다. 장톈은 목화를 심었는데 그 넓고 평평한 땅에서 고작 몇 그루밖에 자라지 않았다. 한 번 더 심어봤지만 이번에도 몇 그루뿐이었다. 게다가 그 몇 그루마저 반쯤 자라다 모두 말라 죽었다.

저 땅은 죽었어. 더 이상 뭐가 못 자라. 펑쌴이 말했다. 풀 한 포기도 안 자라. 벌써 몇 년이 지났는데도 민숭민숭해. 장톈이 헛돈 수천위안을 쓴 거지.

저 저지대 한 곳만 죽었겠어. 내가 말했다. 온 땅이 다 죽은 것만 같았다. 생기라고는 보이지 않고 곳곳이 민숭민숭했다. 가장 왕성하게 살아가는 존재는 마을에 사는 사람들이었다. 듬성듬성하고 맥없는 모습이라도 다들 숨을 헐떡이며 한 해 한 해 살아갔다. 그뿐인가, 아이들도 태어났다.

흙담 한 토막

이곳을 떠날 때 나는 아직 젊었다. 스무 살 남짓이었다. 내가 했던 말을 나중에 누군가 어쩌다 입에 올리기도 했을까 모르겠다. 내가 했던 일은 한 해 한 해 흘러갈수록 마을 사람들에게 무언가 영향을 미쳤으려나. 그 시절 내가 가장 중요하고 절박하게 여긴 일은 무엇이며, 그것을 위해 내 청춘을 얼마나 바쳤을까. 이제 와서 보니, 이곳에 머물 때 내가 마을에 끼친 가장 심원한 영향은 바로 이 비뚤어진 흙담을 쌓은 일이었다.

생각건대 내가 떠나 있던 20년 동안 이 흙담은 날마다 한낮에는 자신의 그림자를 멀리서부터 조금씩 거두어들이고, 오후에는 그림자로 또 다른 방향을 조금씩 뒤덮었을 것이다. 아마도 담장은 이런 일을 했지 싶다. 오전에는 어둠을 모조리 담장 밑으로 거두어들이고, 오후에는 다시 대지의 머나먼 곳까지 뻗어내는 일. 담장의 그림자가 얼마나 멀리 뻗어나가는지는 아무도 모른다. 이른 오후에 그림자 속에는 기껏해야 사람 서너 명에 개 한 마리, 닭 일고여덟 마리가 앉을 수 있다. 늦은 오후가 되면 마을 절반이 그늘에 잠겨 있다. 조금 더 지나면 그림자는 끝도 없이 길어진다. 온 대지가 흙담의 그늘 속에, 또 흙담과 키가 같은 사람 또는 소의 그림자 속에 들어가 있다.

우리는 아침부터 그 담장을 쌓기 시작했다. 그때 넷째는 열한 살, 셋째는 열세 살, 나는 열다섯 살이었다. 거기 있던 울타리는 우리가 더 클 때까지 멀쩡히 기다려주지 않았다. 아래쪽 나뭇가지가 썩어 군데군데 갈라지고 구멍이 났다. 말뚝 몇 개도 불안정해 바람 한번 불면 앞뒤로 흔들리며 우는소리를 했다. 그날 아침에 보니까 울타리가 안쪽으로 기울어 있었다. 어제 오후만 해도 멀쩡하더니 간밤에 바람이 불어닥친 모양이었다. 바람이 처마와 나뭇잎을 흔드는 소리는 못 들었는데 말이다. 아무래도 약한 바람 한 줄기가 울타리를 기울여놓고 달아난 듯했다. 아버지가 쭉 살펴본 다음 다가가서 발로 한번 밀치자 온 울타리가 와르르 쓰러졌다. 울타리 근처에서 자라던 푸성귀 몇 줄까지 깔려버렸다. 우리는 아버지가 바람한테 화가 났구나 싶어 찍소리 않고 울타리로 갔다. 울타리를 일으켜 세우고 말뚝을 더 박아 튼튼하게 만들 요량이었다. 아버지가 말했다. 관둬라, 흙담을 쌓자.

어머니가 아침 먹으라고 소리치고 있었다.

해가 우리 집 땔나무 더미 뒤에서 얼굴을 반쯤 내밀었다. 아버지는 추라오얼네 집에서, 나는 한쓰네 집에서 사다리를 하나씩 메고 왔다. 담장을 쌓으려면 사다리가 두 개 필요하다. 양 끝단에 사다리를 하나씩 세우고, 그 사이에 양쪽으로 곧은 서까래를 네 개씩 나란히 세우고, 밧줄로 감고, 가운데를 흙으로 채우고, 다지고, 그다음 또 서까래를 올리면서 담을 차츰차츰 높여간다.

우리 집 사다리는 나무 한 토막으로 만든 거라서 담을 쌓을 때는 쓸모가 없었다. 1미터 남짓 높이에서 나무가 두 갈래로 갈라지는데 갈라진 곳에 막대 몇 개를 가로로 묶어 발 딛는 곳을 만들었다. 벽에 기대놓으면 물구나무를 선 사람처럼 거꾸로 다리를 벌리고 있어 영

불안정해 보이지만 사람이 떨어진 적은 없었다. 사다리가 좀 짧아서 비스듬히 세우면 길이가 모자라 벽에 바짝 붙여 세워야 했다. 이러면 사다리를 오를 때마다 뒤로 넘어갈까 걱정스러웠다. 또 사다리가 지붕까지 못 닿고 좀 떨어져 있어서 올라가기는 쉬워도 내려오기는 힘들었다. 한쪽 발을 뻗어 몇 번을 딛으려 해봐도 사다리에 제대로 닿지 않았다. 닿고 나서도 휘청휘청 불안했다.

이 사다리를 타고 올라갈 수 있는 사람은 우리 가족뿐이었다. 확실히 그것은 사다리 같지 않았다. 땅을 받치는 부분은 하나요, 벽에 닿는 부분은 두 개이다보니 아무리 봐도 불안했다. 어느 날 점심때였다. 한싼이 아내와 다투는 소리가 들려와 우리는 그릇을 들고 우르르 몰려나갔다. 뭣 때문에 싸우는지는 제대로 들리지 않았다. 싸움에 한창 불이 붙었을 때 한싼이 "못 살아" 하고 외치는 소리와 함께 우당탕 그릇 때려 부수는 소리가 났다. 한싼이 잡히는 대로 솥을 들고 반쯤 차 있는 밥을 아궁이에 쏟아붓자 그을음이 뭉게뭉게 일었다. 한싼은 솥을 들고 길로 뛰쳐나와 빙빙 휘둘렀다. 솥이 우리 지붕에 떨어져 쿵 소리가 났다. 아버지가 언짢아하며 마당으로 뛰쳐나왔다.

"한싼, 너는 못 살겠어도 우리는 살아야지. 지붕 망가지면 물어내라."

해가 뉘엿뉘엿 넘어갈 무렵 마당에서 바람을 쐬고 있는데 한싼이 찾아왔다. 한싼은 아버지에게 사과하고 지붕에 던진 솥을 가져가 밥을 짓겠다고 했다. 한싼의 아내는 들어오기 민망한지 길에 서서 고개만 들이밀었다. 아버지가 말했다. 네가 직접 올라가서 가져가라. 우리 지붕은 3년 동안 비가 샌 적이 없어. 네 솥 때문에 비가 새면 와서 진흙을 발라야 한다. 한싼은 우리 사다리를 자세히 살펴보더니 올라갈 엄두가 안 나는지 뒤를 돌아보며 아들 한쓰와를 불렀다. 쓰와는 내 동생만 한데 두어 번 올라가보려다가 얼른 뛰어내렸다.

"괜찮아, 괜찮아." 우리가 계속 소리쳤지만 그들은 감히 올라가지 못했다. 우리가 자기들을 해치려 든다고 여기는지 우리와 사다리를 번갈아 쳐다보기만 했다.

나중에 쓰와가 자기 집에서 사다리를 메고 와서 지붕에 올라가 솥을 가지고 갔다. 이듬해 가을이 되자 과연 지붕에서 비가 샜다. 그 이듬해 여름, 우리 사형제가 진흙을 바르러 지붕에 올라갔고 아버지도 손을 보탰다. 그때 나는 내가 다 컸다고, 못할 일이 없다고 여겼다.

나는 아버지가 우리를 데리고 담장을 쌓을 줄 알았다. 아버지는 사다리를 땅에 잘 박고, 서까래를 나란히 세워 밧줄로 감은 다음 몇 발짝 물러나 눈을 가늘게 뜨고 여러 번 살펴보았다. 그러고는 한쪽 틀을 두어 번 밟아보고 가운데에 흙을 몇 삽 붓더니, 삽을 내던지고 밭에 갔다.

아버지는 이 일을 우리 형제들에게 맡겼다.

나는 달구질을 하고 셋째와 넷째는 흙을 부었다. 그날 오전에 새로운 담장이 천천히, 힘겹게 솟아올랐다. 우리는 담을 처음 쌓아보는 것이었지만 어른들이 쌓는 모습을 자주 봤다. 그래서 아버지가 가르쳐주지 않아도 서까래를 위로 옮기는 법, 밧줄로 감는 법, 막대기 하나로 줄을 꼬아 단단히 묶는 법을 알았다. 우리는 힘이 달려서 달구질 두 번 하면 달구를 끌어안고 숨을 세 번 몰아쉬어야 했다. 힘이 약해서 튼튼히 다지지 못할까 걱정스러워 모든 곳을 몇 번씩 더 다졌다. 그 결과 이 담장은 정말로 단단하게 쌓아졌다. 몇 년 뒤에 다른 담장이 다 무너지고 나서도 여기만은 멀쩡히 서 있었다. 바람이 불어올 때마다 반질반질하게 닳아 담장이 마치 바위 같았다. 다만 담장 한복판에 뚫린 구멍이 자꾸만 커져서 개가 드나들 수 있게 됐다.

그 구멍은 나와 셋째가 판 것이었다. 그때는 크기는 삽날만 하고 깊이는 담장 반만큼만 파내져 있었다. 작은 도끼를 찾느라 우리는 막 쌓은 담에 구멍을 하나 파야 했다. 담장 높이가 1미터를 넘어 흙 한 층만 더 채우면 마무리가 되는데, 그 작은 도끼가 보이지 않았다.

"담장 속에 넣은 거 아냐?" 나는 셋째를 돌아보았다.

"방금 네가 들고 있었잖아. 어디다 뒀나 얼른 생각해봐." 셋째가 넷째를 노려보았다.

흙더미에 주저앉은 넷째는 기진맥진한 나머지 말할 기운도 없었다. 넷째는 한참 동안 담장을 멍하니 바라보다가 일어나더니 막대기를 들고 발끝으로 서서 담장 한가운데 도끼 모양을 그렸다. 셋째와 나는 한 삽씩 번갈아가며 담장 가운데를 파냈다. 담장 속에 그 작은 도끼가 잠든 것처럼 반듯이 누워 있었다.

우리는 도끼를 파낸 자리를 축축한 흙으로 막고 손으로 꽉꽉 눌렀다. 그런데 흙이 마르자 가장자리에 넓은 틈새가 생기더니 얼마 지나지 않아 구멍을 막은 흙이 떨어져 나갔다. 우리는 더 이상 신경 쓰지 않았고, 일이 년인지 사오 년인지 아무튼 시간이 꽤 흐르자 그 틈새는 결국 구멍이 되었다. 셋째는 고양이가 뚫은 거라고, 검은 고양이가 거기 엎드려 흙을 파는 것을 봤다고 했다. 나는 아니라고, 바람이 뚫은 게 틀림없다고 했다. 내가 처음 그 구멍에 붙어 바깥을 내다볼 때 서풍이 세차게 불어닥쳤다. 양동이만큼 굵직한 바람이 흙을 몰고 구멍으로 들어왔다. 다른 바람도 요란하게 담장을 넘어와서 순식간에 온 마당이 바람에 휩싸였다. 나무가 미친 듯이 흔들리고, 광주리가 이리저리 굴러다니고, 파란 옷이 펄럭이더니 소매가 펼쳐지며 반토막짜리 사람처럼 하늘로 날아올랐다. 나는 담장에 바싹 기댄 채 그 구멍에 달라붙어 있었다. 바람이 구멍을 지나가면 우우웅 소리가 났다. 마치 사람이 입을 동그랗게 해서 먼 곳을 향해 외치는 소리 같았다. 밤중에 구멍으로 바람이 지나가는 소리는 정말 무시무시했다. 딱 사람을 데려가려는 귀신 소리여서 계속 듣다보면 머나먼 곳에 있는 세찬 바람 속으로 걸어 들어갈 것만 같았다.

나중에 나는 가시덤불 무더기로 구멍을 막았다. 뿌리를 안쪽으로, 가시를 바깥으로 향하게 하고 진흙 두 삽을 바르니까 바람 불 때 그런 소리가 나지 않았다. 우리가 이사하던 날, 담장에 쪼그려 앉은 사람들을 보자 비로소 이 마당이 더 이상 우리 것이 아니라는 실감이 났다. 그 담장은 이제 어떤 것도 막을 수 없었다. 사람들이 모두 담장에 기어올라가 있었다. 우리가 이 집에 살 때는 외부인이 감히 담장에 오른 적이 없었다. 담장 위를 넘나드는 것은 오직 바람뿐이었다. 담장에 내려앉아 머물고 쉬는 것은 새와 잠자리뿐이었다.

지금도 잠자리 떼는 변함없이 담장에 엎드려 햇볕을 쬐며 꼼짝하지 않았다. 그들은 이 담장을 쌓은 사람이 돌아온 사실을 알지 못했다.

이 담장이 없었다면, 20년 전 그날의 노동이 없었다면, 이 자리에는 나무 몇 그루와 잡초 무더기가 자라고 있을 것이다. 민숭민숭 아무것도 없을 수도 있다.

내가 어둠을 틈타 이 담장을 옮겨버리면 어떻게 될까. 내일 날아
온 잠자리는 허공에 꼼짝 않고 엎드려 있으려나.

만약 내가 20년 전 그날(그 숱한 세월)의 노동을 거둬들인다면,
내가 손수 마을에 준 것을 마을에서 뽑아낸다면 어떻게 될까. 한싼
네 부엌을 지을 때 쌓은 흙덩이 두 개와 벽에 바른 진흙, 평치馮乚네
들보를 올릴 때 아래서 떠받친 힘, 베거나 심은 나무, 밟아서 평평하
게 다지거나 구덩이를 만든 길, 수확한 밀밭, 밤을 틈타 멀리서 끌어
온 물줄기, 내 입에서 나온 말, 문간 기둥에 매놓은 개, 내가 들이쉬
고 내쉰 숨결, 풀을 베어 배불리 먹인 양과 소를 빼간다면—황사량
이 다른 모습으로 변하지는 않을까.

어쩌면 누군가는 이미 자기들이 준 부분을 황사량에서 빼냈을지
도 모른다. 어느 집은 무너졌고, 어느 길은 더 이상 어떤 곳으로 통하
지 않게 됐고, 들판은 또다시 황폐해졌고, 나무는 사라지거나 죽었
다. 어떤 담장에 틈새와 구멍이 생긴 것은 누군가 자신이 쌓은 그 부
분을 빼갔다는 뜻이다. 그 밖에 다른 사람들의 노동은 비바람 속에
남아 있다. 자신이 황사량에 준 노동을 거둬가지 못한 사람이 더 많
다. 그들이 잊었을 수도 있고, 황사량이 그들을 잊었을 수도 있다.

수천 년이 지나면, 대지에서 수많은 물건을 되찾아가는 사람은 아
무도 없을 것이다.

못 버틴 개들

"개 짖는 소리가 왜 안 들리지?"

개 짖는 소리가 없는 밤은 소금 없는 요리처럼 싱겁기 그지없다.

개는 밤에 말을 한다. 여기저기서 띄엄띄엄 나는 개 짖는 소리가 어둠 속에 외따로 떨어진 인가들을 하나로 이어준다.

낯선 사람이 캄캄한 밤에 황사량에 접근한다. 마을 어귀에 엎드려 흙덩이를 던져 개를 놀래기만 하면 마을에 개가 몇 마리나 있는지 금세 알아낼 수 있다. 게다가 개 짖는 소리 속에서 이 마을에 몇 집이 있으며 어디에 있는지까지 알아낸다.

옛날에는 개를 묶어놓지 않았다. 발정기만 아니면 개는 보통 함부로 뛰어다니지 않고 온종일 문간에 누워 저마다 마당을 지켰다. 사람이 오면 몇 번 짖고, 다른 개가 짖는 소리를 들으면 몇 마디 거들었다. 그 개가 다급하게 짖으면 온 동네 개가 달려와 소리와 힘을 보탰다.

개의 이런 습성을 이용한 사람들이 있었다.

어느 바람 부는 어두운 밤에 외부인 무리가 슬그머니 마을에 접근한다. 그들은 마을 남쪽에 잠복해 있다가 한 사람을 북쪽으로 보내 흙덩이를 던지게 한다. 개 한 마리가 짖자 다른 개들도 여기저기서 짖기 시작한다. 그 사람이 흙덩이를 연거푸 던지자 놀란 개가 맹렬히 짖어대고, 다른 개들도 큰일이 벌어진 걸 즉각 알아차리고 다들 컹컹 짖으며 북쪽으로 몰려온다. 밤에 남풍이 불면 개 짖는 소리는 북쪽 황야로 날아가버린다. 마을 사람들 귀에 들리는 거라곤 마을을 스쳐가는 바람 소리뿐이다. 개가 몽땅 몰려오자 사람은 일부러 모습을 드러내고 흙덩이를 던지며 북쪽으로 달아난다. 개들은 마을을 뛰쳐나가 머나먼 황야까지 그를 추격한다.

마을 남쪽에 잠복해 있던 무리는 여봐란듯이 마을로 들어가 보이는 족족 문을 따고 잡히는 족족 물건을 가져간다. 아무 성과 없이 돌아온 개들은 몇 년씩이나 지켜온 물건이 사라진 것을 목격한다. 직무 유기를 깨달은 개들이 하늘을 향해 우우 울부짖는다. 그제야 사람이 깨어난다.

그 뒤로 개는 마당에 묶이는 신세가 됐다. 다른 개가 짖는 소리를 들어도 멀리서 몇 번 응답할 뿐 달려가서 응원할 수 없게 됐다.

마을에 들어서자마자 뭔가 잘못된 느낌이 들었다. 어째 개가 한 마리도 없을까. 개는 마을의 대변인이다. 한 마을에 들어서면 누구를 찾아왔든 아무리 큰일이 있든 일단 성질을 죽이고 개 짖는 소리부터 한바탕 들어야 한다.

길에는 발자국 속에서 먹이를 찾는 닭 몇 마리뿐이었다. 내가 모르는 닭이었다. 나를 아는, 20년 넘게 산 늙은 암탉이 황사량에 있을 리 없다. 닭은 그 나이까지 살지 못한다.

나를 아는 소는 있을까. 말은, 나귀는 있을까.

날이 저물기 전에 나귀 울음소리만 몇 번 들려왔다. 아양 떠는 듯한 소리라 예전 나귀 소리만큼 좋지 않았다. 아마 사료로 키워서 그럴지도 모르겠다. 예전 가축은 모두 땅에서 풀을 뜯어 먹었고, 울음소리도 대지처럼 웅장하고 단단했다.

나를 알아볼 무언가가 틀림없이 있을 테다.

그 흙더미, 몇 년간 물이 흐른 흔적이 없는 말라붙은 모래 도랑, 가지가 마르고 부러져 옛 모습을 찾아볼 수 없는 늙은 느릅나무와 버드나무 몇 그루, 진흙이 벗겨져 크고 작은 구멍으로 나를 바라보는 그 흙담.

일찍이 그토록 견고하고 두꺼워 바람이 통과하지 못하던 그 담벼락마저 드디어 눈을 뜨고 세상 돌아가는 모습을 보게 됐다. 그의 공허한 시선 속에 오랫동안 보지 못한 한 사람이 돌아와 있었다.

"개들은?"

"다 지칠 대로 지쳐서 뻗었어."

평쌴이 자는 줄 알고 한마디 던졌는데 고개가 움직이며 한마디 대답이 튀어나왔다.

"개가 수레를 끄는 것도 아니고 밭을 가는 것도 아니고, 왜 지쳐서 뻗어?"

"아이고, 다 촌장 선거 탓이야. 3년마다 촌장 뽑을 때가 돌아오면 개들이 무더기로 지쳐 쓰러진다니까."

"촌장 뽑는데 개가 뭘 한다고. 개 촌장을 뽑는 것도 아니고."

"너는 모르겠구나. 예전에는 촌장을 맡으려는 사람이 아무도 없었잖아. 누가 하겠다고 하면 이견 없이 맡겼지. 어차피 땅은 자기 거니까 심고 싶은 대로 심고 알아서 하고. 촌장이 상관할 일이 없었어. 그런데 요 몇 년간 상황이 달라졌어. 다들 촌장을 하면 이득이 생긴다는 걸 알아. 3년 농사짓는다고 부자 되든? 3년 촌장 하면 부자 된다."

"지금은 리라오다李老大네 둘째 아들이 촌장이야. 너도 알지, 어릴 때 멍청해서 열 살이 넘도록 코 질질 흘리고 다니던 녀석."

"그 녀석이 촌장이라고?"

"어쩌겠냐, 마을에서 능력 있는 사람은 다 이사 가서 밖에서 큰일을 하잖아. 별 볼일 없는 사람들만 마을에 버티고 있고. 요 몇 년간 머리에 피도 안 마른 것들이 번갈아 촌장을 맡았어. 감투 좀 써보겠다고 안달이 났어. 몇 년 하다 못쓰겠으면 다른 놈으로 갈아 치워. 다른 놈도 안 되겠으면 이삼 년 만에 또 갈아 치우고. 어쨌든 못난 놈들 가운데 잘난 놈을 뽑는 거야. 그 어린 것들한테 번갈아 시달리느라 황사량이 아주 혼쭐이 났다니까. 네가 며칠만 일찍 왔어도 시끌시끌 볼 만했을 텐데. 그 촌장이 되려는 몇몇 녀석이, 저마다 무리를 이끌고 표를 얻겠다고 밤새 집집마다 문을 두드리고 다니며 소란을 피우는 거야. 그러니 개도 밤새 짖지. 촌장 뽑는 날까지 못 버티고 일찌감치 지쳐서 뻗은 개가 부지기수야. 나머지 개들도 소리가 안 나올 때까지 짖다가 다들 목이 갔어. 짖으려는데 목이 갔으니 또 며칠 못 가 화병으로 쓰러지고."

내가 보기에 황사량은 누구한테 어떻게 시달린 것이 아니다. 사람은 상관 안 하는데 스스로 이렇게 변했지 싶다. 나무는 가뭄에 말라 죽었다. 집은 바람을 맞아 헐었다. 사람은 햇볕에 쪼여 늙었다. 나는 평싼이 말한 풋내기들이 무슨 짓거리를 멋대로 저지르고 다녔는지 모르고 묻기도 귀찮았다. 펑싼도 나를 상대하기 귀찮아 혼자 드르렁 드르렁 코를 골며 꿈나라로 갔다.

이 마을은 참으로 운이 좋다. 운 좋게도 똑똑한 사람들이 다 떠나 버렸다. 똑똑한 사람이 촌장을 맡았다면 마을은 일찌감치 탈바꿈했 으리라. 그는 보기 흉하게 쓰러져가는 담장과 집을 모조리 헐고, 낫 처럼 생긴 황사량 마을을 직사각형이나 정사각형으로 정비했으리라. 신품종 가축을 들여오고 인공 교배하여 집집마다 소를 다른 품종 소로, 닭을 다른 품종 닭으로 바꿔놓았으리라. 어느 집에도 검은 소 나 이마가 하얀 황소가 없을 것이다. 수수닭도, 등은 붉고 배는 하얀 닭도, 잘생긴 잡털 닭도 없을 것이다. 그렇게 되면 이 마을은 진짜 끝 장인 거다.

두 마을

나는 황사량과 라오황취를 한 마을로 여긴다. 내 오랜 꿈속 세상과 기억 속에서 두 마을은 하나로 겹쳐 있다.

두 마을 모두 언제 지어졌는지 알 수 없는, 물이 흐르는 모습을 본 적이 없는 커다란 수로가 가로놓여 있다. 수로 가장자리는 높직하고 단단하다. 두 마을 모두 강이 굽이쳐 흐르는 곳에 자리 잡고 있다. 강 은 마을을 끼고 돌아 먼 곳으로 향한다. 마을 뒤를 휘감은 강기슭에 는 널따란 평지가 있다.

그것은 똑같은 강—마나쓰강이다.

그때는 내가 언젠가 이 강 하류에 오게 될 줄은 전혀 몰랐다. 이 강이 끝나는 곳에서 우리는 새로운 삶을 시작했다. 강의 물줄기는 황사량 마을에 이르면 어느덧 힘이 다 빠져 거의 흐르지도 않는 듯 보이지만, 그래도 구곡간장처럼 굽이굽이 돌아 황야를 지나 멀리 사 막으로 사라졌다.

황사량의 그 기나긴 밤에도 낮에도 나는 강이 내는 소리를 들은 적이 없었다. 강물은 너무나도 고요히 흘렀다. 마을의 그 어떤 사람보 다도 조용하고, 마당에 누운 마른나무보다도 조용했다(나무는 햇볕 을 오래 쬐면 투둑 소리를 내며 갈라진다). 담장이나 흙덩이보다도 조용했다.

황혼녘에 마을을 가로질러 먼 길을 가던 어느 외지인이 생각난다. 그는 고개를 숙이고 허리를 구부리고 허름한 보따리를 등에 지고 조심조심 걸음을 내딛었다. 흙 한 톨도 밟지 않고 개 한 마리 닭 한 마리도 놀라게 하지 않았다. 고개를 들어 옆에 있는 나무와 집을 쳐다보지도 않았다. 오로지 길만 바라보면서 소리 없이 마을을 통과했다.

한참이 지나 그 남자가 떠오른 까닭은, 그 순간 내가 똑같이 길가에 조용히 서 있고 내가 데려온 검둥개도 아무 소리 없이 내 곁에 서 있었기 때문이다. 그리고 내 뒤에 있는 이 작은 마을도 똑같이 고요한 모습으로 낯선 사람이 아무런 방해도 받지 않고 마을을 지나가도록 해주었다.

그 남자는 강 동쪽에서 왔다. 축축한 바짓가랑이에서 물을 뚝뚝 흘리며 신발을 손에 들고 있었다. 그가 남긴 맨발 자국은 뒤에서 밀려드는 양 떼에게 밟혀 금세 사라졌다. 양들도 몸이 흠뻑 젖어 있었다. 그 시절에는 강에 다리가 없어서 사람도 가축도 그냥 물속을 걸어서 건넜다.

라오황취 마을을 흘러가는 강에도 다리가 없었다. 동풍이 불면 흘러가는 강물 소리가 마을에 전해졌다. 그 구간에서 강은 길을 재촉하는 양 급하게 흘렀고 수면에 늘 무언가 떠다녔다. 통나무, 나뭇가지, 대야와 옷가지. 어느 해 초봄에 아버지가 굽이진 강기슭에서 세상을 떠났다. 날이 밝기 전에 삽을 메고 집을 나선 아버지는 점심나절까지 돌아오지 않았다. 어머니가 말했다. 아버지한테 무슨 일이 생졌나보다, 얼른 나가서 찾아봐라.

우리는 그 뒤에 벌어질 일은 꿈에도 몰랐다. 어머니가 울부짖는 소리에 놀란 마을 사람들이 뛰쳐나와 다 같이 찾아다녔다. 정오가 넘어서야 아버지를 찾아냈다. 어머니가 멀리 강기슭에 꽂혀 있는 아버지의 삽을 알아보았다. 눈이 녹은 지 얼마 안 되어 강가는 온통 진창이었다. 우리는 엉엉 울면서 강가로 달려갔다.

그때 우리 가족은 여덟 명이었다. 형은 열 살, 나는 일곱 살, 막냇누이는 돌이 안 되었다. 아버지가 세상을 뜨자 일곱 식구가 남았다. 1년쯤 지나자 할머니도 돌아가시고 어머니와 미성년자인 다섯 자식이 남았다. 그렇게 2년을 살아가다가 어머니가 재가해서 우리 가족은 황사량으로 이사했다.

역시 이른 봄이었다. 새아버지가 우리를 데리러 왔다. 커다란 말수레가 우리 일가족과 모든 가산을 싣고 마나쓰강 서쪽 기슭을 따라 북쪽으로 향했다. 흔들리는 수레에서 우리는 강굽이에 있는 아버지와 할머니 무덤이 차츰 멀어지다 사라지는 모습을 지켜보았다. 우리가 여러 해를 살았던 라오황취 마을은 황야 끝으로 점점 숨어들었다. 가는 길에 마을 두세 곳을 지나쳤다. 마을이 있는 자리에는 꼭 강이 나타났고, 강은 그렇게 굽이쳐 흐르며 또다시 사라졌다.

늦은 오후부터 날이 저물 때까지는 강이 보이지 않고 물소리도 들리지 않았다. 우리는 강이 멀어졌다고 여겼다. 새아버지는 앞자리에 앉아 수레만 몰았다. 우리는 그가 많이 낯설어 그에게 한마디도 건네지 않았다. 한 마을을 떠난 지 한참인데 다른 마을이 나타나지 않았다. 새아버지가 다 와간다고, 저 앞에 있다고 했다. 우리는 이미 앞쪽에 마을이 있다는 말을 믿지 않았다. 황량한 모래톱과 모래톱 끝자락에 있는 사막 말고는 아무것도 보이지 않았다.

날이 저문 뒤에 또 얼마나 갔는지 알 수 없었다. 막 잠이 들려는
참에 저 앞에서 느닷없이 개 짖는 소리가 들려왔다. 다 왔다. 새아버
지가 말했다. 나는 눈을 떴다. 땅에 닿을 듯 낮게 걸린 등불 몇 개가
희미하게 빛나고 있었다.

마당에 사람들이 시커멓게 모여 있었다. 한참을 기다렸는지 수레
가 제대로 서기도 전에 우르르 몰려들어 왁자지껄 떠들어댔다. 모든
것이 흐릿하게 보였다. 누군가 집 안에서 등불 하나를 들고 나왔다.
등갓을 가린 한쪽 손의 검은 그림자 속에서 마당 절반이 일렁거렸다.

우리가 황사량에 도착한 그날 밤은 내 가슴에 아주 깊이 새겨져
있다. 세세한 부분까지 다 또렷이 기억한다. 마치 그 순간 갑작스레
기억하는 법을 알게 된 것처럼.

"얘가 첫째. 얘는 둘째요."

"이 사람은 애들 엄마고."

"……"

등불을 든 사람이 머리 위로 등불을 쳐들었다. 나는 목재와 세간
살이를 가득 실은 수레에서 몸을 일으켰다. 그 순간 경사진 지붕과
지붕 뒤 나무 꼭대기에 매달리다시피 한 북두칠성이 눈에 들어왔다.

우리는 하나씩 하나씩 헤아려지며 수레에서 내렸다.

"모두 몇 명인가?"

"여섯 명." 새아버지가 대답했다.

문간으로 사람들이 몰려갔다. 우리는 한가운데에 끼어 등불을 따
라 집으로 들어갔다. 집 안에 등불 하나가 더 있었다. 벽에 붙은 궤

짝에 놓여 있는데 불빛이 가물가물했다. 구들에 줄지어 앉은 노인들이 싱글벙글 웃으며 우리를 맞이했다. 앉을 자리가 없어 우리는 모두 궤짝 옆에 서 있었다. 누군가 어머니에게 구들 가장자리에 앉으라고 권했다. 어머니는 몇 번 사양하다가 구들에 앉았다.

"이분은 장 할아버지, 불러봐. 이분은 리얼 할머니."

"이분은 펑 아주머니, 이분은 한쓰 아저씨."

집 안은 연기와 그림자로 가득했다. 훗날 우리가 아버지라고 부를 그 남자는 한 손에 등불을 들고 서서 구들에 앉은 사람들을 하나하나 알려주었다. 나는 조그맣게 따라 불러봤지만 그들이 아주 다정하게 대답하는 소리만 들릴 뿐 한 사람도 알아볼 수 없었다.

사람을 헤아리다

황사량에서 죽은 사람이 몇 명이나 될까 모르겠다. 시간이 있으면 마을 주변의 무덤을 헤아려볼 텐데 말이다.

아마 나는 숫자를 세다가 모든 것을 잊을 것이다. 쑥과 풀로 뒤덮인 무덤, 바람에 봉분이 무너진 무덤을 빠뜨리고 셀 것이다. 어지러이 흩어진 비슷한 무덤들을 거듭 셀 것이다.

내가 구석구석 다 찾아갈 수는 없다.

죽음은 대지의 곳곳에 깔려 있지만.

나는 몇 년 전에 죽은 한 육친의 무덤을 맞닥뜨린다. 묘비는 기울고 빗물에 글씨도 씻겨갔다. 나는 남자인지 여자인지 모를 그 사람이 밖으로 뻗은 하얗고 단단한 다리뼈를 보게 되지만 누구인지 알아보지는 못한다.

그들이 살아 있을 때 나는 태어나지도 않았다. 나에 관한 소식은 하나도 없었다.

그들은 그 땅에서 말하고 움직인다. 때때로 발끝으로 먼지를 일으킨다.

나는 둥실 떠오른다.

내가 공중을 둥실 떠다니던 기나긴 장면을 지금껏 기억한다. 아래로 펼쳐진 황야와 마을에서 사람과 가축이 바삐 움직인다. 나는 한참을 이리저리 떠돈다. 온통 새까만 밤이다. 나는 눈에 보이는 모든 것을 염려한다. 한 번의 외침, 작은 기척에도 깜짝 놀라 부르르 몸을 떤다.

잇따라 불어닥치는 바람은 오히려 이곳의 하늘에서 나를 날려 보내지 못한다.

그때 내려다보던 나무와 사람을, 무언가를 굽이굽이 휘돌고 또다시 휘돌아 먼 곳으로 뻗어 있던 그 길을 나는 지금도 기억한다.

결국 나는 누군가의 몸에 내려앉고, 그 여인을 따라 집으로 돌아간다.

그 뒤로는 전부 아침이다. 아침 또 아침이 이어진다. 나는 눈을 뜨지만 그때보다 많은 것을 보지 못한다. 해가 떠오르면 먼지 한 알마저 떨어져 내리며 모든 것이 막을 내린다.

나는 날이 저물기 전에 어린아이 한 무리를 찾아낸다. 남자아이. 여자아이. 모두 걸을 줄 아니까 아이마다 성냥 한 갑과 양초 한 움큼씩을 쥐여주고 마을 주변 사방팔방으로 보낸다.

"잘 기억해, 무덤마다 초를 하나씩 꽂고 불을 켜는 거야."

날이 금세 저물고, 나는 높은 지붕에 올라선다.

"아무 집에도 불을 켜지 마."

"담배꽁초 끄고. 아궁이 불도 재로 덮고."

죽음이 발하는 빛이 마을을 점점이 에워싼다.

그날 밤은 유난히 조용한 밤이 될 것이다. 나는 가산을 헤아리듯 망자의 수를 헤아린다.

그 아이들은 벌써 집으로 돌아갔다.
셀 수 없이 많은 땔나무가 이미 잿더미로 변했다.
나는 한 마을의 죽음을 헤아려본다. 그러면 살아 있는 모든 이도 분명해진다.
살아 있는 모든 이는 조용해질 것이다.
가장 멀리 있는 촛불이 희미해지기 시작한다.
헤아린 숫자가 수백을 넘어 천에 이른다.
마을에서 살아가는 사람은 수십 명뿐이건만.
그들은 쥐 죽은 듯 조용하다. 마치 죽음과 한 덩어리가 된 것처럼.

그러나 그게 사실의 전부는 아니다.
내가 헤아린 망자 명단에는 어둠 속에서 담배를 피우던 그 사람도, 들판에서 불을 지피고 밤을 지새우던 그 사람도, 돌아오지 않은 그 아이도 들어 있을지 모른다. 초를 한 움큼 들고 있던 그 아이는 무덤을 찾지 못했지만 날이 저물자 모든 초에 불을 밝혀 높이 쳐든다.

살아 있는 사람은 헤아려져 있다. 그들에게는 호적이 있다.
황사량의 그 낡은 호적부, 우피지 표지에 시커멓게 때가 탄 지저분한 호적부에는 우리 가족의 성명, 성별, 본관, 생년월일이 지금까지도 고이 등록되어 있었다.

그 시절 호적부는 하얗고 두꺼운 마분지 표지였는데 가장자리에 이미 곰팡이가 피어 있었다. 황사량에 살 적에는 호적부를 본 적이 없었다. 황사량에서 우리는 식구 두 명이 늘었다. 남동생 하나, 여동생 하나. 모두 아버지가 직접 가서 호적에 올렸다. 나는 우리 집 호적이 진즉에 없어지고 그 페이지는 진즉에 찢겨나갔을 줄 알았다. 그런데 그대로 있을 줄이야, 내가 넘겨보게 될 줄이야.

호적 기록은 아버지부터 시작해 그 아래 어머니가 있었다. 아버지 위에 줄이 그어진 이름은 고인이 되어 내가 본 적 없는 할머니였다. 왕슈란王秀蘭. 나는 이제야 이 이름을 알게 됐다. 그때 새아버지에게 노모가 계셨다고, 우리가 이사 오기 1년 전에 돌아가셨다고 들었는데 이름은 내내 모르고 있었다.

이어 형, 나, 동생들이 나이순으로 쭉 적혀 있었다. 모두 아홉 식구였다. 20년이 지났는데 아직도 이 마을에 등록되어 있다니. 삭제되지도 않았고 가위표도 없었다. 단지 우리 집에 시집올 며느리와 태어날 손자 손녀 이름을 적을 빈칸에 '전출' 두 글자가 씌어 있을 뿐이었다. 어디로 갔는지는 기록되어 있지 않았다.

황사량의 한 집안의 기록은 여기서 끝났다.

게으름뱅이의 마을

바깥세상에 있을 때 나는 이 마을이 옛 모습을 찾아볼 수 없게 될까 봐 늘 걱정스러웠다. 나는 급변하는 세상 곳곳을 돌아다니며 살길을 모색하고 있었다. 낡은 집이 헐리고 새 건물이 우뚝 솟는 모습을 마주할 때마다 나는 근심스레 황사량을 떠올렸다. 그 마을도 이렇게 변해가고 있지는 않을까. 그들이 내게 익숙한 그 수로를 메우고, 내게 친숙한 그 담장을 무너뜨리고 흙집들을 허물지는 않았을까.

그렇게 된다면 황사량은 영원히 사라지고 만다. 한 사람의 마음속에 완전히 묻히고 만다. 오래지 않아 그 사람은 한 마을의 모든 기억을 지닌 채 떠날 것이다. 천년만년이 지나고 나면 누구도 그것을 다시 찾아내지 못할 것이다.

살아 있는 사람들은 떠나간 사람들을 줄곧 두려워하는지도 모른다. 그들이 고개를 돌려 자신들의 손에 들린 삽과 발밑에 있는 길을 알아볼까봐, 이 집과 하늘과 땅을 알아볼까봐. 살아 있는 사람들이 세상을 바꾸는 의미는 일찍이 이 세상을 살아갔던 사람들이 다시는 이곳을 찾아 돌아오지 못하게 하려는 이유가 전부일지도 모른다.

황사량은 아무도 원하지 않는 곳이다. 마을 사람들은 일찌감치 황사량에 실망해 수십 년간 새집을 짓지 않았고 새 담장 반 토막도 쌓지 않았다. 사람들은 진즉부터 황사량을 버리고 다른 곳에 가서 살고 싶어했다. 그 덕분에 이 마을은 운 좋게도 예전 모습을 고스란히 간직하고 있었다. 인위적인 변화라고는 전혀 없었다. 그저 세월과 비바람에 닳았을 뿐이었다. 거의 모든 담장의 진흙이 벗겨져 있었다. 내가 떠날 때 이미 얼룩덜룩 벗겨지고 있었는데 지금은 다 떨어져나가 푸르딩딩한 갈색 몸체가 그대로 드러나 있었다. 이 담장에 진흙 한 줌 더 바른 이는 아무도 없었다.

게으름뱅이의 마을.

그들은 이곳에 관심이 없었다.

언제 지어졌는지도 알 수 없고 물이 흐르는 모습도 본 적 없는 커다란 수로 역시 누구에게도 방해받지 않고 그대로 남아 있었다. 진흙이 필요했던 어느 집에서 수레를 끌고 와서 수로 옆에 구덩이를 하나 남겼을 뿐이었다. 다행히 최근 몇 년간은 진흙에 손댄 집도 거의 없었다. 사람들은 이미 치우고 정리하기가 귀찮았다. 마을의 모든 곳이 눈에 익고, 발에 익고, 손에 익었다. 움푹 팬 길조차 익숙하게 지나다녔다. 20년 전 내가 떠날 때도 있었던 그 구덩이와 두둑 몇 개가 길에 고스란히 남아 있었다. 소달구지 바퀴 하나가 이 두둑을 넘을 때마다 차체가 한쪽으로 확 기울었고, 저 구덩이를 지날 때마다 다른 쪽으로 확 젖혀지곤 했다. 그때 나는 이 길을 고르게 만들 생각을 했더랬다. 간단한 일이었다. 대충 삽질 몇 번 해서 두둑을 파내고 그 흙을 구덩이에 넣으면 길이 평평해진다. 그러나 길을 지날 때마다 귀찮은 생각이 들었다. 아마 마을 사람들도 나처럼 이 울퉁불퉁한 길에 일찌감치 익숙해졌을 테고, 두둑과 구덩이가 없으면 삶이 너무 순탄했을 것이다. 이 구간의 길은 바로 이런 성격이다. 구덩이와 두둑으로 사람에게 장난을 친다. 이따금 소도 사람을 놀린다. 소는 이 울퉁불퉁 구간을 지날 때 일부러 함부로 걸어가며 수레를 더 심하게 기울인다. 수레에 앉아 졸던 사람이 흔들리며 깨어난다. 나란히 앉은 두 사람은 어깨를 부딪치고 머리를 박는다. 단단히 묶어놓지 않은 풀 한 다발이 떨어진다. 때로는 수레가 뒤집혀 사람이 멀찍이 날아가버린다. 지나친 장난에 사람은 화가 난다. 일어나서 몇 마디 욕을 내뱉고 소에게 채찍을 두어 번 휘두른다. 얼굴이고 몸이고 흙투성이가 되어 있다. 길에서 갑자기 웃음소리와 음메 소리가 한바탕 울린다. 앞뒤에서 다른 수레들이 멈추고 사람들이 다가온다. 그들은 수레에서 떨어진 사람을 놀려대며 뒤집힌 수레를 세우고 짐 싣는 일을 도와준다.

다른 수레가 없는 텅 빈 길이라면? 먼 길을 홀로 가는데 수레가 뒤집힌다. 짐도 몹시 무겁다. 다른 사람들은 다른 길로 지나갔다. 수레꾼은 길가에 앉아 기다리는 수밖에 없다. 날이 저물 때까지 아무도 나타나지 않자 그는 어쩔 수 없이 스스로 움직인다. 소를 풀고 짐을 내리고, 빈 수레를 있는 힘껏 뒤집고, 물건을 하나하나 다시 싣고, 실을 수 없는 것은 속이 쓰리지만 버린다. 한층 어두워진 길에서 그는 평탄하지 못한 마음으로 힘없이 수레를 몬다. 갑자기 사람도 소도 길도 아무 재미가 없어진다.

풀이 자란다. 담장 곁에서, 마당과 문가에서, 지붕과 벽 틈에서…… 그래도 사람에게 방해가 되지 않는다. 오래전에는 이렇지 않았는데 이제 사람들은 풀 가까이에서 살아간다.

그때는 집집마다 흙담이나 울타리를 둘러친 너른 마당이 있었다. 문 앞에는 텃밭이 자리하고, 집 뒤에는 나무와 축사가 들쭉날쭉 집을 에워싸고 있었다. 어느 집 마당에 풀이 자라면 비웃음을 샀다. 지금은 마당이란 게 존재하지 않다시피 하다. 담장은 다 부서지고, 문 앞의 텃밭은 황량하고, 집만 덩그러니 서 있다. 담장이 없으니 전에 마당이던 그 땅은 인접한 길이나 황야와 구별이 가지 않는다. 풀이 밀려들어 황야와 마당이 한 덩어리가 되자 사람은 더 이상 삽질도 가래질도 하지 않는다. 풀은 가족의 일원이 되고 사람도 수풀 가운데 한 포기 풀이 된다. 비가 많이 내린 해에 마을은 무성해진 풀에 파묻혀버린다. 쑥이 땅을 뒤덮고 갈대는 집보다 키가 커진다. 사람은 풀 속에서 나타났다 사라지고, 멀리서 움직이는 것이 풀인지 사람인지 분간이 안 간다. 가뭄이 든 해에는 마을이 민숭민숭해진다. 진흙이 다 벗겨진 흙집이 즐비하다. 기괴하게 생긴 사람과 가축이 가다 쉬다 한다.

이보다는 가뭄인 듯 아닌 듯한 해가 훨씬 많다. 초목과 사람은 죽지도 못하고 활기차게 살아가지도 못한다. 사람들은 고개를 떨군 채 길을 따라 걷고, 별다른 의미 없이 하루하루를 보낸다. 풀은 대부분 그늘에 모여 힘겹게 잎 몇 장을 돋우고 꽃 몇 송이를 피워내 간신히 씨앗 몇 톨을 맺는다.

풀이 나고 자라는 것은 사람을 놀래거나 거슬리게 할 만한 일이 아니다. 바람이 불지 않는다면 말이다. 땅에 떨어지는 풀씨는 기껏해야 벌레 한 마리의 마지막 가을 꿈을 깨울 뿐이다. 아니면 개미의 가늘고 긴 뒷다리에 상처를 입힐 뿐이다.

땅에 떨어지지 않은 풀씨도 있다. 어떤 것은 양의 몸뚱이에, 어떤 것은 새의 깃털에, 어떤 것은 사람의 신발과 옷과 모자에 떨어져 멀리 물이 있는 곳으로 옮겨간다.

봄이면 양이 엉덩이를 흔들고 새가 날개를 퍼덕이고 사람이 옷을 턴다. 풀씨는 그때 땅에 떨어진다. 사람은 무심결에 풀씨를 가을에서 봄으로 옮긴다. 아무 생각 없이 몸 한번 움직여 자신이 지나간 자리에 풀씨를 퍼뜨린다.

어떤 씨앗은 사람 몸에 몇 해씩 숨어 있다. 그동안 가뭄을 비롯한 여러 이유로 이 풀은 땅에서 멸절되었다. 줄기는 소와 양에게 먹히고 불살라졌다. 뿌리는 사람에게 뽑히고 벌레에게 훼손되었다. 씨앗은 썩어버렸다. 다시금 봄이 오고 비가 내려도 대지에 싹을 틔울 씨앗은 사라졌다. 텅 빈 봄이 찾아온다. 더 이상 푸르름이 넘실대지 않는 대지를 걸으며 그는 왠지 가려운 느낌이 든다. 몸을 부르르 떨지 않을 수 없다. 그가 한 마리 개든, 양이든, 말이든, 닭이든, 사람이든, 쥐든 그는 대지의 봄을 위한 유일한 구세주가 된다.

때때로 풀씨는 양의 두툼한 털 속에 싹을 틔우기도 한다. 봄에 한바탕 비가 오고 나면 양의 몸이 마구 푸르러진다. 털 속에 숨어 있던 갖가지 풀씨가 양털 속의 수분, 온도, 영양분에 의지해 양의 몸에서 초록빛 싹을 신속하게 하나하나 틔워낸다. 그러면 양은 안절부절못하며 괜히 달리고 울부짖고 뒹굴고 나무와 담벼락에 몸을 비벼댄다. 양의 가죽을 뚫지 못한 풀뿌리는 모근을 따라 사방팔방 뻗어나가 양을 가렵게 만든다. 뿌리를 뻗지 못하면 이내 물기가 말라버린다. 햇빛이 양털을 말려주면 풀은 다 죽는다. 비가 연달아 내린다면 들판에서 돌아오는 양 떼는 움직이는 푸른 풀밭처럼 보인다.

풀을 놀라게 만드는 것은 뜻밖에도 사람의 탄생과 죽음이다. 초목이 푸르게 되살아나 마당을 뒤덮을 때 그 집에서 사람이 죽거나 태어나면 더 많은 사람이 모여든다. 그때 풀은 숱하게 밟혀 죽고, 기름

지고 뜨거운 솥을 씻고 버리는 물에 빠져 죽고, 뜨거운 난로 재에 파묻혀 죽는다. 풀은 발을 빼서 달아날 줄 모른다. 그저 생명을 뿌리로 돌려보내 이미 오랫동안 배태해온 개화기를 한 철 더 늦출 수밖에 없다.

사람 하나가 땅에 떨어질 때 울리는 메아리는 풀씨 한 알이 떨어지는 소리보다 훨씬 크고 묵직하니 어쩔 수 없는 노릇이다. 한 마을에는 사람이 얼마 없다. 온 대지에 헤아릴 수 없을 만큼 자라는 초목과는 비교가 되지 않는다. 어떤 종류의 풀은 일족이 몇이나 되는지 스스로 헤아릴 수 있을지도 모르지만 말이다. 풀 한 포기의 죽음에 온 대지의 초목이 애도하고 흐느껴 울지도 모르지만, 우리 귀에는 들리지 않는다. 사람은 사람의 기쁨과 슬픔에 잠겨 있다. 탄생이든 죽음이든, 한 사람이 땅에 떨어지는 것은 다른 사람들을 놀라게 한다.

한 사람이 죽으면 다른 사람들은 곁에서 거들며 두어 번 울고, 종이 몇 장 태우고 애도의 뜻으로 검은 천을 보낸다. 한 사람이 태어나면 다른 사람들은 함께 몇 번 웃고, 붉은 비단과 꽃무늬 옷을 선물한다.

삶과 죽음은 누구에게나 닥치는 일이다. 마을에서 이런 의례적인 왕래는 사실상 일종의 과시 노동이다. 내가 죽었을 때 네가 구덩이 파는 일을 도왔으니 네가 죽으면 내 자손이 너의 관을 들어주겠지. 모두가 죽지 않나. 아니면 네가 태어났을 때 내가 축하하러 갔으니 내가 죽으면 네가 문상하러 오겠지. 네가 이 빚을 잊는다 해도 다른 사람이 너 대신 기억할 터이다.

성장

모래 도랑 근처에 있는 어느 집에 갔던 일을 쭉 기억하고 있다. 무슨 일이 있어서 간 듯한데 그 일은 생각이 안 난다. 그저 손을 뻗으면 처마에 닿을 만큼 작고 낮은 집이었다는 것만 기억난다. 마당에 커다란 누렁개가 묶여 있는데 짖는 소리가 희한하고 걸핏하면 사람에게 달려들었다. 그 집 아이들 얼굴은 하나도 생각이 안 난다. 내 기억은 그들을 놓쳐버렸다. 떠오르는 것은 얼굴도 없고 뚜렷한 형체도 없는 흐릿한 그림자뿐이다. 그저 그림자들만 움직이고 있었다. 누군가 개를 붙잡아 맸는데, 개는 또렷이 기억난다. 누렁개였다. 나는 담벼락에 바싹 붙어 걸어갔다. 담이 똑바르지 않고 좀 비틀린 것 같고, 서쪽 담벼락은 바깥쪽으로 기운 느낌이었다.

"뭘 보고 있어, 들어오지 않고."

나는 문을 열고 고개를 들이밀었다. 집 안이 어두컴컴해서 제대로 보이는 게 없었다. 입구에 구덩이가 있는지 없는지도 알 수 없었다. 지붕에 뚫린 작은 천창으로 들어온 빛줄기가 바닥에 똑바로 꽂혔다.

말소리를 따라가니 구들에 앉은 사람들이 눈에 들어왔다. 네다섯 명, 어쩌면 더 많았을 수도 있다. 그들은 화투를 치거나 잡담을 나누고 있었다. 안으로 들어가 구들 옆에 섰지만 사람들이 멀리 있는 느낌이고 또렷이 보이지 않았다. 집 안에서 돼지 여물 삶는 냄새가 났다. 익숙하지 않은 냄새였다. 지금 떠올려봐도 여전히 익숙하지 않은 냄새다. 우리 집에서도 날마다 돼지 여물을 삶았지만 우리가 사는 집 옆에 따로 있는 작은 딴채에서 삶았다. 딴채 옆벽에는 돼지우리를 마주 보는 커다란 창문이 나 있었다. 여물을 삶을 때면 돼지 서너 마리가 줄지어 서서 창문으로 코를 향한 채 킁킁거렸다. 그러면 냄새가 한 가닥 한 가닥 돼지들의 콧속으로 빨려들어갔다. 그런데 이 집은 달랑 두 칸짜리 작은 집뿐이라 밥 짓고 돼지 여물 삶는 일을 부뚜막 하나에서 하다보니 모든 냄새가 한 집에 뒤섞여 있었다. 나는 어색하게 선 채로 뭐라고 말을 했던 것 같다. 그들은 여전히 화투를 치거나 잡담을 나누고, 나는 대답을 기다리고 있었다. 집 안이 차츰 밝아졌다. 어느 담 모퉁이에서 해가 솟은 것처럼 이 집의 날이 밝기 시작했다. 시커먼 벽에 박힌 말뚝과 말뚝에 걸린 밧줄, 낫, 바구니가 똑똑히 보였다. 가장 깊이 새겨진 기억은 너무 낮아서 그런지 그 순간 나를 짓누르던 그 집 지붕이었다. 때때로 무심결에 그 지붕이 떠올랐다. 서까래는 가늘고 흰 나무였고, 뒤틀려져 들보가 될 수 없는 호양나무 하나가 가운데 가로놓여 있었다. 지붕은 도리의 굴곡에 따라 높아졌다 낮아졌다 했다. 그 가느다란 막대기들은 굵게 자라기도 전에 억지로 서까래가 되어야 했다. 지붕에 눌려 휘어진 채 겨우겨우 버티고 있었다.

구들에 있는 사람들은 끝까지 또렷이 보이지 않았다. 어쩌면 보긴 제대로 봤는데 기억을 못 하는 것인지도 모른다. 지붕이 너무 낮아서 그들은 앉아서 화투를 치거나 잡담을 나누었다. 나는 바닥에 서 있었다. 구부러진 도리가 내 머리 위에 가로놓여 있어서 내가 조금만 더 키가 자라면 부딪칠 것 같았다. 어른들이 문틀이나 들보에 머리를 부딪쳐 다치는 모습을 많이 봐왔다. 낮은 집이나 축사 안에서 어른들은 고개를 숙인 채 움직이거나 일했다. 그래도 자칫하면 머리를 박아 멍이 들고 피가 흐르고……

소년 시절 내내 나는 무언가에 짓눌려 키가 자라지 않았다. 내 머리 위에 빈 공간이 없어질까봐 늘 자라기를 두려워했던 것 같다. 나는 고개를 숙이고 허리를 구부린 채 애늙은이처럼 태산 같은 걱정을 짊어지고 소년 시절을 보냈다. 스무 살까지 내 키는 고작 160센티미터였다. 황사랑을 떠나고 나서 12센티미터가 더 자랐다. 끊임없이 떠돌아다니는 중에 자란 거다. 나는 이런 식으로 자랐다. 그런데 어느 날 갑자기 성장이 멈췄다. 무엇 때문에 멈춘 건지는 알 길이 없다.

커다란 나무뿌리

우리 집 돼지우리는 나무뿌리만으로 만들었다. 뿌리 수백 개를 하나하나 쌓아 사람 키만 한 나무뿌리 벽을 세웠다. 느릅나무 뿌리, 호양나무 뿌리, 대추나무 뿌리 모두 마을 주변의 황량한 모래톱에서 파온 거다.

우리가 황사량으로 이사 왔을 때 마을 밖 황야에는 구부러진 굵은 느릅나무 몇 그루만 남아 있었다. 가장 많이 자라는 초목은 위성류, 방울가시, 쑥 종류이며 그 사이로 말라죽은 나무의 크고 작은 뿌리도 군데군데 보였다. 우리는 나무뿌리를 파내 불 지피는 데 썼고, 태울 수 없는 것은 쌓아서 돼지우리와 양 우리를 만들었다. 대다수 나무뿌리는 아랫부분이 썩었고 밖으로 드러난 그루터기도 다 말라서 괭이질 두 번이면 으스러졌다. 단단하고 튼튼한 나무뿌리도 있었다. 뿌리로 대지를 꽉 움켜쥐고 있어서 괭이가 닿으면 깊고도 묵직한 울림이 일었다. 그것은 나무뿌리가 박힌 땅속 깊은 곳에서 전해오는 울림이었다. 기겁한 사람은 괭이를 움켜쥔 채 멍하니 황무지에 서 있곤 했다.

우리는 그 무엇보다도 거대한 나무뿌리 하나를 파낸 적이 있다. 도끼에 베이고 남은 그루터기가 지면에서 1미터쯤 솟아 있는데 우리

삼형제가 손에 손을 잡아도 에워싸지 못하는 굵기였다.

이토록 커다란 나무를 누가 베었단 말인가. 마을에서 이렇게 굵은 나무는 본 적이 없었다. 그런 나무를 숨기기란 불가능했다. 바닥에 눕혀놔도 사람 키 높이였다. 이런 거대한 것은 쉽게 사라질 수 없는 법이다. 잘게 쪼개져 어느 마당에 조각조각 흩어져 있는지도 모른다. 타향을 떠도는지도 모르겠다. 어쩌면 황사량의 어느 도랑이나 황무지 땅속에서 한 해 한 해 썩어가다 흙이 되었는지도, 이미 알아볼 수 없게 되었는지도 모른다.

그날 우리는 소달구지를 몰고 땔나무를 베러 황야로 나갔다. 가까운 곳 땔나무는 이미 남들이 다 베어가서 우리는 더 먼 곳으로 향했다. 멀리서 보기에는 땔나무로 쓸 만한 위성류와 싹사울나무가 줄줄이 서 있었는데 막상 가까이 가보니 여기 하나, 저기 멀찍이 하나, 이렇게 띄엄띄엄 있는 게 아닌가. 또다시 앞으로 나아가던 우리는 결국 이 거대한 나무뿌리와 맞닥뜨렸다. 우리는 걸음을 멈추고 한참을 살펴보았다. 이렇게 커다란 나무뿌리를 아무도 파가지 않았다는 사실을 믿을 수가 없었다.

첫째가 달구지에서 괭이를 꺼내 들더니 빙빙 휘둘러 나무뿌리를 내리찍었다. 괭이가 튕겨 나오고 발밑의 땅이 한참 동안 진동했다. 뿌리 깊은 곳에서 전해오는 거대한 울림에 겁을 먹은 우리는 나지막한 그루터기 세 개처럼 우두커니 서 있었다. 그 울림은 너무나도 무시무시했다. 황무지에 사람이라곤 우리뿐이고 실낱같은 소리조차 없었다. 마을은 감히 얼굴을 못 내미는 작은 동물처럼 먼 곳에 웅크리고 있었다. 우리는 발밑의 땅이 진동을 멈출 때까지, 그 울림이 뿌리 깊은 곳으로 돌아갈 때까지 넋 놓고 서 있었다.

셋째가 말했다. "큰형, 우리 이 뿌리는 놔두고 버드나무나 베어가
자."

"우리가 안 파면 다른 사람이 파갈 텐데." 첫째가 대답했다.

"그럼 누가 남아서 지키고 아버지를 불러오자." 셋째가 말했다.

둘째는 아무 말도 없었다. 아무래도 자기가 아는 나무 같았다. 어
디선가 본 적이 있었다. 허공에 우뚝 솟아 있었을 거대한 몸통과 무
성한 가지들이 이상하게 익숙하게 느껴졌다. 마치 언젠가 자신이 이
커다란 나무의 어느 가지에 살았던 것만 같았다. 나무줄기에 뚫린
그 구멍, 꼭대기에 있는 새 둥지, 봄날에 파릇한 새순을 가장 먼저 틔
워낸 남쪽을 향한 가지들이 모두 또렷이 떠올랐다. 땅속으로 어지러
이 뻗은 실뿌리도, 동쪽과 서쪽과 남쪽으로 각각 뻗어나간 굵은 뿌
리가 땅속 깊이 박힌 모습도 생각났다. 사방으로 얽힌 수많은 잔뿌
리도 기억났다. 자신이 이 나무의 뿌리 밑과 가지 위에서 모두 살아
보았고, 그리하여 스스로도 믿기 힘든 지난 일이 그토록 가득 아로
새겨진 느낌이 들었다. 서쪽으로 뻗은 굵은 뿌리 밑에서 유유히 흐르
던, 실뿌리를 때리며 어두운 곳에서 더 어두운 곳으로 콸콸 흘러가
던 지하수도 지금껏 기억 속에 남아 있었다. 그곳은 나무의 본줄기에
서 아주 멀리 떨어진 곳이었다. 뿌리를 그토록 깊숙이 박은 것은 수
분을 흡수하기 위해서만은 아닌 듯했다. 뿌리는 뻗어나갈수록 차츰
의식을 갖게 되었고, 스스로 깊은 곳을 찾아갔다. 주된 뿌리 하나가
땅속 깊이 박히면 몸통의 튼튼한 가지도 하늘 높이 뻗기 시작한다.
가장 높은 곳과 가장 깊은 곳에서 그들은 서로 만난다.

줄기가 잘려나간 이 커다란 나무는 마치 머리 없는 사람 같았다.
땅속에 남은 뿌리는 땅 위에서 일어나는 일을 예측할 길이 없었다.

나무 한 그루가 이 땅에서 긴긴 세월을 자라자 사람들이 한 무리 한 무리 몰려와 이곳에 터전을 잡았다.

대지에 초목이 번성하듯 사람이 번성하기 시작했다.

이때부터 커다란 나무의 몸통과 뿌리는 두 가지 다른 용도를 가진 목재 신세가 되어 인간 세상을 헤매게 됐다. 돼지우리 벽에 겹겹이 쌓인 앙상한 뿌리들을 모르고서 가지가 잘리고 껍질이 벗겨진 채 외양간을 떠받치는 몸통을 어찌 알아본단 말인가.

삼형제는 그 커다란 나무의 뿌리를 캐기 시작했다.

첫째는 나무뿌리를 많이 파봤고, 그러다보니 곡괭이로 나무뿌리를 많이 내리쳐봤다. 첫째는 뭐가 무섭냐고, 그냥 나무에서 나는 소리일 뿐이라며 대수롭지 않게 여겼다. 나무가 속이 비었으면 텅 빈 소리가 난다. 속이 실하면 소리도 묵직하다. 둘째도 나무뿌리를 많이 파봤고 혼자서 큰 나무뿌리를 파낸 적도 많지만 아무 말도 하지 않았다. 셋째만이 나무뿌리에서 나는 소리가 낯설어 살짝 겁을 먹었다.

자라는 과정에서 우리는 어떤 소리에 차츰 익숙해지지만, 더 이상 그 소리를 이해하지는 못하게 된다. 나무가 우리를 향해 첫 번째 소리를 냈을 때 우리는 그것을 나무 소리로 여기지 않았다. 어떤 존재가 말을 하는 것이었다. 우리는 놀라움과 두려움에 부르르 떨면서 숨죽인 채 그 소리에 귀를 기울였다. 그 순간 우리는 아마 그 소리를 알아들을 수 있었을 것이다. 나중에 이런 소리가 거듭 울리자, 결국에는 사람이 맞으면 소리를 지르듯 나무가 내는 소리일 뿐이라고 믿게 되었다.

우리에게 열려 있던 한 가지 사물의 문이 그때부터 영원히 닫히고 말았다.

어린 시절 나는 그것들이 주의하지 않은 틈을 타서 많은 사물의 문에 들어갔더랬다. 지금은 바깥에 서서 사람들의 소란과 아우성을 들을 뿐, 그 세상을 모르는 이가 되어 있다. 한 가지 사물의 문은 사람에게 한 번씩만 열리는 모양이다. 그 문으로 들어가본 사람은 그 사물의 진상을 목격한 유일한 사람이 된다. 그 뒤로 사람들은 그가 전하는 이야기를 통해서만 그 사물을 알 수 있다. 진짜 모습은 전해질 길이 없다. 전언자를 통해서 보는 것은 그저 전언일 뿐이다. 그것은 이미 다른 사물이다.

이제 한 가지 사물을 알기란 갈수록 어려워진다. 모든 사물이 적나라하게 드러나 있다. 그러나 이들 사물로 들어가는 문은 완전히 닫혀버렸다. 이제 우리는 모든 사물이 저마다 문을 갖고 있으며 어쩌다 사람에게 들어오라고 열어준다는 사실조차 모른다. 사람은 자신의 입이 만물의 문이라고, 뭐든 입 밖에 낼 수 있다고 여긴다.

그 시절 나는 운 좋게도 몇몇 사물에 들어가보았고, 그들을 이야기하고 싶었지만 막상 입으로는 다른 것을 이야기했다. 이토록 잔뜩 쓰고 보니 맨 처음 쓰려던 내용과는 점점 멀어지는 것처럼 말이다.

삼형제가 나무 밑동을 둘러싸고 흙을 팠다. 파낸 흙은 멀리 갖다 버려야 했다. 구덩이는 아주 커다랗게 파야 했다. 잔뿌리에 자꾸만 걸리는 통에 도끼를 휘둘러 잔뿌리를 잘라내고 다시 팠다. 1미터 깊이까지 파내려갔는데도 주된 뿌리가 나타나지 않았다. 첫째가 또다시 괭이를 휘둘러 나무뿌리를 내리쳤다. 땅의 진동을 통해 주된 뿌리가 어느 방향으로 뻗었나 알아보려는 것이었다. 둘째가 막아서더니 삽으로 동쪽, 서쪽, 남쪽에 한 번씩 삽질을 해서 표시를 남겼다. 삼형제가 표시에 따라 파내려가자 굵은 뿌리 세 개가 홀연히 모습을 드러냈다.

이어지는 일은 재미나면서도 힘겨운 일이었다. 주된 뿌리 주변의 흙을 싹 파내고 마주치는 곁뿌리를 몽땅 베어내자 거대한 발톱처럼 땅을 움켜쥔 주된 뿌리 세 개만 남았다. 우리는 한숨 돌리며 목을 축이고 찐빵을 베어 물었다. 어느덧 오후가 반이 지났다. 이 뿌리를 파내느라 한나절을 보냈다.

주된 뿌리를 베려는데 또다시 그 무시무시한 소리가 들려왔다. 땅속 깊디깊은 곳에서 위로 올라온 그 소리는 한참을 지속되다가 서서히 사라졌다. 도끼를 휘두르던 손이 깜짝 놀라 멈췄다. 더는 손댈 엄두가 나지 않았다.

"괜찮아, 얼른 베자." 첫째가 말했다.

땅속 깊은 곳에서 또 한 번 소리가 올라왔다. 그 바람에 머리 위 공기까지 떨렸다. 일찍이 잘려나간 그 커다란 나무가 공기 중에서 힘차게 흔들리는 것만 같았다. 아마 하늘은 기억하고 있을 것이다. 커다란 나무의 그림자는 뿌리 위로 펼쳐진 끝없는 하늘에 고스란히 보존되어 있을 것이다. 우리가 뿌리를 베는 소리가 하늘 높이 우뚝 솟은 나무의 무한한 상념을 다시금 건드렸을 것이다. 나무가 모습을 드러내며 지면에서부터 높은 구름층까지 온 하늘을 가득 채운다. 하늘은 우리가 알 수 없는 방식으로 하늘 아래 사라진 모든 사물을 기억하고 있다.

대지에도 기억이 있다. 대지는 줄곧 가치 있는 무언가를 깊숙이 품어왔다. 우리는 줄곧 어떤 동물처럼 대지에서 무언가를 파내왔다.

가장 많이 파낸 것은 흙 속에 묻힌 죽은 사람으로 해골과 뼈 몇 개만 남아 있었다. 그것은 우리 자신의 뿌리였다. 우리는 파내자마자 원래대로 묻어버렸다. 그것을 보기가 두려웠다.

나무뿌리를 집까지 끌고 와서 집 뒤쪽에 던져놓았다. 우리는 대단한 물건을 가져왔다고 여기며 무척이나 뿌듯해했다. 결과는, 아무 쓸모도 없는 것으로 판명되었다. 쪼개지지를 않아서 땔감으로도 쓸 수가 없었다. 마당에 놓아두면 자리만 차지하니 집 뒤에 팽개쳐놓았다.

이사하는 날이었다. 다른 물건을 모두 수레에 실었다. 아버지가 나무뿌리를 살펴보다가 다가가서 발로 툭 밀어보았다. 꿈쩍도 하지 않았다.

"에이, 버리자. 수레에 실리지도 않겠다." 아버지가 투덜거렸다.

사실 우리는 진즉에 그걸 내버린 셈이었다.

"이 나무뿌리 가져갈 사람 있나, 아무나 가져가게." 아버지가 소리쳤다. 대답하는 이는 아무도 없었다.

"가져갈 사람." 아버지가 또 한 번 소리치자 도우러 온 사람들, 구경하러 온 사람들이 다 웃음을 터뜨렸다. 잠깐 얼떨떨해 있던 우리도 같이 웃기 시작했다.

조금 더 보충하겠다. 그 커다란 나무뿌리를 캐느라 우리 삼형제는 기운을 상당히 많이 썼다. 훗날 우리가 다른 큰일을 못 이룬다면 그건 다 나무뿌리에 너무 많은 힘을 쏟았기 때문이다.

주된 뿌리 세 개를 잘라내느라 얼마나 힘들었는지는 말하지 않겠다. 가장 힘들었던 것은 뿌리를 구덩이에서 들어내 달구지에 싣는 일이었는데, 이런 식으로 이루어졌다. 달구지에서 소를 푼다. 나무뿌리에 밧줄을 묶는다. 소가 위에서 끌어당긴다. 우리는 구덩이 속에서 뿌리를 밀어올린다. 조금 굴리고 나무토막으로 받치고 숨을 고른다. 또 조금 더 굴리고 받치고 숨을 돌린다. 사람과 소 모두 기운이 쏙 빠질 때까지 되풀이하고 나서야 나무뿌리가 구덩이 밖으로 나온다. 달구지에 싣는 일은 조금 낫다. 달구지 앞부분을 쳐들고 뒷부분을 바닥에 대고, 나무뿌리를 달구지 위로 굴리고, 조금 올라가면 달구지 앞부분을 누른다. 그렇게 뿌리를 달구지에 실었다.

그런데 나무뿌리가 실리자마자 빠직 소리가 나면서 달구지의 판자 하나가 부러졌다. 다행히 바퀴는 망가지지 않았다.

몇 마디 더 보충하겠다. 나무뿌리를 파낸 자리에는 커다란 구덩이가 남았다. 한참 멀리까지 가서 뒤돌아보아도 그 깊고 거대한 구덩이가 보였다. 그 뒤로 몇 년씩이나 그 구덩이가 머릿속에 떠오르곤 했다.

그렇다면 그 커다란 나무뿌리는? 사라졌다. 펑싼에게 누가 가져갔냐고 물었다. 펑싼은 모른다고 했다. 우리 집 뒤쪽에 사는 천싼위안에게 물어보니 몇 년 전만 해도 본 것 같다고 했다. 그러다 없어졌다고. 나는 마을을 한 바퀴 돌면서 다른 집 마당을 유심히 살펴보았지만 나무뿌리는 보이지 않았다.

나중에 이웃 마을 몇 군데에서도 찾아봤지만 역시나 행방이 묘연했다.

사람을 알아보는 새

우리가 이사 간 뒤에도 우리 집 쥐들은 계속 그곳에 살면서 평싼의
식량을 훔쳐 먹었을 것이다. 새들은 남겨놓은 나무 몇 그루에 내려앉
았을 것이다. 다른 집 나무에 내려앉은 새가 더 많겠지만 말이다. 그
래도 우리가 남긴 몇 그루에 모여 앉아 재잘재잘 떠들었을지도 모른
다. 새들은 마당에 무슨 일이 일어났는지는 몰라도 그 나무들이 없
어졌다는 사실은 알았을 터이다. 새들이 둥지를 틀었던 가지들은 바
닥에 내동댕이쳐졌고, 정성껏 지은 둥지와 둥지 안의 모든 삶이 밥
한 공기처럼 바닥에 엎어지고 말았다.

평싼은 혼자 집 안에서 새소리를 들었다. 우리는 새소리까지 계산
해서 평싼에게 팔지는 않았다. 그렇다고 그 새들을 데려갈 수는 없
었다. 새가 둥지를 튼 나뭇가지를 가져갈 수는 없었다. 잎이 무성한
나무를 베어 쓰러뜨리고 몸통만 가져갈 수밖에 없었다. 나머지는 모
두 땅에 내버렸다. 우리는 이 집을 여러 해를 가꾸고서야 새 떼가 우
리 집에 내려앉게 할 수 있었고, 아침저녁으로 새소리가 소와 나귀의
투박한 울음소리 속에 잔다란 가랑비처럼 흩뿌려지게 할 수 있었다.
그 새들은 우리 집에 속했다. 우리 가족은 귀 열여섯 개로 새소리를
들었다. 평싼은 혼자뿐이고, 눈도 어둡고 귀도 어둡다. 그때부터 그

새들은 듣는 사람 없이 지저귀었을 테고, 우리는 새들이 뭐라고 하는지 다시는 알 길이 없었다.

대부분은 참새 소리였다. 참새의 어조는 우리와 비슷해서 한번 들으면 참새가 가까운 고향 이웃처럼 느껴졌다. 나무가 집 높이까지 자라자 새들이 나무 꼭대기에 둥지를 틀었다. 우리가 좀 두려운지 눈에 띄지 않게 하려고 잎새 속에 둥지를 감췄다. 해마다 나무가 자랄수록 둥지도 따라 올라갔다. 모든 둥지가 지붕에서 집 한 채만큼 더 높이 올라가자, 너무 높다고 여겼는지 내려와서 모이를 쪼아 먹기 불편해서 그랬는지 새들은 몇 가지 아래로 둥지를 옮기고 감추지도 않았다.

우리가 어릴 때 구들에서 떨어졌듯이, 여름이면 털도 나지 않은 아기 새가 걸핏하면 나무에서 떨어져 목청을 쥐어짜며 줄기차게 울어댔다. 큰 새도 옆에서 소리를 질렀다. 큰 새는 그 조그만 새를 둥지에 데려갈 방법이 없어 아기 새가 고양이에게 먹히고 개미 떼에게 산 채로 끌려가는 모습을 두 눈 뻔히 뜨고 보고만 있어야 했다. 때마침 우리가 일을 마치거나 학교에서 돌아왔을 때 그 광경을 보면 얼른 새를 주워 어느 둥지에서 떨어졌는지 확인하고 나무에 올라가 돌려놓았다.

나무를 오르는 건 내가 맡은 일이었다. 넷째도 나무를 잘 타고 나보다 높이 올라갈 수 있었다. 그래도 우리가 나무에 올라가 새를 건드리는 일은 몹시 드물었다. 새들과 다툰 일이 여러 번 있어서 좀 무서웠다. 한번은 내가 아기 새를 올려주려고 지붕보다 높이 뻗은 가지까지 기어갔다. 전에 둥지에 새알 여덟 개가 있을 때 몰래 와서 알을 손바닥에 놓고 한참 놀다가 돌려놓은 적이 있었다. 이번에 와보니 둥지에서 일고여덟 마리 작은 새가 조그만 고개를 쳐들고 나를 향해 울어댔다. 머리 위에서도 새 떼가 날카롭게 울고 있었다. 새들은 내가 둥지를 부수고 새끼를 해치려 한다고 여겼다. 조금 뒤에 새들이 내 머리 위 나뭇가지로 우르르 내려앉더니, 빽빽 소리를 지르며 빗방울처럼 새똥을 뿌려 나를 공격했다. 그러고는 담장에 내려앉아 우리 집 문과 창문을 향해 목이 다 쉬고 피가 날 정도로 울어댔다. 목소리가 딱 욕하는 소리였다. 짜증이 난 어머니가 문을 열고 나오더니 나무 위에 대고 소리쳤다. 당장 내려와, 새 둥지 한 번만 더 건드렸단 봐라.

바람이 빨랫줄에 널려 있던 빨간 이불보를 나뭇가지로 날려 새 둥지에 뒤집어씌운 적도 있었다. 넷째가 막대기를 들고 올라가서 가져오니까 점심 내내 새가 쉴 새 없이 소리를 질러댔다.

언젠가는 새매 한 마리가 나무에 내려앉는 통에 새들이 다들 기겁했다. 모든 새가 지붕과 양 우리로 옮겨가서 시끄럽게 울어댔다. 개도 나무를 보며 컹컹 짖고 닭과 양도 나무를 올려다보고 있었다. 나가보니 커다란 잿빛 새가 나무 가장귀에 앉아 있었다. 아버지가 저건 새매라고, 비둘기와 새만 잡아먹는다고 했다. 내가 흙덩이를 주워 던지자 새매가 날아갔다.

참새 말고 다른 새들도 있었다. 처마에 까치 두 마리가 날아와 앉기도 하고, 나무 꼭대기에 올빼미 한 마리가 서 있기도 하고, 목소리가 청아한 황새도 이따금 찾아왔다. 그 새들이 우리 나무에 둥지를 튼 적은 없었다. 아무래도 황사량을 집으로 여기지 않는 모양이었다. 다른 곳에 가다가 지친 그들은 우리 나무에 내려앉아 쉬어가면서 마당에 있는 사람과 가축에게 잔소리를 늘어놓았다.

"옥수수 더미 얼른 들여놔라, 비 오겠다."

"낫 다 쓰면 벽에 걸어놔야지. 삽은 마당에 팽개쳐두지 말고 모퉁이에 세워놓고."

그들은 꼭 높은 데서 우리에게 훈계하는 순찰관 같았지만 목소리는 노랫소리처럼 듣기 좋았다. 그들은 우리가 신경 쓰지 않는 틈에 내려와 먹을 것을 물고는 멀리멀리 날아갔다. 그들이 마당을 떠나고 마을을 떠나면 몇 년은 볼 수 없었다.

"참새들이 사람을 알아본다니까요." 내가 아버지에게 말했다. 어제 남쪽 비탈에서 풀을 베는데 참새 한 마리가 내 주위를 맴돌며 계속 울어댔다. 나는 배낭 속 찐빵을 훔쳐 먹으려는 줄 알았다. 참새는 내가 고개를 숙이고 풀을 벨 때는 앞쪽 풀에 내려앉아 나를 향해 울어댔고, 풀을 묶을 때는 땅에 내려와 울어댔다. 나중에 알고 보니 우리 집 나무에 있는 새였다. 왼쪽 발톱 안쪽에 하얀 털이 조금 있는, 사람 발치까지 와서 먹이를 찾아다니는 대담한 녀석이었다. 그런데 지금 하얀 암양 등에 서서 풀씨를 쪼아 먹는 그 녀석을 또 만난 것이다.

새가 사람을 알아본다니까. 형도 이렇게 말했다. 그날 황무지에 땔나무하러 갔는데 우리 집 나무에 사는 새 몇 마리를 보았다는 것이었다. 새들이 그렇게 멀리까지 뭐 하러 갔는지는 알 수 없었다. 소달구지를 따라간 걸까, 아니면 황무지에서 마주친 걸까. 새들은 내내 소 주위를 맴돌며 사람에게 말을 건네는 것처럼 짹짹거렸다. 형이 달구지에 땔나무를 싣자 새 네 마리가 땔나무 하나에 나란히 내려앉아 소달구지를 타고 집으로 돌아왔다.

우리 집 그 길

마지막 날까지 우리는 황사량을 떠날 준비가 안 된 것만 같았다. 두 달 전부터 물건을 정리하고 가져갈 짐을 싸기 시작했고, 수레 몇 대가 필요할 것이며 어떤 수레에 어떤 살림살이를 실어 나를 것인지까지 다 계획했는데도 말이다.

이사를 앞둔 그 밖의 시간은 평소와 똑같았다. 우리는 변함없이 제 할 일을 했다. 나는 아침마다 소를 끌고 집을 나섰고, 벌써 숱하게 뜯어 먹었는데도 여전히 먹을 풀이 보이는 갈대밭에 묶어놓았다. 어머니는 아침 일찍부터 마당에 물을 뿌리고(어머니의 오랜 습관이었다), 지푸라기와 나뭇잎을 깨끗이 쓸었다(낙엽이 지기 시작할 때였다. 이른 아침에 마당을 보면 나뭇잎이 드문드문 떨어져 땅바닥에 납작하게 붙어 있었다. 밤에 바람이 불었으면 훨씬 많이 떨어져 있었다. 우리가 황사량에서 보내는 마지막 가을은 유난히 늦게 찾아오는 것만 같았다. 비가 두 차례 내리자 누렇게 물들어가던 들판이 다시 푸르러졌다. 우리는 여러 번 이사 날짜를 미뤘지만 낙엽이 다 질 때까지 기다리지 못하고 이곳을 떠났다). 아버지는 한결같이 아침 일찍 수레를 몰고 밭에 나갔다. 더는 수확할 것도 없었다. 마지막 옥수수도 열흘 전에 다 거둬왔다. 들판에 있는 것은 모두 다른 집 양식이었다. 아버지가 수레를 몰고 그 땅들을 지날 때마다 사람들이 경계심을 품었을지도 모른다. 아버지는 전날 베어놓은 옥수수 줄기를 가지러 가는 김에 밭두렁에서 풀도 베어왔다. 밭을 나서면서 아버지는 수레에 실린 삽을 내려 수레가 들어오느라 납작해진 밭두렁을 두둑하게 만들고, 물꼬를 막고, 발로 흙을 견고하게 다졌다. 앞으로 이 밭에서 자신의 소유물이 자랄 일은 더 이상 없을 텐데, 그런 생각은 하지도 않는 모양이었다. 이제 아버지의 말수레는 다른 땅에서 덜컹거리며 오갈 것이다. 아버지가 다른 곳의 길을 걷는 데 익숙해질지, 다른 곳의 밭을 가는 데 익숙해질지는 모를 일이었다. 어쩌면 아버지는 이미 오래전부터 다른 곳의 생활에 적응하지 못하게 되었는지도 모른다. 그의 다리는 황사량의 길에 내동댕이쳐지면서 이런 모양이 되었다. 살짝 안짱다리로 비틀비틀 걸을 때면 두 다리 사이로 바람이 지나가고, 두 다리 사이로 개가 지나갔다. 고양이나 달아나는 들토끼는 낄 수 없어도 풀단이나 밀 포대는 달리는 말에 올라탄 것처럼 편안하고 능숙하게 다리 사이에 끼곤 했다.

어느 날 오후였다. 밥을 먹고 나자 아버지는 또 삽을 들고 집 뒤쪽을 지나가는 그 길에 흙을 몇 삽 퍼넣어 비 온 뒤에 찍힌 소 발자국 몇 개를 평평하게 골랐다. 길이 사오십 미터쯤 되는 그 구간은 우리 집의 길이었다. 우리가 스스로 닦은 길로 마을 큰길만큼 널찍하며 집 뒤쪽을 지나 동쪽 축사와 땔나무 더미로 이어졌다. 큰길과 맞닿은 곳에는 도랑이 있었다. 다리는 없지만 도랑이 얕아서 물이 있든 없든 건너는 데 아무 문제도 없었다. 이 길은 예전에는 우리 가족만 지나다녔다. 길에 우리 바큇자국과 소 발자국뿐이었다. 나중에 허난에서 온 리 씨가 우리 집 동쪽에 집을 지었기 때문에 자연히 이 길을 지나다니게 됐다. 아버지는 그 집 사람들이 길을 아끼지 않는다고, 길에 흙 반 삽도 보탤 줄 모른다고 늘 볼멘소리를 했다. 특히 그 집 검은 암소는 길을 갈 때 뒷다리 두 개를 꼬아가며 걷는데 편자를 박은 발굽으로 일부러 우리 길을 파헤쳐 흙덩이를 만들었다. 한 발짝마다 흙덩이가 하나씩 생겼다. 한번은 리 씨네 둘째가 황무지에 가서 땔나무를 실어오다가 타이어가 터졌다. 땔나무로 반쯤 찬 소달구지가 한쪽 바퀴 테로 길을 깔아뭉개며 지나가는 통에 우리 집 뒷길에 깊은 자국이 한 줄 남았다. 아버지는 반나절 동안 그 자국을 보고 있었지만 리 씨네 집에서는 아무도 길을 고르러 오지 않았다. 화가 난 아버지는 리 씨한테 가서 잔소리를 퍼부었다. 원래부터 감정이 안 좋았던 두 집은 이번에 더 악화되어 바큇자국을 놓고 대판 싸웠다. 결국 길을 평평하게 고른 사람은 아버지였다.

우리는 곧 떠날 터였지만 어떤 것도 일부러 망가뜨리지 않았다. 땅에 구덩이를 파지도, 길에 흙덩이를 던져놓지도 않았다. 우리는 이 집과 그 안에서의 조용한 생활을 마지막 날까지 유지했다.

드디어 모든 짐을 수레에 싣고 떠날 때가 되었다. 그제야 우리는 우리 집이 이미 처참한 꼴이 되어 있다는 걸 알아차렸다. 나무는 몇 그루만 쓸쓸히 남아 있고, 집 한 칸은 허물었고, 축사는 썩어가는 울타리가 되어 있고, 길에도 마당에도 망가진 물건이 여기저기 널려 있고…… 갑자기 마음이 쓰라려오며 눈물이 멈추지 않았다. 우리 스스로 이 집을 망쳐놓다니, 더 이상 집 같지도 않게 만들어버리다니.

그날 사람들이 잔뜩 모여들었다. 길에도, 담장 위에도, 담장 밑에도 사람들이 서 있거나 쪼그려 앉아 있었다. 몇몇은 다가와서 몇 마디 건네며 도와주었다. 대다수는 둘러서서 물끄러미 보기만 했다.

다들 그렇게 지켜보고 있으니 우리는 좀 거북해졌다. 괜히 당황스러웠다. 감시당하는 기분이 들었다.

몇몇은 아마 우리가 수레에 하나하나 싣는 물건을 살펴보면서 그중에서 예전에 잃어버린 삽 한 자루, 삼끈 반 뭉치를 요행히 찾아내고 싶었을 거다. 또 몇몇은 자기들도 조만간 이사할 거라고 확신하며 우리가 살림살이를 꺼내오고 수레에 싣는 모습을 팔짱을 끼고 지켜보았다. 궤짝, 의자, 냄비, 목재, 땔감, 풀단에 물독까지 짐칸에 실으면서 어떻게 서로 짓누르고 부딪치지 않게 할까. 대부분은 갑작스레 우리를 모르는 사람이 된 것처럼 무표정한 얼굴이었다. 우리가 이사하면서 공기까지 담아갈까 걱정스러워 보였다.

나는 짐을 나르느라 바빠서 누가 이 마을을 대표해 우리에게 작별을 고했는지 알지 못했다. 수로 옆에 우울한 눈빛으로 서 있는 저 개였을까, 사람들 틈에 한가로이 서서 우리가 자루를 짊어지고 나무를 한 아름 안고 가는 모습을 지켜보던 저 나귀였을까. 나귀는 우리가 짐을 다 싣기도 전에 몇 마디 고성을 내지르더니 엉덩이를 씰룩거리며 자리를 떴다. 이 마을이 내지르는 외침처럼 들려 우리는 잠시 일손을 멈추었다. 한마디 한마디가 격앙되고 비장하게 들렸다. 그 소리가 멈추자 마을에 정적이 흘렀고, 다른 모든 소리는 사소하고 흐릿해졌다. 나귀가 우리를 향해 소리쳤는지 다른 나귀를 향해 소리쳤는지는 아리송하다. 나귀인 그는 사람 일에까지 참견하기 귀찮았을지도 모른다. 나귀의 눈을 보라, 여태껏 사람을 거들떠본 적도 없는 눈빛이다.

촌장이 나서서 무슨 말을 하지는 않았다. 누가 촌장이었는지도 잘 기억나지 않는다. 그때는 누가 촌장이든 매한가지였다. 빈 감투에 지나지 않았다. 저마다 심을 것을 심고, 방목할 양을 방목했다. 촌장은 마을 사람들 일에 거의 참견을 안 했다. 마을 사람들도 번거롭게 촌장을 찾아가지 않았다. 가축은 더더욱 촌장을 대수롭지 않게 여겼다. 개는 촌장이든 회계든 물어야 할 사람을 물었다. 소는 성질이 뻗치면 누구에게든 뿔과 발굽을 휘둘렀다.

멀리멀리 떠나고도 한참이 지나서야 깨달았다. 우리는 그곳에 너무나 많은 걸 남겨두고 왔다. 그 널찍하고 평탄한 길, 우리가 밑거름을 충분히 뿌려 오랫동안 누군가를 위해 탐스러운 열매를 주렁주렁 맺을 땅뿐만이 아니었다. 우리가 또 다른 수로 가에서 양동이를 흔들고 있을 때는 어느덧 다른 곳의 아침이었다.

우리는 너의 해를 쪼이지 않게 됐다―황사량.

우리는 너의 공기를 들이마시지 않게 됐다―황사량.

세 칸의 집과 지붕 위 모든 하늘을 남겨두었건만.

아침과 오후의 땅에서 다시는 우리 가족의 그림자를 찾을 수 없다.

우리는 너의 하늘로 연기를 피워올리지 않게 됐다―황사량.

우리가 떠나자 이곳은 또 사람이 좀 성깃해졌다. 그러자 마을로 불어오는 바람이 받는 저항이 갑자기 줄어들었다. 북서풍이 잇따라 불어와 마을 한복판 큰길을 지나갔다. 한바탕 불 때마다 길이 말끔해졌다. 큰길은 사람도 다니고 바람도 다닌다. 일찍이 옛사람은 양쪽에 집을 짓고 가운데는 큰길을 남겨두어 바람이 지나가게 했다. 바람은 커다란 존재라서 양처럼 울타리를 쳐서 가둬두면 안 된다. 하늘과 땅 사이의 모든 것이 순탄하게 지나가는 곳이어야 사람도 붙잡아둘 수 있다.

어느 날 오후, 황무지에서 땔나무를 지고 온 우리 사형제가 마을 어귀에 이르렀을 때 세찬 바람이 불어왔다. 강풍이 절규하며 마을을 지나가고 있었다. 바람이 등에 짊어진 나뭇단을 잡아뜯으며 우우 울어댔다. 바람에 날린 셋째는 동쪽으로 휘청거리고 넷째는 서쪽으로 기우뚱거렸다. 첫째와 둘째는 허리를 잔뜩 구부리고 고개를 숙인 채 뚜벅뚜벅 걸어갔다. 집까지는 아직 갈 길이 멀었다. 한 걸음 한 걸음이 힘겹기 그지없었다. 안간힘을 써가며 다리를 들어 앞으로 내딛어도 바람에 밀려 뒤로 한 발짝 물러나곤 했다.

넷째가 말했다. 큰형, 담장 밑에 잠깐 숨어 있다가 바람이 지나가면 가자.

양쪽은 모두 집이고, 바람과 사람은 하나의 길을 지나가야 했다. 천지사방에 가득한 흙과 지푸라기와 연기와 공기가 북쪽으로 달려가는데, 우리 사형제만이 한사코 남쪽으로 가겠다고 기를 쓰고 있었다.

첫째가 말했다. 조금만 더 버티면 집에 닿을 거야. 바람이 지나가지 않으면 어떡해. 계속 담장 밑에 앉아 있어야 되잖아. 늙을 때까지 집에 못 가. 넷째는 아무 대답도 하지 않았다. 마음속으로는 이렇게 말하고 있었다. 왜 늙을 때까지 앉아 있어, 열여섯이나 스무 살까지만 앉아 있으면 돼. 그때는 아무리 거센 바람도 밀어낼 수 있다고.

첫째와 둘째가 앞장서고 셋째와 넷째는 뒤를 따랐다. 머리카락을 쓸어넘긴 바람이 우우 울면서 정수리를 지나자 머리뼈 네 개가 훤히 드러났다.

흙 한 알이 첫째 이마에 부딪치고 잎새 하나가 둘째 앞머리에 부딪쳤다. 자갈이 셋째 콧등에 부딪치고 단단한 나뭇조각이 넷째 눈가를 스쳤다. 그것들이 저마다 마음의 어느 부분을 건드렸는지에 따라서 훗날 형제들 앞에는 전혀 다른 운명이 펼쳐졌다.

그 바람은 마침내 뼈와 살이 단단히 잠가놓은 누군가의 문을 열고, 그의 마음속 깊은 곳에 자리한 고요하고 끝없는 광야와 하늘을 펄럭펄럭 흔들어놓았다.

대문 앞에 이르자 바람이 갑자기 약해져 나뭇가지가 동쪽으로 기울기 시작했다. 그 바람은 우리에게 들이받혀 돌아간 것이었다. 바람은 방향을 바꾸더니 황사량을 휘돌아 멀리멀리 가버렸다.

우리가 땔나무를 지고 집으로 돌아오는 길은 바람의 길이 아니었다.

어릴 때 우리는 공손하게 한쪽으로 비켜서서 강풍을 지나가게 해줄 줄 몰랐다.

세월이 흘러 바람이 또다시 이곳을 지날 때, 그때는 천지사방에 나부끼는 온갖 사물 가운데 땔나무를 짊어진 채 바람을 거스르던 그 네 사람은 더 이상 보이지 않았다.

온 하늘과 대지가 바람의 길이 되어 있었다.

비탈에 자리한 마을

위안싱궁 마을에 대한 기억은 별로 없다. 그곳은 우리 가족이 황사량을 떠난 뒤에 잠시 머물던 곳이었다. 톈산天山과 가까운 마을인데 커다란 비탈에 있다보니 비가 오면 땅 위로 물이 콸콸 흘러내렸고, 비가 그치면 물은 어디로 간 것인지 종적도 없었다.

물건이 땅에 떨어져도 그대로 굴러 내려갔다. 그 마을 물건에는 모두 다리가 달렸는지 잠깐만 방심하면 그대로 달아나 다시는 찾지 못했다.

그해 가을, 마을에 수박 장수가 왔다. 수박 한 수레를 끌고 온 그는 수박을 바닥에 내려놓고 장사 준비를 했다. 그러고 돌아섰는데 수박이 움직이기 시작했다. 천천히 굴러가다가 속도가 점점 빨라졌다. 위안싱궁 사람들은 수박을 심지 않았다. 심어봤자 헛일이었다. 박 종류는 열매가 조금만 자라면 구르기 시작해 줄기를 기다랗게 잡아 늘인다. 열매가 더 커지면 줄기는 버티지 못하고 뜯기거나 뿌리째 뽑힌다. 열매가 익었든 안 익었든 크기가 커지면 비탈을 따라 데굴데굴 굴러간다. 어떤 것은 돌에 부딪쳐 박살 나고 만다. 어떤 것은 굴러가면서 차츰 익는다. 햇볕에 뜨거워진 황량한 비탈은 자신을 지나는 물건도 데워서 익힌다. 위안싱궁 사람들도 방법을 궁리해냈다. 수박 밑에 구덩이를 하나씩 파는 거다. 그러나 겨우 삽날만 한 작은 구덩이는 별다른 저항력이 없다. 더군다나 산을 타고 내려오는 바람은 사람까지 굴리는데, 무엇으로 무엇을 막는단 말인가.

수박 장수는 깡마른 노인이었다. 그는 수박이 굴러간다고 고래고래 소리쳤다. 마을에서 사람들이 몰려나와 수박을 뒤쫓았다. 개도 덩달아 쫓아갔다. 돼지와 소도 신이 나서 이리저리 쫓아갔다. 되찾은 수박은 몇 개 없었다. 수박 한 수레가 십 리 밖에 있는 아랫마을로 굴러가버렸다.

위안싱궁 사람들은 뭔가 잃어버렸다 하면 아랫마을로 찾으러 갔다.

마을에는 둥그런 물건이 거의 없었다. 돌멩이마저 납작했다. 바구니는 모두 네모진 모양이었다. 통나무는 담장이나 말뚝으로 막아놓았다. 굴러갈 만한 물건에는 밧줄을 달아 쓰지 않을 때는 소처럼 말뚝에 매어놓았다. 밭에 나가 일할 때는 먼저 쉴 자리에 말뚝을 박아 수레를 묶었다. 돌번지는 철사로 붙들어 맸다.

그곳은 물건을 붙잡아둘 수 없는 마을이었다. 비탈에 세워진 마을이었다.

황사량은 대지의 가장 우묵한 곳에 있어서 비가 내리면 그 자리에 그대로 고인다. 사람이 건드리지만 않는다면 모든 것이 천년만년 뒤에도 제자리를 지킬 터이다. 원래의 모양과 자세 그대로일 터이다. 땅을 석 자만 파면 몇 년간 사라졌던 고인 물을 찾아낼 터이다. 그것은 똑바로 스며들어 숨바꼭질하듯 땅속 깊이 숨어 있다. 그 자리에서 한번 소리쳐 부르면 다 나올 터이다. 위치만 기억하면 된다. 물건들이 보이지 않으면 하늘에 올라갔거나 땅속에 묻힌 것이다. 달리 갈 곳이 없다.

소들은 이리저리 어슬렁거리다 결국 외양간으로 돌아온다. 나무가 베어진 자리에는 잔가지가 다시 돋는다. 일찍이 땅에 떨어진 바늘 하나는 점점 더 깊이 땅속으로 파고든다. 돌아오는 길을 잊으려야 잊을 수가 없다. 날마다 똑같다. 해는 우리 집 땔나무 뒤에서 떠올라 건너편 한싼네 외양간 뒤로 떨어진다. 바람은 그저 바람을 날려 보낸다. 흙은 똑바로 피어올랐다가 똑바로 떨어진다. 그 집 흙은 그 집 지붕과 마당에 떨어진다.

우리는 위안싱궁 마을에서 5년만 살다 나왔다. 아버지는 비탈 농사에 익숙하지 않았다. 그 커다란 비탈에서 삽과 괭이를 휘두르는 것이 영 어색했다. 평평하게 누워 있고 순탄하게 펼쳐진, 뭐든 가꾸기 편한 황사량의 땅과는 달랐다. 위안싱궁의 땅은 비스듬한 벽처럼 서서 사람이 지나다니지 못하게 했다.

가장 힘든 일은 밭에 물을 대는 일이었다. 물을 대도 하늘에서 내리는 것처럼 비탈을 따라 사라지는 통에 잡아둘 방법이 아예 없었다. 지표에 닿지도 않고 날아가다시피 했다. 땅은 그대로 말라 있는데 물은 흘러가서 보이지도 않았다. 때로는 물이 밭고랑으로 몰려가더니 고랑을 따라 싹 달아나버리기도 했다. 그러면 양옆의 농작물은 바라만 보다가 말라 죽었다.

언젠가 아버지가 한밤중이 되어서야 집에 돌아온 적이 있다. 아버지는 머리 꼭대기까지 화가 나서 한마디도 하지 않았다. 그날 해가 떨어지자마자 형이 아버지를 맞으러 나갔다. 우리는 수레가 도랑에 빠진 줄 알았다. 형이 돌아왔을 때는 이미 캄캄해져 있었다.

"길에 없는데요. 아무것도 안 보여요. 바닥에 엎드려 한참을 들어봤는데 바퀴 소리도 안 들리던데요."

"길을 잘못 들어서 다른 마을로 가버린 거 아닌가 모르겠다."

어머니가 나더러 지붕에 올라가 소리쳐 불러보라고 했다. 나는 사다리를 타고 올라갔다. 새까만 밤하늘 높고도 아득한 곳에 별 두세 개만 박혀 있을 뿐이었다. 마을은 쥐 죽은 듯 고요했다. 아무것도 보이지 않는 가운데 이따금 어느 집 굴뚝에서 불똥이 튀었다가 사그라졌다. 목청껏 소리쳐 부르려는데 갑자기 이곳이 너무나도 낯설게 느껴졌다. 도무지 소리가 나오지 않았다. 목이 무언가에 꽉 막혀 있었다. 그것은 내가 잘 모르는 이곳의 기운이었다. 나는 한참을 우두커니 서 있다가 도로 내려갔다.

한밤중에 개가 짖어 우리를 깨웠다. 말과 수레 소리가 들렸다. 어머니가 문을 열고 나갔다. 집에 계속 불을 밝혀놓고 있었다. 식탁에는 그릇과 젓가락이 놓여 있었다. 우리도 어머니를 따라 일어났다. 수레가 벌써 마당에 들어와 있고, 아버지는 노발대발하면서 어둠 속에서 마구를 풀고 있었다. 나는 고삐를 잡고 말을 마구간으로 데려갔다. 말 등을 두드려주는데 온통 땀이 흥건했다.

우리는 이튿날에야 사정을 알게 됐다. 아버지가 수레에 풀을 싣고 돌아오는데 오른쪽 바퀴 축받이가 낡아 덜거덕거렸다. 아버지는 수레를 세우고 돌 몇 개로 차축을 괴어놓은 다음 바퀴를 떼서 고치려

했다. 그런데 손을 놓자마자 바퀴가 굴러가기 시작했다. 부랴부랴 뒤쫓아갔지만 따라잡을 수가 없었다. 수백 미터를 달려갔지만 소용없었다. 눈앞에서 점점 더 빨라지는 바퀴를 보면서 아버지는 말을 타고 쫓아가야겠다는 생각이 들었다. 아버지는 서둘러 돌아와 마구를 풀고 수레를 잘 붙들어 맨 다음 말에 올라 바퀴를 추격했다. 십여 킬로미터를 달리고서야 위성류 수풀 속에서 바퀴를 찾아냈다. 위성류가 막아줬으니 망정이지 끝없이 굴러가다 황사량까지 갔을지도 모른다. 바퀴는 나무 사이에 얌전히 누워 있고, 타이어가 돌에 부딪쳐 몇 군데가 터져 있었다.

사실 중간에 거의 잡을 뻔했었다. 비탈에서 양치기가 바퀴를 보고 막아주려 했다. 굴러 내려오는 바퀴에 양 떼가 깜짝 놀라 뿔뿔이 흩어졌다. 양치기는 이런 일을 많이 겪었는지 길목에서 기다리다가 바퀴가 질주해오자 다리를 뻗어 바퀴를 쓰러뜨렸다. 쓰러진 바퀴는 더이상 굴러갈 수 없다. 그런데 안타깝게도 양치기가 다리를 너무 세게 뻗었는지 쓰러진 바퀴가 통통 튀어오르더니 다시 일어나 달아나기 시작했다.

양치기는 굴러가는 바퀴를 보고만 있을 수밖에 없었다. 그리고 말을 타고 달려오는 아버지에게 어쩔 수 없다는 몸짓을 해 보였다.

아버지는 정말 힘들게 그 바퀴를 찾아 돌아왔다. 늦은 오후부터 날이 어두워지고 더 어두워질 때까지, 말은 바퀴 하나를 싣고 아버지는 말을 끌면서 온 길을 되짚어 올라왔다.

대문을 만들다

열네 살의 어느 여름날 아침이었다. 아버지가 나에게 대문을 만들라고 했다. 아버지는 지붕에 나무가 있으니 쓸 만한 놈을 골라서 쓰라고만 일러주고는 삽을 메고 밭으로 가서 돌아오지 않았다.

대문을 만드는 일 때문에 우리 집은 몇 년이나 시끌시끌했다. 내 기억에 무릇 대문이란 담장 사이에 있는 불규칙한 틈새였고, 사시사철 열려 있었다. 그때 우리 마당에는 아무도 가져가지 않을 굽은 나무 몇 그루 그리고 마른풀과 땔나무 몇 더미밖에 없었다. 날이 갈수록 점점 그럴듯한 물건이 생겼다. 아버지가 어디선가 베어온 나무 몇 개, 가시나무로 엮은 구유 몇 개, 소 한 마리…… 이렇게 되자 밤이면 틈새 위아래에 막대기 두 개를 가로질러놓고 상징적인 문으로 쳤다. 아무것도 막지 못하는 문이라 물건을 종종 잃어버릴 수밖에 없었다. 그래서 어머니는 진즉부터 아버지에게 제대로 된 대문을 만들라고 들볶았고, 아버지는 숱한 핑계를 대며 미뤄왔다.

아버지는 아주 게으른 사람이었다. 아버지가 평생토록 부지런히 해낸 일은 오직 한 가지뿐이었다. 그는 우리 다섯 아이를 거두었고 우리는 그를 새아버지라고 부르게 됐다. 또 어머니와의 사이에 두 아이를 낳아서 모두 일곱 자녀가 되었다. 그 뒤로는 슬슬 게으름을 피우기 시작하면서 미룰 수 있는 일, 손 뗄 수 있는 일을 조만간 장성할 자녀들에게 하나씩 하나씩 떠넘겼다.

그렇지만 대문 만드는 일이 이렇게 일찍 나에게 떨어질 줄은 정말 몰랐다. 그때의 나는 아버지의 진정한 의도를 이해하지 못했다. 아버지가 이 대문 만드는 일을 줄곧 남겨둔 것은 시간이 없어서도, 게을러서도 아니었다. 문을 만든다는 것은 대단히 상징적인 일이었고, 아버지는 그 일을 아들에게 맡기고 아들을 통해 이 집안의 앞날이 흥할지 어떨지 보고자 했다.

열네 살의 내가 그런 걸 어떻게 이해했겠는가?

그저 재미난 일이라고만 여겼다.

나는 진흙 한 더미를 이겨놓았고, 흙덩이는 준비되어 있었다. 문둔테를 쌓기 시작할 때 나는 대문의 폭 때문에 한참을 고민했다. 그날 집에는 나밖에 없었던 것 같고, 문 앞 큰길을 지나는 사람도 아무도 없었다. 나 혼자 완성해야 하는 일이라는 생각이 불현듯 들면서 자신감이 훅 떨어졌다. 하지만 도와줄 사람은 한 사람도 찾을 수 없었다.

대문이 거의 완성되어갈 무렵이었다. 삽을 멘 남자 둘이서 지나가다 말고 문 앞에 멈춰 손가락으로 가리키며 무슨 말을 했다. 나는 일손을 멈추고 조심스레 다가갔다. 문둔테가 비뚤어진 건 아닌지 묻고 싶었다. 내가 다가가자 그들은 일부러 나를 피하는 것처럼 다시 어깨에 삽을 걸치고 자리를 떴다.

그때 나는 오로지 한 가지 원칙만 염두에 두었던 듯싶다. 문은 무언가를 막아야 하지만, 안으로 들어와야 하는 것을 막아서는 안 된다는 생각이었다. 가장 먼저 아버지가 떠올랐다. 우리 집에서 아버지가 가장 키가 크다. 문이 좁고 낮아서 아버지가 자기 집에 들어올 때 고개를 숙이고 몸을 틀어야 하면 너무 불편할 거다. 우리 집에 아버지보다 훨씬 큰 검은 암소가 있다는 사실은 미처 생각을 못 했다. 대문을 다 만들고 보니 처음 계산보다 살짝 넓어졌을 뿐이었지만 그래도 암소가 못 들어오는 일은 없었다. 암소는 새끼를 뱄을 때도 배를 눌러가며 대문을 비집고 들어왔다. 아무튼 그때는 분명 생각이 짧았다. 대충 간격을 재서 문둔테 두 개를 두껍게 쌓고, 진흙을 많이 써서 흙덩이 사이에 빈틈이 조금도 없게끔 아주 꼼꼼하게 발랐다.

말 나온 김에 덧붙이면, 그때 나는 길가 방풍림 가장자리에서 파온 흙으로 진흙을 이겼다. 십수 년 뒤에 폐허가 된 이 집에 와서 섰을 때도 그때 흙을 파냈던 구덩이를 알아볼 수 있었다. 구덩이 때문에 가지런하던 방풍림 가장자리가 안쪽으로 패였다. 방풍림에 물을 대면 이 구간을 흘러갈 때마다 먼저 그 구덩이에 흘러들어 구덩이를 채우고 나서야 다시 천천히 흘러갔던 것이 기억난다.

다음은 문루를 만들어야 했다. 나는 도끼를 들고 땔나무 더미에서 나무를 골라내 한참을 휘두른 끝에 막대 열댓 개를 다듬어냈다. 지붕에 있는 커다란 통나무는 아까워서 쓰지 못했다. 지붕에 올라가서 반듯이 누워 있는 굵고 곧은 나무 몇 개를 보긴 했지만 감히 건드릴 수가 없었다. 좀 썩은 것 같기도 했다. 그것은 아버지가 이 집을 지을 때 아까워서 못 쓴 나무들이었다. 젊은 시절 아버지는 손재주와 약간의 돈과 재료만을 가지고 적당히 흙집을 한 채 지었다. 아버지는 몇 년 안에 이 흙집을 허물고 크고 아름다운 벽돌집을 지을 작정이었고, 그러다보니 좋은 나무를 쓰기가 아까웠다. 그로부터 수십 년이 흘렀지만 우리는 여전히 작고 낮고 낡은 흙집에 살고 있었다. 그때 삐딱하게 놓은 도리 하나가 여전히 들보에 비스듬히 가로놓여 있고, 그때 반쯤 쌓다 만 담장도 여태 그 상태로 남아 있었다. 오랫동안 아버지는 집을 새로 짓기는커녕 이 낡은 집에 아무것도 보태지 않았다. 흙벽돌 반 개, 진흙 한 줌조차도……

너무나도 큰 환상을 품었던 아버지. 그때 그는 세월 속에 감춰진, 시간처럼 끊임없이 밀려들 어마어마한 부를 생각하고 있었다. 그렇지 않았다면 이 집을 더 높고 크고 튼튼하게 지었을 것이다. 적어도 이 훌륭한 나무 몇 개는 들보에 썼지, 지붕에 헛되이 누운 채 수십 년간 햇볕만 쬐게 하지는 않았을 것이다.

아버지는 자신의 실수를 일찌감치 깨달았을 것이다. 아마도 몇 번이고 지붕에 올라가서 남겨둔 이 좋은 나무가 나날이 썩어가는 모습을 보며 애통해했을 것이다. 아버지는 내가 그것을 쓰길 바랐다. 나에게 지붕 위 나무를 쓰라고 한 것은 널찍하고 커다란 문을 세우라는 암시였다.

하지만 나는 아버지를 실망시켰다.

정오가 좀 지나 아버지가 밭에서 돌아왔을 때, 나는 문루 꼭대기에 올라가 마지막 진흙 몇 줌을 바르고 있었다. 아버지는 대문 밖에 서서 한참을 침울한 표정으로 지켜보다가 한마디 말도 없이 집으로 들어갔다.

이 대문이 영 마음에 안 든다는 기색이 역력했지만 나는 어디가 마뜩잖다는 건지 알 수가 없었다. 문둔테가 삐딱한 걸까, 문루가 보기 싫은 걸까.

얼마쯤 지난 어느 날, 나는 맞은편 한쓰네 담벼락에 기대앉아 햇볕을 쬐면서 건너편에서 내가 만든 대문을 유심히 살펴보았다. 그제야 어디가 문제인지 알아차렸다. 문이 작았다. 이렇게 커다란 집에 쥐 대가리만 한 문이 달려 있으니 동화 속 세상에나 있는 어떤 장소처럼 우스꽝스럽기 그지없었다. 나는 이 작은 대문이 집안의 앞날에 영향을 미칠 줄은 전혀 몰랐다.

어찌 됐든, 우리 집에는 마침내 닫을 수 있는 대문이 생겼다. 아버지는 밭에 나갔다 돌아오면 마음 놓고 마당 한구석에 삽을 세워놓았다. 예전처럼 날이 저물자마자 얼른 집으로 들여놓지 않았다. 어머니도 마당에 자잘한 살림살이를 놔두는 데 차츰 익숙해졌다. 특히 가을이면 마당은 타작장이 되어 옥수수, 사탕무에 짚가리까지 곳곳에 널려 사람이 지나다니기도 힘들 지경이었다. 밤이 되면 잠자리에 들기 전에 누군가 꼭 물었다. 대문 받쳐놨나, 안 받쳐놨나. 등잔불이 꺼져 캄캄한 집에서 누군가 꼭 대답했다. 받쳐놨지.

그러고 보니 이 작은 대문은 우리가 한 해 한 해 거둔 풍성한 수확을 못 들어오게 막은 적이 없었다. 세월 따라 크고 작은 갖가지 물건이 모두 이 작은 대문을 통해 집으로 들어왔다.

이따금 땔나무 다발이나 밀 포대를 짊어지고 들어오던 아버지가 문이 너무 작다고 투덜거리기도 했다. 어느 날 아침이었다. 간밤에 도둑이 들었는데 마당에서 몇 푼 안 되는 자질구레한 물건만 가져가고 비싸고 커다란 물건은 모두 그대로 놔뒀다. 그걸 본 아버지가 그나마 다행이라는 듯 한마디 했다. 대문이 작아서 큰 물건은 못 내갔구먼. 문이 컸으면 왕창 털렸겠어.

내 기억에 식구들은 이 작은 대문에 금세 익숙해졌다. 이 문을 날마다 드나들어야 하는 아버지도 습관이 들어 아무렇지 않게 됐다. 언젠가 아버지가 마을 사람 누군가와 흥정하는 장면을 보았다. 그 사람은 자기 말수레를 우리 암양 다섯 마리와 바꾸고 싶어했다. 아버지는 줄곧 말수레를 원해왔다. 대화를 듣다보니 아버지는 이미 이 거래에 응한 거나 마찬가지였다. 그런데 나중에 아버지는 말수레가 너무 커서 마당에 들일 수 없다는 사실을 깨달았고, 미련 없이 포기했다.

말수레를 간절히 원하긴 했어도 아버지는 그걸 가로막는 작은 대문을 뜯어낼 생각은 조금도 없었다. 사실 우리 집 소달구지는 이 문을 통해 마당으로 들어온 적이 없다. 소달구지는 동쪽 땔나무 더미 옆에 세워놓았다. 그곳 역시 외양간, 양 우리, 돼지우리와 땔나무로 둘러싸인 또 다른 마당이라 할 수 있으며 우리 집 뒷길과 이어져 있었다. 소달구지가 싣고 오는 땔나무와 풀은 모두 그쪽으로 들어왔다. 동쪽 마당은 완전히 둘러쳐지지 않았어도 걱정할 필요가 없었다. 그곳에는 개집이 있고 커다란 땔나무 더미와 풀 더미가 있어 스스로 잘 지킬 수 있을 터였다. 우리가 지켜야 하는 주요 방향은 서쪽이었다. 우리는 서쪽 문을 지나 큰길로 나가고, 날은 서쪽에서 어두워졌다. 밤에는 시커먼 큰길에서 우리를 불안하게 만드는 발소리가 울렸다. 수많은 밤에, 내가 만든 대문이 그것들을 막아냈다.

그 뒤로 오랫동안 더 큰 대문을 다시 만들자는 사람은 아무도 없었다. 대문은 어느새 우리 집에서 없어서는 안 될 부분, 하나의 상징이 되었다.

아마도 바로 그런 이유 때문에, 내 성장 과정에서 대문은 줄곧 입밖에 낼 수 없는 마음속 고민이었다. 특히나 나에게 대문을 만들게 한 아버지의 진정한 의도를 알고 나자 일을 성공적으로 못 해냈다는 느낌이 더더욱 강해졌다. 집안에서 일이 잘 안 풀리거나 안 좋은 일이 생길 때마다 나는 이 작은 대문을 떠올리며 예민해졌다. 우리 집의 앞날과 운명이 정말 그날 아침나절, 사리에 어두운 미성년자였던 나에 의해 정해졌단 말인가.

훗날 어느 꿈속이었다. 내가 고용한 기술자들이 대문을 세우고 있었다. 집보다도 높고 자동차도 드나들 수 있는 대문이었다. 내가 고용한 이들은 하나같이 최고의 숙련공으로 백 년 뒤까지 고려했고, 구리며 철이며 페인트가 바닥에 잔뜩 쌓여 있었다.

꿈에서 깨자 또다시 내가 만든 그 대문이 떠올랐다.

어쩌면 어리고 무지한 내가 정말로 우리 집안을 작게 만들었는지도 모른다. 우리 가족이 이 마당에서 이삿짐을 내갈 때 우리 집에 대문보다 큰 귀중품은 하나도 없었다. 커다란 귀중품이 모두 이 작은 대문에 막혀 들어오지 못한 걸까, 아니면 식구들이 세간살이나 가산을 들일 때 대문 크기까지 면밀히 고려해 문을 통과할 수 없는 큰 물건은 집에 들이지 않았던 걸까.

그래도 우리 형제들은 이 마당에서 자랐다. 형부터 시작해서 나, 셋째, 넷째…… 저마다 우뚝우뚝 솟았다. 어떤 것도 우리의 성장세에 영향을 끼치거나 막지 못했다.

나중에 내가 부모님 곁을 떠나 내 집을 갖게 됐을 때도 담장을 두른 마당이 있었다. 담을 쌓고 대문을 만드는 일 모두 내가 손수 했다. 나는 이런 일을 내 자녀에게 넘길 수가 없었다. 그때 나는 결혼을 준비하고 있었고, 마당에 놓을 값진 물건은 하나도 없었지만 장차 이 마당에 내 물건이 가득 쌓일 거라고 생각했다. 나는 벽돌과 시멘트로 3미터 간격으로 문둔테를 두 개 세우고, 그 위에 튼튼한 철근 콘크리트 판을 가로놓았다. 독특하면서도 당당한 문루를 만들 작정이었지만 그때는 재료가 없어서 일단 놔뒀다. 그런데 문둔테를 세우고 한두 해가 지나도록 나는 이 넓고 텅 빈 대문을 달을 수 있는 그럴 싸한 문짝 두 개를 주문 제작할 능력이 없었다.

훗날 대문을 잘 만들고 나자 특별히 아버지를 모시고 왔다. 노인 이 된 아버지에게 대문을 충분히 크게 만들었다는 걸 보이고 싶었 다. 한 번쯤 칭찬을 듣고 싶었다.

이때의 나 또한 그때와 마찬가지로 아버지를 이해하지 못했지 싶 다. 나는 스물네 살이었다. 10년이라는 세월이 흘렀지만 나는 아버지 와 시선을 맞출 만큼 충분히 자라지 못했다. 아버지 나이에 이르면 문은 그의 삶에서 이미 다른 종류의 물건이 되었을 수도 있다. 아버 지가 팔짱을 끼고 솜옷을 단단히 여미고 걷는 모습을 볼 때마다 나 는 이런 느낌을 받았다. 아버지의 사방에는 햇빛도 추위도 바람도 통 과하는 수많은 문이 열려 있는데, 아버지는 어느 문도 달을 힘이 없 어 그저 옷자락을 단단히 여미는 것이 아닐까. 아버지는 한 마을에 서 평생의 산과 고개를 다 넘은 셈이었다. 곳곳의 문이 모두 아버지 를 향해 활짝 열려 있었다. 아버지는 모든 걸 훤히 꿰뚫고 있다고 느 끼는 동시에 추위를 느꼈다. 지금 아버지가 갈망하는 것은 단지 꼭 꼭 달을 수 있는 작은 문이었다.

세월이 흐른 뒤에 돌아와서 보니, 우리 마당에는 낡은 집 두 칸만 덩그러니 남아 있을 뿐이었다. 담벼락도 온데간데없고 오직 내가 만 든 문루만이 그 자리에 홀로 서 있었다. 휑뎅그렁하고 쓸쓸한 모습이 었다. 한때 함께 서 있던 담장과 가옥은 모두 허물어졌건만, 문루만 은 우뚝 선 채 오랜 세월 떠나 있던 나를 들여보내 주었다. 나는 처 연한 마음으로 부서진 벽과 잡초로 뒤덮인 옛 집터에 들어섰다. 이제 문루는 들어오는 것이든 나가는 것이든 아무것도 막을 수 없었다. 떠날 수 있는 것은 모두 이곳을 떠났다. 이 집에 살던 사람, 가축, 연기, 땔나무 그리고 사람 소리…… 이 마당에서의 삶은 중단되었고, 그들은 다른 집으로 옮겨갔다. 그러자 잡초가 밀려들었다. 대문으로, 무너진 담을 타고.

한 바퀴 돌아보고 텅 빈 대문으로 다시 나갔다. 건너편 한쓰네 허물어진 담장 앞에 서서 이 대문을 바라보았다. 처음으로 문이 작지 않다는 느낌이 들었다. 아마 일찍이 대문을 작아 보이게 했던 담장과 집이 모두 사라졌기 때문에, 대문이 홀로 존재하기 때문에, 이전의 모든 것과 관계가 없어졌기 때문이리라.

떠나면서 나는 이 대문이 앞으로도 한참 동안 우뚝 서 있으리라고 예감했다. 이유는 첫째, 문루에 가로놓인 가느다란 막대기를 뜯어갈 사람은 아무도 없다. 둘째, 하나의 집보다 더 커다란 존재가 이곳을 통과할 일은 두 번 다시 없다.

그것은 황야의 문이 되리라.

시간과 바람만이 드나들리라.

멀리서 들리는 문소리

1

종종 회상하는 장면이 하나 있다. 집에 있던 나는 문을 열고 나가 잡초에 포위된 자갈길을 지나 대문으로 향한다…… 대문을 열어주러 가는 모양이다만 찾아온 사람이 누군지는 알 수가 없다. 집 안으로 흘러든 문 두드리는 소리는 아득한 곳에서 전해지는 느낌이었다. 나는 나의 대문이 내는 소리를 단번에 알아듣는다. 그것은 마을의 어떤 문이 내는 소리와도 다르다. 불규칙하게 문짝을 두드리는 소리와 문틀이 헐거워 덜거덕거리는 소리가 뒤섞여 있다. 나는 늘 비몽사몽 간에 대문으로 이어지는 그 길을 걷는 나 자신을 본다. 나무 문짝 틈으로 흔들리는 그림자가 어렴풋이 보인다. 때로는 문 두드리는 사람이 다급한 마음에 목청껏 소리쳐 부르기도 한다. 나는 대답하면서 걸음을 빨리한다. 때로는 밖에서 사람이 깡충거리기도 한다. 나는 담장 위로 나타났다 사라졌다 하는 아는 이 또는 모르는 이의 얼굴을 보면서 서둘러 걷는다. 하지만 숱한 회상 속에서 나는 대문까지 간 적이 없다. 줄곧 집과 대문 사이의 그 길에 있다.

이 장면을 왜 또렷이 기억하는 건지 도통 알 수가 없었다. 떠올릴 때마다 아쉽고 서운한 듯하면서 뭐라 형언할 수 없는 느낌이었다. 나중에는 이 장면이 틈나는 대로 머릿속에 떠오르는 것을 좋아하게 됐다. 이 회상의 여운은 나에게 일종의 향락과도 같았다.

집에서 문을 열고 나가 대문을 향해 걸어간다…… 이 두 문 사이의 거리는 내가 끝까지 걷기를 결코 원치 않는, 마음속으로 끝나기를 결코 허락하지 않는 노정이었다.

세월이 흐른 뒤에야 분명히 깨달았다. 그곳은 나의 집을 걷는 한 구간의 길이었다. 훗날 걸었던 세상 어떤 장소와도 달랐다. 나는 옷을 삐뚜름하게 걸치고 신발을 질질 끌면서, 아마도 낮잠에서 막 깨어나 비몽사몽인 채로 문 두드리는 소리를 듣는다. 집의 문과 대문 사이가 제법 멀어 꽤 걸어야 한다. 오랜 세월 동안 나는 이런 두 개의 문을 지니고 있었다. 이 문을 나서서 저 문을 향해—구부러진 막대기로 단단히 버텨놓은 문을 향해 걸어간다. 그 문을 열고 누가 무슨 일로 찾아왔는지 내다본다. 편안한 마음으로 느긋하게 걷는다. 길을 재촉하는 것이 아니라 마당 한번 산책하는 일일 뿐이다. 대문을 나서면 바로 바깥이다. 큰길은 줄곧 대문 밖 황야에 가로누워 있었고, 몇 년이 흐르자 나는 그 문을 뛰쳐나가 진창길이 된 큰길을 밟고 동분서주하는 행인이 되었다.

2

부모님 곁을 떠나 홀로 지낸 지 4년째 되는 해였다. 나는 교외의 농기계점에서 관리인으로 일하고 있었다. 모든 일에서 갈피를 못 잡고 헤매는, 내 인생에서 가장 혼란스러운 시기였다. 무엇을 해야 하는지, 무엇을 할 수 있을지 몰라 온종일 머뭇거리고만 있었다. 시 쓰기도 통 나아지는 기미가 없었다. 작은 시집 한 권을 냈지만 나 자신을 찾기에는 한참 멀었다. 나는 생각했다. 결혼부터 하자. 결혼은 조만간 해야 할 일일뿐더러 인생의 몇몇 중대사 가운데 하나다. 결혼을 하면 한 가지 일은 더는 셈이다.

지금도 나는 이 선택이 대단히 정확했다고 본다. 그때 만약 더 중대한 일이 있어서 결혼이라는 이 일을 늦췄다면 내 인생은 한참 뒤처졌을 것이다. 나는 아마 다른 곳에 살면서 완전히 다른 일을 하고 있을 거고, 다른 여인과 아이를 낳아 기르며 상상할 수도 없는 나날을 보내고 있을 것이다. 이 얼마나 크나큰 실수인가.

내 인생에서 가장 성공한 일이 지금의 아내와 결혼한 것이다. 그녀는 이 일대에서 가장 아름다운 여인인데 운 좋게 내가 재빨리 손을 써서 일찌감치 그녀와 결혼했다. 그러지 않았다면 나 같은 사람한테 어디 이런 복이 왔을까. 특히나 내가 늙으면, 변함없이 온화하고 아름다운 아내 곁에서 평범하고 따스했던 지난날을 회상하는 일이 내 굴곡진 일생에서 유일한 위안이 될 것이다. 나는 삶을 팽개치지도, 사랑을 내던지지도 않았다.

그때 바로 결혼을 위해서, 이후의 모든 것을 위해서 내 평생 첫 번째 대공사를 시작했으니—그것은 바로 집 짓기였다.

3

아내는 현성의 은행에서 일하고 있었고, 나는 아내의 거주지와 가까운 곳에 집을 짓고 싶었다.

나는 교외 마을의 촌장을 찾아갔다. 그는 내 친구였다. 나는 그에게 양 한 마리를 주었고, 그는 내 친구답게 마을 가장 끄트머리에 있는 어느 곳을 가리켜 보였다.

그곳은 고운 모래가 가득 침적된 도랑이었다. 도랑 바닥에서 작은 물줄기가 마을 뒤쪽 들판으로 흘러가고 있었다. 나는 도랑가에 앉아 한나절을 고민한 끝에 결정을 내렸다. 시작하자.

이웃 마을에서 불도저를 불러 꼬박 하루 동안 도랑을 메웠다. 그때 나는 이 일대의 트랙터 연료 공급을 맡고 있다보니 운전사들이 기꺼이 도와주러 나섰다.

집터를 다질 때 양치기 노인이 다가왔다. 그는 나에게 이 도랑은 오래된 강바닥이라 집을 지을 수 없다고 일러주었다. 이유를 물으니, 조만간 강물이 다시 흘러들 테니 물길을 막으면 안 된다는 것이었다. 강물이 흐르지 않은 지 얼마나 됐냐고 물으니, 그는 수십 년 됐다고 대답했다. 내가 말했다. 그렇다면 강은 다시는 이리로 흘러가지 않을 걸요. 물은 진즉에 다른 곳으로 갔고 이 길은 다 잊었을 겁니다.

양치기 노인은 더는 말을 하지 않았다. 그의 양 떼는 벌써 멀리멀리 가버렸다. 여기서 내다보면 양 떼가 한 방향으로 천천히 흘러가는 모습이었다. 일부러 느릿느릿 흐르는 듯 보였지만 어느덧 먼 곳에 가 있었다.

양 떼와 함께 수십 년을 걸어온 이 노인은 물에 관해서도 남다른 식견을 지녔을 것이 틀림없었다. 하지만 애석하게도 그는 양 떼를 뒤쫓아갔다.

나는 그 노인의 말을 흘려듣지 않고 제때 작은 도랑을 파서 도랑 바닥을 흐르는 물줄기를 돌려놓았다. 그리고 마지못해 새로운 경로로 흘러가는 물줄기를 지켜보았다. 물줄기가 내 집터를 휘돌아 집 뒤쪽 오래된 수로까지 닿는 데 반 시간이 걸렸다. 옛 수로에 들어서자마자 물은 시원스레 흘러갔다.

내가 물을 좀 에돌아가게 만드는 바람에 물이 지각하는 건 아닐까 모르겠다만.

이 세상을 흘러가는 물줄기는 아예 목적이 없을지도 모른다. 특히나 이 작은 도랑의 물은 삽질 두어 번이면 다른 곳으로 돌려놓을 수 있다. 집처럼 커다란 물건에 맞닥뜨리면 물은 에돌아갈 수밖에 없다. 시간은 어떻게 마을을 흘러갈까. 물이나 길처럼 집 하나하나, 사람 하나하나를 에돌아가지는 않을 텐데. 시간은 자유로이 흘러간다. 나는 줄곧 그 양치기 노인에게 묻고 싶었다. 시간을 보았냐고, 시간의 강바닥에 집을 지어도 되는 거냐고.

아무튼 나는 이 오래된 강바닥에 새집을 지었다. 이 집에서 가정을 이루어 딸 하나를 얻었고, 우리 가족은 여러 해를 편안하고 행복하게 살아갔다.

4

문 두드리는 소리를 처음 들은 것은 집을 지은 이듬해 여름이었다. 대문을 달고 얼마 지나지 않았을 때였다.

우리 집 뒤에는 커다란 구덩이가 하나 있었다. 집터를 다질 때 판 것인데 사람 키보다 깊고 밑바닥에 누렇게 시든 잡초가 자라고 있었다. 나는 구덩이 속의 풀이 더 무성해지고 키도 커졌으면 했다. 어느 날 오후, 나는 도랑을 하나 파서 작은 수로의 물을 구덩이로 끌어들였다. 이 커다란 구덩이는 바닥이 없는 것인지 물이 흘러들어도 거품만 일다가 사라졌다. 나도 기다릴 참을성이 없어 다음 날에는 상관 않고 내버려두었다. 사흘째 한낮에 텃밭을 가꾸는데 대문 두드리는 소리가 들려왔다. 나는 어리둥절했다. 대문 두드리는 소리가 또 들렸다. 먼젓번보다 다급한 소리였다. 나는 일손을 놓고 바삐 걸어가 대문을 버텨놓은 막대기를 치웠다. 삽을 멘 남자가 잔뜩 성난 얼굴로 문 앞에 서 있었다.

"당신이 구덩이에 물을 끌어들였소?"

나는 고개를 끄덕였다.

"얼마 되지도 않는 그 물줄기로 내 땅 십여 묘에 물을 대는데, 돌이나 적시겠다고 그걸 구덩이로 끌여들여? 나는 죽으라는 거요?"

그는 말을 할수록 감정이 격해졌다. 나하고 대판 싸울 기세였다. 나는 그의 어깨에 걸쳐진 삽이 무서워 얼른 웃음을 지으며 그를 마당에 들이고, 오이 두 개를 따서 건넸다. 그리고 놀려두는 물인 줄 알았다고, 몇 년간 집 옆을 흘렀지만 관리하는 사람을 못 봤다고 해명했다.

"놀려두는 물이 어디 있다고." 그의 말투가 한결 누그러졌다.

"예로부터 그 물을 노는 물이라고 부르긴 했지. 그때는 이 집 아래가 바로 강이었는데 강물이 사시사철 뒤도 안 돌아보고 멋대로 헛되이 흘러갔소. 나중에 강가에 사람들이 많이 와서 황무지를 개간해 농사를 짓고 마을을 세웠소. 그런데 몇 년 경작하지도 않았는데 강물이 싹 없어졌지 뭐요. 물이 대체 어디로 흘러간 건지, 이 일대 땅이 다 말라버렸다오."

이야기를 하면서 그는 우리 마당을 샅샅이 훑어보았다. 내가 그 강물을 숨기기라도 했다는 듯이 말이다.

"그러면 그 강물이 다시 오려나요?" 나는 양치기 노인의 말이 생각나서 무심히 물었다.

그가 실쭉거리며 말했다. "이 사람이 농담하나."

나는 그 작은 도랑 끝까지 가서 그가 경작하는 농지를 본 적이 한 번도 없었다. 그가 거두는 양식은 일가족이 먹기에 충분하려나. 어느 봄날 아침에 고개를 들어보면 집 뒤의 그 밭이 또다시 푸르러져 있었다. 가을날 오후에 보면 누렇게 변해 있었다. 나는 그저 두 눈으로 보기만 할 따름이었다. 나는 집을 나서는 일이 매우 드물었다. 그런데 그날 이후로 나를 찾아오는 사람이 점점 많아졌고, 문 두드리는 소리도 가볍고 부드러울 때가 꽤 있었다. 이제 나의 문을 누군가 두드리는 소리를 처음 들었을 때처럼 당황하는 일은 없었다. 자꾸만 들려오는 그 소리 속에서 나는 평온해졌다. 때로는 온종일 아무도 두드리지 않는 날도 있는데 그러면 왠지 적막한 기분이었다.

이곳에서 내가 무언가 기다리고 있는 것만 같았다. 집을 짓고 살면서 기다리고, 아내와 결혼해 딸을 얻어 다 같이 살면서 기다리고. 그러나 무엇을 기다리는지는 도무지 알 수가 없었다.

문 두드리는 소리가 나고, 걸어가서 문을 열어보지만, 아니다. 물건을 빌리러 온 이웃이다.

또 문 두드리는 소리가 난다. ……역시 아니다. 길을 묻는 사람이다. 내가 모르는 곳을 묻기에 나는 고개를 젓는다. 조금 뒤, 이웃집 문을 두드리는 소리가 들린다.

사실 그 세월 동안 나는 내 일생에서 가장 중요한 것을 기다리고 있었다. 다만 그게 뭔지 깜깜 모를 뿐이었다.

—— 딸아이는 무럭무럭 자라며 나날이 철이 들고 사랑스러워졌다. 아내는 나와 함께하는 생활에 완전히 적응하여 내 한가로움과 게으름, 말 없음을 받아들였다. 나는 나의 마을들을 시로 쓰기 시작했다. 나의 가장 중요한 시들이 모두 이 집에서 완성되었다.

「하룻밤」이라는 소소한 시가 있다. 이 집에서 일어난 하룻밤의 평범한 일을 기록한 시다.

그대와 아이는 곤히 잠들었구나
아내여   이 밤에
우리의 낡은 대문이 소리를 낸다
바람에 열리는 소리
바깥은 무척이나 소란스럽다
우리 집 늙은 누렁개가
저 멀리 길에서 두어 번 짖는다
나는 그대 곁에서 일어나
대문을 닫으러 간다

우리 마당에는
망가진 낡은 말수레가 있다
그리고   작년의 마른풀도
나지막한 흙담이 사방을 에워싸고 있다
날마다 들고 날 때
대문을 꼭꼭 닫아야 한다
구부러진 막대기로 단단히 버텨놓고
줄곧 조심스레 살아간다
마당에 놓을
더 많은 물건은 없다 해도

아내여 　 이 밤에
그대 혼자 깨어나면
바깥에서 거세디거센 바람 소리가 들려온다
우리의 옛 대문이
무언가를 막는 것이 틀림없다
한밤중에 바람이 용을 쓴다
이런 밤에는 그대 혼자 깨어나지 않기를

이튿날 아침 다 같이 나가보니
마당은 바람에 말끔해지고
머나먼 곳에서 날아온 나뭇잎 몇 개가
창턱에 내려앉았다
그대와 딸아이가 즐거이 주워 든다

세월이 흘러 이 시를 다시 읽으며 나는 참으로 감동했다. 이 평범
하고 소소한 사건이 내 마음속에서 이토록 중요하고 영원한 일이 되
어 있었다. 이 시를 읽으니 예전 그 시절의 생활이 완전무결하게 돌
아왔다.

5

그날은 어느 겨울 아침이었다. 문을 열자 눈이 가득 쌓인 마당과
활짝 열린 대문이 보였다. 밤새 휘몰아친 눈보라는 모두 멎고, 열린
대문으로 눈이 쏟아져 들어와 담장 아래 두껍게 쌓여 있었다. 그리
고 짐승의 발자국 한 줄이 마당에 선명히 남아 있었다. 보아하니 눈

이 그친 다음에 들어와서 한가로운 관광객처럼 마당을 한 바퀴 돌고 간 것이었다. 담 모퉁이에서 풀도 몇 입 뜯고 인사치레로 동전만 한 까만 똥 몇 알을 풀 값으로 내고 갔다. 대문 밖으로 쫓아나가 보았다. 발자국은 큰길을 건너고 들판을 비스듬히 가로질러 땅끝으로 사라졌다. 머나먼 길을 가던 길손이 밤새 눈보라 속을 걷다가 쉴 곳을 찾고 싶었는지도 모른다. 그런데 우리 마당을 둘러보니 딱히 마음에 안 들었나보다. 안전하지 않다고 느낀 걸까, 내 생활을 방해할까 염려한 걸까. 그는 내가 좋은 사람이라는 사실을 알지 못했다. 여기 남았다면 그의 남은 생도 나처럼 여유롭고 편안했을 텐데, 더는 동분서주 뛰어다닐 일이 없었을 텐데. 나는 그를 내 닭과 소와 개처럼 대했을 텐데.

그러나 그는 떠났고, 이 마당을 다시 찾을 일은 영원토록 없을 것이다. 나는 미처 관심을 두지 못한 물건을 잃어버린 것처럼 낙담해서 한참을 우두커니 서 있었다.

또 어느 날 밤, 대문 닫는 걸 깜빡했다. 아침에 일어나보니 마당에 놔둔 통나무 하나가 없어져 있었다. 어느 수레꾼에게서 산 것인데, 그때도 딱히 쓸모는 없었지만 마음에 들어서 그냥 사왔다. 좋은 목재는 언젠가는 유용하게 쓰이는 법이니까.

대문 밖에 나가서 살펴보니 이른 아침이라 길에 사람이 몇 없고 땅바닥에 찍힌 발자국도 흐릿했다. 지붕에 올라가 마을을 쭉 둘러보자 마을 남쪽 어느 집에서 건물을 짓는 모습이 눈에 띄었다. 벽은 벌써 다 쌓았고, 몇 사람이 벽 꼭대기에 올라가서 대들보를 올리라고 소리치고 있었다.

나는 내려가서 뒷짐을 지고 그리로 어슬렁어슬렁 걸어갔다. 가까이 가기도 전에 내 나무라는 걸 한눈에 알아보았다. 지붕에 가로놓였는데 너무 길어서 가느다란 윗부분이 잘려나가 있었다. 벽 위에 올라가 있는 사람들을 보니 다들 이 마을 사람이고 아는 사이였다. 그들은 내가 오자 일손을 멈추고 속절없이 서 있었다. 나는 그들을 무시한 채 아무 말 없이 내 나무만 빤히 쳐다보았다.

몇 분이 지나자 집주인이 허리를 숙이고 내 앞으로 다가왔다. 후무胡木라는 깡마른 노인이었다.

"형씨, 보시다시피 대들보가 모자란데 당장 살 곳은 없고, 아침 일찍 보니까 당신네 마당에 하나 뒹굴고 있기에 가져와서 썼다오. 당신이 일어나면 돈을 주려고 했소, 여기……." 그는 말하면서 지폐 몇 장을 건넸다. 나는 돈도 받지 않고 아무 대답도 하지 않았다. 그대로 돌아서서 올 때처럼 뒷짐을 지고 유유히 집으로 돌아왔다.

정오가 되어갈 무렵, 집에서 생각에 잠겨 있는데 대문 두드리는 소리가 났다. 가볍게, 멀리서 울리는 듯한 소리였다. 나는 옷을 걸치고 침착하게 걸어가 대문을 버텨놓은 막대를 치웠다. 후무의 두 아들이 커다란 나무를 메고 곧장 마당으로 들어왔다. 그들은 나무를 담장 아래 내려놓더니 내 앞으로 와서 나란히 허리를 굽히고는 아무 말 없이 돌아갔다.

다가가서 보니 이 나무는 내 것보다 굵고 목질도 괜찮았다. 나는 비와 햇빛을 막고자 나무를 풀로 잘 덮어놓았다. 나중에 몇몇 사람이 이 나무가 마음에 든다고, 들보로 쓰게 팔라고 했지만 모두 거절했다. 남겨뒀다가 내가 쓰고 싶었는데 내내 쓸 일이 없었다. 그렇게 나무는 담장 아래 오랫동안 누워 있다가 결국 썩어버렸다.

그 집을 떠날 때 나는 나무에게 다가가서 기어이 한 대 걷어찼다.

진즉에 돈푼으로 바꿨어야 했는데. 이 좋은 나무가 이렇게 끝장났다니 믿을 수가 없었다. 나는 몸을 구부려 나무를 뒤집어보았다. 아래쪽은 더 심하게 썩어 땔감으로 써도 연기가 나지 않을 지경이었다.

그때, 그 집으로 가서 들보로 쓰인 그 나무가 떠올랐다. 그 나무는 지금 어떤 모습일까.

통나무 하나는 목재로 쓰이든 마당에서 뒹굴든 수십 년을 버티지만, 수십 년이 지나면 다 그놈이 그놈이 되고 만다.

그때는 이런 이치를 깨치지 못했다. 그 나무처럼 마당에서 썩으려 하지 않았던 것이 좀 아쉬웠다. 나는 집을 떠났다. 나중에는 혼탁하고 어지러운 도시에 가게 됐다. 나는 종종 다락방에 앉아 그 마당을 떠올리고, 대문까지 가는 그 길을 떠올렸다. 울긋불긋한 텃밭을, 자라는 모습을 쭉 지켜봤던 대추나무를 떠올렸다…… 나는 기침을 달고 살고 날이 흐리면 다리가 쑤신다. 그 마당을 떠나 온 세상을 마구 쏘다니며 다리를 일찍 망가뜨리는 게 아니었는데, 하고 그때 후회했다. 나는 본래 그 마당에서 편안히 자연스레 늙어갈 수 있었다. 스스로 대단한 줄 알고 나 자신을 재료로 쓰다가 결국 이 모양이 되고 말았다.

이제 나는 아무 데도 못 간다. 할 일이라고는 고장 난 낡은 기계를 수리하듯 나 자신을 수리하는 것뿐인데, 여기를 잘 고치면 저기가 또 말썽이다. 인생은 사람을 망가질 때까지 쓰고는 한쪽에 팽개쳐두고 상관하지 않는다. 남은 것은 모두 사람 자신의 일이다.

나도 도시 사람들처럼 문밖에 방범문을 하나 더 달았다. 두 문 사이는 주먹 하나 거리밖에 안 된다. 나를 찾아온 사람은 바깥쪽 방범문을 두드리는 대신 손을 뻗어 안쪽 나무문을 두드리곤 한다. 문을 열자마자 계단이 보이고, 걸음을 내딛자마자 바깥으로 나간다.

인생은 이미 나의 첫 번째 문을 완전히 깨부수고 모든 것을 내 코 앞까지 밀어붙였다. 지금 나는 하나뿐인 문 뒤에 숨어 있을 수밖에 없다.

황폐해진 집

1

땔나무 한 단을 지고 집에 돌아오니 대문이 활짝 열려 있고 바닥에 가을 낙엽이 수북이 쌓여 있다. 나는 땔나무를 내려놓고 소리친다. "엄마, 나 왔어요." 또 한 번 소리쳐 부른다. "형." 마당은 고요할 뿐 아무 대답도 없다. 문을 밀고 집 안으로 들어가자 오랫동안 아무도 살지 않은 것처럼 텅 비어 있다. 나는 마을 한복판 큰길로 나가 본다. 앞뒤로, 양옆으로 이웃들이 지은 멋지고 화려한 새집이 늘어서 있다. 우리 집은 낮고 허름한 모습으로 그 틈에 끼어 있다……

몇 년간 되풀이해 꾼 꿈이다. 꿈속의 집은 내가 열여섯 살까지 살았던 황사량이라는 마을에 있다.

황사량을 떠난 지 10년도 더 됐지만 내 모든 꿈에서 나는 이 작고 외딴 마을로 돌아간다. 땔나무 한 단을 지고 돌아오거나, 삽을 메고 밭머리에 서서 잡초가 무성한 우리 밭을 바라본다. 우리 밭은 곡식이 빽빽이 자라는 남의 밭 사이에 끼어 있다. 우리가 황사량을 떠날 때 그 밭은 이미 다른 사람들이 나눠서 농사짓고 있었지만 내 꿈에서는 줄곧 황폐하게 버려져 있다. 해마다 남의 밭에는 키 큰 옥수수와 황금빛 밀이 자라는데 우리 밭에는 모종 하나 없다. 숱한 꿈속에서 나는 갈팡질팡 어쩔 줄 모른 채로 그 황무지에 서 있다. 늦게 온 것도 같고, 계절을 놓친 것도 같고, 그냥 다 없어진 것도 같다. 내 형제들도 모두 비슷한 꿈에 시달리고 있었다. 마치 그 땅이 줄곧 돌아오라고 우리를 부르고 있는 듯했다. 우리는 그의 영원한 일꾼이 되어 있었다. 아무리 멀리 떠나도 그는 우리를 불러들일 수 있었다. 우리는 밤마다 끝내지 못한 일을 하고 이미 오래전에 황폐해진 마당을 치워야 했다.

2

이 집을 황폐하게 만든 한 사람이 바로 나라는 생각이 종종 들었다. 나는 온 가족을 외지고 가난한 황사량에서 현성과 그런대로 가까운 위안싱궁 마을로 옮겨가게 했고, 다시 현성으로 옮겨가게 했다. 그러지 않았더라면 나의 부모 형제는 마을에 남았을 것이다. 편안한 마음으로 그 밭을 잘 가꾸고 그 집과 마당을 잘 손질했을 것이다. 적어도 황폐하게 만들지는 않았을 것이다.

만약 내가 입학시험을 보지 않았더라면 우리 집에 일꾼이, 강건하다고는 못해도 부지런하고 쓸모 있는 일꾼이 하나 늘었을 것이다. 그랬다면 우리 밭은 해마다 풍성한 수확을 거두었을 테고 밀은 어느 집 밀보다도 옹골차게 자랐을 것이다. 그 땅의 옥수수는 건장한 사내들처럼 가을마다 드넓은 들판에 우람한 모습으로 당당히 서 있었을 것이다. 집은 수리해서 기와지붕을 얹고 타일 바닥을 깔았을 것이다. 우리 집과 마당은 훨씬 넓어졌을 것이다.

우리 집 동쪽에는 처음부터 빈 땅 십여 묘가 있었다. 담장을 두르지는 않았어도 아버지는 줄곧 그 빈터를 우리 땅이라고 여겼다. 자녀들이 장성하면 그곳에 마당 딸린 집을 짓기를 기다리며 줄곧 그 땅을 차지하고 있었다.

나중에 촌장의 끈질긴 설득에 못 이긴 아버지는 허난에서 온 일가족에게 그 빈터에서 집터를 베어주는 데 마지못해 동의했다.

내 기억 속에서 아버지와 우리 가족은 그 허난 일가족의 적수가 못 되었다. 집을 다 짓자 그들은 조금씩 땅을 점유해나갔다. 올해는 돼지우리를 짓고, 이듬해에는 양 우리를 세우고, 그 이듬해에는 채마밭을 만드는 식이었다. 이삼 년 사이에 그 땅은 거의 다 그들 차지가 되고 말았다. 이 일로 온 가족이 총출동해 그 사람들과 몇 번이나 말다툼에 손찌검까지 해가며 싸웠지만 잃어버린 땅은 끝끝내 되찾지 못했다. 그 집에는 건장한 아들이 둘 있었지만 우리 아버지의 다섯 자녀는 모두 어렸다. 아버지는 이를 악물고 치욕을 참으며 우리가 자라기를 기다리는 수밖에 없었다.

아버지는 우리가 자라면 가장 먼저 우리 집 소유였던 그 땅을 빼앗아와야 한다고 생각했다.

우리는 아버지를 완벽하게 실망시켰다.

마침내 우리가 삽과 몽둥이를 휘두르며 그 허난 사람들과 싸울 만큼 자랐을 때, 그 일은 이미 기정사실이 되어 있었다. 또 자라는 과정이 너무 길다보니 우리조차 수많은 오랜 원한과 옛일을 까마득히 잊고 말았다. 그 땅에 관한 일을 언급하는 사람은 아무도 없었다.

오직 아버지만 우리 집이 소유했던 그 땅을 뼈에 사무치도록 기억하고 있었다. 아버지가 담 너머로 엿보는 모습이 자주 눈에 띄었다. 한번은 나를 데리고 허난 사람네 담을 넘어갔다. 아버지는 그 집 마당 동쪽 꼭대기에서 30년 전에 묻었던 돌 하나를 파내더니 나에게 말했다. 이게 바로 우리 지계다. 저 개자식이 어거지로 차지했지.

그때 나는 열네 살, 중학생이었다. 나는 아버지 뜻을 분명히 이해했다. 아버지가 파낸 돌을 원래 자리에 정확히 묻는 순간, 나는 깨달았다. 이 자리를 영원토록 잊지 못하겠구나. 그 돌은 그때부터 내 마음속에 묻힌 것이었다.

지금도 종종 아버지가 삽 한 자루를 들고 쑥이 무성한 황무지에 돌덩이 하나를 묻던 모습을 그려본다. 그때 그는 아직 가정을 꾸리지 않았을지도 모른다. 그러나 앞으로 자녀를 많이 얻어 가문이 번영하리라고 생각했을 것이다. 그는 자손에게 주변의 땅을 주고 싶었고, 자손들의 집과 자신의 집이 이어져 넓은 땅이 되기를 바랐다.

그 무렵 마을이 막 세워졌다. 아버지가 얼마나 넓은 마당을 갖게 될지, 밭을 몇 묘나 갖게 될지는 약속된 바가 없었다. 아버지는 자신의 능력으로 집을 짓고 제법 널찍한 마당을 둘렀으며, 마당 동쪽의 좋은 땅을 골라 충분한 넓이를 헤아려 돌덩이 하나를 묻어두었다.

아버지가 했던 그런 경험을 우리는 결코 할 수 없을 것이다. 아버지가 누린 그때 그 권력을 우리는 결코 갖지 못할 것이다. 그때는 땅에 마음대로 돌을 묻고 말뚝을 박고 울타리를 치면 그의 땅이라고 인정되었다. 하지만 우리는 우리 소유의 땅과 집과 마당을 다시는 가질 수 없을 것이다, 다시는.

십수 년이 지난 어느 날, 나는 오랫동안 떠나 있던 황사량에 돌아왔다. 눈앞에 펼쳐진 광경을 도저히 믿을 수 없었다. 우리 집이건 허난 사람의 집이건 똑같이 퇴락하여 그 자리에 버려져 있었다. 담장은 허물어지고 그 사이로 갈대가 무성하게 자라고 있었다. 이사하면서 우리 집은 노총각 평싼에게 팔았는데, 가까스로 무너지지 않은 집

두 칸만 남아 있었다. 집 앞뒤에서 자라던 나무는 다 죽거나 베여 몇 그루만 횅뎅그렁하니 남아 있었다. 복숭아나무들은 흔적도 없었다. 내가 직접 흙덩이와 막대기로 만든 문루만이 그 자리에 외로이 버티고 있었다. 문짝은 보이지 않고 문틀도 반만 남았지만, 꿋꿋이 서 있는 문루 밑에 서서 올려다보면 막대기 하나하나, 흙덩이 하나하나가 너무나도 친근하고 익숙했다. 허난 사람의 집과 마당은 온통 폐허가 되어 멀쩡한 담벼락 한 토막도 찾을 수 없었다.

그때 아버지가 묻었던 그 돌덩이가 또다시 생각났다. 우리 형제들이 주먹질도 발길질도 할 필요 없이 그 땅은 누구의 것도 아니게 되었다. 그것은 다시금 황폐해졌다. 우리 가족과 허난 일가족 모두 현성으로 이사했다. 그들은 현성에서 식당을 열고 다른 사람의 집을 빌렸으니 더 이상 누구와 땅을 다투고 빼앗을 일이 없을 터였다. 현성은 전체가 남의 것이었다.

나는 잡초와 썩은 흙덩이 틈에서 아버지가 돌을 묻은 자리를 가까스로 찾아냈다. 파내지는 않았다. 돌은 아마 땅속에 무료하게 묻혀 있을 것이다. 아버지는 이따금 그 돌을 떠올렸을까. 틀림없이 잊지 않았을 것이다. 그 돌은 아버지의 생명 가운데 가장 단단한 뼈 하나가 앞당겨 땅에 묻힌 것이었다. 아버지는 집을 하나씩 하나씩 잃어가며 성안으로 들어갔고, 지금은 어느 건설 현장에서 문을 지킨다. 밤잠을 못 이루던 아버지는 밤에 자지 않고 하는 일거리를 찾아냈다.

숱한 밤, 아버지는 자신과는 털끝만큼도 관계없는 공사장을 빤히 지켜보았다. 어수선하게 널린 철근과 벽돌, 차가운 시멘트 제품에는 자신의 밀밭을 지키던 시절의 따스한 느낌이 조금도 없었다.

아버지가 나에게 말하길, 요즘 들어 꿈에서 자꾸 누가 돌아가라고 한다고 했다. 바로 엊그제에도 마을 사람 하나가 전하길, 우리 밭에 풀이 무성하니 자식들 데리고 돌아가 김을 매라고 했다는 거다. 아버지는 그 사람에게 우리 밭은 다른 사람이 농사지은 지 한참 됐다고, 우리는 일찌감치 성안으로 이사 와서 농사를 안 짓는다고 대답했다. 하지만 그 사람은 이렇게 말했다. 땅은 쭉 너희 집에 남아 있잖아. 그건 너희 밭이야. 달아날 생각 말라고.

깨어날 때마다 아버지는 한참을 망연히 앉아 있었다.

3

형은 전형적인 지식 농민으로 고등학교를 나왔다. 대학은 못 갔지만 이 학력 덕분에 줄곧 마을에서 근태 기록원이나 회계 같은 편한 일을 해왔다. 몸은 농촌에 있다 해도 날마다 밭에 나가 고되게 일하는 고단함에서는 좀 벗어난 셈이었다.

내 기억에 형은 어릴 적부터 농부가 되기를 원치 않았고, 여윈 몸도 농사 같은 힘든 일에는 알맞지 않았다.

사실 우리 가족이 현성으로 이사한 일을 계기로 형은 땅과 완전히 인연을 끊을 수 있었다. 똑똑한 사람이니 성안에서 무슨 일이든 해서 돈을 벌 수 있었다. 그러나 형은 성안에서는 마음에 맞는 일을 찾지 못했다. 재작년, 형은 우리가 오랫동안 살았던 그 시골 마을로 돌아가더니 다른 농민과 동업으로 황무지 400묘를 소작하기로 하고, 우물을 파고 땅을 개간하는 데 총 15만 위안을 투자했다.

빈털터리 농민 둘이서 여기저기서 꾸고 대출받아 마련한 돈이었다. 불모지에 이렇게 많은 밑천을 대가며 크나큰 위험을 무릅쓰다니, 남들이 보기에는 전혀 이해할 수 없는 일이었다.

결국 시작이 늦은 바람에 첫해에는 해바라기밖에 못 심었다. 그런데 해바라기가 제대로 여물기도 전에, 수백 묘나 되는 밭에 셀 수 있을 정도로 드문드문 꽃이 피었을 때, 형은 수만 위안의 빚을 안은 채 현성으로 돌아왔다.

직접적인 원인은 10만 위안을 투자한 모터펌프 우물 자리가 잘못됐기 때문이었다(다행히 그 덕에 나중에 소송으로 약간의 손실을 보전했다). 그러나 가장 근본적인 원인은 그 땅이 곡식이 전혀 자랄 수 없는 알칼리성 토양이기 때문이었다.

몇 세대에 걸치도록 아무도 관심 갖지 않은, 삽질 한 번 호미질 한 번 하지 않은 황무지에 형은 대체 왜 꽂혔던 걸까. 일단 개간하면 60년 계약 기간 동안 자신이 땅 주인이기 때문이었다. 또 경작할 만한 좋은 땅은 이미 남들이 다 개간해서 형에게 남은 것은 이 알칼리성 모래톱뿐이었다. 형은 자기 땅을 갖고 그 땅에 자신의 집과 마당을 세우기를 꿈꿨다. 농민 생활을 꽤 오래 하면서 적지 않은 양식을 거두었지만 그는 늘 남의 땅을 경작한다고 느꼈다. 어느 땅에서 몇 년간 농사를 못 지으면 그 땅은 다시 다른 사람 손으로 넘어가게 돼 있었다.

형은 1년이 넘는 시간을 들여 땅 400묘를 잘 개간하고 평탄하게 만들었건만, 그 땅은 해가 갈수록 황폐해졌고 그곳을 경작할 사람은 다시는 없었다. 모두의 눈에 똑똑히 보였다. 그 땅에서는 절대로 곡식이 자랄 수 없었다.

개간할 때 뿌리째 뽑힌 쑥과 위성류와 방울가시는 한두 해 만에 권토중래하여 온 땅을 더부룩더부룩 뒤덮었다. 그러나 쌓아놓은 두둑은 그렇게 금세 사라지지 않았고, 파놓은 수로는 몇 년이 지나도 그 땅을 관통해 끄트머리에 있는 등걸처럼 생긴 강철관으로 이어져 있었다. 그것은 바로 10만 위안을 들여 잘못 판 모터펌프 우물이었다.

광활한 농촌에는 이렇게 버려진 땅이 너무나 많기에, 그걸 보는 사람도 기껏해야 황무지이겠거니 하면서 대수롭지 않게 여긴다.

그곳을 경작해본 사람, 끝내는 그곳을 버리고 멀리 떠나버린 그 사람만이 그것을 땅으로 여겼다.

곡식이 못 자라 황폐해진 땅.

어느 땅에 철저히 실망하면 사람은 그것을 버리고 다른 땅을 찾는다. 모름지기 농민은, 한 가닥 희망이라도 있다면, 가난하고 초라하게 살아갈지언정 고향을 떠나 새로운 터전을 찾고 싶어하지 않는다. 집안을 일으키는 어려움을, 거친 땅과 집을 버리는 괴로움을 잘 알기 때문이다.

한평생 거듭된 무수한 꿈속에서 형은 괭이 한 자루를 메고 끝없이 펼쳐진 400묘의 척박한 땅으로 돌아갔다. 곡식 한 포기 보이지 않는 빽빽한 잡초 속에서 죽어라 괭이를 휘둘렀지만, 그럴수록 풀은 더더욱 무성해지고 땅은 더더욱 황폐해졌다. 꿈에서 깰 때마다 형은 한동안 멍하니 생각에 잠겨 있었다.

그것은 그 혼자만의 황량함이었다. 형은 마음속에서 400묘라는 드넓은 황무지를 홀로 떠안고 있었다. 결국 형은 농사를 짓지 않아도 충분히 먹고살게 됐으며 밖에서 큰돈을 벌고 큰일을 이루었지만, 이런 영예가 과거의 삶에 있었던 모든 아쉬움을 단번에 상쇄해주지는 못했다. 농민으로 살면서 제대로 일구지 못한 땅, 거두지 못한 곡식, 제대로 만들지 못한 농기구를 그는 평생토록 유감스러워할 것이다.

일생의 분투는 과거의 아쉬움을 어느 정도 보상은 해주겠지만, 끝끝내 완전히 채워줄 수는 없다.

지난달에 형을 다시 만나러 갔다. 형은 이제 그 황무지 생각에서 벗어난 듯했다. 형은 또다시 큰돈을 빌려 전기 용접 설비를 샀고, 자기 집 마당에 천막을 세우고 용접 사업을 시작했다. 마침내 땅에 완전히 실망한 것이다. 괭이자루에 익숙하던 손이 용접봉에 적응하기 시작하면서 농민으로서 그의 삶은 비로소 끝을 맺었다. 막내 남동생이 형을 도왔고, 한 달도 안 되어 그들은 멋진 표준 강철 문과 강철 창을 용접할 수 있게 되었다.

마당의 다른 모퉁이에는 넷째가 투자한 소형 용광로가 있었다. 넷째는 우리 오형제 가운데 농촌에 가장 오래 머물렀고, 우리 가운데 유일하게 농사를 지어 돈을 좀 벌었다. 우리 가족은 위안싱궁에서 현성으로 이사하면서 넷째를 남겨놓았다. 넷째는 아내와 갓 돌이 된 아이를 데리고 커다란 집을 지켰다. 온 가족이 남겨준 좋은 땅 100여 묘와 가축과 농기구 덕에 넷째는 자연히 사람은 많고 땅은 적은 마을 사람들보다 수입이 좋았다. 하지만 넷째 역시 농사일을 이어가진 못했다.

한 해 한 해 농사짓는 삶이란, 넷째에게는 한 장면 한 장면의 꿈과 같았다. 농부는 농작물이 푸르러졌다 누레지고, 누레졌다 푸르러지는 모습을 눈이 빠져라 지켜본다. 그의 심경은 계절을 따라 한 바퀴 돌아 원래 자리로 되돌아간다. 그 오랜 한숨, 오랜 기쁨, 오랜 실망 속으로. 그는 이 궤도를 벗어날 수 없다. 해마다 봄이 오면 벅찬 기대로 밭을 갈아 씨를 뿌린다. 여름이 오면 의욕과 자신감이 넘친다. 가을이 오면 풍성한 수확의 기쁨으로 가득 찬다. 그러나 그 모든 일이 헛수고다. 이듬해 봄이 되면 그의 모든 수확은 원래대로 땅에 투입되고, 그는 또다시 빈털터리가 되어 주머니가 텅 빈다. 가진 것이라곤 해가 갈수록 멀어지는 기대, 해가 갈수록 떨어지는 자신감과 의욕, 해가 갈수록 옅어지는 수확의 기쁨뿐이다.

4

넷째까지 현성으로 옮겨오자 우리가 위안싱궁에 남겨놓은 그 집을 팔지 말지를 두고 다툼이 생겼다.

넷째는 이사하기 전에 이미 마을 사람 한 명과 집값을 잘 흥정해놓은 상태였다.

아버지는 완강히 반대했다. 그렇게 너른 마당에, 크고 작은 방이 십수 칸에, 집 앞뒤로는 서까래로 쓸 수 있는 버드나무가 수백 그루 있는데 집값이 너무 싸다는 것이었다.

수백 그루 나무가 대체 어디 있담. 어머니가 반박했다. 저런 헛소리 듣지 마라. 내가 며칠 전에 집에 가서 나무 몇 그루 베어다 포도나무 지지대를 세우랬거든. 그랬더니 아직 덜 자라서 베기 아깝달 때는 언제고. 며칠 사이에 그게 서까래로 쓸 만큼 자랐다고?

내 생각에 아버지의 진짜 속내는 집을 팔기 싫다는 것이었다. 아버지가 오랫동안 가꿔온, 나무 한 그루마다 담장 한 토막마다 땅 한 뙈기마다 자신의 땀이 배어 있는 집과 마당이었다. 아무리 비싼 값에 팔겠다고 해도 아버지는 헐값이라고 싫어했을 것이다.

아버지의 마음속에서는 집을 에워싸고 마당을 지키는 백양나무 한 그루 한 그루가 높고 튼실했다. 그 나무들이 아버지 마음속에서 어떤 지위를 차지하고 있는지, 이토록 오랫동안 집을 떠나 있던 우리

자식들이 어찌 쉬이 짐작할까.

　무더운 여름마다 아버지는 밭에서 돌아오면 나뭇잎이 드리운 그늘에 앉아 물 한 사발을 마시며 숨을 돌렸다.

　쑤시는 허리와 다리 때문에 잠 못 이루는 밤마다 아버지는 나뭇잎이 내는 쏴아쏴아 소리에 귀를 기울이며 자신의 평범한 일생을 추억하곤 했다. 그 나뭇잎들은 아버지의 마음속에서 차츰차츰 커지면서 더없이 거대하게 변했다.

　심지어 집에 있는 풀 한 포기, 나무 한 그루, 흙 한 줌까지도 아버지 마음속에서는 비길 데 없이 진귀한 보물이었다. 누가 아버지의 낡은 삽자루와 순금 한 덩이를 바꾸자고 해도 아버지는 내켜하지 않을 것이다.

　하물며 그 집은 아버지의 생에서 마지막 농가와 마당일지도 몰랐다. 황사량의 집은 노총각 평싼에게 팔았다. 위안싱궁의 집은 이제야 정리되어 집다워졌는데 우리가 또 현성으로 이사한 것이다. 아버지는 다른 땅에 이토록 크고 아늑한 집을 지을 기운이 더 이상 없었다. 낡고 낮고 마당이 말쑥하지 않다 해도, 그 집은 아버지에게 마지막 집이었다.

　아버지는 역시 그 집을 붙잡아둘 수 없었다. 아들딸이 장성하자 아버지 말에는 별다른 권위가 없었다. 농촌에 있는 우리의 마지막 집은 이렇게 헐값에 처분되고 말았다. 땅도 남에게 빌려주었다. 온 가족이 호적이 없는 도시 거주민, 땅과 집이 없는 농민이 되었다. 우리는 현성 변두리에 집터 두 구역을 사서 우리 가문 역사상 가장 크고 아름다운 집을, 벽돌과 나무로 된 집을 두 채 지었다. 집 앞에 텃밭을 만들고 집 옆에 버드나무도 몇 줄 심었지만, 내 마음속에서 이 집은 예전의 그 두 집에 비길 바가 결코 못 되었다.

아마 세월이 흐르면 이 집도 똑같이 집다운 그윽한 분위기를 가득 품을 것이다. 삶에 떠밀려 우리가 감히 오랫동안 소유할 욕심을 못 낸 것들을 잔뜩 잃고 나면, 우리는 한때 우리 가족을 도시 변두리에 자리 잡게 해준 이 집을 저도 모르게 그리워할 것이다. 그러나 지금 그것은 하찮은 동굴, 그저 생존을 위한 둥우리일 뿐이다.

5

올가을이었다. 어느 이슥한 밤, 나는 장거리 버스에서 내려 컴컴하고 적막한 사완현성을 지나 나의 집 문 앞으로 돌아왔다.

몇 달 전에 오랫동안 일한 농기계점 관리직을 그만둔 나는 홀몸으로 성도 우루무치에 가서 신문사 편집자로 일하고 있었다. 집으로 돌아와 가족과 함께하는 시간은 2주에 한 번이었다.

우루무치로 가기 전에 교외에 있는 커다란 집에서 아내의 직장 단위單位*에 있는 작은 이층 건물로 이사했다. 건물 앞에 아담한 안뜰이 있어서 포도나무를 몇 그루 심었더니 벌써 포도가 주렁주렁 열려 있었다.

대문을 몇 번 두드렸지만 대답이 없었다. 아내와 딸 모두 곤히 잠들어 있었다. 다시 건물 뒤로 달려가 창문을 향해 몇 번 소리쳤지만 집 안은 여전히 쥐 죽은 듯 고요했다. 벌써 새벽 3시, 온 현성이 깊이 잠든 시각이었다. 이따금 거리에 자전거 탄 사람 그림자가 급히 지나가고, 아직 술 마시는 사람이 있는지 멀지 않은 술집에 불이 켜져 있

---

* 중국의 기관이나 기업에 딸린, 직원의 거소·학교·편의시설 등을 갖춘 지역.

었다.

내 기억에 이렇게 늦은 시간에 집에 돌아온 적은 지금껏 없었다. 이곳에서 지낼 때는 늘 퇴근 시간까지 기다리지도 않고 집에 왔고, 날이 어두워지면 바로 대문을 잠그고 아내와 딸 곁에서 책을 읽고 TV를 보았다.

나는 벽돌 몇 장을 찾아 담장 아래 받치고, 담을 훌쩍 넘어 마당으로 들어갔다. 이토록 고요한 한밤중, 내 문 두드리는 소리와 고함소리는 현성의 절반을 시끄럽게 방해했을 것이다. 내일 현성 사람들 절반은 한밤중에 집에 들어가지 못한 남자가 있다는 걸 알겠지만 그 남자가 나인 줄은 아무도 모를 것이다. 이 작은 현성에는 열 사람, 백사람이 들어온다 해도 사람이 늘었다고 느껴지지 않는다. 그런데 이 집에는 나 하나가 모자랄 뿐인데도 부쩍 쓸쓸해 보였다.

내가 집에 없는 바람에 딸아이는 어쩔 수 없이 열쇠를 목에 걸고 다녀야 했다. 매일 오후에 학교 끝나고 집에 돌아오면 스스로 문을 열고, 혼자 집에 들어와 마실 물과 먹을 것을 챙겼다. 바람 불고 비오는 날에도 딸아이를 데리러 갈 사람이 없었다. 아내는 퇴근해 돌아오면 혼자 밥을 지어야 했고, 원래는 두 사람 몫인 집안일을 혼자서 했다. 빨래, 청소, 아이 돌보기…… 지지대에 달린 포도조차 내가 돌아와 따줄 때까지 기다릴 수밖에 없었다. 나는 바람과 햇빛을 잘 받으라고 지지대를 지붕보다 높게 세우고, 집을 떠날 때마다 딸아이 먹일 포도를 따서 한 바구니씩 놔두고 갔다. 하지만 딸아이는 매번 내가 돌아오기도 전에 다 먹어치웠고, 그러고 나서는 머리 위에 줄줄이 달린 포도송이를 바라보며 어서 아빠가 와서 포도를 따주기를 기다릴 뿐이었다.

사랑스러운 딸을 낳아준 아내가 얼마나 고마운지 모른다. 나는 아들을 원하는 마음은 조금도 없다. 여느 아버지와 달리 나는 어머니가 자신의 대를 이을 수 있는 좋은 일꾼들을 낳아 키우기를 바란다. 나에겐 이미 땅이 없다. 내 삶에서 아들에게 도움을 받아야 할 수 있는 힘들고 피곤한 일은 더 이상 없을 터이다. 내 일은 나 혼자 그럭저럭 해낼 수 있다.

내가 갈망하는 것은 두 여자와 함께하는 아늑한 가정이다. 한 여자는 나를 아빠라 부르고 한 여자는 나를 남편이라 부른다. 나는 그들을 두 딸로 여기며 사랑하고 보살필 때가 많다. 염원하던 대로 이토록 아름다운 가정을 꾸렸는데 되레 집을 떠나 낯선 도시로 가다니. 나는 도대체 무엇을 찾고 있단 말인가.

현관문을 살그머니 두드렸다. 방금 마당으로 뛰어내리는 소리에 잠든 식구들이 깰 줄 알았는데 아무 반응도 없이 고요하기만 했다. 나는 부엌문을 밀고 들어가 불을 켜고 찬장에서 남은 음식 반 접시와 찐빵 한 개를 찾아 혼자서 먹기 시작했다. 원래 집에 돌아와 저녁을 먹을 생각이었는데 뜻밖에도 길에서 차가 자꾸 말썽을 일으키는 바람에 이렇게나 늦어졌다. 온 식구가 모여 함께 먹었어야 할 저녁밥을 이 시간에 나 혼자 꾸역꾸역 삼켜야 했다. 어쨌든 집에 왔다. 먹다 남은 음식이지만 교외의 썰렁한 식당에 앉아 있는 것과는 완전히 다른 기분이었다.

식사를 하면서 부엌에 있는 모든 것을 둘러보았다. 화로 옆 석탄, 탁자에 놓인 채소와 쌀, 그리고 창턱에 놓인 기름과 소금과 소스와 식초와 각종 조미료 병과 깡통. 내가 없는 동안에도 집에서의 생활은 변함없이 이어지고 있었다. 내가 집에 없다고 해서 불 한 번 덜 피우고 밥 한 끼 덜 하고 설거지 한 번 덜 하는 일은 없었다. 문득 이 집에서 내가 내 생각만큼 중요한 사람이 아니라는 느낌이 들었다. 어쩌면 이게 정상일지도 모른다. 가정이나 사회에서 스스로를 지나치게 중요한 사람으로 여겨서는 안 된다. 없어서는 안 될 만큼 중요한 사람이 되면, 내가 떠나는 것은 다른 사람이나 주변 환경에 상처를 주고 해를 끼칠 수 있기 때문이다. 그 정도까지 이르는 것은 좋지 않다.

찬장 서랍에서 열쇠를 찾아 살며시 문을 열고 들어갔다. 아내와 딸은 위층에서 자고 있었다. 거실 불을 켜자 가구 배치도 그대로, 벽에 걸린 서화도 그대로, 모든 것이 그 모습 그대로였다. 내가 제대로 설치 안 한 전선 한 토막마저 그대로 벽에 비스듬히 걸려 있었다. 딱 하나 달라진 부분이라면 TV장에 사진 액자가 하나 늘어 있었다. 몇 년 전에 청더에서 찍은 내 컬러 사진이었다. 나중에 아내에게 듣기로는 딸아이가 책상을 정리하다 꺼내놓기에 아내가 TV장에 올려놨다고 했다. 딸아이는 벌써 아버지를 향한 그리움을 알고 있었다.

신발을 벗고 계단을 살금살금 올라갔다. 딸은 계단 앞에 있는 작은 방에서 잠들어 있었다. 원래 내 서재였던 방으로 거리를 등지고 남쪽으로 창이 나 있어 조용하고 해도 잘 들었다. 나중에 딸아이도 이 작은 방을 마음에 들어 해서 나에게 빼앗아 자기 침실 겸 서재로 썼다. 딸아이는 잘 때 문을 안에서 잠그기를 좋아했다. 딸은 이렇게 어린 나이에 벌써 조심하는 법을 아는데 아내는 오히려 문을 반만 닫고 잤다. 나는 몸을 틀어 침실로 들어갔다.

아내는 침대에서 곤히 자고 있었다. 창문으로 비스듬히 비쳐든 달빛이 마침 밖으로 드러난 한쪽 다리에 내려앉아 있었다. 어디선가 이런 달빛을 몇 번이나 본 것만 같았다. 희미한 달빛 속에서 아내의 얼굴이 더욱 아름다워 보여 가슴이 뭉클했다. 나는 불을 켜지 않고 한참을 멍하니 침대 옆에 서 있었다. 삽을 메고 풀이 무성한 밭에 온 것처럼 아련한 기분이었다.

요 몇 년간 나는 황량한 광경을 숱하게 목격했다. 황폐해진 집, 황폐해진 밭…… 그런데 진정한 황량함은 달빛에 휩싸인 이 침대에 있다는 사실은 미처 알지 못했다.

오랫동안 스산한 잠을 자는 아내 곁에 빈손으로 서 있는 자는, 이번에는 나였다.

아내와 10년 가까이 살면서 이토록 오랫동안 떨어져 지낸 적은 한 번도 없었다. 아내와 딸이 생긴 뒤로 다른 곳에서 살 생각은 해보지도 않았다. 나는 본디 이 작은 도시에서 평생을 살아갈 작정이었다. 나는 부모 형제를 차례차례 농촌에서 현성으로 옮겨오게 했다. 집안의 앞날이 창창하기를 바랐고, 부모 형제를 함께 지내게 하여 보살피고자 했다. 어느 정도 해낸 셈이지만 여전히 만족스럽지 않았다.

나는 편안한 직장을 그만두고 홀로 우루무치로 갔다. 이 도시에서 기반을 잡아 사완현성에 있는 가족을 모두 대도시로 데려오고 싶었다. 그들을 위안싱궁 마을에서 현성으로 옮겨오게 한 것처럼 말이다. 농민 가족이 도시로 가는 방법은 이런 식으로 한 걸음 한 걸음 진입하는 것뿐이다. 그리고 마지막에는 땅을 완전히 버리고 도시인으로 변신한다.

그런데 옛집의 황폐한 그림자가 또다시 나의 집에 엄습할 줄이야. 나는 우리 집안을 일으켜 번창하게 만들려 애쓰고 또 이뤄가고 있었지만, 오히려 황량함이 등 뒤에 바짝 다가와 있었다. 그리고 내 삶과 영혼에 더 강하게, 더 깊숙이 스며들고 있었다.

사랑하는 아내가 스산한 잠을 하룻밤 자게 하느니 차라리 땅을 10년간 황폐하게 버려두는 게 나았다. 10여 년 전 내가 쓴 천진한 시구들은 뜻밖에도 심오하기 그지없는 철리를 말하고 있었다. 사람은 사람의 황량함을 견뎌낼 수 없다고.

이 침실에서, 달빛이 내려앉은 이 침대에서, 내 아내는 나를 기다리며 홀로 잠든 채 하룻밤 또 하룻밤을 보냈다. 그녀는 하룻밤을 헛되이 버리고 있었고, 나는 평생토록 그 밤들을 되찾아줄 수도 보상해줄 수도 없다. 스산하게 잠든 그 밤들은 그녀의 생에 영원토록 쓸쓸한 빈자리를 남길 것이다. 죄책감으로 가득한 내 마음에도 빈자리를 남겨 나 한 사람의 황량함이 될 것이다.

대지에 떨어지는 해

꽤 오랫동안 나는 도둑처럼 황사량 주위를 어슬렁거리며 마을을 요리조리 엿보았지만 좀처럼 들어갈 수 없었다. 나는 온갖 이유로 황사량 주변의 모든 마을에 갔고, 그 마을 사람들에게 황사량 일을 물었고, 이따금 한 사람에 대해 묻기도 했다. 나는 일찌감치 머리가 벗어져 황량한 정수리를 드러내고 있었기에 그 무렵 그 일대에서 나를 알아보는 사람은 아무도 없었다.

그때는 내 인생에서 가장 한가한 시기였다. 현성에서 5킬로미터쯤 떨어진 교외 마을에서 농기계 관리인으로 일했는데 농기계가 모두 개인에게 분배되었기 때문에 딱히 관리할 일이 없었다. 나는 해가 갈수록 할 일이 줄어 빈둥빈둥 살았다. 시를 좀 쓴 것 같고, 이따금 머릿속에 몇몇 사람과 몇몇 일이 어렴풋이 떠오르면 글을 쓰기도 했다. 나중에 글이 많아지고 나서야 그 모든 사람과 일이 한 마을에 있다는 사실을 알아차렸다. 그 마을은 내가 그토록 속속들이 알면서도 모든 것을 또렷이 볼 수는 없는 곳이었다. 그것은 내 기억의 끝없이 기나긴 밤, 시커멓고 거대한 어둠 속에 깊숙이 묻혀 있었다. 이따금 어느 구석에서 갑자기 등불이 하나 켜지면, 예전에 본 듯한 흙집 한두 채와 오랫동안 걷지 않은 길이 보였다. 이따금 달이 떠올랐는지 희미한 마을 윤곽과 무리 지어 오가는 흐릿한 사람들이 보이기도 했다. 들판의 곡식도 누레졌다가는 푸르러졌다. 도무지 갈피를 잡을 수 없었지만 내 눈에 보인 것만 토막토막 기록해두었다. 그리고 내 시에서 이 마을에 이름을 붙여주었다 ― 황사량.

그때 나는 진녹색 싱푸250 고물 오토바이를 갖고 있었는데 놀리고 싶지 않아 자주 타고 나갔다. 처음 샀을 때는 얼마 못 달리고 길에서 고장 날까 걱정스러워 가까운 마을만 돌아다녔다. 한동안 달려보니 아무 문제가 없고, 속도를 상당히 올려도 차체가 흔들리거나 엔진에서 잡음이 나는 일이 없었다. 안심한 나는 좀 더 멀리까지 달리기 시작했다. 아니나 다를까, 수십 킬로미터 떨어진 어느 마을 부근에서 고장 나고 말았다. 원래는 눈앞에 있는 마을까지 갈 작정이었다. 그런데 저 앞에 다른 마을이 또 하나 보였다. 집 몇 채가 가물가물 보이고 들판을 가로지르는 지름길이 뻗어 있었다.

"저 앞에 있는 마을 이름이 뭡니까?" 나는 삽을 메고 지나가는 남자에게 물었다.

"이름이 없소. 마을이 아니라 그냥 몇 가구 모여 있는 거요. 전에는 다 우리 마을에 살던 사람들인데 어찌 된 건지 그리로 가버렸다오."

울퉁불퉁한 흙길을 가느라 빨리 달릴 수가 없었다. 저곳에 사는 사람들은 자주 나오지 않는지 길이 평평하고 단단하게 다져져 있지 않았다. 길가에 옥수수가 조금, 밀이 조금 자라다가 별안간 농작물만큼 키가 크고 무성한 잡초가 나타났다.

그 마을을 4~5킬로미터 앞두고 갑자기 오토바이 소리가 멎더니 몇 미터 미끄러지다가 흙덩이에 가로막혔다. 내려서 시동을 몇 번 걸어봐도 털털거리는 배기 소음밖에 나지 않았다. 길에서 들까불리다 뭔가 회로가 끊어지지 않았나 싶어 엔진을 열어 한참을 만지작거렸지만 아무 결함도 찾아내지 못했다. 이 길을 지나는 사람은 단 한 명도 없었다. 날씨도 무더운데 길 양쪽에서 자라는 사람 키만 한 농작물과 풀이 바람을 몽땅 막고 있었다. 어림잡기로는 앞에 있는 마을이 좀 더 가까워 보여 오토바이를 밀면서 한 걸음 한 걸음 나아갔다.

삽을 메고 가던 남자 말이 맞았다. 확실히 마을이라 할 만한 곳은 아니었다. 황야에 몇 집이 흩어져 있는데 서로 붙어 있지도 않았다. 집과 집을 잇는 변변한 길조차 없고, 들풀이 마을을 가로질러 앞뒤 풀밭과 이어져 있고, 광활한 풀밭 사이사이로 그리 크지 않은 경작지 몇 군데가 묻히다시피 자리하고 있었다.

나는 맨 첫 집의 문 앞까지 오토바이를 밀고 갔다. 오토바이를 잘 세우고 문을 두드렸지만 대답이 없었다. 문이 살짝 열려 있기에 문을 밀고 고개를 들이밀었다. 몸집이 큰 남자가 구들에 가로누워 벽을 보며 잠들어 있는데 마치 높직한 밭두둑처럼 보였다.

"계십니까?" 나는 고개를 움츠리고 소리쳤다.

안에서 기척이 났다. 구들에서 내려와 신발을 신는 소리 같았다. 이어 문이 열리고 남자가 허리를 구부리고 나와서 나를 쓱 보더니 몸을 곧추세웠다. 나는 깜짝 놀랐다. 이렇게 커다란 사람이 있다니, 나보다 1.5배는 컸다. 오토바이 시동이 안 걸리는데 고쳐주실 수 있을까요. 이렇게 말하는 내 목소리가 살짝 떨리고 있었다.

"뭐요, 오토바이?" 남자가 오토바이와 나를 번갈아 바라보았다.

"본 적도 없는 물건인데 어떻게 고쳐준담. 삽자루가 망가진 거면 바꿔주겠다만."

나도 내 말이 우스워서 남자와 마주 보며 웃었다.

마실 물을 청하자 그는 문 앞에 있는 우물을 가리켰다.

한 시간 남짓 오토바이를 밀고 걸었더니 기운이 쏙 빠져 있었다.

우물은 그리 깊지 않았다. 도르래를 돌려 양동이를 내리는데 우물 밑바닥 물속에서 낭패스러운 표정으로 나를 올려다보는 얼굴이 보였다.

나중에 20위안을 내고 그 남자에게 수레로 오토바이와 나를 30킬로미터 떨어진 파오타이炮台라는 마을로 데려가달라고 부탁했다. 그 남자는 힘이 얼마나 장사인지 100킬로그램이 넘는 오토바이를 혼자서 수레에 번쩍 실었다. 수레 위에서 나도 도우려 했지만 손댈 필요도 없었다. 움직이는 수레에서 고개를 들자 동북쪽에 모래언덕이 하나 보였다. 상당히 눈에 익은 모습이었다. 특히 물결치듯 넘실거리다 중간에 갑자기 말끔히 도려낸 것처럼 움푹 팬 꼭대기의 곡선이 그랬다. 예전에 어디선가 그 움푹 팬 곳으로 해가 조금씩 떨어지는 모습을 몇 번이나 보았다. 해가 반쪽만 남으면 모든 햇빛이 그 움푹한 곳에서 똑바로 뿜어나온다. 그러면 모래언덕의 윤곽이 황금빛으로 도금된다. 공기 중에 자욱한 먼지가 모습을 드러낸다. 석양빛이 수평으로 뻗어와 사람 다리를 비추고 가축의 배와 음낭을 비춘다. 서쪽으로 입구가 난 그 음침한 움집에 조용히 누워 있는 개를 비춘다. 하늘 가득한 먼지가 표표히 내려앉는다. 사람들은 서둘러 집으로 돌아간다. 땅바닥에 어지러이 얽힌 그림자들이 어른어른거린다……. 누군가는 채찍을 들고 축사로 돌아온 소와 양을 헤아린다. 38 또는 57까지 셌는데 한 마리가 더 있다. 축사 밖으로 몰아내서 다시 세어보지만 역시 한 마리가 더 있다. 누군가는 이쪽저쪽 다니며 아이들이 집에 다 있는지 확인한다. 곧 저녁 먹을 시간이다. 누군가 자욱한 먼지를 헤치며 먼 길을 오고 있다면 그 아이는 저녁 시간에 못 맞춘다. 아이가 돌아왔을 때는 모든 음식이 차갑게 식어 있고, 두꺼운 황토에 달빛이 깔려 있다. 누군가는 지붕에 올라가 멀리 있는 자기네 밭을 내다본다. 누가 밭에 들어가 익어가는 옥수수를 다 따고 있는지 옥수수밭이 흔들흔들거린다.

또 한 사람, 마을 옆 수로 가에 꼼짝없이 앉아서 지는 해를 지켜보는 사람이 있다. 등 뒤에 있는 마을이 어스름히 일렁인다. 조금만 있으면 해가 완전히 저문다. 한 마을의 하루가 완전히 끝난다. 내일이면 아침 일찍 일어난 사람과 가축이 내려앉은 흙먼지를 다시 밟아 온 하늘에 자욱하게 만들 것이다. 해가 떨어질 때까지 또 그렇게 많은 사람이 바삐 일할 테고, 역시나 한 사람이 마을 옆 커다란 수로 가에 앉아 꼼짝도 아니하고 지는 해를 바라볼 터이다. 자기 집 양 한 마리가 우리에 들어가고 식구 한 사람이 문을 밀고 집으로 들어가는 모습을 보는 것처럼. 몇 년간 누가 그에게 이 일을 하라고 맡긴 것처럼.

"모래언덕 저편은 어디입니까?" 내가 물었다.

"황사량." 그 남자가 고개도 돌리지 않은 채 짧게 대답했다. 벌써 수레가 길에 들어서 있었다.

정말로 황사량이었다.

사실 처음부터 나는 모래언덕 저편이 틀림없는 황사량이라고 느꼈다. 이미 그의 냄새를 맡았지만 도저히 믿기지 않았다. 어떻게 내가 어디를 가든 결국은 황사량 근처에 이른단 말인가. 그 모래언덕이 가로막고 있어서 이 지역은 내가 전혀 모르던 곳이었다. 모래언덕 때문에 나는 더 먼 곳을 볼 수 없었지만, 또 그것 덕분에 눈앞의 모든 것을 똑똑히 보게 되었다.

이 몇몇 집의 저물녘이 어떤 광경일지는 몰라도, 해는 날마다 서쪽 어딘가로 떨어질 것이다. 저 옥수수밭 뒤쪽일까, 아니면 저 강기슭의 너른 풀밭 끝 갈대 사이일까. 정확한 위치를 말할 수 있는 이는 이 마을에서 날마다 지는 해를 지켜보는 그 사람뿐이다. 이 마을은 아직 일몰을 지켜보는 사람 한 명도 빼지 못할 만큼 바쁘지는 않을 터.

수레를 모는 남자와는 길을 나선 직후에 잠깐 이야기를 나눴을 뿐이었다. 그는 말을 많이 하려 들지 않았다. 한 마디 물으면 한 마디 대답했다. 내가 묻지 않으면 그는 나에게 아무 할 말도 없다는 듯 수레만 몰았다. 나중에는 나도 그에게 물어볼 것이 없는 기분이 들었다.

간간이 묻고 답하는 중에 그가 그 황무지에 사는 이유를 알아냈다. 그쪽 땅을 분배받았기 때문이었다. 제비뽑기로 땅을 나누었는데 그는 운이 나빠서 가장 먼 땅을 뽑고 말았다. 마을에서 십여 킬로미터나 떨어져 있어 밭에 다다르면 이미 한낮이었고, 조금 일하고는 서둘러 집에 돌아와야 했다.

"그래서 집을 땅 옆으로 옮긴 거요. 땅은 사람의 밥그릇이니 사람이 땅을 따라가야 밥을 먹을 수 있지."

다른 몇몇 집은 또 무엇 때문에 황무지에 터를 잡았을까. 역시 땅을 좇아 여기까지 온 걸까. 왜 동쪽에 한 집, 서쪽에 한 집 멀찍이 떨어져 있지 않을까. 그들은 결국 한데 모여 몇 가구로 이루어진 작은 마을이 되었다. 이 마을 옆에 있는 커다란 마을은 또 어떻게 모이게 된 걸까. 대지 위의 사람들을 한 무더기 한 무더기 움켜쥐어 작게는 들판에 흩어진 촌락을, 크게는 그 사이에 우뚝 솟은 거대한 도시를 만들어내는 것은 대체 어떤 힘일까.

나는 남자에게 더 이상 질문을 건네지 않았다. 그의 평온함을 방해하고 싶지 않았다. 길가에서 조용히 자라는 풀과 농작물을 방해하고 싶지도 않았다. 그들에게는 우리의 이야기가 필요 없었다. 땅에서 일어나는 일을 말하자면 질문도 이야기도 끝이 없을 테지만, 우리가 묻지도 이야기하지도 않는다면 그건 땅처럼 광활하고 완전무결한 단한 가지 일일 뿐이다.

나머지 시간에 남자와 나는 아무 말도 꺼내지 않았다. 남자는 끌채 왼쪽에 앉아 소 채찍을 들고 있었지만 휘두르지는 않았다. 나는 오른쪽 짐칸에 앉아 한 손으로 오토바이를 받치고 있었다. 소 역시 묵묵히 걸어갔다. 바람 한 점 없는 들판이라 풀도 곡식도 흔들리지 않았다. 이따금 멀리 있는 마을에서 개 짖는 소리가 들려오는데 이상하게 골골거리는 소리였다. 지금 어쭙잖게 말을 꺼낸다면 저 개 짖는 소리처럼 같잖겠구나 싶었다.

수레가 흔들흔들거리며 파오타이 마을에 이르렀을 때는 어느덧 황혼 무렵이었다. 해는 서쪽에 있는 나무 세 그루 뒤로 떨어졌다. 파오타이 마을은 보기에만 좀 큰 마을이었다. 짤막한 흙길 양쪽으로 흙집이 늘어서 있고 사람도 드문드문 눈에 띄었다. 마을 이쪽 끝에 서면 저쪽 끝에 있는 경작지와 황량한 모래톱이 보였다. 나는 남자에게 20위안을 주었다. 그가 손을 뻗어 돈을 받는 순간, 불현듯 그 손과 커다란 몸이 안타깝게 느껴졌다. 그는 다른 일을 해야 마땅하다.

그런데 무슨 다른 일을? 무슨 일을 하든 그 훌륭한 몸은 끝내는 못 쓰게 될 것이다.

이 마을에서 하룻밤을 묵었다. 오토바이 수리점은 없고 타이어를 수리하는 작은 가게만 있었다. 이튿날 화물을 싣고 가는 트랙터에 또 30위안을 내고 오토바이와 나까지 실려 70킬로미터 떨어진 현성의 수리점으로 갔다. 수리 기사는 왜소하고 깡마른 남자였다. 그는 나에게 엔진을 열어보라고 하더니 고개를 내밀어 쓱 보고는 드라이버로 한 번 비튼 다음 한쪽 발로 오토바이를 밟아보았다.

이 여행은 이렇게 끝났다. 이렇게 많은 일이 일어났는데 또 아무 일 없던 것 같기도 했다. 고장 난 오토바이는 잘 고쳤고, 이제 그러느라 쓴 돈을 다시 벌고 있다. 나는 교외에 있는 농기계점의 그 휑한 사무실로 돌아왔다. 내 생활은 수레를 타고 파오타이 마을까지 갔던 그 노정처럼 평온하기만 하다. 아무리 걸어도 닿지 않고, 언제나 천천히 걷고 있다. 그래도 큰일이 하나 있긴 했다. 수레가 파오타이 마을에 들어서기 직전에 일어난 일이었다. 그 이전과 이후의 모든 날에도 똑같이 일어난 일이었지만 주의를 기울이는 사람은 거의 없었다.

그 순간 나는 수레를 모는 남자를 홱 돌아보았다.

"해가 곧 지겠네요." 튀어나오려는 말을 얼른 삼켜버렸다. 뱃속에서 이 말이 요동쳤지만 입 밖에 내지 않았다. 이것은 한마디 말이다. 내가 말하든 말하지 않든 해는 진다. 남자는 앞쪽에 펼쳐진 길만 바라보고 있었다. 어쩌면 아무것도 보지 않는지도 모른다. 해가 수레 뒤쪽으로 떨어지고 있었지만 그는 거들떠보지도 않았다. 해를 보는 사람은 나뿐이었다. 지는 해 말고는, 오후 내내 천천히 지고 있는 해 말고는 볼 것이 없었으니까. 지금 이 순간, 천지간에 이보다 더 큰 일이 있을까. 내가 아는 것은 해가 지고 있다는 사실뿐이다. 해가 곧 떨어지려 한다.

이는 타지에서 저무는 하루의 해였다. 노쇠해 보이는 기이한 느릅나무 세 그루 뒤로 또 다른 광경이 완성되었다. 해 떨어지는 소리는 길을 재촉하는 나그네 마음에 꿍음을 일으켰다. 마치 하루의 시간이 모조리 땅속으로 추락하는 듯한 소리였다. 수레를 모는 남자에게는 들리지 않았다. 해는 그의 등 뒤로 무수히 떨어졌지만, 날마다 떨어지기 때문에 별일도 아니었다. 그러나, 하루하루의 해가 모두 떨어진다. 모두 떨어진단 말이다. 이게 큰일이 아니란 말인가.

땔나무

황사량을 떠나면서 우리는 때다 만 싹사울나무 반 더미까지 거의 하나도 남김없이 수레에 실어 위안싱궁 마을로 가져왔다. 그런데 위안싱궁은 탄광 근처라 난방과 취사에 모두 석탄을 썼기에 그 땔나무는 쓸 일이 없었다. 나중에 현성으로 이사하면서 그걸 또 고철 몇 개, 낡은 수레바퀴 두 개 그리고 구부러져 쓸모없는 나무들과 함께 몽땅 실어와 담장 곁에 아무렇게나 팽개쳐두었다. 땔나무 하나하나를 벽처럼 가지런히 쌓아놓고 누가 한 개만 뽑아가도 한눈에 알아보던 황사량 시절과는 사뭇 달랐다.

땔나무 더미는 집안 재력의 상징이다. 커다란 땔나무 더미가 있는 집에는 튼튼한 가축, 좋은 수레, 날카로운 곡괭이, 수레를 멈출 때 쓰는 굵고 긴 밧줄이 있기 마련이다. 물론 일 잘하는 사람도 몇 명 있다. 이런 좋은 것들이 마침맞게 만나면 큰일을 이루고 대단한 광경이 펼쳐질 수 있다.

하지만 이런 좋은 것들을 다 갖추기란 쉽지 않다. 어느 집에는 건장한 소가 한 마리 있지만 수레가 낡아빠져서 먼 길을 오가다가 걸핏하면 부서진다. 그래서 수레에 가득하던 짐을 다 버리고 소는 빈 수레를 끌고 빈들빈들 돌아오곤 한다. 어느 집은 반대다. 새 수레를 사서 수천 근을 실을 수 있지만 소가 너무 비실비실해서 마른나무 반 수레만 끌고 와도 몸살이 난다. 또 어느 집은 수레와 말이 다 훌륭하고 곡괭이도 날카롭고 밧줄도 새것인데 사람이 문제다. 죽거나 늙어서 일을 할 수 없다. 주인을 잃은 수레와 말과 도구는 마당에 방치된 채 아들이 자라고 딸이 혼인할 때까지 기다린다. 그렇게 한참 기다리다보면 수레와 도구는 낡고 말은 늙고, 삶은 또다시 이런 식으로 시작되어 튼튼하게 자란 아들딸은 늙은 말과 낡은 수레와 함께하게 된다.

평범한 집에서 수레 한 대를 사려면 몇 년을 저축해야 한다. 수레를 사고 나면 말 살 돈이 없어 또 몇 년을 저축해야 하는 일이 왕왕 있다. 우리가 이 집에 왔을 때, 새아버지의 소와 수레는 그럭저럭 괜찮았다. 소가 조금 늙었을 뿐이었다. 땔나무 더미는 높지는 않아도 밑바탕이 아주 두껍고 보기 좋았다. 감히 땔나무 더미라고 부를 수도 없는 여느 집 시시한 땔나무와는 달랐다. 먼저 새아버지가 우리를 데리고 사막에 가서 땔나무를 실어왔고, 이어서 형이 혼자 수레를 몰고 사막에 가서 실어왔고, 나와 셋째가 뒤를 이었다. 넷째가 혼자 갈 수 있을 때 우리는 이미 다른 검은 암소를 샀고, 수레바퀴도 새것으로 바꾸었고, 땔나무 더미는 다른 어느 집과도 비교할 수 없었다. 전부 굵직한 싹사울나무로 집 높이만큼 쌓여 있었다. 땔나무 하나를 쪼개면 반나절을 태울 수 있었다.

이제는 이 땔나무로 불을 땔 일이 없었다. 쓸모없는 물건인 양 마당에 팽개쳐놓았지만 그렇다고 누구에게 주거나 버리기는 아까웠다.

우리는 언젠가 석탄이 없어지고 난방이 안 되는 날이 올지도 모른다고, 그러면 땔나무로 밥을 짓고 군불을 때야 한다고 생각했다. 그런데 그때가 되어도 땔나무로 불을 지필 방도가 없었다. 장작을 패던 그 도끼는 몇 차례 이사하면서 버렸는지 보이지 않았고, 집에 장작불을 피울 난로도 없었다. 그래도 우리는 그 땔나무를 버리지 않고 다음번에 이사할 때 또 가져갈 셈이었다. 그것은 우리 집의 일부였다. 담장 곁에는 응당 땔나무를 쌓아두어야 하고, 마당 모퉁이에는 짚가리가 있어야 하고, 그 사이에 수레를 세워야 하며, 기둥에는 소와 나귀를 매어놓아야 한다. 우리 마음속에 있는 온전한 집은 바로 이런 모습이어야 했다. 숱한 겨울 동안 그 땔나무는 눈에 깊이 파묻혀 있었다. 가서 들춰본 사람은 아무도 없었지만 우리는 눈 더미 속에 땔나무가 묻혀 있다는 사실을 알고 있었다. 우리 마음속에는 땔나무가 필요했고, 그것은 우리가 안심하고 추운 겨울을 나게 해주었다.

그 싹사울나무 더미는 이렇게 20년을 담장 곁에 쌓여 있었다. 아무도 관리하러 가지 않았다. 어느 해인가 텃밭을 넓히느라 땔나무를 담 모퉁이까지 옮기면서 보니 전보다 훨씬 가벼워져 있었다. 던지면 토막토막 부러지고 색깔도 원래는 검푸르던 것이 거무튀튀하게 변했다. 또 어느 해에는 조롱박 넝쿨이 타고 올라가 커다란 잎이 땔나무를 거의 뒤덮어버렸다. 땔나무에게는 가장 시원한 여름이었으리라. 가을에 큼지막한 조롱박을 따러 담 모퉁이에 가보니 어수선한 땔나무 사이에 조롱박이 끼어 있었다. 땔나무를 옮기면서 나는 그것이 얼마나 썩었는지 새삼 느꼈다. 이 두 번 말고는 건드린 적이 없지 싶다. 그 담 모퉁이에서 그들은 자기들끼리 오랜 세월을 보냈고, 스스로를 조용히 태워버렸다.

결국 그들이 잿더미로 변했을 때, 우리는 우리가 태운 것이 아니라 그들 스스로 그렇게 되었다고 말할 수 있었다. 우리는 땔나무 더미가 이렇게 변하는 모습을 쭉 지켜봤다. 첫 번째 빗방울이 그들에게 떨어지는 모습을, 첫 번째 껍질이 바람에 갈라지는 모습을 보았다. 뿌리 쪽 그루터기가 썩어 흙처럼 부스스 내려앉는 모습을 보았다. 나무 속이 검어지기 시작하는 모습을 보았다. 우리는 모든 장면을 지켜보았다.

내가 시체 한 구가 될 때, 그들도 이와 똑같이 태연스레 말할 것이다. 우리는 그 사람을 못살게 굴지도 들볶지도 않았다고, 그는 스스로 죽었다고, 우리와는 아무 상관도 없다고.

벽들은 말할 것이다. 우리는 그저 그를 위해 바람과 추위를 막아줬을 뿐 그의 길을 막은 적은 전혀 없다고. 앞 벽에는 문이 있고 뒷벽에는 창문이 있지 않느냐고.

그 구덩이는 말할 것이다. 나는 그를 다치게 하지 않았다고, 매번 그가 알아서 에돌아갔다고. 딱 한 번, 그가 에돌아가려 하지 않다가 빠진 거라고.

바람은 말할 것이다. 그의 등은 내가 구부린 것이 아니라고. 그의 얼굴은 내가 늙게 한 것이 아니라고. 그의 눈은 내가 멀게 한 것이 아니라고.

비는 자기는 그의 머리카락과 옷만 적셨다고, 그의 마음은 메말라서 마음속까지 닿을 수 없었다고 말할 것이다.

개는 그의 다리만 물어뜯었을 뿐이라고, 그 상처는 진즉에 아물었다고 말할 것이다.

흙은 말할 것이다. 우리는 그 사람을 묻을 수 없다고, 꿈속에서 그는 그 어떤 흙먼지보다도 높이높이 날아올랐다고.

그러나, 나는 말하지 않을 것이다.

그들이 말을 다 했으면 그걸로 다 끝난 거다. 이 세상에서 할 수 있는 말은 그만큼뿐이다. 죽은 자가 뭐라고 하는지는 아무도 듣지 못한다.

나도 똑같이 듣지 못했다, 잿더미가 된 싹사울나무가 마지막에 무슨 말을 했는지.

나의 죽음

죽음을 기다리는 그 사람들. 20년 전 내가 황사량을 떠날 때 그들은 이미 담벼락에 기대앉아 한가로이 햇볕을 쬐었다. 그때 그들은 쉰 살 아니면 마흔여덟아홉 살이었을 테고, 그리 늙어 보이지 않았다. 자녀들은 모두 장성해서 집안의 일을 이어받았다. 그들은 일찌감치 한가해졌다. 해가 동쪽 담장을 비추면 그들은 동쪽 담장 밑에서 담배를 피워댔다. 서쪽 담장으로 햇볕이 옮겨가면 그들은 서쪽 담장에 기댄 채 졸거나 잡담을 나누었다.

그들 중 몇 사람은 이미 보이지 않는다. 다른 몇 사람은 쉰에서 예순이 될 때까지, 또 예순에서 일흔이 될 때까지 죽음이 찾아오지 않았다.

때때로 그들은 기다리다 조바심이 나는지 길에 서서 한참을 내다보다가 다시 담장으로 돌아왔다.

내가 아는 이 고장 사람들은 스물, 서른에는 길에서 바삐 돌아다니고, 마흔에는 밭에서 착실히 일하고, 쉰이면 담벼락에 기대앉아 햇볕을 쬔다. 그 나이에 이르면 죽음 이후의 일을 생각하기 시작한다. 사후 세계가 음산하고 컴컴하고 축축하다는 것을 알기에 쉼 없이 햇볕을 쬐어 뼛속 한기를 말리고, 머릿속 습기를 증발시키고, 몸에 난 모든 털구멍에 빛을 저장한다. 사람의 몸과 마음을 잇는 길이 울퉁불퉁 험해진 지 오래라 이제 빛은 사람 마음속까지 들어오기 힘들어졌다. 이리저리 왔다 갔다 하면서 몸을 거쳐 마음에 이른 세상이 사람 몸을 짓밟아 망가뜨렸고 몇몇 통로는 이미 막혀버렸다. 일흔이 되면 사람은 밖에 나가지도 않고 온종일 어두컴컴한 작은 딴채에 갇혀 있다. 딴채는 보통 외양간 옆에 있으며 창문이 없다. 문틈은 솜과 양털로 꽁꽁 틀어막았다. 사람은 이때부터 사후의 고독과 어둠에 조금씩 적응해간다. 관은 쉰 살에 마련해놓았다. 칠하지 않은 하얀 나무로 만들어 외양간 지붕 밑에 짚으로 덮어놓았다. 예순 살에는 관을 덮은 짚이 바람에 다 날아갔다. 관이 눈앞에 드러나면 붉은 옻칠을 한다. 사람은 그걸 보면서 일흔을 향해 달려간다. 일흔에 이르면 초상은 경사가 되어 죽음은 혼례식처럼 축하를 받는다.

어릴 적에 나는 늘 햇볕을 쬐는 노인들 곁을 왔다 갔다 하면서 놀았다. 그러다 지치면 노인들 사이에 끼어 담벼락에 기대앉았다. 나는 눈을 가늘게 뜨고 그들이 숨을 들이쉬고 내쉬는 소리, 있는 말 없는 말 늘어놓는 소리를 들었다. 그들이 고개를 연신 떨구며 꾸벅꾸벅 조는 모습을 보았다. 그들이 졸 때는 눈꺼풀이 처마처럼 한꺼번에 내려앉아 눈을 덮었고, 그러면 그 안에서 무언가가 피할 틈도 없이 덜컥 갇혀 못 나오게 되는 것만 같았다. 몇몇 노인은 더 이상 눈을 뜰 수 없거나 눈을 뜨기도 귀찮아져 뭘 볼 때는 작고 가느다란 막대로 눈꺼풀을 받쳤다. 그들이 길을 바라보면 나도 그 눈길을 따라가보았다. 그때는 그들이 텅 빈 길에서 무엇을 보는지 전혀 알지 못했다.

그 길 끝에서 나 자신의 죽음을 보았을 때는 어느덧 마흔에 가까운 나이였다. 나는 퍼뜩, 분명히 깨달았다. 나도 언젠가 죽는다는 사실을―도저히 받아들일 수 없는 현실을. 하지만 내가 언제, 어떤 식으로 죽을지는 상상이 가지 않았다.

한동안 나는 내 위장에 문제가 생길까봐 노심초사했다. 더 이상 인간 세상의 곡식 한 알도 소화하지 못한다면, 삶이란 물이 없어 하루하루 말라가는 풀과 같을 텐데. 한동안은 내 심장이, 내 눈에는 보이지 않는 심장이 의심스러웠다. 그것은 컴컴한 방에서 남몰래 일한다. 피는 붉은 핏빛을 보지 못한다. 쉬지 않고 뛰는 심장은 자신이 언제 멈추는지, 이 어둡고 기나긴 일도 언젠가는 결국 끝난다는 걸 틀림없이 알 테다. 하지만 나는 모른다. 나는 꼬리에 꼬리를 무는 이 세상의 일에 속해 있다. 자신이 멈출 때 내가 중요한 일을 하고 있든 하찮은 일을 하고 있든 심장은 개의치 않는다. 설령 내가 그 일을 이제 막 시작했다 해도 심장은 아랑곳없이 멈출 것이다.

정말로 그렇게 되면 내 심장은 다시는 오르락내리락하지 않겠지. 죽음이 그렇게 불가피하게 시작되는 거라면, 여전히 유연하고 힘찬 내 팔은 혼자 살아 있을 수 있을까, 신나게 흔들 수 있을까. 미처 품에 안지 못한 연인을 안을 수 있을까. 남은 일을 하나하나 쓰다듬어 주고 나서 홀로 날아갈 수 있을까.

영원히 근시가 되지 않는 내 눈은 여전히 애틋하게 인간 세상을 바라볼까. 내 눈에 가득한, 늙지 않으려는 부드러운 마음이 이대로 먼지가 될 수는 없는데. 지칠 줄 모르는 내 다리는 아직 끝나지 않는 삶의 여정을 완주해야 하는데. 다리에게 죽음을 말하지 말자. 달아나게 하자. 죽음이 그를 따라잡지 못하도록.

이 나이에 이르면 죽음은 겨울을 알리는 얼음물처럼 서서히 몸에 스며들기 시작한다. 그것은 생활 가운데 한 가지 일이 된다. 저도 모르게 죽음에 관한 상상을 하게 된다——

나는 어느 선선한 오후에 조용히 죽을지도 모른다. 온 하늘에 자욱하던 흙먼지가 천천히 내려앉기 시작하고, 일꾼의 손에서 낫과 삽이 멈추듯 나는 숨을 멈추는데—누군가의 울부짖음에 나도 모르게 눈을 뜬다. 흙담에 자리하던 오후의 시간이 서쪽으로 한참 움직여 있다. 땔나무 뒤에서 달이 떠오르고, 배를 불린 양 떼가 돌아와 문 열라고 매애매애 울어댄다. 속세의 사소한 일이 내 몸을 움직이라고 다시 한번 부르고 있다.

추운 겨울날 쓸쓸히 죽게 될지도 모른다. 폭설이 문을 막는다. 조물주는 모든 길을 거둔다. 내가 아무 데도 가려 하지 않을 때 길이 사라지고 끝없는 눈밭이 나의 마을을 에워싼다. 그러나 나의 난롯불은 여전히 활활 타오르고, 집 안에는 잘 쪼갠 커다란 장작가리가 가지런히 쌓여 있고, 물독은 반이 차 있으며 밀도 네댓 말이 남아 있다. 그리고 많은 사람이, 아는 사람들과 모르는 사람들이 눈을 무릅쓰고 이 외딴 마을로 걸어온다. 그들은 깊고 얕은 발자국을 남기며 내 문 앞과 창문 밑까지 무수한 길을 가져다준다.

내가 죽을 때 내 곁에는 수많은 가족과 친지가 있을 것이다. 나는 그들보다 앞서 세상을 떠날 것이다. 그곳에 채소를 심고 집을 잘 지어놓고 그들을 기다릴 것이다.

죽을 때 나는 어린아이 같아질지도 모른다. 겁에 질려 울지도 모른다. 그러면 나를 품에 안아달라. 갓 태어났을 때처럼 너의 두 젖을 힘차게 빨게끔 해달라. 나를 달래달라, 세상에서 가장 부드러운 말투과 손길로.

나는 작은 벌레처럼 풀뿌리 밑에서 평범하게 죽고 싶다.

내가 죽으면, 내 몸은 통나무처럼 마을에 남아 있어야 한다. 세월이 흘러 내가 환생해 돌아오면 그는 여전히 튼튼한 모습으로 어느 집 축사나 지붕을 떠받치고 있을 것이다. 아니면 소를 매는 말뚝이 되어 마당에 박혀 있을 것이다. 그의 기이한 곁가지가 가리키는 곳은 오래전에 버려진, 문루도 사라지고 담장도 무너진 어느 마당이다.

나는 줄곧 내 죽음을 똑똑히 알고자 했다.

내가 한 걸음 한 걸음 다가서는 그 죽음은 어쩌면 내 것이 아닐지도 모른다.

그 순간 나는 내가 인정하지 않는 몸뚱이 하나가 차츰 죽음에 이르는 모습을 보게 될 것이다.

그는 발버둥질하다가 숨이 꼴까닥 넘어갈 것이다.

이어 조용하고 편안하게—움직임을 멈출 것이다.

어쩌면 내가 생각했던 방식으로 쉽사리 죽지 않을지도 모른다. 죽음은 나의 적이 아니기에 나는 평생의 기쁨과 행복으로 죽음에 대응하고 벌충할 필요가 없다.

내가 죽을 때, 내 한평생의 밀 농사는 모두 마무리되어 있을 것이다.

이쪽에는 깨끗이 털어낸 밀알이 가득하고.

저쪽에는 황금빛 짚가리가 높이 쌓여 있고.

내가 떠날 때, 내 몸에는 이미 날개가 자라나 있다. 날마다 피어오르는 밥 짓는 연기는 오래전부터 나를 위해 하늘로 가는 길을 잘 깔아놓았다.

내가 떠나고 나면 강기슭의 그 갈대가 나를 기억할 테지. 무심한 내 발길에 밟혀 쓰러졌다가 일어서느라 휘어져 자란 그 쑥이 나를 기억할 테지. 그 나무가 나를 기억할 테지. 나무가 잘렸다면 뿌리가 나를 기억할 테지. 뿌리마저 파내졌다면 남아 있는 구덩이가 나를 기억하려나. 뿌리 아래 흙이 나를 기억하려나.

세월이 흘러 내 영혼이 연기처럼 바람처럼 표표히 흩날릴 때 나를 불러 세울 이는 누구일까. 내 전생을 예전 모습대로 알아보게 해줄 이는 누구일까.

바람 같은 내 혼령을 가로막을 자는 무너지지 않고 서 있는 흙담이 틀림없다. 연기 같은 내 혼백을 옭아맬 자는 해마다 자라나는 초목과 아침저녁으로 피어오르는 밥 짓는 연기 말고 또 누가 있겠나.

그때가 되면, 내가 아는 사람들은 마을 어귀에 서 있지 않을 것이다. 그들을 닮은 자손들이 그 땅을 오갈 것이다. 그들의 말소리는 내 귀에 낯설지 않을 것이다. 그 마당과 들판에서 사람들은 오래전에 내가 했던 그 일들을 똑같이 하고, 오래전에 내가 먹었던 그 음식들을 똑같이 먹는다. 나는 그때의 산들바람에 실려오는 냄새를 맡는다. 쌀밥과 수타면 냄새, 볶은 감자와 소금에 절인 배추 냄새, 술과 잎담배와 차 냄새…… 망망히 방황하던 나는 그것에 의해 깨어나고 만다. 나는 울컥한다. 일찍이 내가 실제로 겪었던 모든 일에 까닭 없이 감격한다. 그것은 바람 속에서 가물가물거리던 내가 차츰 의식을 갖게 한다. 오래전에 연기 한 줄기, 티끌 한 알이 되어버린 나를 별안간 다른 연기와 티끌과 구분지어준다.

　나는 그렇게 멈춘다.

　그런데 사라진 내가 있을 또 다른 세상에도 갈대와 방울가시가 있을까? 먼지와 이슬이 있을까? 하늘은, 새 떼는, 바람과 바람 속 대문은?

　그곳에서 내가 볼 수 있는 것은 만물의 넋과 실뿌리뿐. 꽃을 피우고 열매를 맺는 일은 나에게는 알려지지 않은, 세간에 깊숙이 묻힌 비밀이 될 것이다.

　스무 살 가을에 우리 집은 보기 드문 대풍작을 거두었다. 밀 쉰일곱 자루를 거두고, 옥수수가 마당 가득 쌓이고, 콩에 해바라기에 유채까지…… 십수 년 만에 처음으로 우리는 창고가 작다고, 자루가 모자라다고 느꼈다. 첫눈이 내렸지만 옥수수를 둘 데가 없어 지붕에 겹겹이 쌓아놓을 수밖에 없었고, 온갖 새들이 겨우내 우리 지붕을 맴돌았다. 그때 나는 생각했다. 이런 풍작이 몇 번만 더 있으면 평생 먹을 양식이 생기겠는데. 그러면 남은 세월은 아무 일도 안 하고 담벼락에 기대앉아 햇볕을 쬐어도 되겠어. 마을을 떠나 교외에서 농기계를 관리하던 서른 살, 나는 환상에 젖어 있었다. 많아야 마흔 살까지만 일하면 평생 먹고살 돈을 벌 수 있겠어. 그다음엔 아무 일도 안 하고 집에 있어야지.

　지금 나는 어느덧 마흔이 되어간다. 살아오면서 했던 수많은 생각이 하나하나 물거품이 되리라는 걸 이제는 잘 안다. 특정한 나이에 멈춘다는 건 불가능한 일이다. 예순 살이 되어도 예순 살의 일이 잔뜩 쌓여 있을 테고, 그즈음이면 드디어 나를 멈추게 만드는 끝을 보게 되리라―죽음을. 불현듯 이렇게 힘차게 나아가는 생존이라는 것이 너무나도 두려워진다. 나의 죽음을 위해 미리미리 뭔가 해놨어야 했는데. 적어도 느긋하게 햇볕을 쬐면서 죽음이 오기를 기다릴 수는 있다. 운명으로 정해진 친구를 기다리듯 말이다. 황사량의 흙담에 기대앉든 도시 거리의 돌벤치에 앉든, 멈춤을 향해 가는 한 사람은 평온히 자신의 죽음을 기다린다.

죽음이 오면, 우리는 그를 따라간다.

우리는 어디로 가는 걸까? 그들이 내 호적을 말소하고, 내 직책과 토지를 회수하고, 갖가지 서식와 명단에서 내 이름을 지우면…… 나는 어디로 가는 걸까.

황사량에서 하던, 땅에서 하는 힘겨운 일을 일찌감치 멈추고 한가해진 손들은 하늘에 이미 집을 지어놨으리라고 믿는다. 그들 자신의 집을 말이다. 하나의 마을과 똑같지 않을까.

땅에서 내가 가진 것은 머지않아 황폐하게 버려질 집 하나뿐이다. 하늘에는 벽돌 한 장, 기와 한 장도 없다. 사방을 떠도는 혼백이 될 운명인 나에게 남은 것은 오직 너―황사량뿐이다. 그곳이 유일한 목적지이자 돌아갈 곳이다.

내가 죽을 때, 내 모든 것은 이미 너에게 귀속해 있다.

너에게 묻힐 수 있는 것은, 너의 황토 속에 묻어달라.

너에게 묻힐 수 없는 것은, 너의 높고도 머나먼 하늘 끝까지 떠다니게 해달라. 너의 먼지, 연기, 나뭇잎과 풀씨와 함께 해마다 떠올랐다 내려앉았다 하게 해달라.

너를 위한 이듬해 봄의 씨앗이 되게 해달라.

한 번 더 싹을 틔우게, 한 번 더 꽃을 피우게 해달라.

잇따라 불어오는 너의 바람 속에서, 너의 은혜와 생기를 다시금 느끼게끔 해달라.

―― 나의 황사랑이여!

이생의 증거

떠날 때 나는 내 소유였던 물건들을 안쓰럽게 여기며 아낄 줄 몰랐다. 우리는 함부로 담장을 허물고 나무들을 베어내고 축사와 아궁이를 부수었다. 우리는 그것들을 쓸모없다고 여겼다. 우리가 이사 가는 곳에는 새로운 것이 많이 있을 테니까. 모든 것이 다시 생길 테고, 날이 갈수록 더 나은 것이 생길 테니까.

떠날 때 나는 친숙한 것들에게 작별을 고할 줄도 몰랐고, 뒤돌아보며 한마디 건넬 줄도 몰랐다. 풀아, 해마다 자라야 한다. 흙담아, 굳건히 서 있거라, 절대 쓰러지지 말고. 집아, 버틸 수 있을 때까지 끝까지 버텨라. 만약 무너지면 부서진 벽이라도 꼭 남겨놓아라. 남쪽을 향한 문과 창문, 모퉁이의 연통과 솥, 깨진 기와 조각도 남겨놓아라. 진흙 껍질 조각도 꼭 남겨놔야 한다. 벽이 다 벗겨지더라도 운 좋게 비바람에 쓸려나가지 않은 벽 모퉁이에 손바닥만 한 조각은 남겨둘 수 있겠지. 진흙 껍질에 묻은 그을음과 재도 남겨놓아라. 긁힌 자국도, 벽 속에서 썩은 나무토막과 쇠못도 남겨놓아라. 그것들은 모두 내가 이번 생을 살았다는 증거니까.

떠날 때는, 언젠가 한 시절의 삶에 대한 증거가 필요해질 줄은 미처 몰랐다.

언젠가는 누구도 과거를 믿을 수 없는 날이 올 것이다. 나 또한 과거의 모든 것을 의심할 것이다. 저게 내가 한때 살았던 삶이라고? 내가 정말 땅속 깊은 곳에서 거센 바람을 보았다고? 더 시커멓게, 더 사납게 휘몰아치며 만물의 뼈와 뿌리를 반대 방향으로 휘날리는 바람을? 밤에 커다란 새가 우는 소리를 진짜로 들은 건가? 온 마을이 조용한데 오직 그 새만 울고 있었다고? 그 어두컴컴하고 적막한 골목길을 따라 허둥지둥 도망친 일이 진짜 있었을까? 절뚝거리는 남자에게 쫓겨, 그의 멀쩡한 다리가 땅을 쿵쿵 찧는 소리를 들으면서? 나만의 커다란 느릅나무는 실제로 있었나? 소를 묶어놓은, 가로로 뻗은 곁가지가 우리 대문을 가리키는, 그대로 가면 집으로 가는 길을 찾을 수 있는 말뚝이 진짜로 있었나? 그리고 내가 정말 그토록 영원하고 휘황한 달빛에 흠뻑 잠겼던가? 밤마다 담벼락과 나무와 길을 비추며 사물의 등에 은백색으로 스며들던 달빛에? 그 시절 그것들은 돌아서지 않고도 앞에도 뒤에도 달빛을 받았고, 나는 돌아보지 않고도 지난날을 보았다.

이제 풀 한 포기, 나무 한 그루의 온전한 진실을 누가 말할 수 있을까. 바람이 자꾸자꾸 불어와 담벼락을 조금씩 헐고 대문을 조금씩 망가뜨리는 모습을 누가 볼 수 있을까. 한 사람의 느슨해진 뼈마디를 관통하며 모든 바람 소리를 그의 삶에 남겨놓는 장면을 누가 볼 수 있을까.

이 모든 게 설마 꿈이란 말인가? 그 오래된 집과 길이 없다면, 피어올랐다 내려앉았다 하는 흙먼지가 없다면, 나와 함께 자라서 지금껏 마을에 살고 있는 사람과 가축이 없다면, 지금도 끊임없이 불어오는 그 바람이 없다면 과거의 삶을 누가 증명할 수 있을까. 설령 그들이 있다 해도, 한 사람의 속마음이 살아간 모습을 증언할 이는 누가 있을까.

나는 한때 내 것이었지만 지금은 남의 것이 된 마을로 돌아왔다. 고작 수십 년 만에 마을은 싹 달라져 있었다. 이렇게 변할 줄 일찌감치 알고 있었지만 말이다. 오래전에 사람들이 이 벽에 진흙을 바르고 석회를 칠할 때부터 나는 석회와 진흙이 머지않아 깡그리 벗겨질 것임을 알고 있었다. 사람들이 흙담을 쌓을 때 나는 그 담장들이 결국 흙으로 돌아갈 것임을 알고 있었다. 그들은 주변의 흙을 파서 담장을 한 단 한 단 쌓아올리고, 달구질 구령을 외치며 도처에 있는 사람들에게 이곳에서 담을 쌓고 집을 짓고 있다는 사실을 알렸다. 담장을 다 쌓고 나면 각 담장 주변마다 구덩이가 하나씩 생겼다. 담장이 높을수록 구덩이도 크고 깊었다. 그들은 구덩이를 메우지 않았고 기껏해야 구덩이에 나무나 몇 그루 심을 뿐이었다. 구덩이들은 담장 옆에서 한 해 한 해를 보내며 내내 기다렸고, 그때 나는 하나의 흙구덩이가 오래도록 기다리는 것이 무엇인지 알고 있었다.

그런데 오히려 몰랐던 일들이 있다. 그 모든 것이 옛 모습을 잃고 사라지려 할 때, 젊은 시절 새벽마다 낭랑하게 울며 사람들을 깨우던 커다란 붉은 수탉, 늙어 죽을 때까지 자기 집에만 틀어박혀 있던 검둥개, 오후마다 (이미 사라진) 문설주를 비추던 석양…… 그것들이 한 알의 흙처럼 침묵으로 귀결될 줄은 미처 몰랐다. 그리고 그들 틈에서 소리 없이 지낸 유년기와 소년기와 청년기의 나, 그 시절의 기쁨과 외로움과 아무도 알 수 없던 두려움과 설렘…… 그것들이 지금의 삶에서 부질없게 되어버릴 줄은 미처 몰랐다.

고향이 쇠락하고 버려졌을 때 나는 깨달았다. 집으로 돌아가는 모든 발걸음은 어느덧 허무의 길로 뚜벅뚜벅 내딛는 걸음이 되어 있음을.

나는 무엇을 막는가

또다시 바람이 불어오자 하늘이 텅 빈다. 이 땅에 있는 것은 바람이 일찌감치 싹 쓸어갔다. 남은 것이라곤 흙뿐이다. 그 무너진 담장의 흙마저 조금씩 조금씩 바람에 깎여 날아가는데 보기만 해도 마음이 쓰리다. 나로서는 막을 방법이 없다는 걸 잘 안다. 오래전에 집 뒤에 있던 느릅나무 한 그루를 집 앞으로 옮기고, 서쪽을 향해 몰려오는 양 떼를 떡하니 막아서서 동쪽 강기슭 풀밭으로 몰아가던 그때는 내가 많은 것을 바꿀 수 있다고, 그것들이 흩어지고 사라지지 않게 막을 수 있다고 여겼지만 말이다.

예전에 분명 무언가를 막은 적이 있긴 있다. 적어도 나는 내 마음을 막아서서 마음이 이 마을에 영원토록 머물게 했다. 나날이 흐려지는 기억도 멈추게 했다. 내가 붙잡아둘 수 없는 것은 바람 속에 던져버렸다. 이 세상이 붙잡을 수 없는 것은 내 마음속에 간직했다. 다른 것에는 관심이 없었다. 내 마음속에는 오로지 한 마을만이 완전무결하게 보존되어 있었다. 가축, 사람, 초목, 햇빛과 비와 발자국, 석양 아래 자욱한 흙먼지 한 톨까지 온전히.

마당을 지나 원래 대문이 있던 틈새에 서자 내 몸에 불어닥치는 바람이 갑자기 거세졌다. 바람은 내 옷을 잡아 뜯고 내 머리를 뒤로 젖히며 미친 듯이 나를 밀어내려 했다. 오래전 그 이슥한 밤에, 바람은 이런 식으로 대문 두 짝을 밀어붙였다. 버티다 못한 문짝이 벌컥 열리면, 바람이 마당으로 씨잉씨잉 쏟아져 들어왔다. 바닥에 놓인 바구니를 걷어차 뒤집고, 줄에 걸린 옷을 잡아당기고, 짚가리에서 지푸라기를 하늘로 한 움큼씩 내던지고…… 대문은 정신없이 열리고 닫히며 덜컹덜컹 울리는데 마치 겁에 질린 사람이 두 손을 마구 휘저으며 이렇게 소리치는 듯했다. 바람이 마당에 들어온다! 바람이 마당에 들어온다고!

우리는 꿈결에 어렴풋이 고함 소리를 들었다. "마당에서 무슨 소리가 나." 셋째가 나를 걷어차 깨웠다. 나는 형을 흔들어 깨웠다. 형은 목소리를 낮춰 아버지를 불렀다.

어머니는 더듬더듬 성냥을 찾아 불을 밝히고 있었다.

세월이 한참 흐른 뒤에야 바람 속에서 대문이 무엇을 견뎌냈는지 깨달았다. 이제 남은 담장은 거의 없고 대문도 사라졌다. 마을은 광야로 활짝 트여 있다. 몇 토막 남지 않은 낡은 흙담만이 여전히 무언가를 막거나 붙잡고 있다.

이 마을을 한 번 더 훑어보고 싶었다. 나는 정말로 떠나야 했다. 마을에는 이미 나의 일이 없었다. 사람들이 옥수수를 실어 나르고 풀 더미를 실어 나르고 또 옥수수 줄기를 실어 날랐다. 한 수레 또 한 수레 집으로 물건을 실어갔다. 나는 길가에 서서 한가로이 손을 흔들었다.

그들은 나를 볼 때마다 쇠고삐를 당겨 수레를 세우고 몇 마디 한

담을 건넸다. 이따금 소가 멈추기 싫다고 고개를 흔들었고, 몇 발짝 더 가서야 느릿느릿 멈춰 섰다.

"집에 들어가지 그래요." 그들이 나에게 소리쳤다.

"아니, 괜찮아요. 어서 일 보세요." 내가 말했다.

"뭐 바쁠 것도 없어요. 양식 조금 실어오는 거지." 그들은 말하면서 또다시 수레를 움직였다.

나는 그들의 수확을 조금 늦추었다. 천천히, 슬그머니 마을을 지나 그 밭으로 걸어가면서도 그들을 흠칫 놀라게 했다. 그들이 목화 따던 손을, 옥수수 꺾던 손을, 풀을 베고 두둑을 고르던 손을 멈추고 어름어름 나를 바라보자―그 순간의 가을은 수레가 멈추듯 천천히 멈추었다. 다른 곳의 가을은 예정대로 운행되고, 그곳 사람들도 마찬가지로 양식을 얼마간 거두느라 바삐 움직이고 있었다. 오로지 황사량에서만 수레에 가득 실린 옥수수가 몇 발 늦게 마당에 들어왔다. 눈처럼 하얀 목화솜 몇 송이가 사람의 손 곁에 조금 더 피어 있었다. 밭에 남은 옥수수 반 수레는 조금 더 기다려야 했다. 어쩌면 밭에 남아 밤을 보낼지도 모른다.

나 한 사람이 길가에 서 있음으로 말미암아 한 마을의 가을걷이가 조금 늦춰졌다.

그 시절에는 수많은 나무가 마을 밖에 서 있었고, 수많은 담장과 문이 있었고, 수많은 사람과 가축이 있었다. 그들은 무언가를 늦추었다. 진즉에 일어났어야 할 어떤 일들을 늦추어 일어나지 않게 만들었다.

바람이 지나갈 때마다 마당 한구석 담장 밑에 바짝 붙어 날려가지 않은 흙과 풀잎과 헝겊과 벌레와 닭을 보면서, 나는 마을이 이보다 훨씬 많은 것을 붙잡아두었음을 알아차렸다.

나는, 오로지 한 마을만을 붙잡아두었다.

마지막 시간

꿈에서 내가 또다시 하늘을 날게 해달라.

한때 내가 수없이 날아다녔던 마을과 들판이여, 내가 그토록 주의 깊게 살펴보던 너를, 풀 한 포기 나무 한 그루의 눈망울까지 기억하는 너를, 오직 꿈속에서만 그 위로 날아오를 수 있었던 풍파를 겪은 너의 몸을, 모두 다 너에게 돌려주련다.

내가 한 삽의 흙이 되면 지금보다 더 많이 알게 될까. 내가 너의 모든 것을 이해하려 애쓸 때, 나는 이미 너의 들판에서 한 알의 흙이 되어 있다. 이듬해 봄이 오면 나는 파헤쳐지고 비에 젖을 것이고, 자꾸자꾸 불어오는 바람 속에서 너의 도랑과 언덕을 누비고 다닐 것이다.

그때, 나는 이미 너의 전부일지도 모른다.

어쩌면 영원토록 그저 너의 광막한 들판의 모래흙인 채로, 이어지는 끝없는 세월 속에서 나와 똑같은 농부들에 의해 뒤적여지고만 있을지도 모른다.

지금, 나를 또 한 번 날게 해달라.

깨끗하고 투명한 너의 밤하늘에서. 모든 먼지가 가라앉고, 가장 높이 날던 풀잎도 어느덧 대지에 내려앉았다. 이토록 깊은 밤, 나는 낫처럼 생긴 이 마을 위를 쓸쓸히 날아간다.

뒤돌아보니 전생의 거대한 날개 한 쌍이 보인다. 짙은 회색 날개가 바람 속에서 마구 흔들리는 문짝처럼 퍼덕이는데—나는 그 힘으로 지금껏 이생의 꿈속을 날고 있는 것은 아닐까.

황사량, 내가 시간을 잊고 사는 바람에 너에게 마지막 시간을 남기지 못했다. 머지않아 내가 떠날 때, 나는 너에게 온전한 하루를 더 달라고 간청하겠지.

동트기 전에 일찍 일어나 땔나무 더미 동쪽에 있는 샛별을 바라보게 해달라. 첫닭 울음소리를 듣게 해달라. 문을 나서자마자 이슬 맺힌 풀과 마주치게 해달라. 다시 대문을 열어 새와 바람을 들여보내게 해달라. 대문을 버텨놓은 막대기를 한 번 더 만져보게 해달라.

내가 숱하게 잡아본 그 막대기는 손잡이 마디가 다 닳아서 반질반질하다. 반대쪽 끝은 아무래도 손댄 적이 없지 싶다. 땅에 닿아 있던 막대의 저쪽 끝은 너무나 멀고 낯설다. 오랜 세월, 수없이 날이 밝고 저무는 가운데 막대를 치우고 받치는 일을 수없이 되풀이했건만, 짤막한 막대의 다른 쪽 끝에는 미처 손을 뻗지 못했다. 그 무심한 작은 굴곡, 벗겨내지 않은 거친 나무껍질, 어느 해엔가 묻은 검누런 기름때…… 조심스레 손을 뻗어 막대 끝의 흙과 진흙을 만져보게 해달라, 손을 찌르는 옹이와 가시를 더듬어보게 해달라, 예전에는 아픔을 몰랐던 깊은 도끼 자국을 살며시 쓰다듬게 해달라.

나는 다시는 멀리 가지 않을 것이다. 담벼락에 조용히 기대앉아 햇볕을 쐬며 구부러진 막대기 옆에서 네가 나에게 준 하루를 마무리할 것이다—예전에는 영원토록 끝나지 않을 것만 같던, 끝까지 견딜 수 없을 것만 같던 하루를.

마지막으로, 마지막 시간에는 집에 돌아와 난롯불을 지피게 해달라. 언제나 그랬듯이. 수없이 그랬듯이.

어느새 날이 완전히 저물었다.

보이지 않는 사람은 이 시각 분명히, 틀림없이 집 안에 앉아 있다.

보이지 않는 길은 이미 목적지에 이르렀다.

나는 어둠 속에서 너의 한 줄기 연기를 따라 똑바로 올라갈 것이다—다른 길이 없기에 이렇게 떠나기를 택한다. 네가 점점 보이지 않고, 너의 환한 창문이 보이지 않고, 너의 지붕과 밀밭과 들판이 보이지 않을 것이다.

다 잊을 것이다.

목적지에 닿을 때, 먼지와 연기에 검게 그을린 내 얼굴과 몸은 이미 너에게 남겨져 있다. 내 이름도 너에게 남겨져 있다. 마지막으로 멀리서 너를 바라보던 내 눈빛이 사라지면, 너에게서 가장 멀리 떨어져 있는 별 하나가 밤마다 너의 지붕과 길을 지켜볼 것이다.

그때, 너의 닭 울음소리와 소 울음소리와 나뭇잎 흔들리는 소리 하나하나는 모두 나의 넋을 부르는 노래다. 아득한 하늘을 가로지르는 어지러운 소리들 가운데, 오직 나만이 너의 개 짖는 소리와 닭 우는 소리를, 너의 문 열리는 소리를, 너의 국자와 사발이 가볍게 부딪치는 소리를 알아듣고…… 나는 행복하게 내려앉을 것이다.

1992년부터 1999년까지 이 책을 썼다.

한 사람의 마을

초판 인쇄 2023년 9월 8일
초판 발행 2023년 9월 18일

지은이   류량청
옮긴이   조은
펴낸이   강성민
편집장   이은혜
마케팅   정민호 박치우 한민아 이민경 박진희 정경주 정유선 김수인
브랜딩   함유지 함근아 박민재 김희숙 고보미 정승민 배진성
제작   강신은 김동욱 이순호

펴낸곳   (주)글항아리 | 출판등록 2009년 1월 19일 제406-2009-000002호

주소   10881 경기도 파주시 심학산로 10 3층
전자우편 bookpot@hanmail.net
전화번호 031) 955-8869(마케팅) 031) 941-5161(편집부)
팩스   031) 941-5163

ISBN   979-11-6909-161-9 03820

www.geulhangari.com